国家社科基金西部项目

本书得到　　西北师范大学文学院"优势学科"建设经费　　特别资助

甘肃长城长征国家文化公园建设发展研究中心

冉耀斌　张兵　著

甘肃竹枝词辑注

人民出版社

目　　录

前　言

　　《尚书·禹贡》载禹分九州,甘肃属雍州之地,因处于陇山之西,故又称
"陇西"或"陇右"。陇右既是炎黄文化的故土,也是周、秦民族的发祥地,历
史悠久,文化灿烂。秦朝建立后,甘肃境内设陇西、北地两郡。西汉初年,沿
袭秦制,汉武帝时甘肃除了原来的陇西、北地两郡之外,又设立了敦煌、武
威、张掖、酒泉等河西四郡,后来又陆续设了天水、金城、南安、武都等郡。唐
初全国共设 10 道,甘肃属陇右道,辖境"东接秦州,西逾流沙,南连蜀及吐
蕃,北界朔漠"[1],包括今甘肃陇山、六盘山以西,青海省青海湖以东及新疆
东部地区。唐睿宗景云二年(711),以黄河为界,黄河以东置"陇右道",以
西设"河西道"。元朝建立后,始设行中书省(简称"行省")。甘肃行中书
省辖黄河以西七路二州。明代设立布政使司,陕西布政使司所辖地区包括
今陕西全境、甘肃嘉峪关以东各地、宁夏和内蒙古伊克昭盟的大部、青海湖
以东部分。清朝康熙年间分设甘肃布政使司,移驻兰州,辖今甘肃、宁夏全
境及新疆、青海部分地区。光绪十年(1884)分出新疆。1929 年,民国政府
又从甘肃分出青海和宁夏两省区。中华人民共和国成立以后,甘肃省的管
辖范围未变。我们探讨历代甘肃竹枝词,主要以现在甘肃省辖区范围内的
竹枝词为研究对象[2]。

　　竹枝词,古称"竹枝""竹枝曲""竹枝歌"等,是中国古代受民间歌谣影
响而形成的一种特殊诗歌体裁。唐顾况《竹枝》诗序云:"竹枝本出于巴渝。

---

　　[1]　李林甫等:《唐六典》卷三,中华书局 1992 年版,第 68 页。
　　[2]　道光年间叶澧《甘肃竹枝词》一百首涉及青海、宁夏、新疆部分地区的竹枝词,为了保持本组诗
的原貌,没有删除这些诗歌,其他相关作品不再收入本书。

唐贞元中,刘禹锡在沅、湘,以俚歌鄙陋,乃依骚人《九歌》作《竹枝》新辞九章,教里中儿歌之,由是盛于贞元、元和之间。"①自中唐刘禹锡、白居易的《竹枝词》流行以后,历代创作竹枝词的诗人层出不穷,歌咏各地民情风俗的地方竹枝词也不断涌现,蔚为大观。任半塘先生曾说:"南迄僮傜,北届蒙古,均有竹枝词。"②可见竹枝词流传之广。

甘肃是古丝绸之路的"黄金路段",也是中国地形颇为复杂,生态较为多样的一个地区,历史悠久,民族众多,民风民俗丰富多彩。自宋代以来,仕宦、从军、出使、漫游、流放甘肃或途经甘肃的文士相对较多,创作的甘肃竹枝词数量也很可观。著名的有宋李复《竹枝歌》10 首、明赵用光《兰州谣》4 首、清祁韵士《陇右竹枝词》5 首、《河西竹枝词》6 首、叶澧《甘肃竹枝词》100 首等。历代西行诗人创作的甘肃竹枝词不但数量众多,而且具有较高的艺术价值和历史文化价值。自明代以来,甘肃本土诗人歌咏家乡的竹枝词也不断涌现,具有鲜明的地域特色,如郝璧《皋兰竹枝词》30 首、张澍《橐驼曲》15 首、《闲居杂咏》12 首、牛树梅《正月思乡竹枝词》9 首、马世焘《兰州竹枝词》10 首等。这些竹枝词歌咏甘肃风物,吟唱丝路风情,成为中华竹枝词极具特色的重要组成部分。

近代以来,研究竹枝词的论著层出不穷,成果斐然。自 20 世纪 80 年代以来,搜集、整理中华竹枝词的著作也屡见不鲜,但是收录的甘肃竹枝词数量有限。1997 年,雷梦水等编《中华竹枝词》,辑录唐代至民国初年竹枝词21600 多首,甘肃只收了明郝璧《皋兰竹枝词》30 首、清叶澧《甘肃竹枝词》100 首。2003 年,王利器等编《历代竹枝词》,辑录了唐代至清末竹枝词25000 多首,甘肃也只收了 12 人 214 首。2007 年,丘良任等主编《中华竹枝词全编》,辑录了唐代至民国 4402 位作家的 69515 首竹枝词,其中《甘肃卷》保存了明代至民国年间 47 位作家的 475 首作品(其中还有一些不是甘肃竹枝词)。虽然《中华竹枝词全编》比前两本书所收甘肃竹枝词在数量方面显著增加,但还有很多甘肃竹枝词未能收录。我们近年来一直致力于西

---

① 　郭茂倩:《乐府诗集》卷八十一,上海古籍出版社 2016 年版,第 977 页。
② 　任半塘:《唐声诗》(上),上海古籍出版社 1982 年版,第 5 页。

北竹枝词的搜集、整理与研究,通过阅读大量甘肃本土诗人和西行诗人的别集,还有各种总集和地方志,在这些文献里面又发现了数量不菲的甘肃竹枝词,足以补以上三书之缺憾。

一、《甘肃竹枝词》的收集范围

竹枝词在流传过程中,与其他一些诗体尤其是民歌互相影响,出现了很多竹枝词的变体,如"棹歌""杂咏""杂诗""渔唱""山歌""女儿子""风土词"等,在明清诗人的创作中尤为多见。孙杰先生《竹枝词发展史》将各种竹枝词体式分为四类 35 种进行了详细辨析①,我们在这里即采用孙杰先生的研究成果来确定甘肃竹枝词的取舍范围。

(一)以"竹枝"为名的诗歌。《中华竹枝词·甘肃卷》《历代竹枝词》《中华竹枝词全编·甘肃卷》将一些明确题为"竹枝词"的甘肃竹枝词遗漏了。例如无名氏《俄博岭界碑竹枝词》1 首、金人望《竹枝词》16 首、胡鈇《辛巳年立春竹枝词四首》、蒲耀新《麦场竹枝词》4 首、巨国桂《秦安竹枝词》20 首、杨巨川《新五泉竹枝词》8 首、张建《行役竹枝词》6 首、《消夏竹枝词》9 首等,这些竹枝词我们都收入本书。

(二)以"杂咏""杂诗""杂事""杂兴"等为名的竹枝词。竹枝词中还有以"杂咏""杂诗""杂事"等为题的诗歌,它们歌咏风土,内容广泛,学界历来将其作为竹枝词看待,例如元萨都剌《上京即事杂咏》、纪昀《乌鲁木齐杂诗》、黄遵宪《日本杂事诗》等。清代以来,以"杂咏""杂诗""杂事"等为题歌咏甘肃风土的竹枝词也较多,许多诗歌《中华竹枝词全编·甘肃卷》等三种书都未收。如沈青崖《甘凉杂兴》6 首、胡季堂《丁亥夏六月于役岷阶道中杂咏》16 首、毕沅《山行杂诗》12 首、杨廷理《道中杂诗》14 首、张澍《闲居杂咏》12 首、陆廷黻《阶州道中杂咏》30 首、刘尔炘《辛亥杂感》30 首、杨巨川《小蓬莱杂咏》9 首、《青城杂咏》20 首、高一涵《边行杂咏》18 首、《陇游杂

---

① 　参看孙杰《竹枝词发展史》第一章第三节《竹枝词名称汇考》,上海人民出版社 2014 年版。

诗》8 首、《河西道中杂咏》8 首、王永清《甘州杂咏》12 首、王烜《杂诗十二首》等,也是以竹枝词的形式歌咏甘肃风物民情,我们也都收入本书。

(三)以"纪游""纪行""纪事""即事"等为名的诗歌。这类诗歌是否为竹枝词,孙杰先生《竹枝词发展史》没有进行界定。但是《中华竹枝词全编·甘肃卷》将董平章《山村元夕纪事》、张建《临洮杂事诗》等收录其中。另外,《中华竹枝词全编》还将李瀛洲《京华即事诗》、富察敦崇《都门纪变》、任兆麓《海南纪事》等作品也收入书中,可见这类诗歌也是竹枝词的一种。这类诗歌《中华竹枝词全编》等三种书未收的有元马祖常《河湟书事》2 首、清查嗣瑮《同喀中丞自皋兰渡河至凉州途中作》9 首、沈青崖《敦煌即事》2 首、王世锦《洮州即事》8 首、沈峻《东行途中即事》8 首、王树柟《清凉山道中》4 首、《凉州道中》11 首、《甘州道中》9 首、《肃州道中》8 首、《安西道中》14 首、苏履吉《洮州即事叠韵》4 首、《兰州武闱校试纪事》8 首、民国高一涵《河洮纪游》12 首、于右任《敦煌纪事诗》8 首、《万佛峡纪行诗》4 首、王烜《阿阳即事》4 首等,我们也都收入本书。

(四)以"歌""谣""曲""词"等为名的竹枝词。这类诗歌比较接近民歌,一般把这类诗歌都看作竹枝词的变体。例如《中华竹枝词全编》中就收录了汤显祖《岭南踏灯词》、任侠《清江曲》、李祯《新安谣》、黄遵宪《琉球歌》等。这类诗歌《中华竹枝词全编》等三种书未收的有明杨一清《录民谣》13 首、吕柟《岷州曲》1 首、赵时春《河西歌》12 首、万世德《塞下曲》8 首、赵用光《兰州谣》4 首、清王心敬《塞下曲》2 首、《玉门曲》3 首、《塞上曲》5 首、王士禛《秦中凯歌十二首》、吴之琠《城东踏春词》1 首、毕沅《玉门柳枝词》1 首、杨鸾《凉州杨柳词》4 首、张澍《凉州词》4 首、李銮宣《塞上曲》7 首、瑞元《塞上曲》4 首、苏履吉《迎春词》3 首、铁保《塞上曲》4 首、陈钟秀《新年词》4 首、民国王烜《杨柳词》1 首等。这些作品我们也收入本书。

(五)以"八景""十咏"等为题的竹枝词。明清以来,各地歌咏当地美景的竹枝词也比较多,大多以"八景""十咏"为题,例如《中华竹枝词全编》收录的陈献章《半江十咏》、胡助《东湖十咏》、刘梦兰《蓬莱十景》、徐以暹《茶山十景》等。这类诗歌《中华竹枝词全编》等三种书未收的有清程德润

《若己有园十六景》、巫揆《金城十咏》、刘元机《金城十咏》、陈钟秀《洮阳八景》、《岷阳八景》、民国何映甫《兰州八景》、丁俊《宁河八景》、陈嘉谟《刘家峡十咏》等。这些作品我们也收入本书。

（六）以"绝句"为题的竹枝词。这类竹枝词相对较少，《中华竹枝词全编》收录的有成书《伊吾绝句（仿竹枝）》、龚诩《民风绝句》等。这类诗歌《中华竹枝词全编》等三种书未收的有明杨一清《白水江舟中十三绝句》、清叶映榴《过皋兰八绝句》、王垣《枝阳绝句》4 首、民国高一涵《兰州绝句》11首等。这些作品我们也收入本书。

《中华竹枝词全编》中将一些甘肃竹枝词收入其他省区，需要修正。例如宋代著名学者李复《竹枝词十首》被收入《陕西卷》，李殿图《番行杂咏》40 首被收入《西藏卷》，宋弼《西行杂咏》46 首、林则徐《塞外杂咏》8 首被收入《新疆卷》，这些作品经过笔者的详细考证，都作于甘肃，反映甘肃的风土民情，应该收入甘肃竹枝词。①

《中华竹枝词全编·甘肃卷》所收竹枝词数量虽然较多，但其中收录了一些不是甘肃竹枝词的诗歌，由于诗题或者诗句的误导，致使编者收入《甘肃卷》。如此书所收明杨士奇《道中戏效竹枝》、清吴象弼《竹枝词》4 首、樊大基《庆阳竹枝词》、阮文藻《泾川竹枝词》12 首等，经过笔者详细考证辨析，这些诗歌与甘肃无关，不应收入甘肃竹枝词。②

二、甘肃竹枝词的内容及历史文化价值

本书共收集宋代以来 140 位作家的 1967 首竹枝词，其中宋元明时期有11 人 107 首，清代 39 人 472 首，近代 62 人 826 首，这也与陇右文学发展的历史进程以及中华竹枝词在清代、近代创作鼎盛的发展历史比较吻合。这些竹枝词都是诗人在甘肃所作或者与甘肃的历史文化有关，形式多为七言四句的竹枝词正体，也有个别五言的诗歌，题材多样，内容丰富，广泛地反映

---

① 参看拙作《〈中华竹枝词全编·甘肃卷〉补正》，《古籍整理研究学刊》2022 年第 5 期。
② 同上。

了宋代以来甘肃的政治、经济、历史、地理、文化、气候、物产、民族、宗教和风俗民情，对于我们了解甘肃历史文化和社会变迁具有重要的参考价值。

（一）反映陇右政治军事斗争

陇右自汉唐以来一直是丝绸之路的重镇，在政治、经济、军事方面都有重要的地位。唐代自贞观至天宝的百馀年间，唐王朝对河陇的经营和屯田使陇右地区边防巩固，政治稳定，经济繁荣。《资治通鉴》卷二百一十六记载：唐天宝十二载（753），"是时中国盛强，自（长安）安远门西尽唐境万二千里，闾阎相望，桑麻翳野，天下称富庶者，无如陇右"①。"安史之乱"以后，唐王朝调河西陇右的精兵到中原平叛，西北防守虚弱，吐蕃乘机占领了河西陇右的广大地区。西夏建立以后，陇右各地又陷于西夏统治。

宋神宗元丰四年（1081），熙河经制李宪攻取熙州、岷州、兰州等地。宋代诗人李复熙宁年间曾任熙河转运使，南宋高宗时期又任秦凤路经略安抚、秦州知州等职，对宋、金时期陇右的社会状况比较了解，其《竹枝歌十首》真实地记录了宋金时期陇右的政治军事斗争和社会状况。其三写道："东来健儿身手长，不随伍籍习弓枪。何须官廪请租税，白昼衣食出道傍。"②"东来健儿"指平定陇右的宋军。他们不但享受国家的粮饷，而且经常白天勒索行人财物，中饱私囊。其四又云："短衫窄袖上马轻，空手常喜烟尘行。论功何须问弓剑，自有主将知姓名。"很多士兵平时耀武扬威，根本不上战场杀敌立功，但是主将却经常给他们记功，诗人讽刺了军中苦乐不均、黑白颠倒的腐败现实。其六云："蕃兵入市争卖田，汉人要田蕃无钱。有田卖尽走蕃去，却引生羌来寇边。"蕃兵指宋代在边境地区招募少数民族组成的边境守军。这些人入城以后经常强占田地，然后卖给汉族百姓换钱来花，田地卖完了钱花完了就投奔其他少数民族部落，然后怂恿他们来攻打宋朝。其七又云："白羌纷纷来攻城，羌酋确走杀汉民。汉民当前死不惜，瓯脱更有杀来人。"白羌即白水羌，是生活在甘肃天水、陇南一带的羌人。当宋、金、

---

① 司马光：《资治通鉴》卷二百一十六"玄宗天宝十二载"条，中华书局 1956 年版，第 6919 页。
② 本书所引甘肃竹枝词在正文中都详细注释了文献来源，这里不再一一注释。

吐蕃在陇右地区混战的时候,许多羌人也乘机作乱,与汉族百姓互相仇杀,使陇右地区的社会生产遭到空前破坏。

明朝建立以后,西北地区还有蒙古鞑靼部落经常侵扰,朝廷连年用兵,河西、陇右也是战乱频仍。甘肃著名诗人赵时春《河西歌》12首有详细的记载,其五云:"山河千里控庄浪,西接西番北小王。不禁残胡渡黑水,尽驱熟户入洮阳。"庄浪即今兰州市永登县。北小王即东察合台汗国阿黑麻可汗。阿黑麻之子满速儿即位以后,占领沙州、瓜州,不断进犯甘肃。其七又云:"设有先声闻不剌,更联铁骑屯庄浪。夹河夜半催金鼓,应见胡王死汉疆。"不剌即亦不剌,鞑靼部落首领之一。嘉靖初,亦不剌驻牧贺兰山后,数扰边。嘉靖四年,周尚文屯兵永登,大败鞑靼。《明史·周尚文传》载:"周尚文,字彦章,西安后卫人。……嘉靖元年,改宁夏参将,寻进都指挥同知,为凉州副总兵。有御史按部庄浪,猝遇贼伏,尚文亟分军拥御史行,而自引麾下御贼,射杀数人,贼遁去。"[1]"胡王死汉疆"指周尚文击杀小十王事。《明史·周尚文传》又云:"启秩、吉囊大入,抵固原,(刘)天和时已为总督,激尚文立功,奋击之黑水苑,杀其子号小十王者,获首功百三十馀,乃以为都督同知。"[2]此诗可以诗证史,堪称"诗史"。

万历年间,陇右发生了"洮河之变",明廷命令兵部尚书兼右都御史郑洛带兵平叛,陕西按察使佥事万世德随军赞划,他写了《塞下曲》8首详细记述了当时的战事。其二写道:"欃枪夜指金城垒,帝命元戎推上宰。十万连营下北庭,军声直拟吞沧海。"写了明军的军容整齐和声势浩大,具有强烈的必胜信念。其六又道:"龙旗春厌九关闲,稽首名王已汗颜。莫唱焉支旧时曲,马箠直断合黎山。""稽首名王"指撦力克投降事。《明史·郑洛传》:"会撦力克北归谢罪,乞复贡市。洛乃进兵青海,走火落赤、真相,焚仰华,置戍西宁、归德而还。"[3]此组诗也有珍贵的历史文献价值。

明末清初,由于明朝政治腐败,各地农民起义风起云涌。李自成曾派贺

① 张廷玉:《明史》卷二百一十,中华书局1974年版,第5580—5581页。
② 张廷玉:《明史》卷二百一十,中华书局1974年版,第5581页。
③ 张廷玉:《明史》卷二百二十二,中华书局1974年版,第5852页。

锦等人进攻河西陇右地区,兰州、张掖等地的战争最为残酷。甘肃诗人王永清《甘州杂咏》曾纪其事。贺锦占领兰州以后,又带兵直指河西,夺取了甘州城。甘肃巡抚林日瑞、总兵马爌等都被处死。王永清《甘州杂咏》其一〇云:"七万生灵血化丹,合黎山下夕阳残。凄凉一曲《天山雪》,唱到无声六月寒。"清代甘肃戏曲家马羲瑞(马爌子)有《天山雪》传奇搬演其事。《(乾隆)甘州府志》卷十五载:"郭人麟《跋天山雪传奇八首》其八注:《明史》:'贼屠四万七千人。'或云七万,尸与城平。"①《明史·盗贼传》亦云:"攻兰州,总兵马爌、副将郭天吉、中军哈维新、姚世儒等皆死,杀居民四万七千人。"②史书记载贺锦在甘州杀居民"四万七千人"或"七万"人,虽有夸大之词,但是明末战乱确实给陇右百姓带来了巨大的灾难。

清朝建立以后,陇右地区也曾爆发过回族米喇印、丁国栋的反清起义,可惜没有相关的竹枝词记载。康熙年间,因为撤藩导致平西王吴三桂等人举兵反清,发生了震惊朝野的"三藩之乱"。陕西提督王辅臣也响应吴三桂,占领了平凉等地,屡败官军,陇右形势极为严峻。清廷派大将军图海带兵征讨,又有甘肃总兵孙思克与靖逆侯张勇、奋威将军王进宝合力讨伐,王辅臣腹背受敌,力屈粮匮,束手请降。著名诗人王士禛曾有《秦中凯歌十二首》(《平凉凯歌》)专记其事。王士禛《居易录》卷十七载:"当王辅臣之叛,秦陇震惊,(孙)思克与靖逆侯张勇、奋威将军王进宝同心讨贼,戮力王室,会故大学士文襄公图海大军入关,秋毫无犯,王师屡战屡捷。贼所据惟平凉一城,腹背受敌,力屈粮匮,束手请降。河西三大将之功为多。……予昔作《平凉凯歌》……此诗曾经御览云。"③其七云:"虎狼十万竞投戈,不唱三交陇上歌。朝见降书来北地,暮看烽戍罢朝那。"写了王辅臣势穷力蹙,束手投降,陇右平定的真实状况。"三交陇上歌"指《陇上陈安歌》。《晋书》:"安善于抚接,吉凶夷险与众同之,及其死,陇上歌之曰:'陇上壮士有陈安,

---

① 钟赓起:《甘州府志》卷十五,乾隆四十四年刻本。
② 万斯同:《明史》卷四百零八,清抄本。
③ 王士禛:《王士禛全集》第五册《居易录》卷十七,齐鲁书社 2007 年版,第 4018 页。

躯干虽小腹中宽，爱养将士同心肝。'"①这里歌颂了河西三将奋勇杀敌的战斗精神。其一一又云："河西三将气如虹，百战功名次上公。诏下一时齐虎拜，汉朝争羡窦安丰。"自注："将军张勇进爵靖逆侯，提督王进宝进奋威将军，总兵官孙思克进凉州提督。"平定"三藩之乱"，河西三将功绩卓著，清廷也给他们加官进爵，一时崇荣无比。此组诗也具有重要的历史文献价值。

　　乾隆年间，陇右地区又发生了回族苏四十三、田五领导的反清起义，但是没有相关的竹枝词记载。同治年间，甘肃又发生了白彦虎等人领导的回民起义，陇右地区又陷入长期的战乱之中。福建诗人董平章《山村元夕纪事》、甘肃诗人陈钟秀《元宵》等竹枝词曾记其事。董平章《山村元夕纪事》其一云："荒坟影遍灯球闪，空谷声遥爆竹传。城里正当多事日，山中犹似太平年。""城里正当多事"指当时陕甘发生的回民起义。其《闻警》诗自注云："正月廿二晚，自上元西和、盐关回变起后，顷复传石家关聚匪千馀，贾客弃赀逃走，庄民皆连夜上堡。"②陈钟秀《元宵》其二亦云："满城灯火乐融融，曾记今宵兴不穷。一炬只留焦土在，劫灰冷落月明中。"临潭经过战乱以后，很多地方变成了焦土，可见战乱所造成的严重破坏。

　　辛亥革命虽然推翻了满清王朝的统治，结束了中国两千多年的封建帝制，但是辛亥革命的胜利果实又被北洋军阀袁世凯窃取，没有真正实现民主共和，所以很多有识之士对当时的政治现实颇为不满。兰州诗人刘尔炘《辛亥杂感》30首真实地记述了诗人在辛亥革命前后面对时局变化的复杂矛盾心态。其二云："中原国手渺岐黄，何处能寻续命汤。还是庸医才调大，争言海上有奇方。"此诗以医术来比喻政治，讽刺了袁世凯等人不懂救国救民的方法，一味地争权夺利，甚至将治理国家的大事寄托在外国人身上，表现了诗人的愤懑和无奈。其二二云："狂歌怒骂响雷霆，拔剑风来草木腥。天地动摇神鬼悸，鲸鲵俯首下沧溟。"此诗讽刺军阀为了私利不停地争权夺利，互相攻击，却没有想到西方侵略者虎视眈眈侵略中华的野心。兰

①　房玄龄等：《晋书·刘曜载纪》卷一百三，中华书局1974年版，第2694页。
②　董平章：《秦川焚馀草》卷五，清光绪二十七年刻本。

州诗人杨巨川《光复纪念会竹枝词》也讽刺了民国初年兰州上层政治的腐败和混乱。其一云："纪念初逢光复期,六街新饰柏松枝。警官不管巡逻事,碌碌沿门卖国旗。"自注："由督府制国旗,一面售钞八百文。"统治者不管民生疾苦,一味地粉饰太平,甚至借机牟利,中饱私囊。

民国时期,甘肃军阀各立山头,争权夺利,战乱不断。1928 年,马仲英在河州发动回族群众起义,反对甘肃督军刘郁芬,进攻河州,刘郁芬派兵镇压。河州战乱导致甘肃临夏等地民不聊生,饿殍遍野。张建《临洮杂事诗》《行役竹枝词》《消夏竹枝词》,徐绍烈《和质生行役竹枝词》《和质生消夏竹枝词》等均有详细记载。如张建《行役竹枝词》其五云："满目兵戈过一年,郊原苦战阵云连。光阴转盼秋防急,洗甲银河挽九天。"诗人对军阀争权夺利,不顾老百姓死活的恶行非常愤慨,只能盼望战争早日结束,让老百姓能过上太平的日子。

(二)实录陇右百姓生产生活

"安史之乱"以后,陇右地区陷于吐蕃。宋、金、西夏并立之时,陇右地区也是战争的前沿,战乱频仍,社会生产遭到了极大的破坏,老百姓长期生活于水深火热之中。李复《竹枝歌十首》曾详细记述了战乱带给陇右百姓的苦难。明朝建立以后,陇右地区也经常受到鞑靼残部的侵扰,加上各种天灾人祸和官府的盘剥,老百姓的生活依然极为困苦。正德初年,杨一清任三边总制,巡抚陕西,他看到河西一带天灾人祸频仍,曾上书武宗皇帝请求赈灾,又写了《录民谣》13 首详述其事。其八云："连年雨少麦苗枯,时雨今年勾也无。雨足麦收农莫喜,要偿私债与官租。"陇右地区连年旱灾,收成锐减,好不容易遇到风调雨顺了,还要从收成中偿还所欠私人的账和完官府的租税,老百姓最后所剩无几,生活依旧困苦。其一〇又云："前年官府踏灾伤,只作奸人贸易场。以熟作荒荒作熟,贫家赋税一般偿。"官府和奸商互相勾结,把本来应该赈灾的钱粮贪污,朝廷蠲免灾民的赋税依旧征收,灾民更是雪上加霜,痛苦不堪。

明代兰州老百姓除了遭受战争的痛苦,还要忍受官府的压榨剥削,生活状况非常困顿凄惨。万历三十八年(1610),赵用光有《兰州谣四首》记录兰州百姓的苦难生活。其一云："西安绒作有机房,叵耐兰州捻线忙。一掬线成千掬泪,染将血色奉君王。"其二云："门前日日逼姑绒,官价称来转手空。机上残绒续不得,土房檐外哭西风。"姑绒是兰州人用山羊绒织造的绒褐,精美异常,为兰州进贡朝廷的重要贡品。据《明实录·神宗实录》载刑部左侍郎吕坤奏言："洮兰之间,小民织造,货贩以糊口。自传造以来,百姓苦于催逼,弃农而捻线者数百万人,提花染色,日夜无休。"①官府逼迫百姓织兰绒,但是把价钱压得很低,老百姓只能悲伤哭泣又无可奈何。甘肃百姓还要忍受肃王的抢夺和欺凌。《兰州谣四首》其三写道："村村村落半红墙,尽属兰州一字王。民地夺来粮不要,穷民无地郤包粮。"明代肃王占有大量的庄田,在兰州、榆中、定西、通渭等地都有大量的马场。老百姓的土地被肃王强占以后,没有地方种粮食,朝廷又不减免税粮,只有在一些角落里面种地,自然食不果腹,生活凄惨。

到了清代,陇右地区依然天灾不断,战乱频仍,百姓生活更加困苦,成为"苦瘠甲天下"之地。道光年间叶澧《甘肃竹枝词》其五一云："只愁宁远迤南去,苦到西和更不同。"其五二又云："谚云还有巩昌漳,壤接岷洮各一方。"自注:"谚云:'合水只喝水,两当不可当。莫言崇信苦,还有巩昌漳。'言四县之苦也。"可见陇右广大地区百姓生活的困苦已经是普遍承认的现实。

陇右地区在清代"苦瘠甲天下"的主要原因除了战乱频仍之外,就是气候寒冷,自然灾害多,生产方式落后。《太平寰宇记》曾云:"地接陇山,节气常晚,仲夏花木始开,不产丝蚕。"②叶澧《甘肃竹枝词》其三二云:"绝少渠塘堰水沟,禾苗多是望天收。经旬无雨频忧旱,扛出龙王共祷求。"陇右地区气候寒冷,庄稼只能一年种一季,又没有水利设施灌溉,只能靠天吃饭。但此地气候多变,经常有旱灾、冰雹、白雨等自然灾害,导致庄稼收成不好。老百姓面对旱灾,除了祈求龙王降雨,再无他法,遇到白雨、冰雹等自然灾害的时候还有用大炮轰打的习俗。叶澧《甘肃竹枝词》其三一云:"边地阴寒

---

① 《明实录·神宗实录》卷三百零九"万历二十五年"条,中华书局2016年版,第5777页。
② 乐史:《太平寰宇记》卷一百五十,文渊阁四库全书本。

忽放晴,满天云气动雷声。黑霜白雨严攻击,高处喧呼大炮轰。"宋弼《西行杂咏》其二一亦有句云:"城头列炮似临戎,御雹惊闻用火攻。"自注:"岷州在万山中,岚气殊异。每东北有怪云必雹,居民辄请鸣炮以御。故城楼置三炮,药石实之。"

由于长期的自然灾害和生产落后,陇右地区百姓的生活极其困苦,衣食住行都很简陋,引起了许多西行诗人的同情,许多竹枝词对此都有详细记载。如祁韵士《陇右竹枝词》其五云:"日食须钱仅数铢,附身襦裤贱而粗。毡裘以外无长物,四季披来总不殊。"王煦《兰州竹枝词二十四首》、叶澧《甘肃竹枝词》也对当时陇右百姓的衣食住行有较细致的描述。

陇右老百姓的饮食极为简单粗劣,主要以面食为主,最常见的就是浆水面和洋芋。胡朴安《中华全国风俗志》云:"甘肃多山,人口稀少。民食以麦豆为大宗,面包、豆饼,不一日或缺。"①叶澧《甘肃竹枝词》其四三云:"平台锅灶炕前头,卖饭家家倩女流。梭里麻同浆水面,好攀过客小勾留。"陇右地区种植最广的是洋芋这种高产作物,老百姓一年四季靠它来充饥。清陆廷黻《阶州道中杂咏三十首》其一七云:"山田苦瘠水田稀,劚尽黄精不疗饥。好是残年风雪里,一家闲坐饱蹲鸱。"王笠夫《西固竹枝词》其二亦有句云:"蓄有蹲鸱岁足凭。"自注:"蹲鸱,洋芋。"陇右很多地方老百姓粮食较少,蔬菜缺乏,春天还要挖野菜来充饥。吴之珽《陇西竹枝词》其二云:"陇头三月绿初生,陇上女儿挑菜行。大妇提筐小妇继,春风一路铲刀声。"

陇右老百姓的衣服也大多破旧不堪,甚至一年四季都身披毡裘(一种粗毛织的衣服)。李銮宣《塞上曲》云:"一领羊裘便消夏,边城六月有飞霜。"许多贫苦百姓连粗布衣服都没有,甚至许多少女都是衣不蔽体。叶澧《甘肃竹枝词》其四〇写道:"蓬头垢面妇人侔,披着衣襟向外游。更有女郎十一二,身无尺布可遮羞。"可见当时老百姓的贫苦凄惨。

陇右一些地方干旱少雨,老百姓的饮水都很困难。河西地区主要靠祁连山雪水来灌溉和饮用。兰州百姓只能挑黄河水来饮用,甚至出现了专门

---

① 胡朴安:《中华全国风俗志》下编《甘肃》,河北人民出版社1986年版,第347页。

卖水的人。陈炳奎《金城竹枝词》其四有句云："枯木生涯担一肩,纷纷鱼贯唤街前。"陇中地区最为干旱,河水干涸,只能采用"窖水"。清王煦《兰州竹枝词二十四首·窖水》云："曾闻谷汲在山乡,穷谷无泉有窖藏。马溺牛溲任腥秽,略沾土气便清香。"自注："安定西数站,山高土厚,掘井不能及泉,因作窖于低洼处。凡天雨与人畜诸溺,皆聚之,名曰'窖水'。"窖水的来源比较复杂,又是长期储存的死水,因此水质很差,影响老百姓的健康。

陇右百姓住的多为土屋,也称板屋,屋里有土炕,冬天靠烧炕取暖。汪士铉《岷州竹枝词》其一云："家家板屋留风土,半是岐阳旧样民。"自注："秦州以西,居民多用薄板覆屋,压以乱石,岷州人谓之槎板。"板屋是用木板建造的房屋。《汉书·地理志》云："天水、陇西,山多林木,民以板为室屋。"①陇右天气寒冷,家中多烧炕取暖。叶澧《甘肃竹枝词》其四二云："土炕纵横丈八长,几人颠倒睡如床。懒残煨尽终宵火,怪是熏笼异样香。"王煦《兰州竹枝词二十四首·粪炕》亦云："何事衾裯叠象床,庄家自有黑甜乡。采将芨芨编为席,马屎熏来暖又香。"自注："土人睡炕,并无被褥,惟铺芨芨草席一张,熏以马牛诸粪。初入室,臭不可耐,久之亦不觉矣。"烧炕用的燃料一般是干草和土块混合物,还有晒干的牛粪、马粪等,许多南方人非常不习惯。

陇东一带黄土层非常厚,人们凿洞而居,创造了独具特色的窑洞建筑。宋弼《西行杂咏》其三三云："高低罗列似蜂巢,横挂田塍细路交。陶穴生民几千载,邠风何用更于茅。"自注："凿穴而居,入豫已见之。至邠,行两山间,凡缘山依涧,点点如蜂窠,皆聚落也。间睹屋宇,盖有力者为之。"陶穴指古代凿地而成的土室。这里指陇东的窑洞。《诗·大雅·绵》："古公亶父,陶复陶穴,未有家室。"郑玄笺："凿地曰穴,皆如陶然。"②苏履吉《灵台竹枝词十首》其一亦云："十处人家九住窑,半居崖畔与山腰。土垣数堵门楼起,便是村中小富饶。"

陇右百姓出行主要靠马车、牛车和骑毛驴,甚至妇女也能骑驴。陈子简《兰州上元竹枝词》其二云："乡村妇女上街难,个个骑驴是一般。"苏履吉

---

① 班固:《汉书·地理志》,中华书局1962年版,第1644页。
② 王先谦:《诗三家义集疏》,中华书局1987年版,第835页。

《灵台竹枝词十首》其五亦云："但惯骑驴不坐车,每逢佳节返娘家。"巨国桂《秦安竹枝词》其八亦云："青驴背上试腰支,蒙面乌纱护艳姿。"自注："秦妇出门必蒙面,善骑驴,无鞍鞯。"乡村妇女坐牛车或骑驴出行,城市妇女大多坐马车。叶澧《甘肃竹枝词》其三九有句云："厂车拥坐乱云鬟,手抱婴儿马上闲。"厂车即敞车,指没有车篷的车。

陇右还有一种高大的马车,也称圈车、凉州大车,主要用于长途交通运输。宋弼《西行杂咏》其一九云："八尺为轮三尺舆,黑河径过眇愁予。关西匠民经营好,利涉方知用不虚。"清赵钧彤《西行日记》"乙巳二月初五日记"云："走关外者,皆凉州大车。车轮高八九尺,名高脚车,而轮裹厚铁,一轮重数十斤,坚固禁大风,故又名铁车。"①叶澧《甘肃竹枝词》其三六亦云:"匹马单骡车是圈,黄烟东去布西旋。高坡欲下先麻脚,加套扶轮曳岭巅。"自注："双轮直下,势必翻车,舆人绳缚一轮,不能转动,谓之麻脚。"这里详细写了大车下山、上山时的赶车技术。下山需要"麻脚",控制车速。上山需要"加套",把其他车上的骡马解下来,加在这辆车上一起拉,这样才能将车拉到山顶。

骆驼也是陇右地区的重要交通工具。骆驼善于奔跑,能忍饥耐渴,惯于在沙漠戈壁行走,是沙漠旅行的重要工具,俗称"沙漠之舟",在丝绸之路的商业活动中扮演了重要的角色。张澍的《橐驼曲》其四云："炎天酷日放青山,才到秋凉便搭班。生个驼儿仍自负,河南湖北走循环。"其六云："草豆为刍又食盐,镇番人走惯趱趋。载来纸布茶棉货,卸到泾阳又肃甘。"秋凉之时,河西人搭帮结队,牵着骆驼走四方,进行商贸活动。他们从甘肃驮上烟草等物到北京、河北等地贩卖,又购买茶叶、纸、布、棉等物运到陕西、甘肃等地,促进了各地的经济交流。

兰州一带的水路运输主要靠羊皮或牛皮筏子,俗称排子,或称"革囊",是黄河沿岸一种古老的摆渡工具。它由十几个充气的牛皮或山羊皮"浑脱"组成,可以作渡船用。叶澧《甘肃竹枝词》其八〇云："河流涨发水无边,

---

① 吴培丰:《丝绸之路资料汇钞·清代部分》(上),中国文献珍本丛书,全国图书馆文献缩微复制中心 1996 年版,第 90 页。

几个牛皮架作船。渡过行人还渡马，升沉由命命由天。"到了近代，羊皮筏
子依然是兰州黄河上的重要交通工具，高一涵《兰州绝句》其六云："船自方
方囊自圆，小于舴艋疾于弦。日斜风定人归后，拾起虚舟荷半肩。"羊皮筏
子还曾经是报汛的重要工具，清代著名诗人张九钺《羊报行》曾详细描述了
兰州黄河上羊皮筏子报汛的情景。

　　兰州人民在长期的生产生活中还发明了兰州水车、船磨等生产工具。
兰州水车是明代嘉靖年间兰州进士段续发明的，造型奇特，巧夺天工，曾经
作为提水灌田的生产工具，在甘肃农业发展史上起到过非常重要的作用。
宋弼《西行杂咏》其二五云："巨轮十丈水争飞，架木通畦黍麦肥。直引黄流
到天上，机心漫笑汉阴非。"自注："兰州北枕黄河，民间缘岸作大轮，借水势
戽水灌田，可上五六丈许。汉阴抱瓮殆虚言，而实用微矣。"叶澧《甘肃竹枝
词》其二五亦云："水车旋转自轮回，倒雪翻银九曲隈。始信青莲诗句巧，黄
河之水天上来。"民国时期兰州黄河边依然能看到水车灌田的情景。黄国
华《兰州杂咏》其二二云："水车日夜未尝停，水在金城头上行。蔬菜禾苗碧
万顷，丰收原不关阴晴。"船磨也是兰州人民的发明，将水磨与船相结合而
制成，浮在河沿边以磨面。叶澧《甘肃竹枝词》其二六云："石磨如何仗水
冲，转旋上下势相从。枢机一动无停息，霏雪霏霜玉屑重。"这些发明创造
大大促进了兰州的农业生产，改善了百姓生活，体现了陇右人民的智慧。

　　陇右地区处于农耕区和畜牧区的交织地带，当地也饲养牛、羊、骆驼等
家畜，因此生产的毛褐也非常有名。秦汉时期，陇右百姓已经用牛、羊、驼等
动物毛纺线织衣，"捻毛为线，织褐为衣"，毛褐成为当地人最重要的衣服原
料。明清时期，陇右出产的毛褐非常有名，"兰绒"也是明朝甘肃主要的贡
品，赵用光《兰州谣四首》有详细记述。叶澧《甘肃竹枝词》其二七亦云："不
事蚕缫织锦功，牛毛羊毳捻能工。秦安褐胜加道褐，撒拉绒齐线罩绒。"秦
安褐、加道褐、撒拉绒、线罩绒（即兰绒）俱产于甘肃，可见甘肃毛纺织业的
发达。因为官府和市场对毛绒的需求较大，甘肃人大多在闲暇时间就抓紧
捻线，甚至一些地方官员在公事之馀也抽空捻线，成为边地官场的一个奇特
景观。叶澧《甘肃竹枝词》其二八有句云："簿书刚罢浑无事，袖里轻挑捻褐

毛。"因为织毛褐的需要,民间甚至还出现了"男捻羊毛女种田"(叶澧《甘肃竹枝词》其二九)的奇异景象。

陇右地区是西北的交通要道,也是丝绸之路的"黄金路段",汉唐时期商旅往来,经济繁荣。虽然宋代以后丝绸之路随着造船技术的发展,从陆路变为海路,但陇右依然是西域和中原商业贸易的重要通道,兰州、武威、张掖等地商人云集,促进了陇右的经济发展。元代马祖常《河湟书事二首》其二云:"波斯老贾度流沙,夜听驼铃认路赊。采玉河边青石子,收来东国易桑麻。"可见元代时陇右一带依然有西域商人前来经商。

到了清代,随着清王朝平定西域,新疆进一步统一,河西、陇右等地成为各地商人聚集的地方,而省城兰州也是西北商品的集散地。兰州城里商旅云集,南北货物繁多,非常繁华,不但有中原的茶叶、粳米、烟草、雨缨、毛褐等,还有西域的绒毯、氆氇、番锦、玉器、藏红花、葡萄、骏马等,叶澧《甘肃竹枝词》中就有详细记载。其七云:"栽绒垫褥细绒毡,驼线羊条氆氇全。更有哈喇回子锦,堆花毛毯色新鲜。"这里还有新疆、甘肃各地出产的著名玉石如和田玉、狄道玉、天山碧玉等。其八云:"玉器挑竿一手持,带钩挥指佩环垂。老山玉杂新山玉,狄道石兼玛纳斯。"这里还有从新疆贩来的藏红花、葡萄、喀什噶尔马、草上霜羔裘等货物。其一一云:"口外争夸货物高,藏红花与藏葡萄。驼来喀什噶尔马,草上霜珠重骨羔。"兰州还有内地运来的粳米、茶叶等生活用品。其一二云:"捆载回巢暑雨天,汗牛充栋费多钱。重重封固知何物,京米山茶锭子烟。"可见当时兰州市场的繁荣景象。

(三)赞美陇右名胜古迹

陇右地区,历史悠久,文化灿烂,名贤辈出,这里不仅有伏羲女娲、西王母、黄帝和广成子的传说,也有周秦先祖开创的基业,还有伯夷、叔齐曾隐居的首阳山,五凉、仇池、阴平、宕昌等割据政权的遗迹,更有平定匈奴的霍去病、赵破奴、路博德、安定西羌的赵充国、邓训、六出祁山的诸葛亮、镇守庆阳的韩琦、范仲淹、抗金英雄吴玠、吴璘兄弟征战的遗址、诗圣杜甫流寓陇右的草堂等,在中国文化史上影响深远。许多竹枝词中都表现了对陇右文化和陇右先贤的崇拜之情,留下了许多名篇佳作。

庆阳曾经是周王朝的发祥地,也是中国农耕文化的代表地域。周王朝的始祖后稷喜好农耕,善于稼穑,被舜帝任命为农师,被后人尊为农神、谷神。后稷的后裔不窋继任夏王朝的农官,太康时,不窋因朝廷动乱而避居庆城。不窋和他的孙子公刘在这里教民稼穑,发展农业,并修筑了不窋城,为周民族发展兴盛奠定了坚实的基础。《史记·周本纪》载:"后稷卒,子不窋立……不窋以失其官而奔戎狄之间。不窋卒,子鞠立。鞠卒,子公刘立。公刘虽在戎狄之间,复修后稷之业,务耕种……周道之兴自此始,故诗人歌乐思其德。"①叶澧《甘肃竹枝词》其六六有句云:"环庆城东不窋碑,成周稼事重开基。"《史记》正义引《括地志》云:"不窋故城,在庆州弘化县南三里。即不窋在戎狄所居之城也。"②庆阳还有纪念汉代著名学者王符等人的"潜夫山"和"范韩祠"等名胜古迹,也是许多竹枝词歌咏的对象。

平凉有著名的回山王母宫和崆峒山,也是许多竹枝词歌咏的对象。崆峒山在平凉市西,据说广成子曾在此修道,黄帝曾问道于广成子,为著名道教名山。后来秦始皇、汉武帝西巡时都曾登过崆峒山。叶澧《甘肃竹枝词》其六二有句云:"古郡高平万壑趋,广成问道列仙俱。"《庄子·在宥》载:"黄帝立为天子十九年,令行天下,闻广成子在于空同之上,故往见之,曰:'我闻吾子达于至道,敢问至道之精。吾欲取天地之精以佐五谷,以养民人,吾又欲官阴阳以遂群生,为之奈何?'广成子曰:'而所欲问者,物之质也;而所欲官者,物之残也……'"③广成子为黄帝讲了一番治国保民强身之道,让黄帝大为佩服。这些思想也成为道家思想极为重要的精神财富。

回山在甘肃省平凉市泾川县城西,又名回中山,上有王母宫,为西王母降生地、发祥地和祖庙所在地。西王母为古代传说中的神仙,居住在昆仑山上。据《山海经》载:"其状如人,豹尾虎齿而善啸,蓬发戴胜,是司天之厉及五残。"④《甘肃通志》卷十二"祠祀"载:"王母西真宫,在泾州回中山。"⑤叶

---

① 司马迁:《史记》卷四,中华书局 1959 年版,第 112 页。
② 司马迁:《史记》卷四,中华书局 1959 年版,第 113 页。
③ 郭庆藩:《庄子集释》卷四下,中华书局 2004 年版,第 379—380 页。
④ 方韬注:《山海经·西山经》,中华书局 2011 年版,第 20 页。
⑤ 许容:《甘肃通志》卷十二,文渊阁四库全书本。

澐《甘肃竹枝词》其六九云:"城西名胜是回山,王母当年响佩环。古柏犹存汉时树,蟠桃未许种人间。"《穆天子传》曾记载了周穆王西巡与西王母会于瑶池的故事。六朝志怪小说《汉武故事》《十洲记》《汉武内传》等也记载了汉武帝和西王母欢聚的故事。汉武帝曾向西王母求不死之药,西王母给了五个仙桃,汉武帝想留下桃核来种,西王母说这种桃子三千年一结果,种了也无济于事。李荫桂《泾州竹枝词》其二即写汉武帝会西王母之事,诗云:"宫山之下有瑶池,为忆当年设宴时。果许仙凡能一会,事虽荒渺不须疑。"

　　传说伏羲、女娲、黄帝都生于甘肃陇南、天水一带,因此甘肃也称"羲轩故里",在中国文化史上具有重要意义。传说伏羲"生于仇池,长于成纪"①,天水还有纪念伏羲的伏羲庙,历史悠久,影响颇大。黄国华《兰州杂诗》其二云:"河岳根源故雍州,羲轩故里溯从头。"仇池山在甘肃省陇南市西和县。《三秦记》言:"山本名仇维,其上有池,故曰仇池。"②汉朝末年,氐人杨氏率领部众至仇池,逐渐发展壮大,建立前仇池国、后仇池国,曾经强盛一时,绵延三百多年。《史记》正义引《括地志》曰:"陇右成州、武州,皆白马氏,其豪族杨氏,居成州仇池山上。"③陆廷黻《阶州道中杂咏三十首》其二四云:"杨家难敌与难当,三百年来割据强。太息仇池山下路,居民犹自说杨王。"杨难敌、杨难当均为仇池国君,曾经立下赫赫战功。唐肃宗乾元二年(759)七月,诗圣杜甫应友人之邀,携眷西行到秦州(今甘肃天水),后应友人严武之邀赴成都,经过同谷(今甘肃成县)、徽县、两当等地。杜甫在天水、陇南一带留下了大量诗篇,其中《秦州杂诗二十首》《乾元中寓居同谷县作歌七首》等皆脍炙人口。杜甫曾经登临仇池山,有"万古仇池穴,潜通小有天。神鱼人不见,福地语真传"(《秦州杂诗二十首》其十四)等名句传世。天水、成县都建有祠堂或草堂来纪念杜甫。叶澐《甘肃竹枝词》其五八云:"工部何年返故园,飞龙峡口草堂存。一生心事长安计,秋兴诗篇不尽言。"

---

　　① 罗泌:《路史·太昊纪上》卷十:"天子生于仇夷(《遁甲开山图》云:'仇夷山四面绝立,太昊之治也,即今仇池。伏羲之生处。地与彭池成纪皆西土,知雷泽之说妄也。'),长于起城(今秦治成纪县,本秦之小山谷名)。"文渊阁四库全书本。

　　② 刘庆柱:《三秦记辑注》,三秦出版社2006年版,第88页。

　　③ 司马迁:《史记·西南夷列传》,中华书局1959年版,第2992页。

陆廷黻《阶州道中杂咏三十首》其二二亦有句云："万丈潭边杜草堂,龙湫亦自在其旁。"草堂即成县杜甫草堂,俗称"杜公祠",在甘肃省陇南市成县城东南凤凰山下的飞龙峡口。诗中不仅歌颂了杜甫忧国忧民的爱国情怀,也赞美了他以《秋兴》八首为代表的高超的诗歌艺术。

陇南还有汉代著名学者马融任武都太守时讲学的绛帐台、汉代仇靖撰刻并书丹的摩崖石刻《西狭颂》《耿勋碑》,诸葛亮"六出祁山"时驻兵的祁山堡,邓艾伐蜀修的栈道和"邓邓桥",还有吴玠、吴璘兄弟抗金驻兵的米仓山等名胜古迹,许多竹枝词都有歌咏。

定西市的名胜古迹也较多,古代高士伯夷、叔齐在周朝建立以后,耻食周粟,隐居首阳山,采薇而食,最终饿死,后人建庙祀之。《史记·伯夷列传》云:"武王已平殷乱,天下宗周,而伯夷、叔齐耻之,义不食周粟,隐于首阳山,采薇而食之。"[1]《兰州府志》卷四:"伯夷叔齐庙,在渭源县城东三里。按:渭源在汉本名首阳县地,宜有夷齐庙矣。"[2]叶澧《甘肃竹枝词》其四六云:"鸟鼠山西有古城,首阳高节圣之清。墓前薇蕨犹生白,何处偏同此地名。"首阳山位于甘肃省渭源县东南莲峰镇,因其列群山之首,阳光先照而得名,素以奇秀著称,是古丝绸南路上的一颗瑰丽明珠。诗人认为虽然国内称首阳山的地方较多,但渭源的首阳山最为可信。

定西市临洮县城东有著名的岳麓山,山上有老子飞升台,传说老子西行至此而飞升成仙。岳麓山还有超然台和超然书院,是明代著名政治家杨继盛贬谪临洮时所建。《(乾隆)狄道州志》卷十一曰:"超然台,在州东一里,本名凤台,宋熙宁中蒋之奇改名超然。明嘉靖三十年,杨继盛建超然书院于其上。"[3]椒山书院建成之后,临洮士人学有名师,"人文蔚起,科第联翩",成为陇右文化教育的重镇。临洮人民对杨继盛感恩戴德,立祠祭祀。高一涵《河洮纪游》其三云:"凤去台空曾几时,碧梧斩绝子孙枝。锁林峡口煤如故,留作椒山去后思。"冯国瑞《临洮杂言》其二亦云:"气节文章百世师,萧

---

①　司马迁:《史记》,中华书局1959年版,第2123页。

②　陈士桢:《兰州府志》卷四,清道光十三年刊本。

③　呼延华国修,吴镇纂:《狄道州志》卷十一,乾隆二十八年刻本。

条异代有馀悲。凤台缥缈浮图出，日暮来寻典史祠。"表现了诗人们对杨继盛的无限景仰之情。

历代歌咏兰州名胜古迹的竹枝词更多，这些诗歌为我们艺术地展现了兰州的军事战略地位和山川景物。如叶澧《甘肃竹枝词》其二云："背枕河流面对山，金汤巩固翠微间。尚书台是前王府，四面城墙三面关。"诗中写了兰州城的险要形势和历史地位。兰州前有皋兰山，后有黄河，控河为险，雄踞西北，有"金城汤池"的美誉。清代学者顾祖禹《读史方舆纪要·临洮府》云："（兰）州控河为险，隔阂羌戎。自汉以来，河西雄郡，金城为最。岂非以介戎夏之间，居噤喉之地，河西陇右，安危之机，常以金城为消息哉？"①"前王府"指明代肃王府。明建文元年（1399），肃王朱楧由张掖迁驻兰州，开始大规模营建府邸宫观。肃王府规模宏大，富丽堂皇。《（万历）临洮府志》卷五："肃王府在兰州城中正北。洪武十一年分封汉王于临清，十四年改封肃王于平凉，二十八年国甘州，三十二年遣曹国公李景隆移建于兰府。城高一丈，周围三里。"②明末梁云构《肃园十咏》详细描述了肃王府的宏大和豪华，具有重要的历史文献价值。清乾隆二十九年（1764），陕甘总督署自西安移驻兰州，驻节原明肃王府。陕甘总督总管陕西、甘肃和伊犁三省的军民政务，为清朝九位最高级的封疆大臣之一。叶澧《甘肃竹枝词》其九八云："天下车书一统同，怀柔西域远从风。番蒙回部通川藏，尽在三秦节制中。"也反映了陕甘总督的重要地位和兰州的政治军事作用。

肃王府建有许多花园，极为壮丽，尤以"山子石"和凝熙园最为著名。历代歌咏肃王府花园的竹枝词也较多。如陈中骐《兰州元夕竹枝词》其三写道："女墙空垛色莹莹，眼底风光不夜城。山顶山腰星灿烂，行来石洞听笙声。"自注："山字石女墙上纸糊假垛点灯，光如一道火城。"山字石有地道，据说可以通向五泉山和金天观。清代陕甘总督驻节兰州之后，肃府花园改名节园。民国又称中山公园。园分东园、西园两部（俗称东花园、西花园）。民国高一涵《兰州绝句》其一云："中山园圃各西东，肃邸池台剩百弓。

---

① 顾祖禹：《读史方舆纪要》卷六十《陕西》九，中华书局 2005 年版，第 2871 页。
② 唐懋德：《临洮府志》卷五，万历三十三年刻本。

莫道节园天地小,已吞河岳在胸中。"凝熙园北面临河的城墙上有一座巍峨
的高楼,名"拂云楼",为登高望远的绝佳所在,历来为人们所歌咏,"河楼远
眺"也是著名的"兰州八景"之一。叶澧《甘肃竹枝词》其三有句云:"冠盖
登临游客兴,万峰齐对望河楼。"自注:"望河楼,节署后楼名。"张维《兰州
古今注》:"节园城北有楼曰拂云,初名为'源远楼',下临黄河,故俗谓之
'望河楼'。"①

　　兰州是中国唯一一个黄河穿城而过的省会城市,也是丝绸之路的交通
要道。自汉代以来,兰州就建有金城关扼守黄河要冲。明洪武十八年
(1385),在白塔山下建镇远浮桥,成为西北交通要道。《明一统志》卷三六
"临洮府"载:"镇远浮桥,旧在兰县西一十里。洪武十八年移置城西北二里
金城关。用巨舟二十四横亘黄河,路入甘肃,通西域。"②清代以来歌咏兰州
黄河浮桥的竹枝词也较多。宋弼《西行杂咏》其一九云:"星宿河源九曲遥,
东流人说接青霄。皋兰山下联舟过,海内应无第二桥。"王煦《兰州竹枝词
二十四首·河桥》也写道:"铁索鳞鳞缆百艘,金城日夜撼洪涛。马蹄不识
星原险,天下黄河只一桥。"这些诗文都赞美了黄河浮桥的壮丽形制及其重
要的交通地位。

　　五泉山也是兰州著名的名胜古迹,位于皋兰山北麓,传说为西汉名将霍
去病大破匈奴之地。《汉书·霍去病传》载:"元狩二年春,为票骑将军,将
万骑出陇西,有功。……几获单于子。转战六日,过焉支山千有馀里,合短
兵,鏖皋兰下。杀折兰王,斩卢侯王。"③相传霍去病征西之时,驻兵皋兰山
下,士卒疲渴,霍去病手挥马鞭,连击五下,鞭响泉涌,遂成五泉。《明一统
志》载:"五眼泉,泉有五眼,相传汉霍去病击匈奴至此,以鞭卓地而泉出。"④
五泉山林木清幽,楼阁宇殿错落,夙为陇上名山。其东西两涧瀑布倾泻而
下,景象极为壮观,"龙口瀑布"和"五泉烟雨"同为著名的"兰州八景"。叶

---

① 　张维:《兰州古今注》,《中国西北文献丛书》第三辑,兰州古籍书店1990年影印版。
② 　李贤等:《明一统志》卷三十六,文渊阁四库全书本。
③ 　班固:《汉书》卷五十五,中华书局1962年版,第2479页。
④ 　李贤等:《明一统志》卷三十六,文渊阁四库全书本。

澧《甘肃竹枝词》其三曾写道:"五泉佳胜最难求,千里山川一局收。"马世焘《兰州竹枝词》其四亦云:"名山最爱五泉游,炎夏登临似早秋。烟水茫茫看不尽,一层楼外一层楼。"描写五泉山的竹枝词还有刘元机《兰山五泉》,杨巨川《小蓬莱杂咏九首》《新五泉竹枝词八首》等。五泉山上还建有许多寺观庙宇,为兰州人节日游赏的必选之地。如王烜《四月八日五泉山浴佛会竹枝词九首》、谢干年《五泉山庙会竹枝词四首》等都详细记载了五泉山庙会时的盛况。兰州还有小西湖、白塔山、木塔寺、金天观等名胜古迹,许多竹枝词都有歌咏。

河西地区原属月氏和匈奴旧地,汉武帝元狩年间,霍去病两次西征,击败匈奴,汉王朝在河西设置武威、张掖、酒泉、敦煌四郡,又设阳关、玉门关来据守,河西地区正式纳入中原王朝的版图。《汉书·地理志》:"自武威以西,本匈奴昆邪王、休屠王地。武帝时攘之,初置四郡,以通西域,隔绝南羌、匈奴。"[1]河西也有祁连山、焉支山、三危山、鸣沙山、月牙泉、阳关、玉门关、莫高窟、渥洼池、弱水、嘉峪关等名胜古迹,许多竹枝词都有歌咏。祁韵士《西陲竹枝词·天山》云:"三箭争传大将勋,祁连耳食说纷纷。中原多少青山脉,鼻祖还看就此分。"自注:"祁连山即天山,自张掖以西际于葱岭,绵亘数千里,横跨南北两路,《汉书》所谓南山、北山皆是,未可以一地名之。"《(乾隆)甘肃通志》卷六"张掖县":"祁连山,在县西南二百里,连亘凉、肃,东西延袤千馀里,又名天山,西域呼天为祁连。"[2]汉武帝元狩二年,霍去病在河西打败匈奴之后,祁连山、焉支山成为汉朝的领土。《汉书·霍去病传》云:"元狩二年,霍去病出陇西,涉钧耆,济居延,遂臻小月支,攻祁连山,扬武乎觻得。"[3]《匈奴歌》云:"亡我祁连山,使我六畜不蕃息;失我焉支山,使我妇女无颜色。"[4]"三箭"句指唐代名将薛仁贵平定突厥事,也借指霍去病平定匈奴的武功。庞云《西域杂咏》亦云:"嫖姚一箭定天山,卫烈王庭奏

---

① 班固:《汉书》卷二十八,中华书局 1962 年版,第 1644—1645 页。
② 许容:《甘肃通志》卷六,文渊阁四库全书本。
③ 班固:《汉书》卷五十五,中华书局 1962 年版,第 2480 页。
④ 司马迁:《史记·匈奴列传》,中华书局 1959 年版,第 2909 页。

凯还。更自星槎凿空后,蒲桃天马入阳关。"此诗不但歌颂了霍去病的丰功伟绩,而且赞美了张骞通西域以后,中外商贸往来的繁荣景象。

敦煌的三危山历史悠久,为塞外名山。传说舜曾"窜三苗于三危"(《尚书·舜典》)。清常钧《敦煌杂钞》卷下《三危山》云:"《尚书》孔安国传:'三危西裔之山,舜窜三苗于三危。'《禹贡》'三危既宅'是也。《隋志》:'敦煌县有三危山。'《括地志》:'山在沙州东南三十里,山有三峰,故名。'《都司志》:'三危为敦煌望山,俗名卑雨山,在今城东南三十里,三峰耸峙,如危欲坠,故名。'"①《山海经》也曾说:"三危之山,三青鸟居之。"郭璞注云:"三青鸟主为西王母取食者,别自栖息于此山也。"②《艺文类聚》卷九十一引《竹书纪年》云:"(周)穆王十三年,西征,至于青鸟之所憩。即此山也。"③自此之后,《水经注》《括地志》等都将敦煌的三危山认定为《尚书》中的"三危"了。千百年来,三危山与西王母及三青鸟的故事产生联系,因而声名远播、成为一座名山。王芑孙《西陬牧唱词》其四云:"流沙腾海一重重,路出安西绕白龙。露挹三危酿化洽,玉门关外绝传烽。"自注:"三危流沙,其迹最古。玉门、阳关亦在于是。色尔腾海者,其水最大,近白龙堆。"

敦煌最著名的古迹是莫高窟,俗称千佛洞。位于敦煌市东南 25 千米。开凿在砾石层的断崖上,背靠鸣沙山,面对三危峰,前临宕泉。始建于前秦建元二年(366)(又有晋永和九年,即 353 年之说),后历经北朝、隋朝、唐朝、五代十国、西夏、元朝等历代的兴建,形成巨大的规模,有洞窟千馀龛,壁画 4.5 万平方米、塑像 2300 馀尊,是世界上现存规模最大、内容最丰富的佛教艺术宝地。历代歌咏莫高窟的竹枝词数量较多,内容也极为丰富。著名的有于右任《敦煌纪事诗八首》等。这些竹枝词涉及莫高窟的开凿年代、历代建设的历史、雕塑壁画艺术,还有藏经洞的发现和文物的流失与保护等,可谓敦煌莫高窟的文化史。王芑孙《西陬牧唱词》其三一是最早歌咏敦煌莫高窟的竹枝词。诗云:"雷音千佛起何时?山号鸣沙果亦奇。《集古录》

① 常钧:《敦煌杂钞》卷下,民国二十六年版。
② 郭璞注:《山海经·西山经》,上海古籍出版社 1989 年版,第 29 页。
③ 欧阳询:《艺文类聚》卷九十一,文渊阁四库全书本。

中参阙铁,拓来蝉翼太宾碑。"自注:"鸣沙山在敦煌县南十里……其东有千佛洞雷音寺,不详何代所建,并有唐朝散大夫郑王府咨议陇西李太宾碑。"自1900年敦煌藏经洞被发现以后,敦煌文物、遗书相继被英国斯坦因、法国伯希和、日本吉川小一郎和桔瑞超、俄国鄂登堡、美国华尔纳等人盗走不少,许多有识之士呼吁保护国宝。1941年,于右任先生曾考察敦煌,写了《敦煌纪事诗八首》,其三云:"敦煌文物散全球,画塑精奇美并收。同拂残龛同赞赏,莫高窟下作中秋。"其六云:"斯氏伯氏去多时,东窟西窟亦可悲。敦煌学已名天下,中国学人知不知?"表现了诗人对敦煌文物的关注和担忧之情。

敦煌还有鸣沙山、月牙泉、渥洼池、阳关、玉门关等名胜古迹,许多竹枝词都有歌咏。王苣孙《西陬牧唱词》其三一自注云:"鸣沙山在敦煌县南十里,积沙所成,而峰峦峭削,逾于石山,四面皆沙陇,背如刀刃。人登之即鸣,随足堕落,经宿风吹,辄复如故。天气晴朗时,沙鸣闻于城内。其西即《禹贡》所谓馀波入于流沙者也。"月牙泉古称沙井,俗名药泉,在鸣沙山北麓,弯曲如新月,因而得名。四周被流沙环抱,虽遇强风而泉不为沙所掩盖。因"亘古沙不填泉,泉不涸竭"而成为奇观。福庆《异域竹枝词》其七云:"月泉清洌月牙形,沙井还依沙陇平。一例水深三二尺,阿谁甲乙记茶铛。"自注:"沙州有泉一区,深二三尺,偃月形,俗呼曰月牙泉,水甘清洌。四围流沙,广漠无垠,亦不知其深几何寻丈,而此泉不没。古称阳关西有不满沙井,得毋即此?"

河西还有著名的武威鸠摩罗什寺、张掖大佛寺、马蹄寺、山丹大佛寺等名胜古迹,许多竹枝词也有歌咏。张掖大佛寺也称宝觉寺、弘仁寺、卧佛寺。始建于西夏崇宗永安元年(1098),初名迦叶如来寺。据传为元世祖忽必烈降生地,忽必烈之母别吉太后也曾在这里久居,别吉太后的灵柩曾寄放于寺内。南宋末年,宋恭宗赵显曾出家于此。袁定邦《甘州杂咏二十四首》其四云:"袈裟换却走红尘,海角天涯寄此身。天为赵家延一脉,弘仁寺上见龙文。"此诗慨叹宋恭帝赵显虽然失去皇位,但是却在河西安身,宣传佛法,为赵宋王室延续了文脉。

嘉峪关始建于明洪武五年(1372),为明长城最西端的关口,由内城、外城、罗城、瓮城、城壕和南北两翼长城组成。北连黑山悬壁长城,南接天下第一墩,地势险要,建筑雄伟,有边陲锁钥之称,号称"天下第一雄关"。宋弼《西行杂咏》其三二云:"设险岩疆压峻冈,虎符龙节达遐荒。重关一下葳蕤锁,回首何人不忆乡?"自注:"嘉峪关去肃七十里,踞冈为城,左右皆边墙,前明以界内外者。凡出关,守将启门,行者出,则闻闭关声。征夫回望,不觉凄甚矣!"叶澧《甘肃竹枝词》其九一云:"嘉峪雄关万户稠,地通西极锁咽喉。晨昏验票稽行李,来去人无片刻留。"福庆《异域竹枝词》其一亦云:"嘉峪关为出塞门,雪山起伏萃云根。群峰玉立九千里,山北山南界远藩。"都写了嘉峪关的雄伟壮丽与重要的交通地位。

(四)歌咏陇右风俗民情

陇右地区处于东西方文化交流的要道,不但有中原文化的熏陶,也有西北少数民族文化和西域文化的影响,民风民俗极为丰富多彩,其节日民俗、宗教风俗、日常民俗都具有浓郁的地方风情。陇右的节日民俗主要有元旦(新年)、元宵节、端午节、中秋节、重阳节等,跟中原地区的节日活动大体一样,不过也具有自己的地方特点。

过新年是中国非常重要的节日习俗。过新年的时候要贴对联,放鞭炮,祭祖宗,穿新衣,亲友之间还要互相拜年。我国拜年习俗由来已久,南朝梁宗懔《荆楚岁时记》载:"(正月一日)长幼悉正衣冠,以次拜贺,进椒柏酒,饮桃汤。"[1]宋吴自牧《梦粱录·正月》:"正月朔日,谓之元旦,俗呼为新年。一岁节序,此为之首……士夫皆交相贺,细民男女亦皆鲜衣,往来拜节。"[2]清顾铁卿《清嘉录·拜年》亦云:"男女以次拜家长毕,主者率卑幼出谒邻族戚友,或止遣子弟代贺,谓之'拜年'。"[3]陇右地区拜年之时,还要向长辈磕头。金人望《竹枝词十六首》其四云:"纸窗未白披衣起,北向朝参贺至尊。野老也来视礼数,提携童稚跪当门。"可见即使很贫困的地方,人们也非常

---

① 宗懔:《荆楚岁时记》,岳麓书社1986年版,第2页。
② 吴自牧:《梦粱录》,中华书局1986年版,第1页。
③ 顾铁卿:《清嘉录》,凤凰文艺出版社2019年版,第10页。

重视过年。叶澧《甘肃竹枝词》其一三云："元旦纷纷庆贺人,题名门上对联新。年糕供奉香烟袅,未祭先人祭磨神。"陇右地区亲友互相拜贺之时,还用黄烟、黄酒、奶子茶、糕点等招待客人。叶澧《甘肃竹枝词》其二一云："佳节芳辰客到家,新添炉火插瓶花。黄烟送罢斟黄酒,细碗盛来奶子茶。"阎雄《西固新年竹枝词》其三亦云："箫鼓家家庆合欢,祖先拜罢拜天官。客来先向神前叩,托出新鲜糕点盘。"清代甘肃著名诗人牛树梅《正月思乡竹枝词》九首也真实地记录了家乡通渭正月过年时的热闹情景和各种民情风俗。通渭人过年还有一种奇怪的风俗,就是摔扁担。其二云："爆竹遗风自古行,于今拌桓却成名。逐家十拌连村响,争取鸡鸣第一声。"自注云："或水担,或扁担,只待鸡鸣,而连掷之,以十为度。"拜年的时候,长辈还要给小孩子压岁钱。阎雄《西固新年竹枝词》其四云："羞向人前学拜年,儿童生性自天然。流星花爆须重买,新得高堂压岁钱。"

新年时候还有各种民俗庆祝活动,甘肃最流行的是演戏、踩高跷和打太平鼓。胡朴安《中华全国风俗志·兰州之迎春赛会》云："元旦后数日,市民举行迎春赛会,满街锣鼓喧阗。几许人妆扮若鬼怪,招摇过市。又十馀人负大鼓,鼓长形,且跳且击,曰太平鼓。闻此风惟兰州有之,他县所无。有高跷,与内地同。红男绿女,填街塞巷。"①金人望《竹枝词十六首》其一五曾写道："迎春百戏兆丰年,匹练争飞五道泉。"曹学禹《张掖新年竹枝词》其四也写道："鱼龙杂戏卸妆才,取次连番胜社开。闻得沿街锣鼓响,陕人岁岁闹春抬。"都写的是甘肃新年闹社火演戏的热闹场景。兰州、张掖等地在新年还盛行踩高跷、打太平鼓。高一涵《兰州绝句》其五云："新年社火阵堂堂,锣队高跷杂剧妆。十八壮夫八面鼓,翻空腾击唱伊凉。"高跷是一种流传于全国各地的汉族民间舞蹈,因舞蹈时双脚踩踏木跷而得名。"十八壮夫八面鼓"写兰州的太平鼓舞,为兰州地区非常著名的民间舞蹈。陈钟秀《新年词》还写了河湟地区独特的社火舞蹈"霸王鞭"。其一云："声声爆竹焰冲天,惊起幽人坐不眠。曙色穿窗天渐晓,满城听响霸王鞭。"高跷、霸王鞭、

---

① 胡朴安:《中华全国风俗志》下编《甘肃》,河北人民出版社1986年版,第345页。

太平鼓都具有非常浓郁的西北风情,是西北民俗文化的代表。这些竹枝词都是重要的陇右民俗资料。

陇右最热闹的节日民俗就是元宵节。元宵节起源于汉代,唐宋时期最为兴盛,元宵节最重要的活动是放花灯。宋王溥《唐会要》云:"天宝三载十一月敕,每载依旧正月十四、十五、十六日开坊市燃灯,永为常式。"①甘肃各地元宵节也有放花灯的活动,尤以兰州最为盛大。《(道光)皋兰县续志》载:"元宵前后四日……夜烟灯箫管,彩帐锦屏,秧歌社火,侲童番鼓,侈丽甲于陇右。"②陈中骐《兰州元夕竹枝词》,苏履吉《兰州元宵灯市竹枝词八首》《兰州元宵灯市竹枝词续八首》,陈炳奎《上元竹枝词》,陈子简《兰州上元竹枝词》,马世焘《兰州竹枝词》等都对兰州的元宵节闹花灯习俗有详细记载。如陈中骐《兰州元夕竹枝词》其一云:"兰州城在四山中,佳节灯光映碧空。试向鼓楼楼下过,人如水涌马如风。"苏履吉《兰州元宵灯市竹枝词续八首》其六亦云:"夹道辉煌步障通,红灯笼间碧灯笼。就中看到琉璃盏,除是苏杭制未工。"可见当时兰州元宵节灯会的盛况。不但汉族百姓热衷过元宵节,就是塞外之地的回族同胞也过元宵节。屠绍理《丁酉元旦竹枝词》其二云:"箫鼓声连远近喧,回民歌舞几千村。月光更喜灯光盛,边塞人家庆上元。"可见陇右地区汉族文化和少数民族文化的相互交流和影响。

陇右重要的节日民俗还有上巳节、端午节、中秋节、重阳节等,跟中原其他地方基本相同。上巳节(农历三月初三)有踏青的习俗。陈勤胜《甘肃竹枝词》其三云:"三月三日春云多,踏青人上碧山坡。试听岷州念佛鸟,声声似诵阿弥陀。"端午节有吃粽子、挂艾草、戴钗符、赛龙舟、插柳枝、饮雄黄酒、戴五彩丝的习俗。叶澧《甘肃竹枝词》其一七云:"竞渡龙舟会莫随,浴兰采艾又何时。榴花未放菖蒲嫩,只见人家插柳枝。"祁韵士《河西竹枝词》其五亦有句云:"灵符艾叶都无用,窄窄门楣插柳枝。"兰州人也重视过中秋节和重阳节,重阳节时大多登五泉山、白塔山,赏菊游玩。马世焘《兰州竹枝词》其一〇云:"秋日凄凄景倍闲,重阳前日订高攀。明朝共载黄花酒,不

---

① 王溥:《唐会要》卷四十九"燃灯",《丛书集成初编》本,商务印书馆1936年版,第862页。
② 秦维岳、陆芝田纂:《皋兰县续志》,道光二十七年刊本。

上南山上北山。"

　　陇右自汉代以来,就是一个各民族杂居,宗教信仰繁多的地方,因此宗教民俗比较多,最重要的就是四月八日的"龙华会",也叫浴佛节,又称"佛诞日",为佛教重要节日之一。南朝梁宗懔《荆楚岁时记》:"四月八日,诸寺各设香汤浴佛,共作龙华会,以为弥勒下生之征。"①清褚人获《坚瓠集》:"四月八日,俗传为释迦生辰。各建龙华会。以小盆坐铜佛,浸以香水,而复以花亭、铙鼓迎往富家,以小杓浇佛,提唱偈诵,布施钱财。"②兰州五泉山建有浚源寺、千佛阁、燃灯寺、卧佛殿等,为著名的佛教胜地。五泉山四月八日庙会也极为兴盛隆重。叶澧《甘肃竹枝词》其一六云:"城南山上大开筵,盛会龙华浴佛天。卧佛燃灯千佛阁,清歌妙舞酒如船。"还有魏椿《四月八日游五泉山竹枝词》6首、王烜《四月八日五泉山浴佛会竹枝词》9首、李伯森《五泉山庙会竹枝词》4首等都详细记载了五泉山庙会的盛况。王烜《四月八日五泉山浴佛会竹枝词》其一云:"此日真皆大欢喜,红男绿女满南园。花花界有庄严地,个个人来拜世尊。"咸丰年间甘肃布政使张集馨《道咸宦海见闻录》也记载了五泉山四月八日庙会的热闹景象:"五泉山每年开庙数日,百货云集,游人如蚁,撞竿踩索,吹竹弹丝,极为喧闹。庙设酒肆多处,省城官员,颇有宴客者。"③天水秦安的凤山也有"龙华会",巨国桂《秦安竹枝词》其四云:"龙华会里宝陀龛,合掌低眉取次参。妾自爱男郎爱女,两般心事有谁谙?"自注:"龙华之会,秦妇祈子女者,皆行香凤山之娘娘庙。"可见佛教的节日又与地方的民间信仰结合在一起,表现了中国宗教和民俗互相影响的特征。

　　除了节日民俗,陇右地区的婚丧嫁娶等日常民俗也颇与中原各地的风俗不同,引起了许多西行诗人的好奇和不解。甘肃一些地方有定"娃娃亲"的婚姻习俗。苏履吉《灵台竹枝词》其六云:"初生便许订姻亲,媳妇年多奈不均。女已及笄男未冠,闺中虚负度青春。"古代女子十五岁为及笄,可以

①　宗懔:《荆楚岁时记》,岳麓书社1986年版,第30页。
②　褚人获:《坚瓠集》,上海古籍出版社2012年版,第179页。
③　张集馨:《道咸宦海见闻录》,中华书局1981年版,第212页。

结婚,但是男子二十岁才能结婚。《韩非子》:"男子二十而室,女子十五而嫁。"因此定"娃娃亲"的男女如果年龄相同,女方只能在闺中等待至少五年才能结婚。这是定亲比较早的风俗,还有洮州地区结婚又太迟。王世锦《洮州即事》其三:"二十而嫁三十娶,圣贤制礼可微参。洮人不论年相若,长女将来匹少男。"《周礼》:"令男三十而娶,女二十而嫁。"但是洮州地方女多男少,许多女子都比丈夫年龄大。

另外,陇右地区因为深居西北内陆,社会发展比较缓慢,较好地保持了古代的一些习俗。《明一统志》引《元志》"巩昌府"云:"俗于婚葬之仪,多循古制。"①例如古代结婚的时间都在晚上。《说文解字》:"婚,妇家也。《礼》:'娶妇以昏时。'妇人阴也,故曰婚。"②但是后来北方很多地区婚礼都改在中午举行,只有甘肃不少地方还保有古风,婚礼在晚上举行。苏履吉《平凉竹枝词》其四云:"成婚时必过黄昏,花烛辉煌迎入门。娶礼至今都异昔,郡城犹有古风存。"民国时期学者山僧也说:"古人'礼失而求诸野',于今则礼失可求之于西北。……甘肃僻处西北,外力不易侵入,其文化还很坚强地保持着'中国本位'。其在他处已经失掉了的宝贝,在此处尚巍然独存。"③

西北的丧事习俗也与南方不同。王煦《兰州竹枝词二十四首·闺孝》云:"晓起开奁理鬓鸦,无端缟素上香车。只因要带三分孝,便是邻丧吊也髽。"自注:"亲串有丧,必使妇人往吊,即疏属泛交,亦必遍身缟素,或曰:'西属金,色尚白。'理或有之。"乾隆年间王世锦在洮州任职期间也看到当地丧礼的奇怪景象,其《洮州即事》其四写道:"丧家殡敛最酸辛,匍匐相将仰比邻。何事洮民忌哭泣,哄然五塞集诸亲。"洮州人遇到丧事需要去邻居家磕头请人参加,丧事其间也无人哭泣,而是大家一起赌博。五塞是古代一种赌博形式。宋程大昌《演繁露》云:"博,古固有之,然而随世更易,制多不

———

① 李贤等:《明一统志》卷三十六,文渊阁四库全书本。
② 段玉裁:《说文解字注》卷十二下,商务印书馆1996年版,第9页。
③ 山僧:《甘肃漫谈》,民国《论语》半月刊,转引自《论语选萃·吾乡风情》,上海人民出版社1997年版,第131页。

同。……鲍宏《博经》曰：'用十二棋，六棋白，六棋黑，所掷头谓之琼，琼有五采：画为一画者谓之塞；刻为两画者谓之白；刻为三画者谓之黑；一边不刻者，五塞之间谓之五塞。'"①这种丧事期间赌博的风气在甘肃部分地方至今犹存。

陇右地区赌博的风气比较兴盛，除了丧事期间赌博，农闲时间或新年时候也有不少百姓喜欢赌博。赌博工具除了五塞之外，还有呼卢和叶子。吴之琡《陇西竹枝词》其八云："谁家雪里兴偏豪，牛粪如香烘破窑。得向土床抛叶子，官粮完罢赌烧刀。"抛叶子是一种纸牌游戏，西北地区人称"掀牛九"，至今犹存。阎雄《西固新年竹枝词》其九云："箫鼓家家善送迎，新年游戏太纷争。闲来消遣无他法，一片呼卢喝雉声。"呼卢为古时博戏，用木制骰子五枚，每枚两面，一面涂黑，画牛犊；一面涂白，画雉，一掷五子皆黑者为卢，为最胜采；五子四黑一白者为雉，是次胜采。赌博时为求胜采，往往且掷且喊叫，故称赌博为"呼卢喝雉"。

陇右百姓平常的服饰打扮也与其他地方不同。陇东一带百姓喜欢戴白头巾，俗称羊肚子手巾。雷和《正宁竹枝词》其九云："莫言花翠与绫绸，一尺红锦也索休。任是朱颜偕白发，四时相看白缠头。"另外，西北妇女出行还有头戴面纱的习俗。胡朴安《中华全国风俗志·狄道女子之装饰》云："甘肃狄道县风俗，男女之界极严。女子外出，必蒙布于面，盖犹不失我国之古礼。布之薄，可以见人，然人不之见也。"②王煦《兰州竹枝词二十四首·面纱》云："乌纱齐额罩如帘，雾里花枝云里蟾。一样娉婷车上坐，有谁知道是无盐。"自注："土人妇女皆坐敞车出门，服饰鲜丽，面上却用乌纱罩之。可以见人，不令人见。"马世焘《兰州竹枝词》其九亦云："最是妇人多古道，至今障面用乌纱。"

另外，陇右地区长期比较贫困落后，俗信鬼神。《（道光）兰州府志》云："（兰州）番汉杂处，敬鬼神。"③《甘肃通志》卷二十一亦云："（巩昌府）信巫

---

① 许逸民：《演繁露校证》卷六，中华书局 2018 年版，第 376 页。
② 胡朴安：《中华全国风俗志》下编《甘肃》，河北人民出版社 1986 年版，第 346 页。
③ 陈士桢：《兰州府志》卷二，清道光十三年刊本。

尚鬼,习俗难移。"①《平凉府志》亦云:"俗信鬼神。"②民间缺医少药,很多人生病都靠巫师跳神来治病,许多竹枝词都写了甘肃民间的迷信活动。如康熙年间汪士鋐《岷州竹枝词》其七云:"北客初来试药炉,钻龟卜瓦谢群巫。何当病喘时时作,水急山高惯得无?"自注:"岷俗尚巫鬼。"陆廷黻《阶州道中杂咏》其一八也写道:"事鬼何尝不事人,偶因小恙亦跳神。羊皮鼓里冬冬响,迎致村巫走一巡。"叶澧《甘肃竹枝词》其三七亦云:"良医不用用端公,秋后西邻又复东。扮作女妆学彩舞,羊皮大鼓响蓬蓬。"端工又称神汉,指从事迷信活动、施行巫术的人。虽然这种迷信活动不可取,但也可知古代羌族流传下来的羊皮鼓舞在西北比较流行。

陇右地区处于黄土高原、蒙古高原和青藏高原的交界地带,地形复杂,民族众多,文化传统也略有差异,故人们的气质、性格也跟其他地方略有不同。《汉书·地理志》云:"安定、北地、上郡、西河,皆迫近于戎狄,修习战备,高上气力,以射猎为先。"③《宋史·地理志》亦云:"被边之地,以鞍马射猎为事,劲悍而质木。"④明清时期,这种尚武之风依然在陇右盛行。《甘肃通志》卷二十一即云:"民俗质朴,风土壮猛,人性坚刚慷慨,……荷戈执戟,防奸御侮之功居多。"⑤铁保《塞上曲四首》其一云:"雕弓白马陇头春,小队将军出猎频。猿臂一声飞霹雳,平原争羡射雕人。"正是对陇右尚武风气的赞颂。

清代陇右地区百姓大多质朴厚道,安守本分。《(乾隆)甘肃通志》卷二十云:"西北边境,水土之气刚朴,居多声教,渐摩草野之民,皆知向义,还金美事,时见闾阎,革薄从忠,移风易俗,信而有征。"⑥苏履吉《武阳竹枝词八首》其八云:"习俗移人到处皆,俭勤质朴属吾侪。莫言风土民情异,终是能安本分佳。"自注:"邑地瘠民贫,俗崇质朴,家尚俭勤,人少健讼刁悍之习。"

① 许容:《甘肃通志》卷二十一,文渊阁四库全书本。
② 赵时春:《平凉府志》,嘉靖三十九年刊本。
③ 班固:《汉书·地理志》,中华书局1962年版,第1644页。
④ 脱脱:《宋史·地理志》,中华书局1985年版,第2170页。
⑤ 许容:《甘肃通志》卷二十一,文渊阁四库全书本。
⑥ 许容:《甘肃通志》卷二十,文渊阁四库全书本。

但是陇右人也有过于耿直和易冲动的性格特征。《直隶秦州新志》云："朴茂质实,劲直强毅,犹存古风,而流弊或懁忮忿争,耗财废业。"①苏履吉《次王青崖沙州竹枝词原韵八首》其八云："民俗无端逞气雄,争论半是醉颜红。比如一夜狂飙起,莫道终年少好风。"自注："邑居民颇淳朴,惟饮酒后多滋事端,亦如此地大风,陡然而起,静息后仍属清明。"张澍《橐驼曲》也写了陇右百姓这种喜欢酒后使气的性格特征。陇右人除了耿直易怒之外,还比较冲动,甚至一气之下就跳崖投井,枉送了性命。苏履吉《灵台竹枝词》其八云："跳崖投井枉轻生,小忿无端辄斗争。若起九原再相问,此时曾否恨难平?"

(五)反映陇右少数民族文化

陇右地区民族众多,除了汉族之外,还有回族、藏族、蒙古族、撒拉族、保安族等少数民族同胞聚居生活,他们也有一些自己的民俗文化,许多竹枝词都有反映。陇右地区回族较多,回族同胞有戴白帽、做礼拜的习俗。叶澧《甘肃竹枝词》其二三云："回教西方本太多,都从礼拜寺中过。休将老教攻新教,各诵真经意若何?"礼拜寺即清真寺,是穆斯林举行礼拜、宗教功课、举办宗教教育和宣教等活动的中心场所。甘肃各地的礼拜寺较多,宗教信仰还有新教、老教之分,其内部还有各种门宦。高一涵《河洮纪游》其八云:"天方门宦久分疆,华寺红门又白庄。稍喜穆扶提忽醒,阿訇知上读书堂。"华寺、红门、白庄都是陇右地区穆斯林的著名门宦。穆夫提是伊斯兰教教职称谓。阿訇是对伊斯兰教宗教职业者的通称,负责讲授经典。胡朴安《中华全国风俗志·兰州之回教》云:"甘肃回教,往往自己分门别类,有旧教焉,有新教焉,有新新教焉,有再再新教焉,新旧不同,遂起仇视。迨官兵往平,官既不辨其为新为旧,于是遂牵入官回之争。兵火所及,遂独及无教之民。皆甘肃所以多事也。"②

甘南地区的藏族同胞信仰藏传佛教,也有一些独特的民俗风情。王世

---

① 费廷珍:《直隶秦州新志》卷六,乾隆二十九年刊本。
② 胡朴安:《中华全国风俗志》下编《甘肃》,河北人民出版社 1986 年版,第 345 页。

锦《洮州即事》其八云：“佛法西方称最神，喇嘛原即是番民。当前多少名罗汉，棒喝何人悟宿因。”喇嘛是我国藏族、蒙古族对藏传佛教僧侣的尊称，意为上人、师傅。他们负责讲经说法，开悟信众。李殿图《番行杂咏》其一七也写道：“讲经讲法两途升，盖洛同参最上乘。郎俊阐经那楞法，于中选得坐床僧。”自注云：“番僧谓之班第，搭千佛衣者谓之盖洛，即汉语之罗汉，犹云入门也。盖洛之阐明经旨者谓之郎俊巴，犹言文才。盖洛之长于符咒者谓之那楞巴，犹言武略。就二者之中推所共服者为坐床僧，谓之喇嘛出哇。喇嘛者高僧，出哇者法台也。”叶澧《甘肃竹枝词》、高一涵《边行杂咏》还记载了藏传佛教“活佛转世”的宗教仪式，对于我们了解陇右地区丰富的宗教民俗文化也很有裨益。

陇右地区的藏族同胞的服饰打扮也很有特色，宋弼《西行杂咏》、李殿图《番行杂咏》都有细致描述。宋弼《西行杂咏》其二四云：“番锦裁成贝作装，方圆雕镂缀衣裳。陌头十五盈盈女，顾盼心知满路光。”自注云：“古人以贝为饰，今番民乃如是。常见路上女子，编缀衣裳，刻镂工巧，古人用物，因见一斑。”李殿图《番行杂咏》写甘南一带藏民的服饰打扮最为详细。其一四云：“双垂力则尚深闺，三辫平分迫吉兮。铁木普儿多益善，金钩斜映月生西。”自注云：“辫子谓之力则。女子两辫，妇人三辫。铁木、达喇等族周围作无数辫，金川亦然。普儿，妇人之称。番妇耳坠环大者，几似帘帐钩。”民国时期，甘南藏族妇女依然是这种装饰。高一涵《边行杂咏·藏女服装》云：“辫垂璎珞饰花钿，一串珊瑚压两肩。似向人前夸富有，背拖银币杂铜钱。”不过近代以后藏族的这种风俗已经慢慢改变。

（六）反映陇右文化教育

陇右是炎黄文化的故土，文明的起源也比较早。传说伏羲氏画八卦，教民耕织渔猎，还制订婚配制度，造琴瑟，制乐曲，人类才逐渐步入文明社会。春秋时期，陇右有孔门弟子石作蜀、秦祖和壤驷赤，被称为“陇上三贤”，他们曾不远万里投身孔门，学成返乡以后，宣扬儒家学说，传播西周文化，为陇右的文教事业作出了重要贡献。总体来说，先秦时期陇右学术不太发达，跟中原等地相比，思想文化方面比较落后。

东汉末年,陇右涌现出了王符、周生烈、张奂、张芝等著名学者,推动了陇右文化教育的发展。魏晋南北朝时期,西晋内乱,中原纷扰,中原学者为躲避战乱,不断向西北转移,河陇地区学者云集,促进了陇右学术的空前繁荣,形成了著名的河西学派。《资治通鉴》云:"凉州自张氏以来,号为多士。"胡三省注云:"永嘉之乱,中州之士避地河西,张氏礼而用之。子孙相承,衣冠不坠,故凉州号为多士。"①清初查嗣瑮《同喀中丞自皋兰渡河至凉州途中作》其四云:"流传经史有张刘,流寓江常亦胜游。好写《孝经》三百卷,尽收材士教凉州。"张、刘指十六国时期的河西学者张湛和刘昞。江、常指十六国时期流寓河西的著名学者江琼和常爽。他们都是河西学派的代表人物。后两句指十六国时期凉州著名学者郭瑀,著有《孝经错纬》《春秋墨说》。郭瑀隐居临松郡薤谷,"凿石窟而居,服柏实以轻身"②,聚徒授学,门下弟子达三千馀人,形成了一个影响巨大的学术文化团体。后世诗人都对他甚为钦佩,许多竹枝词都歌咏郭瑀。王永清《甘州杂咏》其四云:"马蹄寺畔野花新,薤谷高风迥绝尘。此是六朝真处士,丹山黑水更何人。"袁定邦《甘州杂咏二十四首》其三也写道:"人祖山中古寺连,丹崖翠壁绕流泉。晋家处士归何处,落日高峰横暮烟。"

隋唐五代时期,随着国家大一统的重新出现,社会比较安定,统治者重视教育,科举制度也逐渐发展兴盛,陇右文化教育也呈现出鼎盛的景象,涌现出了著名诗人李白、李贺、李益、权德舆、令狐楚、牛峤、牛希济和著名传奇作家李朝威、李公佐、李复言、牛僧孺、王仁裕等。叶澧《甘肃竹枝词》其五〇云:"巩昌郡是古南安,渭水漳河左右看。王李诗才仙骨峻,嗣音空叹后人难。"王、李指王嘉和李白。王嘉为前秦陇西郡安阳县(今秦安县东)人,曾创作著名的神怪小说《拾遗记》。李白祖籍陇西成纪,自称为汉代"飞将军"李广的后裔,与杜甫齐名,人称"诗仙",其诗清新俊逸,豪宕不羁,极富浪漫色彩,可谓盛唐诗人的代表。

安史之乱以后,陇右地区战乱频仍,先后被吐蕃、西夏、金、元统治,生产

---

① 司马光:《资治通鉴》卷一百二十三,中华书局 1978 年版,第 3877 页。
② 房玄龄等:《晋书·郭瑀传》,中华书局 1974 年版,第 2454 页。

落后，民生凋敝，文化教育滞后，没有产生过影响较大的文人学士。明朝建立以后，朱元璋重视文化教育，实行科举考试，明代陇右的文化教育也得到了长足的发展，陇右地区涌现出了段坚、彭泽、李梦阳、胡缵宗、赵时春、金銮等著名学者和诗人。著名学者段坚辞官回乡后，曾在五泉山下建容思书院，聚徒讲学，培养了许多人才。

　　清朝建立以后，统治者也非常重视文教，各地的书院教育非常发达。清代兰州书院最为兴盛，著名的有兰山书院和五泉书院。兰山书院是甘肃最大的一所省立书院，故址为明代肃王的红花园。清雍正二年（1724），甘肃巡抚卢询捐养廉银辟红花园为正业书院。雍正十三年（1735），甘肃巡抚许容奉旨改建为省立兰山书院。兰山书院的历代山长也是非常有名的学者，著名学者胡炆、盛元珍、牛运震、孙景烈、吴镇、张澍、祁韵士等都先后讲学兰山书院，为陇右培养了大批人才，推动了陇右教育文化的发展。五泉书院建于嘉庆二十四年（1819），由甘肃布政使屠之申、兰州在籍翰林秦维岳利用庆祝宫后街官署建立，旧址在城关区贤后街东口北端。五泉书院历任山长也是饱学之士，如秦维岳、卢政、马世焘、吴可读、刘尔炘等，五泉书院山长多为兰州本地人，可见当时兰州的文化教育已经相当发达。叶澧《甘肃竹枝词》其四四云：“物产人材重品评，教隆省会广栽成。”自注：“省城兰山书院，通省士子肄业，近添五泉书院，专课兰郡诸士，人文称盛。”但是由于甘肃僻处西北，经济文化比较落后，科举人才相对南方还是较少。王煦《兰州竹枝词二十四首·儒耕》云：“读不兼耕非善策，耕如废读岂全材？秧歌声带时文调，才是田间好秀才。”自注：“甘民不知经商，士子亦不能游幕，惟耕读而已。”甘肃士人以耕读为本，虽然不能飞黄腾达，但也体现了儒家安贫乐道的精神，引起了南方士人的敬重。苏履吉《灵台竹枝词》其九亦云：“半是耕田半读书，勤修不必待三馀。一衿争奈心先足，抛却残编付蠹鱼。”这里也委婉地批评了甘肃士子往往满足于取得秀才的功名就将经书置之脑后，没有艰苦力学的远大志向。

　　清代甘肃也涌现出了许多著名学者和诗人如张晋、巩建丰、吴镇、胡釴、张澍、邢澍等，尤以吴镇和张澍最为著名。冯国瑞《临洮杂言》其三云：“北地无人鸟鼠秋,清词丽藻冠西州。沧桑劫后松花在,珍重枣梨几校雠。"北地指明代著名复古派文学家李梦阳,著有《空同集》。鸟鼠指明代秦安著名诗人胡缵宗,号鸟鼠山人,著有《鸟鼠山人集》。松花指清代临洮诗人吴镇,号松花道人。他在临洮老家建有"松花庵",其集亦名《松花庵集》。吴镇为清代中期陇右诗坛的领袖人物,曾经得到牛运震、袁枚、王鸣盛等著名学者和诗人的赞赏。诗人慨叹陇右自李梦阳、胡缵宗之后,诗坛后继乏人,直到清代中期吴镇崛起,才引起了海内诗人的关注。张澍为清代著名经学家、史学家、金石学家、诗人,也是我国最早的敦煌学家和西夏学家。著有《养素堂诗文集》《姓氏五书》《凉州府志备考》等著作近三十种。王干一《河西杂诗一百三十一首》其六云:"大集名标养素堂,谁其作者介侯张。武威人物知多少,我欲目之文史乡。"自注:"武威自唐诗人李益以下,作家继起,代不乏人,即近世以来,文史学者,亦接踵比肩,张澍、李铭汉及李于锴父子,其尤著者也,《养素堂集》,乃张澍所著书也。澍,字介侯。"梁启超《近代学风之地理的分布》中曾说:"甘肃与中原夐隔,文化自昔朴僿,然乾嘉间亦有一第二流之学者,曰武威张介侯澍,善考证,勤辑佚,尤娴熟河西掌故,与段茂堂、王伯申、钱衎石诸人皆友契。"①

自鸦片战争之后,外国列强凭着坚船利炮打开了清政府的大门,腐朽的清政府与列强签订了一系列不平等条约,不断割地赔款,中国逐渐成为半殖民地半封建社会。许多爱国人士为了救亡图存,开眼看世界,积极学习西方先进的科学文化知识,强烈要求清政府改革内政外交,励精图治。许多学者还积极总结和整理中国传统的学术,涌现出了大批的政治家、思想家和学者。近代陇右虽然偏处西北,但是陇右人士仍然关心国家和民族的命运,积极寻求富国强兵之道,出现了卢政、李铭汉、任其昌、刘尔炘、张国常、吴可读、安维峻等著名学者和政治家,在近代思想史和学术史上大放光芒。刘尔炘为甘肃近代著名的文学家、教育家,光绪十五年(1889)进士,官翰林院编修,曾主讲五泉书院。辛亥革命后,先后任甘肃文科高等学堂总教习、甘肃

---

① 《梁启超全集》(七),北京出版社1999年版,第4263页。

省临时参议会副议长等职。著有《果斋全集》等 10 馀种。甘肃竹枝词中歌咏刘尔炘先生的作品最多。1919 年至 1924 年,刘尔炘先生曾用捐资和劝募的办法,对五泉山进行了一次规模较大的扩建。在赛楼前面添建了牌楼,并亲自书写匾额,标出"五泉山"山名。将原甘肃贡院的明远楼拆迁到大雄殿后侧,改建为万源阁。又利用燃灯寺废址兴建了太昊宫。此外,还在西侧山谷补旧增新,修建了绿阴湾、仙人岛、半月亭、企桥、清音阁等,统称"小蓬莱"。杨巨川《兰垣竹枝词》其四云:"五泉新筑小蓬莱,烟雨楼台生面开。"他还有《小蓬莱杂咏九首》《新五泉竹枝词》专写五泉山新建的美景和繁华景象。

　　清朝时期,甘肃的武举考试也很兴盛,涌现出了许多武将。道光年间,福建诗人苏履吉曾经参加了兰州的武闱乡试,写有《兰州武闱校试纪事八首》,详细记载了当时考武举人的过程,是甘肃科举史也是中国科举史上非常重要的史料。武举考试创始于唐代武则天长安二年(702),明清时期武举考察内容是"先之以谋略,次之以武艺"。考试分三场:第一场考箭法,第二场考论判,第三场考策论。嘉庆年间,废除策论,改为默写《武经七书》中的一段。苏履吉《兰州武闱校试纪事八首》其一云:"司马三升重选才,相看此日试场开。皋兰山上台星耀,多士如云取次来。"兰州武举考试在皋兰山下的校场,士子聚集于此,热闹非凡。其三云:"台上旌旗手一挥,扬鞭驰骋马如飞。须教有矢无虚发,骑射先觇勇士威。"此首写武举人考试射箭技艺。其五云:"力可弯弓验素操,更看提石舞长刀。会须三试皆如式,勇冠千军兴倍豪。"此首写武举人力量和武艺的考试。其六云:"内闱扃试士无哗,默写休教一字差。自是胸中韬略富,数行横扫笔生花。"此首写武举人在考场内考笔试的情景。光绪三十二年(1906),清政府废除科举,各地兴办新式学堂,武举考试这一延续一千多年的选才制度也随之废除,我们再也看不到武举考试的热闹景象,但是苏履吉的这些诗歌给我们提供了鲜活的兰州武举考试情景,值得人们珍视和研究。

(七)记录陇右气候物产

　　陇右处于我国西北部,为黄土高原、蒙古高原和青藏高原的过渡地带,地形复杂,气候多样,物产也极为丰富。

陇东、陇中地区属温带大陆性气候,冬季寒冷漫长,春夏界线不分明,夏季短促,气温高,秋季降温快,昼夜温差较大。祁韵士《陇右竹枝词》其一云:"西来气候少和融,早晚温凉便不同。夏葛冬裘一日里,行人欲换怕头风。"因为气候寒冷,所以庄稼一年只种一季,经济比较落后。加上气候变化无常,自然灾害较多,老百姓只能靠天吃饭。祁韵士《河西竹枝词》其二云:"粮莠未除耘事缺,只知播种靠天收。"除了小麦、大麦、青稞、土豆等农作物,甘肃也广泛种植胡麻、油菜子、豌豆等农作物。宋弼《西行杂咏》其一○云:"细叶茸茸花蔚蓝,新秋蒙蒙子轻含。煮来合供仙家饭,书寝辄饥味许甘。"自注:"土产多胡麻,或天台洞中所流耶!"

陇中地区还种植烟草,兰州的水烟最为著名。王煦《兰州竹枝词二十四首·水烟》云:"男也如何训力田,民之质矣食为先。五泉山下膏腴地,不种嘉禾种水烟。"自注:"兰州水烟甲天下,迩来尤盛。其利较五谷为多,故土人争种之,尤以五泉为胜。"祁韵士《陇右竹枝词》其三亦云:"淡巴菰种几何年,采得灵苗自五泉。呼吸争夸风味别,居然烟火出丹田。"淡巴菰即烟草,又称醉仙桃、赛龙涎、忘忧草、相思草等。原产于南美洲,晚明时期传入中国,成为民间和士大夫喜爱的日常用品。明清以来,兰州水烟驰名中外,远销南洋各地,尤为烟瘴湿地的居民所喜。近代诗人裴景福《河海昆仑录》对兰州烟叶也有详细记载:"兰州烟叶两种,一名棉叶,一名白条,以五泉山东红泥沟产为良。……白条良,食之能化痰消瘴。棉叶杂青油、红土、姜黄、食盐,土人以白杨刮成片,燃火食之,易致痰喘。"[1]

兰州气候昼夜温差大,适合种植瓜果蔬菜,兰州素有"瓜果城"或"水果城"的美名。兰州出产的软儿梨、冬果梨、吊蛋梨都非常有名。于右任《兰州竹枝词·软儿梨》云:"冰天雪地软儿梨,瓜果城中第一奇。满树红颜人不取,清香偏待化为泥。"其《兰州竹枝词·热冬果》又云:"北风吹雪花朵朵,一锅梨子一炉火。如愁中风患伤寒,请君试尝热冬果。"兰州还出产西

---

① 裴景福:《河海昆仑录》卷三,甘肃人民出版社 2002 年版,第 119 页。

瓜、白兰瓜、黄河蜜等瓜果。马世焘《兰州竹枝词》其八曾云:"西瓜名种比青门,半出金城关外村。"高一涵《兰州绝句》其九亦云:"水果城中特地凉,西瓜瓢子别红黄。一经秋雨无人顾,切玉堆盘满市香。"

　　河西地区气候干燥,主要靠祁连山的雪水灌溉,形成了戈壁滩上的一块块绿洲,适合种植小麦、大麦、青稞、玉米、水稻等农作物。祁韵士《河西竹枝词》其二有句云:"豚蹄欲祝满车簝,灌溉全资雪水流。"陈勤胜《甘肃竹枝词》其二亦云:"耕织人家农事先,芳畦如罫近村边。不须抱瓮桔槔具,雪水消来好灌田。"河西走廊有雪水灌溉,比较富饶,旧有"塞上江南"的美誉。

　　河西走廊因为地形复杂,气候独特,还出产许多奇异的动植物,如葡萄、苜蓿、胡麻、沙枣、梭梭木、锁阳、桑寄生、肉苁蓉、席萁草、沙葱、大黄、苪苣莲、红柳、白杨、虫草、雪莲、牦牛、雕鹰、骆驼、鹔鹴、鸢鸟等,宋弼《西行杂咏》、祁韵士《西陲竹枝词》、张澍《橐驼曲》《闲居杂咏》都有详细记载。这些动植物有些是当地土产,有些是西域传入,如葡萄、苜蓿、胡麻等。宋弼《西行杂咏》其二九云:"异种原随博望侯,香醪一斗换凉州。酒泉不见龙珠帐,佳实来从天尽头。"自注:"葡萄自西域来,见于前史,肃州绝无之。其干者如豆许,皆自关外至。雅尔回使所遗,多白色,味尤甘。"葡萄、苜蓿原产西域。汉武帝派张骞通西域后,从大宛传入中原。《史记·大宛列传》载:"宛左右以蒲陶为酒。富人藏酒至万馀石,久者数十岁不败。俗嗜酒,马嗜苜蓿。汉使取其实来,于是天子始种苜蓿、蒲陶肥饶地。及天马多,外国使来众,则离宫别观旁尽种蒲萄、苜蓿极望。"①西行诗人最为称奇的河西特产是梭梭木、虫草和雪莲。宋弼《西行杂咏》其一八:"地炉拨火夜通红,不用频添唤小童。煮酒烹茶真耐久,娑娑作炭有微功。"自注:"娑娑,木名。坚逾他木,烧为炭,冬夕围炉,通宵不尽。"娑娑,即梭梭木。生长于沙丘上、盐碱土荒漠、河边沙地等处,有固定沙丘作用。木材可作燃料,也是一种名贵的中药材。

　　甘南地区处于青藏高原和黄土高原的边缘地带,海拔高,日照时间短,

---

① 司马迁:《史记》卷一百二十三《大宛列传》,中华书局 1959 年版,第 3173—3174 页。

气候寒冷，自然灾害较多，不太适合农业生产。苏履吉《洮州即事叠韵四首》其一云："六月炎威尚着绵，终年多半是寒天。"洮州一带天气寒冷，自然灾害多，只能种植青稞、大麦、燕麦等高寒作物。王世锦《洮州即事》其一亦云："青禾为食褐为衣，洮俗由来生计微。种得山田心力瘁，还愁雨雹旋成饥。"甘南地区主要是牧区，出产的牛、羊、马、骡等极为健壮。叶澧《甘肃竹枝词》其八二云："暗门草地绿翻波，毳帐羊牛并马骡。极目天边无所有，方知人少畜牲多。"王世锦《洮州即事》其五亦云："房精闻说落洮州，牧马云连苜蓿秋。毕竟骅骝谁识得，西风埋骨塞垣幽。"房精为马的别名。古人认为马为房星之精。房星，即房宿。古时以之象征天马。甘南还盛产牦牛，尤以白牦牛最为珍贵。宋弼《西行杂咏》其一五云：山前龁饮见牦牛，长毳如蓑雪色柔。染赤扬朱方物贵，重英岂但上旄头。自注："牦牛产番中，近山人家亦畜之。长毛垂垂可爱，染作冠缨，上品者价不訾也。至于马缨旗饰，皆用此矣。"

甘南与陇南、四川接壤的白龙江、洮河流域山高水深，古木参天，物产丰富，其中有很多奇异的动植物。李殿图《番行杂咏》其二一云："石门金锁锁何年，木客山都比竟传。趹踢南经详郭注，䴔鸡莫讶瓮中天。"自注："自卓泥行三日，入大小两石门，皆无人之境。又南大石山为石门金锁，高万仞，人不能上，遥望如白雪障天。土人谓山多神奸异物，有一首二身、二首一身之兽。余考《大荒南经》：'赤水之西，流沙之东有兽，左右有首，名曰趹踢；有三青兽相并，名曰双双。'《骈雅》曰：'趹踢、屏蓬，两首兽也。'《兽经》曰：'文文善呼，双双善行。'则此物疑即趹踢之类。天下之大，何所不有。《山海经》：'鲭鱼四足，出洮水。'余于粤西见之飞鼠，如兔，以背飞，出天池山。今之洮、岷，每多此物，余曾买得之。康熙年间，内廷侍卫奉使西域，见以乳为目、以脐为口之兽名鄂布泰；又有能飞者，名积布泰。与《博物》《山经》实相符合，洵可牖拘墟之见云。"这里除了奇异的怪兽之外，还有各种药材如川芎、石斛、枇杷、菖蒲、薄荷等。其二四云："异卉参差间绿红，灵根稍复辨芎藭。会须遇得看山眼，并入桐君药笼中。"自注："扬子云《甘泉赋》：'发兰蕙与芎藭。'司马彪《子虚赋》：'芎藭似藁本'。芎藭，中草药。"又云："山中石斛为丛,枇杷成树,马践菖蒲,人焚椒楝,所不知者多矣。"

天水、陇南地区气候比较温暖湿润,陇南部分地区属于亚热带气候,物产更为丰富,出产小麦、水稻、李子、黄梅、樱桃、青瓜、石榴等。陆廷黻《阶州道中杂咏》其三○云:"梅子黄时雨乍晴,春衫频换袷衣轻。陇南差觉风光早,五月先闻布谷声。"叶澧《甘肃竹枝词》其五七亦云:"向南天气暖烘晴,蔬果先期早熟成。赤李黄梅白玉笋,青瓜碧瓠又朱樱。"甘肃很多地方气候寒冷,不适合种桑养蚕,但是陇南、天水一带气候温暖,可以种桑养蚕。陆廷黻《阶州道中杂咏》其一○云:"桑叶如云覆女墙,榴花似火吐朝阳。鳞鳞碧瓦参差出,几处村庄罩绿杨。"巨国桂《秦安竹枝词》其三云:"蚕事头眠复二眠,秦桑枝叶正含烟。晓晴雾散墙阴路,姊妹提筐笑倚肩。"自注:"秦女亦喜育蚕。"天水、陇南还出产鹦鹉、反舌鸟、锦鸡、金丝猴、白水江重口裂腹鱼、桃花鱼、当归、苦参、党参等珍贵动植物和药材。巨国桂《秦安竹枝词》其一云:"娲皇村里听新歌,底事陇头花鸟多。说与个侬浑不信,百灵巧学绿鹦哥。"自注:"秦俗好畜反舌鸟,亦育鹦鹉。"陆廷黻《阶州道中杂咏》其二八亦云:"范君遗我金线狨,闻说能医拘挛风。"金线狨为金丝猴的脂肪油或血肉,是一种名贵的中药。金丝猴也是我国四川、甘肃特产的一种珍贵动物。

陇右地区矿产也比较丰富,主要有硫磺、玉石、黄金、煤、石油等。宋弼《西行杂咏》其七云:"军中最重石硫磺,飞火轰雷不可当。牛尾山边矿苗旺,煎来却教费商量。"自注:"硫磺矿似黄土,入水煎之,点以清油或石油,即成军营火药,为要需矣。嘉峪关内外所产极旺,前年采煎,辄得六七十万斤,至今犹贮玉门县,方议分销云。"其八云:"乱流激涧冲山骨,巧匠磨来比玉莹。雕镂千般浑不爱,文楸爱听落棋声。"自注:"肃州产五色石,莹润如玉,每随山水流出,匠人琢为簪珥、钩环、杯盘、箭块之属,雅可把玩。或为棋子,坚致胜滇产,价亦再倍,未可以碔砆忽之。"河西一带金矿也比较多。宋弼《西行杂咏》其九云:"叠岭连冈隐涧阿,空山樵牧复如何? 不须大冶夸陶铸,自是金行宝气多。"自注:"雪山之下,冈岭重复,内产黄金。山中人每盗采之,得块如砂如砾,其重至不可计数,天然成质,不胫而走,故黄金以西北为多产,川、滇者质微胜耳。不履斯地,讵信之耶?"

　　陇右地区老百姓勤劳聪明，心灵手巧，生产了很多的手工艺品，如河州的花石、河州和兰州的砖雕、秦州的根雕等非常著名。叶澧《甘肃竹枝词》其四八云："河州花石影模糊，鸟兽山川草木俱。到手便成无价宝，裁量好作鼻烟壶。"河州花石质地润泽，敲击时会发出细小的声音。石头的表面满是黑色的石斑，就像层层的云雾一样盘绕。雕刻细致，精妙绝伦，价值不菲。秦州一带树木繁多，根雕也很出名。叶澧《甘肃竹枝词》其六〇云："属邑分疆陇阪西，秦川上下古风齐。笔筒制就盘根样，架比珊瑚品不低。"根雕可以加工成各种工艺品，其中笔筒最为著名。

（八）反映陇右社会变迁

　　近代以来，随着西方列强的侵略，中国逐渐成为半殖民地半封建社会。许多有识之士为了救亡图存，开始"开眼看世界"，积极学习西方先进的科学文化知识。洋务派率先在东南沿海一带兴办洋务，建设工厂，修建铁路、公路，架设电线，安装电灯电话，促进了南方一带的近代化进程。甘肃僻处西北，加上晚清时期战争频仍，社会生产遭到极大破坏，甘肃的近代化进程虽然缓慢，但也出现了一些新事物。这些社会变化在甘肃竹枝词中也有比较详细的反映。

　　同治年间，著名湘军统帅左宗棠奉命赴陕甘平叛，在陕甘战事平息之后，左宗棠为了改变西北贫困落后的局面，利用西北盛产羊毛的优势，首先在兰州建立了兰州织呢局，推动了兰州近代工业的发展。杨巨川《兰垣竹枝词》其二有句云："电炬煌煌争朗月，机车轧轧动轰雷。"这里即写兰州织呢局生产的场景。厂里电灯通明，机器轰鸣，一派繁忙的工作景象。电炬即电灯。织呢局自己发电，兰州才有了电灯。据张维《兰州古今注》载："电灯自光绪初织呢厂即自行摩电。"[1]1914年，甘肃督军张广建筹款修建兰州电灯电话局，安装了一部6千瓦直流发电机，供督省两署及所属民政、教育、财政、建设四厅照明用电，兼供少数豪绅、官商及少量路灯用电[2]。杨巨川《光

---

　　① 　张维：《兰州古今注》，《西北文献丛书》第三辑，兰州古籍书店1990年影印版。
　　② 　关振兴：《建国前兰州路灯简况》，《（兰州）城关文史资料选辑》第四辑，政协兰州市城关区委员会文史资料委员会1993年印行，第58—59页。

复纪念会竹枝词》其三云："万国旗悬百尺竿,居中军乐奏田田。电灯密布辕门口,的是光明不夜天。"虽然兰州有了电灯电话局,但是老百姓的用电在解放前一直比较紧缺,兰州老百姓说兰州:"用水不清,马路不平,电灯不明,电话不灵。"①黄国华《兰州杂诗》其二六云:"一卧家园岁月更,十年不到古金城。电灯明亮街道宽,此是兰州官样评。"讽刺了官方吹嘘政绩的闹剧。

　　清光绪三十四年(1908),为了改善兰州的交通状况,甘肃洋务总局彭英甲等与德国泰来洋行喀佑斯等商议在白塔山下原镇远浮桥处修建黄河铁桥。光绪三十四年 5 月 9 日,兰州黄河铁桥工程正式开工。宣统元年(1909)8 月 19 日,兰州黄河铁桥竣工通行。铁桥由美国桥梁公司设计、德国泰来洋行承建、中国工匠施工的合作模式建造。民国十七年(1928),为纪念孙中山先生始称"中山桥",俗称"天下黄河第一桥"。黄国华《兰州杂诗》其二有云:"黄河直泻九千里,第一桥横最上游。"黄河铁桥体现了中国近代史上洋务运动时期建筑艺术发展史的风格、流派、特征,也是中国近代史上兰州市、甘肃省乃至整个西北地区第一座引进外国技术建造的桥梁。兰州黄河铁桥是研究中国近代史的钥匙,在中国建筑史上占有独特的地位。

　　1921 年,甘肃军阀陆洪涛的弟弟来兰州,带来小轿车一部,兰州第一次有了小汽车。1924 年,陆部工兵修筑兰州东稍门至东岗镇一段汽车路供个人享乐,这是兰州修筑公路之始②。杨巨川《兰垣竹枝词》其五云:"小小机车四毂行,翩翩公子手分明。一声汽笛呜呜去,马路飞来砥样平。"此诗即讽刺达官贵人乘着小汽车耀武扬威的样子。乘小汽车的达官贵人在各处还享有特权。杨巨川《新五泉竹枝词》其六云:"往岁游山随意走,今年官署有悬言。沙滩口子骡车转,只放洋车到庙根。"1930 年,蒋介石在全国发起了所谓"新生活运动",规定"行人车辆靠左行"。杨巨川《新五泉竹枝词》其

---

　　①　张令瑄:《近代兰州民俗谣谚》,《(兰州)城关文史资料选辑》第六辑,政协兰州市城关区委员会文史资料委员会 1997 年印行,第 197 页。
　　②　参看《新兴的工业城市——兰州》,甘肃人民出版社 1987 年版,第 76 页。

四云:"路中节节站巡兵,手执白旗不驻声。指道游人休乱走,往来都向左边行。"抗日战争期间,美国来华的汽车都习惯靠右行驶,因此导致了许多事故,后来民国政府改为靠右行驶。

辛亥革命以后,欧美的新思想、新风尚也传到了陇原大地,甘肃的许多风俗习惯也慢慢改变。许多甘肃士人对这些社会变化抱着一种非常复杂矛盾的心态。杨巨川《青城杂咏》其六云:"欧风美雨叹交加,依旧田园气味差。蜂蝶纷纷递消息,青门变尽故侯瓜。"欧风美雨比喻欧美的政治、经济和文化,也比喻欧美的侵略。此诗也写陇右地区受到欧美的政治、经济和文化的影响而发生了巨大的改变。杨巨川《光复纪念会竹枝词》八首也详细写了兰州在辛亥革命后发生的深刻变化。

辛亥革命之后,随着女性的进一步解放,女性的服饰打扮都发生了巨大的变化,她们开始烫发、穿旗袍、穿高跟鞋,也引起了一些保守文人的不满。杨巨川《光复纪念会竹枝词》其五云:"如云游女步春容,银铸徽章贴左胸。昔日梳妆今革命,高高鬓髻外蓬松。"妇女们出游的时候不但赶时髦戴徽章,而且头发也不梳发髻了,变成了烫发。张思温《五泉山竹枝词》其一亦云:"短发披肩卷复松,风头鞋子绣芙蓉。"王烜《竹枝词》七首也详细记述了辛亥革命之后兰州风俗的巨大变化。其一云:"首若飞蓬乱象多,捉襟见肘夸穷何?年来都说防空惯,盈尺莲船好涉波。""首若飞蓬"出自《诗·卫风·伯兮》,指头发未经梳理,像飞散的蓬草一样乱。这里指新式妇女不梳发髻,烫发的样子。"捉襟见肘"出自《庄子·让王》,形容衣服破烂,生活穷困。这里指新式妇女穿的衣服袖子比较短。"莲船"讽刺辛亥革命后妇女不再缠足,兰州的上层妇女也开始穿旗袍和高跟鞋。杨巨川《新五泉竹枝词》其五云:"蓬头露肘号时髦,莲步珊珊兴趣豪。尽扫当年裙褶习,斩新身上着旗袍。"王烜《竹枝词》其三云:"疑是人来响屈廊,轻盈得意自扬扬。高跟进步新花样,也似弓鞋羡窈娘。"这里讽刺新式妇女穿高跟鞋走路的样子。辛亥革命以后,民国政府禁止妇女缠足,促进了妇女的解放和独立,很多进步诗人还是支持这种政策。黄国华《兰州杂诗》其二四云:"金莲三寸迷前程,无杖无车百感生。天足而今多便利,堪同男子并肩行。"

　　新式妇女也开始自由恋爱,大胆追求爱情。以前节日游山是"邀同姊妹手相牵"(叶澧《甘肃竹枝词》其二十九),现在是青年男女携手游山,引起了人们的惊诧。张思温《五泉山竹枝词》其三云:"绿杨林下比肩人,挽臂闲行共踏青。山上偶然逢女伴,惊心却恐是侬邻。"更有富家公子开着小汽车,带着女朋友去兜风,成为人们艳羡的风景。王烜《竹枝词》其二云:"姊妹相携未算奇,相携好友是男儿。飙车一发乘风去,君问归期未有期。"

　　随着西方文化的不断传入内地,兰州上流社会的交际活动和婚礼仪式也发生了很大变化。王烜《竹枝词》其七云:"手之舞之足之蹈,大家联臂齐欢笑。电灯光明华堂照,鸾兮凰兮都颠倒。"这里讽刺新式男女跳的西方交谊舞,互相搂抱在一起。随着欧美文化的影响,兰州的婚礼仪式也有了很大改变。王烜《竹枝词》其四云:"文明婚礼不寻常,宾客两家聚一堂。错怪卓君新寡后,求凰犹著素衣裳。"这里讽刺新式婚礼穿的白色婚纱,好像守孝的寡妇所穿衣服一样。

三、甘肃竹枝词的艺术特色

(一)突出陇右地域特色

　　历代甘肃竹枝词大多描写陇右特有的山川地势和人情风物,也具有明显的地域特征。甘肃省东西跨越 1600 千米,地形复杂,气候多样,民族众多,民情风俗各不相同,因此历代甘肃竹枝词特别注重各地地方特色的描写,很多竹枝词都以地名为题。除了叶澧《甘肃竹枝词》、祁韵士《陇右竹枝词》《河西竹枝词》总写甘肃的历史文化和民情风俗之外,许多竹枝词都以一些地(市)、县甚至乡(镇)为名,例如《兰州竹枝词》《兰州杂咏》《兰州杂诗》《张掖竹枝词》《甘州杂咏》《陇南杂咏》等皆以地(市)为名;而《武阳竹枝词》《灵台竹枝词》《静宁竹枝词》《武都竹枝词》《阴平竹枝词》《泾州竹枝词》《陇西竹枝词》《岷州竹枝词》《正宁竹枝词》《秦安竹枝词》《西固竹枝词》《高台竹枝词》《洮州竹枝词》《敦煌杂咏》《康乐杂咏》等皆以县为名;而

《南古竹枝词》《天城竹枝词》《永固竹枝词》《青城杂咏》《乩藏杂诗》等皆咏一乡(镇)的历史文化和民情风俗。这些竹枝词地域特色鲜明,展现了陇右地区丰富多彩的地域文化,在中华竹枝词中也颇具特色。

(二)历代甘肃竹枝词与陇右民歌融合,民歌特色鲜明

竹枝词本为巴渝民歌,具有鲜明的民歌特色。宋郭茂倩《乐府诗集·近代曲词三》云:"竹枝本出于巴渝。唐贞元中,刘禹锡在沅、湘,以俚歌鄙陋,乃依骚人《九歌》作《竹枝》新辞九章,教里中儿歌之,由是盛于贞元、元和之间。"①自刘禹锡、白居易、顾况等人学为竹枝词以后,竹枝词创作开始盛行起来。宋元以来,竹枝词的创作又与各地的民歌结合在一起,形成了各种竹枝词的变体,如《棹歌》《山歌》《欸乃曲》《女儿子》等。

陇右地区自古音乐发达,民歌兴盛,《诗经·秦风》中的一些篇目《蒹葭》《车邻》《无衣》等就出自陇右。自汉唐以来,随着丝绸之路的畅通,许多西域音乐也传入中原,陇右地区也是西域音乐和中原音乐交流融合的地方,形成了陇右特有的地方音乐和民间歌舞。唐代著名诗人岑参曾写道:"花门将军善胡歌,叶河蕃王能汉语。"(《与独孤渐道别长句兼呈严八侍御》)又云:"凉州七里十万家,胡人半解弹琵琶。"(《凉州馆中与诸判官夜集》)宋郭茂倩《乐府诗集》亦云:"唐武德初,因隋旧制,用九部乐。太宗增高昌乐,又造宴乐,而去礼毕曲。其著令者十部:一曰宴乐,二曰清商,三曰西凉,四曰天竺,五曰高丽,六曰龟兹,七曰安国,八曰疏勒,九曰高昌,十曰康国,而总谓之燕乐。声辞繁杂,不可胜纪。"②因此《旧唐书·音乐志》云:"自开元以来,歌者杂用胡夷里巷之曲。"③其中西凉乐、龟兹乐、疏勒乐、康国乐、安国乐、天竺乐等皆来自西域或陇右,唐代的《凉州》《甘州》《伊州》等曲更是非常流行。宋洪迈《容斋随笔》卷十四载:"今乐府所传大曲,皆出于唐,而以州名者五,伊、凉、熙、石、渭也。凉州今转为梁州,唐人已多误用,其实从

---

① 郭茂倩:《乐府诗集》卷八一,上海古籍出版社2016年版,第977页。
② 郭茂倩:《乐府诗集》卷七九,上海古籍出版社2016年版,第946页。
③ 刘昫:《旧唐书·音乐志三》,中华书局1975年版,第1089页。

西凉府来也。凡此诸曲,唯伊、凉最著,唐诗词称之极多。"①宋代陇右地区的民歌依旧非常兴盛,李复还仿陇右民歌作《竹枝歌》十首。其序云:"予往来秦、熙、沔、陇间不啻十数年,时闻下里之歌,远近相继和,高下掩抑,所谓其声呜呜也,皆含思宛转,而有馀意,其辞甚陋,因其调写道路所闻见,犹昔人《竹枝》《纥罗》之曲,以补秦之乐府云。"可见诗人是有意识地学习陇右民歌,用竹枝词的形式来抒写所见所闻。民国时期杨文汉《山歌八首》小序亦云:"山歌,一名花儿,伊凉曲之遗也,大抵皆女子怀人之词……此唱彼和,自成腔调,兼具赋、兴、比三体。余撷拾其词,缀以韵语,采风君子或者有所取焉。"可见民国时期陇右地区民歌依然兴盛,引起了文人的注意和仿写。

自明代以来,陇右地区还盛行民歌"花儿"。"花儿"又称"少年",是一种高腔山歌。"花儿"起源于何时,学界的说法不一,言人人殊。明代成化年间,游宦西北的山西诗人高弘《秦塞草》有《古鄯行吟》二首,其二云:"青柳垂丝夹野塘,农夫村女耕田忙。轻鞭一挥芳径去,漫闻花儿断续长。"②这是古代文献中首次明确记载"花儿"的诗歌。但是陇右民歌的历史比较久远,"花儿"只是明代以来对流行于陇右一带高腔民歌的称呼。"花儿"按照流传的地域,又分为河湟花儿、河州花儿、洮岷花儿、宁夏花儿等。"花儿"除了起句的口语外,很多都是七言四句的形式,与魏晋以后的七言绝句和中唐以来的竹枝词形式极为相似。袁复礼先生曾说:"'话儿'的结构,以四句七字或九字为最普通。凡有九字的时候其中两字多有注解的用意,所以可算为七字的变相。此外尚有三字或五字成一句的时候,一首'话儿'的前两句为引言、反语、寓言或直譬,后两句即述实事或实意。"③这里的"话儿"即"花儿"。自清代以来,许多文人学士的竹枝词中都提到了陇右的"花儿"。康熙年间汪士鋐《岷州竹枝词》其三曾写道:"社鼓逄逄穰赛时,青旗白马二郎祠。踏歌游女知多少,齐唱迎神舞柘枝。"此诗即写清代岷县二郎山赛会唱"花儿"的盛况。道光年间叶澧《甘肃竹枝词》其二九也写道:"男捻羊毛

① 洪迈:《容斋随笔》,上海古籍出版社 2015 年版,第 100 页。
② 转引自赵宗福:《花儿通论》,青海人民出版社 1989 年版,第 64 页。
③ 袁复礼:《甘肃的歌谣——"话儿"》,原载《歌谣周刊》第 82 号,1925 年,第 1 页。

女种田,邀同姊妹手相牵。高声各唱花儿曲,个个新花美少年。"清末文成蔚《永固竹枝词》其一八亦云:"月支城郭近祁连,山色纵横销翠烟。日夕牛羊饮北泉,行人一路唱少年。"民国时期杨文汉《竹枝词·咏洮州番娘》其四云:"阿郎爱折青松枝,阿侬爱穿翠柳帔。傍晚饭馀无个事,满街携手唱花儿。"可见"花儿"流传之广,传唱之盛。

竹枝词既来源于民歌,甘肃竹枝词又深受陇右民歌的影响,因此甘肃竹枝词都有非常鲜明的民歌特色,形式自由,曲调高亢,婉转动人,多用"赋比兴"的表现手法。清代陇右诗人吴镇《我忆临洮好》其九曾云:"花儿饶比兴,番女亦风流。"[1]杨文汉《山歌八首》小序亦云:"山歌,一名花儿,伊凉曲之遗也……此唱彼和,自成腔调,兼具赋、兴、比三体。""赋比兴"是后人总结《诗经》的艺术手法。朱熹曾说:"赋者,敷陈其事而直言之者也。""比者,以彼物比此物也。""兴者,先言他物,以引起所咏之词也。"[2]后世民歌多继承了风人的传统,在诗歌创作中善用赋、比、兴的手法。甘肃竹枝词大多受"花儿"等民歌的影响,重视比兴,善用比喻、双关、谐音、象征等手法。如杨文汉《山歌八首》其八云:"手把药锄到远林,锄头入地几分深。私心欲卜檀郎信,不见当归见苦参。"檀郎指她的情郎。当归和苦参都是中药名。当归又喻指"应当归来";苦参谐音"苦身"。这里的"当归""苦参"为双关语,借以表达妇女思念情郎的悲苦之情。还有何星垣《甘肃竹枝词》也用了这种双关手法,诗云:"桃花鱼上锦鸡肥,蚕豆花开花乱飞。解道相思原有种,不如拔去种当归。"相思即相思草,烟草,又指思念情人;当归既是药名,又暗喻"应当归来",表现了对情人的相思和盼归之情。

(三)风格多样,兼有质朴刚健和清新流丽之美

中国自古以来就是一个幅员辽阔、地形复杂的多民族国家,各地由于地理环境不同,文化传统也多有差异,所以形成了各种不同的地方音乐和民情风俗。《诗经》作为中国最早的诗歌总集,有十五国风,展现了各地不同的

---

[1] 冉耀斌:《吴镇集汇校集评·松花庵诗草》,人民文学出版社 2023 年版,第 82 页。
[2] 朱熹:《诗集传》卷一,中华书局 2017 年版,第 4、7、2 页。

风土人情和政治得失。

甘肃在春秋战国时期属于秦国,《秦风》的一些篇目即创作于甘肃。秦国地近边陲,常受西戎侵扰,大敌当前,促使秦人"修习战备",养成"好义急公""尚武勇""尚气概"之风①。朱熹曾说:"秦人之俗,大抵尚气概,先勇力,忘生轻死,故其见于诗如此。"②魏禧《容轩诗序》亦云:"十五国风,莫强于秦,而诗亦秦唯矫悍,虽思妇怨女,皆隐然有不可驯服之气。故言诗者必本其土风。"③

明清时期流派纷呈、门户林立的诗歌创作,引起了文学批评对诗歌风土特征的关注,也激发了学界对诗歌的地域特征和文学传统的自觉意识。杨际昌《国朝诗话》曾云:"三楚自竟陵后,海内有楚派之目,吴庐先生一雪之;秦中自空同酷拟少陵,万历之季,文太清翔凤复为扬波,海内有秦声之目。"④明清时期诗坛论秦陇诗人之作,多以地域风格"秦风"或"秦声"来概括其创作风格。

"秦风"在风格层面上讲,当指秦陇作家诗文中流注的一种刚健质朴之气。这从《诗经·秦风》中的《小戎》《无衣》等诗就可以看出其端倪。清汪绂《诗经诠义·国风小序》云:"风之以国异也,南靡东张,西刚北朴,此风土之囿,人有各得其近似者。"⑤清初徐嘉炎《赠别华州王山史兼呈秦晋诸同学》曾说:"东南称才数,不如西北士。西北崇朴学,东南尚华靡。朴学必朴心,华靡徒为耳。此固地气然,人情亦复尔。"⑥可见明清时期人们普遍认为西北地区的文学有质朴的特征,跟西北的地域文化传统有密切的关系。

唐代诗人刘禹锡、白居易、顾况的竹枝词大多写男女爱情和风土人情,清丽婉转,含蓄蕴藉,具有南方民歌的特点。宋代文人竹枝词的题材和内容

---

① 胡朴安:《中华全国风俗志》卷七《陕西》,河北人民出版社1986年版,第200页。
② 朱熹:《诗集传》卷六,中华书局2017年版,第120页。
③ 魏禧:《魏叔子文集》外篇卷九,中华书局2003年版,第481页。
④ 杨际昌:《国朝诗话》卷二,《清诗话续编》第3册,上海古籍出版社1983年版,第1724页。
⑤ 汪绂:《双池文集》卷五,清道光一经堂刻本。
⑥ 徐嘉炎:《抱经斋集·诗集》卷四,《四库存目丛书·集部》第250册,齐鲁书社1997年版,第368页。

逐渐扩大,着重记述地方风物,关心民生疾苦,已经向"质实"的方向转变。元明时期竹枝词继续发展,在记述地方风物和歌咏男女爱情方面都有一些成就,进一步拓宽了竹枝词的题材内容,也让竹枝词的风格更加多样化。清代文人竹枝词越来越重视记述地方风土,这些竹枝词又与地方志相互为证。甚至很多诗人以地方志或笔记为据创作竹枝词,并且在诗下添加详细的笺注,例如宋弼《西行杂咏》、李殿图《番行杂咏》、王煦《兰州竹枝词》、祁韵士《西陲竹枝词》、萧雄《西疆杂述诗》等,因此这些竹枝词更加写实,风格也比较质朴,竹枝词的文学性不断削弱,出现了竹枝词与地方志合流的趋势。

清代一些竹枝词作家则明确提出竹枝词要真实质朴,去除"靡丽"之风,改变了唐代以来竹枝词的抒情特征。袁学澜《姑苏竹枝词》跋云:"竹枝之作,所以纪土风之奢俭,表民俗之邪正,以备采风者之取择。故其词尚质,无事靡丽为也。"①当然他也不能排斥传统竹枝词的抒情功能和清丽特点,认为"苟质而能雅,丽而有则,为质为丽,固无分畛域"②。

甘肃竹枝词创作既受"质朴厚重"的陇右文化传统的影响,又受到清代竹枝词与地方志逐渐合流的大趋势的影响,大多崇尚纪实,质朴无华。例如李殿图《番行杂咏》序就明确说:"至于番情土语,即事成咏,职在采风,道取征实。倘博雅君子细绳诗律,谓其情无寄托,拉杂不伦,则又何辞以对?"作者认为其诗主要考证山川地貌,描写风土民情,真实地反映当地的社会状况,"职在采风,道取征实",不是为了抒情言志,因此也不太注重格律和感情寄托等。宋弼《西行杂咏》小序亦云:"自入甘省,耳目顿异,比移肃郡,路当孔道,星使络绎往来,征其绪言,以广见闻,暇时颇录其事,并搜及琐屑,以绝句纪之,他日贻故乡戚友,可以佐酒云尔。"可见他创作竹枝词的目的也是记述风土,"以广见闻",因此这些竹枝词都有质实的特点。

当然,许多诗人在用竹枝词记述风土的时候,并不是机械地描摹,也注意反映世态民情,有劝惩人心、移风易俗的用意。清代诗人得硕亭《草珠一串》(《京都竹枝词序》)曾说:"竹枝之作,所以纪风土、讽时尚也。然于嬉

---

① 袁学澜:《适园丛稿》卷四,同治十一年刻本。
② 袁学澜:《适园丛稿》卷四,同治十一年刻本。

笑讥刺之中,亦必具感发惩创之意。故诽词谲语,皆堪借以生情;即巷议衢谈,不妨引以为证。"①可见很多诗人对竹枝词的讽世、劝世的功能比较提倡。甘肃竹枝词中的许多诗歌在歌咏民情风俗的同时,都寄托了诗人的讽世之意。比较典型的有赵用光《兰州谣四首》,刘尔炘《辛亥杂感三十首》,杨巨川《光复纪念会竹枝词八首》《兰垣竹枝词六首》,王烜《竹枝词七首》等。当然一些讽世的竹枝词具有一定的进步意义,例如赵用光《兰州谣四首》、刘尔炘《辛亥杂感三十首》等诗歌揭露社会黑暗,批判统治者的愚蠢等,体现出积极向上的精神。但是像杨巨川《光复纪念会竹枝词八首》《兰垣竹枝词六首》,王烜《竹枝词七首》等反映近代以来社会的变化,思想却有一些保守,不能正确看待新事物、新时尚,也需要辨证地看待。

正如《秦风》不仅有《小戎》《无衣》等刚健质朴的诗篇,还有《蒹葭》《晨风》等清新明丽的篇章,甘肃竹枝词作家众多,风格也比较多样,除了那些记述风土的写实之作比较质朴自然以外,还有许多写景抒情的竹枝词也写得清丽缠绵,含蓄蕴藉,颇有唐代竹枝词的清丽之美。如马世焘《兰州竹枝词》10首、程德润《若己有园十六景》、巫揆《金城十咏》、刘元机《金城十咏》等。程德润《若己有园十六景·襟带桥》云:"小桥流水不生波,两岸孤蒲一苇过。欸乃声中山水绿,垂杨阴里听鱼歌。"此诗写若己有园中的襟带桥风景如诗如画,清丽自然,颇有江南水乡的风光。史翊《太白镇途次作》写庆阳子午岭风光也是细腻真切,如在目前。其二云:"宛然流水与桃花,犬吠鸡鸣云径斜。莫道东山无胜境,风光不减武陵霞。"子午岭上有桃花流水,还有鸡鸣犬吠,一种安闲静谧的田园风光如在目前,诗人认为这里就像陶潜笔下的桃花源一样美丽动人。甘肃竹枝词中描写爱情的诗歌也有很多含蓄清丽的作品。如刘士猷《西路竹枝词二十首》其七云:"花开菜子儿湾黄,挞菜丛中女伴忙。乍听山歌声起处,知郎初渡小山岗。"山上的油菜花已经开了,满目金黄色的油菜花中有一些年轻的女孩子在劳作和采花,突然听到有人唱起了山歌"花儿",知道是自己的心上人已经从山那边过来了,非常含

---

① 　得硕亭:《草珠一串》,路工编选《清代北京竹枝词》(十三种),北京古籍出版社 1982 年版,第49页。

蓄地写了农村少女对爱情的渴望和对恋人的热烈感情。杨文汉《山歌八首》其二亦云：“背负药笼手把锄，远人不寄一封书。鹁鸠镇日相厮守，鸟自成双我不如。”此诗也写边地女孩子背着药笼拿着锄头去挖草药，但是心里还在盼望远方恋人的归来，但是恋人好久不寄书信让她非常哀怨，她看到鹁鸠尚且双宿双飞，整日厮守在一起，感慨自己还不如鸟儿成双成对。比喻贴切，感情深婉，颇有民歌风味。还有何星垣《甘肃竹枝词》、张如镛《春闺竹枝词》等写边地青年男女的爱情，也是情辞婉转，真挚感人，颇有清丽之美。

（四）语言丰富，雅俗共赏，善于运用谚语、俗语和少数民族语入诗

甘肃竹枝词内容丰富，表现手法多样，诗歌语言也非常丰富，除了运用经史典故之外，还大量采用了当地的谚语、俗语和少数民族语言入诗，真挚自然，雅俗共赏。如宋弼《西行杂咏》其二〇有句云：“皋兰山下联舟过，海内应无第二桥。”自注：“黄河至兰州，其势已大，郡北浮桥，组舟为之。土谣云‘天下黄河只一桥’，故不虚也。”这里间接用了民谣入诗。叶澧《甘肃竹枝词》其五五有句云：“一条河路行终日，七十二道脚不干。”自注：“七十二道脚不干，谚语。”这里直接用谚语入诗。苏履吉《武阳竹枝词八首》其七有句云：“终年辛苦谁为力，始信哥哥合唤牛。”自注：“民俗自耕种以及碾运，皆资牛力，牛后行歌，呼为牛哥哥。”这里也用俗语入诗。巨国桂《秦安竹枝词》也用了很多当地方言俗语入诗。其六云：“惠家村畔芹菜新，下上午声殊笑人。官讳茹荤民讳卖，一千祈雨真不真。”自注：“每天旱祈祷，官禁卖葱韭，则挑卖之人皆佯呼为‘下上午’的芹菜。下，如‘《汉书》下酒’之‘下’。上午者，午后餐也。秦人呼晚饭为上午饭。”“一千”也是甘肃方言，意思是整天。甘肃一些地方方言把“天”读为“千”。其一五又云：“鸳鸯坬上种甜瓜，咽狗声多笑语哗。怪煞一群火猪子，羊羔不住斗獶牙。”自注：“秦人戏语，呼甜瓜为咽死狗。”又云：“近秦州界人呼汝我曰羊羔。”“火猪子”也是陇右俗语，指贪吃的人。甘肃竹枝词中还有“口外”“尕娃”“花儿”“烧刀”“黄烟”“抬杠”“梭里麻”“牙骨台”等陇右俗语，散发着浓郁的乡土气息，让这些竹枝词富有陇右乡土特色。

另外，甘肃竹枝词中还有很多少数民族语言，也富有民族特色。王树枏

《安西道中十四首》其一〇有句云："达儿兔外看秋色,红柳无边起暮鸦。"自注："胡人谓口外为达儿兔。"还有"阿訇""伯克""门宦""缠头""礼拜寺"等回族语言也经常出现在甘肃竹枝词中。尤以李殿图《番行杂咏》四十首中所用藏族语言最多。其一〇有句云："近城总以夏哇呼,什噶轮将力役输。"自注："卓泥土城不盈百雉……近城者不专设头目,番言谓之夏哇哩,犹云直隶也。如答峪沟、那郎寨、东古古、宋包、什噶巴路、什噶搭那、什噶蹉宋,什噶皆为夏哇哩什噶,汉语为各里。"其一二云："喇伍什巴介汉番,汉番话语各能言。叠巴乩力生番族,西北封圻过暗门。"自注："叠巴车巴沟、迭宕山杂、高洼山杂、什巴桑旺堡、达加乩力等旗,总名窝奇落巴,言在暗门之外也。"还有"活佛"、"喇嘛"、"刺噶"(木楼)、"当搭拾苏"(理曲)、"当搭拉日"(理直)、"奔布昌阿"(大员)、"苏拉"(喇嘛职位)、"卡达"(绢帕)、"噶娄"(裤)、"咀叠"(跪)、"蜡盖"(烧酒)、"噶吉"(欢笑)等藏语也用在诗中,充满了民族生活气息,丰富了竹枝词的内容与语言。

四、编选体例

一、本书所辑录的历代甘肃竹枝词,大多从诗人别集辑出,有一些从地方志和选集、总集辑录的诗歌,都注明文献来源和出处。

二、有一些外省的竹枝词组诗中有关于甘肃的诗歌,我们只选录了有关甘肃的作品,其馀不录。因为清代甘肃辖区较广,包括今甘肃、青海、宁夏和新疆东部的部分地区,除了叶澧《甘肃竹枝词》一百首为了保持原貌全部保留之外,其他有关青海、宁夏和新疆的竹枝词均不收。

三、本书辑录的一些甘肃竹枝词,由于没有找到原始文献,只能从地方志或他人著作中辑出部分作品,但仍然收录,等以后找到原始文献再补录完整。

四、本书辑录的历代甘肃竹枝词,有些作品《中华竹枝词》《历代竹枝词》《中华竹枝词全编》已经收录,有些没有收录。已经收入以上三书的作品,因为所据版本不同,文字也略有出入,我们只注明版本来源,不再在注释中进行校勘说明。

　　五、本书的诗人排名以生活年代和生卒年月为序,生卒年月不详的以科举和入仕的时间先后为序。

　　六、本书的作者简介以权威研究成果为准,生卒年有争议的在注释中说明。

　　七、本书的注释尽量简要明了,不做繁琐的考证,但是对于一些具有重要意义的历史人物和地名典故都作了较为详细的说明,有助于读者理解作品的思想内容和精神内涵。

　　八、有关甘肃的地名如陇山、崆峒山、鸟鼠山、皋兰山、五泉山、祁连山、焉支山、三危山、弱水、洮水、敦煌、酒泉、阳关、玉门关、莫高窟、月牙泉、镇远浮桥等,只在第一次出现时详细注释,其后从略。另外,经常出现的人名如伏羲、女娲、西王母、霍去病、张骞、赵充国等,也只在第一次出现时详细注释,其后从略。

冉耀斌　张兵
西北师范大学

宋元明时期

李 复

李复（1052—1128），字履中。开封府祥符（今河南开封）人，后徙居京兆长安（今陕西西安）。宋代学者。元丰二年（1079）进士。历任熙河转运使、集贤殿修撰、河东转运副使、知永兴军、秦凤路经略安抚、秦州知州。师从张载研究理学，于书无所不读，喜言兵事，尤邃于《易》，学界称为"潏水先生"。著有《潏水集》。

竹枝歌十首[1]

予往来秦、熙、汧、陇间不啻十数年[2]，时闻下里之歌[3]，远近相继和，高下掩抑，所谓其声呜呜也[4]，皆含思宛转，而有馀意，其辞甚陋，因其调写道路所闻见，犹昔人《竹枝》《纥罗》之曲[5]，以补秦之乐府云[6]。

【注释】

[1]此组诗选自《潏水集》卷六，大概作于南宋初年。作者在北宋末曾任熙河转运使，南宋初年又任秦凤路经略安抚使兼知秦州，在甘肃、陕西一带任官十馀年。

[2]秦：指秦州，今甘肃省天水市。熙：熙州，今甘肃省临洮县。金皇统二年（1142）置熙州，属临洮路。治所在狄道县（今甘肃省临洮县）。汧：指汧河，又称汧阳河，系渭河左岸一条较大支流，源于甘肃东部清水县六盘山支脉瘦驴岭南麓，经甘肃省清水县、陕西省陇县、凤翔、宝鸡等地，于虢镇以

西底店镇入渭河。陇：指陇山。古称陇坂、陇坻、陇首，为六盘山南段的别称。在陕西省陇县西北，北连朔漠，南带汧渭，西南跨甘肃省天水县，山势陡峻，地形回曲，上有陇关，即大震关，是渭河平原与陇西高原的分界山，也是古代丝绸之路沿渭水路线必经之山。《通典》："天水郡有大阪，名曰陇坻，亦曰陇山，即汉陇关也。"辛氏《三秦记》："陇西开（关），其坂九回，不知高几里，欲上者七日乃越。高处可容百馀家，下处数十万户。其上有清水四注。俗歌曰：'陇头流水，鸣声幽咽。遥望秦川，心肝断绝。'去长安千里，望秦川如带。又关中人上陇者，还望故乡，悲思而歌，则有绝死者。"

[3]下里：即下里巴人。原指战国时代楚国民间流行的一种民间歌曲，这里指民歌。

[4]呜呜：歌咏声，吟咏声。多形容悠长的声响。这里指秦地民歌的唱腔。战国秦李斯《谏逐客书》："夫击瓮叩缶，弹筝搏髀，而歌呼呜呜快耳者，真秦之声也。"

[5]纥(hé)罗：即"纥那"。唐声诗名。本为五言绝句，《尊前集》收作词调，《词律》《词谱》皆列此调。胡震亨《唐音癸签》考其为唐天宝中，崔成甫翻《得体歌》，有"得体纥那也，纥囊得体那"之句，此即"纥那"之名所本；并谓唐人于舟中唱《得体歌》，有号头，即和声，"纥那"者或曲之和声也。据此，此调在盛唐时已有。今所传始见唐德宗贞元间刘禹锡所作，中有"杨柳""竹枝"，可见此调与《杨柳枝》《竹枝词》相近。

[6]乐府：主管音乐的官署。汉惠帝时已有乐府令，武帝时定郊祀礼，立乐府，掌管宫廷、巡行、祭祀所用的音乐，兼采民歌配以乐曲，以李延年为协律都尉，乐府之名始此。见《汉书·礼乐志》。乐府官署采制的诗歌也称乐府，后来人们把魏晋至唐可以入乐的诗歌，以及仿乐府古题的作品，统称乐府。宋以后的词、散曲、剧曲因配乐，有时也称乐府。

其一

柔桑叶菀暗东冈[1]，山下乱石如群羊。

旧沙渐高行路断，马蹄踏散飞星光[2]。

【注释】

[1]柔桑:嫩桑叶。菀(yù):茂盛。东冈:向阳的山坡。

[2]飞星:流星。

其二

缲丝宛转听车声[1],车声忽断心暗惊。

旧机虚张未满幅[2],新丝更短织不成。

【注释】

[1]缲丝:煮茧抽丝。宛转:声音委婉而动听。

[2]幅:这里指布的宽度、边缘。

其三

东来健儿身手长[1],不随伍籍习弓枪[2]。

何须官廪请租税[3],白昼衣食出道傍[4]。

【注释】

[1]东来健儿:指平定陇右的宋军。健儿,身体强健而动作敏捷的人。身手长:指本领或技艺超群。

[2]伍籍:军籍。

[3]官廪:犹官俸,国家发的俸禄。租税:旧时田赋和各种税款的总称。

[4]“白昼”句:这里指士兵白天勒索行人财物。

其四

短衫窄袖上马轻[1],空手常喜烟尘行[2]。

论功何须问弓剑,自有主将知姓名[3]。

【注释】

[1]短衫窄袖:西北少数民族的服装,适合骑马射箭。

[2]烟尘:烽烟和征尘。借指战争。

[3]主将:军队的主要将领。

其五

牛车欲住更催行,官要刻日到新城[1]。

军有严期各努力[2],秋田无种何须耕。

【注释】

[1]刻日:意思是限定日期。新城:疑指兰州收复后所筑新城。据《续资治通鉴长编》卷三二一载:宋神宗元丰四年(1081),熙河经制李宪攻取兰州,命其部将李浩、王文郁等展筑兰州北城,并于河北岸筑金城关,至哲宗绍圣四年(1097)筑关城毕。

[2]严期:规定的期限,急期。

其六

蕃兵入市争卖田[1],汉人要田蕃无钱。

有田卖尽走蕃去,却引生羌来寇边[2]。

【注释】

[1]蕃兵:宋代在边境地区招募少数民族组成的边境守军。蕃,通"番"。

[2]生羌:汉代将归附汉朝,保持朝贡和纳税的羌族部落称为"熟羌",对未归附汉朝的羌族部落称为"生羌"。这里指吐蕃和西夏王朝。寇边:敌人侵犯边境。

其七

白羌纷纷来攻城[1],羌酋确走杀汉民[2]。

汉民当前死不惜,瓯脱更有杀来人[3]。

【注释】

[1]白羌:即白水羌,迁居关中渭北一带的羌人,这里指少数民族。

[2]羌酋:羌人的首领。《宋史·范仲淹传》:"及其卒也,羌酋数百人,哭之如父,斋三日而去。"确走:即却走。退避,退走。

[3]瓯脱:匈奴语,指边界哨所,这里指屯戍之人。

其八

陇山连峰入无际[1]，天画封疆限华裔[2]。

如何谺谺忽中裂[3]，西通风来动边气[4]。

【注释】

[1]陇山：见李复《竹枝歌十首序》注[2]。

[2]封疆：划封土地的疆界。华裔：即华夷。指汉族与少数民族。

[3]谺谺(hān xiā)：山谷空深貌。

[4]边气：边地的烟雾。这里指战争。

其九

鸣凤山西五里坂[1]，未渡汧河山渐浅[2]。

东来行人渐长叹，已觉秦川不在眼[3]。

【注释】

[1]鸣凤山：即陕西岐山，俗称箭括岭。《汉书·地理志》载："岐山在扶风美阳县西北。"颜师古注："岐山在美阳，即今之岐山县箭括岭也。"坂：山坡，斜坡。

[2]汧河：见李复《竹枝歌十首序》注[2]。

[3]"东来"两句：这里化用《三秦记》所录民谣"陇头流水，鸣声幽咽。遥望秦川，心肝断绝"之意，写诗人的悲凉之情。秦川，泛指今陕西、秦岭以北的关中平原地带。因春秋、战国时地属秦国而得名。这里指天水一带。

其一〇

垂白东西几田父[1]，林间偶坐忘巾屦。

共说干糇付远人[2]，六月长丁犹筑戍[3]。

【注释】

[1]垂白：白发下垂，谓老年。田父：老农。

[2]干糇：干粮，泛指普通食品。

[3]筑戍：即筑城戍守。清浦起龙《读杜心解》："戍守则须城筑，城筑必依山险。"

马祖常

马祖常(1279 — 1338),字伯庸,世为蒙古族雍古部(一说为回族),父徙家于光州(河南潢川)。其高祖锡里济苏,金末为凤翔兵马判官,子孙用以官为氏之例,遂称马氏。元仁宗延祐初,廷试第二,拜监察御史,官至御史中丞,除枢密副使。马祖常善作诗文,诗文宏瞻而精赅,务去陈言。他与姚燧、元明善等作文取法先秦、两汉,诗学汉魏盛唐,扫除宋金末年南北文士习气,诗风清壮,"后生争慕效之,文章为之一变"(《元诗选·马祖常小传》)。有《石田文集》等。

庆阳[1]

首蓿春原塞马肥[2],庆阳三月柳依依。

行人来上临川阁[3],读尽碑词野鸟飞[4]。

【注释】

[1]此诗选自《石田文集》卷四。作于元仁宗延祐四年(1317)三月,马祖常为监察御史出使河西,路过庆阳时游览鹅池洞时所作。庆阳:县名。即今甘肃省庆阳市庆城县。汉为郁郅县,属北地郡。隋唐改为庆州,宋又改为庆阳府。明清因之。

[2]首蓿:多年生草本植物,叶子为三片小叶组成的复叶,小叶长圆形。开蝶形花,结荚果,是一种重要的牧草和绿肥作物。中原种植的首蓿是汉代从西域传入。《史记·大宛列传》:"宛左右以蒲陶为酒……俗嗜酒,马嗜首蓿。汉使取其实来,于是天子始种首蓿、蒲陶肥饶地。及天马多,外国使来众,则离宫别观旁尽种蒲陶、首蓿极望。"

[3]临川阁:在鹅池洞内,为宋知州蒋之奇所建,有石刻诗。后为纪念庆阳文人李梦阳,取其《空同集》名称"空同阁"。《(嘉靖)庆阳府志》卷四:"临川阁,在府城内鹅池上。宋时建。"《(乾隆)庆阳府志》卷十一载:"鹅池,在府南二百三十八步。宋经略安抚使施昌言重修。"

[4]碑词:指蒋之奇《创修鹅池临川阁诗碑》。

河湟书事二首[1]

其一

阴山铁骑角弓长[2],闲日原头射白狼[3]。

青海无波春燕下,草生碛里见牛羊[4]。

【注释】

[1]此组诗选自《石田文集》卷四。河湟:河指黄河。湟指湟水,黄河上游支流,源出青海东部,至甘肃兰州市西汇入黄河。河湟指湟水与黄河汇合处一带,即今兰州至青海湖一带。

[2]阴山:此处指祁连山。清萧雄《西疆杂述诗·总述全势》注:"葱岭从叶尔羌西南,横至喀什噶尔之西北……虽节节殊称,皆统名之曰天山,又名白山,又名雪山,又名祁连,又名时罗漫,亦名阴山,如汉贰师将军李广利击右贤王于天山,明帝时窦固、耿秉击白山之虏。"祁连山脉是位于甘肃、青海两省之间的巨大山系。古匈奴语为"天山"。又因位于河西走廊以南,故也称南山。山脉西接阿尔金山,东至乌鞘岭,南界柴达木盆地和青海湖。狭义的祁连山位于甘肃省酒泉以南、山脉最北列的走廊南山西端,海拔5547米。山上终年积雪皑皑,故称雪山。《(乾隆)甘肃通志》卷六"张掖县":"祁连山,在县西南二百里,连亘凉、肃,东西延袤千馀里,又名天山,西域呼天为祁连。《西河旧事》云:'祁连山在张掖、酒泉二郡界,产松柏古木,美水草,山中冬温夏凉,宜畜牧。'"铁骑:披挂铁甲的战马。借指精锐的骑兵。角弓:用动物的角和竹木、鱼胶牛筋制作的弓。

[3]白狼:白色的狼。古时以为祥瑞。《国语·周语上》:"王不听,遂征之,得四白狼、四白鹿以归。"

[4]碛:浅水中的沙石,引申为沙漠。

其二

波斯老贾度流沙[1],夜听驼铃认路赊[2]。

采玉河边青石子[3],收来东国易桑麻[4]。

【注释】

[1]波斯:伊朗在古希腊语和拉丁语的旧称译音,伊朗的古名。历史上在西亚、中亚、南亚地区曾建立过多个帝国,如阿契美尼德王朝、萨珊王朝、萨非王朝等。极盛时疆域东起印度河及葱岭,西临巴尔干半岛与地中海,南抵亚丁湾和红海,北达高加索山一带。贾:商人。流沙:沙漠。沙常因风而流动转徙,故称。《晋书·张骏传》:"又使其将杨宣率众越流沙,伐龟兹、鄯善。"《新唐书·西域传》:"(吐谷浑)西北有流沙数百里。"可知沙漠均可称为流沙。

[2]赊:遥远。王勃《滕王阁序》:"北海虽赊,扶摇可接。"

[3]采玉河:在新疆于阗。五代后晋高居晦《于阗国记》:"采玉河,源出昆仑山,西流千三百里,至国界牛头山,分为三支:曰白玉河,在城东三十里;曰绿玉河,在城西二十里;曰乌玉河,在绿玉河西七里。源虽一脉,玉随地变,而色不同如此。每岁五、六月,大水暴涨,玉随流水而至,多寡不等,水退时玉人采取之,方言曰捞玉。"唐杜甫《喜闻盗贼蕃寇总退口号五首》其四:"勃律天西采玉河,坚昆碧碗最来多。"

[4]东国:东方之国,这里指中国。

无名氏

俄博岭界碑竹枝词[1]

鼠牙雀角何相争[2],山源划界最分明[3]。
水向北极归居延[4],顺流南下属青宁[5]。

【注释】

[1]此诗原刻在张掖市民乐县俄博岭界碑上,保存在《创修民乐县志》,作者不详。此诗当为成化十二年(1476)甘肃总兵王玺立俄博岭界碑而作。《(乾隆)甘州府志》卷二:"(成化)十二年,总兵官王玺复南羌立石画界。玺,太原左卫指挥同知也。是年,擢署都督佥事,镇甘肃,复洪武中旧制,立石与南羌画界,约樵牧,毋越疆。"按:王玺(?—1488),山西太原人。初任

太原左卫指挥同知。成化时,历任都督同知、大同镇守。守御黄河七墅,打败阿鲁出,收复哈密皆有功。俄博岭:今民乐县扁都口(古大斗拔谷)内祁连山分水岭,山北的水向北流,山南的水向南流,为甘肃和青海划界地理标志和依据。

[2]鼠牙雀角:《诗·召南·行露》:"谁谓雀无角,何以穿我屋?……谁谓鼠无牙,何以穿我墉?"意为强暴侵凌引起争讼。后比喻打官司的事。

[3]山源划界:依山的分水岭划界。

[4]居延:居延泽,指张掖境内的黑河,又称弱水。上源为今甘肃山丹河,下游即山丹河与甘州河合流后的黑河,入内蒙古境后称额济纳河。《尚书·禹贡》:"黑水、西河惟雍州,弱水既西。"又:"导弱水至于合黎,余波入于流沙。"《(乾隆)甘州府志》卷四:"弱水。城西郭外,源出县东南燕支山下,西北流,经县西南,又西北经东乐北,又西北经古城北,又西北经甘州北,入于黑河。……而汉《地理志》曰:'删丹有弱水。'又曰:'居延泽在张掖东北,古文以为流沙。'唐《括地志》曰:'张掖东北六十四里,有居延海,盖谓弱水。至府东北入于流沙也。'……《太平广记》:'沙州黑河,北庭西北沙州有黑河,深可驾舟,其水往往泛滥,荡室庐,潴原野,由是西北之禾稼尽去,地荒不可治,居人远徙。'"

[5]青宁:青海西宁。这里指青海。

杨一清

杨一清(1454—1530),字应宁,号邃庵,又号石淙,明云南安宁州(今云南安宁县)人。成化八年(1472)进士。曾任陕西按察副使兼督学。弘治十五年(1502)以南京都察院左副都御史出任督理陕西马政,总制延绥、宁夏、甘肃三边军务。历任户部尚书、吏部尚书、武英殿大学士、内阁首辅、太子太保、太子太傅。卒后赠太保,谥文襄。著有《关中奏议》《石淙类稿》《石淙诗钞》。

白水江舟中十三绝句[1]

其一

冲风冲雨气难降,又渡关南白水江[2]。

正是驽骀鞭策地[3],雪华休点鬓毛双[4]。

【注释】

[1]此组诗选自《石淙诗钞》卷四。弘治十五年(1502),杨一清以都察院左副都御史督理陕西马政,此组诗当作于诗人西巡路经文县之时。白水江:为长江支流嘉陵江支流白龙江的支流。因在甘肃省文县,故又名文县河。源于四川省九寨沟县的岷山中段郎架岭东北,东南流经九寨沟县、甘肃省文县,在文县玉垒乡注入白龙江。

[2]关南:指文县玉垒关南。《(乾隆)续修文县志》:"文之北距县百里许,有临江驿,临江者,临白龙江也,水自武都来,东南注至玉垒关,与文之白水合。"《(乾隆)甘肃通志》卷四:"《文州志》:'南邻巴蜀,西接陇西,北有临江关以达武都,东有玉垒关以通蜀汉,江边线路皆断崖绝壁,插木凿山,栈道之险,有四塞之固焉。'"

[3]驽骀(nú tái):劣马。比喻低劣的才能。这里是诗人的谦称。

[4]"雪华"句:指两鬓斑白。

其二

万丈丹崖势欲倾,石棱层处水花明。

橹声咿呀乘流去,一似瞿塘峡里行[1]。

【注释】

[1]瞿塘峡:为长江三峡之首。也称夔峡。

其三

几年卜筑大江头[1],惯见乘风万斛舟[2]。

今日渡江刚一叶,也须击楫向中流[3]。

【注释】

［1］卜筑:择地建筑住宅,即定居之意。

［2］万斛(hú)舟:指装载上万石的大船。东晋时后赵人曾造这种大船载运重物。万斛,极言容量之多。古代以十斗为一斛,南宋末年改为五斗为一斛。

［3］击楫中流:指晋祖逖统兵北伐,渡江中流,拍击船桨,立誓收复中原的故事。后亦用为颂扬收复失地统一国家的壮志之典。《晋书·祖逖传》载:祖逖渡江北伐,中流击楫而誓曰:"祖逖不能清中原而复济者,有如大江。"祖逖,东晋名将,誓复中原。所部纪律严明,得到沿途各地人民拥护,收复黄河以南地区。

其四

水流奔吼射岩头,一发全凭火掌留[1]。

自保平生忠信在,不妨随处是安流[2]。

【注释】

［1］火掌:这里指用竹绳牵挽的小舟。明周复俊《泾林杂纪》卷二:"自舟之入峡也,榜人以竹絷挽之使进,絷者断竹为大篾,绥之以丝,约长五六十馀丈,巴人目为火掌。少陵诗'百丈牵江色'是也。絷舒卷上下,日为崖石所摩,万一殊绝,一舟之人得无惧乎?"

［2］安流:平稳的流水。比喻顺利的境况。

其五

北人生来不识船,问渠那能底事便[1]。

篙工屈膝向予答[2],我在三巴是长年[3]。

【注释】

［1］渠:他。底事:何事。

［2］篙工:掌篙的船夫。

［3］三巴:东汉末益州牧刘璋分巴郡为永宁、固陵、巴三郡,后又改为巴郡、巴东、巴西三郡,称为三巴。相当于今四川嘉陵江和綦江流域以东的大

部分地区。长年:船主人。

其六

青山两岸高插天,澄潭数尺清可怜。

潭头老父饮牛罢,长啸无语归山巅[1]。

【注释】

[1]长啸:撮口发出悠长清越的声音。古人常以此述志。

其七

小小柴门面水开,生涯全寄石岩隈[1]。

岩头小儿指手说,何处官船江上来。

【注释】

[1]岩隈(wēi):指深山曲折处。

其八

倚篷坐听船舷鸣,忽闻岸上呼冤声[1]。

豺狼当道非我事[2],别有使者来澄清[3]。

【注释】

[1]呼冤:鸣冤叫屈。

[2]豺狼当道:本指豺狼横在路中间,比喻暴虐奸邪的人掌握国政。

[3]澄清:搞清楚,弄明白。

其九

村居十室九萧条[1],何处笙歌入耳遥[2]。

忽见岸头灯火架,始知今夕是元宵[3]。

【注释】

[1]萧条:指寂寥冷清的样子。也指经济不景气。

[2]笙歌:指合笙之歌。也可指吹笙唱歌或奏乐唱歌。

[3]元宵:节日名。俗以农历正月十五日为上元节,也叫元宵节。民间有放花灯的习俗。

其一〇

小舟摇曳坐还兴,把卷挥毫总未能[1]。

犹胜铁山山下路[2],自驱羸马踏春冰[3]。

【注释】

[1]挥毫:提起毛笔写字或画画。

[2]铁山:疑即镜铁山。在甘肃省河西走廊中部、肃南裕固族自治县境内。属祁连山中的走廊南山。因富产镜铁矿,故名。海拔4500米左右,主峰海拔5205米,有现代冰川分布。

[3]羸马:瘦弱的马匹。

其一一

生来足迹半乾坤,江汉风流已尽吞[1]。

只有河源穷未得[2],巡方指日到昆仑[3]。

【注释】

[1]江汉风流:指东晋名士庾亮与众僚佐聚谈于武昌南楼之事。《晋书·庾亮传》:"(庾)亮在武昌,诸佐吏殷浩之徒,乘秋夜往共登南楼,俄而不觉亮至,诸人将起避之。亮徐曰:'诸君少住,老子于此处兴复不浅。'便据胡床与浩等谈咏竟坐。"唐杜甫《江陵节度阳城郡王新楼成,王请严侍御判官赋七字句同作》:"自公多暇延参佐,江汉风流万古情。"江汉,指长江与汉水之间及其附近的一些地区。古巴蜀之地处江汉地区。

[2]河源:古代特指黄河源头。古人认为黄河发源于昆仑山。《山海经·北山经》:"敦薨之山……敦薨之水出焉,而西流注于泑泽。出于昆仑之东北隅,实惟河原(源)。"《史记·大宛传》中记载:"汉使穷河源,河源出于阗,其山多玉石,采来,天子案古图书,名河所出山曰昆仑云。"

[3]昆仑:昆仑山。又称昆仑虚、中国第一神山、万祖之山、昆仑丘或玉山。中国神话中的神山。传说昆仑山上有瑶池、阆苑等仙境。《庄子·天地》:"黄帝游乎赤水之北,登乎昆仑之丘。"《河图》:"昆仑山北地转下三千六百里,有八玄幽都,方二十万里,地下有四柱,广十万里,地有三千六百轴,

犬牙相举。"昆仑山西接帕米尔高原,横贯新疆、西藏,东延入青海境内。势极高峻,多雪峰、冰川。最高峰达 7719 米。古人认为黄河发源于昆仑山。

其一二

腐儒萧散是胸襟[1],束缚真愁法网侵。

敢谓舟中皆敌国[2],也须推赤向人心[3]。

【注释】

[1]萧散:犹萧洒。形容举止、神情、风格等自然,不拘束。

[2]舟中皆敌国:意思是同船的人都可能成为敌人。比喻大家反对,十分孤立。《史记·孙子吴起列传》载:魏武侯时,吴起为魏国镇守西河。一次,他陪魏武侯乘船顺流而下,魏王对吴起说:"有此险固的山河,真是魏国之宝啊。"吴起说:"国安在德不在险。……陛下若不修德政,与您同舟的人尽为敌国也。"

[3]推赤向人心:指真诚待人。

其一三

年来抱癖在烟霞[1],一见江山便忆家。

如此风光不登眺,只将诗句向人夸。

【注释】

[1]烟霞:烟雾和云霞,也指山水胜景。

录民谣[1]

其一

村农遇雨把犁耕,听得传呼浪自惊。

寄谢勾呼人去也[2],放宽些子待秋成[3]。

【注释】

[1]此组诗选自《石淙诗钞》卷四。作于正德元年(1506)前后,诗人任巡抚陕西左副都御史,总制陕西、甘肃、宁夏、延绥等处军务,兼督马政。当时甘肃一带天灾人祸频仍,杨一清曾上书武宗皇帝请求赈灾。

[2]寄谢:传告,告知。勾呼:调集,传唤。

[3]些子:少许,一点儿。

其二

东邻富实在家闲,西舍差科十倍难[1]。

不是官司好颠倒,里书奸弊这般般[2]。

【注释】

[1]差科:指差役和赋税。

[2]里书:明清地方州县之职役,负责记载土地面积等。

其三

昨日投词入县门[1],两家曲直未曾分[2]。

快担粮食街头卖,恐怕无钱送主文[3]。

【注释】

[1]投词:指详叙诉讼事由的状子。

[2]曲直:有理和无理。有理为直,无理为曲。

[3]主文:掌管文书的人员。这里指衙役。

其四

贫妇抛梭夜不眠,何曾一缕自身穿。

卖来要了科差去[1],恰勾门前勾摄钱[2]。

【注释】

[1]科差:差科。指差役和赋税。

[2]恰勾:刚够。勾,同“够”。勾摄钱:指衙役催讨的赋税钱。勾摄,处理公务,拘捕、传拿。

其五

从今容易莫伸冤,囹圄风光日似年[1]。

一字入门淹数月,不知费却几多钱。

【注释】

[1]囹圄(líng yǔ):指监狱。

其六

关中暵旱动经年[1]，本户差科办不前。

又代他人输赋税，不如逃去种人田。

【注释】

[1]关中:古地域名。所指范围不一。或泛指函谷关以西战国末秦故地(有时包括秦岭以南的汉中、巴蜀,有时兼有陕北、陇西),或指居于众关之中的地域。这里指陕西、甘肃一带。暵(hàn)旱:干旱,天旱。暵,干枯。

其七

去岁青黄不接辰[1]，官司开廪赈贫民[2]。

贫家不得沾升合[3]，转写文书乞富人。

【注释】

[1]青黄不接:庄稼还没成熟,陈粮已经吃完。比喻人力或物力接续不上。辰:时光,日子。

[2]廪:粮仓。

[3]升合:一升一合,比喻数量很小。借指少许米粮。

其八

连年雨少麦苗枯，时雨今年勾也无[1]。

雨足麦收农莫喜，要偿私债与官租[2]。

【注释】

[1]时雨:应时的雨水,按时下雨。《尚书·洪范》:"曰肃,时雨若。"勾也无:口语,够不够的意思。勾,同"够"。

[2]私债:所欠私人的债。

其九

雨中车骑暂徘徊，十室蓬门九不开[1]。

不信使君因避雨[2]，只愁官吏下乡来。

【注释】

[1]蓬门:以蓬草为门。指贫寒之家。

[2]使君:尊称奉天子之命,出使四方的使者。也指对官吏、长官的尊称。

其一〇

前年官府踏灾伤[1],只作奸人贸易场[2]。

以熟作荒荒作熟[3],贫家赋税一般偿。

【注释】

[1]踏灾伤:实地察看灾情和损失。

[2]贸易场:比喻利益交换的地方。

[3]熟:庄家成熟,这里指丰收。荒:本义指荒芜,引申指年成不好、凶年、歉收等。

其一一

两官俱少爱民声,一个归休一受旌[1]。

不是公家两般法,此官平日善逢迎[2]。

【注释】

[1]归休:回家休息。这里指罢官。受旌:受到表扬、表彰。

[2]逢迎:迎合。奉承讨好别人。

其一二

老翁扶病自耕锄,借问当年子有无。

只为公租私债急,两儿今已作人奴[1]。

【注释】

[1]作人奴:指被卖为奴仆。

其一三

朝廷恩泽大于天[1],使者光明秋月圆。

何事相闻不相及,前头知隔几山川[2]。

【注释】

[1]恩泽:封建社会里指帝王或官吏给予臣民的恩惠。

[2]"前头"句:指朝廷和使者不能直接帮助百姓,许多政策要依靠地方官吏来实现,而他们往往欺上瞒下,中饱私囊,导致老百姓不能真正得到实惠。

吕 柟

吕柟(1479—1542),字仲木,号泾野,陕西高陵人。正德三年(1508)进士第一,授翰林编修,升国子监祭酒、南京礼部右侍郎。他持正敢言,针砭权贵,后以僭越冒犯之罪被贬于山西,领理解州事务。九年后,因政绩突出,复任南京考功郎中。学宗程朱,讲学江南,与湛若水、邹守益齐名。晚年,退居家乡高陵办教育,开讲堂,纂志鉴,名震当代。卒谥"文简"。著有《泾野集》《周易说翼》《尚书说要》《毛诗说序》《春秋说志》等,并传于世。

岷州曲[1]

江头洮上古岷州[2],此日谁分西顾忧。

沁水功猷追小范[3],题诗常上镇边楼[4]。

【注释】

[1]此诗辑自《(康熙)岷州志》卷十九。岷州:即今甘肃省定西市岷县。因境内有岷山而得名。岷县建制最早可追溯到秦王政八年(前239),时称临洮,因洮河流过其地,故名。岷县是秦长城的西部起点。西魏文帝大统十年(544)始置岷州,民国二年(1913)改为岷县,1985年后划归定西管辖。

[2]洮上:洮河之上。洮河为黄河上游支流,在今甘肃省西南部。源出甘、青二省边境西倾山东麓,东流到岷县折向北,经临洮县到永靖县城附近入黄河。《汉书·地理志》"陇西郡临洮县"载:"洮水出西羌中,北至枹罕东入河。"

[3]沁水:指王云凤(1465—1518),字应韶,号虎谷。山西晋中市和顺县(古属沁水)人。成化二十年(1484)进士,授礼部主事,以劾太监李广下

狱,降陕州知州,后累迁至右佥都御史,巡抚宣府。曾奉命整饬洮河岷州边备,卓有建树。王云凤诗名卓著,与王琼、乔宇并称"河东三凤"。有《博趣斋稿》。小范:指范仲淹(989—1052),字希文。祖籍邠州,后移居苏州吴县。北宋著名政治家、军事家、文学家、教育家。康定元年(1040),奉调前往西北前线,任陕西经略安抚招讨副使兼知延州,到任后采取"积极防御、屯田久守"的方针,使西北军事防务形势发生了根本性的变化,边境局势大为改观。最终迫使西夏议和,西北边疆得以重现和平。西夏人曾说:"今小范老子腹中有数万甲兵,不比大范老子可欺也。"

[4]镇边楼:在甘肃省临夏回族自治州城北,明初大才子解缙被贬谪河州,曾有《登镇边楼》诗,后人和者较多。清吴镇《松花庵诗话》:"河州镇边楼极高,解大绅谪居日,尝题诗云:'陇树秦云万里秋,思亲独上镇边楼。几年不见南来雁,真个河州天尽头。'后人和者甚众,谓之秋楼头韵。"

赵时春

赵时春(1509—1568),字景仁,号浚谷,生于平凉城南浚谷村(今平凉市纸坊沟)。自幼聪慧过人,博览群书,酷爱诗文,喜谈兵法。嘉靖五年(1526)会试第一,成进士,选翰林院庶吉士。历任吏部主事、户部主事、兵部主事、翰林院编修、都察院右佥都御史。在京师时,与王慎中、唐顺之、李开先等人经常谈诗论文,切磋学问,名誉鹊起,时人称为"嘉靖八才子"。赵时春为人正直,敢于批评时政,曾经两次因上书嘉靖帝被下狱。后因巡抚山西时打了败仗被罢官。其生平事迹见《明史·赵时春传》。有《赵浚谷诗集》6卷、《赵浚谷文集》10卷、《平凉府志》13卷传世。

河西歌[1]

其一

洮水黄河接塞流[2],南山插陇入甘州[3]。
山河本自隔戎夏[4],谁遣残胡西海头[5]。

【注释】

[1]此组诗选自《浚谷集·诗集》卷二。作于嘉靖十一年(1532)。河西:河西走廊,因位于黄河以西,为两山夹峙,故名。简称河西、雍凉。西汉政府在河西走廊设置张掖、武威、酒泉、敦煌四郡,汉代隶属凉州,唐代隶属陇右道。

[2]洮水:洮河。见吕柟《岷州曲》注[2]。

[3]南山:即祁连山。见马祖常《河湟书事二首》其一注[2]。甘州:地名。汉张掖郡地,北魏始置甘州,以州东有甘浚山而名。《(乾隆)甘肃通志》卷三上:"甘州府,战国时为月支戎地,汉初为匈奴休屠、昆邪二王所据,武帝元鼎六年,分武威、酒泉之地,置张掖、敦煌郡……西魏置西凉州,更名甘州,取州西甘浚山泉味甘冽为名。"

[4]戎夏:指少数民族和华夏族。

[5]残胡:这里指蒙古部落。西海:即今青海湖,因西汉末年王莽于青海湖地区设西海郡而得名。

其二

十万鸣弦小十王[1],曾驱叛寇入河湟[2]。

青海便为胡部落[3],赤斤元是汉封疆[4]。

【注释】

[1]鸣弦:拉响弓弦,这里代指军队。小十王:指蒙古部落的小王子吉囊次子锡沙下。成化至嘉靖年间,蒙古鞑靼部落吉囊带领毛里孩、小十王子、哈答卜花等拥众频繁掠夺和袭扰固原、开城、静宁、隆德诸地。嘉靖十九年(1540),明军与鞑靼军战于固原,围困小十王于黑水苑,小十王战死。

[2]叛寇:指投降明朝后又反叛的蒙古部落。河湟:指湟水与黄河汇合处一带,即今兰州至青海湖一带。嘉靖十一年和十三年,吉囊两征青海,大败亦不剌和卜完孩,吞并其众,即诗所谓"入河湟"。

[3]胡部落:胡人的部落,这里指青海被蒙古鞑靼部占领。

[4]赤斤:指赤斤蒙古卫。永乐二年(1404),元故丞相苦术子塔力尼率

所部男妇五百馀人,自哈剌脱之地来归,明朝政府于其地设赤斤蒙古千户所,以塔力尼为千户。永乐八年升为卫。赤斤蒙古卫一直服从明朝中央政府的管辖,所以明朝政府屡予擢升,塔力尼子且旺失加于宣德二年(1427)时进为都指挥同知。据《明史》记载,赤斤蒙古卫在嘉峪关西行约二百四十里的地方。汉封疆:明王朝的疆域。

其三

汉兵不洗西海箭[1],胡儿来饮河南马[2]。

谁道安边十总兵[3],材猷尽出嫖姚下[4]。

【注释】

[1]洗西海箭:意谓不在青海打仗。洗箭,洗去箭上的血。唐杜甫《悲陈陶》:“群胡归来血洗箭,仍唱夷歌饮都市。”

[2]河南:黄河以南。秦汉时期的河南地,也就是今天鄂尔多斯高原中的河套平原,位于今内蒙古伊克昭盟一带,是夹在贺兰山、阴山和鄂尔多斯高原之间的一块断陷冲积平原。

[3]总兵:官名。明初,镇守边区的统兵官有总兵和副总兵,无定员。总兵官本为差遣的名称,无品级,遇有战事,总兵佩将印出战,结束缴还,后渐成常驻武官。

[4]材猷(yóu):才能与谋略。嫖姚:亦作“票姚”。指西汉名将霍去病(前140—前117),河东平阳(今山西省临汾市)人,西汉名将、军事家、民族英雄。大将军卫青的外甥,霍光的同父异母兄长。《汉书·霍去病传》:“霍去病,大将军青姊少儿子也……善骑射,再从大将军。大将军受诏,予壮士,为票姚校尉,与轻勇骑八百直弃大军数百里赴利,斩捕首虏过当。”霍去病后为票骑将军,封冠军侯,尚取票姚之字。唐杜甫《寄田九判官》:“宛马总肥春苜蓿,将军只数汉嫖姚。”

其四

见说东平王总制[1],尽将旌斾树山椒[2]。

天声五月风雷动,胡骑三千烟雾消[3]。

【注释】

[1]东平王总制:指王宪(1464—1537),字维纲,号荆山,山东东平人。弘治三年进士,历任阜平、滑县知县、御史、大理寺丞、右佥都御史,曾在甘肃清理屯田。正德十六年(1521),升兵部尚书。嘉靖四年(1525),任陕西三边总制。

[2]山椒:山顶。

[3]烟雾消:烟消雾散,指敌人引去。《明史·王宪传》:"吉囊拥数万骑渡河,从石臼墩深入,宪督总兵官郑卿、杭雄、赵瑛等分据要害,击之,都指挥卜云伏兵断其归路,贼走至青羊岭,伏发,大败去,凡斩首三百馀级,获马驼器仗无算。捷闻,帝大喜,加宪太子太保。"

其五

山河千里控庄浪[1],西接西番北小王[2]。

不禁残胡渡黑水[3],尽驱熟户入洮阳[4]。

【注释】

[1]庄浪:地名。即今甘肃省兰州市永登县。元至元元年(1264),设庄浪县,归永昌路管辖。明洪武五年(1372),改为庄浪卫,属陕西行都指挥使司辖。清代雍正时期改为平番县,属凉州府。民国十七年(1928),改永登县。

[2]西番:即西羌,中国古代少数民族,族种最多,分布于甘肃、陕西、四川、云南等地。其散处河、湟、洮、岷间者,势力最为强盛。北小王:即东察合台汗国阿黑麻可汗。明成化十四年(1478)为部下拥立,向东攻占吐鲁番,称汗。弘治六年(1493),陷哈密,执忠顺王陕巴。明闭关绝贡,遣兵伐之,乃求贡并送还陕巴。阿黑麻之子满速儿为吐鲁番速檀以后,占领沙州、瓜州,不断进犯甘肃。

[3]黑水:见无名氏《俄博岭界碑竹枝词》注[4]。

[4]熟户:旧时指归顺的或发展程度较高的少数民族。洮阳:今甘肃省临洮县。在洮河以北,故称洮阳。北魏置戍,《魏书·吐谷浑传》载:太和

时,"辄修洮阳、泥和城而置戍",即此。北周置县。隋开皇初并入美相县。

其六

甘肃才通一线路,谁念河西十万师[1]。

闻道今年小王子[2],驱降西已过月支[3]。

【注释】

[1]"谁念"句:指明王朝在河西走廊布设的重兵。河西,见赵时春《河西歌》注[1]。

[2]小王子:指鞑靼部落首领吉囊。嘉靖十一年(1532),吉囊过河湟,实力增强,称霸西部。景泰二年(1451),鞑靼部落也先杀可汗脱脱不花自立为可汗,不久,也先被杀,脱脱不花子麻儿可儿立,称"小王子",后之鞑靼可汗也沿称小王子。

[3]月支:即月氏(zhī)。中国古代游牧民族。匈奴崛起以前居于河西走廊、祁连山,公元前二世纪为匈奴所败,西迁伊犁河一带,后又败于匈奴支持下的乌孙,遂西击大夏,占领妫水(阿姆河)两岸,建立大月氏王国。汉武帝元狩二年(前121),霍去病定河西地,月氏的一部分人没有西迁,进入南山,与羌人杂居,称小月氏。共有七个大种,分布在湟中及令居,称"湟中月氏胡"。另有数百户在张掖,称"义从胡"。这里指河西走廊、祁连山一带。

其七

设有先声闻不剌[1],更联铁骑屯庄浪[2]。

夹河夜半催金鼓[3],应见胡王死汉疆[4]。

【注释】

[1]先声:指发生于某一重大事件以前的类似的有相同性质的事件。不剌:即亦不剌,鞑靼部落长之一。正德五年(1510),亦不剌与小王子相仇杀。亦不剌窜青海,与阿尔秃斯联合,逼胁洮西属番。嘉靖初,亦不剌复驻牧贺兰山后,数扰边。嘉靖十二年(1533),为屯居套内的吉囊袭击,大败而衰弱。

[2]"更联"句:指周尚文屯兵永登,大败鞑靼事。《明史·周尚文传》:

"周尚文,字彦章,西安后卫人……嘉靖元年,改宁夏参将,寻进都指挥同知,为凉州副总兵。有御史按部庄浪,猝遇贼伏,尚文亟分军拥御史行,而自引麾下御贼,射杀数人,贼遁去。四年,追贼至阎王沟,既出塞,贼来益众,尚文军方半至,麾下皆恐,尚文从容下马解鞍,激厉将士,背崖力战,所杀伤相当,会部将丁杲来援,贼始退。"铁骑,披挂铁甲的战马。借指精锐的骑兵。庄浪,见赵时春《河西歌》其五注[1]。

[3]夹河:指黄河两岸。金鼓:军中用器。金指金钲,用以止众,鼓用以进众。执金鼓即可号令三军,以示讨罪。

[4]胡王死汉疆:指周尚文击杀小十王事。《明史·周尚文传》:"启秩、吉囊大入,抵固原,(刘)天和时已为总督,激尚文立功,奋击之黑水苑,杀其子号小十王者,获首功百三十馀,乃以为都督同知。"

其八

底死可怜蕃部落[1],半残天讨半残胡[2]。

蛮夷猾夏当伏斧[3],王风无外是雄图[4]。

【注释】

[1]底死:竭力,拼命。蕃部落:这里指青海一带的羌人部落。

[2]天讨:上天的惩治。《书·皋陶谟》:"天讨有罪,五刑五用哉。"后以王师征伐为"天讨",意谓禀承天意而行。

[3]蛮夷猾夏:旧指少数民族侵扰中原。伏斧:指伏在刑具上请罪。《史记·廉颇蔺相如列传》:"君不如肉袒伏斧质请罪,则幸得脱矣。"斧质,即"斧锧",古代一种腰斩刑具。

[4]无外:谓古代帝王以天下为一家。《公羊传·隐公元年》:"王者无外,言奔,则有外之辞也。"何休注:"王者以天下为家,无绝义。"

其九

朔方兵马雄天下[1],一夜达军满夏州[2]。

桀虏方乘新胜势[3],列将谁分圣主忧[4]。

【注释】

[1]朔方:唐方镇名,治所在灵州(今宁夏灵武西南)。此泛指北方。明代在北方囤积重兵防御蒙古残部,有"九边十一镇",朔方为其一。

[2]达军:明代中原地区的人们将漠北蒙古人称为"达虏",把居住在大明疆域境内的蒙古人称为"土达"。自洪武开国起一直到明英宗时代,明朝经常将一些归附过来的蒙古丁壮编入到御马监提督的勇士营和京军三千营,这就是明代人所称的"达军",而他们的家眷则被安排在边境,与汉人杂居,时间一长,就形成了所谓的"土达"。夏州:古地名。晋时赫连勃勃称夏王,筑统万城都之,公元431年,北魏灭其国,改统万城为统万镇,不久改为夏州,治岩绿县。隋改置朔方郡于此,唐复为夏州,唐末拓跋思恭镇夏州,子孙继之,遂为西夏重要的政治、军事、经济、文化中心。故址在今陕西省靖边县境内白城子。

[3]桀虏:凶恶的人。这里指入侵的鞑靼军。

[4]分圣主忧:指替皇上分担、排解忧患。

其一〇

自古和戎非上计[1],大抵强侵弱亦臣。

近祖文皇宣武略[2],远惩石晋宋时人[3]。

【注释】

[1]和戎:和亲。指封建王朝与边境少数民族统治者结亲交好。

[2]文皇:指明成祖朱棣。朱棣曾五次亲征蒙古,积极经营边疆,在东北设立奴儿干都司,西北设置哈密卫,西南设贵州承宣布政使司,对南海地区积极经营,对西藏实行政教合一的政策,使明王朝强盛一时。

[3]石晋:指五代石敬瑭建立的后晋政权,曾经向契丹称臣,割让燕云十六州,被人们称为儿皇帝。宋:指北宋和南宋政权,两宋时期也是不断向北方少数民族政权纳贡换取和平,最终导致国家灭亡。赵时春认为国家应该坚决抵抗少数民族侵略,争取战略的主动。

其一一

达马西征不剌回[1],牦牛骆驼涨黄埃[2]。

陷军九地岂天意[3],安边须用出奇材。

【注释】

[1]达马:蒙古马。元明时常把蒙古称为鞑靼,鞑靼又作达旦、达达,故称。不剌:见赵时春《河西歌》其七注[1]。

[2]牦牛:牛的一种,全身有长毛,黑褐色、棕色或白色,腿短。牦牛能适应高寒气候,是我国青藏高原地区的主要力畜。涨黄埃:尘埃弥漫。

[3]陷军九地:指把军队置于必死之地,身陷绝境。《孙子兵法·九地篇》认为用兵的法则,有散地,有轻地,有争地,有交地,有衢地,有重地,有圮地,有围地,有死地,合称"九地"。

其一二

万里阳关国西门[1],茫茫流沙禹乾坤[2]。

不知何代英雄将,杀伐虚承帝主恩[3]。

【注释】

[1]阳关:关名。西汉置。因在玉门关之南,故名。位于甘肃省敦煌市西南70千米南湖乡古董滩附近。汉唐以来,一直是丝路东段的重要关口,今关城已湮没无存。

[2]流沙:沙漠。见马祖常《河湟书事二首》其二注[1]。禹乾坤:大禹的天下。指华夏属地。

[3]承帝主恩:蒙受皇帝的恩泽。

万世德

万世德(1547—1603),字伯修,号邱泽,晚年更号震泽,山西偏关县人。隆庆四年(1571)举人,次年中进士,初授南阳令,继任元城、宝坻等县知县。迁兵部主事,升员外郎,以精通兵事韬略,闻名朝野。万历十八年(1590),

出任陕西按察使佥事,备兵西宁。再为督察院右佥都御史,专管海防军务,抗击倭寇。万历二十八年(1600),任蓟辽总督。著有《湟中稿》《经略牍》《海上稿》《塞下曲》《海防奏议》《经略奏议》等。

塞下曲八首[1]

其一

霓旌西指下高冥[2],貔虎千屯护百灵[3]。

报道单于今绝幕[4],祁连膏雨草青青[5]。

【注释】

[1]此组诗录自《西宁府志》卷四十《艺文》。作于万历二十三年(1595)左右,诗人跟随郑洛往来甘肃、青海之时。塞下曲:唐乐府题目,多描写军旅生活。

[2]霓旌:相传仙人以云霞为旗帜。指缀有五色羽毛的旗帜。高冥:高空。

[3]貔虎:貔和虎。泛指猛兽。也比喻勇猛的将士。百灵:各种神灵。班固《东都赋》:"礼神祇,怀百灵。"李善注:"《毛诗》曰:'怀柔百神。'"

[4]单于:匈奴最高首领的称号。绝幕:横渡沙漠。也指极远的沙漠地区。

[5]祁连:见马祖常《河湟书事二首》其一注[2]。膏雨:滋润作物的霖雨。

其二

欃枪夜指金城垒[1],帝命元戎推上宰[2]。

十万连营下北庭[3],军声直拟吞沧海。

【注释】

[1]欃(chán)枪:彗星的别名。古人认为是凶星,主不吉。金城:地名。在今甘肃省兰州市。汉昭帝始元元年(前86),始置金城县,属天水郡管辖。始元六年(前81),又置金城郡,治允吾(今青海民和回族土族自治县)。东

汉末年,金城郡治由允吾迁至榆中(今榆中县城西)。前凉永安元年(314),金城郡治由榆中迁至金城(今甘肃省兰州市),从此金城郡治与县治同驻一城。隋文帝开皇三年(583),改金城郡为兰州,置总管府。因城南有皋兰山,故名兰州。《汉书·地理志》:"金城郡,昭帝始元六年置。莽曰:'西海。'应劭曰:'初筑城得金,故曰金城。'臣瓒曰:'称金,取其坚固也。故墨子曰:"虽金城汤池。"'师古曰:'瓒说是也。一云以郡在京师西,故谓金城。金,西方之行。'"

[2]元戎:主将。《诗·小雅·六月》:"元戎十乘,以先启行。"这里指郑洛(1530—1600),字禹秀,安肃(今河北徐水)人。嘉靖进士。万历时以兵部左侍郎总督宣大及山西军务。累加太子太保,召为兵部尚书。万历十八年(1590),兼右都御史,经略陕西、延、宁、甘肃及宣、大、山西边务,以金事万世德、兵部员外郎梁云龙随军赞划,处置洮河之变。他以分化政策围剿青海叛军,平"海寇之患"。累加至少保兼太子太保、兵部尚书兼右都御史。上宰:宰辅,亦泛称辅政大臣。又指天帝、上天。

[3]北庭:汉时称北匈奴居住的地方。后泛称北方夷狄之地。唐代在西域设有北庭都护府,属陇右道。辖西北伊、西、庭三州及北庭都护府境内诸军镇、守捉。

其三

骙骙四牡动星枢[1],为道承恩西破胡[2]。

三捷归来献天子[3],长城如扫一尘无。

【注释】

[1]骙(kuí)骙四牡:四匹雄健的公马,指出征的战马。《诗·小雅·采薇》:"驾彼四牡,四牡骙骙。"骙骙,马强壮的样子。星枢:枢为北斗第一星,这里代指北斗七星。《史记·天官书》:"北斗七星,所谓璇玑玉衡,以齐七政。"

[2]承恩:蒙受恩泽。

[3]"三捷"句:指明神宗万历二十三年(1595)明军平定西海蒙古侵扰

的 3 次战事。自万历十八、十九年郑洛经略青海后,云集青海的东蒙古大部散归故地,势力较强的永邵卜、火落赤、真相等也徙而去,西陲暂获安宁。

其四

元老临戎静北边[1],三千飞隼度居延[2]。

自从逐得名王遁[3],铃阁常无金柝传[4]。

【注释】

[1]元老:指郑洛。见万世德《塞下曲八首》其二注[2]。临戎:亲临战阵,从军。

[2]三千飞隼:《诗·小雅·采芑》:"鴥彼飞隼,其飞戾天,亦集爰止。方叔涖止,其车三千。"这里指三千战车滚滚而来之势。居延:见无名氏《俄博岭界碑竹枝词》注[4]。

[3]"自从"句:指郑洛击败青海蒙古部落事。《明史·郑洛传》:"未几,卜失兔至水泉,欲趋青海。总兵官张臣与相持月馀,洛设伏掩击之,卜失兔仅以身免。庄秃赖后至,闻之亦退去。明年,洛与云龙入西宁,控扼青海。撦力克闻之,西徙二百里,还洮河所掠人口,与忠顺夫人输罪请归。火落赤、真相亦夜去。"

[4]铃阁:指翰林院以及将帅或州郡长官办事的地方。金柝(tuò):即刁斗,古代行军用具。斗形有柄,铜质。白天用作炊具,晚上击以巡更。《史记·李将军列传》:"及出击胡,而(李)广行无部伍行陈,就善水草屯,舍止,人人自便,不击刁斗以自卫。"

其五

谁谓骄胡属左贤[1],西来铁骑耀投鞭[2]。

前旌一战旄头折[3],万里同归禹贡天[4]。

【注释】

[1]左贤:即左贤王。贤王为匈奴官名,即屠耆王。是单于手下的最高官职。冒顿单于自令中部,设左右屠耆王。"屠耆"是匈奴语"贤"的意思,汉人因称左、右屠耆王为左、右贤王。

[2]西来铁骑:指明军。投鞭:即"投鞭断流"。出自《晋书·苻坚载记》。指把所有的马鞭投到江里,就能截断水流;比喻人马众多,兵力强大。

[3]"前旄"句:指郑洛指挥明军击败卜失兔之事。前旄,帝王官吏仪仗中前行的旗帜。借指前军,前线。旄头,古代皇帝仪仗中一种担任先驱的骑兵。这里指用牦牛尾装饰的旗子。

[4]"万里"句:指天下重新统一,太平无事。禹贡天:指中原王朝。《禹贡》是中国古代名著。传说大禹治水成功之后,将天下分为九州。《禹贡》记载了各地山川、地形、土壤、物产等情况。

其六

龙旗春厌九关闲[1],稽首名王已汗颜[2]。

莫唱焉支旧时曲[3],马箠直断合黎山[4]。

【注释】

[1]龙旗:古代天子、王族、诸侯的旗帜,是地位与身份的象征。这里指军中的旗帜。九关:谓九重天门或九天之关。指宫阙,朝廷。

[2]"稽首"句:指撦力克投降事。《明史·郑洛传》:"会撦力克北归谢罪,乞复贡市。洛乃进兵青海,走火落赤、真相,焚仰华,置戍西宁、归德而还。"稽首,古代一种跪拜礼,叩头到地。汗颜,因惭愧而汗发于颜面,泛指惭愧,多指羞愧。

[3]焉支曲:指《匈奴歌》。西汉时霍去病在河西打败匈奴之后,《匈奴歌》云:"亡我祁连山,使我六畜不蕃息;失我焉支山,使我妇女无颜色。"

[4]马箠(chuí):马杖,马鞭。合黎山:又名人祖山、要涂山。位于甘肃省张掖市境内。《(乾隆)甘肃通志》卷六"张掖县":"人祖山,在县东北四十里,俗名快活山,其山不毛。《一统志》:'东北四十五里,有甘峻山,即人祖山,与甘浚山别。'"《(乾隆)甘州府志》卷四:"合黎山,城北二十里,俗名要涂山。按合黎,地名,非山名,自元魏后以名此山,盖以为导弱水至于合黎者,经此山下也。北山多童山,而合黎颇殖草木。又土人相传其北有仙姑修道处,石洞清幽,风物颇异。"

其七

天狼堕地胡尘扫[1],四方歌舞瞻元老。

归来奏凯入承明[2],月移清漏金门早[3]。

【注释】

[1]天狼:星宿名,传说天狼星主侵掠,是恶星。屈原《九歌·东君》:"举长矢兮射天狼。"胡尘:胡人兵马扬起的沙尘。喻胡兵的凶焰。

[2]承明:古代天子左右路寝称承明,因承接明堂之后,故称。这里指朝廷。

[3]清漏:清晰的滴漏声。古代以漏壶滴漏计时。借指时间。金门:金马门。汉代宫门名。学士待诏之处。

其八

酬庸敷奏未央宫[1],万里安攘保障同[2]。

勒鼎铭钟惊异数[3],谁知亲驭六钧弓[4]。

【注释】

[1]酬庸:酬功,酬劳。敷奏:陈奏,向君上报告。未央宫:汉代宫殿。故址在今陕西西安的长安故城内。汉高祖时萧何所营造,常为朝见之处。这里指朝廷的宫殿。

[2]安攘:谓排除祸患,使天下安定。

[3]勒鼎铭钟:古代鼎、钟上刻镂铭文以颂功德。勒、铭,谓刻勒记载。《礼记·月令》:"物勒功名,以考其诚。"又《周礼·夏官·司勋》:"凡有功者铭于王之大常。"故《祭统》云:"夫鼎有铭。"异数:特殊的礼遇。

[4]驭:驾驭。也指统率,控制。六钧弓:张满弓用力六钧,因指强弓。三十斤为钧,六钧百八十斤。

戴 记

戴记,字仪周,号梧台。东莞人。明世宗嘉靖四十四年(1565)进士,历官楚雄知府。有《游滇稿》。

塞上杂咏(四首选一)[1]

其四

大碛茫茫走雪沙[2]，边人处处夜吹笳[3]。

阴风冻杀祁连崔[4]，千载燕支落汉家[5]。

【注释】

[1]此诗辑自《全粤诗》卷三八九，原有 4 首，这里选与甘肃有关的 1 首。塞上：指军事位置重要的边境地区。亦泛指北方长城内外。

[2]大碛：指沙漠。

[3]笳：即胡笳。北方独有的一种吹奏乐器，其音凄怆悲壮。在汉魏时期，用来作为军中号角指挥作战。

[4]阴风：朔风，阴冷之风，隐含杀伐之气的风。祁连：见马祖常《河湟书事二首》其一注[2]。

[5]燕支：山名。又称胭脂山、焉支山、删丹山、大黄山等。以产燕支(胭脂)草而得名。位于今张掖市山丹县境内，属祁连山支脉。《(乾隆)甘州府志》卷四："删丹山在今马营墩南，俗名大黄山，古焉支山也。峰岭比次，每朝日初上，其阳承晖，色若丹，而其阴凝烟为深碧，丹碧相间，如删字。汉初取以名县，亦山水之奇观也。"原为匈奴旧地，霍去病在河西打败匈奴之后，成为汉朝的领土。

赵用光

赵用光，字哲臣，山西河津人。万历二十三年(1595)进士，官至詹事府少詹事，掌翰林院事，兼侍读学士。有《苍雪轩全集》。

兰州谣四首[1]

其一

西安绒作有机房[2]，叵耐兰州捻线忙[3]。

一捼线成千捼泪，染将血色奉君王。

【注释】

[1]此组诗选自《苍雪轩全集》卷四。作于万历三十八年(1610)，赵用光与贾熙绩奉命册封肃王府铅山王时在兰州所作。《明神宗实录》卷四六七："万历三十八年四月，命右春坊右谕德兼翰林侍讲赵用光为正使，行人贾熙绩为副使，捧册封肃府铅山恭庄王缙脊庶一子绅郿为铅山王。"

[2]机房：机器织布的作坊。

[3]叵耐：无奈。捻线：用手指将丝、麻、毛等搓成线。

其二

门前日日逼姑绒[1]，官价称来转手空[2]。

机上残绒续不得，土房檐外哭西风[3]。

【注释】

[1]姑绒：也叫孤古绒、姑姑绒、兰绒。兰州人用山羊绒制造的绒褐，精美异常。坚韧厚实，经久耐磨，多用作贵族男女冬衣。明清时期较为流行。为兰州城南沟观音堂尼姑所创，甘肃人将尼姑称为"姑姑"，故名。明方以智《通雅》卷三十六："说文曰：'褐，编枲韈也，或曰短衣。'师古始解为织毛布……今精者曰姑姑绒。出兰州，曰兰狨，盖仿吐噜织法也。"

[2]官价：指官府规定的价格。

[3]土房：用土坯或泥土板筑的房子。

其三

村村村落半红墙，尽属兰州一字王[1]。

民地夺来粮不要[2]，穷民无地邻包粮[3]。

【注释】

[1]一字王:指封号为一个字的王爵。这里指肃王。

[2]"民地"句:明代肃王占有大量的庄田,在兰州、榆中、定西、通渭等地都有大量的马场,经常跟附近百姓发生争地事件。据《重修榆中县志稿》卷十五载,肃王子孙延长王朱绅封撰写的《题中贵张养吾创建贡马营碑记》记录了肃庄王迁至兰州后,朝廷赐榆中马衔山为牧马草场,后在黄上坪筑城修仓,贮藏料豆,喂养贡马,并设置集市。随着马匹大量繁育,至万历时,肃府内官张养吾管理屯牧时,黄上坪仓堡已经显得十分偏僻狭小,因此又在乔家岔山水会合处筑新堡,内设官厅和仓廒,招商设肆而设马厂,以扩大屯牧之政。

[3]郤(xì):同"隙"。空隙,裂缝。包粮:代替税粮。

其四

河到兰州岸不崩,何如河北置长城[1]。

居然南北分天堑[2],免使穷军夜打冰[3]。

【注释】

[1]何如:不如,怎么样。长城:兰州有秦长城、明长城在境内。唐杜佑《通典》:"五泉县有古苑川及长城。"《(光绪)重修皋兰县志·城堡》:"长城,在黄河南岸,秦蒙恬筑,明万历元年补修。厚二丈,高倍之。土色坚韧。西自新城起,沿河而东,至靖远大浪沟止,约二百馀里。"张维《兰州古今注》:"《明史·王以旂传》:'嘉靖二十七年,以旂为三边总督……筑兰州边垣。'是河南之城,当为以旂所筑。志谓即秦所筑,似误。"张国常《续修皋兰县志》卷十:"旧边城在黄河北岸(建筑年份无考),东至盐场堡起,西至沙岗墩止,共计五千六百二十丈。新边城在县北,明万历二十七年筑,东自芦塘(属靖远县)交界永泰川起,西至扒沙(即今阿坝营),交界双墩子止,通计九十里。"

[2]天堑:天然形成的隔断交通的大沟。有时也指江河,形容它的险要。这里指黄河。堑,壕沟。

[3]穷军:处于困境的孤军。《三国志·魏志·袁绍传》:"袁绍孤客穷军,仰我鼻息。"

刘世经

刘世经,明代岷州(今甘肃省岷县)举人,任直隶深泽令,好古博学,力行孝悌,既葬亲,庐墓三年。

宕州古城[1]

急水高山簇野花,石田风味似中华。

角声战垒荒烟里,却向行人说木家[2]。

【注释】

[1]此诗选自《岷州志》卷十九。宕州故城:宕州在今甘肃省陇南市宕昌县。《十道志》:"宕州,怀道郡。《禹贡》梁州之域,古羌地。周为雍州之境。秦、汉、魏、晋,诸羌据之。"《后魏书》:"梁弥忽者,宕昌羌也。其先常为羌豪,祖勤自称宕昌王。弥忽世祖初求内附,遂拜弥忽为宕昌王,因封其地为宕昌蕃。即今宕州。"隋置宕昌郡,唐改州,天宝陷于吐番,金人收复,明置驿,由马土司管辖。《元和郡县志》:"宕昌故城,今为交和戍,在县(怀道县)东五十二里。"今宕昌城关西北有古城一座,为宕昌城关镇旧城大队,当地传为宕昌故城。

[2]自注:"宕昌峪儿南名木家七族,又名七竜,即宋王韶破旧羌木征之巢穴也。"今宕昌县尚有别竜、哈竜、扎竜、竜布、竜尕等地名。这些地方原来属岷州管辖。《岷州续志》卷二:"宋神宗初,吐蕃董毡最强,其别将瞎毡据河州,而青塘羌酋迎瞎毡之子木征居洮州,又有木令征据岷州。"王韶破羌,恢复失地,宋廷赐木征姓名赵思忠,其子为赵怀德。

郝 璧

郝璧(1602？—1662)，字仲赵，号兰石，兰州人。郝璧自幼聪慧过人，勤奋好学，博览群书，尤长于诗文。受到明末代肃王朱识鋐赏识，经常请他到府中帮忙起草公文、书札。明崇祯十二年(1639)中举，被派到扬州做官。崇祯末年，赴京参加会试。正值李自成攻占北京城，清兵入关，会试取消，郝璧只得返回扬州。顺治三年(1646)，为太常博士，不久又提升他为给事中。在任期间，郝璧颇有政绩，在改革祭祀典礼制度、治理黄河、选拔人才等方面做出了贡献。后迁至安徽按察副使。著有《郝兰石集》《罗疏斋集》等。

皋兰竹枝词三十首[1]

哂伯子屡致邻女之梭[2]，嗜恋不休。其为状也，伏如鮏鮐[3]，触似羚羊[4]。又如病鹤三眠[5]，时复俊鹘一击[6]，殆粉浣脂拖香窟中趣人也[7]。瞥有所欢，征逐累日[8]，至忘食啖[9]，极其缠绵粘带，得梦即真、刺心必入之态，真使鼻可音声，耳可臭味，眼可酸咸，舌可玄黄[10]。为之捕景绘空[11]，条摹缕唱，以资一噱[12]。然必欲其霍然也，故终示之以偈[13]。

【注释】

[1]此组诗选自《郝兰石集·昆岑子草》，当作于明末诗人闲居兰州之时。皋兰：山名。在今甘肃省兰州市南，也称南山。皋兰山西起龙尾山，东至老狼沟，形若蟠龙。《(乾隆)皋兰县志》载："王道成《旧志》谓皋兰山'高厚蜿蜒，如张两翼，东西环拱州城，延袤二十馀里，山下地势平旷，可耕可守。'""皋兰"来自匈奴语。匈奴谓天为祁连，而皋兰、乌兰、贺兰诸山名，都和"祁连"发音相近，有高峻之意。西汉时名将霍去病曾与匈奴鏖战于此。《汉书·霍去病传》："将万骑出陇西……转战六日，过焉支山千有馀里，合短兵，鏖皋兰下。"此地依山带河，地势险要，历来为兵家必争之地。汉代属金城郡，隋代因皋兰山而改为兰州。这里指兰州。

[2]哂:微笑,讥笑。伯子:对兄长的称呼。邻女之梭:化用"邻女投梭"之意。《晋书·谢鲲传》:"邻家高氏女有美色,鲲尝挑之,女投梭折其两齿。"梭,古代织布时牵引纬线的工具,两头尖,中间粗。

[3]鼪鼬(shēng yòu):指鼬鼠,俗称"黄鼠狼"。

[4]触似羚羊:羚羊性机敏,睡觉时挂角于树枝,无踪迹可寻,稍有触及,即惊觉而逃。明王思任《批点玉茗堂〈牡丹亭〉序》:"杜丽娘隽过言鸟,触似羚羊。"

[5]三眠:蚕初生至成蛹,蜕皮三四次。蜕皮时不食不动,成睡眠状态。第三次蜕皮谓之三眠。

[6]俊鹘(hú):矫健之鹘。唐杜甫《朝二首》之一:"俊鹘无声过,饥乌下食贪。"

[7]殆:几乎、差不多。涴(wò):沾污,弄脏。香窟:弥布香气的洞室。这里指女子的居室。

[8]征逐:追随,追求。指交往过从,特指不务正业。累日:连日,数日。

[9]食啖:吃。《后汉书·献帝纪》:"是时谷一斛五十万,豆麦一斛二十万,人相食啖,白骨委积。"

[10]"真使"句:意在表明感官混乱。玄黄,天地的颜色。《周易·坤·文言》:"夫玄黄者,天地之杂也,天玄而地黄。"

[11]捕景:亦作"捕影"。比喻虚幻。景,通"影"。

[12]以资一噱(jué):指用以博人一笑。噱,大笑的意思。

[13]偈:佛教用语。佛经中的唱词,每句三字、四字、五字、六字、七字乃至多字不等,通常以四句为一偈。亦多指释家隽永的诗作。

其一

磨勒好同古押衙[1],各逞神术那人家。

须史报命幸不辱[2],放下帘夸贤爪牙[3]。

【注释】

[1]磨勒:唐传奇《昆仑奴》中人名,曾夜负崔生入勋臣宅,与舞妓红绡

相会,促成二人结合,后用以喻侠士。古押衙:即唐代薛调传奇小说《无双传》中的侠客古洪。因曾任押衙一职,专管皇帝仪仗和侍卫,故人皆称作古押衙。他武艺高强,行侠仗义,名震渭北。后来帮助王仙客跟相爱的女子无双成就了一段姻缘。

[2]须臾:表示一段很短的时间,片刻之间。报命:复命,奉命办事完毕,回来报告。书信中亦用作谦词。

[3]爪牙:勇士,武臣,党羽。

其二

黎涡但许狎来期[1],花坞藏春也教知[2]。

翻色迷空凭小衲[3],杠抬莲步出重帷[4]。

【注释】

[1]黎涡:指酒窝。宋朱熹《宿梅溪胡氏客馆观壁间题诗自惊》之二:"十年湖海一身轻,归对黎涡却有情。"狎:亲昵而不庄重。

[2]花坞藏春:即小苑藏春。《坚瓠集》八集卷二《游藏春坞》:"徐都尉于西山辟一花园,广植奇花异果,名曰:'藏春坞。'时值芳春,名花竞秀。苏东坡同佛印访之,值都尉他出,洞门锁钥,无得启扃,遥见楼头有一女子美貌,凭阑凝望,东坡遂索笔题诗于门曰:'我来亭馆寂寥寥,镇锁朱扉不敢敲。一点好春藏不得,楼头半露杏花梢。'……都尉归见词,即和云:小苑藏春,信道游人未见。花脸嫩,柳腰娇软。停筋缓引,正夕阳将晚。莺误入,蹴损海棠花片。只怅春心,当时露见,小楼外、曾劳目断。灯前料想,也饥心饱眼。"花坞,四周高起,中间凹下,种植花木的地方。

[3]迷空:布满天空。迷,通"弥"。衲:僧徒自称或代称。

[4]杠抬:抬轿子。莲步:指美女的脚步。重帷:一层又一层帷幔。

其三

藏春小苑步婷婷[1],花犊毡车未肯登[2]。

输得翠钿金合子[3],个中还是许中丞[4]。

【注释】

[1]藏春小苑:见郝璧《皋兰竹枝词三十首》其二注[2]。婷婷:形容女子姿态柔美。

[2]花犊毡车:用花色牛拉的毡车。毡车,以毛毡为篷的车子。

[3]翠钿:用翠玉制成的首饰。南朝乐府民歌《西洲曲》:"树下即门前,门中露翠钿。"合子:即盒子。

[4]个中:此中,其中。许中丞:指唐代传奇作家许尧佐《柳氏传》中的侠士许俊,曾帮助韩翃与柳姬团圆。中丞,官名。汉代御史大夫下设两丞,一称御史丞,一称御史中丞,因中丞居殿中而得名,掌管接受公卿的奏事,以及荐举、弹劾官员的事务。明时,巡抚也称中丞。

其四

石家待月速杨家[1],郝子邻南痒背爬[2]。

莫避相如共无忌[3],同来小阁看茶茶[4]。

【注释】

[1]待月:月下等待。唐元稹《会真记》:"待月西厢下,迎风户半开。拂墙花影动,疑是玉人来。"速:召也。邀请的意思。《诗·小雅·伐木》:"既有肥羜,以速诸父。"

[2]郝子:指诗人之兄。邻南:南邻,邻居。痒背:背部作痒。这里形容焦躁不安的样子。

[3]相如:司马相如(前179?—前118),字长卿,蜀郡(今四川成都)人。西汉大辞赋家。他曾赴临邛大富豪卓王孙家宴饮。卓王孙有位离婚女儿文君,久仰相如文采,司马相如弹《凤求凰》,以传爱慕之情,卓文君当夜即携手私奔。无忌:魏无忌(?—前243),即信陵君。战国时魏国大梁(今河南省开封市)人。魏安釐王弟。门下养食客三千。曾经围魏救赵,名震诸侯。后来受到魏王的猜忌,从此心灰意冷,不再上朝,每日沉迷酒色。

[4]茶茶:对少女的昵称。明朱有燉《元宫词》之二六:"进得女真千户妹,十三娇小唤茶茶。"

其五

街西定有徐州子[1],住住瞒人莫认邻[2]。

道是幽期刚五日[3],也同小凤纳三千[4]。

【注释】

[1]徐州子:唐孙棨笔记小说集《北里志·张住住》中的人物,为女主人公张住住的情人庞佛奴的别号。

[2]住住:即张住住。唐孙棨《北里志·张住住》中的女主人公,聪明美丽,与庞佛奴相爱,可是她母亲贪图钱财,将他许给了富家子弟陈小凤。张住住经常瞒着人与庞佛奴相会。

[3]幽期:隐秘或幽雅的约会。男女间的幽会。

[4]小凤:即陈小凤。唐孙棨《北里志·张住住》的人物,家中饶有资产,曾经纳聘于张住住。《北里志·张住住》载:盛六初与王小福私通,生一子。里中有歌谣唱曰:"张公吃酒李公颠,盛六生儿郑九怜。舍下雄鸡伤一德,南头小凤纳三千。"

其六

宋玉墙西日见形[1],怪来脚爽眼星星。

等闲不放狗儿入[2],篱外狐绥且莫停[3]。

【注释】

[1]宋玉墙:楚宋玉《登徒子好色赋》序:"天下之佳人,莫若楚国;楚国之丽者,莫若臣里;臣里之美者,莫若臣东家之子……然此女登墙窥臣三年,至今未许也。"后指男女幽会或比喻多情的意思。

[2]不放狗儿入:即篱牢犬不入之意。指篱笆编得结实,狗就钻不进来。比喻自己品行端正,坏人就无法勾引。明施耐庵《水浒传》第二十四回:"常言道:'表壮不如里壮。'嫂嫂把得家定,我哥哥烦恼做甚么?岂不闻古人言:'篱牢犬不入。'"

[3]狐绥:狐狸。绥,安抚,安好。《诗·卫风·有狐》:"有狐绥绥,在彼淇梁。"朱熹《诗集传》:"狐者,妖媚之兽。绥绥,独行求匹之貌。"

其七

半嗔半躲进门前[1]，把着琵琶按着弦。

昨夜皮鞭防盛六[2]，缚他鸡足吃三拳。

【注释】

[1]半嗔半躲：指女孩子又嗔怪又躲藏的情绪。

[2]盛六：唐孙棨《北里志·张住住》中的男子，初与王小福私通，生一子。有歌谣唱曰："张公吃酒李公颠，盛六生儿郑九怜。舍下雄鸡伤一德，南头小凤纳三千。"张住住跟庞佛奴两小无猜，互相爱慕，但是她的母亲把她许配给了同里陈小凤。人们都知道张住住不喜欢陈小凤，所以经常捉弄他们，就将歌谣说给小凤听，挑拨小凤说："这是日前庞佛奴的雄鸡因避斗，飞上屋，伤了足。前巷有个小铁匠田小福，曾在街头卖马，遇到佛奴的父亲，以为小福所伤，遂殴打了他。"张住住能言善辩，因抚掌曰："是什么大汉，敢打在街头卖马的田小福，街头唱'舍下雄鸡失一足，街头小福拉三拳'，且雄鸡失足，是什么意思呢？"小凤既不知道详情，也不明白张住住所言，遂无话可说。

其八

连宵吃吃结成行[1]，为护牡丹别苑芳。

被下黄骝行不得[2]，朱家阑在善和坊[3]。

【注释】

[1]连宵：犹通宵。吃吃：勤奋不怠貌。

[2]被下黄骝：男性生殖器的隐语。黄骝，黄色的良马。马，阳物也。《素女经》："御女当如朽索御奔马，如临深坑，下有刃，恐堕其中。"马王堆出土医书《养生方》："操以搷玉策，马因惊矣。"现在西北方言将男子遗精也叫"跑马"。

[3]善和坊：唐范摅《云溪友议》卷五："崔涯者，吴楚之狂生也，与张祜齐名……祜、涯久在维扬，天下晏清，篇词纵逸，贵达钦惮，呼吸风生，颇畅此时之意也。赠(李)端端诗曰：'觅得黄骝鞁绣鞍，善和坊里取端端。扬州近

日浑相诧，一朵能行白牡丹。'"后因以"善和坊"指士人冶游赋诗之地。

其九

女爱男欢贴不分，毕轮极席不堪闻[1]。

烧投杨密款中酒[2]，争赴襄王梦里云[3]。

【注释】

[1]毕轮极席：指尽情欢乐。《容斋随笔·鬼谷子书》："夫女爱不极席，男欢不毕轮。"

[2]杨密酒：酒名。

[3]襄王梦：指男女之情。战国楚宋玉《高唐赋》曾云楚襄王与宋玉游云梦之台，望高唐之观。其上有云气变化无穷。玉谓此气为朝云，并对王说，过去先王曾游高唐，怠而昼寝，梦见一妇人，自称是巫山之女，愿侍王枕席，王因幸之。巫山之女临去时说："妾在巫山之阳，高丘之阻，旦为朝云，暮为行雨。朝朝暮暮，阳台之下。"

其一〇

侬家岂是卓王孙[1]，病渴人谁好笑言[2]。

囊却七弦闲却鸟[3]，当垆从不奉文园[4]。

【注释】

[1]侬：人称代词。本指人，引申为你、我、他。卓王孙：卓文君之父，西汉时期著名巨富。

[2]病渴：患消渴症，即糖尿病。《史记·司马相如列传》："相如口吃而善著书。常有消渴疾。与卓氏婚，饶于财。其进仕宦，未尝肯与公卿国家之事，称病闲居，不慕官爵。"

[3]囊：用作动词，指用口袋装。七弦：指七弦琴。汉应劭《风俗通·声音·琴》："今琴长四尺五寸，法四时五行也；七弦者，法七星也。"

[4]当垆：对着酒垆，在酒垆前。意思是卖酒。《史记·司马相如列传》记载，卓文君父卓王孙为蜀郡临邛的冶铁大亨。文君姿色娇美，通音律，善抚琴。卓文君爱慕司马相如的才华，与其私奔，司马相如家贫如洗，遂与卓

文君从成都回到临邛,变卖车马,买一酒店,文君当垆卖酒,相如和佣人酒保一起洗涤酒器。后卓王孙分卓文君百名僮仆、百万两钱,成就了一段佳话。文园:司马相如,因司马相如曾任文园令,亦借指文人。

其一一

墨娥檀口说西施[1],闻道肌肤反猬皮[2]。

三少今看鸡粟半[3],半身跪在靛前池[4]。

【注释】

[1]墨娥:相传唐姑臧太守张宪使家伎代书札,号墨娥。出自《云仙杂记·凤窠群女》。檀口:红艳的嘴唇,形容唇之美。西施:古代越国美女。

[2]猬皮:刺猬皮。这里指皮肤粗糙。

[3]鸡粟:亦作"鸡栗",鸡皮疙瘩。

[4]靛池:染布的池子。靛,蓝色和紫色混合而成的一种颜色,由蓼蓝加工而成。

其一二

过去坛头飞野鸦,看同石上摩登伽[1]。

禅心已不闻钗钏[2],别苑樨香隔岸花[3]。

【注释】

[1]摩登伽:为古印度首陀罗族贱民,多以"拂市"(即清道)为业。佛教传说摩登伽女曾引诱释迦牟尼的弟子阿难尊者,最后没有成功。《楞严经》记载:"阿难因乞食次,经历淫室,遭大幻术,摩登伽女以娑毗迦罗、先梵天咒,摄入淫席,淫躬抚摩,将毁戒体。如来知彼淫术所加,斋毕旋归。"

[2]禅心:佛教术语,是指清静寂定的心境。钗钏:钗簪与臂镯,泛指妇人的饰物。

[3]别苑:专供帝王游猎的园林。樨:木樨,其花通称"桂花"。

其一三

舍北麻胡日日过[1],耐他桥唱市儿歌。

慈娟避得阐提去[2],乌桕松门许认么[3]?

【注释】

[1]麻胡:传说中人名,说法不一,以残暴著称。亦谓貌丑而多须者。

[2]阐提:佛家词汇,指永远不得成佛的根机。

[3]乌桕:落叶树,实如胡麻子,多脂肪,可制肥皂及蜡烛等。唐张祜逸句:"杜鹃花发杜鹃叫,乌臼花生乌臼啼。"乌臼,即乌桕。松门:前植松树的屋门。

其一四

桃花门巷东复东,小队蜂房又一丛[1]。

料道蓬山消息远[2],黄鹂声断乱飞红[3]。

【注释】

[1]蜂房:蜂窝。这里指歌女居住的地方。

[2]蓬山:蓬莱山。传说中的仙山。《列子·汤问》:"渤海之东,不知几亿万里……其中有五山焉,一曰岱舆,二曰员峤,三曰方壶,四曰瀛洲,五曰蓬莱。"《史记·秦始皇本纪》载:"齐人徐市等上书,言海中有三神山,名曰蓬莱、方丈、瀛洲。"《汉书·郊祀志》云:"此三神山者,其传在勃海中,去人不远,盖曾有至者。诸仙人及不死之药皆在焉。"李商隐《无题》:"刘郎已恨蓬山远,更隔蓬山一万重。"

[3]飞红:落花。

其一五

小玉自娇金不换[1],骚人争睹墨狻猊[2]。

鹧鸪未了莺声滑[3],幻作影娥两处啼[4]。

【注释】

[1]小玉:传说中春秋战国时期吴王夫差小女名,又名紫玉。形容多情女子。

[2]骚人:指忧愁失意的文人。墨狻猊(suān ní):镂刻成狮子状的黑色香炉。狻猊,即狮子。《穆天子传》卷一:"狻猊野马,走五百里。"郭璞注:"狻猊,师(狮)子。"亦作"狻麑"。

[3]鸂鶒：鸟名。体大如鸠，头顶暗紫赤色，背灰褐色。莺声滑：形容莺声婉转流利。多比喻女子宛转悦耳的语声。

[4]影娥：代指月亮。明夏完淳《冰池如月赋》："飘红叶则落桂一枝，映青楼则影娥半面。"

其一六

布袋未分浑是秘，藏头笑领海头偈[1]。

就中说破即无情，共向南山看鳖鼻[2]。

【注释】

[1]"藏头"句：《景德传灯录》卷七："僧问马祖：'请和尚离四句，绝百非，直指某甲西来意。'祖云：'我今日无心情，汝去问取智藏。'其僧乃来问师(智藏)。师云：'汝何不问和尚(指马祖)？'僧云：'和尚令某甲来问上座。'师以手摩头云：'今日头痛，汝去问海师兄(百丈怀海)。'其僧又去问海。海云：'我到这里却不会。'僧乃举似马祖，祖云：'藏头白，海头黑。'"这里指摸不着头脑。

[2]南山鳖鼻：《五灯会元》卷七"雪峰义存禅师"："上堂：'南山有一条鳖鼻蛇，汝等诸人切须好看！'长庆出曰：'今日堂中大有人丧身失命。'云门以拄杖撺向师前，作怕势。"这里指一个人的悟性。

其一七

神鸡枕畔蝶飞霞[1]，小步迷香寸点沙。

深锁莲灯谁独醒，觉来细说贾云华[2]。

【注释】

[1]神鸡枕：唐代宣城名妓史凤有"戏谑"妓院的组诗，"神鸡枕"与后句"迷香""锁莲灯"俱在其中。唐冯贽《云仙杂记》引《常新录》云："史凤，宣城妓也，待客以等差，甚异者，有迷香洞、神鸡枕、锁莲灯；次则蚊红被、传香枕、八分羹。各有题咏，咏《迷香洞》云：'洞口飞琼佩羽霓，香风飘拂使人迷。自从邂逅芙蓉帐，不数桃花流水溪。'《神鸡枕》云：'堪羡鸳鸯久共栖，锦衾角枕斗芳菲。巫山有梦忘侵晓，鸡亦留连不肯啼。'《锁莲灯》云：

'灯锁莲花花照罍,翠钿同醉楚台巍。残灰剔罢携纤手,也胜金莲送却回。'"

[2]贾云华:名娉娉,元代才女。初其母与魏鹏母有指腹为婚之约,后母悔,云华潜与鹏别,绝食而卒。明李昌祺《剪灯馀话》有《贾云华还魂记》。

其一八

小小琼卮恰恰声[1],一回惊觉有馀酲[2]。

红潮两颊桃花色,醝袖翩娇洛水行[3]。

【注释】

[1]琼卮:玉制的酒器,亦用作酒器或酒的美称。恰恰:形容鸟叫声。

[2]馀酲:犹宿醉。唐刘禹锡《和牛相公题姑苏所寄太湖石兼寄李苏州》:"烦热近还散,馀酲见便醒。"

[3]洛水:古水名。在河南。传说曹植过洛水,见到洛水女神,写了《洛神赋》,有"翩若惊鸿,宛若游龙"之句。

其一九

浓情入口想难支,玉鬌鬘颓只一卮[1]。

我出童羖卿兔角[2],呼卢帐底不移时[3]。

【注释】

[1]玉鬌(duǒ)鬘颓:指女子头发散乱的样子。鬌,下垂,松弛。

[2]童羖(gǔ):无角的公羊,喻绝无的事物。《诗·小雅·宾之初筵》:"由醉之言,俾出童羖。"毛传:"羖羊不童也。"陈奂传疏:"今醉之言不中礼法,或有从而谓之,彼醉者推其类,必使羖羊物变而无角,谓出此童羖,以止饮酒。"兔角:兔子生角。亦喻必无之事。

[3]呼卢:古时博戏,用木制骰子五枚,每枚两面,一面涂黑,画牛犊;一面涂白,画雉,一掷五子皆黑者为卢,为最胜采;五子四黑一白者为雉,是次胜采。赌博时为求胜采,往往且掷且喝,故称赌博为"呼卢喝雉"。宋陆游《风顺舟行甚疾戏书》:"呼卢喝雉连暮夜,击兔代狐穷岁年。"

其二〇

酒欲醒时梦亦醒,诗垂成处事难成[1]。

江城五月梅花落,黄鹤空闻玉笛声[2]。

【注释】

[1]垂:将,快要。

[2]"江城"两句:化用唐李白《与史郎中钦听黄鹤楼上吹笛》"黄鹤楼中吹玉笛,江城五月落梅花"之意。梅花落,汉乐府横吹曲名。

其二一

细数痴情妙得痴,见时若尔忆亲时。

一番花信云鸿度[1],目送天遥足不移。

【注释】

[1]花信:开花时节。泛指女子20岁左右的青春年华。云鸿:飞行于高空中的大雁,喻志向远大者。

其二二

百篇斗酒雪娘姿[1],一味风情搅作诗。

纵有青琴怜绛树[2],可无佳句比红儿[3]。

【注释】

[1]百篇斗酒:唐杜甫《饮中八仙歌》:"李白一斗诗百篇,长安市上酒家眠。天子呼来不上船,自称臣是酒中仙。"这里指才思敏捷。雪娘:指美女。清李渔《连城璧》:"崇祯末年,扬州有个妓妇叫做雪娘,生得态似轻云,腰同细柳,虽不是朵无赛的琼花,钞关上的姊妹也要数他第一。"

[2]青琴:指以青桐木制的琴。也指传说中的女神名。泛指姣美的歌姬舞女。绛树:神话传说中的仙树。珊瑚的别名。古代歌女名,借指美女。

[3]红儿:唐代名妓。唐罗虬《比红儿诗序》:"比红者,为雕阴官妓杜红儿作也。美貌年少,机智慧悟,不与群辈妓女等。余知红者,乃择古之美色灼然于史传三数十辈,优劣于章句间,遂题《比红诗》。"后用为赞誉美女的典故。

其二三

约缣软衬细腰身[1],点翠红湾小夺人[2]。

好在敬亭终日见[3],相看倩个去来频[4]。

【注释】

[1]约缣:约缣迫袜的省称。指用布缠足。明杨慎《杂事秘辛》记载东汉桓帝刘志选梁莹为妃,描写梁莹的脚:"足长八寸,胫跗丰妍,底平指敛,约缣迫袜,收束微如禁中。"缣,双经双纬的粗厚织物之古称。细密的绢。

[2]点翠:中国古代用翠鸟之羽装饰金银首饰的一种重要工艺,起着美化点缀金银首饰的特殊作用。红湾:不详。疑即红色的弓鞋。

[3]敬亭:山名。位于安徽省宣城市区北郊,是中国历史文化名山。唐李白《独坐敬亭山》:"众鸟高飞尽,孤云独去闲。相看两不厌,只有敬亭山。"

[4]倩个:含笑的样子。

其二四

任是沽娇生魏四,落他软熟药张三[1]。

葫芦闹晓酪子里[2],特地新声昔昔盐[3]。

【注释】

[1]"任是"两句:化用"生张熟魏"的典故。比喻生客和熟客,互不熟悉。宋沈括《梦溪笔谈》卷十六:"北都有妓女美色,而举止生梗。士人谓之'生张八'。因府会,忠愍(寇准)令乞诗于(魏)野。野赠之诗曰:'君为北道生张八,我是西州熟魏三。莫怪尊前无笑语,半生半熟未相谙。'"沽娇,撒娇。软熟,性情柔和圆熟,软和美好。魏四及张三,皆为民间常见人名。

[2]葫芦:即葫芦提,也作"胡卢提"。宋元时口语,通指含混、糊涂的意思。酪子里:暗地里,暗中。元王实甫《西厢记》第一本第四折:"唱道是玉人归去得疾,好事收拾得早。道场毕诸人散了,酪子里各归家,葫芦提闹到晓。"

[3]昔昔盐:乐府曲辞名,始见于隋薛道衡。昔昔,即夕夕。盐,即引。

其二五

这行趁着即生嗔,似避水边妒妇津[1]。

苦恼骚人饶笔舌[2],谁云词翰可回春[3]。

【注释】

[1]妒妇津:唐段成式《酉阳杂俎·诺皋记上》记载,晋刘伯玉妻段氏甚妒忌。伯玉尝诵《洛神赋》,曰:"娶妇得如此,吾无憾矣!"其妻恨曰:"君何得以水神美而轻我? 我死,何愁不为水神?"乃投水而死。后因称其投水处为"妒妇津"。

[2]骚人:指忧愁失意的文人。饶笔舌:即浪费笔墨,唠叨。

[3]词翰:诗文,辞章。

其二六

磨尽隃糜画不成[1],远山淡蹙自描情[2]。

凭添粉泽娇娆事,留在妆台待笑生。

【注释】

[1]隃糜:古县名。汉置,因隃糜泽而得名。故地在今陕西千阳东。隃糜以产墨著称,后世因借指墨或墨迹。引申指文墨。

[2]远山:本指远处的山,喻指女子秀美的眉毛。晋葛洪《西京杂记》,"文君姣好,眉色如望远山,脸际常如芙蓉。"淡蹙:微皱眉头的样子。

其二七

纸鸢风嫁小东门[1],树树乌栖到日昏。

翻尽残香山枕腻[2],独眠人处几啼痕。

【注释】

[1]纸鸢:指风筝。

[2]山枕:枕头。古代枕头多用木、瓷等制作,中凹,两端突起,其形如山,故名。唐温庭筠《更漏子》词:"山枕腻,锦衾寒,觉来更漏残。"

其二八

吟酸梅子雉成科[1]，畏句惊投折齿梭[2]。

嘱莫题红流叶叶[3]，恼人抛去水东波。

【注释】

[1]梅子：又名青梅，蔷薇目落叶乔木，花红、粉红或白色，盛开于冬春寒冷季节。味酸，果实可作调味品。雉：野鸡。科：群。

[2]"畏句"句：化用"投梭折齿"的典故。见郝璧《皋兰竹枝词三十首序》注[2]。

[3]"嘱莫"句：指红叶题诗的典故。唐德宗时，奉恩院王才人养女凤儿入宫后，曾以红叶题诗，置御沟中流出，为进士贾全虚所得。后全虚怀恋其人以至泣下，帝闻此事，终将凤儿赐给全虚。后比喻姻缘巧合。也作"红叶之题""御沟题叶""御沟流叶"。详见唐孟棨《本事诗》。

其二九

文鸳北渚凤西秦[1]，奔月蟾蜍解误人[2]。

纵枕虎头难辟恶[3]，数来还是息侯亲[4]。

【注释】

[1]文鸳：即鸳鸯。以其羽毛华美，故称。北渚：北面的水涯。西秦：五胡十六国政权之一。陇西鲜卑族（一说属匈奴）首领乞伏国仁所建。都苑川（今甘肃省兰州市榆中县）。

[2]奔月蟾蜍：这里指嫦娥，也叫姮娥。《后汉书·天文志上》刘昭注引张衡《灵宪》："羿请不死之药于西王母，姮娥窃之以奔月……姮娥遂托身于月，是为蟾蜍。"

[3]虎头：虎头枕。用于驱邪镇定。虎为百兽之王，是中国民间普遍尊崇的吉祥物，汉代便有画虎于门驱邪镇定之俗。

[4]息侯：息国国君，夫人妫姓陈氏，春秋四大美女之一，为陈国君主陈庄公之女，因嫁给息侯，故称息夫人、息妫。后来楚文王征息国欲霸息夫人，息夫人为了百姓免遭涂炭，嫁入楚国，成了楚王爱妃。传说息夫人容颜绝

代,目如秋水,脸似桃花,故称"桃花夫人"。

其三〇

白榆钱径绿窗纱[1],素影清光一到家[2]。

燕子似嫌泥晕落,将飞将止日将斜。

【注释】

[1]白榆钱径:铺满白榆钱的路。宋赵希逢《初夏》:"绿暗红稀四月天,榆钱铺径撒青毡。"榆钱,榆荚。因其外貌如钱而小,故称为"榆钱"。可以食用。

[2]素影清光:形容月色皎洁明亮。素影,月影。唐杜审言《和康五庭芝望月有怀》:"雾濯清辉苦,风飘素影寒。"清光,清亮的光辉。

说偈[1]

唱宗楼子经酒楼,你即无心我也休。天晓琵琶入夜梦,都忘鼓角五更头[2]。空色色空空色色,六窗窗不见猕猴[3]。咄!大众试参镇州与解脱。河阳新妇子,木塔老婆禅[4]。留得这个在,色声无两般。分付小厮儿,打他狗子贼。门前三面狸奴脚踏月,两头白牯手挈烟[5]。拾得灸脂花帽子,鹘衫脱却任驴年。缚驴橛儿鞲鹰臂,日弄猢狲夜簸钱[6]。拈起拂子振卓锡,请道一声怎么,佛殿阶前狗屎天。

【注释】

[1]说偈:佛教用语,佛经中的唱词。

[2]鼓角:古代军队中用的战鼓和号角。

[3]"六窗"句:宋白玉蟾《许紫冲求真容赞》:"虎已伏,龙已降,猕猴不复窥六窗。"六窗,指六根。六种感觉器官或认识能力:眼、耳、鼻、舌、身、意。佛教中眼是视根,耳是听根,鼻是嗅根,舌是味根,身是触根,意是念虑之根。

[4]"河阳"两句:出自《镇州临济慧照禅师语录》:"河阳新妇子,木塔老婆禅。临济小厮儿,却具一只眼。"意思是禅师苦口婆心,多方设教,反复叮咛如老婆婆。

[5]"门前"两句:宋释安民《偈二首》其一:"三面狸奴手提月,两头白牯手擎烟。戴冠碧兔立庭柏,脱壳乌龟飞上天。"这里指做不可能的事,徒劳无功。

[6]"日弄猢狲"同后"佛殿"句:均出自宋释如珙《偈颂三十六首》其二十五:"五台山上云蒸饭,佛殿阶前狗尿天。刹竿头上煎饺子,三个猢狲夜簸钱。"也指浪费时间,徒劳无功之事。

清　代

李　楷

李楷(1603—1670),字叔则,号岸翁,陕西朝邑人。天启甲子举人,屡次会试不第。崇祯十一年,李楷游江南,寓居南京,与复社成员多有来往。与马御辇、韩诗、王相业并称"关中四子",名满江南。入清任宝应知县,不久辞官。与冒襄、李长科、邢昉、胡介、邓汉仪、方文、程邃等遗民志士交往颇密。晚年归关中,与关中名士李因笃、李颙、王弘撰、东云雏等人交往密切,又与顾炎武、屈大均等寓秦遗民定交。后越秦岭,漫游陇右,深入桴罕(今临夏回族自治州)。曾应陕西巡抚贾汉复之请修《陕西通志》,又修《朝邑志》《洛川志》。著有《雾堂全集》。其孙李元春编有《河滨诗选》《河滨文选》《河滨遗书钞》。

秦州[1]

水走山飞稻吐芒,谁家小麦尚登场。

西东千里分时候,何故州名记夏凉[2]。

【注释】

[1]此诗选自《河滨诗选》卷十。作于康熙四年(1665),为李楷漫游陇右时所作。秦州:今甘肃省天水市。先秦时为邽戎地,公元前688年秦武公取其地,置邽县,后改为上邽县,属陇西郡。汉武帝时设天水郡,上邽县属之。灵帝中平五年,分汉阳郡置南安郡,治今陇西县东北渭水北,上邽县属南安郡。三国魏文帝黄初元年(220)设秦州。

[2]夏凉:夏州和凉州。夏州,见赵时春《河西歌》其九注[2]。凉州,古称武威、姑臧、休屠、雍州,因"地处西北,常寒凉"而得名。在今甘肃武威市。

王士禛

王士禛(1634—1711),字子真,一字贻上,号阮亭,别号渔洋山人。山东新城(今桓台)人。顺治十五年(1658)进士,历任扬州推官、礼部主事、经筵讲官、国史副总裁,官至刑部尚书。卒,谥"文简"。王士禛为康熙朝数十年诗坛盟主,论诗推崇盛唐,不宗李、杜而尊王、孟,创"神韵"说。标举所谓"不着一字,尽得风流"和"羚羊挂角,无迹可求"的意境。生平著述甚富,有《带经堂全集》《渔洋诗话》《香祖笔记》等,编有《十种唐诗选》《唐贤三昧集》。

秦中凯歌十二首[1]

其一

上相乘春西出师[2],至尊推毂建旌旗[3]。

两宫络绎黄封下[4],天厩飞龙赐与骑[5]。

【注释】

[1]此组诗选自《带经堂集》卷三十一。作于康熙十五年(1676),为庆祝清廷平定平凉王辅臣叛乱而作。王士禛《居易录》卷十七载:"当王辅臣之叛,秦陇震惊,(孙)思克与靖逆候张勇、奋威将军王进宝同心讨贼,戮力王室,会故大学士文襄公图海大军入关,秋毫无犯,王师屡战屡捷。贼所据惟平凉一城,腹背受敌,力屈粮匮,束手请降。河西三大将之功为多。……予昔作《平凉凯歌》……此诗曾经御览云。"惠栋注:"《黄氏远游略》:'马鹞子,山西蔚州人,骁勇善射,马上如飞,故名鹞子……鹞子势危迫,遂杀瓖献城,改姓名为王辅臣。由滇镇而超升陕西提督。甲寅三藩之变,巴蜀告

惊……腊月四日,辅臣鼓众大噪,攻杀主将,叛据平凉……丙辰,特命大将军图海征之。海至,相度机宜,亲执枹鼓,激励大小三军,誓以必死。将士奋勇争先,无不一以当百,呼声动天地,炮矢齐发,砍杀贼众二万,大破之。又渡河大战,再破之,遂拔其屯粮重城一座。辅臣乃降。"秦中:古地区名。指今陕西、甘肃地区,因春秋、战国时地属秦国而得名。《汉书·娄敬传注》:"师古曰:秦中,即关中故地也。"凯歌:谓唱胜利之歌。《周礼》:"乐师,凡军大捷,教凯歌。"

[2]"上相"句:指图海奉命出征王辅臣。图海(? —1681),字麟洲,马佳氏,满洲正黄旗人。顺治十二年(1655),摄刑部尚书事。历任都统、定西将军、中和殿大学士、礼部尚书。康熙十四年(1675),察哈尔布尔尼叛,信郡王鄂扎为抚远大将军,图海副之,率众往讨,大破之,察哈尔平。吴三桂反,任抚远大将军,招抚陕西提督王辅臣,稳定西北局面。图海进三等公,世袭。康熙二十年卒,谥"文襄",雍正初,追赠一等忠达公,配享太庙。上相,宰相的尊称。

[3]至尊:皇帝。这里指康熙皇帝。推毂(gǔ):推车前进。古代帝王任命将帅时的隆重礼遇。《史记·冯唐列传》:"唐对曰:'臣闻上古王者之遣将也,跪而推毂。曰:"阃以内者,寡人制之;阃以外者,将军制之。军功爵赏,皆决于外,归而奏之。"'"旌旗:旗帜的通称。

[4]两宫:这里指孝庄太后和康熙皇帝。络绎:连续不断,往来不绝。黄封:皇家的封条。其色黄,故称。这里指朝廷的圣旨。

[5]天厩飞龙:指皇家的御马。唐杜甫《骢马行》:"天厩真龙此其亚。"《晋书·天文志》:"东壁北十星曰天厩,主马之官,若今驿亭也。"《周礼》:"凡马八尺以上为龙。"《新唐书·兵志》:"禁中又增置飞龙厩。"

其二

新开麟阁赏元功[1],颇牧重看出禁中[2]。

此去西人须破胆,将军昨日伐辽东[3]。

【注释】

[1]麟阁:即麒麟阁,汉朝阁名。汉武帝建于未央宫之中,因汉武帝元

狩年间打猎获得麒麟而命名。甘露三年（前51），汉宣帝因匈奴归降，回忆往昔辅佐有功之臣，乃令人画霍光、苏武等十一名功臣图像于麒麟阁以示纪念和表扬。元功：大功，首功。这里指图海平定察儿罕。

[2]颇牧：廉颇和李牧。皆为战国时期赵国名将。禁中：帝王所居的宫苑。《资治通鉴·唐宣宗纪》："党项扰边，上欲择帅，而难其人，从容与毕诚论边事。诚援古据今，具陈方略。上悦，曰：'不意颇、牧近在禁廷，其为朕行乎。'诚欣然受命。"

[3]自注："康熙十四年，图公以副将军平察儿罕，献俘阙下。"

其三

军中歌舞喜投醪[1]，令下如山戒驿骚[2]。

扶杖已闻秦父老[3]，王师有诏肃秋毫[4]。

【注释】

[1]军中歌舞：《尚书大传》载："惟丙午，（武）王还师，师乃鼓躁，师乃蹈，前歌后舞。"这里指士兵欢欣鼓舞，踊跃上战场之意。投醪：将酒倒入水中，与军民共饮，指与军民同甘苦。《黄石公记》："昔者，良将用兵，人有馈一单醪者，使投之于河，令将士迎流而饮之。单醪不能味一河水，三军至为之死，非滋味及之也。"

[2]驿骚：扰动，骚乱。《明史·沈鲤传》："鲤言使臣往来驿骚，恐重困民。"

[3]"扶杖"句：指秦中百姓欢迎朝廷平叛。《汉书·贾山传》："臣闻山东吏布诏令，民虽老羸癃疾，扶杖而往听之。"

[4]王师：朝廷的军队。肃秋毫：即秋毫无犯。常用来形容军队纪律严明，不侵犯老百姓的利益。《史记·项羽本纪》："沛公谓项伯曰：'吾入关，秋毫不敢有所近。'"秋毫，鸟兽在秋天新长出的细毛，比喻微小的事物。

其四

天上黄河万里来[1]，巨灵高掌抱云台[2]。

遥看丞相行营过[3]，日射潼关四扇开[4]。

【注释】

[1]"天上"句:化用唐李白《将进酒》"君不见黄河之水天上来"之意。

[2]"巨灵"句:形容华山的奇景。巨灵,神话传说中劈开华山的河神,又称巨灵神。《水经注》:"华岳本一山当河,水过而曲行,河神巨灵,手荡足蹋,开而为两。今掌足之迹仍存华岩。"云台,高耸入云的台阁。《华山志》:"岳东北有云台峰,其山两峰峥嵘,四面悬绝,上冠景云,下通地脉,巍然独秀,有若灵台。"

[3]丞相:这里指图海。行营:皇帝出巡临时建立的驻跸处所,又名御营。旧时指统帅出征时办公的营帐或房屋,也指专设的机构。

[4]自注:"韩文公诗:'日出潼关四扇开''相公亲破蔡州来'。"潼关:关名。古称桃林之塞,秦为阳华,东汉建安中在此建关,以潼水而名。西薄华山,南临商岭,北拒黄河,东接桃林,为陕西、山西、河南三省要衢,历代皆为军事要地。四扇:关隘的门分前后两处,每个门有门扇两扇,总共四扇。

其五

泾原西北驻王师[1],尺一无烦介马驰[2]。

共道皇恩天浩荡[3],不教京观筑鲸鲵[4]。

【注释】

[1]泾原:指平凉。《明一统志》:"平凉府,宋为泾原路。"

[2]尺一:指皇帝的诏书。《后汉书·陈蕃传》:"尺一选举。"章怀注:"尺一,谓长尺一以写诏书也。"介马:给战马披甲。也指披甲的战马。

[3]皇恩天浩荡:指皇上的恩典广为人知,普及天下。形容圣贤之君安治之天下。

[4]京观:古代为炫耀武功,聚集敌尸,封土而成的高冢。《左传》:"楚庄王曰:'古者明王伐不敬,取其鲸鲵而封之,以为大戮,于是乎有京观。'"鲸鲵:即鲸。雄曰鲸,雌曰鲵。比喻凶恶的敌人。

其六

莫愁登陇望秦川[1],休道长安在日边[2]。

驿骑流星催露布[3],捷书三日到甘泉[4]。

【注释】

[1]"莫愁"句:这里化用《三秦记》所录民谣"陇头流水,鸣声幽咽。遥望秦川,心肝断绝"之意,写行人的悲凉之情。秦川,见李复《竹枝词十首》其九注[3]。

[2]长安在日边:意谓朝廷在极远的地方。《晋书·明帝纪》:"帝为元帝所宠异,年数岁,尝坐置膝前。属长安使来,因问帝曰:'汝谓日与长安孰远?'对曰:'长安近,不闻人从日边来。'"长安,即西安,这里指朝廷。

[3]驿骑流星:唐岑参《初过陇山》:"一驿过一驿,驿骑如星流。"写路程的遥远,也透露着行进的迅速。露布:也作"露板"。不封口的文书。特指檄文、捷报等紧急文书。泛指布告、海报等。

[4]捷书:军事捷报。甘泉:即甘泉宫。秦代甘泉宫建在渭河南边,宣太后执政期间多居于此。《后汉书·西羌传》:"宣太后诱杀义渠王于甘泉宫。"汉代甘泉宫建在渭河北面,汉武帝将秦林光宫改建而成。这里指皇宫。

其七

虎狼十万竞投戈[1],不唱三交陇上歌[2]。

朝见降书来北地,暮看烽戍罢朝那[3]。

【注释】

[1]虎狼十万:指王辅臣叛军。虎狼,比喻凶残或勇猛的人。投戈:放下武器。休战。《后汉书·樊准传》:"光武皇帝东西诛战,不遑启处。然犹投戈讲艺,息马论道。"这里指投降。

[2]三交陇上歌:即《陇上陈安歌》。《十六国春秋》:"陈安战死,壮士作《陇上歌》悲之,曰:'陇上壮士有陈安,躯干虽小腹中宽,爱养将士同心肝。'又云:'战始三交失蛇矛,弃我骢骢窜岩幽,为我外援而悬头。'"按:陈安(?—323),西晋至十六国名将、凉国建立者。原为西晋南阳王司马模帐下都尉,勇猛异常,平时十分厚待属下将士,能够与他们同甘共苦。永昌元年(322),陈安攻打成汉,攻克氵舌城。陇上氐族、羌族部落都归附陈安,陈安

拥兵十多万,自称大都督、大将军,雍、凉、秦、梁四州州牧、凉王。太宁元年(323),被前赵军击败并斩首。

[3]"朝见"两句:自注:"庆阳、固原相继降。"北地,即北地郡。秦昭襄王三十六年(前271)灭义渠后所置,为秦初三十六郡之一,郡治义渠县(在今甘肃省庆阳市西南)。《元和郡县图志》:"庆州,春秋战国时为义渠戎国,秦厉公伐并之,至始皇时属北地郡。"朝那,县名。秦昭襄王三十五年(前272),秦灭义渠戎国设北地郡,置朝那县(今宁夏彭阳古城镇境内)。汉代属安定郡。西魏大统元年(535),迁至今甘肃省灵台县朝那镇。

其八

衮衣照路有辉光[1],班剑威仪出尚方[2]。

大将櫜鞬迎道左[3],万人鼓吹入平凉[4]。

【注释】

[1]衮衣:古代帝王及上公穿的绘有卷龙的礼服。《诗·豳风·九罭》:"我觏之子,衮衣绣裳。"毛传:"衮衣,卷龙也。"

[2]班剑:有纹饰的剑。或曰以虎皮饰之。班,通"斑"。唐《开元礼纂》:"汉制,朝服带剑。晋代以木,谓之班剑。宋齐谓之象剑。"尚方:古代制造帝王所用器物的官署。颜师古《汉书注》:"尚方,少府之属官,作供御器物。"

[3]櫜(gāo)鞬:藏箭和弓的器具。《唐书·李愬传》:"愬以櫜鞬见,度将避之。"惠栋注:"衮衣用周公东征事,指文襄也。櫜鞬,用李愬破蔡事,指靖逆侯以下也。曹仁虎曰:'李涪《刊误》:今代节度使带平章者,凡经藩镇,节察使必具櫜鞬,迎于道左。未知礼出何代,前史国典并无其文。予常仰而思之,乃悟其事必因元帅都统,遂有是仪,欲使军中禀大将军之命也。'"

[4]万人鼓吹入平凉:出自宋陆游《建安遣兴》诗。鼓吹,指仪仗乐队。胡三省《通鉴辨误》:"蔡邕曰:鼓吹,军乐也。黄帝岐伯所作,后世谓之短箫铙歌。"平凉,为甘肃省辖地级市,位于甘肃省东部,陕甘宁三省区交会处。先秦时为獯鬻戎狄居地,秦属陇西、北地郡,唐设平凉郡,明设平凉府。

其九

三军解甲隗嚣宫[1]，百丈磨崖待勒功[2]。

欲纪元和天子圣[3]，更携参佐上崆峒[4]。

【注释】

[1]隗嚣宫：隗嚣的宫室。宫在秦州麦积山北，为隗嚣避暑之地。《方舆胜览》："雕窠谷在秦州麦积山之北，旧有隗嚣避暑宫。"唐杜甫《秦州杂诗》："秦州城北寺，传是隗嚣宫。"《陕西通志》："秦州东北山上有崇宁寺，乃隗嚣故宫。"隗嚣，字季孟，天水成纪（今甘肃省秦安县）人。新朝末年地方割据军阀。初为天水郡吏，闻名于陇西，被国师刘歆推荐为国士。刘歆叛逆后，回归故里，趁机占领天水郡平襄城，自称上将军，形成陇西割据势力。归顺更始帝刘玄，册封右将军，进封御史大夫。光武帝刘秀即位，隗嚣自称西州大将军。后听从马援的建议，投靠光武帝，又暗中联合公孙述作乱。建武九年(33)，光武帝平定陇右后，郁郁而终。

[2]磨崖：即摩崖。把文字刻在山崖石壁上。勒功：把记功文字刻在石上。《后汉书》："窦宪大破单于，登燕然山，刻石勒功，记汉威德。"

[3]元和天子：指唐宪宗李纯。宪宗即位后，先后平定了刘辟、李锜、吴元济等叛乱。唐韩愈有《元和圣德诗》。这里借指康熙皇帝。

[4]参佐：部下，僚属。崆峒：山名。在甘肃省平凉市西。泾水发源于此山。传说上古时道家人物广成子曾修道于此。唐杜甫《寄高三十五书记》："主将收才子，崆峒足凯歌。"

其一○

丹青图画上麒麟[1]，五等俄惊宠命新[2]。

未许熊黑归禁籞[3]，且悬堂印镇三秦[4]。

【注释】

[1]丹青：中国古代绘画的材料，这里指绘画艺术。麒麟：指麒麟阁。见王士禛《秦中凯歌十二首》其二注[1]。

[2]自注："部议图海封二等侯，有旨封二等公。"五等：五个等级，特指

五等之爵。《礼记·王制》："王者之制禄爵，公、侯、伯、子、男五等。"宠命：加恩特赐的任命。

[3]熊罴：比喻勇士或军队。禁籞(yù)：禁苑周围的藩篱，指禁苑。唐韩愈《晋公破贼回》："熊罴还入禁营中。"

[4]堂印：指宰相居政事堂所用的官印。李天馥《四川大捷》诗注："时图相国以经略驻汉中。"三秦：地名。故地在今陕西省一代。项羽破秦入关，三分秦关中之地：以秦降将章邯为雍王，领咸阳以西之地；司马欣为塞王，领咸阳以东至黄河之地；董翳为翟王，领上郡之地（陕西北部），合称三秦。见《史记·项羽本纪》。后来泛称关陕一带为三秦，也称"三辅"。

其一一

河西三将气如虹[1]，百战功名次上公[2]。

诏下一时齐虎拜[3]，汉朝争美窦安丰[4]。

【注释】

[1]自注："将军张勇进爵靖逆侯，提督王进宝进奋威将军，总兵官孙思克进凉州提督。"按：张勇（1616—1681），字非熊。陕西洋县人。明末为副将。降清后，曾镇压米喇印、丁国栋反清起义军，升甘肃总兵。后随洪承畴进攻云贵，破明军于七星关。任甘肃提督时，值三藩叛乱，当地驻军叛清响应，他力战收复兰州、巩昌等地，并固守巩昌、平凉，隔断陇蜀两地吴三桂军的联系，以功封一等靖逆侯，加少傅，兼太子太师。王进宝（1626—1685），字显吾，甘肃靖远人。顺治初，授守备。康熙二年（1663），迁参将，旋擢西宁总兵。十二年（1673）王辅臣攻陷兰州，进宝结筏渡河，破敌于皋兰龙尾山。东拔安定，复金县，西攻临洮，平定王辅臣。擢陕西提督，封奋威将军。后进军汉中，平定四川，屡立战功。赠太子太保，谥忠勇。孙思克（1628—1700），字荩臣，汉军正白旗人。初为王府护卫。顺治间授刑部理事官、参将，屡立战功。康熙间升甘肃总兵。十三年（1674），王辅臣叛，陷兰州。他与王进宝等苦战数年，平叛复城，升凉州提督。后以功加封振武将军、太子

少保。气如虹:吐气如虹蜺。形容气势旺盛之貌。

[2]上公:唐杜佑《通典》:"后魏以太师、太傅、太保,谓之三师上公。"

[3]虎拜:《诗·大雅·江汉》:"虎拜稽首,天子万年。"周宣王时,召穆公名虎,因平定匪乱有功,周王赐他山川田土,召穆公磕头拜谢周王。后人美称大臣朝拜天子为"虎拜"。

[4]窦安丰:即窦融(前16—62),字周公,扶风平陵(今陕西咸阳西北)人。当地世族大姓,累世为官。新莽时封波水将军。王莽败,降更始帝,任张掖属国都尉。更始败,其联合酒泉、敦煌等五郡,割据河西,称行河西五郡大将军事。建武五年(29),遣使投归光武,光武授之凉州牧,助光武征讨隗嚣。建武八年(32),封安丰侯。

其一二

三月军锋次渭桥[1],旋看饮至紫宸朝[2]。

空言韩范威名大[3],五路何曾制囊霄[4]。

【注释】

[1]次:指行军在一处停留三宿以上。渭桥:汉唐时代长安附近渭水上的桥梁。东、中、西共有三座。

[2]饮至:古代献捷之时,要对有功之臣行"饮至礼"。《左传·隐公五年》:"臧僖伯曰:三年而治兵,入而振旅,归而饮至,以数军实。"杜预注:"饮于庙以数车徒、器械及所获也。"紫宸:殿名。唐宋为皇帝接见群臣、外国使者朝见庆贺的内朝正殿。这里指皇宫。

[3]范韩:指宋代著名政治家范仲淹和韩琦。范仲淹,见吕楠《岷州曲》注[2]。韩琦(1008—1075),字稚圭,自号赣叟,相州安阳(今河南省安阳市)人。北宋政治家、文学家。宋夏战争爆发后,他与范仲淹率军防御西夏,在军中颇有声望,人称"韩范"。边境当时流传四句歌谣:"军中有一韩,西贼闻之心胆寒;军中有一范,西贼闻之惊破胆。"范仲淹去世后,庆州人民于嘉禧五年(1060)建祠堂纪念他,徽宗宣和年间赐祠额"忠烈"。明成化十一年(1475)重修,增祀韩琦,合称"范韩祠"。《(嘉靖)庆阳府志》卷九:"韩

范祠,在府学南,旧独祀文正公仲淹。昔元昊犯顺,文正经略捍御,西人德之,为立祠曰'忠烈'……近都御史马公文升付参政胡钦等重建祠宇,增祀韩忠献公琦,因同事于斯,故并祀之。"

[4]五路:明王宗沐《宋元资治通鉴》卷九:"(庆历二年)冬十一月辛巳,乃复置陕西路经略安抚招讨使,总四路之事,置府泾州,益屯兵三万,以(韩)琦、(范)仲淹籍分领之。复以(王)尧臣为体量安抚使,徙(文)彦博帅秦,宗谅帅庆,张亢帅渭州。"按:《宋史·韩琦传》亦作四路,此云"五路",疑误。然宋魏泰《东轩笔录》卷七:"仁宗时,西戎方炽,韩魏公琦为经略招讨副使,欲五路进兵以袭平夏,时范文正公仲淹守庆州,坚持不可。"宋罗大经《鹤林玉露》卷八:"昔韩、范二公在五路,韩公力于战,范公则不然。"亦有所据。曩霄:即建立西夏国的李元昊(1003—1048),又称赵元昊。党项族。银州米脂寨(今陕西米脂县)人。祖上长期统治夏州。远祖拓跋思恭,帮助唐僖宗平定黄巢起义,赐李姓,封夏国公。宋封元昊为夏国王,天授礼法延祚元年(1038),李元昊称帝,建立西夏,定都兴庆(今宁夏银川市),创制西夏文,颁布秃发令,派兵攻取瓜州、沙州、肃州三个战略要地。西夏君主祖上本姓拓跋,唐朝赐姓李,宋朝赐姓赵。元昊建号称帝,把姓改为"嵬名",把自己的名字改为"曩霄"。《宋史·夏国传》:"李德明娶三姓,卫慕氏生元昊。天圣九年十月,德明卒,子曩霄立。曩霄,本名元昊。庆历元年二月……元昊屈强不肯削去僭号,上书父大宋皇帝,更名曩霄,而不称臣。"

叶映榴

叶映榴(1642—1688),字苍岩,号丙霞,江南上海人。顺治十八年(1661)进士,选庶吉士。历任礼部郎中、陕西提学、湖广参议、湖北粮储道兼布政使,死夏包子难,赠工部侍郎,谥忠节。有《叶忠节公遗稿》。

过皋兰八绝句[1]

其一

皋兰山色足繁华,碧树红楼十万家。

笳鼓一声官阁闭[2],借人双眼看名花。

【注释】

[1]此组诗选自《叶忠节公遗稿》卷十三。作于康熙十八年(1679)诗人在陕西提学任上视察兰州时。皋兰:山名。见郝璧《皋兰竹枝词三十首》注[1]。这里指兰州。

[2]笳鼓:笳声与鼓声。借指军乐。唐韩愈《大行皇太后挽歌词》之一:"秋天笳鼓歇,松柏遍山鸣。"笳,见戴记《塞上杂咏》其四注[3]。官阁:供人游憩的楼阁。也指官署。

其二

无才如我命还憎[1],半似贫儿半老僧。

乍可炉边穿犊鼻[2],那堪定后生孤灯[3]。

【注释】

[1]命还憎:唐杜甫《天末怀李白》:"文章憎命达。"意谓有文才的人总是薄命遭忌。

[2]犊鼻:犊鼻裈。意为短裤。《史记·司马相如列传》:"相如身自著犊鼻裈,与保庸杂作,涤器于市中。"《集解》引韦昭注云:"犊鼻裈,今三尺布作之,形如犊鼻。"

[3]定后:指夜深人静的时候。宋苏轼《卜算子·黄州定慧院寓居作》:"缺月挂疏桐,漏断人初定。"

其三

关心香草赋湘灵[1],绝塞相逢眼倍青[2]。

千古风流嫌吏俗[3],好花开不向邮亭[4]。

【注释】

[1]香草:香草美人。旧时诗文中用以象征忠君爱国的思想。汉王逸《离骚序》:"《离骚》之文,依《诗》取兴,引类譬谕,故善鸟、香草,以配忠贞……灵修、美人,以譬于君。"湘灵:古代传说中的湘水之神。屈原《九歌》有《湘君》《湘夫人》来歌咏他们。

[2]绝塞:极远的边塞。眼倍青:青眼。正眼看,对人喜爱的表情。

[3]嫌吏俗:嫌做官俗气。

[4]邮亭:古时传递文书的人沿途休息的处所。驿馆。

其四

歌板弹丝忆季长[1],东京文物半销亡[2]。

只留数幅红绡慢[3],禁读《周南》采荇章[4]。

【注释】

[1]季长:即马融(79—166),字季长,扶风郡茂陵县(今陕西省兴平市)人。东汉著名经学家,东汉名将马援的从孙。历任校书郎、郡功曹、议郎、大将军从事中郎及武都、南郡太守等职,又在东观校勘儒学典籍,后因病离职。唐代时配享孔子,宋代时被追封为扶风伯。《后汉书·马融传》:"融才高博洽,为世通儒,教养诸生,常有千数……居宇器服,多存侈饰。常坐高堂,施绛纱帐,前授生徒,后列女乐,弟子以次相传,鲜有入其室者。"后以"绛帐"为师门、讲席之敬称。

[2]东京:指东都洛阳。文物:即衣冠文物,泛指某地或某时代的人物事迹与风俗、制度。比喻太平盛世,文人众多,文化兴盛。

[3]红绡:红色薄绸。

[4]《周南》采荇章:指《诗·周南·关雎》,有"参差荇菜,左右采之。窈窕淑女,琴瑟友之"之句。通常认为是一首描写男女恋爱的情歌。

其五

绿萼红英开满林,笑他一马换千金[1]。

羹囊匹绢堪应办[2],群玉山高隔万寻[3]。

【注释】

[1]一马换千金:《战国策》记载:燕昭王下诏求贤,可是好久也没人来。大臣郭隗就给他讲了一个故事,有君主喜欢千里马,用千金求千里马,有个部下用五百金买了千里马骨回来,君主很生气。但是这个人说如果大家知道君主用五百金买了千里马骨,大家就都知道您真的喜欢千里马,那么献千里马的人就多了。

[2]奚囊:贮放诗稿的袋子。唐李商隐《李长吉小传》:"恒从小奚奴,骑距(驱)驴,背一古破锦囊,遇有所得,即书投囊中。"

[3]群玉山:传说为西王母所居处。《穆天子传》卷二:"癸巳,至于群玉之山……四彻中绳,先王之所谓策府。"晋郭璞注:"《山海经》云:'群玉山,西王母所居者。'"万寻:形容极高。寻,古人以八尺为寻。

其六

谢客巾衫柳七词[1],一生多有断肠时。

眼看浅碧垂深绿,怕是前身杜牧之[2]。

【注释】

[1]谢客巾衫:南朝文学家谢灵运喜欢游山玩水,其山水诗备受后人称道。谢客,谢灵运幼时寄养于外,族人因名为客儿,世称"谢客"。巾衫,指衣着装束。柳七:北宋著名词人柳永,字耆卿。原是建宁府崇安县人氏,因随父亲作宦,流落东京。排行第七,人称"柳七官人"。

[2]杜牧之:即杜牧(803—852),字牧之,唐京兆万年(今陕西西安)人。唐代文学家。自负经略之才,诗、文均有盛名。与李商隐齐名,合称"小李杜"。

其七

生憎今日又芳辰[1],艾虎钗符压鬓新[2]。

读罢《离骚》因叫屈,褰修两句属何人[3]。

【注释】

[1]生憎:最恨,偏恨。芳辰:美好的时光。多指春季。这里指端午节。

[2]艾虎:古代以艾编剪而成的装饰品,或剪彩为虎,粘以艾叶,佩戴于发际身畔。南朝梁宗懔《荆楚岁时记》:"今谓之浴兰节,又谓之端午……今人以艾为虎形,或剪彩为小虎,粘艾叶以戴之。"钗符:端午节避邪的一种头饰。

[3]蹇修:传说中伏羲氏之臣,古贤者。《楚辞·离骚》:"解佩纕以结言兮,吾令蹇修以为理。"

其八

万里黄河百尺虹[1],含情西去恨匆匆。

天边真有支机石[2],不用灵禽路早通[3]。

【注释】

[1]百尺虹:指兰州黄河上镇远浮桥。《明一统志》卷三六"临洮府":"镇远浮桥,旧在兰县西一十里。洪武十八年移置城西北二里金城关。用巨舟二十四横亘黄河,路入甘肃,通西域。"《清一统志·兰州府二》:"镇远浮桥,在皋兰县西北二里金城关。明洪武五年,宋国公冯胜建于城西七里以济师,师还遂撤。九年,卫国公邓愈移建州西十里。名曰'镇远'。十八年又移建于此。用巨舟二十四,横亘黄河上,架以木梁,南北两岸为铁柱四,长二丈,维铁缆二,各长一百二十丈,以通河西、甘肃等路。为往来要津。"清光绪三十三年(1907)改建为铁桥,宣统元年(1909)竣工。时称黄河第一桥。

[2]支机石:传说张骞奉命寻找河源,乘槎经月亮至天河,在月亮见到织女和牛郎,织女取支机石与骞。南朝梁宗懔《荆楚岁时记》:"张骞使大夏,寻河源,经月而至一处,见城郭如州府,室内有一女织,又见一丈夫牵牛饮河,织女取支机石与骞而还,言得见故人,述其思妇之情也。"按:张骞(前164?—前114),字子文,汉中城固(今陕西省汉中市城固县)人。西汉杰出的外交家、旅行家、探险家,打通了汉朝通往西域的南北道路,封博望侯。

[3]"不用"句:中国传说中每年农历七月七日,即七夕时,会有飞雀在银河上架起桥梁,让牛郎和织女得以相见,称作鹊桥。

查嗣瑮

查嗣瑮（1653—1734），字德尹，号查浦，浙江海宁人。查慎行之弟。康熙三十九年（1700）进士，选翰林院庶吉士，授编修，升至侍讲。后因弟查嗣庭文字狱案受株连，谪遣陕西蓝田，卒于戍所。著有《查浦诗钞》十二卷、《查浦诗馀》一卷。

土戏[1]

其一

东汾才罢又南原[2]，士女婆娑俗尚存[3]。

八缶竞催天竺舞[4]，俄惊夔鼓震雷门[5]。

【注释】

[1]此组诗选自《查浦诗钞》卷七。作于康熙三十六年（1697），诗人跟随甘肃巡抚喀拜从军陇右时所作。土戏：这里指陕西、甘肃的地方戏秦腔。秦腔发源于古代陕西、甘肃等地的民间小曲，成长壮大于历史文化名城西安，历经各朝各代的艺术家反复锤炼、创造，而逐渐成熟。古时陕西、甘肃一带属秦国，所以称之为"秦腔"。因为早期秦腔演出时，常用枣木梆子敲击伴奏，故又名"梆子腔"。秦腔形成后，流传全国各地，因其一整套成熟、完整的表演体系，对各地的剧种产生了不同程度的影响，并直接影响了梆子腔剧种的发展，成为梆子腔剧种的始祖。秦腔的表演技艺朴实、粗犷、豪放，富有夸张性，生活气息浓厚，技巧丰富。

[2]东汾：也称丹州。西魏废帝三年（554）改汾州置，以丹阳川得名。治所在今陕西甘泉县东北。《元和志》："西魏大统三年割鄜、延二州地置汾州，理三堡镇，废帝以河东汾州同名，改为丹州，因丹阳川为名。领义川、乐川二县。"南原：即毕原，又叫石安原。《（雍正）陕西通志》卷九："石安原，即毕原，又名南原。在（长安）县西南七里。……西自武功，东讫高陵，在泾

渭之间,绵亘二三百里,晋时石勒置石安县以此。"这里指两地的地方戏。

[3]婆娑:盘旋舞动的样子。

[4]八缶:瓷制乐器。明黄一正《事物绀珠》记载五代后唐司马滔作瓷缶,形如水盏,共八只,可放在桌子上击之,谓八缶。缶,瓦罐。《说文解字》:"缶,瓦器,所以盛酒浆,秦人鼓之以节歌。"战国秦李斯《谏逐客书》:"夫击瓮叩缶,弹筝搏髀,而歌呼呜呜快耳者,真秦之声也。"天竺舞:也称天竺乐,隋唐时期传入中国的西域歌舞,具有鲜明的佛教特色。北宋陈旸《乐书》:"天竺舞:天竺乐。工人皂丝,布头巾,白练襦,紫绫袴,绯帔。舞二人,辫发,朝霞袈裟,行缠碧麻鞋。其舞曲有《小朝天》,盖南蛮、北狄之俗,皆随发际断其发。今舞者,咸用绳围首,反约发,杪内于绳下,此其本也。"

[5]夔鼓:战鼓。《山海经·大荒东经》:"(流波山)其上有兽……其名曰夔。黄帝得之,以其皮为鼓,橛以雷兽之骨,声闻五百里,以威天下。"后因以"夔鼓"作为战鼓的美称。雷门:古代会稽(今浙江绍兴)城门名。因悬有大鼓,声震如雷,故称。《汉书·王尊传》:"尊曰:'毋持布鼓过雷门!'"颜师古注:"雷门,会稽城门也。有大鼓。越击此鼓,声闻洛阳,故尊引之也。布鼓谓以布为鼓,故无声。"这里指秦腔演出时的鼓声。

其二

玉箫铜管漫无声[1],犹剩吹鞭大小横[2]。

不用九枚添绰板[3],邢瓯击罢越瓯清[4]。

【注释】

[1]铜管:秦咸阳宫中,有十二铜人,分执琴、筑、竽、笙等乐器。其身中暗藏导管,通过管内粗绳,牵动机械,使铜人奏乐。这里泛指管乐器。

[2]吹鞭:古乐器名。宋程大昌《演繁露·吹鞭》:"以竹为鞭,中空可吹,故曰吹鞭也……今行陈间皆有笛,即古吹鞭之制也。"

[3]绰板:即拍板。乐器名。用来打拍子。清顾张思《土风录》卷五:"节曲板曰绰板。案,当为拍板。"

[4]邢瓯:指古代河北邢台市一带邢窑出产的白瓷茶瓯。越瓯:指古代

浙江省温州市越窑所产的茶瓯。这里指各种瓷乐器。

同喀中丞自皋兰渡河至凉州途中作[1]

其一

三峡遥连四望长[2],尽收九曲作河湟[3]。

敦煌戍卒今头白[4],边事终推赵破羌[5]。

【注释】

[1]此组诗选自《查浦诗钞》卷七。作于康熙三十六年(1697),诗人跟随甘肃巡抚喀拜从军陇右时所作。喀中丞,即喀拜,满洲正黄旗人。曾任内阁学士、通政司通政、两淮巡盐御史,因负责营建热河行宫(避暑山庄)有功,加五品顶戴。康熙三十六年(1697)任甘肃巡抚,康熙四十年以瞒报灾情被革职。《八旗通志》卷三百四十:"喀拜,康熙三十六年七月任甘肃巡抚,四十年十月革。"《清文献通考》卷四十五《国用考》:"(康熙)四十年,陕西旱,免甘肃明年田租,以巡抚喀拜匿不以闻,削职。"中丞,见郝璧《皋兰竹枝词三十首》其三注[4]。皋兰:见郝璧《皋兰竹枝词三十首》注[1]。凉州:今武威市。见李楷《秦州》注[2]。

[2]三峡:指黄河上游炳灵峡、刘家峡、盐锅峡三大峡谷。位于甘肃省中部西南,临夏回族自治州北部永靖县境内,西与青海接壤,是古丝绸之路的重要通道。四望:眺望四方。

[3]河湟:见马祖常《河湟书事二首》其一注[1]。

[4]敦煌:郡名。西汉置,治敦煌(今甘肃省敦煌市)。十六国西凉建都于此。北周改名鸣沙县。隋大业初复名敦煌县。唐末废。清乾隆二十五年(1760)复置,并移治今址。位于河西走廊的最西端,地处甘肃、青海、新疆三省区的交会处,为丝绸之路门户。

[5]赵破羌:即赵充国(前137—前52),字翁孙,陇西上邽(今甘肃省天水市西南)人。西汉名将。历任车骑将军长史、大将军都尉、中郎将、水衡都尉、后将军等职,曾多次击败西羌,平定武都氐族叛乱,在金城(今兰州)

一带屯田,封营平侯。《汉书·赵充国传》:"其秋,充国病……时羌降者万
馀人矣。充国度其必坏,欲罢骑兵屯田,以待其敝……遂上屯田奏。……臣
谨条不出兵留田便宜十二事。步兵九校,吏士万人,留屯以为武备,因田致
谷,威德并行。"

其二

渠黎西北草连天[1],乌垒城荒久弃捐[2]。

七十所桥遗迹在,从教鲜水有屯田[3]。

【注释】

[1]渠黎:也作"渠犁"。汉代西域国名,唐设渠黎都督府,在今新疆维
吾尔自治区慰梨县。

[2]乌垒:古西域国名。在今新疆轮台县东北。《汉书·乌垒传》:"乌
垒,户一十,口千二百,胜兵三百。城都尉、驿长各一人。与都护府同治。其
南三百三十里至渠犁。"弃捐:抛弃,废置。

[3]自注:"赵充国事。"指赵充国屯田金城事。《汉书·赵充国传》:
"计度临羌东至浩亹,羌虏故田及公田,民所未垦,可二千顷以上,其间邮亭
多坏败者。臣前部士入山,伐材木大小六万馀枚,皆在水次。愿罢骑兵,留
弛刑应募,及淮阳、汝南步兵与吏士私从者……分屯要害处。冰解漕下,缮
乡亭,浚沟渠,治湟陿以西道桥七十所,令可至鲜水左右。田事出,赋人二十
亩。"七十所桥,即赵充国在河湟一带修的桥梁。鲜水,青海的古名。

其三

七级城高鸟翅回[1],凉风门倚雪山开[2]。

商胡三道烦迎送[3],犹记黄门唱道来[4]。

【注释】

[1]"七级"句:这里指武威。汉代武威郡有鸾鸟县,晋改为神鸟县。
《后汉书·孝桓帝纪》注:"鸾鸟,县名。属武威郡。鸾音蘼。"清周寿昌《后
汉书注补正》:"《西羌传》:'贤进到鸾鸟。'招引之注:'鸾鸟,县名。鸾音
爵。'寿昌案:贤,马贤,封安定侯,讨羌之将也。《段颎传》注曰:'鸟音爵。'

胡三省曰:'鸢音蓳,鸟读曰雀。'田艺衡曰:'鸢鸟县,即鹳雀楼,在凉州。'据此,则注云鸢音爵者当是误书。鸟为鸢也,鸢安得有爵音哉?"《读史方舆纪要》:"鸢鸟城,在永昌卫西南,县有鸢鸟山,因以名县。"鸟翅,即鸢鸟,指鸐鸐。古代神话传说中的西方神鸟。也称"鸐鸐""肃爽"。《说文·鸟部》:"鸐,鸐鸐也。五方神鸟也。东方发明,南方焦明,西方鸐鸐,北方幽昌,中央凤皇。"唐段成式《酉阳杂俎》卷十六:"鸐鸐,状如燕,稍大,足短,趾似鼠,未常见下地,常止林中,偶失势,控地不能自振,及举,上凌青霄。出凉州也。"

[2]雪山:指祁连山。见马祖常《河湟书事二首》其一注[2]。

[3]三道:隋裴矩《西域图记》记述了自敦煌通西域的三条道路:北道出敦煌至伊吾,经蒲类、铁勒部,渡北流河水至拂林国;中道出敦煌至高昌、焉耆、龟兹、疏勒,达葱岭,经费尔干纳等地至波斯;南道出敦煌,经鄯善、于阗、朱俱波等地,达葱岭,经阿富汗、巴基斯坦到印度各地。《西域图记序言》云:"故知伊吾、高昌、鄯善并西域之门户也,总辖敦煌,是其咽喉之地。"

[4]黄门:官名。指黄门侍郎。又称黄门郎,秦代初置,即给事于宫门之内的郎官,是皇帝近侍之臣,可传达诏令,汉代以后沿用此官职,明清时期为从二品官员,负责协助皇帝处理朝廷事务。

其四

流传经史有张刘[1],流寓江常亦胜游[2]。

好写《孝经》三百卷[3],尽收材士教凉州[4]。

【注释】

[1]张刘:指十六国时期的河西学者张湛和刘昞。张湛,字子然,一字仲玄。敦煌人。好学能属文,有大志,与金城宗钦、武威段承根并有俊才,见称西州。仕沮渠蒙逊,为黄门侍郎、兵部尚书。入魏,赐爵南浦男,加宁远将军。司徒崔浩识而礼之。精通《周易》《左传》。刘昞,字延明,敦煌人。历经前凉、前秦、西凉、北凉诸朝。博学善思,研究领域较为广泛,隐居酒泉,以授徒、著书为业。著有《敦煌实录》《方言》《靖恭堂铭》《拓跋凉录》《三史略记》等。

[2]江常:指十六国时期流寓河西的著名学者江琼和常爽。江琼,字孟琚,晋陈留济阳(今河南开封)人。曾任冯翊太守,精通训诂,擅长虫篆书体,是当时著名的经学家和书法家。永嘉大乱,江琼投前凉张轨,在河西传道授业,使中原的古文经学得以流传下来。常爽,字仕明,温县(今河南温县)人。常爽为魏太常卿常林六世孙,因动乱迁居凉州。常爽笃志好学,博闻强识,对《五经》及诸子百家多有研究。在凉州教授弟子七百馀人,使中原学术在河西得到发扬光大。著有《六经略注》。胜游:快意的游览。

[3]孝经:为阐述孝道和孝治思想的中国古代儒家经典著作,儒家十三经之一。十六国时期凉州著名学者郭瑀有《孝经错纬》。按:郭瑀,字元瑜,精通经义,学问渊博,雅善谈论,长于文学创作。郭瑀隐居临松郡薤谷(今民乐县南),聚徒授学,门下弟子达三千馀人,形成了一个影响巨大的学术文化团体。著有《春秋墨说》《孝经错纬》。

[4]自注:"时中丞拟拜疏乞边卫乡试另列字号。"按:《清实录》康熙三十六年载:"十二月乙丑,甘肃巡抚喀拜疏言,甘肃五学士子,自设科以来从未中式一人,请将甘凉等十字另编字号取中。从之。"凉州:见李楷《秦州》注[2]。

其五

休屠不祭月支亡[1],白额生驹论谷量[2]。

千里空虚皆福地,酒泉何必胜姑臧[3]。

【注释】

[1]休屠:凉州、雍州的古称。为匈奴休屠王城所在地。汉武帝元狩二年(前121),名将霍去病征匈奴,出陇西,大败匈奴,收休屠祭天金人。《汉书·霍去病传》:"票骑将军将万骑,出陇西……收休屠祭天金人,师率减什七。"月支:见赵时春《河西歌》其六注[3]。《汉书》:"元狩二年,霍去病出陇西,涉钧耆,济居延,遂臻小月支,攻祁连山,扬武乎鱳得。"

[2]白额:指的卢马。额上有白色斑点的马。古人认为这种马妨主。伯乐《相马经》:"的卢,马白额入口至齿者,名曰榆雁,一名的卢。奴乘客

死,主乘弃市,凶马也。"生驹:指强悍的马,没有驯服的马。

[3]酒泉:郡名。汉置,为汉代河西四郡之一,丝绸之路的重镇,在今甘肃省酒泉市。《汉书·地理志·酒泉郡》应劭注云:"城下有泉,其水若酒,故曰酒泉。"又俗传霍去病破匈奴获大捷,武帝赐酒为犒,霍去病倾酒入泉,与士卒共饮,众皆欢悦,因名曰"酒泉"。姑臧:今甘肃省武威市。见李楷《秦州》注[2]。

其六

黄榆白草路高低[1],蒙泛昆仑险易跻[2]。

一十二回空眼见[3],至今水草满河西[4]。

【注释】

[1]白草黄榆:牧草和黄榆树。唐张籍《凉州词》:"凤林关里水东流,白草黄榆六十秋。"白草,长在西北沙漠的一种草。秋冬干枯呈白色。《汉书·西域传上·鄯善国》:"国出玉,多葭苇、柽柳、胡桐、白草。师古曰:'白草似莠而细,无芒,其干时正白色,牛马所嗜也。'"岑参《白雪歌送武判官归京》:"北风卷地白草折,胡天八月即飞雪。"

[2]昆仑:昆仑山。见杨一清《白水江舟中十三绝句》其一一注[3]。跻(jī):登,上升。

[3]一十二回:指一年。一年有十二个月,月亮圆缺十二次。清胡敬《集蔡木龛隐居送梁久竹补官北上》:"往年雅会如月圆,一十二回往复还。"

[4]河西:见赵时春《河西歌》注[1]。

其七

恢边先后说三王[1],差觉平戎策擅长[2]。

犹有熙河幕僚在[3],画灰聚米话沙冈[4]。

【注释】

[1]恢边:扩边。开疆拓土。唐贺知章《奉和圣制送张说巡边》:"遣戍征周牒,恢边重汉功。"三王:疑指秦始皇、汉武帝和唐太宗。他们在稳定西北边疆,开拓疆土方面功勋卓著。

[2]平戎策:指北宋王韶的《平戎策》。王韶在该文中提议招抚吐蕃诸部以实现对熙河一带的直接控制,达到威服河湟、断西夏右臂的目的,得到了宋神宗和王安石的认同,并随着王韶任职于秦风、熙河一带而逐渐实施。到熙宁六年(1073),宋朝逐次收复熙、河、洮、岷、叠、宕等州,熙河之役结束。

[3]熙河幕僚:指王韶军中的幕僚。这里指诗人自己。

[4]画灰:用棍在灰中拨动。指暗自思考或秘密议事的辅助方式。宋苏轼《寄馏合刷瓶与子由》:"寄君东阁闲蒸栗,知我空堂坐画灰。"聚米:《后汉书·马援传》:"援因说隗嚣将帅有土崩之势,兵进有必破之状。又于帝前聚米为山谷,指画形势,开示众军所从道径往来,分析曲折,昭然可晓。"后因以"聚米"比喻指划形势,运筹决策。

其八

铁裹城空旧战场[1],难寻折镞话三凉[2]。

行人绝似分流水,南是姑臧北古浪[3]。

【注释】

[1]铁裹城:在今兰州市永登县东一百八十里。《(乾隆)陕西通志》:"铁裹城,在(平番)县东一百八十里。《金城志》云'火州'即此。"

[2]镞(zú):箭头。三凉:指十六国时期在凉州一代建立的三个割据政权。吕光在姑臧建立的后凉、秃发乌孤在姑臧南边建立的南凉、段业在姑臧西北建立的北凉。

[3]姑臧:见李楷《秦州》注[2]。古浪:县名。为甘肃省武威市下辖县,地处河西走廊东端,为古丝绸之路要冲。古浪系藏语"古尔浪哇"的简称,意为黄羊出没的地方。汉武帝元狩二年(前121),在古浪境内设苍松、揟次、朴环 3 县,属武威郡。明洪武十年(1377),改为古浪县,修筑古浪城。

其九

饮马长城五月冰[1],越吟声苦似安陵[2]。

望乡堆畔毡裘客[3],鞲绁问君能不能[4]。

【注释】

[1]饮马长城:在长城下的泉窟里喂马食物或者水,指从军边塞。汉乐府有《饮马长城窟行》。

[2]自注:"温子升乐府有敦煌乐,不减安陵调。"按:温子升(495—547年),字鹏举,济阴郡冤朐县(今山东省菏泽市)人。北魏、东魏时期大臣、文学家,晋朝大将军温峤后代,"北地三才"之一。温子升《敦煌乐》:"客从远方来,相随歌且笑。自有敦煌乐,不减安陵调。"安陵调,中原乐。安陵,今河南鄢陵西北。此诗表达一个客游中原的人对故乡敦煌的思念。越吟:战国时越人庄舄在楚国做了大官,虽富贵不忘故国,病中吟越歌以寄乡思。后遂以"庄舄越吟"表达不忘故国家园的思想感情。见《史记·张仪列传》。

[3]望乡堆:望乡台。唐王建《饮马长城窟行》:"征人饮马愁不回,长城变作望乡堆。"

[4]韝绁(gōu xiè):亦作"韝緤"。韝,䬃鹰者所用的皮臂套。打猎时用以保护手臂,停立猎鹰。绁,牵狗的绳索。借指纨袴子弟放浪游乐的生活。《北齐书·幼主传》:"属之以丽色淫声,纵韝绁之娱,恣朋淫之好。"这里指边塞从军生活。

储大文

储大文(1655—1743),字六雅,号画山,江苏宜兴人。康熙辛丑(1721)进士,官编修,以八股文闻名,精研舆地形势。著有《存砚楼诗文集》。

拟明人边关竹枝词(五首选二)[1]

其四

云鸦县外草萧萧[2],南控河堤道路遥。

纵说营平榆硖碛[3],且教五郡祀嫖姚[4]。

【注释】

[1]此组诗选自《存砚楼诗集》卷二,原有5首,这里选与甘肃相关的

2首。

　　[2]云鸦县:不详。疑即甘肃省榆中县。萧萧:指马鸣声、风声或草木
摇落声等。

　　[3]营平:指汉营平侯赵充国,见查嗣瑮《同喀中丞自皋兰渡河至凉州
途中作》其一注[5]。榆硖碛:指榆中县。秦始皇三十三年(前214),蒙恬
"西北斥逐匈奴,自榆中并河以东,属之阴山,以为三十四县,城河上为塞",
传说秦朝建县时广植榆树,后称榆中。治所在今兰州市城关区东岗镇。

　　[4]五郡:指河西五郡,皆在黄河之西,即西汉所置酒泉、武威、张掖、敦
煌、金城五郡。嫖姚:指西汉名将霍去病。见赵时春《河西歌》其三注[4]。

其五

祁连千里薄穹苍[1],高阙依然似朔方[2]。

莫说偏都容万骑[3],黄城直接海西疆[4]。

【注释】

　　[1]祁连:山名。见马祖常《河湟书事二首》其一注[2]。薄:迫近。穹
苍:苍穹。意谓苍天或广阔的天空。

　　[2]高阙:古地名。阴山山脉在内蒙古巴彦淖尔盟杭锦后旗西北有一
缺口,状如门阙,古有此名。《史记·匈奴列传》:"自代并阴山下至高阙为
塞。"元朔五年(前124),汉派六将军率十万骑出塞,其中以卫青率三万骑为
主力出高阙,夜袭匈奴右贤王部。右贤王大败,仅少数人得以逃窜。朔方:
见赵时春《河西歌》其九注[1]。

　　[3]偏都:即偏都口。古称大斗拔谷,坐落于甘肃省张掖市民乐县东南
部、祁连山的中段。自古为甘肃河西走廊通青海湟中的捷径。清梁份《秦
边纪略》卷四:"南祁连山,在西宁西北,在凉州甘肃南,远近不一,不可里
计。青海东至西宁四百里,东北至庄浪六百里,北至凉州之黄城儿行十日,
北至甘州之偏都口行十有二日云。"

　　[4]黄城:黄城儿,地名。在甘肃省永昌县。《(嘉庆)大清一统志》卷
二百六十七:"鄂尔多古城,在永昌县东南一百二十里,俗传为元永昌王牧

马城地,名黄城儿,有永昌王避暑宫遗址尚存。《西陲今略》:'黄城儿,在詹
詹口南八十里。'鄂尔多,旧作干耳杂,今改。"陈梦雷《松鹤山房诗文集》卷
十七《都统李公传》:"黄城儿,本高(永)昌王避暑之斡耳朵城,南北二座,在
河流之东,绵亘数百里,番彝杂居,土虽可耕而河流淤浅,不能引溉,午热夜
寒,霜雪不时,不宜种植。"海西:青海湖以西。为青海、甘肃、新疆三省区交
会的中心地带,也是进出西藏的重要通道。

王心敬

王心敬(1656—1738),字尔缉,号丰川,陕西鄠县(今户县)人。诸生。
为关中大儒李颙的入室弟子,留心经世之学。总督、巡抚等大员先后均以
"隐逸""真儒"向朝廷举荐,他皆不愿应召为官,专心治学。陈诜抚鄂时,聘
其主讲江汉书院。著有《丰川全集》《关学续编》《丰川易说》《诗说》等。

塞下曲[1]

其一

万里黄沙百雉城[2],向来烽火近全清[3]。

塞儿不识庙谟远[4],徒艳将军传姓名[5]。

【注释】

[1]此组诗选自《丰川续集》卷三十二。塞下曲:唐乐府题目,多描写军
旅生活。

[2]百雉:指城墙的长度达三百丈。是春秋时国君的特权。雉,古代计
算城墙面积的单位。长三丈高一丈为一雉。

[3]烽火:古时边防报警的烟火。比喻战火或战争。

[4]庙谟:犹庙谋。朝廷的谋略。《后汉书·光武帝纪赞》:"明明庙谟,
赳赳雄断。"

[5]艳:羡慕。

其二

不须岁币与和亲[1]，谨闭玉门静塞尘[2]。

处处笙歌明月夜[3]，九边今似京华春[4]。

【注释】

[1]岁币:宋代称每年输给辽、金等国的钱币为"岁币"。和亲:指封建王朝与边境少数民族统治者结亲交好。

[2]"谨闭"句:指清朝初年关闭玉门关以防御西域少数民族入侵。玉门,即玉门关。关名。汉武帝置。因西域输入玉石时取道于此而得名。汉时为通往西域各地的门户。故址在今甘肃省敦煌市西北小方盘城。静塞尘,使边塞安定。

[3]笙歌:见杨一清《白水江舟中十三绝句》其九注[2]。

[4]九边:明代在北方设立辽东、宣府、大同、延绥、宁夏、甘肃、蓟州、太原、固原九处要镇,称九边。这里泛指边地。京华:京城之美称。

玉门曲[1]

其一

万里长征计自难,百蕃岁赐费仍艰[2]。

真个汉皇圣神主[3],中兴坚闭玉门关[4]。

【注释】

[1]此组诗选自《丰川续集》卷三十二。玉门:玉门关。见王心敬《塞下曲》其二注[2]。

[2]百蕃:边地少数民族的统称。岁赐:皇帝每年赏赐诸王、后妃、公主、勋戚固定数量的白银、缎绢、羊皮等物品,称为岁赐,是封建王朝的一种赏赐制度。

[3]汉皇:这里指清朝皇帝。

[4]"中兴"句:指清朝初年关闭玉门关以防御西域少数民族入侵。

其二

雪山不践草痕平,瀚海无兵秋气清[1]。

中国皇风朝百译[2],轮台那用更屯兵[3]。

【注释】

[1]瀚海:戈壁沙漠。这里泛指我国北方及西北少数民族地区。《史记·匈奴传》:"汉骠骑将军之出代二千馀里……临瀚海而还。"

[2]百译:指周边的少数民族政权。宋无名氏《韵镜》:"《七音序略》其要语曰:'七音之作,起自西域,流入诸夏。梵僧欲以此教传天下,故为此书。虽重百译之远,一字不通之处,而音义可传。'"

[3]轮台:指轮台县。"轮台"为维吾尔语"雕鹰"之意。轮台县地处新疆巴音郭楞蒙古自治州西部,是古西域都护府所在地。代指边关。

其三

玉门西望虏尘空[1],关里居人烟火丛。

儿童须念陇头树[2],犹是汉皇培植功[3]。

【注释】

[1]虏尘:指敌寇或叛乱者的侵扰。

[2]陇头:陇山。见李复《竹枝歌十首》注[2]。

[3]汉皇:这里指清朝皇帝。

塞上曲[1]

其一

筹边筹将正非轻[2],上将伐谋不在兵[3]。

下寨要须逐水草,穷荒何处有安营[4]。

【注释】

[1]此组诗选自《丰川续集》卷三十三。塞上曲:乐府诗之一种,属《横吹曲辞》,为描写边塞题材的诗。

[2]筹边:筹划边境的事务。

[3]"上将"句:意谓用计谋粉碎敌人的计策。用兵的上策,是以谋略取胜,不是通过军队战胜敌人。《孙子兵法·谋攻篇》:"上将伐谋,其次伐交,再次伐兵,其下攻城"。

[4]穷荒:困苦饥荒。也指边荒之地,绝塞。

其二

谁言番国如吾国[1],漫道边乡似故乡[2]。

长安春暮百花尽,柳沟垂杨始绽黄[3]。

【注释】

[1]番国:指西北少数民族政权。

[2]漫道:不要说;别说。

[3]柳沟:即柳沟卫。清雍正五年(1727)以柳沟千户所升置,治今甘肃省瓜州县东南四家滩,雍正六年徙治于安西县(瓜州县)东布隆吉。属安西厅。乾隆二十四年(1759)废。

其三

中元沙碛已飞雪[1],八月榆关便隳霜[2]。

谩道四时周四海[3],瓜沙冬境占秋光[4]。

【注释】

[1]中元:即中元节,中国传统节日。道教称农历七月十五日为中元节,民间俗称为七月半,佛教则称为盂兰盆节。沙碛:沙漠。

[2]榆关:泛指北方边塞。隳(duò):通"堕"。

[3]四时:四季。

[4]瓜沙:瓜州、沙州。古地名。在今甘肃省敦煌市。十六国前凉置沙州,治所在今甘肃省敦煌市,辖敦煌、晋昌、高昌三郡和西域都护、戊己校尉、玉门大护军三营。北魏孝明帝置瓜州,治敦煌。唐高祖武德五年(622),改瓜州为西沙州,唐太宗贞观七年(633),改西沙州为沙州。

其四

后碛犹如前碛白，千山尽似北山黄[1]。

一望枯茅无近远，楼兰那得有春光[2]。

【注释】

[1]"千山"句：指敦煌附近的山都是黄沙堆积而成。

[2]楼兰：古西域国名。汉元封三年（前108）内附，遗址在今新疆若羌县境，罗布泊西，处汉代通西域南道上。因居汉与匈奴之间，常持两端，或杀汉使，阻通道。元凤四年（前77），汉遣傅介子斩其王安归，另立尉屠耆为王，更名为鄯善。

其五

屯戍高原最上头[1]，每从雨霁望西洲[2]。

不知瀚海沙如水[3]，只讶银河不肯流[4]。

【注释】

[1]屯戍：屯守。指军队驻守边境。

[2]西洲：指敦煌绿洲。

[3]瀚海：见王心敬《玉门曲》其二注[1]。

[4]银河：晴天夜晚，天空呈现的银白色的光带。银河由大量恒星构成。古亦称云汉，又名天河、天汉、星河、银汉。

汪士鋐

汪士鋐（1658—1723），字文升，号退谷，又号秋泉居士，长洲（今江苏苏州）人。康熙丁丑（1697）进士，历官翰林院编修、修撰、官至右中允，入直南书房。著有《长安宫殿考》《全秦艺文志》《三秦纪闻》《华岳志》《秋泉居士集》等。

岷州竹枝词[1]

其一

试险西行行近蜀,算程东去本连秦。

家家板屋留风土[2],半是岐阳旧样民[3]。

【注释】

[1]此组诗选自《秋泉居士集》卷十五,原有 6 首,从《(康熙)岷州志》补入 2 首。作于康熙四十七年(1708)左右,诗人来陇右巡察洮岷茶马时所作。岷州:即今甘肃省定西市岷县。

[2]自注:"秦州以西,居民多用薄板覆屋,压以乱石,岷州人谓之槎板。"板屋:用木板建造的房屋。《诗·秦风·小戎》:"言念君子,温其如玉。在其板屋,乱我心曲。"《汉书·地理志》:"天水、陇西,山多林木,民以板为室屋……故《秦诗》曰'在其板屋'。"

[3]自注:"旧州卫志:'明洪武二年,元将李思齐以洮岷地归附。十一年置卫,岷皆番族,又徙岐山县在城里,号样民。'"

其二

西川稞老村村酿[1],阎井黑鱼处处筌[2]。

最是岷州好风景,烹鲜酹醴太平年[3]。

【注释】

[1]自注:"岷州产青稞,用以酿酒。"西川:《岷州志》载:"西川,在城南洮河之南,延袤五十里,土脉沃饶,军民耕植。"稞老:即青稞酒。青稞是禾本科、大麦属一年生草本植物。适宜生长在高原清凉气候。耐寒性强,生长期短,高产早熟,适应性广。青稞是中国藏区居民主要食粮、燃料和牲畜饲料。

[2]自注:"城东南百四十里,有阎井河,水甘,产鱼黑,有齿。"阎井:即甘肃省定西市岷县阎井镇。《读史方舆纪要》卷六十"岷州卫":"(阎井河)在卫东南百四十里,源出秦州礼县之没遮拦山,流入马淳河。宋亦置阎川寨

于此。"筌:捕鱼的竹器。《庄子·外物》:"筌者所以在鱼,得鱼而忘筌。"

[3]醴:甜酒。

其三

社鼓逄逄穰赛时[1],青旗白马二郎祠[2]。

踏歌游女知多少[3],齐唱迎神舞柘枝[4]。

【注释】

[1]自注:"城南金童山二郎庙,俗以五月十五日赛神,游人毕会。明成化中副使伍福有重修庙碑,其诗曰:'坎坎击鼓,岷山之下。神之格思,青旗白马。'"社鼓:旧时社日祭神所鸣奏的鼓乐。逄逄(páng páng):鼓声。穰赛:庆祝丰收的民间庙会活动。穰,成熟的庄稼。

[2]二郎祠:即二郎庙,庙祀二郎神,在岷县城南金童山,也叫二郎山。

[3]踏歌:中国古代传统舞蹈。人们口唱欢歌,踏节而舞,以发欣乐之情。汉代已兴起,唐代更是风靡盛行。主要颂扬年丰人乐、政和民安的主题。宋马远《踏歌图》诗:"丰年人乐业,垄上踏歌行。"

[4]"齐唱"句:写清代二郎山赛会唱"花儿"的盛况。花儿是一种高腔山歌。"花儿"又称"少年"。在"花儿"对唱中,男青年唱的叫"少年",女青年唱的称"花儿"。流传在青海、甘肃、宁夏的广大地区以及新疆的个别地区,被誉为大西北之魂,是国家级人类非物质文化遗产。按照流传的地域又分为河湟花儿、河州花儿、洮岷花儿、宁夏花儿。各地还有花儿会。岷县"花儿会"历史悠久,影响颇大。柘枝,古羽调有《柘枝曲》,商调有《屈柘枝》。唐代因曲而名舞。出自怛罗斯(今哈萨克斯坦塔拉兹市)。初为女子独舞,宋时演变为队舞,官乐有柘枝队。范文澜、蔡美彪等《中国通史》:"胡腾、胡旋和柘枝都由女伎歌舞。"

其四

青帘影里出人家[1],绿水溪边试露芽[2]。

何似梅川往来路,店名题酒埠题茶[3]。

【注释】

[1]青帘:旧时酒店门口挂的幌子,多用青布制成。借指酒家。唐郑谷《旅寓洛阳村舍》诗:"白鸟窥鱼网,青帘认酒家。"

[2]露芽:亦作"露牙"。茶名。

[3]自注:"城东三十里,地名梅川。西十里则茶埠驿,东六十里则酒店驿。"按:梅川,即梅川镇,在岷县县城东北三十里。茶埠驿,即茶埠镇,在岷县城东北部。酒店驿,在岷县城东六十里。为甘肃通往四川的重要驿站,古代茶马古道的交通要道。

其五[1]

山村何事代农桑,水磨千盘抵稻秧[2]。

决溜引渠如激箭[3],不烦人力富穷乡。

【注释】

[1]这首不见于《秋泉居士集》,载于《(康熙)岷州志》。

[2]水磨:用水力带动石磨旋转碾磨面粉的工具。

[3]决溜:犹急流。南朝宋刘义庆《世说新语·言语》:"鼻如广莫长风,眼如悬河决溜。"

其六

地笋天高只苦风,寒暄气候迥难同[1]。

四时不断飞残雪,九月山梨结小红[2]。

【注释】

[1]寒暄:指冷暖。唐白居易《花花》诗:"地气反寒暄,天时倒生杀。"迥:差别大。

[2]自注:"万志:'岷州梨,九月结实。'"

其七[1]

北客初来试药炉,钻龟卜瓦谢群巫[2]。

何当病喘时时作[3],水急山高惯得无?

【注释】

[1]这首不见于《秋泉居士集》，载于《(康熙)岷州志》。

[2]自注："岷俗尚巫鬼，又山高水急，人初至，多得气喘疾。"钻龟卜瓦：用占卜方式预测吉凶的迷信活动。钻龟，古代一种占卜术。钻刺龟甲，并以火灼，视其裂纹以断吉凶。卜瓦，古代占卜方法之一。击瓦观其纹理分析，以定吉凶。

[3]病喘：即哮喘病，一种慢性呼吸道疾病。因为岷县地处青藏高原末端，海拔高，天气冷，所以外地人容易得哮喘病。

其八

输宾番女尽编氓^[1]，连袂蒙头竞上盈^[2]。

市罢夕阳人影散，青山冷落抱孤城^[3]。

【注释】

[1]输宾：少数民族地区的税收制度。据《晋书》载：夷人输宾布，户一匹，远者或一丈。宾，《秋泉居士集》作"赛"。番女：指少数民族妇女。编氓：编入户籍的平民。

[2]自注："南关市集处谓之盈上，犹柳州所谓趁墟也。其地多番女市货。"连袂：姊妹的丈夫彼此互称。《幼学琼林》卷二《外戚类》："大乔小乔，皆姨夫之号。连襟、连袂，亦姨夫之称。"这里指姊妹。蒙头：用头巾蒙着头。这是西北地区妇女的一种装束。

[3]自注："旧志：'城东五十里，有冷落山。'"按：冷落山，在今甘肃省岷县东五十里。《读史方舆纪要》卷六十"岷州卫"："冷落山，盛夏阴晦即雨雪，因名。今有冷落山寨，为官军戍守处。"

雷　和

雷和，字介庵，甘肃庆阳府正宁（今甘肃省正宁县）人。康熙十一年（1672）贡生。曾任麟游教谕。著有《介庵诗集》。

正宁竹枝词[1]

其一

一城的的小于儿[2]，聚得风寒并水寒。

鸡犬无闻白昼静[3]，通衢直作冷墟看[4]。

【注释】

[1]此组诗选自《(乾隆)庆阳府志》卷四十二。正宁：今甘肃省庆阳市正宁县，也称"真宁"。位于甘肃省庆阳市东南部。

[2]的的：的确，实在。

[3]鸡犬无闻：听不到鸡狗的叫声。《老子》："甘其食，美其服，安其居，乐其俗。邻国相望，鸡犬之声相闻，民至老死不相往来。"

[4]通衢：四通八达的道路。墟：有人住过而现已荒废的地方。

其二

邑中莫道止官衙[1]，败瓦颓墙也百家。

四体都能遮一半[2]，街头只少唱莲花[3]。

【注释】

[1]邑：泛指城市，县城。

[2]四体：指人的四肢。《论语·微子》："四体不勤，五谷不分。"

[3]莲花：即莲花落，本名莲花乐。汉族民间歌曲的一种。以槌鼓，或以竹四片，摇之以为节。旧时多为乞儿所歌。这里指甘肃陇东一代的"小唱"。《(民国)重修镇原县志》卷之五："小唱，文人三五成群，弹唱作乐，北平谓之杂耍，兰州人谓之自乐班。杂耍，金元谓之倒喇，清初尚有之。朱竹垞、查初白俱有观倒喇诗，陆次云又有《满庭芳》词……观此，似即顶碗莲花落之类，今谓之杂耍。清初尚谓之倒喇也。"

其三

也无拳石也无林[1]，辜负佳名说抚琴[2]。

可是夔馀焦已甚[3]，抛来穷邑作山岑[4]。

【注释】

[1]拳石:小石块。这里指园林假山。

[2]抚琴:山名。在甘肃省正宁县。《(嘉靖)庆阳府志》卷二"真宁县":"抚琴山,在县南一里。即唐玄宗梦群仙处。山畔有洞,风来仿若琴音。故名。"

[3]"可是"句:指焦尾琴。系东汉名人蔡邕所创制。《后汉书·蔡邕传》:"吴人有烧桐以爨者,邕闻火烈之声。知其良木,因请而裁为琴,果有美音,而其尾犹焦,故时人名曰焦尾琴焉。"爨(cuàn):烧火煮饭。

[4]山岑:山峰。

其四

雨馀才看一沟平,自昔争传罗水名[1]。

螺蚌不曾分一族[2],家家担得水泥羹[3]。

【注释】

[1]罗水:水名。在甘肃省正宁县。《(乾隆)甘肃通志》卷五:"罗水,在县南城下。《元和志》:'隋罗川县,以罗水为名。'即真宁河,源出横岭,合小川、南沟二水西流,又宁州界入泾水,又小河水,在县东一里,东南流入罗水。"

[2]螺蚌:螺与蚌。亦泛指有贝壳的软体动物。

[3]水泥羹:用浑浊的河水做饭。

其五

悬蟹秦中久讶奇[1],到来此地更堪疑。

细鳞巨口诚何物[2]?一尾狂惊满县儿。

【注释】

[1]"悬蟹"句:宋沈括《梦溪笔谈》卷二十五:"关中无螃蟹,元丰中余在陕西,闻秦州人家收得一干蟹,土人怖其形状,以为怪物,每人家有病疟者则借去挂门户上,往往遂差。不但人不识,鬼亦不识也。"秦中,见王士禛《秦中凯歌十二首》注[1]。

[2]细鳞巨口:指白水江重口裂腹鱼,属鲤科裂腹鱼属的一种鱼类。体长,头呈锥形,上下唇肉质肥厚,鳞细小,肉质肥美,富含脂肪。宋苏轼《后赤壁赋》:"今者薄暮,举网得鱼,巨口细鳞,状似松江之鲈。顾安所得酒乎?"

其六

说甚谷雨前后香[1],无闻不特未曾尝[2]。

纵然长夏次消渴[3],至味从来是水浆[4]。

【注释】

[1]谷雨:二十四节气之第6个节气,春季的最后一个节气。谷雨取自"雨生百谷"之意,此时降水明显增加,田中的秧苗初插、作物新种,最需要雨水的滋润,降雨量充足而及时,谷类作物能苗壮成长。

[2]不特:不仅,不但。汉司马相如《封禅文》:"休烈浃洽,符瑞众变。期应绍至,不特创见。"

[3]长夏:指夏日。因其白昼较长,故称。消渴:解渴。

[4]水浆:浆水。西北地区一道历史悠久的传统名菜,相传始于秦朝末年。在小缸或坛子内放入莲花菜、白菜、荠菜或芹菜等,倒入不沾油渍的纯净面汤,在三十摄氏度以上的高温中发酵三五日,其味变酸,口感纯正无怪味者,就成浆水。

其七

瓦盆木豆昔曾闻[1],此际开筵器尽文。

试看白红葡二种[2],黑瓯罗列已缤纷[3]。

【注释】

[1]木豆:用木材制作的器皿。豆,一种盛肉或其他食品的器皿,形状像高脚盘,一般用陶制,也有青铜或木制的,用青铜制的,用作祭祀礼器。

[2]白红葡:红葡萄和白葡萄。葡萄,也称为蒲桃、蒲萄、蒲陶,又称菩提子、草龙珠、山葫芦等。多年生落叶藤本植物。叶子掌状分裂,开黄绿色小花。果实多为圆形或椭圆形,有青绿色、紫黑色、紫红色等,果实饱满多

汁,可直接食用,也可以用来酿酒。葡萄原产西域,汉武帝派张骞通西域后,从大宛传入中原。《史记·大宛列传》载:"宛左右以蒲陶为酒。富人藏酒至万馀石,久者数十岁不败……俗嗜酒,马嗜苜蓿。汉使取其实来,于是天子始种苜蓿、蒲陶肥饶地。及天马多,外国使来众,则离宫别观旁尽种蒲萄、苜蓿极望。"

[3]瓯:盆盂类瓦器。

其八

相延食案竟何如[1]? 春去才尝韭与蔬。

岂是闻韶人满县[2],一豚屠卖过旬馀[3]。

【注释】

[1]相延:相请,邀请。

[2]闻韶:比喻听极美妙极向往的音乐。《论语·述而》:"子在齐,闻《韶》,三月不知肉味,曰:'不图为乐之至于斯也!'"《韶》,传为舜时的乐名,孔子推为尽善尽美。这里借指当地人因贫穷而很少吃肉。

[3]豚:小猪。也泛指猪。旬馀:十多天。旬,十日为一旬。

其九

莫言花翠与绫绸,一尺红锦也索休[1]。

任是朱颜偕白发,四时相看白缠头[2]。

【注释】

[1]索休:不能得到。

[2]白缠头:指头上缠的白毛巾。陕西人称羊肚子手巾。

其一〇

土窟三冬火作衣[1],红虫爱日似人非[2]。

儿童裸赤都犹可,少女怜无一寸纬[3]。

【注释】

[1]土窟:指窑洞。窑洞是中国北部黄土高原上居民的古老居住形式。在中国陕甘宁地区,黄土层非常厚,人们凿洞而居,创造了被称为绿色建筑

的窑洞建筑。窑洞一般有靠崖式窑洞,下沉式窑洞、独立式等形式,其中靠山窑应用较多。陇东地区很多人住窑洞。

[2]红虫:红色的虫子。这里指没有衣服赤身裸体。

[3]纬:织物上横的方向的纱或线(跟"经"相对)。这里代指布。

金人望

金人望,生卒年不详,字道驺,一作道州,号留村,江南安东(今涟水)人。康熙十一年(1672)副贡。二十一年(1682),选广西马平知县,后改陕西长武令。康熙三十八年(1699),充乡试同考官,升甘肃庄浪(今永登县)同知,卒于官。著有《浪淘集诗钞》一卷、《瓜庐词》一卷。

竹枝词十六首[1]

锁印后于役西宁[2],岁未尽三日,由西宁直赴兰州,随谱所历,用效竹枝词体,亦不计语之沓杂也。

【注释】

[1]此组诗选自《浪淘集诗钞》。作于康熙四十四年(1705)腊月二十七至康熙四十五年(1706)正月,诗人时任庄浪同知,因公务至西宁后回兰州时所作。

[2]锁印:古代谓岁终封印停止办公。于役:行役。谓因兵役、劳役或公务奔走在外。

其一

堪笑侏儒落马曹[1],又因交马敢辞劳[2]。

魂惊岁尽逢天尽,好似神仙畏劫逃[3]。

【注释】

[1]侏儒:身材异常矮小的人。《后汉书·张升传》注:"侏儒,短人,能为俳优也。"马曹:指管马的官署,犹言马头娘。

[2]自注："湟不五十里,分内外界。"按:湟,指湟中。为青海省西宁市下辖的一个区,位于青海省东部。湟水流经县境,有著名的西石峡。交马:骑马并行。

[3]劫:旧指命中注定的灾难。

其二

行行休用马头阑[1],豸府尸居转不安[2]。

到处是年随分过,元戎枉费五辛盘[3]。

【注释】

[1]马头阑:马笼头。

[2]豸府:古代执法者戴獬豸冠。故称御史衙门豸府。尸居:指安居而无为,居位而不尽职。

[3]自注："刘总镇坚留,却之。"按:刘总镇,刘体义,宁夏人,康熙四十一年任镇守西宁临巩总兵官。《(乾隆)甘肃通志》卷二十九"镇守西宁临巩总兵官":"刘体义,宁夏卫人,康熙四十一年任。"元戎:主将,元帅。五辛盘:指馈春盘。馈春盘是指在立春日,用蔬菜、饼饵、果品、糖果等汇集在一个大陶盘里,亲友间相互馈赠、共同享用,取生机蓬勃,迎春纳福之意,象征万象更新、吉祥如意的民间习俗。古代在立春有吃五辛盘的风俗。

其三

老鸦驿里岁云除[1],马粪煨来体渐舒[2]。

不用三尸终夜守,明朝五十六头颅[3]。

【注释】

[1]老鸦驿:在今青海省海东市乐都区高庙镇老鸦村南。汉宣帝神爵二年(前60)设置破羌县,旧时称老鸦堡。岁云除:岁终。唐元稹《冬夜怀李侍御、王太祝、段丞》:"昼夜欣所适,安知岁云除。"

[2]"马粪"句:指睡在用马粪烧的土炕上取暖睡觉。土炕是北方地区用土坯做的供睡觉用的长方台,上面铺席,下面有孔道,跟烟囱相通,冬天可以烧火取暖。煨(wēi):火盆中的火。引申为用小火加热烘干、烤熟等。

[3]"不用"两句:这里用道教方术"三尸守庚申"之意。借指如果没有暖炕,他和随从只能在寒冷的冬夜静坐不眠,有可能冻死。守庚申,指道教修炼者在庚申日通宵静坐不眠。三尸,指道教的三尸神。道教称人体内有上、中、下"三尸"(或称"三彭""三虫")。三尸能为万病,并专记人之罪过,每于庚申日"上白天曹,下讼地府,告人罪状,述人过恶"。司命之神将据此减人寿籍。因此在庚申日要清斋不寝,使其不能上天入地言己之过。

其四

纸窗未白披衣起[1],北向朝参贺至尊[2]。

野老也来视礼数[3],提携童稚跪当门[4]。

【注释】

[1]纸窗未白:指天还没亮的时候。

[2]朝参:古代百官上朝参拜君主。至尊:指皇帝。

[3]野老:村野老人。

[4]童稚:儿童。

其五

日高策马傍崖行,此是今年第一程。

路转沟平方脱险,又添一片蹈冰声[1]。

【注释】

[1]自注:"水沟三十里,尽行冰上。"蹈:踩,踏。

其六

经过村落太荒凉,敲火烧枯暖一觞[1]。

好事儿童喧拜节[2],新年都著旧衣裳[3]。

【注释】

[1]觞(shāng):古代盛酒器。

[2]拜节:拜年。中国民间的传统习俗,是人们辞旧迎新、相互表达美好祝愿的一种方式。古时"拜年"一词原有的含义是为长者拜贺新年,包括向长者叩头施礼、祝贺新年如意、问候生活安好等内容。

[3]"新年"句:旧时过年要给孩子做新衣服,家庭贫困时过年才穿旧衣服。

其七

红山遥望插红旗[1],年少居然领国师[2]。

手进酪浆知尔意[3],催妆诗就已多时[4]。

【注释】

[1]红山:指红山寺,也称"报恩寺"。原址在兰州市红古区红山村,寺院坐东向西,占地面积十多亩。宋元时期,红山寺为政教合一的佛教寺院。清代红山寺为藏传佛教寺院,有转世活佛。

[2]"年少"句:指红山寺第三辈转世活佛额尔德尼温布,生于碾伯县(今青海省乐都县),康熙四十二年(1703)曾赴京进贡。

[3]酪浆:牛羊等动物的乳汁。也指酒。

[4]自注:"红山寺阎都纲来迎,因近奉部文,许其娶妇,曾索予诗,故戏及之。"清梁份《秦边纪略·庄浪卫》云:"红山川堡之番,即阎都纲族,住报恩寺中。"清雍正朝以前,红山堡报恩寺都纲一直在阎姓部落头人中世袭,对中央政府有"朝贡"义务。都纲为管理佛教事务的僧官。催妆诗:旧俗,成婚前夕,贺者赋诗以催新妇梳妆,叫催妆诗。

其八

过门少歇便登车,稚女牵衣问阿爷[1]。

自到庄浪三度岁[2],何曾一岁得归家。

【注释】

[1]阿爷:北方一些地区称父亲为阿爷。这里指诗人自己。

[2]自注:"癸、甲、乙皆于外度岁。"按:癸、甲、乙指康熙癸未、甲申、乙酉(1702—1704)。庄浪:见赵时春《河西歌》其五注[1]。

其九

黑城才过又红城[1],一阵牛车结队行。

多半归宁红袖女[2],画眉犹恐未分明[3]。

【注释】

[1]黑城:即黑城堡,在甘肃省张掖市山丹县。《(乾隆)甘肃通志》卷十"张掖县":"黑城堡,在县东南二百里。明嘉靖中筑城,周五里,有官兵防守。"红城:即今甘肃省兰州市永登县红城镇。始建于汉宣帝神爵二年(前60)。因城墙是红土筑成,故取名红城。又因城临丽水(庄浪河),也叫丽水城。《太平寰宇记》载:"按其城地势极险,(北凉)沮渠蒙逊增筑,以为防戍之所,迄今尚坚完如新。"明、清时设立堡署,称红城堡,有守备带兵驻扎。民国时改为红城镇。

[2]归宁:旧指已婚妇女回娘家看望父母。

[3]画眉:以眉笔修饰眉毛。

其一〇

冰桥桥底尚流澌[1],行到桥心大叫奇。

万里黄河成玉砌[2],笑他一勺诧瑶池[3]。

【注释】

[1]自注:"渡兰州冰桥。"冰桥:古代黄河兰州段在冬天结冰甚坚固,人马可行冰上渡河,称为"冰桥"。《重修皋兰县志》载:"兰州黄河结冰以夜,其开亦以夜,冰既坚,状如积雪,填于巨壑,嶙峋参差,不复知有河形,处处可通车马,俗名冰桥。"流澌:指江河解冻时流动的冰块。

[2]玉砌:用玉石砌的台阶。

[3]一勺:比喻很少。《孙子算经》:"量之所起,初起于粟。六粟为一圭,六十粟为一撮,六百粟为一抄,六千粟为一勺。"瑶池:神话中称西王母所住的地方,在昆仑山上。《史记·大宛列传论》:"昆仑其高二千五百馀里,日月所相避隐为光明也。其上有醴泉、瑶池。"

其一一

入谷两逢开绮席[1],分尝御馔饱欢呼[2]。

半生早断春明梦[3],纵宴琼林赛得无[4]。

【注释】

[1]自注:"人、谷两日,大中丞召集,沾鹿尾、黄鱼之上赐。"人日:又称人节、人庆节等,农历正月初七是中国传统节日"人日"。传说女娲初创世,在造出了鸡、狗、猪、羊、牛、马等动物后,于第七天造出了人,所以这一天是人类的生日。汉朝开始有人日节俗,魏晋后开始重视。谷日:中国民间传说正月初八是谷子的生日。这天天气晴朗,则主这一年稻谷丰收,天阴则年歉。谷日的习俗是对写有谷物名称的牌位进行膜拜,并不吃煮熟的谷物。绮席:华丽的席具。也指盛美的筵席。按:大中丞,这里指甘肃巡抚齐世武,满洲正白旗人。初由荫生授内院主事,迁户部郎中。历任山西布政使、四川巡抚、甘肃巡抚、川陕总督、刑部尚书。《(乾隆)甘肃通志》卷二十八"巡抚甘肃都御史":"齐世武,满洲人,康熙四十年任。"中丞,见郝璧《皋兰竹枝词三十首》其三注[4]。

[2]御馔:皇帝的食品。

[3]春明梦:原指在京城谋取官职的梦想。后泛指做官的梦想。春明,唐代都城长安东面三扇门的当中一个门的名称,借为京都的通称。

[4]琼林宴:古代皇帝为殿试后新科进士举行的宴会,始于宋代,一般设在御花园琼林苑中,因此称作"琼林宴"。

其一二

风流司马宴同官[1],雁翅筵排傍画阑[2]。

月姊花姨齐出现[3],笑予近视雾中看。

【注释】

[1]司马:西周开始设置的中央官吏名。掌管全国军政和军赋。汉武帝时改太尉为大司马。后世用作兵部尚书的别称。这里指齐世武。同官:在同一官署任职的人,同僚。

[2]雁翅:如雁张翅般排开。画阑:即画栏。有画饰的栏杆。

[3]月姊花姨:这里指美女。明邹迪光《王修微闲草序》:"自昔花姨月姊,一种妖冶妙丽之气,结而为人,而有夷施毛嫱之属,其人率以色胜,不以

才胜。"月姊,传说中的月中仙子,嫦娥。花姨,花神。

其一三

环珮珊珊下玉京[1],就中谁是董双成[2]。

夏侯帘隔真伧父[3],怎媲仙人掌上行[4]。

【注释】

[1]珊珊:形容衣裙玉佩的声音。也指轻盈美好的样子。明赵介《怀仙吟题玉枢经卷后》:"天王宴坐拥群真,环佩珊珊满人耳。"玉京:道家称天帝所居之处。泛指仙都。

[2]董双成:古代神话传说中的西王母侍女。善吹笙,通音律,深得西王母的喜爱。传说西王母与汉武帝相会时,便是由董双成在一旁奉上蟠桃。

[3]自注:"夏侯亶性啬俭,有姬妾数十人,无被服姿容,客至,常隔帘奏乐,时呼帘为夏侯姬衣云。"按:夏侯亶(?—529),字世龙,谯郡谯县人。南齐东昏侯时,累官骁骑将军。后辅助萧衍建立南梁,历仕宣城太守、散骑常侍、司州刺史、豫州刺史等职,袭封丰城县公。伧父:晋南北朝时,南人讥北人粗鄙,蔑称之为"伧父"。泛指粗俗之人,犹言村夫。

[4]掌上行:也称掌上舞。传说汉成帝的皇后赵飞燕体态轻盈,能做掌上舞。比喻女子舞姿轻盈。

其一四

喧门锣鼓斗春台[1],迎到薇堂两道开[2]。

末后柘枝刚唱罢[3],一齐跪进紫霞杯[4]。

【注释】

[1]自注:"叨陪薇省,获观春台。"春台:也叫春抬。民间社火之一种。俗称"抬阁",有高抬、平抬之分,按剧中某一情节将人物固定于台上,并由多人抬着行走,后来的彩车就是在此基础上发展而来的。

[2]薇堂:即薇省。紫薇省的简称,借指中枢机要官署。

[3]柘枝:见汪士鋐《岷州竹枝词》其三注[3]。

[4]紫霞杯:高丽国进贡的一种精美的酒杯。宋王珪《上元应制》:"一

曲升平人尽乐,君王又进紫霞杯。"

其一五

迎春百戏兆丰年[1],匹练争飞五道泉[2]。

莫爱流澌贪玩赏[3],涓涓滴滴灌桑田。

【注释】

[1]百戏:古散乐舞技。秦汉时已有,汉代又称"角抵戏"。南北朝后亦称"散乐"。元代以后,百戏内容更加丰富发展,一般均习用各种乐舞杂技的专名,百戏一词逐渐少用。

[2]"匹练"句:这里指五泉山的瀑布。五泉山,位于兰州市区南侧的皋兰山北麓,因山上有甘露、掬月、摸子、蒙、惠五个泉而得名。相传汉武帝元狩三年(前120)霍去病征西,曾驻兵于此,士卒疲渴,霍去病手持马鞭,连击五下,鞭响泉涌,遂成五泉。《大明一统志》载:"五眼泉,泉有五眼,相传汉霍去病击匈奴至此,以鞭卓地而泉出。"五泉山林木清幽,楼阁宇殿错落,凤为陇上名山。其东西两涧瀑布倾泻而下,景象极为壮观,为"兰州八景"之一。匹练,白绢。这里形容瀑布。

[3]流澌:指江河解冻时流动的冰块。这里指泉水。

其一六

南郭楼头半掩藏[1],朱朱粉粉逗春光[2]。

往常纱罩轻抛却[3],遮莫新妆胜旧妆[4]。

【注释】

[1]南郭:南面的外城。

[2]朱朱粉粉:犹朱朱白白。宋辛弃疾《鹧鸪天·鹅湖归病起作》:"携竹杖,更芒鞋。朱朱粉粉野蒿开。"这里指城里的朱门和白墙。

[3]"往常"句:这里指天气晴朗,雾气散开。纱罩,指旧时婚礼中新娘罩面的纱制头巾。

[4]遮莫:尽管,任凭。

沈青崖

沈青崖,生卒年不详,字艮思,浙江秀水(今嘉兴)人。雍正元年(1723)举人,雍正十一年(1733)以西安粮监道军需库务驻肃州。乾隆元年(1736)改授延绥道。曾主持纂修《陕西通志》。有《寓舟诗集》。

甘凉杂兴[1]

其一

板屋平铺加石垒[2],灯楼高耸与云齐[3]。

为通野水成新硙[4],特种垂杨障曲堤。

【注释】

[1]沈青崖诗均选自《寓舟诗集》卷三。此组诗作于诗人以西安粮监道管军需库务驻肃州期间。甘凉:甘州(今甘肃张掖)和凉州(今甘肃武威)。

[2]板屋:见汪士鋐《岷州竹枝词》其一注[2]。

[3]灯楼:张灯用的彩楼。《群书通要》甲集卷六"节序门":"灯楼。唐元宗正月望夜,移仗上阳宫,建灯楼十二间,悬以珠玉金银,微风一至,锵然成韵,其灯为龙凤腾跃状。"

[4]硙(wèi):石磨。

其二

自寻佳兴入吟鞭[1],忘却轺车到九边[2]。

山雨欲来云著地,野渠无定水连天。

【注释】

[1]佳兴:有兴味的情趣。指雅兴。吟鞭:诗人的马鞭。多形容行吟的诗人。清龚自珍《己亥杂诗》其五:"浩荡离愁白日斜,吟鞭东指即天涯。"

[2]轺(yáo)车:古代一种轻便的车。使者所乘的车。九边:见王心敬《塞下曲》其二注[4]。

其三

今日耕耘昔鼓鼙[1]，人家一半杂羌氐[2]。

蕨蔴根脆同山蕨[3]，沙枣花香过木犀[4]。

【注释】

[1]鼓鼙：古代军中常用的乐器大鼓和小鼓。这里指战争。

[2]羌氐：氐羌族，中国古代族群名，主要分布在陕、甘、川交边地区。春秋、战国时，文献多以"氐羌"并称。氐羌在汉代发生分化，氐族逐渐发展为独立的族群。这里泛指边地的少数民族。

[3]蕨蔴：即蕨麻。中药材名。为蔷薇科植物鹅绒委陵菜的块根。具有健脾益胃，生津止渴，益气补血的功能。西北地区野生蕨麻分布较广。

[4]沙枣：别名七里香、香柳、刺柳、桂香柳、银柳等。胡颓子科，落叶乔木或小乔木。果实椭圆形，粉红色，密被银白色鳞片。沙枣具有耐盐碱的能力，分布在西北各省区和内蒙古西部。木犀：也作"木樨"。常绿灌木或小乔木，叶椭圆形，花簇生于叶腋，黄色或黄白色，有极浓郁的香味。通称桂花。

其四

边风旋处沙成海，积雪消时水浸田。

惟有合黎山下路[1]，一程吴越一程燕[2]。

【注释】

[1]合黎山：见万世德《塞下曲八首》其六注[4]。

[2]自注："晓峰云：'甘凉风景，宛然在目，古人"积雪晨飞""惊砂夕起"之句，不得擅美于前。'"吴越：春秋吴国与越国的并称。今江苏南部、上海、浙江、安徽南部、江西东北部一带的地区。后成为江浙地区的代称。燕：周朝诸侯国名。战国七雄之一。在今河北北部、辽宁西部一带。也指河北北部地区或北京。

其五

祁连南障隔游氛[1]，半截峰峦似白云。

直过陇头连太白[2]，始知积雪此间分。

【注释】

[1]祁连:山名。见马祖常《河湟书事二首》其一注[2]。

[2]陇头:陇山。见李复《竹枝歌十首》注[2]。太白:太白山。位于陕西省宝鸡市眉县、太白县、周至县三县境内,是秦岭山脉的主峰,海拔3767.2米。为黄河水系和长江水系分水岭的最高地段,具低山、中山、高山等地貌类型,界限清楚,特点各异,风景优美,是著名旅游胜地和道家活动场所。

其六

黑河北岸连冈远[1],沙上浮螺列几屏[2]。

我欲临流访织女[3],浮槎西去看山青[4]。

【注释】

[1]黑河:即弱水。见无名氏《俄博岭界碑竹枝词》注[4]。

[2]浮螺:即囊螺。一种软体动物,体外包着锥形、纺锤形或扁椭圆形的硬壳,上有旋纹,种类很多,如田螺、海螺、钉螺。这里形容风吹起的有螺纹的沙堆。几:小或矮的桌子。屏:屏风。室内陈设,用以挡风或遮蔽的器具,上面常有字画。

[3]织女:星名。也指传说中巧于织造的仙女。

[4]自注:"张苎村云:'声情交至。'"浮槎:指张骞寻找河源遇见牛郎织女的事。见叶映榴《过皋兰八绝句》其八注[2]。

敦煌即事[1]

其一

屈曲清漪自蜿蟺[2],西流直到党河边[3]。

因思王濬浮江栰[4],便向河湄试革船[5]。

【注释】

[1]此组诗亦作于诗人以西安粮监道管军需库务驻肃州期间。

[2]清漪:《诗·魏风·伐檀》:"河水清且涟猗。"后以"清漪"谓水清澈

而有波纹。蜿蟺：蚯蚓的别名。也指屈曲盘旋貌。晋崔豹《古今注·鱼虫》："蚯蚓，一名蜿蟺，一名曲蟺。"

[3]党河：中国内陆河疏勒河的支流。古名氐置水，亦称龙勒水、甘泉水、都乡河，清代始称党河。发源于甘肃省肃北蒙古族自治县巴音泽尔肯乌拉和崩坤达坂，西北流至鸣沙山，入敦煌绿洲，至敦煌市，在北土窑墩注入疏勒河。

[4]王濬：字士治，西晋弘农湖（今河南灵宝西南）人。曾为巴郡太守、益州刺史。曾奉诏造舟舰七年，为伐吴作准备。太康元年（280），率水军顺流而下，直取东吴都城建业（今江苏南京），吴主孙皓投降，全国统一。柿（fèi）：砍木头掉下来的碎片。

[5]自注："党河在沙州之西，北流与苏勒河俱流入碙碙沙石而没。岳故帅欲开通二河合流，造舟运粮而不果。余相度河流，用河、兰牛羊皮浑脱数千，鼓气实粮其中，顺流而下，达安西镇城，凡二百馀里，可少节车马之力。"按：岳故帅，即岳钟琪（1686—1754），字东美，号容斋，四川成都人，原籍凉州庄浪（今兰州永登）。岳飞二十一世孙，四川提督岳升龙之子，清代康熙、雍正、乾隆时期名将。雍正元年（1723），以参赞大臣随年羹尧征青海和硕特部首领罗卜藏丹津，次年正月，因功授奋威将军。雍正三年（1725），授川陕总督，加兵部尚书衔。雍正七年（1729），受命为宁远大将军率师出西路，会北路靖远大将军傅尔丹备攻准噶尔部游牧地伊犁。革船：指羊皮筏子，也有用牛皮做的，可以作渡船用。《后汉书》载：章和二年（88），护羌校尉邓训平定西部羌人时，在今青海贵德县境内黄河上"缝革为船，置于箄上以渡河"，取得了军事胜利。西北黄河上经常用的是羊皮筏子，俗称排子，或称"革囊"，它由十几个气鼓鼓的山羊皮"浑脱"组成，为黄河沿岸民间保留下来的一种古老的摆渡工具和水上运输工具。

其二

榛莽初披斥卤区[1]，朽材曾不中薪樗[2]。

忽看僵柳如人立[3]，瓾井灰深历劫馀[4]。

【注释】

[1]榛莽:丛杂的草木。斥卤:盐碱地。

[2]"朽材"句:意谓坏朽的树木不能砍为烧柴。《庄子·逍遥游》:"惠子谓庄子曰:'吾有大树,人谓之樗。其大本拥肿而不中绳墨,其小枝卷曲而不中规矩。立之涂,匠者不顾。今子之言,大而无用,众所同去也。'"薪樗(chū),砍臭椿作柴火。《诗·豳风·七月》:"采荼薪樗,食我农夫。"

[3]僵柳:枯死的红柳树。红柳,亦称桎红柳、三春柳。落叶乔木,灌木,老枝红色,叶像鳞片,花淡红色,结蒴果。耐碱抗旱,适于造防沙林。

[4]自注:"塞外红柳,根蟠地最深,樵者引火焚之,数月不息。靖逆有窟宠河,地下潜烧,灰烬绵延数十里,人马俱堕深堑,其小者掘地亦可获炭数窖。"按:靖逆,古城名。位于今甘肃玉门市赤金堡西北。窅(yuān)井:干枯的井。窅,眼睛枯陷失明。

吴之琔

吴之琔,生卒年不详,字乾玉,号赤谷,甘肃省陇西县人。清世宗雍正间拔贡,雍正八年(1730)任江西婺源知县,有善政。历任江苏宝应、浙江秀水等县知县。生平嗜学,善诗文。常与王铭、陈长复交游,一时号为"襄武三杰"。有《蠹书》《赤谷文集》《赤谷诗钞》《襄武人物志》等,与黄廷钰合著《静宁州志》。

陇西竹枝词八首[1]

其一

莫唱陇西新竹枝,歌声断处尽人悲。

今年丰稔足官税[1],来岁开犁又借籽[2]。

【注释】

[1]吴之琔诗均选自《赤谷诗钞》卷十三。陇西:县名。即今甘肃省定西市陇西县。隋开皇十年(590),以武阳县改名,治今甘肃省陇西县东南。

唐末废。北宋元祐五年(1090),升古渭寨置陇西县,治今甘肃陇西城关镇,为秦凤路巩州治所。清为甘肃巩州府治所。

[2]丰稔(rěn):犹丰熟。《后汉书·法雄传》:"在郡数岁,岁常丰稔。"李贤注:"稔,熟也。"

[3]开犁:一年中开始耕地(种庄稼)。籽:种子。

其二

陇头三月绿初生[1],陇上女儿挑菜行[2]。

大妇提筐小妇继,春风一路铲刀声[3]。

【注释】

[1]陇头:陇山。见李复《竹枝歌十首》注[2]。

[2]陇上:同陇右、陇西。指陇山以西、黄河以东的地区。唐开元元年(713)置陇右节度使,治鄯州(今青海乐都县),辖境"东接秦州,西逾流沙,南连蜀及吐蕃,北界朔漠"(《唐六典》卷三),相当于今甘肃省东南部及青海省青海湖以东地区。后代指甘肃地区。

[3]铲刀:锅铲。这里指挖野菜的刀。《中国歌谣资料·吴县民谣》:"隆庆元年,米耀三钱。铜杓不用,铲刀上前。"

其三

一向东风吹渭滨[1],梨花开并雪花频。

轻纱细葛都无用[2],棉袄羊裘去踏青[3]。

【注释】

[1]渭滨:渭水之滨。这里指陇西。渭水流经陇西,故称渭滨。

[2]轻纱细葛:指用轻柔的纱和葛布制成的夏衣。葛,用葛草纤维织成的布。

[3]棉袄:用棉花做的有保暖作用的上衣。羊裘:北方寒冷地区的人用羊皮做的保暖衣裳。踏青:又叫春游。指在清明前后芳草始生、杨柳泛绿的早春时节到郊野去游览。踏青的习俗由来已久,李淖《秦中岁时记》:"上巳(农历三月初三),赐宴曲江,都人于江头禊饮,践踏青草,谓之踏青履。"

其四

深柳庄村一带斜,薰风弄响听咿哑[1]。

殷勤最是南河女,不踏秋千踏线车[2]。

【注释】

[1]薰风:和暖的春风。咿哑:象声词。这里指纺线车的声音。

[2]秋千:运动和游戏用具,在木架或铁架上系两根长绳,下面拴上一块板子,人在板上利用脚蹬板的力量在空中前后摆动。线车:纺线的车,纺车。

其五

五月青苗作道场[1],村村迓鼓拜龙王[2]。

巫阳抱得灵湫至[3],一路甘霖作麦香[4]。

【注释】

[1]道场:佛家语,借指供佛祭祀或修行学道的处所。这里指民间祈雨的活动。

[2]迓鼓:宋元时民间乐曲名。官府有衙鼓,民间效其节奏,讹作迓鼓。这里指击鼓作乐。龙王:古代神话传说中在水里统领水族的王,掌管兴云降雨。西北很多地方建有龙王庙,在天旱的时候抬出龙王像来祈雨。

[3]巫阳:古代传说中的女巫。灵湫:深潭,大水池。古时以为大池中往往多灵物,故称。

[4]甘霖:指久旱以后所下的雨。

其六

秋来霖雨急如沙[1],打入茅檐板屋家[2]。

最是北乡泉脉少,庄庄雪窖渗银花[3]。

【注释】

[1]霖雨:连绵大雨。

[2]板屋:见汪士鋐《岷州竹枝词》其一注[2]。

[3]雪窖:积雪覆盖下的地窖。陇西缺水,人们挖地窖储水。银花:雪花。

其七

朔风吹面挂寒晖[1],陇树无枝烟火稀。

山下儿童齐唤冻,倒拖竹帚扫莎衣[2]。

【注释】

[1]朔风:指冬天的风,也指寒风、西北风。寒晖:冬日微弱的阳光。

[2]莎衣:蓑衣。用草编织成的像衣服一样能穿在身上用以遮雨雪的雨具。莎,通"蓑"。

其八

谁家雪里兴偏豪,牛粪如香烘破窑[1]。

得向土床抛叶子[2],官粮完罢赌烧刀[3]。

【注释】

[1]"牛粪"句:指西北人用干牛粪烧炕取暖。

[2]抛叶子:一种纸牌游戏。西北地区人叫"掀牛九"。叶子,一种长条形纸牌。也叫"牛九牌"。共 48 张,三人玩,各拿 16 张。牛九中牌数称为"叶数",一张牌为一叶。

[3]自注:"陇西人谓烧酒为烧刀。"烧刀:古酒名。明代谢肇淛《五杂俎》卷一一:"京师之烧刀,舆隶之纯绵也;然其性凶憯,不啻无刃之斧斤。"

城东踏春词[1]

陇上晴云三月天[2],绿杨如发草如烟。

侬家诗兴浓于酒[3],赚得东君榆英钱[4]。

【注释】

[1]踏春:即踏青。见吴之琠《陇西竹枝词八首》其三注[3]。

[2]陇上:见吴之琠《陇西竹枝词八首》其二注[2]。

[3]侬:见郝壁《皋兰竹枝词三十首》其一〇注[1]。

[4]东君:太阳神,司春之神。榆英钱:即榆钱。见郝壁《皋兰竹枝词三十首》其三十注[1]。

宋　弼

宋弼（1703—1768），字仲良。山东德州人。乾隆乙丑（1745）进士，改
庶吉士，官翰林编修，充《文献通考》纂修官，历官甘肃肃州道、甘肃按察使。
辑有《山左明诗钞》。著有《蒙泉学诗草》《宋蒙泉文集》。

西行杂咏[1]（四十六首选四十）

自入甘省，耳目顿异，比移肃郡[2]，路当孔道[3]，星使络绎往
来[4]，征其绪言[5]，以广见闻，暇时颇录其事，并搜及琐屑[6]，以绝句
纪之，他日贻故乡戚友，可以佐酒云尔。

【注释】

[1]此组诗选自《蒙泉学诗草》卷八，共 46 首，这里选跟甘肃有关的 40
首。作于乾隆三十三年（1768）左右，为作者在肃州（今甘肃省酒泉市）时所
作。《清实录》乾隆三十三年三月：“甘肃肃州道宋弼为甘肃按察使。”

[2]肃郡：肃州。见查嗣瑮《同喀中丞自皋兰渡河至凉州途中作》其五
注[3]。

[3]孔道：通往某处必经的关口。

[4]星使：古时认为天节八星主使臣事，因称帝王的使者为星使。

[5]绪言：已发而未尽的言论。

[6]琐屑：指细小、琐碎的事情。清王士禛《带经堂诗话》卷二十九：“竹
枝咏风土，琐细诙谐皆可入，大抵以风趣为主，与绝句迥别。”

其一

城头雪影镇浮空[1]，直走天西万里同。

长夏添衣缘底事，薄寒偏送自南风。

【注释】

[1]自注：“凉州以西，天山在南，积雪幂之，自肃州达嘉峪关外，北西分

坡,不知所极,衙斋遥望,峰峦如玉,每南风作,则寒思添衣矣！"按:凉州,见李楷《秦州》注[2]。天山,这里指祁连山。见马祖常《河湟书事二首》其一注[2]。

其二

敦煌西去古伊州[1],北倚天山雪水流[2]。

都护牙旗今万里[3],犹存部落奉春秋[4]。

【注释】

[1]自注:"哈密,古伊吾庐地,唐之伊州,雪山至此,在其北矣。雪融则资以灌溉,故地肥饶。前此大兵驻巴里坤,在其西北,新疆远拓,斯为腹地,王子恭顺,不替其封云。"按:王芑孙《西陬牧唱词六十首》其二七注:"哈密回部伯克额贝多勒拉于康熙三十五年内附,居哈密,其明年,以擒献准噶尔逆酋,论功授一等札萨克,编旗分视蒙古,世效忠款。其后,玉素富于西师之役,从征有劳,遂命驻守乌什,继复驻防新疆。不惟世爵叨荣,倚任亦綦重也。"伊州:地名。本汉伊吾卢地,隋文帝开皇四年(584)置伊吾郡。唐贞观六年改西伊州为伊州,治所在伊吾县(今新疆哈密县)。天宝、至德时改名伊吾郡。

[2]天山:这里指祁连山。见马祖常《河湟书事二首》其一注[2]。

[3]都护:古代官名。汉宣帝设西域都护,为统领西域的长官。唐在边境设六大都护府,管边防、行政和各族事务。牙旗:旗竿上饰有象牙的大旗。多为主将主帅所建,亦用作仪仗。汉张衡《东京赋》:"戈矛若林,牙旗缤纷。"

[4]部落:指原始社会民众由若干血缘相近的宗族、氏族结合而成的集体。春秋:指进行春、秋两季的祭祀。

其五

疏勒城边疏勒河[1],千支万派共扬波。

鲁鱼亥豕传来久[2],况是迁流土语多。

【注释】

[1]自注:"陶赖河自关外东注,其流甚大。别有讨来、卯来,未解其义,要皆土语耳。《安西志》云:'是疏勒河转语。'似为得之。"按:疏勒城,在酒泉市肃州区西北。《(乾隆)甘肃通志》卷二十三:"疏勒故城,在肃州西北,今沙州卫西北。"又,疏勒城为汉代西域车师国境内的一座城池。该城在天山北麓,傍临深涧,地势险要,扼守天山南北通道。东汉初年匈奴征服西域时,耿恭孤军即坚守于此地。今人一般认为疏勒城遗址位于新疆奇台县城南的石城子。很多人把这两个地方混淆了。疏勒河:疏勒河是甘肃省河西走廊内流水系的第二大河,古名籍端水。发源于祁连山脉西段托来南山与疏勒南山之间,西北流经肃北县的高山草地,贯穿大雪山到托来南山间峡谷,过昌马盆地。

[2]鲁鱼亥豕:把"鲁"字误为"鱼"字,把"亥"字误为"豕"字。指文字传抄或刊印错误。晋葛洪《抱朴子·遐览》:"书字人知之,犹尚写之多误。故谚曰:'书三写,鱼成鲁,虚成虎。'"《吕氏春秋·察传》:"有读史记者曰:'晋师三豕涉河。'子夏曰:'非也,是己亥也。夫己与三相似,豕与亥相似。'"

其六

瀚海无波草不青[1],马蹄得得数邮亭[2]。
定知造物为抟弄[3],谁向洪荒问《水经》[4]?

【注释】

[1]自注:"关外路多戈壁,广辄数百里,即瀚海也。践石子以行,少水草,人马苦之。然自凉州以西多如是。意者水土未分,山川相荡,击撞成形,积为厚地耶!"瀚海:见王心敬《玉门曲》其二注[1]。

[2]邮亭:见叶映榴《过皋兰八绝句》其三注[4]。

[3]造物:古人认为有一个创造万物的神力,称为造物主。抟弄:玩弄。

[4]洪荒:指混沌蒙昧的状态,特指远古时代。水经:书名。《水经》是中国第一部记述水系的专著。简要记述了全国 137 条主要河流的水道情

况。北魏郦道元有《水经注》。

其七

杳杳仙宫一水环[1]，上清沦谪住人间[2]。

嫖姚战迹千年远[3]，长对天山护玉关[4]。

【注释】

[1]自注："仙姑庙在肃城北。《志》云：'尝见神异济霍去病于厄。高台亦祀之。'"按：《(民国)临泽县志》："仙姑庙，在县属柳树堡边城内，距县城东北三十里。汉武帝元狩二年，骠骑将军霍去病奉令征讨匈奴浑邪王于边外，师回，为黑河所阻，浑邪王率精兵万骑图掩袭，方惶迫间，见绯衣妇人指挥前导，由桥过河（县属柳粮堡），及浑邪王至，桥妇人皆不见，霍将军方知仙姑菩萨灵佑，遂奏武帝大其庙（节录《仙姑庙碑记》）。"

[2]上清：指上天、天空。又为道家所称的三清境之一。《云笈七签》卷三："其三清境者，玉清、上清、太清是也。亦名三天，其三天者，清微天、禹馀天、大赤天是也……灵宝君治在上清境，即禹馀天也。"沦谪：指被贬斥，沦落。

[3]嫖姚：指霍去病。汉武帝元狩二年春，霍去病将万骑出陇西，讨匈奴，过焉支山千有馀里。其夏，又攻祁连山，捕首虏甚多。

[4]天山：这里指祁连山。见马祖常《河湟书事二首》其一注[2]。玉关：即玉门关。

其八

作咸润下本天然[1]，十里盐池雪色鲜[2]。

多少村氓食旧德[3]，翻教斥卤胜桑田[4]。

【注释】

[1]作咸润下：《尚书·洪范》："五行：一曰水，二曰火，三曰木，四曰金，五曰土。水曰润下……润下作咸。"这里指盐。

[2]自注："高台县西百馀里，置盐池驲，其地东西数十里，卤不可耕，水聚成池，产盐如雪，以晒晾成之，给甘肃民食。堡民自明初成此，守为世业。

宁夏关外及番地皆有盐池,而色不同,实天地自然之利。"盐池:在张掖市高台县,产盐。《(乾隆)甘肃通志》卷六"山丹县":"红盐池,在县北五百里,池产盐红色。明洪武中,指挥庄得采贡岁办,后以地属境外停革。"

[3]村氓:泛指乡民,农人。

[4]斥卤:盐碱地。

其九

军中最重石硫磺[1],飞火轰雷不可当。

牛尾山边矿苗旺[2],煎来却教费商量。

【注释】

[1]自注:"硫磺矿似黄土,入水煎之,点以清油或石油,即成军营火药,为要需矣。嘉峪关内外所产极旺,前年采煎,辄得六七十万斤,至今犹贮玉门县,方议分销云。"

[2]牛尾山:山名。在甘肃省玉门市。《(嘉庆)玉门县志》:"牛尾山在靖逆南叁百伍拾里。"矿苗:岩石、矿脉、矿床露出地面的部分。

其一〇

乱流激涧冲山骨,巧匠磨来比玉莹[1]。

雕镂千般浑不爱[2],文楸爱听落棋声[3]。

【注释】

[1]自注:"肃州产五色石,莹润如玉,每随山水流出,匠人琢为簪珥、钩环、杯盘、箭筬之属,雅可把玩。或为棋子,坚致胜滇产,价亦再倍,未可以砆砮忽之。"

[2]雕镂:雕刻。浑不爱:完全不喜欢。浑,完全。

[3]文楸:棋盘。古代多用楸木做成,故名。

其一一

叠岭连冈隐涧阿[1],空山樵牧复如何[2]?

不须大冶夸陶铸[3],自是金行宝气多[4]。

【注释】

[1]自注:"雪山之下,冈岭重复,内产黄金。山中人每盗采之,得块如砂如砾,其重至不可计数,天然成质,不胫而走,故黄金以西北为多产,川、滇者质微胜耳。不履斯地,讵信之耶?"

[2]樵牧:打柴放牧。也泛指乡野之人。

[3]大冶:高明的铁匠。冶,铁匠。《庄子·大宗师》:"今之大冶铸金,金踊跃曰:'我且必当莫邪。'大冶必以为不祥之金。"陶铸:指制作陶范并用以铸造金属器物。《墨子·耕柱》:"昔者夏后开使蜚廉折金于山川,而陶铸之于昆吾。"

[4]金行:五行之中,西方属金。这里指西北地区。宝气:指珍物、财宝等所显现的光气。

其一三

细叶茸茸花蔚蓝,新秋蠓蠓子轻含[1]。

煮来合供仙家饭[2],昼寝輖饥味许甘[3]。

【注释】

[1]自注:"土产多胡麻,或天台洞中所流耶!"按:胡麻,也称巨胜、方茎、油麻、脂麻。属胡麻科一年生草本植物。果实为长蒴形,种子小而多,分黑白两种,供食用及榨油。原产大宛,张骞通西域后传入内地,主要分布在青海、甘肃、宁夏、内蒙古等省。按:天台,指天台山。在浙江省台州市。南朝宋刘义庆《幽明录》:"汉明帝永平五年,剡县刘晨、阮肇共入天台山取谷皮,迷不得返……见芜菁叶从山腹流出,甚鲜新,复一杯流出,有胡麻糁……出一大溪,溪边有二女子,姿质妙绝……有胡麻饭,山羊脯,甚美。"

[2]仙家饭:这里指胡麻做的饭食。

[3]昼寝輖饥:早晨起床后的饥饿。唐五代书法家杨凝式《韭花帖》:"昼寝乍兴,輖饥正甚。"昼寝,白昼寝寐;午睡。輖(zhōu),早晨。《诗·周南·汝愤》:"惄如輖饥。"毛传:"輖,朝也。"清朱骏声《说文通训定声·孚部》:"輖,假借为'朝'。"

其一四

洮河春水下轻湍[1]，尺半游鱼上钓竿[2]。

道是无鳞人不信，至今对酒忆厨盘。

【注释】

[1]洮河：见吕枏《岷州曲》注[2]。

[2]自注："甘地少鱼，惟宁夏、西宁黄河中有之耳。前驻岷州，洮河绕城而东，春夏出无鳞鱼，味亦殊佳，他邑或有，肃则鲜矣。"

其一五

娑木根盘隐碛砂[1]，含精感气长灵芽。

怪他鳞甲能飞动，形似鱼龙亦可夸[2]。

【注释】

[1]自注："肉苁蓉产砂碛中。《志》云：'娑娑柴根所生，肥腻如肉，鳞甲翕张，盐煮乃可行远，产镇番者尤佳。'予得数斤，乃蒸之作片，无盐渍者，询其形甚可骇，或传马迹所生，非也。"按：肉苁蓉，别名寸芸、苁蓉。一种寄生在沙漠树木梭梭根部的寄生植物，具有极高的药用价值，是中国传统的名贵中药材，素有"沙漠人参"之美誉。分布在内蒙古、甘肃及新疆部分地区。碛砂：指沙滩、沙洲，也可指沙漠。镇番：县名。即今甘肃省民勤县。明洪武三十年（1397）置镇番卫，属陕西行都司。建文中废。永乐元年（1403）复置。清雍正二年（1724）改镇番县。

[2]鱼龙：鱼和龙。泛指鳞介水族。杜甫《秋兴八首》其四："鱼龙寂寞秋江冷，故国平居有所思。"

其一六

漠漠平沙抽紫茎[1]，苗根相似是同生。

寻常只佐盘飱用[2]，采药何缘得异名？

【注释】

[1]自注："锁阳亦生沙地中，镇番者佳。苗根皆可六七寸，状正相等。土人和面作饼饵食之。"按：锁阳，中药名。多年生肉质寄生草本植物。全

株红棕色,大部分埋于沙中。寄生根上生大小不等的锁阳芽体,茎上生螺旋状排列脱落性鳞片叶。具有补肾阳,益精血,润肠通便之功效。分布于新疆、青海、甘肃、宁夏、内蒙古、陕西等地。

[2]飧(sūn):指晚饭,亦泛指熟食、饭食。

其一八

巷曲称名亦大粗,边城嘉种味全殊[1]。

金刀剖食甘如蜜,萍实浮江得似无[2]?

【注释】

[1]自注:“金塔产甜瓜,大可如升形,正圆,视哈蜜瓜几胜之,居然珍果矣。土名回回帽,肖形云尔。”按:金塔,县名。隶属于甘肃省酒泉市,地处河西走廊中段北部边缘。汉武帝元狩二年(前121)置会水县。民国二年(1913)以县城东南的“金塔寺”取名金塔县。巷曲:偏僻的小巷。这里指乡间。

[2]萍实:指吉祥之物。汉刘向《说苑·辨物》:“楚昭王渡江,有物大如斗,直触王舟,止于舟中,昭王大怪之,使聘问孔子。孔子曰:‘此名萍实,令剖而食之,惟霸者能获之。此吉祥也。’”

其一九

山前龁饮见牦牛[1],长毳如蓑雪色柔[2]。

染赤扬朱方物贵[3],重英岂但上旄头[4]。

【注释】

[1]自注:“牦牛产番中,近山人家亦畜之。长毛垂垂可爱,染作冠缨,上品者价不訾也。至于马缨旗饰,皆用此矣。”龁(hé)饮:饮水啮草或嚼谷。也作“饮龁”。龁,咬。唐李朝威《柳毅传》:“数顾视之,皆矫顾怒步,饮龁甚异。”牦牛:见赵时春《河西歌》其一一注[2]。

[2]毳(cuì):鸟兽的细毛。雪色柔:这里指白牦牛,毛色纯白,是非常稀有的牦牛。

[3]方物:本地产物,土产。《尚书·旅獒》:“无有远迩,毕献方物。”

[4]重英:谓矛柄上有两重画饰。旄头:古代皇帝仪仗中一种担任先驱的骑兵。这里指用牦牛尾装饰的旗子。

其二〇

负山有力锐咮能[1],数点樱红亦可憎[2]。

何事金方肃杀地[3],云屯雾聚不分层[4]。

【注释】

[1]自注:"迤西有数处蚊蠓极夥,聚族薨薨,如烟如雾,重幕避之,犹患嘬肤,行路以巨拂挥击,臂为之痛。集牛马皆变色矣。日暮则入草中,乃免。"负山:意谓蚊虫的力量能背山,比喻力虽小却身负重任。《庄子·应帝王》:"其与治天下也,犹涉海凿河,而使蚊负山也。"这里指聚集的蚊虫。咮(zhòu):鸟嘴。指像鸟嘴一样的东西。

[2]樱红:樱桃红。这里指蚊虫叮咬后的红肿。

[3]金方:西方。西方在五行中属金。肃杀:凄凉,萧条。多用来形容秋冬天气寒冷,草木枯落。西方比较寒冷,在五行中主杀。这里指西北地区异常酷寒,蚊子应当比较少。

[4]云屯雾聚:指像云和雾那样聚集。形容数量多而集中。

其二二

席萁草长马牛肥[1],更向前山捆载归。

圆筥方筐兼织席,商来不用患朝饥[2]。

【注释】

[1]自注:"《史》言:'天山有席萁草,肥大,可饲马。'或云'息鸡',今更讹为'芨芨'矣。土人织之为器、为席、为帘,以席覆屋,其用甚广,亦货殖之一。按:京北有得勒素草,织雨帽胎子极佳,即斯草也。"席萁草:俗名芨芨草,是禾本科、芨芨草属植物。生于微碱性的草滩及砂土山坡上。其秆叶坚韧,长而光滑,为极有用之纤维植物,供造纸及人造丝,又可编织筐、草帘、扫帚、草绳等。唐段成式《酉阳杂俎》:"席箕,一名塞芦,生北胡地。盖可为帘,亦可充马食者。"

[2]患:忧虑。朝饥:早晨空腹时感到的饥饿。

其二三

地炉拨火夜通红,不用频添唤小童。

煮酒烹茶真耐久,娑娑作炭有微功[1]。

【注释】

[1]自注:"娑娑,木名。俗曰梭梭柴。坚逾他木,烧为炭,冬夕围炉,通宵不尽。"按:娑娑,即梭梭木。藜科梭梭属植物小乔木。树皮灰白色,木材坚而脆。生长于沙丘上、盐碱土荒漠、河边沙地等处,有固定沙丘作用。木材可作燃料。分布于宁夏西北部、甘肃西部、青海北部、新疆、内蒙古等地。

其二四

八尺为轮三尺舆[1],黑河径过眇愁予[2]。

关西匠民经营好[3],利涉方知用不虚[4]。

【注释】

[1]自注:"陕甘车轮,多径七八尺,初甚讶之,既经涉巨流,始知其用尔。"这里指凉州大车,也称圈车。清赵钧彤《西行日记》"乙巳二月初五日记"云:"走关外者,皆凉州大车。车轮高八九尺,名高脚车,而轮裹厚铁,一轮重数十斤,坚固禁大风,故又名铁车。车高大轮,中间悬水桶及草袋,而上坐人。凡衣服囊箱、金钱米粮、蔺盐饼渍,无不载驾一马,而车载满必千斤,故过百里,或七八十里中,过山往往不能到。"

[2]黑河:即弱水。见无名氏《俄博岭界碑竹枝词》注[4]。眇愁予:《楚辞·九歌·湘夫人》:"帝子降兮北渚,目眇眇兮愁予。"王逸注:"予,屈原自谓也。"一说犹忧愁。姜亮夫校注:"予,诸家以为吾之借字,实不辞。予者……忧也。"眇,同渺,极目远视的样子。愁予,犹忧愁。

[3]关西:汉唐时秦陇地区的统称。"关"指函谷关(或潼关),关西就是指函谷关以西的地方。

[4]利涉:顺利渡河。

其二五

星宿河源九曲遥[1]，东流人说接青霄[2]。

皋兰山下联舟过[3]，海内应无第二桥。

【注释】

　　[1]星宿：即星宿海。位于青海省果洛藏族自治州玛多县，东与扎陵湖相邻，西与黄河源流玛曲相接。古人认为是黄河源头。

　　[2]青霄：青天，高空。这里指黄河的辽远，好像与天相接。同王之涣《凉州词》"黄河远上白云间"之意。

　　[3]自注："黄河至兰州，其势已大，郡北浮桥，絙舟为之。土谣云'天下黄河只一桥'，故不虚也。"按：浮桥，即兰州镇远浮桥。见叶映榴《过皋兰八绝句》其八注[1]。皋兰山：见郝璧《皋兰竹枝词三十首》注[1]。

其二六

城头列炮似临戎[1]，御雹惊闻用火攻[2]。

父老能言当日事，异蟆如斗落云中[3]。

【注释】

　　[1]自注："岷州在万山中，岚气殊异。每东北有怪云必雹，居民辄请鸣炮以御。故城楼置三炮，药石实之。旧言：'云至近处，为炮所中，田间毙一蟆，大逾斗许。'"按：岷州：今甘肃省定西市岷县。临戎：亲临战阵，从军。

　　[2]御雹：防御冰雹。

　　[3]异蟆：即大蛤蟆。

其二七

叠木纵横字井干[1]，银床金索等闲看[2]。

西来喜见前民制，汉魏楼台夕照寒[3]。

【注释】

　　[1]自注："井口以木为栏，四角八岐，见于往牒，入关始识之，真古制也。汉武作井干楼，曹瞒铜雀台，号'井干'，览其形状，慨然千古。"井干：井上围栏。《庄子·秋水》："出跳梁乎井干之上，入休乎缺甃之崖。"成玄英

疏:"干,井栏也。"

[2]银床:井栏。也指井上辘轳架。床,指井台。

[3]汉魏楼台:这里指甘肃保存的汉魏形制的井干。

其二八

万翅盘空风雨鸣[1],寒鸦应候集寒城[2]。

无端惊起淮南梦[3],卧听黄河滚浪声。

【注释】

[1]自注:"《肃州月令》:'春,鸟之野;冬,鸟集于城。城中多古树,每向夕将晓,万鸦鼓翅,势如风雨。'忆壬午扈从驻淮上,去大河仅里许,中夜波声如此,枨触心情,不觉及之。"按:清乾隆年间《肃州志》载《肃州月令》,详细记载了肃州的气候特点。万翅:指非常多的鸟雀。

[2]应候:顺应时令节候。寒城:这里指肃州(今甘肃省酒泉市)。

[3]淮南:地名。在今安徽省淮南市,位于淮河之滨。古称州来,春秋时改为下蔡。汉初,刘邦封英布为淮南王,首置淮南国。唐置淮南道。

其三〇

番锦裁成贝作装[1],方圆雕镂缀衣裳[2]。

陌头十五盈盈女[3],顾盼心知满路光[4]。

【注释】

[1]自注:"古人以贝为饰,今番民乃如是。常见路上女子,编缀衣裳,刻镂工巧,古人用物,因见一斑。"番锦:唐代中后期,在粟特人的帮助之下,吐蕃帝国建立了自己的丝绸纺织业,吐蕃生产的丝绸被称作"番锦"。

[2]雕镂:雕刻。

[3]陌头:指田间小路。盈盈:形容仪态美好。

[4]顾盼:顾盼生辉的省称。指回首抬眼之间就有美妙的姿色。形容眉目传神,姿态动人。

其三一

巨轮十丈水争飞[1]，架木通畦黍麦肥[2]。

直引黄流到天上，机心漫笑汉阴非[3]。

【注释】

[1]自注："兰州北枕黄河，民间缘岸作大轮，借水势戽水灌田，可上五六丈许。汉阴抱瓮殆虚言，而实用微矣。"按：黄河水车，又名天车，或称挑车、翻车、筒车、老虎车等。明嘉靖二年(1523)，兰州进士段续根据南方的木制龙骨筒车研制成功了兰州水车，黄河两岸的农民争相仿制，风行一时。兰州水车造型奇特，巧夺天工，曾经作为人们提水灌田的生产工具，在农业发展史上起到过无可替代的作用。

[2]黍麦：黄米和麦子。这里代指五谷。

[3]"机心"句：《庄子·天地》："子贡南游于楚，反于晋，过汉阴，见一丈人方将为圃畦，凿隧而入井，抱瓮而出灌，搰搰然用力甚多，而见功寡。子贡曰：'有械于此，一日浸百畦，用力甚寡而见功多，夫子不欲乎？'为圃者印而视之曰：'奈何？'曰：'凿木为机，后重前轻，挈水若抽，数如泆汤，其名为槔。'为圃者忿然作色而笑曰：'吾闻之吾师，有机械者必有机事，有机事者必有机心。机心存于胸中，则纯白不备；纯白不备，则神生不定；神生不定者，道之所不载也。吾非不知，羞而不为也。'子贡瞒然惭，俯而不对。"机心，机巧功利之心。

其三二

绿蔓黄花冬自荣[1]，长楸走马望来惊[2]。

秦中见惯还成笑[3]，几把鹊巢呼寄生。

【注释】

[1]自注："关西树上多寄生，形如鹊巢，累累不绝，绿茎黄花，昔所未见，特少桑树，不作药味耳。"按：寄生草，多年生草本植物，属寄生植物，主要依附于寄主吸取土壤养分。有桑寄生、苦楝寄生等。有祛风湿，益肝肾，强筋骨，安胎的功效。

[2]长楸:高大的楸树。古代常种于道旁。屈原《九章·哀郢》:"望长楸而太息兮,涕淫淫其若霰。"王逸注:"长楸,大梓。言己顾望楚都,见其大道长树,悲而太息。"

[3]秦中:见王士祯《秦中凯歌十二首》注[1]。

其三三

大叶风裁铺绿云[1],长茎五尺虎班文[2]。

奇形合得将军号[3],破隘谁争一战勋[4]。

【注释】

[1]自注:"凉州西有大黄山,产大黄,邮亭见之,状甚怪,茎长可七八尺,苞可六七寸,含蕊正黄。李将军以大黄射虎,想其威稜如此。"按:大黄山,即焉支山。见戴记《塞上杂咏》其四注[5]。大黄,中药名。别名将军、南大黄、牛舌大黄。多年生高大草本。根状茎及根部肥厚,黄褐色。叶片圆形或卵圆形。多生于山地林缘或草坡。具有泻热通便、凉血解毒、逐瘀通经的作用。

[2]虎班文:指像虎的斑纹一样的叶纹。

[3]将军号:大黄别名将军。

[4]"破隘"句:《汉书·李广传》:"(李)广身自以大黄射其裨将。"服虔曰:"黄肩,弩也。"孟康曰:"太公陷坚却敌,以大黄参连弩也。"晋灼曰:"黄肩,即黄间也。大黄,其大者也。"作者这里误以为大黄连弩是中药大黄。

其三四

罂粟为名仿佛同[1],团团五色百花丛。

轻云澹日凭栏看,魏紫姚黄拜下风[2]。

【注释】

[1]自注:"莴苣莲,亦罂粟之类,而不同,甘肃以西甚盛,一本六七枝,高四五尺,花大三四寸,重台如牡丹,色殊丽。至大红一种,自非姚魏所及。虞美人盛如丰台,不复齿及。"罂粟:二年生草本植物。夏季开花,花为红色、紫色或白色。果实球形或椭圆形,种子小而多。原产于欧洲。果中乳汁

干后称鸦片,含吗啡和其他生物碱,有镇痛、镇咳和止泻作用,但常用能成瘾。清方登峄《述本堂诗集·宁古塔纪略》:"莴苣莲,即罂粟,六月始花,高尺许,叶如莴苣,单瓣微红。中土人携千层五色种布之,辄变。"

[2]魏紫姚黄:指宋代洛阳两种名贵的牡丹品种。魏紫,千叶肉红牡丹,出于魏仁溥家。姚黄,千叶黄花牡丹,出于姚氏民家。宋范成大《书樊子南游西山二记后》:"仙山草木锁卿云,不到花平不离尘。十丈牡丹如锦盖,人间姚魏却争春。"

其三五

异种原随博望侯[1],香醪一斗换凉州[2]。

酒泉不见龙珠帐[3],佳实来从天尽头。

【注释】

[1]自注:"葡萄自西域来,见于前史,肃州绝无之。其干者如豆许,皆自关外至。雅尔回使所遗,多白色,味尤甘。"按:葡萄,见雷和《正宁竹枝词》其七注[2]。博望侯:指张骞。见叶映榴《过皋兰八绝句》其八注[2]。

[2]"香醪"句:东汉时,扶风人孟佗送给宦官张让一斗葡萄酒,张让即拜孟佗为凉州刺史。《后汉书·张让传》:"让有监奴典任家事,交通货赂,威形喧赫。扶风人孟佗,资产饶赡,与奴朋结,倾竭馈问,无所遗爱……让大喜,遂以佗为凉州刺史。"李贤注引《三辅决录注》云:"佗字伯郎。以蒲陶酒一斗遗让,让即拜佗为凉州刺史。"香醪,美酒。凉州,今甘肃省武威市。这里盛产葡萄酒。唐康骈《剧谈录》:"凉州富人好酿葡萄酒,多至千馀斛,积至十年不败。"

[3]酒泉:今甘肃省酒泉市。龙珠帐:比喻结实累累的葡萄。唐段成式《酉阳杂俎·广动植三》:"贝丘之南有葡萄谷……天宝中,沙门昙霄因游诸岳,至此谷,得蒲萄食之。又见枯蔓堪为杖……持还本寺,植之遂活,长高数仞,荫地幅员十丈,仰观若帷盖焉。其房实磊落,紫莹如坠,时人号为'草龙珠帐'焉。"

其三七

污田陈莽烂成窠[1]，方尺掘来平复颇。

非炭非柴留宿火，温膪暖气一床多[2]。

【注释】

[1]自注："下田涂泥，细草如发，根结泥中，土人掘而干之，名曰'垡子'。至冬，微烧置床下，达旦温燃，与红柳柴皆无用之用。按：垡，耕田土块也。"按：垡子，翻耕出来或掘出的土块。这里指混有腐朽草根的土块，晒干可以燃烧取暖。窠：鸟兽的窝。

[2]温膪(nún)：温暖馨香。

其三八

臃肿曲拳枯木胎[1]，剔根连载作薪材。

地中生木成爻象[2]，真见荒原物利来。

【注释】

[1]自注："柽红柳生沙碛中，柔条数尺，红蕤嫣然。土人掘其根，拳曲作老树形，巨者盈抱，获多满车，惟以供炊。《雅》诗云：'启辟攘剔。'殆此类耶！"按：柽(chēng)红柳，亦称三春柳、红柳，见沈青崖《敦煌即事》其二注[3]。

[2]爻象：《周易》中六爻相交成卦所表示的事物形象。这里指柽柳奇怪的样子。

其三九

设险岩疆压峻冈[1]，虎符龙节达遐荒[2]。

重关一下葳蕤锁[3]，回首何人不忆乡？

【注释】

[1]自注："嘉峪关去肃七十里，踞冈为城，左右皆边墙，前明以界内外者。凡出关，守将启门，行者出，辄闻闭关声。征夫回望，不觉凄其矣！"按：嘉峪关，关名。始建于明洪武五年(1372)，明长城最西端的关口。位于甘肃省嘉峪关市西5千米处最狭窄的山谷中部。北连黑山悬壁长城，南接天

下第一墩,地势险要,建筑雄伟,有边陲锁钥之称,号称"天下第一雄关"。岩疆:边远险要之地。

[2]虎符:虎符是古代皇帝调兵遣将用的兵符,用青铜或者黄金做成伏虎形状的令牌,持符者即获得调兵遣将权。龙节:泛指奉王命出使者所持之节。遐荒:边远荒僻之地。

[3]葳蕤锁:以链相连可以屈伸的锁。《太平广记》卷三一六引《录异传》:"刘照,建安中为河间太守。妇亡,埋棺于府园中,遭黄巾贼,照委郡走。后太守至,夜梦见一妇人往就之,后又遗一双锁,太守不能名,妇曰:'此葳蕤锁也,以金缕相连,屈申在人,实珍物。吾方当去,故以相别,慎无告人。'"萎蕤,即葳蕤。

其四○

高低罗列似蜂巢[1],横挂田塍细路交[2]。

陶穴生民几千载[3],邠风何用更于茅[4]。

【注释】

[1]自注:"凿穴而居,入豫已见之。至邠,行两山间,凡缘山依洞,点点如蜂窠,皆聚落也。间睹屋宇,盖有力者为之。"按:这里指陇东一带的窑洞民居。见雷和《正宁竹枝词》其一○注[1]。

[2]田塍(chéng):田埂。

[3]陶穴:古代凿地而成的土室。《诗·大雅·绵》:"古公亶父,陶复陶穴,未有家室。"毛传:"陶其壤而穴之。"郑玄笺:"凿地曰穴,皆如陶然。"高亨注:"向下掏的洞叫做穴,即地洞。"生民:指《诗·大雅·生民》,是周代的史诗之一。此组诗追述周民族始祖后稷的事迹,主要记叙他出生的神奇和他在农业种植方面的特殊才能,所写的内容既有历史的成分也有一些神话的因素。后稷子不窋曾经在甘肃省庆阳市一带生活。

[4]邠风:即《豳风》。《诗经》十五国风之一,共七篇二十七章。其中《七月》篇为叙述西周时代奴隶从事农事生活的篇章。后人因以《豳风》借指农歌。于茅:取茅之意,意谓割草。《豳风·七月》:"昼尔于茅,宵尔索

绚。"《孟子·滕文公上》:"民事不可缓也。诗云:'昼尔于茅,宵尔索绹。亟其乘屋,其始播百谷。'"邠,即邠县,地名,在陕西。今作彬县。古代邠州曾辖今甘肃庆阳、平凉的部分地区。

其四一

星罗棋布各成村[1],高筑垣墉低凿门[2]。

榆柳婆娑荫场圃[3],不知守望是篱樊[4]。

【注释】

[1]自注:"甘民乡居,各自为堡,大小如城垣,盖前代羌夷交侵,故为守御计,大者成市镇,往往设官弹压之。其小者皆孤立,于守望相助之义邈矣!"星罗棋布:像天空中的星星和棋盘上的棋子一样罗列、分布着。形容数量众多,散布的范围很广。

[2]垣墉:垣墙。垣,矮墙。墉,城墙。

[3]婆娑:枝叶扶疏的样子。

[4]守望:"守望相助"的省语。指为了防御外来的侵害,邻近的村落协同看守瞭望,遇警互相帮助。《孟子·滕文公上》:"出入相友,守望相助,疾病相扶持。"篱樊:篱笆。比喻限制范围。

其四二

祁连积雪气飞腾[1],流液应从太古凝。

闻道凿来销酷暑[2],人间实有万年冰。

【注释】

[1]自注:"雪山直走西北,郡当其右,望之连峰若肋,峰间皓白,冰雪交积,益不可计年矣!前总制黄公驻肃,夏苦于热,日使两马取冰制暑,往者皆披裘然后入,去郡犹百数十里云。"祁连:山名。见马祖常《河湟书事二首》其一注[2]。

[2]"闻道"句:指人们凿来祁连山的冰块消暑。商周时期,人们便开始利用天然冰来制冷。周王室还成立相应的机构管理"冰政",负责人被称为"凌人"。《周礼》载:"凌人掌冰正,岁十有二月,令斩冰,三其凌。"《礼记》

也说:"季冬之月……冰方盛,水泽腹坚,命取冰。"《诗·豳风·七月》:"二
之日凿冰冲冲,三之日纳于凌阴。""凌阴"就是山阴处的藏冰地窖。

其四三

汉家天马徕西极[1],此日蒲梢外厩同[2]。

岁岁龙驹送尚乘,雄姿嶉崪一嘶风[3]。

【注释】

[1]自注:"汉武始号渥洼马为天马,及得大宛马,乃更以为天马。今都
入提封矣,每岁选良骥恭进,幸皆见之。"天马:汉朝对得自西域的良马的称
呼,意即神马。《史记·大宛列传》:"(汉武帝)得乌孙马,好,名曰天马。及
得大宛汗血马,益壮,更名乌孙马曰西极,名大宛马曰天马云。"汉武帝《天
马歌》:"天马徕兮从西极,经万里兮归有德。承灵威兮降外国,涉流沙兮四
夷服。"按:渥洼,即渥洼池。在今甘肃省敦煌市西南70千米的南湖乡境内,
今称黄水坝水库。西汉元鼎四年秋,渥洼水出天马。《史记·乐书第二》:
"又尝得神马渥洼水中。"《集解》:"李斐曰:南阳新野有暴利长,当武帝时遭
刑,屯田敦煌界,人数于此水旁见群野马中有奇异者与凡马异,来饮此水傍,
利长先为土人持勒靽于水傍,后马玩习久之,代土人持勒靽收得其马献之,
欲神异此马,云:'从水中出。'"汉武帝相信暴利长"马从水中出"之言,以为
祥瑞之兆,故作《太一之歌》咏之,盛赞天马之奇绝超卓、梦想飞龙必至之
效,透露出汉帝国"上承天运,下符时运"之强盛无比之情。

[2]蒲梢:大宛马名。《史记·乐书》:"后伐大宛得千里马,马名蒲
梢。"应劭《集解》曰:"大宛旧有天马种,蹋石汗血,汗从前肩膊出如血,号一
日千里。"也叫汗血马。

[3]嶉崪(qiú zú):高峻貌。唐杜甫《骢马行》:"邓公马癖人共知,初得
花骢大宛种。凤昔传闻思一见,牵来左右神皆竦。雄姿逸态何嶉崪,顾影骄
嘶自矜宠。"这里指天马的矫健身姿。

其四四

杜甫曾夸黑白鹰[1],皂雕嘴爪见威稜[2]。

臂韝擎出森然立[3],羽猎行看制大鹏[4]。

【注释】

[1]自注:"雕鹰之大者产西北诸城,岁以进贡,比内地鹰大五六倍,金眸玉爪,森然可畏。惟回民能饲之,啖以肉二斤许,半饱而止。其力可以击虎,鹿、狐、兔非所屑也。"唐杜甫《见王监兵马使说近山有白黑二鹰,罗者久取,竟未能得,王以为毛骨有异他鹰,恐腊后春生,骞飞避暖,劲翮思秋之甚,眇不可见,请余赋诗》:"黑鹰不省人间有,度海疑从北极来。正翮抟风超紫塞,立冬几夜宿阳台。虞罗自各虚施巧,春雁同归必见猜。万里寒空只一日,金眸玉爪不凡材。"

[2]皂雕:一种黑色大型猛禽。唐杜甫《呀鹘行》:"强神非复皂雕前,俊才早在苍鹰上。"威棱:威力,威势。

[3]臂韝(gōu):臂套。用皮制成。射箭、架鹰时缚于两臂,束住衣袖,以便动作。

[4]羽猎:汉代帝王出猎,士卒负羽箭随从,故称"羽猎"。汉扬雄有《羽猎赋》。大鹏:古代传说中最大的鸟,由鲲变化而成。《庄子·逍遥游》:"北冥有鱼,其名为鲲。鲲之大,不知其几千里也;化而为鸟,其名为鹏。鹏之背,不知其几千里也;怒而飞,其翼若垂天之云。"

其四五

青灯绿酒旧周旋[1],更遣移封到酒泉[2]。

玉液休夸刘白堕[3],烧春一盏足延年[4]。

【注释】

[1]自注:"自兰(州)以西尚白酒,以青稞大麦为之,甘州最上,白如玉,浓如醍醐。都门所称南路酒佳者,不知相似否?"绿酒:绿颜色的酒。古代土法酿酒,酒色黄绿,诗人称绿酒。南朝梁萧衍《碧玉歌》:"碧玉奉金杯,绿酒助花色。"

[2]移封到酒泉:唐杜甫《饮中八仙歌》:"汝阳三斗始朝天,道逢麴车口流涎,恨不移封向酒泉。"按:汝阳,指汝阳郡王李琎,玄宗皇帝兄李宪长子,与贺知章等为诗酒之交。

[3]刘白堕:相传为南北朝时善于酿酒的人。北魏杨衒之《洛阳伽蓝记·法云寺》:"河东人刘白堕,善能酿酒。季夏六月,时暑赫晞,以罂贮酒,暴于日中,经一旬,其酒不动,饮之香美而醉,经月不醒。"这里指美酒。

[4]烧春:酒名。唐李肇《唐国史补》卷下:"酒则有郢州之富水……剑南之烧春。"

其四六

翻翻白叶望如云[1],簇簇黄花送午薰[2]。

馌妇插头僧作供[3],数株可许动星文[4]。

【注释】

[1]自注:"用香山《柳》诗。沙枣树如枣,叶白色,花如桂而稍大,实不及芊矢。枣木理坚,有文,可作器皿。去岁边臣以十馀株进贡。"按:沙枣,见沈青崖《甘凉杂兴》其三注[4]。

[2]午薰:中午的暖风。

[3]馌(yè)妇:往田野送饭的妇女。

[4]星文:指星象、星光。

胡　釴

胡釴(1708—1770),字鼎臣,号静庵,甘肃秦安人。清雍正十二年(1734)拔贡。博通经史,长于声律。后入兰山书院,跟随牛运震学习,与吴镇、刘绍攽、杨鸾并称"关中四杰"。乾隆六年(1741),主讲秦安书院。乾隆二十七年(1762),主讲秦州书院。乾隆三十一年(1766),出任高台县教谕。乾隆三十五年(1770),兼任肃州学正。著有《静庵诗钞》《续东游草》。

辛巳年立春竹枝词四首[1]

其一

府君初到喜班春[2],三里山城景色新。

更有儿童喧笑语,一冬无雪足香尘[3]。

【注释】

[1]此组诗选自甘肃省图书馆藏清乾隆稿本《续东游草》。作于乾隆二十六年辛巳(1761)立春。

[2]自注:"冷明府始摄县事。"按:冷明府:即秦安县令冷文炜(1719—?),字彤章,号艾西,山东省莱州府胶州人。乾隆九年(1744)副贡生,考取景山官学教习,期满以知县分发甘肃,历署秦安、两当、安定、靖远、通渭、皋兰、镇原、山丹、西宁等县知县,升洮州厅抚番同知。为官清廉,重视文教。乾隆二十六年(1761)在秦安任上曾修茸陇川书院,更名为"龙山书院"。善书工诗,尤善行草书,潇洒遒劲,与同时人明福所作之画齐名。府君:汉代太守的尊称。后来也是对地方官的尊称。班春:颁布春令。指古代地方官督导农耕之政令。这里指立春。

[3]足香尘:形容脚踏在泥土上(多指美女)。这里指气候干旱,尘土太大。

其二

市人倾侧避中衢[1],铃铎声喧一串珠[2]。

豪室大奴装袴褶[3],竞牵丝辔走骡驹。

【注释】

[1]倾侧:偏斜,倾斜。中衢:四通八达的大路。

[2]铃铎:金属响器名。大者为铃,小者为铎。作为警戒、教化、斋醮、奏乐之用。这里指挂在马脖子上的铃铛。一串珠:形容歌声圆转,有如一串明珠。唐白居易《寄明州于驸马使君三绝句》之三:"何郎小妓歌喉好,严老呼为一串珠。"这里指铃铛声悦耳。

[3]袴褶(kù zhě):汉服的一种款式。上穿褶,下着裤,外不加裘裳,故称。起于汉末,始为骑服。盛行于南北朝,亦用作常服、朝服。唐末渐废。

其三

东郊士女乱如云,今岁迎春剧方纷[1]。

试向山城城外望[2],青峦一半属红裙[3]。

【注释】

[1]"今岁"句:意谓今年迎春时闹社火的活动很热闹。

[2]山城:这里指秦安县城。

[3]青峦:青山。红裙:红色裙子。指美女。

其四

药裹关心睡起迟[1],还能曳履逐群儿[2]。

春风谈笑情怀在[3],莫惜狂夫小病时[4]。

【注释】

[1]药裹关心:指生病服药。药裹,药包,药囊。唐杜甫《酬郭十五判官》:"药裹关心诗总废,花枝照眼句还成。"

[2]曳履:拖着鞋子。形容闲暇、从容。

[3]春风谈笑:愉快地谈笑。宋杨万里《醉笔呈尚长道》:"十年相别一相逢,和气春风谈笑中。"

[4]自注:"时方小疾。"狂夫:无知妄为的人。用作谦词。

杨　鸾

杨鸾(1711—1778),字子安,号迂谷,别号可诗老人,陕西潼关人,室名邈云楼。乾隆元年(1736)中举,四年成进士,曾仕宦和游历过四川、湖南、京师、江浙、陇右等地。杨鸾学识丰厚,长于诗文,与刘绍攽、胡釴、吴镇驰誉秦陇诗坛,称"关中四杰"。著有《邈云楼集》。

凉州杨柳词[1]

其一

凉州杨柳也如丝,却是春风欲尽时。

一种笼烟沙塞月,何人解入笛中吹[2]。

【注释】

[1]此组诗选自《邈云楼集·邈云三编》。作于乾隆二十六年(1761),

有好友邀杨鸾到甘州书院任山长，因而来到河西。凉州：见李楷《秦州》注[2]。杨柳词：又称杨柳枝词或柳枝词，为唐代韦蟾廉所倡作。《全唐诗话》载："韦蟾廉问鄂州，罢，宾僚祖钱。蟾曾书《文选》句云：'悲莫悲兮生别离，登山临水送将归。'请客续其句。有妓起口占云：'武昌无限新栽柳，不见杨花扑面飞。'坐客无不嘉叹，韦令倡作杨柳枝词。"这种词以借柳抒离情为主题，短小似七绝。

[2]"何人"句：笛中曲有《折杨柳》，属乐府横吹曲。传说汉代张骞从西域传入《摩诃兜勒曲》，李延年因之作新声二十八解，以为武乐。魏晋时古辞亡失。晋太康末，京洛有《折杨柳》歌，辞多言兵事劳苦。南朝梁、陈和唐人多为伤春惜别之辞，而怀念征人之作尤多。唐王之涣《凉州词》："羌笛何须怨杨柳，春风不度玉门关。"

其二

凉州杨柳鹅儿黄[1]，袅袅轻阴拂短墙[2]。

凉州女儿梳洗懒，谁画双眉如许长。

【注释】

[1]鹅儿黄：鹅黄色。

[2]袅袅：细长柔软的东西随风轻轻摆动。

其三

凉州杨柳情依依，绾住春风莫放归[1]。

同是一年十二月，花飞缠罢还霜飞。

【注释】

[1]绾(wǎn)：盘绕，系结。

其四

凉州杨柳可青青，道上行人去不停。

记得灞桥此时节[1]，绿烟椮雪满回汀[2]。

【注释】

[1]灞桥：《三辅皇图》记载：灞桥在长安东，古人送客至此，折柳送行。

[2]糁(shēn):谷类磨成的碎粒。这里指柳絮。回汀(tīng):曲折的洲渚。

王 垣

王垣,字紫亭,陕西蒲城人。乾隆元年(1736)举博学鸿词,六年举于乡。与杨鸾最为莫逆,经常谈诗论文。有《啸雪堂诗文集》。

枝阳绝句[1]

散赈枝阳,淹留十日,此邦士民饶有古风,临行殊恋恋也,因口占四绝以寄多士[2]。

【注释】

[1]此组诗选自《(道光)会宁县志》卷十一。枝阳:县名。西汉置,属金城郡。治所在今甘肃省永登县南苦水乡庄浪河东岸。西晋初废。十六国前凉复置,属广武郡。北魏废。《水经·河水注》:"逆水又东径枝阳县故城南,东南入湟水。"后世多误作会宁县。

[2]多士:古指众多的贤士。

其一

秋到荒城客思孤,夕阳凝望尽烟芜。

嗷嗷四野哀鸿遍[1],惭愧当年郑侠图[2]。

【注释】

[1]哀鸿:悲鸣的鸿雁。《诗·小雅·鸿雁》:"鸿雁于飞,哀鸣嗸嗸。"《序》云:"《鸿雁》,美宣王也。万民离散,不安其居,而能劳来还定,安集之。"后以"哀鸿"比喻流离失所的人们。

[2]郑侠图:《宋史·郑侠传》载:郑侠任监安上门职务时,以所见居民流离困苦之状,令画工绘成流民图上奏,宋神宗看了以后,一夜睡不着觉,第二天下了责躬诏,罢去方田、保甲、青苗诸法。后以"郑侠图"代称流民图。

其二

指点郊原半草莱[1],相看何处是春台[2]。

感时有泪休轻溅[3],辜负儿童竹马来[4]。

【注释】

[1]草莱:杂生的草,荒芜之地。

[2]春台:《老子》:"众人熙熙,如享太牢,如登春台。"指春日登眺览胜之处。

[3]"感时"句:化用唐杜甫《春望》"感时花溅泪,恨别鸟惊心"之诗意。

[4]竹马:儿童放在胯下当马骑的竹竿。

其三

相对何时共论文[1],笔床茶灶傍寒云[2]。

数行疏树三更月,领略秋声已十分。

【注释】

[1]"相对"句:化用唐杜甫《春日忆李白》"何时一樽酒,相与共论文"之意。

[2]笔床茶灶:《新唐书·陆龟蒙传》:"不喜与流俗交,虽造门不肯见。不乘马,升舟设蓬席,赍束书、茶灶、笔床、钓具往来。时谓'江湖散人'。"后用以表现洒脱的隐士生活。

其四

图画中间结草亭,四围青色晚冥冥[1]。

卷帘坐爱新凉好,雨过遥山一片青。

【注释】

[1]冥冥:昏暗。

胡季堂

胡季堂(1729—1800),字升夫,号云坡,河南光山人。侍郎胡煦子。初以荫生授顺天府通判,改刑部员外郎,迁郎中。乾隆三十一年(1766),出为甘肃庆阳知府,迁甘肃按察使,调江苏布政使。乾隆三十九年(1774),擢刑部侍郎。官至直隶总督加太子太保,赠太子太傅,谥庄敏。有《培荫轩诗文集》。

丁亥夏六月于役岷阶道中杂咏[1]

其一

清流曲曲绕柴门,路入岷州山下村。

耕雨锄云几岁月[2],数声啼乌伴朝昏。

【注释】

[1]此组诗选自《培荫轩诗集》卷一。作于乾隆三十二年丁亥(1767)夏六月,诗人时为甘肃按察使,视察陇南时所作。于役:行役。谓因兵役、劳役或公务奔走在外。岷阶:岷州和阶州。岷州,即今甘肃省定西市岷县。阶州,今甘肃省陇南市武都区。先秦时置武都道,西汉元鼎六年(前111)置武都郡;西魏大统元年(535)改置武州;唐景福元年(892)更名为阶州。

[2]耕雨锄云:指从事农业生产。

其二

晨发岷州晓月残,凉风飒飒怯衣单[1]。

披裘上马冲风去[2],端的山深六月寒[3]。

【注释】

[1]飒飒:风雨声。

[2]裘:皮衣。冲风:顶着风,冒着风。

[3]端的:果然,的确。

其三

火伞撑空照陇头[1],春禾才见穗初抽[2]。

农民说道由来久,七月中旬是麦秋[3]。

【注释】

　　[1]火伞:红色的伞盖。比喻烈日。陇头:陇山。见李复《竹枝歌十首》注[2]。

　　[2]春禾:春麦。

　　[3]自注:"甘肃农事,岁只一熟。"麦秋:指麦子成熟的季节。南方麦熟在初夏(农历四、五月)。初夏正是麦子成熟的季节,而秋天是谷物成熟的季节,因此古人引申称初夏为麦秋。但是陇上天寒,麦子七月半才成熟。

其四

冬衣毛褐夏衣麻[1],终岁辛勤苦作家。

偏是无知小村女,山花犹插鬓边斜。

【注释】

　　[1]自注:"岷州至宕昌土人,多种麻绩布为衣。"毛褐:指用兽毛或粗麻制成的短衣。

其五

万山重叠蠢苍穹[1],一水名江走白龙[2]。

傍水依山行不得,断崖接木驾飞虹[3]。

【注释】

　　[1]苍穹:苍天,广阔的天空。

　　[2]白龙:白龙江。古称桓水。白龙江为长江支流嘉陵江的支流。发源于甘肃省甘南藏族自治州碌曲县与四川若尔盖县交界的郎木寺,流经甘肃省甘南藏族自治州碌曲县、四川省若尔盖县、甘肃省甘南州的迭部县、舟曲县、陇南市的宕昌县、武都区、文县,在四川广元市境内汇入嘉陵江。

　　[3]自注:"自岷州南顺江而下,名白龙江。有险阻则凿石接木如栈道。土人呼之为桥。"

其六

不是山边即水边,数家人户突炊烟[1]。

饶他板屋高如许[2],尚起层楼望远天[3]。

【注释】

[1]突:古代灶旁突起的出烟火口,相当于现在的烟筒。

[2]饶:即使,尽管。板屋:见汪士鋐《岷州竹枝词》其一注[2]。

[3]自注:"由岷至阶,居民皆起楼,以竹篱为墙,壁上苫木片。"

其七

苫楼木片轻于瓦[1],削竹编篱便是墙。

只恐地高风势恶,压将石块一行行[2]。

【注释】

[1]苫(shān):用草做成的盖东西或垫东西的器物。也指用席、布等遮盖。

[2]自注:"苫楼木片,以石压之,防风吹去。"

其八

群山环裹路全遮,山外高峰一望赊[1]。

遥向茂林深处问,居民指点说番家[2]。

【注释】

[1]赊:遥远。

[2]番家:旧指少数民族或少数民族所建立的国家。这里指陇南一带的白马氐羌。

其九

旧是羌戎化外疆[1],而今番族亦驯良[2]。

看他妇子熙熙乐[3],也事耕耘纳地粮[4]。

【注释】

[1]羌戎:羌与戎均是古时分布于西北的少数民族。泛指边疆蛮夷之邦。这里指陇南一带的白马氐羌。化外:旧时指政令教化达不到的偏远落后的地方。

[2]自注:"番人聚居村落,名为族。"驯良:温顺善良。

[3]熙熙:和乐貌。繁盛貌。

[4]自注:"归顺以来,与民人错处,相安耕凿。"纳地粮:即纳粮。旧指完交税粮。

其一〇

三三两两遇番蛮[1],跨马何愁行路难。

装束不分妇共女,只从垂辫别双单[2]。

【注释】

[1]番蛮:这里指陇南一带的少数民族。番,泛指少数民族的居地偏远。蛮,旧时用以泛指四方的少数民族。

[2]自注:"番俗妇女皆垂发辫,妇人双,女子则单。"

其一一

一径纡盘高复低[1],阴平古道未曾迷[2]。

经行不问前途险,且看飞泉落小溪。

【注释】

[1]纡盘:回绕曲折,盘结回旋。

[2]阴平古道:为古代入川的交通要道。起于阴平郡(文县的鹄衣坝),途经文县县城,翻越青川县境内的摩天岭,经唐家河、阴平山、马转关、靖军山,到达四川平武县的江油关(今南坝乡),全长265千米。《三国志》记载:三国时,司马昭命钟会、邓艾领兵伐蜀。被蜀汉大将姜维堵在剑门关以北,久攻不下,邓艾则回军景谷道,到达阴平郡(今甘肃省文县),走数百里险要小道,到达江油关,蜀汉守将马邈开关投降。邓艾军长驱南下,攻克绵竹,直抵成都。蜀后主刘禅投降,灭了蜀国。古代也将陇南市宕昌县官亭乡花石峡口的古栈道和武都的险崖栈道都看作阴平古栈道的一段。

其一二

破蜀功劳薄汉霄[1],缘山劈路凿山腰。

只今绝壁悬崖地,留得人呼邓邓桥[2]。

【注释】

[1]"破蜀"句:指邓艾父子伐蜀的功劳卓著。薄,迫近。汉霄,天河和

云霄,指天空。喻遥远,高远。

[2]自注:"乾江头南有邓邓桥,相传为邓艾父子所建。"邓邓桥:位于甘肃省宕昌县官亭乡花石峡口岷江之上。邓艾和其子邓忠伐蜀经过时,曾在岷江上修建伸臂木梁桥。因该桥为邓艾父子主持修建,故取名"邓邓桥"。

其一三

夹江石壁高千仞[1],路断狂流势正骄[2]。

不是凿山开栈道,那能飞度出重霄[3]。

【注释】

[1]千仞:形容极高或极深。古代八尺为仞。

[2]狂流:汹涌的水波。这里指白龙江。骄:猛烈。

[3]"不是"两句:这里指邓艾伐蜀,偷渡阴平古道,在高山峡谷间修建栈道才能通行,并不是传说的裹毡滚下山崖。飞度,即飞渡。指在上空越过。形容行军迅速。重霄,指极高的天空。古代传说天有九重。

其一四

崇山夹岸护江来,一水中流去不回[1]。

高浪激滩奔似电,怒涛搏石响如雷[2]。

【注释】

[1]自注:"用唐人句。"按:唐赵嘏《秦中逢王处士》有句云:"万水东流去不回。"

[2]怒涛:汹涌的波涛。

其一五

山多顽石地多沙,好土无多可种麻。

独有山椒红烂漫[1],家家栽得满园花。

【注释】

[1]自注:"自宕昌以南至西固一带,与四川相近。山多杂石,不能种麻,土人多种花椒为业。"山椒:即花椒,芸香科、花椒属落叶小乔木。花椒用作中药,有温中行气、逐寒、止痛、杀虫等功效。

其一六

武都山势太嶙峋[1],石碛沙滩隐似鳞[2]。

惟有近城风景好,盈眸绿翠稻秧匀[3]。

【注释】

[1]嶙峋:形容山石等突兀、重叠。

[2]石碛(qì):指多石的沙滩。

[3]自注:"甘肃自兰州往南,历巩昌至岷州,其间山多水少,农民所种,只麦、豆、青稞之类。至阶州附郭,始见稻秧,眼界一新。"

毕 沅

毕沅(1730—1797),字续衡,或作湘衡,一字秋帆,小字潮生,自号灵岩山人,镇洋(今江苏太仓)人,祖籍安徽休宁。师从沈德潜、惠栋,学业大进。乾隆十八年(1753)举人。二十二年,授内阁中书,为军机处章京。二十五年殿试一甲第一名进士,状元及第,授翰林院修撰。乾隆三十二年(1767),补授甘肃巩秦阶道,次年署甘肃按察使。历任陕西布政使、陕西巡抚、河南巡抚、湖广总督。著有《灵岩山人诗文集》《关中金石录》,主持编纂《续资治通鉴》。

山行杂诗十二首[1]

其一

危岚壁削上无梯[2],淡霭疏林一抹齐[3]。

云外午鸡啼不歇[4],居人更在万峰西。

【注释】

[1]此组诗选自《灵岩山人诗集》卷二十四。作于乾隆三十四年(1779)九月,毕沅赴陇南视察旱情时所作。

[2]危岚:高山上的风或雾气。危,高峻。岚,山风或雾气。

［3］淡霭:指轻烟薄雾。

［4］"云外"句:指高山上村庄的鸡鸣。

其二

村落荒凉节候差[1],土房多半槿篱遮[2]。

山田高下铺红雪[3],九月晚荞才吐花[4]。

【注释】

［1］节候:季节,气候。

［2］槿篱:木槿篱笆。南朝梁沈约《宿东园》:"槿篱疏复密,荆扉新且故。"

［3］红雪:这里指红色的荞麦花。

［4］晚荞:晚熟的荞麦。荞麦,别名净肠草、乌麦、三角麦,一年生草本植物。茎直立,开淡红色小花。荞麦喜凉爽湿润的气候,需水较多。

其三

风作秋声雨作泥,劳人旦晚重栖栖[1]。

白头老叟顾余笑[2],荷锸疏泉灌药畦[3]。

【注释】

［1］劳人:劳苦之人。指农民。旦晚:早晚。栖栖:忙碌不安的样子。

［2］顾:回头看。

［3］锸:古代一种掘土用的工具。药畦:种植草药的田块。

其四

一峰曲处一峰开,阪滑霜浓马力隤[1]。

好鸟款人如旧识[2],幽花背客笑重来。

【注释】

［1］阪(bǎn):也作"坂"。指崎岖硗薄的地方。隤(tuí):即虺(huī)隤,(马)累得像患了病的样子。《诗·周南·卷耳》:"陟彼崔嵬,我马虺隤。"

［2］款人:款待人。这里指小鸟依人的样子。

其五

谬谷狞飙作怒号[1],密林处处有山魈[2]。

云深寺隐闻清梵[3],日落山空见老樵[4]。

【注释】

[1]谬(liáo)谷:空谷。谬,空,深。狞飙:狂风。

[2]山魈(xiāo):中国神话传说中山里的独脚鬼怪。《山海经·海内经》:"南方有赣巨人,人面长臂,黑身有毛,反踵,见人笑亦笑,唇蔽其面,因即逃也。"

[3]清梵:谓僧尼诵经的声音。

[4]老樵:打柴的老人。

其六

四山风来竹韵敲[1],一灯熹微隔柳梢[2]。

枫林月落夜昏黑,虎迹直与人迹交。

【注释】

[1]竹韵:指风吹竹子而形成的特有声音。

[2]熹微:光线淡弱。

其七

碧峰高高高插云,峰腰出泉泉澐澐[1]。

琼岚三尺镌古篆[2],枯藤瘦络蛟螭文[3]。

【注释】

[1]澐澐(yún):水流汹涌貌。

[2]自注:"石关堡道旁有碑,镌'碧峰插云'四隶字,笔力极古劲。"

[3]蛟螭文:像蛟龙一样的文字。蛟螭,犹蛟龙。亦泛指水族。汉扬雄《羽猎赋》:"探岩排碕,薄索蛟螭。"

其八

栈细云平控蜀都[1],芙蓉几瓣贴天孤[2]。

杜鹃何苦抵死叫[3],沧海月明泪已枯[4]。

【注释】

[1]"栈细"句:这里指陇南通往巴蜀的陇蜀古道,由于山高路陡,往往修栈道通行。陇蜀道有三大栈道邓桥、险崖、阴平,为古代陇南通往四川的必经之路。

[2]"芙蓉"句:指陇南的高山像莲花瓣一样聚在一起,高耸入云。芙蓉:荷花的别称。

[3]"杜鹃"句:指蜀道山中多杜鹃,叫声非常凄切。唐李白《蜀道难》:"又闻子规啼夜月,愁空山。"杜鹃,鸟名。又叫杜宇、子规。传说蜀王杜宇被流放,死后化为杜鹃鸟。它总是朝着北方鸣叫,六、七月鸣叫声更甚,昼夜不止,发出的声音极其哀切,犹如盼子回归,所以叫杜鹃啼归。唐李商隐《锦瑟》有"望帝春心托杜鹃"之句。

[4]"沧海"句:这里化用李商隐《锦瑟》"沧海月明珠有泪"之意。传说南海外有鲛人,其泪可以为珠。

其九

泼眼溪山画不成[1],排空六六锦屏横[2]。

寒泉有脉穿林出,老树无根带石生。

【注释】

[1]"泼眼"句:意谓满眼的溪山美景图画都很难描绘。泼眼,耀眼、照眼,也指满眼。

[2]"排空"句:指插向高空的山峰像一幅幅美丽的画屏。排空,凌空,耸向高空。六六,指巫山三十六峰。宋范成大《范氏庄园》:"夕阳尘土涨郊墟,六六峰头梦觉馀。"

其一〇

水没平桥路欲迷,几间荒驿近村西。

灯昏壁破仆梦魇[1],月暗林深狨鬼啼[2]。

【注释】

[1]梦魇:指噩梦,梦中惊悸。

[2]狨(róng):哺乳动物,猿猴类,体矮小,身体瘦长,尾巴与体长相当,毛灰黄色,背部有长毛。颜面青色,无颊囊,鼻孔向上,又称仰鼻猴、金线狨、金丝猴,是我国特产的一种珍贵动物。分布于我国甘肃陇南、四川、云南、贵州等地。金丝猴的脂肪油或血肉也是一味中药,主五痔,取其脂敷疮可治愈。

其一一

遥村阵阵送归鸦,鸡黍殷勤野老家[1]。

峰外残阳溪上月,水云深处路三叉。

【注释】

[1]鸡黍:《论语·微子》载:子路向人问道,主人留他住宿,并"杀鸡为黍而食之"。后遂用"鸡黍"作为款待客人的典故。唐孟浩然《过故人庄》:"故人具鸡黍,邀我至田家。"

其一二

一重一掩万花香,松翠飞泉扑面凉。

并翦若教裁半角[1],移归便压午桥庄[2]。

【注释】

[1]并翦:并州翦。古时并州所产剪刀,以锋利著称。唐杜甫《戏题画山水图歌》:"焉得并州快剪刀,剪取吴松半江水。"

[2]午桥庄:唐裴度的别墅名。故址在今河南省洛阳市南。裴度为唐宪宗时宰相,平定藩镇叛乱有功,晚年以宦官专权,辞官退居洛阳。于午桥建别墅,种花木万株,筑燠馆凉台,名曰绿野堂。唐白居易《奉和裴令公新成午桥庄绿野堂即事》:"只添丞相阁,不改午桥庄。"

玉门柳枝词[1]

春光偷度红沙碛[2],马前飞絮黏衣白[3]。

恨杀长条蹴地垂[4],回头扫尽征人迹。

【注释】

[1]此诗选自《灵岩山人诗集》卷二十五。作于乾隆三十五年(1779)八月,毕沅奉命赴新疆经理屯田事务,经过玉门关时所作。柳枝词:见杨鸾《凉州柳枝词》其一注[1]。

[2]沙碛:沙漠。

[3]黏(nián):粘连,胶合。

[4]踠(wǎn)地垂:指柳枝弯曲垂地。南北朝庾信《杨柳歌》:"河边杨柳百丈枝,别有长条踠地垂。"踠,弯曲。

王世锦

王世锦(1735—1794),字再陆,号艺芸,江苏吴县人。曾从沈德潜、王昶学诗。乾隆四十年(1775),入赀为州吏目,分发甘肃,次年任洮州(今甘肃省临潭县)照磨。升灵州吏目,继授靖远县典史。五十一年(1786),升甘肃嘉峪关巡检。著有《艺芸馆诗钞》。

洮州即事[1]

其一

青禾为食褐为衣[2],洮俗由来生计微[3]。
种得山田心力瘁,还愁雨雹旋成饥。

【注释】

[1]此组诗选自《艺芸馆诗钞·洮阳草》。作于乾隆四十一年(1776),诗人任洮州照磨(掌管宗卷、钱谷的属吏)时。洮:洮州,古地名。羌族故地,在今甘肃省临潭县西南。北周保定元年(561)于吐谷浑洮阳城置,治美相县(唐改名临潭县)。隋大业三年(607)改为临洮郡。唐武德二年(619)复为洮州,广德元年(763)后地属吐蕃,称临洮城。辖境相当今甘肃岷县以西及西倾山以东的洮河流域。明洪武四年(1371)改为洮州千户所。清乾隆

十三年(1748)置洮州厅。民国二年(1913)改称临潭县至今。

[2]青禾:即青稞。见汪士鋐《岷州竹枝词》其二注[1]。褐:粗毛、粗麻制成的衣服。

[3]生计:生活。

其二

中秋天气便飞霜[1],陌上纷纷刈获忙[2]。

坚好未成难久待[3],将来也可纳官仓[4]。

【注释】

[1]中秋:指中秋节。中国传统节日。又称祭月节、仲秋节、拜月节等。中秋节源自天象崇拜,由上古时代秋夕祭月演变而来。最初"祭月节"在二十四节气"秋分"这天,后来才调至夏历(农历)八月十五。中秋节自古便有祭月、赏月、吃月饼、玩花灯、赏桂花、饮桂花酒等民俗,流传至今。

[2]刈获:收割,收获。

[3]坚好:宋梅尧臣《送孙曼卿赴举》:"根本既坚好,蓊郁其干茎。"这里指庄稼成熟。

[4]官仓:官府的仓廪。

其三

二十而嫁三十娶[1],圣贤制礼可微参[2]。

洮人不论年相若,长女将来匹少男。

【注释】

[1]"二十"句:《周礼》:"令男三十而娶,女二十而嫁。"《礼记·仪礼》:"男子二十而冠……三十而有室,始得理男事……女十有五年而笄,二十而嫁。"宋陆佃《埤雅》:"始于季秋,终于仲春者,婚姻之时也。三十而娶,二十而嫁,男女之时也。"

[2]圣贤制礼:古代认为周礼为周公所制。圣贤,指品德最高尚、智慧最高超的人。参:探究,领悟。

其四

丧家殡敛最酸辛[1]，匍匐相将仰比邻[2]。

何事洮民忌哭泣，哄然五塞集诸亲[3]。

【注释】

[1]殡敛：即殡殓。停放灵柩或把灵柩送到墓地去。

[2]比邻：乡邻，邻居。

[3]哄然：形容人声嘈杂。五塞：古代一种赌博形式。《演繁露》卷五载："博，古固有之，然而随世更易，制多不同……鲍宏《博经》曰：'用十二棋，六棋白，六棋黑。所掷头谓之琼，琼有五采：画为一画者谓之塞；刻为两画者谓之白；刻为三画者谓之黑；一边不刻者，五塞之间谓之五塞。'"

其五

房精闻说落洮州[1]，牧马云连苜蓿秋[2]。

毕竟骅骝谁识得[3]，西风埋骨塞垣幽[4]。

【注释】

[1]房精：马的别名。李贺《马诗》其四："此马非凡马，房星本是星。"房星，星宿名。即房宿。古时以之象征天马。《晋书·天文志上》："房四星……亦曰天驷，为天马，主车驾。"古人认为马为房星之精。洮州：见王世锦《洮州即事》其一注[1]。

[2]苜蓿：见马祖常《庆阳》注[2]。

[3]骅骝：指赤红色的骏马，周穆王的"八骏"之一。后泛指骏马。

[4]塞垣：本指汉代为抵御鲜卑所设的边塞。又指边塞、北方边境地带。

其六

土物从来各一方[1]，江东莼菜蜀都姜[2]。

休言洮地无生产，菠菜蓬蒿也足尝[3]。

【注释】

[1]土物：本地的物产，某地特有的著名物产。

[2]蓴(pò)菜:莼菜。又名马蹄菜、湖菜等。性喜温暖,适宜于清水池生长。江南特产。姜:生姜。多年生草本植物姜的新鲜根茎。味辛,性微温。具有解表散寒的功效。四川产的生姜最有名。

[3]菠菜:又名波斯菜、赤根菜、鹦鹉菜等,属藜科菠菜属,一年生草本植物。蓬蒿:即茼蒿。一年生或二年生草本植物。茎叶嫩时可食,亦可入药。

其七

雄长诸番属土司[1],指挥世袭沐恩慈[2]。

剧怜杨氏称强盛[3],女子偏能辖织皮[4]。

【注释】

[1]土司:又称土官、土酋。中国古代官职,通常是西北、西南地区的少数民族部族头目任职。土司有广义与狭义之分。广义的土司指少数民族地区的头目在其势力范围内设立的且被中原朝廷认可的政府机构;狭义的土司专指"世有其地,世管其民,世统其兵,世袭其职,世治其所,世入其流,世受其封"的土官。

[2]指挥:官名。唐中叶后有都指挥使,后唐、后周及宋均沿用其名,为禁卫之官。宋代殿前司及侍卫亲军均有都指挥使、副都指挥使。明代内外诸卫皆置指挥使。洮州卓尼杨土司在明永乐间授土官指挥佥事,世袭其职。

[3]杨氏:指洮州卓尼杨土司。杨土司祖上是吐蕃贵族噶·伊西达吉,他带领部落定居于此。明永乐年间,其后裔江特兄弟征服了迭部十八部落,成为卓尼寺的寺主,逐一统治了洮河、白龙江流域的其他部落,成为这一地区的政教领袖。永乐二年(1413),江特带领迭部十八部落向明朝投诚。十六年,朱棣封江特为世袭指挥佥事、武德将军,分司屯田、驻军巡捕等职,成为卓尼第一任土司。自明清以来,传承数代,雄踞一方,对这一地区的政治、宗教、军事、文化及民族关系,均产生过深刻的影响。

[4]自注:"时杨土司年幼,其母马氏护理土司事务。"这里指卓尼十五代土司杨宗业(丹增仁钦青嘉),于乾隆四十五年(1780)承袭,后因平河州

之乱,以功赏三品顶戴花翎,领受兵部号纸。织皮:用兽毛织成的呢毡之属。《汉书·地理志》:"织皮昆仑、析支、渠叟,西戎即叙"。颜师古曰:"昆仑、析支、渠叟,三国名也。言此诸国皆织皮毛,各得其业。"这里指洮州地区。

其八

佛法西方称最神[1],喇嘛原即是番民[2]。

当前多少名罗汉[3],棒喝何人悟宿因[4]。

【注释】

[1]"佛法"句:这里指藏传佛教。洮州地区信奉藏传佛教,属安多藏区。

[2]喇嘛:藏语的译音。我国藏族、蒙古族对喇嘛教僧侣的尊称,意为上人、师傅。番民:指藏族。甘肃、青海都有一些藏族同胞。

[3]罗汉:"阿罗汉"的简称。为声闻四果之一,如来十号之一。又作阿卢汉、阿罗诃、阿黎呵等,略称罗汉。指断尽三界见思之惑,证得尽智,而堪受世间大供养之圣者。此果位通于大、小二乘,然一般皆作狭义之解释,专指小乘佛教中所得之最高果位而言。这里指藏族僧人。

[4]棒喝:佛教禅宗某些派别接待参禅初学者的手段之一。即对于所问往往不作正面答复,或以棒打,或大喝一声,以验其是否聪颖,或暗示和启悟对方。宿因:佛教语。前世的因缘。这里指佛法。

李殿图

李殿图(1738—1812),字桓符,号石渠,又号露桐。高阳(今河北高阳县)人。乾隆三十一年(1766)进士,选庶吉士,授编修。典湖南乡试,迁御史。督广西学政,迁给事中。四十九年,授巩秦阶道。历任福建按察使、布政使、安徽巡抚、闽浙总督、翰林院侍讲。著有《番行杂咏》。

番行杂咏[1]

癸丑之秋,于役松潘,经行番地,所过叠藏、莒台、若鲁多布[2],皆历代文臣未至之境。登山越岭，访渎搜渠，于先儒注疏间，多参订。非敢瑕疵古人，顾惟耳食[3]，不如目击。余虽不逮古人，窃幸古人所遇之时莫我若也。至于番情土语，即事成咏，职在采风，道取征实。倘博雅君子细绳诗律，谓其情无寄托，拉杂不伦，则又何辞以对？

【注释】

[1]此诗录自甘肃省图书馆藏乾隆间刻本《番行杂咏》。乾隆五十八年癸丑(1793)，李殿图任甘肃巩秦阶道道员，驻巩昌(今陇西县)，因四川松潘土司和甘肃卓尼杨土司发生争端，朝廷命川、甘两省的大员前去会勘调节。李殿图于七月下旬从陇西出发，经过临洮、卓尼、临潭、岷县、宕昌、迭部到松潘，因为四川川北道博公病故，调节未成。同年十一月，李殿图又从临洮、卓尼、临潭、岷县、宕昌、武都、文县到松潘，与四川宁远太守李宪宜协商解决争端，"令达舍族仍归寒盼土司管辖，受漳腊营约束，草坝汉民归松潘丞抚治，于达鱼山顶立界。山下林木，仍听杨土司同达舍番人采樵射猎，禁止军民滋扰，番众悦服，与李太守会详甘、川两制军，如议结案"(《清史稿·李殿图传》)。李殿图一路上考察了甘肃、四川藏族地区的山川地貌，物产民风，又考证了《禹贡》《水经》等地理书的记载，辨析了许多地方志的讹误，名为杂咏，实为一篇游记和地理考证之作，具有重要的文献价值。番：外族。这里指生活在甘肃、四川一带的少数民族藏族和羌族。也指他们生活的地区。

[2]叠藏：即叠藏河，今甘肃省岷县南迭藏河，为洮河支流。《读史方舆纪要》卷六十"岷州卫"："叠藏河，在卫城东门外，源出分水岭，下流入于洮河。"彊(jiàng)台：山名。又称西强山。即今青海东部、甘肃西南部西倾山。《水经·河水注》："《沙州记》曰：'洮水与垫江水俱出彊台山，山南即垫江源，山东则洮水源。'"《史记·夏本纪》《正义》引《括地志》云："西倾山，今彊台山，在洮州临潭县西南三百三十六里。"《元和郡县志》卷三十九"临潭县"："洮水，出县西南三百里彊台山，即《禹贡》西倾山也。"

[3]耳食：谓不加省察，徒信传闻。

其一

朱圉山根走渭河[1]，更登鸟鼠订群讹[2]。

西倾荒徼应难到[3]，岭上三秣信若何[4]。

【注释】

[1]自注："朱圉山在今之伏羌县西二十里，渭水经其下。伏羌，古伏州，春秋为冀戎地。"朱圉山：山名。位于甘肃省天水市甘谷县。《尚书·禹贡》载大禹治水，曾历"西倾、朱圉、鸟鼠，至于太华"。《太平寰宇记》："朱圉山，一名白贡山。"《明一统志》："朱圉山在伏羌县南三十里。"《禹贡锥指》："（朱圉山）在今伏羌县南三十里，山色带赤。"按：伏羌县，古代县名。即今天甘肃省天水市甘谷县。公元前688年，秦武公伐冀戎，置冀县，为中国县制之肇始，称"华夏第一县"。唐武德三年（620），改冀城县为伏羌县。1928年改为甘谷县。渭河：黄河的最大支流。发源于甘肃省定西市渭源县鸟鼠山，主要流经今甘肃天水、陕西省关中平原的宝鸡、咸阳、西安、渭南等地，至渭南市潼关县汇入黄河。

[2]自注："西倾、朱圉、鸟鼠皆隶余所治境内。登朱圉、渡渭河者不记其次，每心疑古人'泾浊渭清'之说为误，且以未穷鸟鼠之源为憾。庚戌春，廷寄以'泾渭清浊'询陕西秦抚军。余受抚军命直穷其源，著《渭水源流考》《泾渭清浊辨》以报，与上意适相符合，益信圣明烛照数千里之外，以破千馀年注疏之误，允称天纵云。"鸟鼠：即鸟鼠山。位于渭源县城西南，是渭水发源地，属西秦岭山脉的西延部分。《山海经》称"渭水出鸟鼠同穴山"。《尚书注疏》卷六："导渭自鸟鼠同穴。鸟鼠共为雄雌，同穴处此山，遂名山曰鸟鼠。渭水出焉。《疏》：'传鸟鼠至出焉。'《正义》曰：'释鸟云鸟鼠同穴，其鸟为鵌，其鼠为鼵。'李巡曰：'鵌、鼵，鸟鼠之名，共处一穴，天性然也。'郭璞曰：'鼵如人家鼠而短尾，鵌似鵽而小，黄黑色，穴入地三四尺。鼠在内，鸟在外。今在陇西首阳县有鸟鼠同穴山。'《尚书》孔传云：'共为雄雌。'张氏《地理记》云：'不为牝牡。'璞并载此言，未知谁得实也。《地理志》云：'陇西首阳西南有鸟鼠同穴山，渭水所出，至京兆北船司空县入河，过郡四，行千

八百七十里,东会于沣,又东会于泾,沣水自南,泾水自北而合。'"按:秦抚军,即秦承恩(?—1809),字芝轩,江苏江宁(今南京)人。乾隆二十六年(1761)进士,选庶吉士,授翰林院编修,擢侍讲。出为江西广饶九南道,升直隶布政使。乾隆五十四年(1789),擢为陕西巡抚,负责剿匪。乾隆帝读《诗经》,不满意"泾浊渭清"的解释"大失经义",于是特派秦承恩进行实地考察。秦承恩奉旨亲自先后循泾水和渭水考察其水文状况,并前往泾水之源和渭水之源调查,又特别注意了两水交汇之处的情形。他在考察报告中写道:泾水"其流与江汉诸川相似",而渭水"其色与黄河不甚相远","至合流处,则泾水在北,渭水在南,泾清渭浊,一望可辨。合流以后,全河虽俱浑浊。然近北岸数丈许尚见清泚,过此七八里外,清浊始混而为一"。据调查,泾水四时常清,只是每年十几天的汛期内河水浑浊,而渭水"水挟沙行,四时常浊,从未见有清澈之日"。秦承恩又进行试验,据说泾水一石澄静之后有泥滓三升许,渭水一石则澄滓斗许。于是乾隆帝宣布了"泾清渭浊"的考察结论。秦承恩的汇报作为乾隆帝《泾清渭浊纪实》一文的附录,也收录在《御制文集》二集卷一四之中。从注中可知李殿图也参加了这次考察活动。

[3]自注:"《地志》:'西倾在陇西郡临洮县西,今洮州临潭县西南。'《皇舆表》:'洮州临潭县,今为洮州卫。'《地理今释》:'西倾山,一名嵹台山,延袤千里,外跨诸羌。'《沙州记》曰:'洮水与垫江水俱出嵹台山。山南即垫江源,山东则洮水源。'今考洮水在西倾山,江多岭上发源,谓之三颗柳,距洮州旧城正西五百里,人迹罕到。又考今之洮州、岷州、狄道历代皆有临洮之称,所谓洮州卫,即今之洮州。明沐英所筑。洮水,又名漒水。"按:西倾山,古名嵹台山。位于甘肃省东南,青海省东部,在青藏高原东北部边缘处,属于昆仑山系巴颜喀拉山的支脉。西倾山山峰主体,位于甘南州境玛曲、碌曲两县之间,西端延伸至青海省境内,主峰哲格拉臣肖位于玛曲县尼玛乡境内,海拔高4510米。西倾南支为西倾山主体山系,既是境内洮河和白龙江的分水岭,又是黄河水系和长江水系的分水岭。荒徼(jiào):荒远的边域。

[4]三秣:指多次喂马。秣,指秣马,饲马。

其二

欲续郦经念已差[1],编残泾洛不胜嗟。

几回待付抄胥手[2],束皙何能补《白华》[3]。

【注释】

[1]自注:"后魏郦中尉道元《水经注》四十卷,《崇文总目》称其中已佚五卷,故《元和郡志》《太平寰宇记》所引漳沱、泾、洛皆不见于今书。余于泾水之源,略悉梗概。《经》中未著黑水,而洮水只附见于河水。余因有松潘之行,自洮州卓泥土司纡路番地,穷洮水之支流,辨黑水之同异,思欲缉缀成帙,以备参考,顾以管窥蠡测,未敢操觚。"

[2]抄胥:指专事抄写的胥吏。

[3]束皙:字广微,阳平郡元城县(今河北大名)人,西晋文学家。汉太子太傅疏广之后。束皙博学多闻,不慕荣利。曾任著作郎、尚书郎。晚年辞疾罢归,教授门徒。著有《三魏人士传》《七代通记》《五经通论》《发蒙记》等,皆亡佚。其《补亡诗》六首意在补《诗经》中"有义无辞"的《南陔》《白华》等六篇,对偶精当,语辞流丽,不脱西晋气息。

其三

江多洮水认源头[1],蓝店西偏属上游[2]。

楷谷龙桑详地志[3],转从狄道入黄流[4]。

【注释】

[1]自注:"《水经注》载:'洮水东北流经吐谷浑中,自洮强三百里有曾城,城临洮水者也。又东经洪和山南,又东经迷和城北,又东经甘枳亭,历望曲,又东经索西城,俗名赤水城,亦曰临洮东城也。洮水又屈而北经龙桑西,而西北流,马防以建初二年从五溪祥楷谷出龙桑,开通旧路者也。洮水又西北经步和亭,出桑岚西溪,会蓝川、和博,经狄道,合滥水,北至枹罕,东入河。'愚按:索西在今岷州。《沙州记》曰:'从东洮至西洮百二十里。'今自岷州至洮州里数相符。洮水至岷,水势直东,至龙王台折而北。疑'龙王台'

即‘龙桑’之误。郦《注》详洮州以东入黄之路,所云‘洮强南北三百里中地,草遍是龙须,而无樵柴’,是以未经详注。今考洮州旧城西北百馀里有蓝店水一股,入俄和番地支岔沟,距洮旧城七十里入洮水。又洮州旧城西南六十里车巴沟一股入洮水,又卓泥西南四十里噶车沟水一股入洮水。"按:《(道光)兰州府志》卷二:"洮水自洮州卫东北流经岷州,流入狄道及河州界,又经狄道州城西北至皋兰县界,入于河。《水经注》:‘洮水又北历峡径偏桥,出夷始梁,右合蕈垲川水,又东北径龙桑城东,又北会蓝川水,又北径外羌城西,又北径和博城东,左合和博川水,又北径安故县故城西,又北径狄道故城西,又北陇水注之,又右合二水,左会大夏川,北入河。'按:蕈、垲诸川水,今皆不能确指所在,故惟具录《水经注》语而不复标出。又《通志》及《狄道州志》皆欲以《禹贡》之桓水当洮水。按经文言‘浮潜逾沔,入渭而后乱于河’,则其为至蜀入西汉水之白水无疑,若洮水入河甚近,安得有如此曲折而经乃载于梁州乎? 此好为傅会者之过。"

[2]蓝店:即蓝川。在今甘肃省定西市临洮县。《(乾隆)甘肃通志》卷五:"蓝川,在(狄道)县南。《水经注》:‘源出来历川西北溪,南流历川东北,流经蓝川,历水池城北,又东入洮水。’"

[3]榼(kē)谷、龙桑:地名。在今甘肃省定西市临洮县。《水经注》:"洮水又东径临洮县故城北,禹治洪水,西至洮水之上,见长人受黑玉书于斯水上。洮水又东北流屈而径索西城西。建初二年,马防、耿恭从五溪祥榼谷出索西,与羌战,破之,筑索西城,徙陇西南部都尉居之,俗名赤水城,亦曰临洮东城也。《沙州记》曰:‘从东洮至西洮,百二十里者也。洮水又屈而北径龙桑城西,而西北流,马防以建初二年从安故五溪出龙桑,开通旧路者也。俗名龙城。’"

[4]狄道:古地名。今甘肃省定西市临洮县。古代为狄人所居,故名狄道。秦伐西戎后设置狄道。《汉书·百官公卿表》说"县有蛮夷曰道"。汉代设狄道县,故城在今甘肃临洮县西南。

其四

烟噶三沟水怒号[1]，车占阿角绕周遭[2]。

同为答峪桥边水[3]，会入洪流亦小洮。

【注释】

[1]自注："卓泥城正南山中烟噶沟、巴什沟、叶麻沟三水，绕阿角等族，水势渐大，土名小洮河，至答峪沟仍入洮河巨浪中。"按：卓泥城在今甘肃省甘南藏族自治州卓尼县。"卓尼"得名于八思巴时期，来源于卓尼寺名。明嘉靖年间，杨臻袭土官指挥佥事职，赐印信，筑卓尼城。

[2]车占、阿角：地名。也指生活在卓尼的藏族部落。

[3]答峪：答峪沟。也称"搭峪沟""大峪沟"。大峪沟位于甘肃省甘南藏族自治州卓尼县木耳乡，洮河水系支流大峪沟河从北向南贯穿全境，为迭山山脉的北坡。《（光绪）洮州厅志》卷二："搭峪沟河，自阿角族来，北流入洮河。"

其五

南股涓流叠几重[1]，达查喇木耸奇峰[2]。

是间亦号洮河脑，莫以旁支认大宗[3]。

【注释】

[1]自注："东南水一股，有八日路程，山名达查喇木，土名洮河脑，并归洮河。然实旁支，非洮之正源。"按：《洮州厅志》卷二："洮河，源自叠桑巴（番名）。山下涌出三股大泉，合流而南过诸稷河，水势渐大。"又《洮州厅志》卷二："羊撒河，在厅治北，源出恰盖寺，东流入洮河。冶木河，在厅治北，源出上治哈巴地，东流至狄道西夏札台入洮河。按：洮地名山，以西倾为宗，大川以洮河为长。《志》中所采若叠桑巴山、呼儿干山、光砲山皆一山，特以道径所出入，番人随地异名耳。要之，叠桑巴山去旧洮西南百馀里，过此则一望平野，黑河、黄河皆自南西流，渐折而北，其为西倾无疑矣。洮水源出西倾之北，初为溮川出口，即名洮河。"按：洮河源出甘、青二省边境西倾山东麓，东流到岷县折向北，经临洮县到永靖县城附近入黄河。《汉书·地

理志》"陇西郡临洮县"载:"洮水出西羌中,北至枹罕东入河。"因此临潭叠桑巴山所出洮河水,只是洮河的支流,并非洮河的正流。

[2]达查喇木:山名。疑即叠桑巴山。见上注。

[3]大宗:事物的本源。《淮南子·原道训》:"夫无形者,物之大祖也;无音者,声之大宗也。"高诱注:"祖、宗皆本也。"

其六

汉宋相传叠宕州,于今只有宕昌留[1]。

叠州旧址埋榛莽[2],好向天生寨上求[3]。

【注释】

[1]自注:"汉李广征西入叠州。隋开皇元年吐谷浑寇洮、叠二州。唐德宗幸奉天,沦于番。宋崇宁三年,叠州番落来降,升通远军为巩州。隋置宕昌郡,唐改州,天宝陷于吐番,金人收复,明置驿。《书》蔡传以为三苗种裔。今考在岷州城东南一百五十里,土司马映星居之,管中马番人一十六族。其旧城在西南山顶上,颓垣废址犹存。明崇祯十年,李自成窥蜀中空虚,陷宁羌,破七盘关,分道入蜀。未几,洪承畴督曹变蛟来援,自成由洮州入番地,窜入岷州。惟时叠州俱被惨屠,靡有孑遗。国初为土司赵廷贤挖利沟番地,后赵土司于雍正年间与黄土司煽乱伏法,隶岷州地方官管辖。然山深林密,居民稀少,曩余询之老民,不能得其故址。今考其地在岷州西南,自禄撒铺由栗林番地进石门口,至白石山,又六十里有叠州旧址,西至天生寨生番界五里。"按:马映星,为岷州宕昌寨第十四任土司。汉伏波将军马援后裔。其祖马纪东在元至正间,因防守哈达川九族有功,授指挥使职,立家岷州卫。明洪武间,马纪东子马珍承袭父职,以功授世袭土官百户。自明洪武以来,马氏后裔二十代世袭宕昌土司。赵廷贤,岷州土司。其祖上为吐蕃瞎毡子木令征之后,木令征投降宋朝以后,改名赵思忠,世居岷州。明代宣德年间赐世袭土官副千户。传至清朝雍正年间,岷州土司赵廷贤因朋比为奸,改土归流。《大清会典》卷一百一十:"又题准甘肃西固土司黄登烛坚错父子济恶、岷州土司赵廷贤朋比为奸,番民不安住牧,情愿改土归流,将黄登

烛坚错所辖番户田土归西固抚夷同知管理,赵廷贤所辖番户田土归岷州同知管理。"叠:叠州。位于甘肃省甘南藏族自治州迭部县。《十道志》曰:"叠州,合川郡。《禹贡》梁州之域,历秦、汉、魏、晋,为诸羌所据。"《后周书》曰:"建德六年,西逐诸戎,始统有其地,因置恒香郡。寻改为叠州。盖以其地多山重叠,以名郡也。又于三交口筑城,置甘松防。又为三川县,以隶恒香郡。"隋大业初废,唐高祖武德二年(619)复置叠州,移治合川(今迭部)。广德以后被吐蕃占领。宕:宕州。见刘世经《宕州故城》注[1]。

[2]榛莽:丛杂的草木。

[3]天生寨:地名。在今甘肃省甘南藏族自治州迭部县。《甘肃通志》卷四:"(岷州)西南至迭州天生寨生番界二百五里。"

其七

叠藏讹传铁匠名[1],发源扎力最澄清[2]。

堪嗟稗乘称桓水[3],会入洮河理未平[4]。

【注释】

[1]自注:"叠藏河,土人误称铁匠河。"叠藏河:见李殿图《番行杂咏》其一注[2]。

[2]自注:"扎力哈哈,汉语谓丈八岭,西倾之支山也,叠藏水出焉,经雅札隆奇之北,合栗林沟、东聂脑、麻子川诸水,至岷州城东二里许,北折入洮河。《岷州志》以为桓水,殊误。其意以洮水既发源于西倾。《禹贡》:'西倾因桓是来。'则洮河南股之水,即应指为桓水。不知西倾延袤千里,其支流如叠藏者不可胜数。且叠藏入洮最近,洮河入黄直趋西北,所经皆崇山峻岭,亘古不易,非若江河下流,广泽大陆,迁移靡常也。必如州志所云,则《书》称'浮潜''逾沔',一在西北,一在东南,纤远难通,如马牛之不相及,殊为可噱。志乘好为牵引,不顾理之所妄,姑就其近者言之:西倾在暗门之外漳县(应为洮州),隔洮、岷、河州界,而邑志以为在漳县。崆峒在平凉郡城西四十里,而皋兰、西和、岷州皆以入志。岷州有岷山,在洮河之北,非江水发源处,而州志信之。甚至礼、徽等志,凡水之自岷而来者,皆指为岷江。

不知岷州固非江源,即蜀之渎山、汶阜亦非江水嫡脉。禹导河于积石,而非发源于积石。导江于岷山,而非发源于岷山。恭读御制文《河源》:'自葱岭以东和田、叶尔羌诸水,潴为蒲昌海,伏流地中,复出为星宿海,至积石始名黄河。'此平定回部之后,经圣人考订,已无疑义。又徐宏祖《溯江纪源》云:'《书》言岷山导江,特泛滥中国之始。按其发源,则河自昆仑之北,江亦自昆仑之南。'足可互证。郡邑志乘于地所本无者,人名、地名每妄行牵入,以饰观美。而于地所本有者,于山则不考其正峰支麓,于水则不辨其来脉旁流,误一为众,误此为彼。不知名山不一山,大川不一川,援引错谬,则经书适滋后人之惑。余怪其枘枘不相入,因附于此。"

[3]稗乘:记载民间逸闻琐事的书。桓水:白龙江。见胡季堂《丁亥夏六月于役岷阶道中杂咏》其五注[2]。

[4]洮河:见吕柟《岷州曲》注[2]。

其八

番族由来百种羌[1],滇池迤北抵河湟[2]。

卓泥世隶洮岷道[3],噶固山南划土疆[4]。

【注释】

[1]自注:"洮州卓泥杨土司,其始祖些的系本卫着藏族人,明永乐间授土官指挥佥事,子孙传袭至朝梁,于本朝顺治十八年,仍给札管理土务。康熙十四年,以吴逆变乱助饷功,授拜他喇布勒哈番。朝梁曾孙宗业于乾隆四十六、四十九年以军功赏戴三品顶带花翎,居卓泥城,管番人二百三十四族,地接四川。五十八年,因与松潘漳腊番族互控噶固山界,余奉檄会勘,由番地裹粮前往,详见后注。"按:杨土司,见王世锦《洮州即事》其七注[3]。

[2]"滇池"句:这里指从云南到甘肃、青海一带的少数民族众多。滇池,汉县名。西汉元封二年(前109)置,治今云南省晋宁县东北晋城镇,为益州郡治。《汉书·西南夷两粤朝鲜传》:"《地理志·益州》:'滇池县,其泽在西北。'《华阳国志》云:'泽下流浅狭,状如倒池,故曰滇池。'"康熙年间,卓尼土司杨朝梁曾帮助朝廷平定"三藩之乱",授拜他喇布勒哈番。河

湟：见马祖常《河湟书事二首》其一注[1]。

[3]洮岷道：一作洮岷兵备道，顺治二年五月置。驻岷州卫。管洮、岷二卫、漳、成二县屯粮、驿传。乾隆二十八年九月，改名为巩秦阶道，全称分巡巩秦阶道兼理茶马屯田事务。驻巩昌府，辖巩昌府及秦、阶二直隶州。乾隆四十四年八月，兼管驿务。光绪十五年十月，移驻秦州。

[4]噶固山：山名。在今四川省阿坝藏族羌族自治州和甘肃省甘南藏族自治州交界处。划土疆：李殿图此行为了解决四川松潘藏族和卓尼杨土司的领地之争。《清史稿·李殿图传》："卓泥土司与四川漳腊各番争噶固山界，殿图轻骑履勘，历小洮河、丈八岭、鹦哥口，皆人迹罕到，群番导引，片语立决，立石达鱼山顶而还。"

其九

头衔茶马旧时同，手信添巴事已空[1]。

木舍东西皆赤子[2]，信符何必铸金铜[3]。

【注释】

[1]自注："前明命中官重臣赍罗绮、巴茶在河湟洮岷番地市马，用事羁縻，叛服无常。正、嘉以后，熟番寝通生番，为内地患。私馈皮币曰手信，岁时加馈曰添巴。反为响导，交通肆扰。我朝重熙累洽，中外尽为臣仆，无茶马交易之事。陕甘购马者，民与番公平贸易，洮州丞监收其税，而茶税归兰州道。余之官衔尚称茶马屯田，仍旧制也。"

[2]自注："嘉靖八年，洮岷诸番数犯临洮，用枢臣李承勋议，且剿且抚。洮州东路木舍等三十一族、西路答禄失等十三族、岷州西宁沟等十五族皆听抚，而岷之若笼、板尔等二十馀族负固不服，总兵官刘文等攻若笼、板尔，覆其巢，诸族乃降。"木舍：指洮州木舍族，藏族部落名。赤子：刚生的婴儿。后比喻热爱祖国，对祖国忠诚的人，也指纯洁善良的百姓。

[3]自注："明太祖以诸卫将士有擅索番人马者，遣官赍金铜信符敕谕诸番，遇有征发，必比对相符始行，否则械治其罪。"信符：用作凭证的符节。

其一〇

近城总以夏哇呼[1]，什噶轮将力役输[2]。

版筑崇墉无百雉[3]，山河环拥小规模。

【注释】

[1]自注："卓泥土城不盈百雉，亦无楼橹，然三面环山，前临洮水，亦自成结构，无怪其世有疆土也。近城者不专设头目，番言谓之夏哇哩，犹云直隶也。如答峪沟、那郎寨、东古古、宋包、什噶巴路、什噶搭那、什噶蹉宋，什噶皆为夏哇哩什噶，汉语为各里。居民轮流供役，负薪汲水之事，或以妇人为之。"

[2]什噶：指卓尼的各个藏族部落。见上注。役输：输役。因犯罪罚作劳役。这里指劳役。

[3]版筑：我国古代修建墙体的一种技术，指筑土墙，把土夹在两块木板中间，用杵捣坚实，就成为墙。版筑技术也叫作夯筑或夯土技术，具有悠久的历史。《孟子·告子下》："傅说举于版筑之间。"崇墉：高墙，高城。百雉：见王心敬《塞下曲》其一注[2]。

其一一

六哨虫库隶洮衙，什藏鸡铃共洛巴[1]。

惟有俄和耽鼠窃[2]，橐鞬捍御倚杨家[3]。

【注释】

[1]自注："洮州暗门外，六哨虫库尔生番，于雍正六年制军岳公招抚归诚，隶洮州同知管辖，不属土司，共八十寨，各分族类：一曰俄和（番音俄掇），一曰鸡铃，一曰什藏，一曰趁半，一曰洛巴，俱各安静。惟俄和之俄多族、俄谷寨、师卜多寨、师卜哈寨、什阿喇寨、仓多寨不通语言，不入城市，遇只身商贾，每行鼠窃，土司牲畜，时遭攘取。洮丞爪牙无多，则藉资杨土司，以番制番，索还赃物，亦稍知畏法也。"

[2]鼠窃：像鼠一样偷窃。汉王充《论衡·答佞》："穿凿垣墙，貍步鼠窃，莫知谓谁。"

[3]橐(tuó):口袋。軑:同"褡",褡裢。长方形的口袋,中央开口,两端各成一个袋子,装钱物用,一般分大小两种,大的可以搭在肩上,小的可以挂在腰带上。捍御:防卫,抵御。

其一二

喇伍什巴介汉番,汉番话语各能言[1]。

叠巴虬力生番族[2],西北封圻过暗门[3]。

【注释】

[1]自注:"如力洛、三丹、思古等族。"

[2]自注:"叠巴车巴沟、迭宕山杂、高洼山杂、什巴桑旺堡、达加虬力等旗,总名窝奇落巴,言在暗门之外也。考长城边墙要隘,皆谓之暗门。"虬(qié):姓氏。最早出现于炎帝时期羌族,后被汉化。生番:旧时对主要从事牧业生产藏族的侮称。

[3]封圻(qí):封畿,疆土。暗门:隐蔽的门。这里指长城边的门。

其一三

铁卜中分上下旗[1],常将百链绕身随。

莫因耳鼻超尘垢,错认传灯大导师[2]。

【注释】

[1]自注:"每部落谓之旗,各庄里谓之族。各于腰间插利刃自随。铁卜番人不颒面,终岁举家共槃一沐,沐毕,咒而送之,且无发辫,余初见之,皆以为喇嘛。"铁卜:即迭部。现在民间仍称迭部为"铁卜"。在今甘肃省甘南藏族自治州迭部县。

[2]传灯:佛教称佛法能像明灯一样照亮世界,指引迷途,因以传灯比喻传授佛法。大导师:指佛菩萨。谓其能以无边法力导引众生超脱生死。

其一四

双垂力则尚深闺,三辫平分迓吉兮[1]。

铁木普儿多益善[2],金钩斜映月生西。

【注释】

[1]自注:"辫子谓之力则。女子两辫,妇人三辫。铁木、达喇等族周围作无数辫,金川亦然。普儿,妇人之称。番妇耳坠环大者,几似帘帐钩。"按:铁木,即铁卜,又称迭部。在今甘肃省甘南藏族自治州迭部县。达喇,在今甘肃省甘南藏族自治州迭部县,与岷县、宕昌交界。

[2]多益善:越多越好。《史记·淮阴侯列传》:"上问曰:'如我能将几何?'(韩)信曰:'陛下不过能将十万。'上曰:'于君何如?'曰:'臣多多而益善耳。'"

其一五

班吗青铜镇发箍[1],辫垂璎珞杂珊瑚[2]。

曼词一唱同声和[3],绝胜刘家大小姑[4]。

【注释】

[1]自注:"班吗,首饰也。番妇女结玛瑙螺钿为冠,或铜箍镇发,多系熟番,生番则否。番人唱歌,音节似黔粤苗瑶,词短而音长,以曼声终之,则互相赓续。粤西谣歌,有唱刘三姑之句。"

[2]璎珞:原为古代印度佛像颈间的一种装饰,由世间众宝所成,寓意为"无量光明"。据《佛所行赞》卷一所载,释迦牟尼当太子时,就是"璎珞庄严身"。另外,璎珞还有美玉的意思。珊瑚:热带海中的腔肠动物,骨骼相连,形如树枝,故又名珊瑚树。

[3]曼词:即慢词。宋词的主要体式之一,也称"慢曲子"。指依慢曲所填写的调长拍缓的词。这里指藏族歌曲。

[4]刘家大小姑:指刘三姐。广西壮族自治区民间传说中的古代民间歌手,聪慧机敏,歌如泉涌,优美动人,有"歌仙"之誉。

其一六

胜国西陲遍驿骚[1],法王佛子萃神皋[2]。

只今岁逐班禅队[3],谁把团窠制战袍[4]。

【注释】

[1]自注:"元明崇尚喇嘛,甚有詈骂、割舌、殴打、截手之事。明永乐时,授番僧'大智法王''西天佛子'等号,给以印诰世袭,岁一朝贡,由是番僧土官辐辏京师。成化三年,陕西副使郑安言:'进贡番僧,自乌斯藏来者不过三之一,馀皆洮、岷寺僧,诡名冒贡,进一羸马,辄获厚值,得所赐币帛,制为战袍,是虚国帑而赍盗粮也。'八年,礼官言:'洮、岷番人,赴京多至四千二百人,每人赏彩币各二,钞二十九万有奇,马值在外。副使吴玘等不能严饬武备,专事通番,以纾近患,乞降旨切责。'自我朝定制,西藏班禅、达赖喇嘛由甘肃瞻觐天颜,皆专委监司照料出境,官给骡价、茶羊、糌粑,俱有成例。至西宁、洮、岷等寺,三岁轮班至京,每起不过数人,所经城乡居民亦习焉。余经临其地,番僧烧香前导,备极恭顺云。"胜国:郑玄注:"胜国,亡国也。"亡国谓已亡之国,为今国所胜,故称"胜国"。后因以指前朝。西陲:地名。泛指西部边疆。驿骚:扰动,骚乱。

[2]法王:佛教对佛的尊称。后也引申为对菩萨、明王、阎王等的尊称。元、明、清三朝,中原朝廷授予藏传佛教地区宗教领袖的封号。神皋:神明所聚之地。这里指京畿。

[3]班禅:指班禅额尔德尼。藏传佛教格鲁派中最重要的活佛转世系统之一。班禅原是对佛学知识渊博的高僧的尊称。班禅额尔德尼是清政府所授予的封号。

[4]团窠:隋代始出现椭圆形联珠纹织物,初唐时期有成熟的圆形联珠纹织物,之后发展为圆形窠内主题纹样与窠外的辅形纹样结合的团窠排列形式,成为纺织品盛行不衰的纹样。这里指绣有团窠的丝绸。

其一七

讲经讲法两途升[1],盖洛同参最上乘。

郎俊阐经那楞法,于中选得坐床僧[2]。

【注释】

[1]自注:"番僧谓之班第,搭千佛衣者谓之盖洛,即汉语之罗汉,犹云

入门也。盖洛之阐明经旨者谓之郎俊巴,犹言文才。盖洛之长于符咒者谓之那楞巴,犹言武略。就二者之中推所共服者为坐床僧,谓之喇嘛出哇。喇嘛者,高僧;出哇者,法台也。"讲经:讲说佛教经典。旧日法会讲经,以繁复的仪式开始,而后由都讲唱经题和经文,讲师讲说经义。后来的俗讲仍沿用此一程式,发展为变文,始由一人讲唱。

[2]坐床:藏传佛教名词。指活佛转世时的仪式。当活佛圆寂后,选定转世灵童,然后执行转世制度,即要求被选的转世灵童必须经过升座仪式,才能成为正式的活佛继承者。

其一八

书从西藏取形模[1],依克查奇体格殊[2]。

旁向略将回部似[3],左行只是异痕都。

【注释】

[1]自注:"西番字得之乌斯藏经卷中八思巴遗式也,肖其形似耳。"按:八思巴(1235—1280),又译发思巴、拔思发、帕克思巴、发合思巴、八合思巴,意为"圣者",藏传佛教萨迦派第五代祖师。吐蕃萨斯迦(今西藏萨迦)人。元朝第一位帝师,北京城的选址者、设计者、规划者。八思巴还钻研创造蒙古新字。八思巴在藏文字母的基础上,创制出一套方形竖写的拼音字母,即后来所称的八思巴字。至元六年(1269),元世祖忽必烈下诏颁行蒙古新字于全国。

[2]自注:"番字谓之依克,有草书者,谓之依克查奇吗。"

[3]自注:"国书直行右向,汉书直行左向,各回部皆横行右向,唯回部之痕都斯坦横行左向。番书横行右向,与众回部同。"

其一九

吗哩巴浑证佛机[1],风来舞作梵音飞[2]。

传将法语凭天籁[3],更拜高高吗哩旂。

【注释】

[1]自注:"唵吗哩巴吗浑,佛之真言也。番人刳木中空,长径尺,围圆

数寸如轴,承以四耳,中穿铁钉,贯上下两端,悬置木坊,或置之寺庙。绕栏多者数十,少者三五,每风至,则四耳冲激,如风之过箫,自然成韵,圆转作声。其声为'唵吗哩巴吗浑',如代众僧念经者然,谓之'吗哩'。又有揭竿门首,以长布书番字佛经,悬之于竿,消除灾难,谓之'吗哩旐'。"

[2]梵音:指佛的声音。佛的声音有五种清净相,即正直、和雅、清彻、深满、周遍远闻,为佛三十二相之一。

[3]法语:讲说佛法之言。天籁:自然界的各种声音。《庄子·齐物论》:"女闻人籁而未闻地籁,女闻地籁而未闻天籁夫!"

其二〇

吗哩修成结子香[1],非丸非豆似荒唐。

须知龙象精灵在[2],七宝融为舍利光[3]。

【注释】

[1]自注:"吗哩子如小红丸、赤豆,间带金色,有异香。喇嘛向余言:'是乃佛之精灵所寄,虔诚供养,则吗哩子大小相生,自然飞至。'未知确否?"

[2]龙象:龙与象。水行中龙力大,陆行中象力大,故佛氏用以喻诸阿罗汉中修行勇猛有最大能力者。

[3]七宝:佛教所称七种宝物,说法不一。《无量寿经》云:"其佛国土自然七宝:金、银、琉璃、珊瑚、琥珀、车磲、玛瑙合成为地。"舍利:指舍利子。也称"设利罗""室利罗"。意为骨身或遗骨。相传为释迦牟尼佛遗体火化后结成的珠状物,后来也泛指佛、高僧的遗骨。舍利可分为骨舍利、发舍利和肉舍利,通常所说是都属于骨舍利。佛教认为,舍利是由修行功德炼就的,多作坚硬珠状,五彩耀目。

其二一

石门金锁锁何年[1],木客山都比竞传[2]。

跰踃南经详郭注[3],醯鸡莫讶瓮中天[4]。

【注释】

[1]自注:"自卓泥行三日,入大小两石门,皆无人之境。又南大石山为石门金锁,高万仞,人不能上,遥望如白雪障天。土人谓山多神奸异物,有一首二身、二首一身之兽。余考《大荒南经》:'赤水之西,流沙之东有兽,左右有首,名曰跂踢;有三青兽相并,名曰双双。'《骈雅》曰:'跂踢、屏蓬,两首兽也。'《兽经》曰:'文文善呼,双双善行。'则此物疑即跂踢之类。天下之大,何所不有。《山海经》:'鳛鱼四足,出洮水。'余于粤西见之飞鼠,如兔,以背飞,出天池山。今之洮、岷,每多此物,余曾买得之。康熙年间,内廷侍卫奉使西域,见以乳为目、以脐为口之兽名鄂布泰;又有能飞者,名积布泰。与《博物》《山经》实相符合,洵可牖拘墟之见云。"石门金锁:在今临潭县石门乡与卓尼县洮砚乡交界处,有双峰摩天,对峙如门,洮水中流,水深浪急。并右岸山腰,原有一小庙,恰似门首金锁悬空。故人称此景为"石门金锁"。又卓尼县与迭部县交界处的迭山山系之光盖山,顶有石崖壁立如削,耸入霄汉,东西对峙,虽相距二百米,然从今临潭境内远望,宛若天设石门,其为洮、河、兰等州通往迭、松、茂等地之咽喉。故此景在古洮州亦有"石门金锁"之说。

[2]木客:指传说中的深山精怪。山都:兽名。又称豚尾狒狒,是狒狒类中最大的一种。

[3]跂(chù)踢:古代传说中的双头凶兽。南经:指《山海经》。《山海经》中有《南山经》。晋代著名学者郭璞曾注《山海经》。

[4]"醯(xī)鸡"句:即"瓮里醯鸡"。比喻见识短浅。醯鸡,也作"酰鸡"。小虫名。酒瓮中的蠛蠓。《列子·天瑞》:"厥昭生乎湿,醯鸡生乎酒。"《庄子·田子方》:"孔子出,以告颜回曰:'丘之于道也,其犹醯鸡与!微夫子之发吾覆也,吾不知天地之大全也。'"郭象注:"醯鸡者,瓮中之蠛蠓。"后以"瓮里醯鸡"喻见识浅陋的人。宋黄庭坚《再次韵奉答子由》:"似逢海若谈秋水,始觉醯鸡守瓮天。"

其二二

山上洵哉复有山[1]，枯牙叠噶费登攀[2]。

蚁缘俯向东南望[3]，知是峨嵋与剑关[4]。

【注释】

[1]洵：诚然，实在。

[2]叠噶：藏民在桌子上叠放各式油炸面果子、盐巴、酥油、砖茶等以表庆祝的节供，叫"叠噶"。这里形容重重叠叠的树木枝干。

[3]蚁缘：即蚂蚁缘槐。蚂蚁沿着槐树向上爬。出自唐李公佐《南柯太守传》。这里指在树林间攀登。

[4]峨嵋：峨眉山。位于四川省西南部，四川盆地的西南边缘，是中国"四大佛教名山"之一，地势陡峭，风景秀丽，素有"峨眉天下秀"之称。剑关：剑门关。位于四川省剑阁县城南剑门山中断处，两旁断崖峭壁，直入云霄，峰峦倚天似剑；绝崖断离，两壁相对，其状似门，故称"剑门"。享有"剑门天下险"之誉。唐李白《蜀道难》："剑阁峥嵘而崔嵬，一夫当关，万夫莫开。"

其二三

黛色参天不记春[1]，灌丛都作老龙鳞。

何当巨掌开河曲[2]，大庇安栖亿万人[3]。

【注释】

[1]自注："数百里高山大林，桧柏松杉，挺直无曲，自有山以来即有此木。人迹罕到，峻岭隔绝，倘能开山通道，径达洮、河、兰、巩一带，材木不可胜用矣。"黛色：青黑色。

[2]巨掌：指神话传说中劈开华山的巨灵之掌。见王士禛《秦中凯歌十二首》其四注[2]。河曲：黄河的弯曲处。甘南藏族自治州有码曲、碌曲等地，都在黄河沿岸。

[3]大庇：广大护庇。唐杜甫《茅屋为秋风所破歌》："安得广厦千万间，大庇天下寒士俱欢颜！风雨不动安如山。"

其二四

异卉参差间绿红,灵根稍复辨芎藭[1]。

会须遇得看山眼,并入桐君药笼中[2]。

【注释】

[1]自注:"扬子云《甘泉赋》:'发兰蕙与芎藭。'司马彪《子虚赋》:'芎藭似藁本'。芎藭,中草药。"按:芎藭(xiōng qióng):植物名。多年生草本,叶似芹,秋开白花,有香气。根茎皆可入药。以产于四川者为佳,故又名川芎。

[2]自注:"山中石斛为丛,枇杷成树,马践菖蒲,人焚椒楝,所不知者多矣。比行至草坝间,有川楚客民采药寄居者,而深山则无人到也。"桐君:传说为黄帝时医师。曾采药于浙江省桐庐县的东山,结庐桐树下。人问其姓名,则指桐树示意,遂被称为桐君。宋司马光《药圃》诗:"山相惭多识,桐君未遍知。"一说为传说中古仙人。

其二五

薄荷猫醉犬於菟[1],物理相仇信得无[2]。

杂毒谁知能醉马,休将燕草误茭刍[3]。

【注释】

[1]自注:"猫食薄荷而醉,虎食犬而醉。杂毒,番草也,穗如猫尾,苗如燕尾草,马食之辄醉。"薄荷:中药名。为唇形科植物,多生于山野湿地河旁。它是发汗解热药,治流行性感冒、头疼、身热、牙床肿痛等症。於菟:虎的别称。《左传·宣公四年》:"楚人谓乳谷,谓虎於菟"陆德明释文:"於,音乌。"

[2]物理相仇:指事物互相克制。

[3]茭刍:作饲料的干草。

其二六

翠岭牙牙锦石纤[1],此中瓜李最多嫌[2]。

山灵岂有元章癖[3],为训官常计上廉[4]。

【注释】

[1]自注："独牙牙，番言神石也，在哦力叭喇之南。石有文理可观，俗传石为山神所爱，曩有大员遣役取之，辄患昏迷，亟还故处，乃苏。"

[2]瓜李之嫌：即"瓜田李下"之意。比喻处在嫌疑的地位，也指容易发生嫌疑的是非之地。三国魏曹植《君子行》："君子防未然，不处嫌疑间。瓜田不纳履，李下不整冠。"

[3]元章：米芾（1051—1107），初名黻，后改芾，字元章，号襄阳漫士、海岳外史等，祖居太原，后迁湖北襄阳。北宋书法家、画家、书画理论家，与蔡襄、苏轼、黄庭坚合称"宋四家"。曾任校书郎、书画博士、礼部员外郎。

[4]上廉：即上廉穴。此穴位在人体的前臂位置。主治头痛、眩晕、半身不遂、手臂麻木等症。

其二七

却行只觉马蹄偏，竟日微窥一线天。

七十六盘弹指计，到头不信有人烟[1]。

【注释】

[1]自注："未至车力山扎荒草地，不闻鸟语人声，深箐云封，马行悬磴，车力山屈，计七十六盘，始臻绝顶。上有车力番族十数家，乃得僦屋暂憩。"

其二八

番人也自好楼居，剌噶层层板屋疏[1]。

半跨山腰半溪涧，上宁妇子下储胥[2]。

【注释】

[1]自注："剌噶，番语楼也。"板屋：见汪士鋐《岷州竹枝词》其一注[2]。

[2]自注："番人多傍山为楼，层累而上，以下层之房顶作上层之庭院。居人栖止其上，几忘其为楼也。至于户牖交通，栋宇联亘，饶有巧思。上为寝室，下层储粮，牲畜充牣其中。"储胥：储备待用之物。

其二九

袈裟拖地势蒙戎[1]，此处原无五裤翁[2]。

客至不须容倒屣[3]，延年只是避头风[4]。

【注释】

[1]自注:"渐近黑番,衣冠迥异,男、妇皆赤足无裤,毪氆毛褐曳地,冬夏皮毡为帽,竹冠草笠无有也。"按:黑番,明清时将甘肃羌族称为黑番,因其服装多系黑色,故称。舟曲一带有黑番四旗,康熙年间成为卓尼杨土司辖地,包括阳山旗、铁坝旗、阴山旗、代巴旗。毪氆:藏族人民手工生产的一种毛织品,可以做衣服、床毯等,举行仪礼时也作为礼物赠人。袈裟:和尚披在外面的法衣,由许多长方形小块布片拼缀制成。蒙戎:犹蓬松。也作"蒙茸"。《诗·邶风·旄丘》:"狐裘蒙戎,匪车不东。"

[2]五裤:亦作"五袴"。《后汉书·廉范传》:"建初中,迁蜀郡太守……旧制禁民夜作,以防火灾,而更相隐蔽,烧者日属。范乃毁削先令,但严使储水而已。百姓为便,乃歌之曰:'廉叔度,来何暮? 不禁火,民安作。平生无襦今五袴。'"后以"五袴"作为称颂地方官吏施行善政之词。唐储光羲《晚次东亭献郑州宋使君文》:"籍籍歌五袴,祁祁颂千箱。"

[3]倒屣:急于出迎,把鞋倒穿。形容主人热情迎客。《三国志·魏志·王粲传》:"时(蔡)邕才学显著,贵重朝廷,常车骑填巷,宾客盈坐。闻粲在门,倒屣迎之。"

[4]头风:头痛。这里指因冷风吹头而引起的头痛。

其三〇

鹦哥溜下响如雷[1]，白马东流去不回[2]。

欲向嘉陵寻古道[3]，贡璆端自漾川来[4]。

【注释】

[1]自注:"《地理今释》:'桓水,一名白水,出西倾山。'今考西倾之西南与蜀之岷山相连。白水源出川省之若鲁、粗鲁等番族,经杨土司之桀古卡隆、札什巴隆、札宁巴二坡棉、吗卡松品木等族,至叠州之达里沟口,会哦力

叭喇独牙牙南来之水,至鹦哥谷,束于两山之间,其声如雷。东南入岷州罗答番族西固之山下巴藏,会宕昌之羌水,名两河口,经阶州至文县与涪江合,下流四川保宁府之昭化县而入巴江。则西倾之北属雍,西倾之南属梁。"按:桓水,见李殿图《番行杂咏》其七注[3]。

[2]白马:指白水江。见杨一清《白水江舟中十三绝句》其一注[1]。

[3]自注:"《书》言'因桓是来'。盖古之蚕丛剑阁,尚未开通梁州,由雍入冀(蜀),只有桓水一路,在阴平、武都,即今之龙安府阶州文县,所谓'西当太白有鸟道,可以横绝峨眉巅'也。汉水之上游为漾,是谓西汉,亦称潜水,在今之成县、西和境。沔水,一名沮水,汉时属武都郡。沮水出东狼谷,在今之略阳宁羌界,由褒斜、嘉陵以至渭水。此路不通舟楫,曰'因',因其下流也;曰'浮',逐流而下也;曰'逾',由陆横流而至渭也,于经文实属符合。此路至今犹为客民往来捷径,特以成都设有驿站,故由蜀径至长安,与古道不相同耳。又考蜀山在左皆名岷,在右皆名嶓。天水、汉中东西汉水皆为嶓冢,惟《山海经》中所称'嶓冢,谷水出焉,东流注于洛,在弘农渑池县南',则名同而实异耳。"

[4]贡璆(qiú):进贡的美玉。璆,美玉。《书·禹贡》:"厥贡璆、铁、银、镂、砮、磬。"孔传:"璆,玉名。"漾川:指西汉水。为长江支流嘉陵江一级支流,发源于甘肃省天水市秦州区南部西秦岭齐寿山(古名嶓冢山),流经天水市秦州区、陇南市礼县、西和县、康县、成县,在陕西省略阳县注入嘉陵江。

其三一

白水江连黑水江[1],群峰夹束石淙淙[2]。

华阳禹迹知焉是[3],不道西南更有双。

【注释】

[1]自注:"余初至鹦哥谷,询之土目,据云:'农子出聂番,言黑水也。'询之通事,云:'此江下流入阶州,为白水江,又距此三百馀里,源出多布,在松潘番族香咱、巴顿之间,汉语大河脑。'《沙州记》曰:'洮水与垫江水,俱出强台山。山南即垫江源,山东则洮水源。'《山海经》曰:'白水出蜀。'郦注以

强台为西倾之异名。余详考情形,则西倾之北面东流者为洮河,由中而东南者为白水江,由稍西南而东南流者为垫水,土人亦称黑水,与华阳黑水无涉。垫水至四川之黑河塘与涪江合,涪江至文县,又与白水江合,流入巴江。则此黑水之名,又因白水而得,实无疑义。惟是白马、白草、叠溪、青水诸番,皆称黑水生番。则黑水之名,似无专属,不知《禹贡》州名皆包远势而言。华山在东北,距蜀尚远,而称华阳。则金沙、漾备、澜沧之在西南者,不必疑其过远,且经文既称入于南海,则非漾备、澜沧实不足以当之。详注见后。"白水江:见杨一清《白水江舟中十三绝句》其一注[1]。

[2]淙淙(cóng):流水发出的声音。

[3]华阳:即《华阳国志》,又名《华阳国记》。东晋时期成汉常璩撰写。专门记述古代中国西南地区地方历史、地理、人物等的地方志著作。禹迹:指《尚书·禹贡》。《禹贡》是中国古代名著,其地理记载囊括了各地山川、地形、土壤、物产等情况。

其三二

万仞盘盘达峪山[1],是为黑白水中关。

悬流南北殊归宿,梁雍分星在此间[2]。

【注释】

[1]自注:"达峪山高万仞,竟日只过一山。山上泉之北流者,经乱古谷入白水江;南流者,经塔马琭琭沟草坝入垫江,为雍南梁北一大关键。"

[2]自注:"雍梁地率皆井、鬼分野,惟松潘叠溪则为觜、参分野。按:叠溪,梁之番地。叠藏,雍之番地。相距千里。"梁:梁州。古九州之一。《尚书·禹贡》:"华阳黑水惟梁州。"唐孔颖达疏:"东据华山之南,西距黑水。"即今陕西、四川及部分云贵地区。雍:雍州。古九州之一。《尚书·禹贡》:"黑水西河惟雍州。"唐孔颖达疏:"计雍州之境,被荒服之外,东不越河,而西逾黑水。"即今陕西、宁夏、甘肃、青海全境及新疆、内蒙古部分地区。

其三三

雍梁黑水不相谋[1],青海黄河限巨流。

雍一梁三三是二,叶榆未许混泸州[2]。

【注释】

[1]自注:"《地理今释·雍州》:'黑水出甘肃塞外,南流至河州入积石,今俗名大通河是也。'《括地志》云:'黑水出伊州东南,流至鄯州入黄河。'今上源为流沙壅塞,无迹可考。其下流为大通河,在瓜州之南。西宁即唐之鄯州。则《括地》之说与今图合。《水经注》亦云:'黑水出张掖鸡山,至于敦煌。'而蔡《传》以为梁、雍二州西边,皆以黑水为界。是黑水自雍之西北而直出梁之东南也。诸家遂创为越河伏流之说。不知青海、黄河岂能飞越而渡?山重水复,岂能到处伏流?恭读《钦定书经传说汇纂》,雍州黑水在黄河之北。梁州及导川之黑水在黄河之南。蔡《传》以黑水自雍之西北而直出梁之东南,犹据纸上言之也。读此可以正蔡氏之误。"

[2]自注:"环县太白山,有黑水河在白山之西,不过偶名黑水,与雍州在敦煌之黑水无涉。而梁州最多,统计有三,其实梁州一黑水而已。其梁州境内者,在崛峣青衣之西曰泸水,古名若水,旁支曰打冲河,下近盐井。《山海经》所谓'南海之内,黑水、青水之间有木,曰若木,若水出焉',是也。又西一条出乌斯藏山中,经旄牛石下。《大事记》以为犁牛石,故称犁水,误为丽水。佛经'拔提河',一名金河池,即今之巴塘河是也。河自西南绕而东北至叙州,与泸水会而入大江。泸州距泸水甚远,而称泸州,以其为黑水之总汇,则以梁州黑水专属于泸,无不可也。其入南海者一名漾备江,出唐古忒之可跃海,经云南之丽江、大理、沅江而入安南海中。又南曰澜沧江,本名鹿沧,《西藏志》为浪沧江,经云南蒙化西南顺宁东北至沅江,与漾备江会入南海,则水源异而流同。《山海经》'大荒之中,有不姜之山,黑水穷焉'是也。唐樊绰以丽江为入海之黑水,其说不谬。然丽江以金沙得名,而金沙江实不由郡城,其由郡城者乃漾备江,入海之中流,未可混淆。宋程大昌以叶榆为黑水,恭读《钦定书经传说汇纂》,益州滇池在昆明,叶榆在大理,相去五六百里。程氏以滇池即叶榆,非是。谨案:叶榆为漾备之潴流。寸阴固日之光,而指寸阴为日则不可。况滇粤之乏榆柳,犹燕豫之无檀桂。余至太平南宁境,与南交相近,未见榆柳一株,而绰及道元以水之黑似榆叶渍积而成,尤属穿凿。又程氏云:'其地在蜀之正西,又东北去宕昌不远。'今考宕昌在

甘肃之岷州,距滇池六七千里。注疏之不可尽信如此。"

其三四

黑以名番义独奇,或缘黑水故称斯[1]。

不然涅得松烟色,肇锡嘉名谅有之[2]。

【注释】

[1]自注:"祢衡《鹦鹉赋》:'故每言而称斯。'"

[2]自注:"询之土人,云:'黑番不栉不沐,松木作爨,松脂为烛,久而涅入腠理,故有是名。'"肇(zhào):开始。锡:通"赐",赐给。嘉名:好名字。《楚辞·离骚》:"皇览揆余初度兮,肇锡余以嘉名。"

其三五

临江迟客驻经旬[1],卧听咿嚘笑语频[2]。

香麝清猿无伴侣[3],梦中又对壮瑶人[4]。

【注释】

[1]自注:"时以四川博观察未至。"迟客:待客。旬:十天为一旬。

[2]咿嚘(yī yōu):像声词。形容人叹息、呻吟或吟咏声。

[3]香麝:即麝子。哺乳动物,外形像鹿而小,无角,前腿短,后腿长,善于跳跃,尾巴短,毛黑褐色或灰褐色。雄麝的犬齿很发达,肚脐和生殖器之间有腺囊,能分泌麝香。也叫香獐子。

[4]自注:"余视学粤西,每维舟江岸,卧听土语,今犹仿佛其景。"壮瑶:壮族、瑶族。广西境内的少数民族。

其三六

拾苏拉日未分明[1],奔布昌阿夹岸迎[2]。

咀叠道旁擎蜡盖[3],熙然噶吉听声声[4]。

【注释】

[1]自注:"当搭拾苏,理曲也。当搭拉日,理直也。"

[2]自注:"奔布昌阿,番言大员之称。"

[3]自注:"咀叠,跪也。蜡盖,烧酒。"

[4]自注：“噶吉，欢笑貌。”

其三七

嚻嚻帽上炫银牌[1]，烟茗缠腰笑语谐[2]。

有母合应思请遗[3]，忙将一脔寘于怀[4]。

【注释】

[1]自注：“头目番众来迎，给以银牌则悬诸首，烟茗则缠诸腰，肉脯则纳诸怀。”银牌：指银字牌。古代凡发兵、出使、乘驿用之。宋苏舜钦《乞发兵用银牌状》：“汉世发兵，皆以虎符，所以严国命而绝奸端，厥后给银牌以为信。”

[2]烟茗：指烟叶和茶叶。

[3]“有母”句：指当地官吏请求将上司所赐食物带给母亲吃。《左传·隐公元年》：“颍考叔为颍谷封人，闻之，有献于公。公赐之食。食舍肉。公问之，对曰：‘小人有母，皆尝小人之食矣，未尝君之羹。请以遗之。’”

[4]脔(luán)：指小块肉。寘(zhì)：同“置”。放置。

其三八

昭靖当年自请缨[1]，纳麟七站出奇兵。

依稀瘿嗉成禽处[2]，伟绩千秋说沐英。

【注释】

[1]自注：“《明史》：‘洪武十年，征西将军沐英讨西番，败之土门峡，筑城洮州东笼山，击擒酋长三副使瘿嗉子等，平朵甘纳麟七站，拓地数千里。’今查杨土司与松番控地在七站族，而杨土司又有那力那郎族，或纳麟对音之误，未知是否？沐英谥昭靖。”昭靖：即沐英(1345—1392)，字文英，安徽凤阳人。明朝开国功臣，明太祖朱元璋的养子。洪武九年(1376)以副帅之职随邓愈征讨吐蕃，因军功被封西平侯。洪武十四年(1381)，与傅友德、蓝玉率兵三十万征云南。云南平定后，沐英留滇镇守。此处注沐英讨西番为洪武十年，实为洪武十二年，见下注。请缨：《汉书·终军传》载：“南越与汉和亲，乃遣军使南越，说其王，欲令入朝，比内诸侯。军自请：‘愿受长缨，必羁

南越王而致之阙下。'"后以"请缨"指自告奋勇请求杀敌。

　　[2]瘿嗉:即瘿嗉子,明初洮州十八族番族首领之一。洪武十二年(1379)正月,洮州七站之地爆发大规模叛乱,洮州十八族番首、三副使汪舒朵儿、瘿嗉子、乌都儿及阿卜商等叛,据纳邻七站之地。朱元璋派遣李文忠、沐英带兵征讨,英等至洮州旧城,寇遁去,英等追之,败西蕃于土门峡,获其长阿昌失纳。继而又平纳麟七站,生擒酋长三副使瘿嗉子等。成禽:也作"成擒"。被擒,就擒。

其三九

羊岭鹅溪古战场[1],黄头九百赭碉房[2]。

正嘉剿抚均无策[3],漳腊何曾是大荒[4]。

【注释】

　　[1]自注:"前明自洪武十年丁玉并番于松,置松州卫,诸司入贡。累朝叛服无常,其甚者,宣德年间千户钱宏调发征交阯,激变番人;正德年间,松番熟番八大穰等作乱;嘉靖年间,土宣抚使薛兆乾与副使李蕃相仇讦,纠众胁金事王华,不从,屠其家。惟弘治七年,巡抚张瓒破白羊岭、鹅饮溪等三十一寨,招商巴等二十六族,皆纳款。十四年,攻青水、黄头诸寨,赭其碉房九百,差强人意。万历年间,雪山国师喇嘛等四十八寨寇漳腊,史称漳腊以北,皆为大荒,则当时剿抚可知。自我朝龙安置守,漳腊置镇,松潘置丞,番人宁谧,与编户齐民无以异矣。"羊岭:白羊岭。鹅溪:鹅饮溪。俱在四川省阿坝藏族羌族自治州松潘县境内。

　　[2]黄头:犹黄冠。这里指藏传佛教格鲁派僧人。格鲁派为藏传佛教宗派之一,创教人为宗喀巴。藏语格鲁意即善律,该派强调严守戒律,故名。该派僧人戴黄色僧帽,汉语中俗称黄教。碉房:中国西南部的青藏高原以及内蒙古部分地区常见的居住形式。这是一种用乱石垒砌或土筑的房屋,高有三至四层。因外观很像碉堡,故称为碉房。

　　[3]正嘉:正德、嘉靖。明代两位皇帝的年号。剿抚:征剿和招抚。

　　[4]漳腊:地名。在今四川省阿坝藏族羌族自治州松潘县北四十里漳

腊乡。清康熙二十年(1681)改漳腊堡置,属松潘镇。设游击驻防。嘉庆十五年(1810)改设参将。后废。大荒:指边远荒凉的地方。

其四○

鼠雀谁将旧好乖[1],却于羊峒恨根荄[2]。

普天之下皆王土[3],底事官私较井蛙[4]。

【注释】

[1]自注:"康熙五十一年,黑番为乱,杨土司助剿有功,前山十八族、后山十九族黑番,给令管辖,七站其一也。雍正二年,羊峒番民滋扰松茂一带,有达舍生番逼近羊峒,逆番虑难自存,乃结好于漳腊之香咱巴、顿踏藏等酋长,转达寒盼土司,受其庇护。羊峒事平之后,达舍番族岁给香咱等族农器、皮张,以报其德。当时未经咨部,有案。近年以来,达舍族之子孙以一族番人受香咱等数家管辖,门差不能如期,因自称达舍,即七站,分族投归杨土司。而杨土司以香咱等之受达舍投归,原未详院咨部,遂归并七站族内。其相近之草长地方,亦多汉人采药垦田,是以两省土司互争其利。因事关番情,檄甘、川两省大员会勘。余于七月杪,由杨土司番地抵界,而四川川北道博公病故,改委宁远太守李公宪宜。余于子月由阴平、武都再至川境,讯悉前情,拟令达舍族仍归寒盼土司管辖,受漳腊营约束,草坝汉民归松潘丞抚治,于达鱼山顶立界。山下林木,仍听杨土司同达舍番人采樵射猎,禁止军民滋扰,番众悦服,与李太守会详甘、川两制军,如议结案。"鼠雀:即鼠牙雀角。见《俄博岭界碑竹枝词》注[1]。乖:乖违。

[2]羊峒:地名。在今四川省阿坝藏族羌族自治州九寨沟县(原南坪县)。东、北与甘肃省文县、舟曲县、迭部县交界,西、南与四川省若尔盖县、平武县、松潘县接壤。《读史方舆纪要》卷七三"松潘卫":"羊峒在卫北,接陕西洮州界。"根荄:亦作"根垓""根核"。植物的根。比喻事物的根本、根源。

[3]"普天"句:《诗·小雅·北山》:"普天之下,莫非王土;率土之滨,莫非王臣。"意谓普天之下都是国王的土地和管辖范围,而在这片土地上生

活的人们都是王的臣民。

[4]井蛙:井底的青蛙,喻指见识不广。《庄子·秋水》:"子独不闻夫坎井之蛙乎? 谓东海之鳖曰:'吾乐与! 出跳梁乎井干之上,入休乎缺甃之崖;赴水则接掖持颐,蹶泥则没足灭跗;还虷蟹与科斗,莫吾能若也。且夫擅一壑之水,而跨跱坎井之乐,此亦至矣。夫子奚不时来入观乎?'"

沈　峻

沈峻(1743—1818),字存圃,号丹崖,馆名欣遇斋,天津人。工诗善书。乾隆三十九年(1774)副贡,考取八旗教习。官广东吴川知县。五十七年,以失察私盐案被劾,发至新疆,即为宜都护绵延入署,为子授学,复入幕充为记室。嘉庆二年(1797)归。家居鬻书自给,书法王赵,端凝有骨。著有《欣遇斋诗集》。

东行途中即事[1]

其一

小车权当扁舟坐[2],月落空江打桨时[3]。

只恐旅愁消不得,忍寒拥鼻强寻诗[4]。

【注释】

[1]此组诗选自《欣遇斋诗集》卷十二。作于嘉庆二年(1797)诗人赦归途经河西之时。

[2]权当:姑且认为。扁(piān)舟:小船。

[3]打桨:划船。

[4]拥鼻:即"拥鼻吟"。指用雅音曼声吟咏。《晋书·谢安传》:"安本能为洛下书生咏,有鼻疾,故其音浊。名流爱其咏而弗能及,或手掩鼻以效之。"这里喻指因寒冷受凉导致鼻塞,故声音重浊。

其二

五更饮马月当头[1]，亭午星轺旅店休[2]。

薄暮拥衾眠不得[3]，为谁辛苦为谁愁[4]。

【注释】

[1]五更：旧时把从黄昏到拂晓一夜间分为五更。五更相当于现在早晨五点左右。

[2]亭午：正午。亭，正中。星轺（yáo）：使者所乘的车，亦指使者。

[3]衾：被子。

[4]"为谁"句：化用唐罗隐《蜂》"为谁辛苦为谁甜"之诗意。

其三

地形如磨车如蚁，万里盘旋不到边。

试问当年章亥步[1]，可曾逐日见虞渊[2]？

【注释】

[1]章亥：大章和竖亥，传说中善走的神人。《山海经·海外东经》："帝令竖亥步自东极至于西极，五亿十万九千八百步。"《淮南子·地形训》："禹乃使大章步自东极，至于西极，二亿三万三千五百里七十步；使竖亥步自北极，至于南极，二亿三万三千五百七十里。"

[2]虞渊：神话中的日落处。《淮南子·天文训》："日至于虞渊，是谓黄昏。"

其四

安西路近阳关界[1]，稍喜耕氓二釜充[2]。

天悯塞垣飞瑞雪[3]，奇台岁岁报年丰[4]。

【注释】

[1]安西：地名。今甘肃省酒泉市瓜州县。地处河西走廊西端，为古丝绸之路的商贾重镇。阳关：见赵时春《河西歌》其一二注[1]。

[2]耕氓：农夫。二釜充：指农家的生活有保障。釜，指古代炊具，也指古代量器。清康熙帝玄烨《秋日出郊观稼》："二釜苟不充，予饥愁如伤。"

[3]塞垣：本指汉代为抵御鲜卑所设的边塞。又指边塞、北方边境地带。

[4]奇台：即新疆维吾尔族自治区东北部昌吉州奇台县,位于天山北麓,准噶尔盆地东南缘。

其五

伊吾东去道途平[1],天划沙场第一城[2]。

柳不成丝花未放,晓风残月过清明[3]。

【注释】

[1]伊吾：见宋弼《西行杂咏》其二注[1]。

[2]沙场：平沙旷野。古时多指战场。三国魏应璩《与满公琰书》："高树翳朝云,文禽蔽绿水。沙场夷敞,清风肃穆,是京台之乐也。"

[3]晓风残月：意谓拂晓风起,残月将落。常形容冷落凄凉的意境。宋柳永《雨霖铃》："今宵酒醒何处,杨柳岸、晓风残月。"清明：节名。又称踏青节、行清节、三月节、祭祖节等,节期在仲春与暮春之交。清明节源自上古时代的祖先信仰与春祭礼俗,兼具自然与人文两大内涵,既是自然节气点,也是传统节日。

其六

云漏疏星暗复明,霜风拂面觉寒轻。

懵腾半睡登车去[1],隐约荒鸡一两声。

【注释】

[1]懵腾：蒙眬,迷糊。唐韩偓《马上见》："去带懵腾醉,归因困顿眠。"

其七

寒拥羊裘恋鹿巾[1],居延城外度残春[2]。

家人未解归心急,犹自飞书盻远人[3]。

【注释】

[1]羊裘：见吴之斑《陇西竹枝词八首》其三注[3]。鹿巾：鹿皮巾。唐韦庄《雨霁池上作呈侯学士》："鹿巾藜杖葛衣轻,雨歇池边晚吹清。"

[2]居延城:张掖县西北古城名。《(乾隆)甘州府志》卷四:"龙头山谷,城西北二十五里……又北有居延城,路伏波所守也。"此居延城非今内蒙古自治区额济纳旗达来呼布镇之居延城。

[3]飞书:又称飞章。古代称匿名信为飞书。《后汉书·梁统传》注:"飞书者,无根而至,若飞来也,即今匿名书也。"眄(miǎn):斜视。引申为看、望。远人:远处的人。

其八

风吹日炙意昏昏[1],仄径危途晓夕奔[2]。
毕竟待完车马债[3],杖藜鼓枻傍柴门[4]。

【注释】

[1]风吹日炙:狂风吹,烈日晒。形容无所遮挡。

[2]仄径:狭窄的小路。危途:艰险难行的道路。晓夕:日夜。

[3]车马债:旅途的欠债。引申为四处奔忙的任务。

[4]杖藜:谓拄着手杖行走。藜,野生植物,茎坚韧,可为杖。《庄子·让王》:"原宪华冠縰履,杖藜而应门。"鼓枻(yì):划桨,谓泛舟。《楚辞·渔父》:"渔父莞尔而笑,鼓枻而去。"

杨廷理

杨廷理(1747—1813),字清和,号双梧,清代马平县(今广西柳州市)人。乾隆四十二年(1777)拔贡。历任福建宁化、侯官知县、龙岩知州、台湾海防同知、分巡台湾道,加按察使衔。乾隆六十年(1795)因在侯官任内亏欠库款,谪戍伊犁,嘉庆八年(1803)赦还。后捐复台湾知府。著有《知还书屋诗钞》《东瀛纪事》《议开噶玛兰节略》等。

道中杂诗[1]

其一

蒲麦横生一亩同[2]，宛如兰茝苗蒿蓬[3]。

惰农不解勤耘籽[4]，也市豚蹄祝岁丰[5]。

【注释】

[1]此组诗选自《知还书屋诗钞》卷五《东归草》。为嘉庆八年（1803）诗人被赦还乡经过安西时所作。

[2]自注："口外种地，有耕无耘。"蒲麦：蒲地种的麦子。蒲地即轮耕的田地，不施肥、锄草。

[3]兰茝（chǎi）：兰、茝，皆香草名。比喻人有美质。《楚辞·九章·悲回风》："故荼荠不同亩兮，兰茝幽而独芳。"

[4]耘籽：除草培苗。

[5]豚蹄：猪蹄子。

其二

月淡星疏望欲迷，烟笼深柳隐安西[1]。

怜他戈壁禽栖草[2]，不住声声傍晓啼。

【注释】

[1]安西：见沈峻《东行途中即事》其四注[1]。

[2]戈壁：沙漠的一种，地面主要由砾石构成。亦称"戈壁滩""瀚海"。意为大范围的沙漠地区。戈壁滩主要分布在我国的新疆、青海、甘肃、内蒙古和西藏的东北部等地。

其三

高山流水出天然，独柳浓阴古庙边[1]。

悔不登临舒怅望[2]，倦来只对夕阳眠。

【注释】

[1]自注："白墩口景颇可观。"按：白墩口，即白墩子，位于甘肃省瓜州

县城西北 40 千米,是汉、魏、晋、唐以来通往西域的重要驿站。此处有白虎关、白虎庙和薛仁贵墓,为著名的风景游览区。

[2]怅望:惆怅地看望或想望。

其四

闻说安西俯碧浔[1],流奔湍急客惊心。

我来力稼方殷候[2],剩得空江尺许深。

【注释】

[1]自注:"苏拉河。"按:苏拉河,即疏勒河。见宋弼《西行杂咏》其五注[1]。碧浔:绿水边。

[2]力稼:努力耕作。方殷:谓正当剧盛之时。候:时节。古代五天为一候。

其五

风发终朝太放颠[1],黄沙直上白云边[2]。

剧思整履寻佳境[3],昏雾冥冥不敢前[4]。

【注释】

[1]终朝:早晨,整天。放颠:放纵颠狂。唐杜甫《绝句》之九:"设道春来好,狂风大放颠。"

[2]"黄沙"句:化用唐王之涣《凉州词》"黄沙直上白云间"之意。

[3]剧思:强烈地想望。整履:穿鞋。佳境:风景优美的地方。

[4]冥冥:昏暗。

其六

屹然双塔镇河洪[1],碑碣苔封耸碧空[2]。

定藉山灵呵护力,不教僵仆没玄工[3]。

【注释】

[1]双塔:指瓜州县疏勒河边的双塔。今已不存。地名尚有双塔堡之称。

[2]碑碣:古代把长方形的碑石称碑,圆顶形的称碣。后多不分,碑碣

成为各种形制的碑石的统称。这里指双塔边所立之碑。

[3]僵仆:身体僵硬而倒下。玄工:指自然界的力量。

其七

长途连遇不赀风[1],吹得征夫五内空[2]。

遥忆故人天共远,举杯谈笑夕阳中。

【注释】

[1]不赀(zī):数量极多,无法计量。

[2]五内:指心、肺、肝、脾、肾五脏。因位于人体内,故称为"五内"。

其八

轻埃细细覆青泥,不似粗沙怯马蹄。

堪笑尘缘偏有约[1],山腰风转任东西。

【注释】

[1]尘缘:佛教称尘世间的色、声、香、味、触、法为"六尘",人心与"六尘"有缘分,受其拖累,叫作尘缘。泛指世俗的缘分。

其九

征衫湿透雨滂沱[1],拂面风微暑气和。

谁道征途无胜景[2],依山傍水绿荫多。

【注释】

[1]滂沱:形容雨下得很大。

[2]胜景:佳景,优美的风景。

其一〇

信口诗成马上多,不须抱膝费吟哦[1]。

何时却把尘劳息[2],细谱江干返棹歌[3]。

【注释】

[1]抱膝:以手抱膝而坐,有所思貌。吟哦:写作诗词,推敲诗句。

[2]尘劳:佛教徒谓世俗事务的烦恼。泛指事务劳累或旅途劳累。

[3]江干:江边,江畔。返棹歌:乘船返回时唱的渔歌。棹歌,行船时所唱之歌。

其一一

满眼白杨黄柳村[1],青畦碧陇绣平原[2]。

只今边徼皆膏沃[3],不是当年汉玉门[4]。

【注释】

[1]自注:"自八道沟至玉门县。"白杨:即钻天杨。落叶乔木,枝叶一律向上,高可达数十米,耐寒耐旱,西北地区分布较广。

[2]青畦碧陇:绿色的田地。畦,田园中分成的小区。古代称田五十亩为一畦。陇,同"垄"。田地分界高起的埂子。

[3]边徼:边疆。膏沃:肥沃,指肥沃之地。

[4]玉门:玉门关。

其一二

一重戈壁一重山,天断灵源旅客艰[1]。

纵使相如无渴病[2],争禁火吐赤龙还[3]。

【注释】

[1]自注:"数站无水。"

[2]相如渴病:见郝璧《皋兰竹枝词三十首》其一〇注[2]。

[3]自注:"戈壁苦热。"赤龙:赤色的龙。古代谶纬家附会为以火德王者(如炎帝、神农氏、帝尧、汉刘邦)的祥瑞。这里指炎热。

其一三

七春塞上始生还[1],谁向风尘识老颜[2]。

曳履科头石上坐[3],任他眼白我心闲[4]。

【注释】

[1]"七春"句:诗人乾隆六十年(1795)谪戍伊犁,嘉庆八年(1803)赦还,共在塞外七年。

[2]风尘:比喻旅途的艰辛劳累。

[3]曳履:拖着鞋子。形容闲暇、从容。科头:谓不戴冠帽,裸露头髻。

[4]眼白:即白眼。眼珠向上翻出或向旁边转出眼白部分,表示看不起人或不满意。《世说新语·简傲》:"(阮)籍能为青白眼,见凡俗之士,以白眼对之。"

其一四

计程明日入边关,神采飞扬眉目间[1]。

携得西来诗两卷[2],不教人笑客空还。

【注释】

[1]神采飞扬:指脸上的神态焕发有神。

[2]"携得"句:诗人在塞外有《西来草》《西来剩草》诗歌两卷。

祁韵士

祁韵士(1751—1815),字谐亭,一字鹤亭,山西寿阳人。乾隆四十三年(1778)进士,授翰林院庶吉士,散馆授编修,擢右春坊右中允。逾年,大考翰詹,改户部主事。升郎中,充宝泉局监督。嘉庆九年(1804),局库亏铜事觉,遣戍伊犁。未几,赦还。曾主讲兰州兰山书院。著有《西陲总统事略》《皇朝藩部要略》《西陲要略》《蒙池行稿》《万里行程记》等。今人辑有《祁韵士集》。

陇右竹枝词[1]

其一

西来气候少和融[2],早晚温凉便不同。

夏葛冬裘一日里[3],行人欲换怕头风[4]。

【注释】

[1]此组诗选自《祁韵士集·濛池行稿》,作于嘉庆十年(1805)西戍途中。陇右:见吴之琏《陇西竹枝词》其二注[2]。

[2]和融:和气,融洽。

[3]"夏葛冬裘"句:指天气变化大,早晚温差大。夏葛,夏天穿的单衣。葛,用葛草纤维织成的布。冬裘,冬天穿的皮衣。裘,皮衣。

[4]头风:头痛。这里指因冷风吹头而引起的头痛。

其二

清凉车道路行难[1],笨伯扶轮辙迹宽[2]。

登涉剧怜身短小[3],皮弦苇箔木栏杆[4]。

【注释】

[1]自注:"清凉山、车道岭皆在会宁县与兰州间。"清凉山:即青岚山。在今甘肃省定西市安定区东。峰峦陡峻,纡回难上。驿道经其上,曲折上下约四五十里。其顶名清凉山。《读史方舆纪要》卷五十"巩昌府安定县":"青岚峪,在县东三十里。山多岚气。"车道岭:一名车道岘。在今甘肃省兰州市榆中县东南七十里,接定西县界。悬崖绝壁,仅通一路。《明通鉴》载:洪武三年(1370),"大将军(徐)达师自潼关出西道,元库库退屯车道岘"。

[2]笨伯:愚笨或体胖不灵活的人。扶轮:扶翼车轮。南朝宋颜延之《迎送神歌》:"月御案节,星驱扶轮。"

[3]登涉:爬山蹚水。

[4]苇箔:用芦苇编成的帘子。可以盖屋顶、铺床或当门帘、窗帘用。

其三

淡巴菰种几何年[1],采得灵苗自五泉[2]。

呼吸争夸风味别,居然烟火出丹田[3]。

【注释】

[1]淡巴菰(gū):烟草。原产于南美洲,叶子含有尼古丁,可制成各类烟品。也译作"淡巴菇"。又称醉仙桃、赛龙涎、忘忧草、相思草等。晚明以降,伴随着新航路的开辟,烟草传入中国,成为民间和士大夫喜爱的日常用品。

[2]五泉:即兰州五泉山。明清时期,五泉山下老百姓广种烟草,兰州

水烟天下闻名。清黄钧宰《金壶浪墨》"烟草"条道:"兰州别产烟种,范铜为管,贮水而吸之,谓之水烟。"兰州水烟属黄花烟草种,又称九叶芙香草,烟叶用于制作嚼烟、鼻烟、旱烟和水烟。

[3]丹田:穴位名。位于小腹部,脐下2寸到3寸之间。丹田也是道教修炼内丹中的精气神时用的术语,指道家内丹术丹成呈现之处,炼丹时意守之处。

其四

乌云挽髻露双丫[1],红袖携春两鬓斜。

土屋藏娇藏不得[2],烟花部里学琵琶[3]。

【注释】

[1]乌云挽髻:指中国古代汉族女子将头发挽结于头顶的发式。乌云,指乌黑的头发。髻,在头顶或脑后盘成各种形状的头发。双丫:指双丫髻,一种发式,其梳编法是将发平分两侧,再梳结成髻,置于头顶两侧。稚女盘双丫髻,寓意为快快长大。

[2]藏娇:指姬妾或妓女的住所。这里反用"金屋藏娇"的典故。

[3]烟花:旧时指妓女。

其五

日食须钱仅数铢[1],附身襦裤贱而粗[2]。

毡裘以外无长物[3],四季披来总不殊。

【注释】

[1]铢:古代质量单位。一两的二十四分之一。这里指很少的钱。

[2]襦裤:短衣与裤。亦泛指衣服。

[3]毡裘:亦作"旃裘",古代北方民族用毛制的衣服。

河西竹枝词[1]

其一

山童水劣少人烟[2],庐帐安居大道边[3]。

羌笛几声怨杨柳[4],踏歌解唱太平年[5]。

【注释】

[1]此组诗选自《祁韵士集·濛池行稿》,作于嘉庆十年(1805)西戍途中。河西:见赵时春《河西歌》其一注[1]。

[2]童:秃。

[3]庐帐:以帐幕作居屋。《后汉书·西域传·蒲类国》:"庐帐而居,逐水草,颇知田作。"

[4]"羌笛"句:化用唐王之涣《凉州词》"羌笛何须怨杨柳"之意。羌笛,管乐器名,双管并在一起,每管各有六个音孔,上端装有竹簧口哨,竖着吹。原出古羌族,故名。杨柳,见杨鸾《凉州柳枝词》其一注[1]。

[5]踏歌:见汪士铉《岷州竹枝词》其三注[3]。太平年:一种流行于清乾隆年间的曲调。唱词多叠句,每叠为三、三、七、七、七字,凡二十七字。一、二、四句平声,押韵,第三句仄声,不押韵。

其二

豚蹄欲祝满车篝[1],灌溉全资雪水流[2]。

粮莠未除耘事缺[3],只知播种靠天收[4]。

【注释】

[1]豚蹄:猪蹄子。车篝:车拉筐装。篝,竹笼。

[2]"灌溉"句:指河西走廊种庄稼全靠祁连山的雪水灌溉。

[3]莠:狗尾草,很像谷子,常混在禾苗中。这里指田间的杂草。耘:在田里除草。

[4]靠天收:指不能灌溉的地区,只能依靠天气风调雨顺才能有收成。

其三

隆陆竟日走圈车[1],无定河边石子赊[2]。

懊恼行人多茧足[3],惯随风浪逐黄沙。

【注释】

[1]隆陆:即隆隆。像声词。车在沙石中行走的声音。圈车:即凉州大车。见宋弼《西行杂咏》其二四注[1]。

[2]无定河:这里指河西走廊的大通河和黑河。赊:遥远。

[3]茧足:足掌磨起硬皮。

其四

倚门卖笑近青楼[1],频晕桃花欲语羞。

不解娥眉宜淡扫[2],焉支山色锁春愁[3]。

【注释】

[1]倚门卖笑:旧时形容妓女的生活。青楼:原本指豪华精致的雅舍,有时则作为豪门高户的代称。这里指妓院。

[2]娥眉:指美人细长而弯的双眉。淡扫:轻淡地画眉。指妇女淡雅的化妆。

[3]焉支山:山名。见戴记《塞上杂咏》其四注[5]。

其五

扃户家家过节时[1],道琴争说鼓儿词[2]。

灵符艾叶都无用[3],窄窄门楣插柳枝[4]。

【注释】

[1]扃(jiōng)户:闭户。扃,关门的闩、钩等。

[2]道琴:即"道情"。又名"竹琴""渔鼓"。中国传统曲艺的一个类别。渊源于唐代道教的"道曲",以道教故事为题材。南宋时用渔鼓和筒板为伴奏乐器,因此也叫"渔鼓"。明清以来流传甚广,题材也有所扩大,在各地同民间歌谣结合而发展成许多曲种,在陕北、湖北、四川等地都曾广泛流传。鼓儿词:曲艺名。用小鼓(或战鼓)、犁铧片(或檀板、简板)击板演唱。有吟有颂有说有唱。又叫"单大鼓"或"大鼓"。由于流行地域和吸收其他艺术形式的不同,唱腔又有区别。《重修镇原县志》卷五《唱小曲子》:"小曲者,对大曲儿言……兰州谓俚歌小调曰小曲,多在教育馆演唱。又有盲妇唱鼓儿词,以语多劝戒,与江浙之唱道情略同。"

[3]灵符艾叶:指端午节在门上贴灵符、挂艾叶的习俗,据说可以辟邪。明于慎行有《端午赐黄金艾叶、银书灵符等物,岁以为常》诗。

[4]插柳枝:插柳是一种风俗,原为纪念"教民稼穑"的农事祖师神农氏。有些地方把柳枝插在屋檐下以预报天气,古谚有"柳条青,雨蒙蒙;柳条干,晴了天"的说法。唐末黄巢起义时规定,以"清明为期,戴柳为号"。起义失败后,戴柳的习俗渐被淘汰,只有插柳盛行不衰。宋元以后,清明节插柳枝的习俗非常兴盛,后来有些地方在端午节也插柳枝以辟邪避疫。

其六

倒骑牛背牧儿回,日暮烟迷烽火台[1]。

鸡栅羊牢人卧榻[2],甘寻同梦土墙隈[3]。

【注释】

[1]烽火台:又称烽燧,俗称烽堠、烟墩、墩台。古时用于点燃烟火传递重要消息的高台,是古代重要军事防御设施,遇有敌情发生,则白天施烟,夜间点火,台台相连,传递消息。是最古老但行之有效的消息传递方式。

[2]羊牢:羊圈。牢,关牲口的圈。

[3]隈(wēi):山、水等弯曲的地方。这里指墙角。

西陲竹枝词(一百首选七)[1]

歌咏之作,曰情,曰景。西陲远在塞外,果有何景可摹,何情可寄?然而天地之大,万物之变,书册所载,犹欲裒集参稽[2],以广异闻。若既有所见,而顾无一言以纪之,可乎?况龙沙万里,久入版图,游斯土者,见夫城郭人民之富庶,则思圣德神功,怙冒罔极[3];见夫陵谷薮泽之广大,则思《山经》《水注》[4],挂漏殊多;见夫物产品汇之繁滋,则思雪海昆墟[5],瑰奇不少。每有所触,情至而景即在,是岂必模山范水,始足言景,弄月吟风,始足言情哉?塞庐读书之暇,涉笔为韵语,得一百首,聊自附于巴渝之歌[6]。首列十六城,次鸟兽虫鱼,次草木果瓜,次服食器用,而终之以边防夷落,以志西陲风土之大略。词之工拙,有所不计,惟纪实云。

岁在戊辰如月,前史官寿阳祁韵士鹤皋甫谨题。

【注释】

[1]此组诗选自《祁韵士集》,作于嘉庆十三年戊辰(1808),共 100 首,这里选择与甘肃有关的 7 首。西陲:见李殿图《番行杂咏》其一六注[1]。

[2]裒(póu)集:辑集。参稽:参酌稽考,对照查考。

[3]怙冒:谓勤勉治国之大功。

[4]《山经》:即《山海经》。《水注》:即北魏郦道元《水经注》。两书都是中国古代著名的地理书。

[5]昆墟:即昆仑墟、昆仑山。见杨一清《白水江舟中十三绝句》其一一注[3]。

[6]巴渝之歌:巴渝民歌,即竹枝词。竹枝词本为巴渝民歌,具有鲜明的民歌特色。

阳关[1]

千古伤心送客亭,今来驿路不曾经。

沙州东望阳关道[2],自有春风塞草青。

【注释】

[1]自注:"玉门关及阳关,皆在今敦煌县境,非驿路所经玉门县也。"阳关:见赵时春《河西歌》其一二注[1]。

[2]沙州:地名。见王心敬《塞上曲》其三注[4]。

戈壁[1]

目断龙堆寸草枯[2],寻常鸦鹊鸟还无。

横空隔绝几千里,不信迤西有奥区[3]。

【注释】

[1]自注:"安西州至哈密,哈密至土鲁番,沙碛极远,所谓瀚海也。"戈壁:见杨廷理《道中杂诗》其二注[2]。

[2]龙堆:即白龙堆。沙漠名,在新疆以东,天山南路。汉代为西部极边之地。《汉书·匈奴传》:"岂为康居、乌孙能逾白龙堆而寇西边哉?"注:"孟康曰:'龙堆形如土龙身,无头有尾,高大者二三丈,埤者丈馀,皆东北

向,相似也,在西域中。'"

[3]迤西:形容地势斜着延长。这里指广阔的西部地区。奥区:指腹地、深处。

天山[1]

三箭争传大将勋[2],祁连耳食说纷纷[3]。

中原多少青山脉,鼻祖还看就此分[4]。

【注释】

[1]自注:"祁连山即天山,自张掖以西际于葱岭,绵亘数千里,横跨南北两路,《汉书》所谓南山、北山皆是,未可以一地名之。"祁连:山名。见马祖常《河湟书事二首》其一注[2]。

[2]"三箭"句:指唐代大将薛仁贵平定突厥事。《旧唐书·薛仁贵传》:"寻又领兵击九姓突厥于天山……时九姓有众十馀万,令骁健数十人逆来挑战,仁贵发三矢,射杀三人,自馀一时下马请降……军中歌曰:'将军三箭定天山,战士长歌入汉关。'九姓自此衰弱,不复更为边患。"

[3]耳食:指不加省察,徒信传闻。

[4]鼻祖:始祖。有世系可考的最早的祖先。《汉书·扬雄传上》:"有周氏之婵嫣兮,或鼻祖于汾隅。"

黑水[1]

莫作鸡山故迹求[2],大通支派在瓜州[3]。

谁言积石能飞越[4],暗渡黄河向海流[5]。

【注释】

[1]黑水:见无名氏《俄博岭界碑竹枝词》注[4]。

[2]鸡山:山名。在甘肃省张掖市。《山海经·西山经》:"又东南四十里,曰鸡山,其上多美梓,多桑,其草多韭。"郦道元《水经注》:"黑水出张掖鸡山,南流至炖煌,过三危山,南流入于南海。"

[3]自注:"黑水出哈密境东南,流至河州,入黄河,即今瓜州大通河。旧谓出甘州,非是。"瓜州:见王心敬《塞上曲》其三注[4]。

[4]积石:山名。指小积石,在今甘肃省临夏回族自治州西北,即古唐述山。系祁连山延伸部分,在今甘肃省临夏州境西与青海省循化县之间,是黄河支流清水河和大夏河中游一系列支流的分水岭,也是青藏高原过渡到黄土高原的标志性山脉。一般认为是《禹贡》所记载的"导河积石"的积石山。《尚书·禹贡》:"导河积石,至于龙门……入于沧海。"《嘉庆一统志》:"积石山,即今大雪山,番名阿木奈玛勒占木逊山,在西宁边外西南五百三十馀里,黄河北岸。其山延亘三百馀里,上有九峰,高入云雾,为青海诸山之冠。山脉自河源巴颜喀喇山东来,中峰亭然独出,百里外即望见之,积雪成冰,历年不消,峰峦皆白,形势险峻,瘴气甚重,人罕登陟。"

[5]自注:"此《禹贡》雍州黑水,与入南海之黑水,非出一地。"详见李殿图《番行杂咏》其三三注[1]。

苦水

渴际谁甘饮盗泉[1],生憎滴水苦茶煎。

葫芦车上朝朝挂[2],昏暮求人便值钱。

【注释】

[1]盗泉:古泉名,故址在今山东泗水县东北。传说孔子过于盗泉,"渴矣而不饮,恶其名也"。《淮南子》亦云:"曾子立廉,不饮盗泉。"后以不饮盗泉表示清廉自守,不苟取也不苟得。

[2]自注:"戈壁乏水,有亦极苦,行人每贮水葫芦中,挂于车上,渴则饮之。"

雪水

良田十斛祝丰饶,天赐三冬雪水浇[1]。

粗作沟塍谁尽力[2],功成事半乐逍遥。

【注释】

[1]十斛:形容土地产量高,丰收。斛,旧量器,方形,口小,底大,容量本为十斗,后来改为五斗。

[2]自注:"塞外雨少雪大,每至盛夏,雪化为水,田中资其灌溉。"

[3]沟塍(chéng):沟渠和田埂。

柴墩[1]

墩栅层堆老树柴,壁间熊虎杂弓靫[2]。

平安烽火今无用[3],野戍犹看历历排。

【注释】

[1]柴墩:用木柴堆积起来的烽火台。见祁韵士《河西竹枝词》其六注[1]。

[2]靫(chá):箭袋。

[3]自注:"相传为岳将军钟琪遗制。"按:岳钟琪:见沈青崖《敦煌即事》其一注[5]。烽火:见王心敬《塞下曲》其一注[3]。

屠绍理

屠绍理(1751—?),字讷夫,浙江仁和(今杭州)人。贡生。性豪迈,诗古文有奇气。青年时省亲曾出嘉峪关,至哈密等地。著有《有泉堂诗文一览编》。

丁酉元旦竹枝词[1]

其一

舜历新颁丁酉岁[2],春光早度玉门关[3]。

伊吾丽日阳和候[4],瑞霭晴开见雪山[5]。

【注释】

[1]此组诗选自《有泉堂诗文一览编》。当作于诗人青年时期省亲河西之时。丁酉:即乾隆四十二年(1777)。元旦:中国节日,新年正月第一天。辛亥革命成功后,孙中山为了"行夏正,所以顺农时,从西历",定农历正月初一为春节,而以西历的1月1日为新年元旦。

[2]舜历:舜帝的历数。这里指高宗的年历。

[3]"春光"句:化用王昌龄"春风不度玉门关"之诗意。

[4]伊吾:见宋弼《西行杂咏》其二注[1]。阳和:春天的暖气。《史记·秦始皇本纪》:"维二十九年,时在中春,阳和方起。"

[5]瑞霭:吉祥的云气。雪山:这里指祁连山。见马祖常《河湟书事二首》其一注[2]。

其二

箫鼓声连远近喧[1],回民歌舞几千村。

月光更喜灯光盛,边塞人家庆上元[2]。

【注释】

[1]箫鼓:箫与鼓。泛指乐奏。宋陆游《游山西村》:"箫鼓追随春社近,衣冠简朴古风存。"

[2]上元:元宵节。

刘曰萃

刘曰萃(1752—1820),字正占,号三梅、来缘、新航,甘肃省静宁县人。嘉庆五年(1800)恩科副榜,候铨州判。工诗文,善书画。著有《三梅斋诗稿》,后仅有残卷流传,今人编《静宁三刘诗文集》收录了刘曰萃的部分作品。

拟邑侯易林先生竹枝词[1]

其一

无意寻芳却惹芳[2],嫣然两两上东墙[3]。

霍家小玉谁曾约[4]?便尔逢人怨李郎[5]。

【注释】

[1]此组诗选自《静宁三刘诗文集》上编。邑侯:县令。易林先生:即朱怀杙,字易林,山东高唐人。雍正六年(1728)被推举为孝廉方正,分发任职

江西永新县知县。历任贵州镇宁、普定、黄平、平越等知州。乾隆三十一年（1766），补甘肃静宁知州。怀栻善书画，喜吟咏。著有《检得诗钞》《黔中唾》。

[2]寻芳：游赏美景。旧时也喻狎妓。

[3]"嫣然"句：战国楚宋玉《登徒子好色赋》："天下之佳人莫若楚国，楚国之丽者莫若臣里，臣里之美者莫若臣东家之子……嫣然一笑，惑阳城，迷下蔡。然此女登墙窥臣三年，至今未许也。"这里指男女之间眉目传情。嫣然，容貌美好。

[4]霍小玉：唐蒋防传奇小说《霍小玉传》中的女主角。霍小玉明丽可人，通诗文，善歌舞，才貌俱佳，在当时颇有声誉。后来她跟陇西才子李益相识相恋，不幸被抛弃，后郁郁而死。

[5]李郎：指李益（746—829），字君虞，陇西姑臧（今甘肃省武威市）人，凉武昭王第十二代孙。大历四年（769）进士及第，官至礼部尚书。李益擅长七绝，其边塞诗在慷慨壮烈中往往带一点伤感和悲凉。

其二

流水门前杨柳花，邀人宛转到西家。

无言但索檀郎画[1]，不要钟馗要押衙[2]。

【注释】

[1]檀郎：也作"檀奴"。晋代潘岳小字檀奴，因其美丰仪，为当时众多妇女心仪的对象，后世遂以"檀郎"作为妇女对夫婿或所喜欢的人之美称。

[2]钟馗：道教俗神，专司打鬼驱邪。中国民间常挂钟馗神像辟邪除灾，从古至今都流传着"钟馗捉鬼"的传说。押衙：即古押衙。见郝璧《皋兰竹枝词三十首》其一注[1]。

其三

曾将绿绮试临邛[1]，窗隙窥人秋水浓[2]。

不解琴音却解意，低声如怨语喁喁[3]。

【注释】

[1]绿绮：古琴名。传说汉代司马相如得"绿绮"，如获珍宝。后来司马

相如到临邛做客,遇到当地富豪卓王孙的女儿卓文君,司马相如知道卓文君新寡,才貌双全,故意弹《凤求凰》曲来挑逗她,卓文君爱慕司马相如的文才,跟他私奔。临邛:今四川邛崃县。

[2]秋水:比喻人清澈明亮的眼睛。

[3]喁喁:即喁喁私语。形容背地里小声说话。

其四

绣囊遗我好摩挲[1],胜却昔人金错刀[2]。

翻悔汉滨闲浪迹[3],珍珠勾取泪珠多。

【注释】

[1]绣囊:绣花的袋子。

[2]金错刀:古代钱币名。王莽摄政时铸造,以黄金错镂其文。也称错刀。汉张衡《四愁诗》:"美人赠我金错刀,何以报之英琼瑶。"

[3]汉滨:汉水之滨,也指银汉之滨。传说牛郎织女被王母娘娘用银河隔开,只能隔河相望。这里指男女相爱却不能相会。浪迹:到处漂泊,没有固定的住处。

其五

刚将司马到僧房[1],谁迫流莺过短墙[2]。

惯妒荆公无计遣[3],倚栏闲看浴鸳鸯。

【注释】

[1]司马:指司马相如。见郝璧《皋兰竹枝词三十首》其四注[3]。

[2]流莺:即黄莺,其鸣声婉转。唐金昌绪《春怨》:"打起黄莺儿,莫教枝上啼。啼时惊妾梦,不得到辽西。"这里指莺声打断了他们的欢会。

[3]"惯妒"句:指王安石拒绝纳妾的事。北宋邵伯温《邵氏闻见录》卷十一载:"王荆公知制诰,吴夫人为买一妾。荆公见之曰:'何物也?'女子曰:'夫人令执事左右。'安石曰:'汝谁氏?'曰:'妾之夫为军大将,部米运失舟,家资尽没犹不足,又卖妾以偿。'公愀然曰:'夫人用钱几何得汝?'曰:'九十万。'公呼其夫,令为夫妇如初,尽以钱赐之。"荆公:对宋王安石的尊

称。王安石曾被封为荆国公。

其六

色才脉脉两相求[1]，暴雨狂风锁玉楼[2]。

恼杀人间沙吒利[3]，春深底处觅虞侯[4]。

【注释】

[1]"色才"句：指才子佳人互相倾慕。脉脉，默默地用眼神或行动表达情意。

[2]玉楼：华丽的楼。

[3]沙吒利：唐许尧佐《柳氏传》载有唐代蕃将沙吒利恃势劫占韩翃美姬柳氏的故事。后人因以"沙吒利"指霸占他人妻室或强娶民妇的权贵。

[4]虞侯：本为春秋时期掌管山泽的职官。西魏和隋朝以后用作军官称号。其职掌不尽相同，或为警备巡查官，或为内部监察官。这里指帮助韩翃和柳氏重聚的侠士虞侯许俊。参看唐许尧佐《柳氏传》。

其七

莫怨韩公好咏诗[1]，春风谁使复参差？

归来更把流苏结[2]，不付桃枝付柳枝。

【注释】

[1]韩公：指唐代著名文学家韩愈，韩愈有《咏柳》诗。

[2]流苏：装在车马、花轿、帐幕或楼台等物上的下垂穗状装饰物。多用丝线或五彩羽毛制成。

其八

桃根桃叶毕差池[1]，剩有当年渡口诗[2]。

千载香魂随秀句，俗人谁解竹枝词？

【注释】

[1]差池：差错，意外。

[2]渡口：指桃叶渡，在南京市秦淮河畔，原称南浦渡。相传因东晋王献之在此送其爱妾桃叶而得名。

铁　保

铁保(1752—1824),字冶亭,一字铁卿,号梅庵,姓栋鄂氏,满洲正黄旗人。乾隆三十七年(1772)进士,授吏部主事,历任漕运兵督、广东巡抚、山东巡抚、两江总督。嘉庆十四年(1809),因失察山阳知县王伸汉冒赈案遣戍乌鲁木齐。十五年(1810),调喀什噶尔参赞大臣。十六年(1811),擢礼部、吏部尚书。铁保少有诗名,尤工书法,长于行草。著有《惟清斋全集》。

塞上曲四首[1]

其一

雕弓白马陇头春[2],小队将军出猎频。

猿臂一声飞霹雳[3],平原争美射雕人[4]。

【注释】

[1]此组诗选自《惟清斋全集·梅庵诗钞》卷五。作于嘉庆十四年(1809)遣戍途中经过甘肃之时。塞上曲:见王心敬《塞上曲》其一注[1]。

[2]雕弓:刻画着花纹、精美的弓。陇头:陇山。见李复《竹枝歌十首》注[2]。

[3]猿臂:谓臂长如猿,可以运转自如。《史记·李将军列传》:"广为人长猿臂,其善射亦天性也。"南朝宋裴骃《集解》:"如淳曰:'臂如猿通肩。'"霹雳:指雷电。也形容弓弦震响,射击快速有力。宋辛弃疾《破阵子·为陈同甫赋壮语以寄》:"马作的卢飞快,弓如霹雳弦惊。"

[4]射雕人:指边塞射雕的勇士。《史记·李将军列传》:"匈奴大入上郡,天子使中贵人从广勒习兵击匈奴,中贵人将骑数十纵,见匈奴三人,与战,三人还射,伤中贵人,杀其骑且尽,中贵人走广,广曰:'是必射雕者也。'"《集解》:"文颖曰:雕,鸟也。故使善射者射也。"《索隐》:"案服虔云:'雕,大鸷鸟也。一名鹫。黑色多子,可以其毛作矢羽。'韦昭云:'雕,一名鹗也。'"

其二

嘹呖霜天旅雁鸣[1]，贺兰山月照连营[2]。

枕戈人睡无金鼓[3]，散作一天刁斗声[4]。

【注释】

[1]嘹呖：鸿、雁、鹤等的鸣声。形容声音响亮凄清。

[2]贺兰山：山名。在宁夏与内蒙古交界处，西为阿拉善高原，东为银川平原和鄂尔多斯高原，为中国西北地区的重要地理界线。山势雄伟，崖谷险峻。此山历代多为少数民族畜牧之地。五代和北宋初，丝绸之路多穿越此山至河西走廊。连营：指连绵不绝的营寨。

[3]枕戈人：指戍边的士兵。《晋阳秋》："刘琨与亲旧书曰：'吾枕戈待旦，志枭逆虏，常恐祖生先吾著鞭耳！'"枕戈待旦，枕着兵器躺着等待天亮。形容随时准备杀敌，一刻也不松懈。金鼓：见赵时春《河西歌》其七注[3]。

[4]刁斗：见万世德《塞下曲八首》其四注[4]。

其三

高原苜蓿饱骅骝[1]，风起龙堆塞草秋[2]。

陌上健儿同牧马[3]，一声齐唱大刀头[4]。

【注释】

[1]苜蓿：见马祖常《庆阳》注[2]。骅骝：见王世锦《洮州即事》其五注[3]。

[2]龙堆：即白龙堆。见祁韵士《西陲竹枝词·戈壁》注[2]。

[3]陌上：古时田间小路。

[4]大刀头：《汉书·李陵传》记载：汉武帝时李陵败降匈奴，汉昭帝即位后，遣李陵故人任立政等三人至匈奴招李陵。单于置酒赐汉使者，"立政等见陵，未得私语，即目视陵，而数数自循其刀环，握其足，阴谕之，言可还归汉也"。刀环在刀之头，环、还同音，后因以"大刀头""刀环"为"还归"的隐语。

其四

大漠风尘竞著鞭[1],摩崖功许勒燕然[2]。

材官自具封侯骨[3],归去南薰看赐蝉[4]。

【注释】

[1]著鞭:驱马加鞭,指奋发向前。《晋阳秋》:"刘琨与亲旧书曰:'吾枕戈待旦,志枭逆虏,常恐祖生先吾著鞭耳!'"

[2]"摩崖"句:东汉永元元年,车骑将军窦宪领兵出塞,大破北匈奴,登燕然山,班固作《封燕然山铭》,刻石勒功,纪汉威德。这里指立功边塞。燕然,山名。即今蒙古人民共和国境内的杭爱山。

[3]材官:秦汉始置的一种地方预备兵兵种。《史记·韩长孺列传》:"当是时,汉伏兵车骑、材官三十馀万,匿马邑旁谷中。"封侯:封赠侯爵。

[4]南薰:指《南风》歌,借指从南面刮来的风。唐宫殿名,这里指朝廷。蝉:古代的一种薄绸,薄如蝉翼。这里指朝廷的赏赐。

车中口占[1]

其一

平原千里路茫茫,积雪连天入大荒[2]。

坦坦王程沙碛远[3],玉门关外有康庄[4]。

【注释】

[1]此组诗选自《惟清斋全集·玉门诗钞》。作于嘉庆十四年(1809)诗人遣戍经过河西之时。

[2]大荒:指边远荒凉的地方。

[3]王程:奉公命差遣的行程。沙碛:沙漠。

[4]康庄:平坦宽广、四通八达的道路。《史记·孟子荀卿传》:"为开第康庄之衢,高门大屋,尊宠之。"

其二

小住村寮落日昏[1]，饥驱百里下高原[2]。

巴童报道午炊熟[3]，自割黄羊带血吞[4]。

【注释】

[1]村寮:乡村小屋。寮,小屋。

[2]饥驱:旧指为衣食而奔走。

[3]巴童:巴渝之童,善歌舞。

[4]黄羊:即普氏原羚,也叫蒙古羚。牛科、原羚属的哺乳动物。

其三

检得山柴带雪烘，严风搜壁烛摇红[1]。

烧残榾柮烟难尽[2]，身在黄粱云雾中[3]。

【注释】

[1]严风:冷风。

[2]榾柮(gǔ duò):木柴块,树根疙瘩。可代炭用。

[3]黄粱:一种粟米,原产中国北方,是古代黄河流域重要的粮食作物之一。这里指"黄粱梦"。唐沈既济《枕中记》载:"吕翁经邯郸道上,邸舍中,有少年卢生自叹贫困,言讫思睡,主方炊黄粱。翁探囊中一枕以授生,曰:'枕此即荣遇如意。'生枕之,梦自枕窍入,至一国,功名得意,身历富贵五十年,老病而卒。欠伸而寤,顾吕翁在傍,主人炊黄粱犹未熟。生谢曰:'先生以此窒吾之欲。'"后用"黄粱梦"比喻虚幻不实的事和欲望的破灭犹如一梦。

其四

孤村草草解征骖[1]，暂息尘劳苦亦甘[2]。

忽听塞垣《懊恼曲》[3]，晓风残月忆江南[4]。

【注释】

[1]骖:古代驾在车前两侧的马。

[2]尘劳:佛教徒谓世俗事务的烦恼。泛指事务劳累或旅途劳累。

[3]塞垣:本指汉代为抵御鲜卑所设的边塞。又指边塞、北方边境地带。懊恼曲:亦作《懊侬曲》《懊恼歌》。《古今乐录》云:"《懊恼歌》者,晋石崇为绿珠所作。"《懊恼曲》即其变曲。这里指烦恼的歌曲。

[4]晓风残月:见沈峻《东行途中即事》其五注[3]。

王芑孙

王芑孙(1755—1818),字念丰,一字沤波,号铁夫、铁甫,更号惕甫,又号楞伽山人,晚号老铁等,长洲(今江苏苏州市)人。乾隆五十三年(1788)举人,官华亭教谕。性格耿直,简傲自赏。为诗追求清癯,书法尤佳。著有《渊雅堂全集》。

西陬牧唱词(六十首选二)[1]

乾隆五十三年夏五月,上幸避暑山庄。芑孙从董尚书出塞[2]。既即次多雨,无以自遣,捡架上书,得《西域图志》读之[3],仰见我国家服章之厚,绥来之广,以及山川风气之殊,服物语言之别,奇闻轶事亦往往错见其中。凡汉唐以来所约略而不能晰,占毕之儒所茫昧而莫能详者[4],一旦入我版图,登我掌故,于戏盛矣。辄占作绝句六十章,或附丽前闻,或质言今制,删取原文,少加融贯,件系成诗。以二万馀里之中,准回两部居其大凡[5],准部世资游牧,不事农工;回部虽务农工,利兼畜牧,且自奠定以来,耕屯日辟,兆协薪蒸,又国家绥万屡丰之庆也。遂题之曰《西陬牧唱》,所谓不贤者识其小者,因以助牧人之扣角云尔[6]。

是岁七月既望,长洲王芑孙自序。

【注释】

[1]此组诗选自《渊雅堂全集》卷七。作于乾隆五十三年(1788)夏五月,为诗人随尚书董诰出塞时阅读《西域图志》后所作。这里选与甘肃有关的2首。西陬(zōu):西部边疆。陬,角落,山脚。

[2]董诰:董诰(1740—1818),字雅伦,号蔗林,浙江省杭州府富阳县(今浙江杭州)人,清代大臣、书画家。工部尚书董邦达长子,与其父有"大、小董"之称。乾隆三十年(1765)进士。历任翰林院庶吉士、编修、工部侍郎、军机大臣、东阁大学士、文华殿大学士等,升首席军机大臣,上书房总师傅。董诰精书法,善绘画,更通晓军事。

[3]《西域图志》:全称《钦定皇舆西域图志》。清乾隆二十一年(1756)刘统勋等奉旨始纂,二十七年(1762)由傅恒完成。该书涉及清代新疆政治、经济、军事、边防、民族、宗教、文化、风俗、物产、外事、地理、地貌等诸多方面,是研究清代前期新疆历史文化重要参考资料。

[4]占毕:简策。古代用竹片或木条所编成的书本。也指诵读,吟诵。

[5]准回两部:指准噶尔汗国和回部。准噶尔汗国在清代一度强盛,侵扰西北,乾隆二十二年(1757)被清朝征服,地方归入清朝版图。回部一般指回疆,为清代对新疆天山南路的通称。该地为维吾尔族、乌孜别克族所聚居,清朝对该地信仰伊斯兰教的少数民族多称为"缠回",故名。乾隆平定大小和卓之乱前后,回部也归入清朝版图。

[6]扣角:击牛角唱歌。相传春秋时卫人宁戚家贫,在齐,饭牛车下,适遇桓公,因击牛角而歌。桓公闻而以为善,命后车载之归,任为上卿。

其四

流沙腾海一重重[1],路出安西绕白龙[2]。
露挹三危酿化洽[3],玉门关外绝传烽[4]。

【注释】

[1]流沙:见马祖常《河湟书事二首》其二注[1]。

[2]自注:"右安西南路。今之安西,即汉酒泉、敦煌故壤,久为西陲屏障,近复设置州县,出嘉峪关而西,延袤千里,昔人所称'国当乾位,地列艮墟,水有悬泉之神,山有鸣沙之异,川无蛇虺,泽无兕虎'者也。三危流沙,其迹最古。玉门、阳关亦在于是。色尔腾海者,其水最大,近白龙堆。"安西:见沈峻《东行途中即事》其四注[1]。白龙:即白龙堆。见祁韵士《西陲

竹枝词·戈壁》注[2]。

[3]三危:指三危山。位于敦煌市东南25千米处,绵延60千米,主峰在莫高窟对面,三峰危峙,故名三危。三危山是敦煌的一座名山,也是敦煌文明的发源地。《都司志》:"三危为敦煌望山,俗名卑羽山,今在城东南三十里,三危耸峙,如危欲坠,故云。"《尚书·舜典》载:"窜三苗于三危。"《山海经·西次山经》:"三危之山,三青鸟居之。是山也,广负百里。"郭璞注云:"三青鸟主为西王母取食者,别自栖息于此山也。"《艺文类聚》卷九一引《竹书纪年》云:"(周)穆王十三年,西征,至于青鸟之所憩。即此山也。"自此之后,《水经注》《括地志》等都将敦煌的三危山认定为《尚书》中的"三危"了。

[4]传烽:见祁韵士《河西竹枝词》其六注[1]。

其三一

雷音千佛起何时[1]？山号鸣沙果亦奇[2]。

《集古录》中参阙轶[3],拓来蝉翼太宾碑[4]。

【注释】

[1]雷音千佛:指敦煌莫高窟,俗称千佛洞。位于敦煌市东南25千米。开凿在砾石层的断崖上,背靠鸣沙山,面对三危峰,前临宕泉,窟区全长1600米,现存有塑画的洞窟491个。它始建于前秦建元二年(366)(又有晋永和九年,即353年之说),后历经北朝、隋唐、西夏、元朝等历代的兴建,形成巨大的规模,有洞窟千馀龛,壁画4.5万平方米、塑像2300馀尊,是世界上现存规模最大、内容最丰富的佛教艺术宝地。这些壁画、塑像不同程度地反映了我国从4世纪到14世纪社会生产、生活、交通、建筑、艺术、风俗、宗教信仰、民族关系、中外交流等情况。在我国现存的石窟中,莫高窟是开凿时间最早、延续时间最长、规模最大、内容最丰富的石窟群,在世界文化史上也具有珍贵的价值,有"人类文化宝藏""形象历史博物馆""世界画廊"之称。

[2]自注:"鸣沙山在敦煌县南十里,积沙所成,而峰峦峭削,逾于石山,四面皆沙陇,背如刀刃。人登之即鸣,随足堕落,经宿风吹,辄复如故。天气

晴朗时,沙鸣闻于城内。其西即《禹贡》所谓馀波入于流沙者也。其东有千
佛洞雷音寺,不详何代所建,并有唐朝散大夫郑王府咨议陇西李太宾碑。"
鸣沙山:位于敦煌城南 5 千米处,最高处为后山之西南峰,海拔 1715 米。山
之底部为砾石结构,砾石之上流沙聚为重重峰峦,沙浪起伏,莽莽苍苍。因
游人登山下滑,其沙随足滑落,轰鸣作响,故称鸣沙山。天气晴朗时,流沙发
出的声音有如丝竹管乐,故有"沙岭晴鸣"之称。山下即著名的月牙泉,"泉
因山而奇,山因泉而神",更衬托出鸣沙山的奇特和美丽。

[3]《集古录》:古代金石学著作。北宋欧阳修撰。原 20 卷,现仅存辑
佚本 10 卷。阙轶:亦作阙佚、阙逸。残缺散失。

[4]太宾碑:碑名。徐松《西域水道记》称为"大唐李府君修功德碑",
又称"唐陇西李府君修功德碑""李太宾大唐陇西李府君功德碑""唐朝散大
夫郑王府谘议陇西李太宾碑"等。此碑记载李太宾之孙李明振及其家族协
助归义军节度使张议潮收复河西的经过,以及重修窟寺的情况,是研究唐代
瓜州的珍贵历史资料。

李銮宣

李銮宣(1758—1817),字伯宣,号石农,别署散花龛主,山西静乐人。
乾隆五十五年(1790)进士,授刑部主事。嘉庆三年(1798),升为浙江温处
兵备道,调任云南按察使。嘉庆十年(1805),因平反龙世恩案,与巡抚意见
不合,被遣戍乌鲁木齐。嘉庆十四年(1809),复任户部主事,历任天津兵备
道、直隶按察使、广东按察使。著有《坚白石斋诗集》。

塞上曲[1]

其一

硬雨霾风别样愁[2],寒烟无际草如秋。

玉门关外千条水,都向蒲昌海上流[3]。

【注释】

[1]此组诗选自《坚白石斋诗集》卷九《荷戈集》。作于嘉庆十年（1805），为诗人遣戍乌鲁木齐途中所作。塞上曲:见王心敬《塞上曲》其一注[1]。

[2]硬雨:指冰雹。霾风:阴风。

[3]蒲昌海:今新疆东部的罗布泊。自汉至唐称为蒲昌海,又名盐泽。地当西域东方的门户,为当时东西交通主要路线所经过。

其二

古道千盘草木荒,戍旗一片黯春阳[1]。

谁知石烂山枯后,犹有残碑纪汉唐[2]。

【注释】

[1]戍旗:边防军的旗帜。

[2]残碑:这里指河西留存的汉唐石碑。

其三

铁马无声战骨寒[1],荒原月落乌啼残。

只今䤈得城边路[2],草带腥风血未干[3]。

【注释】

[1]铁马:配有铁甲的战马。

[2]䤈(lù)得:县名。西汉置,在甘肃省张掖市。原为匈奴䤈得王居地,故以名县。《(乾隆)甘州府志》卷四:"䤈得古城,《汉书》:'元狩二年,霍去病出陇西,涉钧耆,济居延,遂臻小月支,攻祁连山,扬武乎䤈得。'《地理志》:'张掖郡也,太初元年开,治䤈得县。'"

[3]腥风:腥臭之风。亦喻凶残的气氛。

其四

山是鸣沙掩夕曛[1],茫茫戈壁浩无垠[2]。

健儿醉饮蒲桃酒[3],卧看黄花戍上云[4]。

【注释】

[1]鸣沙:山名。见王芑孙《西陬牧唱词》其三一注[1]。夕曛:落日的馀辉。黄昏。

[2]戈壁:见杨廷理《道中杂诗》其二注[2]。

[3]蒲桃酒:即葡萄酒。

[4]黄花戍:在甘肃省敦煌市,唐代置。《(道光)敦煌县志》卷六:"盖嘉运《伊州歌》:'闻道黄花戍,频年不解兵。可怜闺里月,偏照汉家营。'注云:'贞观初,伊吾城主举七城来降,因列其地为伊西州,置黄花戍。'"

其五

冰花飞上赫连台[1],枯草黏天画角哀[2]。

昨日将军亲射猎,皂雕如虎扑人来[3]。

【注释】

[1]赫连台:又称髑髅台。东晋胡夏主赫连勃勃所筑京观,在陕西延长县。一说在陕西靖边县红墩界乡白城子。

[2]画角:古管乐器。传自西羌。形如竹筒,本细末大,以竹木或皮革等制成,因表面有彩绘,故称。发声哀厉高亢,古时军中多用以警昏晓,振士气,肃军容。帝王出巡,亦用以报警戒严。

[3]皂雕:见宋弼《西行杂咏》其四四注[2]。

其六

弓弯霹雳射天狼[1],青海无波月似霜[2]。

倦枕髑髅眠不醒[3],风吹鬼火上枯杨[4]。

【注释】

[1]霹雳:见铁保《塞上曲四首》其一注[3]。射天狼:比喻抵御侵略。天狼,见万世德《塞下曲八首》其七注[1]。

[2]青海无波:指青海一代边境安宁。

[3]髑髅:指死人的头骨。

[4]鬼火:磷火。

其七[1]

莫翻旧谱谱伊凉[2]，野气昏昏日影黄。

一领羊裘便消夏[3]，边城六月有飞霜。

【注释】

[1]此诗辑自《三州辑略·艺文门》。

[2]伊凉：《伊州》《凉州》。唐大曲名。宋洪迈《容斋随笔》卷十四："今乐府所传大曲，皆出于唐，而以州名者五，伊、凉、熙、石、渭也。凉州今转为梁州，唐人已多误用，其实从西凉府来也。凡此诸曲，唯伊、凉最著，唐诗词称之极多。"

[3]羊裘：见吴之珽《陇西竹枝词八首》其三注[3]。消夏：避暑。

王　煦

王煦（1758—?），字汾原，号空桐。浙江上虞人。道光二年（1822）进士。曾官甘肃灵台、通渭知县。罢官后主讲朗江书院。著有《诗古音》《文选七笺》《国语释文》《小尔雅疏》《说文五翼》《空桐子诗草》。

兰州竹枝词二十四首[1]

河桥[2]

铁索鳞鳞缆百艘[3]，金城日夜撼洪涛[4]。

马蹄不识星原险[5]，天下黄河只一桥。

【注释】

[1]此组诗选自《空桐子诗草》卷四，作于道光三十年（1862）。自注："本六十四首，业已梓行，今节录如左。"但现在已经找不到全本。

[2]自注："兰省襟带黄河浮桥，在北关外，为西路要冲。'天下黄河只一桥'，乃前人成语也。"河桥：即兰州镇远浮桥。见叶映榴《过皋兰八绝句》其八注[1]。

[3]鳞鳞:形容多得像鱼鳞。这里形容铁索像鱼鳞一样层层排列。

[4]金城:兰州。

[5]星原:指星宿海,古人认为是黄河的源头。原,同"源"。见宋弼《西行杂咏》其二五注[1]。

天堑[1]

乍疑地破却无声,大陆平原处处坑。

涓滴不容深似海,陷人还不数长平[2]。

【注释】

[1]天堑:天然形成的隔断交通的大沟。

[2]自注:"自陕至甘,土坑深大,无滴水,弥望皆是。白起长平坑降卒四十万,不为多也。"长平:今山西省晋城高平市西北。秦昭襄王四十七年(前260),秦国与赵国在长平一带进行了战略大决战。秦将白起大败赵将赵括,坑杀了赵国降卒四十万。

窖水[1]

曾闻谷汲在山乡[2],穷谷无泉有窖藏。

马溺牛溲任腥秽[3],略沾土气便清香。

【注释】

[1]自注:"安定西数站,山高土厚,掘井不能及泉,因作窖于低洼处。凡天雨与人畜诸溺,皆聚之,名曰'窖水'。"

[2]谷汲:汲水于山谷。《韩非子·五蠹》:"夫山居而谷汲者,膢腊而相遗以水。"

[3]马溺牛溲:牛马的尿。腥秽:腥臭,秽气。

粪炕[1]

何事衾裯叠象床[2],庄家自有黑甜乡[3]。

采将芨芨编为席[4],马屎熏来暖又香。

【注释】

[1]自注:"土人睡炕,并无被褥,惟铺芨芨草席一张,熏以马牛诸粪。

初入室,臭不可耐,久之亦不觉矣。"炕,即土炕。见金人望《竹枝词十六首》其三注[2]。

[2]衾裯(qīn chóu):指被褥床帐等卧具。《诗·召南·小星》:"肃肃宵征,抱衾与裯,寔命不犹。"

[3]黑甜乡:梦乡。形容酣睡。

[4]芨芨:芨芨草。见宋弼《西行杂咏》其二二注[1]。

土窑[1]

宅舍田园有几多,两番租税一般科[2]。

何如小劚山腰住[3],屋上膏腴好种禾[4]。

【注释】

[1]自注:"土人大半住土窑,窑或一层,或两层,即《绵》诗之'陶复陶穴'也。窑上不是原田,即是孔道。袁简斋《诗话》载《土窑》诗云:'人家半向山腰住,车马还从屋上过。'可以互证。"

[2]科:这里指征缴(租税)。

[3]劚(zhú):用砍刀、斧等工具砍削。这里指挖土。

[4]膏腴:指土地肥沃。

水烟[1]

男也如何训力田[2],民之质矣食为先[3]。

五泉山下膏腴地[4],不种嘉禾种水烟。

【注释】

[1]自注:"兰州水烟甲天下,迩来尤盛。其利较五谷为多,故土人争种之,尤以五泉为胜。"水烟:见祁韵士《陇右竹枝词》其三注[2]。

[2]力田:努力耕田。亦泛指勤于农事。

[3]民之质矣:指人民纯朴善良。《诗·小雅·天保》:"民之质矣,日用饮食。群黎百姓,遍为尔德。"食为先:指人民以粮食为自己生活所系。《史记·郦生陆贾列传》:"王者以民人为天,而民人以食为天。"

[4]膏腴:指土地肥沃。

白帽[1]

嫁女婚男事正经,摘缨凉帽集盈庭[2]。

中原少见真多怪,道是丧门吊客星[3]。

【注释】

[1]自注:"土人每逢吉庆,贺客满门。不论冬夏,皆戴白胎凉帽。相习成风,不以为怪。"按:白帽是甘肃回族人民的一种服饰习惯,经常戴白包帽。

[2]摘缨:《韩诗外传》卷七记载:春秋时,楚庄王和群臣夜宴,中途烛灭,有人暗中引楚王美人衣,美人暗摘其缨帽带以告楚王。楚王命群臣统统摘去缨,然后举火,使那人不被发现。后来楚与晋战,其人奋力作战,以报答楚王。后用为宴宾之典。盈庭:指宾客充满庭院。

[3]吊客:前来吊唁死者的人。汉族风俗,遇到丧事,吊客大多穿白衣戴白帽。

黄酒[1]

斗米酿成三斛酒,嘉名新锡半天香[2]。

百壶浮尽终无醉[3],饶得黄河水满腔。

【注释】

[1]自注:"土人先一夕作水黄酒,次早酤卖,过午即酸不可饮。予特美其名曰'半天香'。"黄酒:中国特有的一种酒类,与啤酒、葡萄酒并称世界三大古酒。商周时代,中国人独创酒曲复式发酵法,开始大量酿制黄酒。中国南方以糯米、北方以黍米、粟等为原料酿造黄酒,属于低度酿造酒。清代兰州黄家园黄酒香味醇厚,非常著名。

[2]嘉名:好名字。锡:通"赐",赐给。

[3]浮尽:喝完。浮,罚人饮酒。《小尔雅·广言》:"浮,罚也。"这里指喝酒。

儒耕[1]

读不兼耕非善策,耕如废读岂全材?

秧歌声带时文调[2],才是田间好秀才。

【注释】

[1]自注:"甘民不知经商,士子亦不能游幕,惟耕读而已。"

[2]秧歌:中国北方地区广泛流传的一种极具群众性和代表性的汉族民间歌舞的类称,不同地区有不同称谓和风格样式。清代吴锡麟《新年杂咏抄》载:"秧歌,南宋灯宵之村田乐也。"在民间,对秧歌的称谓分为两种:踩跷表演的称为"高跷秧歌",不踩跷表演的称为"地秧歌"。近代所称的"秧歌"大多指"地秧歌"。时文:科举时代称应试的文章,特指八股文。

闺孝[1]

晓起开奁理鬓鸦[2],无端缟素上香车[3]。

只因要带三分孝[4],便是邻丧吊也髽[5]。

【注释】

[1]自注:"亲串有丧,必使妇人往吊,即疏属泛交,亦必遍身缟素,或曰:'西属金,色尚白。'理或有之。"

[2]奁:古代女子梳妆用的镜匣。鬓鸦:形容鬓发黑如鸦色。

[3]缟素:白色衣服,指丧服。香车:用香木做的车。泛指华美的车或轿。

[4]自注:"越谚云:'若要俏,长带三分孝。'"

[5]髽(zhuā):指古代妇人在办丧事的时候梳的发髻,用麻束住头发。

项索[1]

乾坤本是炉锤手[2],六子都由一索成[3]。

缧绁之中可妻也[4],男儿尤要铁铮铮[5]。

【注释】

[1]自注:"南中儿女,其父母以金银或丝缘作锁索,为观美也。西土则径以铁索索之,若缧绁然。"项索:即项圈。用金、银、铜或玉做的套在颈项

上的圈。有的用作女性的饰物,更多的是男孩的吉祥物。

[2]炉锤:炉与锤。指冶炼锻造。

[3]六子:谓《易》八卦中的震、巽、坎、离、艮、兑。此六卦皆由构成乾卦的阳爻和构成坤卦的阴爻组成,故称。

[4]"缧绁"句:《论语·公冶长》:"子谓公冶长:'可妻也。虽在缧绁之中,非其罪也。'以其子妻之。"缧绁(léi xiè),捆绑犯人的黑绳索。

[5]铁铮铮:指人坚强刚毅。

面纱[1]

乌纱齐额罩如帘,雾里花枝云里蟾[2]。

一样娉婷车上坐[3],有谁知道是无盐[4]。

【注释】

[1]自注:"土人妇女皆坐敞车出门,服饰鲜丽,面上却用乌纱罩之。可以见人,不令人见。"面纱:亦称"盖头"。遮盖头发的饰物。信伊斯兰教的回族妇女有戴面纱的习惯。

[2]云里蟾:意思是月牙,喻女子的弓鞋。传说月中有蟾蜍,为嫦娥所化。见郝璧《皋兰竹枝词三十首》其二九注[2]。

[3]娉婷:形容女子姿态美好。汉辛延年《羽林郎》:"不意金吾子,娉婷过我庐。"

[4]无盐:指战国时齐宣王后钟离春。因是无盐人,故名。为人有德而貌丑。后常用为丑女的代称。

仿卓[1]

日拈针业太辛勤,刺绣何如倚市门[2]?

莫羡临邛渴司马[3],当垆处处是文君[4]。

【注释】

[1]自注:"自入甘境,掌柜者皆妇人,仿佛临邛故事。其夫主则执爨抱孩子而已。"

[2]倚市门:《史记·货殖列传》:"夫用贫求富,农不如工,工不如商,刺

绣文不如倚市门。"案此有二解:一谓经营商业。日人泷川资言《史记会注考证》云:"刺绣文,工之事;倚市门,商之事。"二谓娼妓卖笑。宋苏轼《次韵僧潜见赠》:"公侯欲识不可得,故知倚市无倾城。"

[3]临邛渴司马:指司马相如。见郝璧《皋兰竹枝词三十首》其一〇注[2]。

[4]当垆:见郝璧《皋兰竹枝词三十首》其一〇注[4]。

赛苏[1]

严家山号小苏州,山上花魁李玉楼[2]。

却喜使君新姓色[3],应来此土领风流。

【注释】

[1]自注:"泾州为入甘首站,州中严家山号小苏州,名妓多在山上。客游到此,往往不辞折屐。"按:泾州,地名。北魏神麚三年(430),于安定郡城(今甘肃省泾川县北)置州,治安定县,州因泾水得名。隋大业三年(607),隋炀帝以州为郡,因改安定郡。唐武德元年(618)复为泾州,治安定县。

[2]花魁:百花的魁首,多指梅花。旧时比喻有名的妓女。李玉楼,不详。

[3]自注:"时满州色公布星额为州牧。"按:色布星额(1799—?),满洲锡伯营正黄旗人。曾任平凉府泾州知州。

女档[1]

十五女儿未破瓜[2],娇羞不肯抱琵琶。

当筵一曲连环扣[3],赚取金钱养阿爷[4]。

【注释】

[1]自注:"宁夏人不重男而重女,女生甫龀,即教以歌舞,周行当道衙门,真钱树子也。"女档:也叫"当当"。出处不详。据说是阿拉伯人对小曲、调子的俗称,又称"小当子"。《甘宁青史略·副编》中收集的宁夏民间小曲有"近世有小曲,曲名小当子"之句。杨荫浏先生《中国古代音乐史》中称元曲中的回回乐曲中有《马黑小当当》《清泉当当》等,前为人名,后为调子,即

某某唱的调子之意。

[2]破瓜：指十六岁。因瓜字可以分成两个八字，加起来是十六。也比喻女子破身。

[3]自注："连环扣，曲名。"连环扣：中国古代民间音乐慢板类的板式之一，在旋律上和慢板完全相同，区别在于它把慢板的八梆过门统统减去一半，即变为四梆过门，这样就压缩了过门旋律，唱起来更为紧凑，上下句一环扣一环，环环相连，所以人们称它为"连环扣"。

[4]阿爷：北方人称父亲为阿爷。北朝民歌《木兰诗》："阿爷无大儿，木兰无长兄。"

妓幌[1]

马上春愁压绣鞍，杏花深处见青帘[2]。

奴奴专卖酪留子[3]，酒底还宜醉后看[4]。

【注释】

[1]自注："门前幌子，画一酒壶，即妓家也。酒名酪留子，义不可晓，岂饮至酪酊，即可留宿欤？一笑。"

[2]青帘：见汪士铉《岷州竹枝词》其四注[1]。

[3]奴奴：犹奴家。妇女自称。酪留子：《蔡元培日记》："本月十五日之《社会日报》有来复之《兰州访俗记》，称：土语称父曰'达达'，称妻曰'婆娘'，称妯娌曰'先后'……又称妓院不如外府之盛，门口幌子画一酒壶者，即妓院也。妓家讳言酒，呼曰'酪留子'。"

[4]酒底：宴会上行酒令的后半部分。饮酒后行之令称"酒底"。酒底又有馀兴之意。这里暗指酒店有色情服务。

弓足[1]

约缣迫袜效宫妆[2]，纤小差堪累黍量[3]。

闺阁自应推独步，更无闲梦到维扬[4]。

【注释】

[1]自注："兰州女子脚背无隆骨，一经缠裹，即纤小胜于南方。亦天

工,非人力也。"弓足:谓缠足。旧时妇女缠裹后脚发育不正常,以其形如弓,故称。

[2]约缣迫袜:指妇女缠足。见郝璧《皋兰竹枝词三十首》其二三注[1]。宫妆:指宫中女子的妆束。

[3]累黍:古代以黍粒为计量基准。累黍,谓按一定方式排列黍粒以定分、寸、尺及音律律管的长度;同时定合、升、斗、斛以计容量,定铢、两、斤、钧、石以计重量。三者互相参校。见《汉书·律历志上》。

[4]自注:"俗称'苏州头,兰州脚。'"按:明杨慎《升庵诗话补遗》云:"唐人舞妓皆著靴。杜牧之赠妓诗曰:'舞靴应任傍人看。'黄山谷赠妓词云:'便从伊穿袜弓鞋。'则汴宋犹是唐制。至南渡,妓女窄袜弓鞋如良人矣。故当时有'苏州头,杭州脚'之谚。"又,徐珂《可言·苏扬妇女》:"谚云:苏州头,扬州脚。是广陵妇女之弓足,久著于时矣。"维扬:扬州的别称。

倮体[1]

云情雨意未全谙[2],好女年方十二三。

阿母教侬休着袴[3],要留本色与人看。

【注释】

[1]自注:"乡中少女,上衣而下不裳,虽至寒冬,私处亦露。"倮体:裸体,赤身露体。

[2]云情雨意:指男女欢会之情。见郝璧《皋兰竹枝词三十首》其九注[3]。谙(ān):熟悉,了解。

[3]侬:见郝璧《皋兰竹枝词三十首》其一〇注[1]。袴:同"裤"。裤子。

矿金[1]

金矿年年开采频,费于官府扰于民。

玉门关外三千里,满地金沙不疗贫。

【注释】

[1]自注:"安西一带,岁开金矿,利微而费不訾,民疲于役。"按:安西,

见沈峻《东行途中即事》其四注[1]。

璞玉[1]

于阗土产是琅玕[2]，触目还当砾石看。

为乏良工任雕琢，远驮顽质到江南。

【注释】

[1]自注："西土产玉，而玉工不良。得玉必须苏作，故其值较贵于南。"

[2]于阗：西域古国名，在今新疆和田一带，自古产美玉。见马祖常《河湟书事二首》其二注[3]。琅玕：古书上指美石，也指珠树。

平沙[1]

昔闻弱水入流沙[2]，只道流沙路倚斜。

谁识沙行平似砥[3]，车中坐卧稳如家。

【注释】

[1]自注："千里流沙，喜无砾石。马行不疾不徐，身在车中，如坐静室。"

[2]弱水入流沙：《尚书·禹贡》："导弱水至于合黎，馀波入于流沙。"弱水，见无名氏《俄博岭界碑竹枝词》注[4]。

[3]砥：指磨刀石。也指平直、平坦。

怪风[1]

曀不曾阴虺不雷[2]，惊风卷地马如飞。

只疑当日唐三藏[3]，怎把全经稳取回？

【注释】

[1]自注："关外常有怪风，行人值风起，急须卧地，否则人与马俱吹去。"

[2]曀(yì)：《说文》："曀，翳也。"指天色阴暗且有风。虺(huǐ)：古代中国传说中的一种毒蛇，常在水中。《述异记》："虺五百年化为蛟，蛟千年化为龙，龙五百年为角龙，千年为应龙。"古人认为龙行的时候有雷雨。

[3]唐三藏：指唐玄奘(602—664)，唐代高僧。本姓陈，名祎，洛阳缑氏

(今河南偃师缑氏镇)人。贞观三年(629),他从长安出发,经姑臧出敦煌,经今新疆及中亚等地,辗转到达中印度摩揭陀国王舍城,在印度辗转数十国,潜心研读了佛经,于贞观十九年返回长安,带回大小乘佛教经律论共五百二十夹,六百五十七部。归国后受唐太宗召见,住长安弘福寺,后又住大慈恩寺翻译佛经,成为中国汉传佛教唯识宗创始人。

入塞[1]

天山终古是冰山[2],旁午飞书赐玦环[3]。

多少达官驰驿去[4],几人生入玉门关[5]?

【注释】

[1]自注:"准噶尔左右即是新疆,为罪人谪戍之地,谪满乃归。"按:清代乾隆年间,随着准噶尔、大小和卓的反叛被镇压,西域进一步统一,新疆亟须开发建设,清王朝将各类罪犯流放新疆各地,著名的有纪昀、蒋业晋、洪亮吉、祁韵士、徐松等,促进了新疆的发展繁荣。

[2]天山:见赵时春《河西歌》其一注[3]。

[3]赐玦环:即"赐环"。旧时指放逐之臣,遇赦召还。

[4]驰驿:驾乘驿马疾行。

[5]生入玉门关:汉代定远侯班超(32—102),字仲升,东汉扶风平陵(今陕西省咸阳市)人。为人有大志,博览群书,后投笔从戎,出击北匈奴,又奉命出使西域,收服西域五十多个国家,官至西域都护,封定远侯。晚年上书请回中原,书中有句云:"臣不敢望酒泉郡,但愿生入玉门关。"

寻源[1]

毕竟河源未许探,空劳汉使枉征鞍[2]。

黄金北极星安在?除是张骞天上看[3]。

【注释】

[1]自注:"旧传河源出昆仑河黄金北极星石下。据《西域志》,谓发源之处,人迹罕到。真令人望洋也。"按:乾隆四十七年(1782)春,乾隆帝派乾清门侍卫阿弥达前往青海,探查黄河源头。这是清前期对黄河源头的第二

次考察。阿弥达考察结束返回复命,奏书中说:星宿海西南有一条河,蒙古语名阿勒坦郭勒,即黄金河,此河实系黄河上源。其水色黄,回流300馀里,穿入星宿海,自此合流至贵德堡,水色全黄,始名黄河。在阿勒坦郭勒西,有巨石高数丈,名阿勒坦噶达素齐老,蒙古语即黄金北极星石,其崖壁黄赤色,壁上为天池,池中流泉喷涌,分为百道,全是金色,入黄金河,此则真黄河上源。乾隆帝览奏后,认为所奏河源非常明晰,纠正了康熙四十三年侍卫拉锡关于河源即鄂陵泽和星宿海的说法。乾隆帝还谕示编辑《河源纪略》一书。

[2]"空劳"句:指张骞奉命查找河源之事。《史记·大宛列传》:"(张)骞身所至者大宛、大月氏、大夏、康居,而传闻其旁大国五六,具为天子言之……而汉使穷河源,河源出于阗,其山多玉石,采来,天子案古图书,名河所出山曰昆仑云。"

[3]"除是"句:传说张骞奉命寻找河源,乘槎经月亮至天河。见叶映榴《过皋兰八绝句》其八注[2]。

陈中骐

陈中骐,生卒年不详,字峻峰,一字逸群,湖南醴陵人。乾隆时诸生,官吴江县令、海防同知。因事谪戍新疆,留滞八载。旋里后,追忆所游历,作《天山赋》。著有《塞外竹枝词》。

兰州元夕竹枝词[1]

其一

兰州城在四山中,佳节灯光映碧空。

试向鼓楼楼下过[2],人如水涌马如风。

【注释】

[1]此组诗选自《渌江诗存》卷二。

[2]鼓楼:古代放置巨鼓的建筑,用以击鼓报警,或按时敲鼓报告时辰。

佛寺亦有鼓楼,与钟楼相对,建于正殿的左右,用以悬鼓报时,或于典礼时敲击。兰州市鼓楼在今城关区鼓楼巷,已被拆除。

其二

山陕商民也认真[1],大家打点庆新春。

一千答买新灯挂[2],便说今年胜别人。

【注释】

[1]山陕商民:指来自山西、陕西的商人。陕西、山西两省在明清时代形成两大驰名天下的商帮晋商与秦商。清康熙初年,晋陕商帮在兰州市城关区会馆巷北段购置山字石凝熙观址兴建了一座"山陕会馆",馆中有关帝、药王、火祖、文昌阁等神庙及钟鼓楼、戏楼、看楼等建筑,是兰州会馆中最大的建筑群,俗称"大会馆"。20世纪70年代山陕会馆被拆除,现为甘肃省粮食局宿舍。

[2]自注:"兰州人钱一千说一答。答,大之讹音也。"

其三

女墙空垛色莹莹[1],眼底风光不夜城。

山顶山腰星灿烂,行来石洞听笙声[2]。

【注释】

[1]自注:"山字石女墙上纸糊假垛点灯,光如一道火城。"按:山字石,在肃王府凝熙园,后来成为陕甘总督署后园,也称节园。园内有池塘、假山、亭台楼阁,花木掩映。园中部有山石堆砌的假山,玲珑剔透,人称"山字石"。女墙:城墙上筑起的墙垛,后来演变成一种建筑专用术语。女墙用于城顶防护和御敌屏障,是古代城墙必备的传统防御建筑。

[2]石洞:山字石有地道,据说可以通向五泉山和金天观。清许承尧《山字石》诗自注:"在城东北隅,明肃藩凝熙园故址。累石为山,上建亭阁,下有地道二:一由府邸通金天观,一通五泉山,今梗塞矣。"

其四

南梢门转小西门[1]，彩塔高悬岳庙尊[2]。

底事千秋怀恨事，火烧奸相认煤痕[3]。

【注释】

[1]南稍门：在今中山林略东附近。南稍门是过去兰州最南端的大门。小西门：也叫西稍门，在今文化宫略东附近。它是当时兰州城池中最西边的城门，在清朝时为纪念左宗棠的功劳，又曾改为宗棠门，因位于兰州的最西端，被取名为西稍门。

[2]岳庙：在五泉山上，祀岳飞，也叫精忠阁。

[3]自注："庙前每岁元夕，用黑炭塑一秦桧像，用火燃烧，男妇大小聚观。"

其五

夹道传呼令箭来[1]，沿街不断亦忙哉。

纷纷火把前头去，又见衙官跨马回[2]。

【注释】

[1]令箭：古时军中发布命令用的一种凭证。形状像箭（有的用小旗，竿头如箭镞），故名。

[2]衙官：刺史的属官，泛指下属小官。

其六

绿刀横挂督标兵[1]，三五成群夜值更[2]。

各各吆呼巡巷口，不教拥挤阻人行。

【注释】

[1]绿刀：腰刀。标兵：阅兵场上用来标志界线的兵士。泛指群众集会中用来标志某种界线的人。

[2]值更：夜里值班巡视。

其七

翩翩顶马引香车[1],鸦髻盘云意自如[2]。

却笑灯笼映明月,官阶端正两边书[3]。

【注释】

[1]顶马:旧时官员出行时仪仗中前导的骑马差役。香车:见王煦《兰州竹枝词二十四首·闺孝》注[3]。

[2]鸦髻:古代妇女的发髻。

[3]官阶:官员的等级次第。

其八

青丝粉颈好容颜,顾绣裙衫另一班[1]。

细马驮来纱罩面[2],城隍庙里看鳌山[3]。

【注释】

[1]顾绣:指沿用明代顾氏绣法制成的刺绣,所绣花鸟人物形象逼真。顾绣源于明嘉靖年间,露香园主顾名世之妾缪氏擅绣人物、佛像,又有顾媳韩氏仿宋元画入绣,劈丝精细,绣品气韵生动,精工夺巧,于是名噪一时。

[2]自注:“兰州妇女出游,大半骑马,青纱罩面,惟露粉颈,亦觉可人。”

[3]城隍庙:在今兰州市张掖路步行街中段。建于宋代,有殿3楹,祀奉汉将军纪信,又名纪信庙。明代重修后改现名。鳌山:堆成巨鳌形状的灯山。

其九

年少风流未有涯,不妨逢节畅幽怀[1]。

驴车结伴同游去,南府街通十字街[2]。

【注释】

[1]幽怀:隐藏在内心的情感。

[2]南府街:在今兰州市武都路以南,中山路以北,东起酒泉路,西至永昌路。该路明初筑成后,是内城一条东西向主要道路。兰州府、道衙门多驻于此。清末以来,酒泉路至横巷子(又称红巷子,在原赐福巷东)一段因兰

州道台衙门设于此而称之为南府街。

其一○

灯日交辉满市红，十三四五夜溶溶[1]。

竹枝声里春光好，人在南山第一峰[2]。

【注释】

[1]溶溶：宽广的样子。也指河水流动的样子。

[2]南山：即皋兰山。见郝璧《皋兰竹枝词三十首》注[1]。

李作新

李作新，生卒年不详，字诰叔，清兰州府狄道州（今临洮）人。临洮诗人吴镇内侄。

怀戎堡竹枝词[1]

两溪春水绿溶溶，杨柳垂丝又几重。

东坝流莺西坝啭[2]，杏花深处与郎逢。

【注释】

[1]此诗选自《洮阳诗集》卷十。怀戎堡：地名。在今甘肃省白银市平川区东南共和乡（打拉池）。北宋崇宁二年（1103）置，属会州。明初置千户所于此。成化十年（1474）改名打剌赤堡。古城堡遗址尚存。

[2]流莺：即黄莺，其鸣声婉转。啭（zhuàn）：鸟婉转地鸣叫。

福　庆

福庆（？—1819），字仲馀，号兰泉，满洲镶黄旗人。历任河间府、天津府同知、甘肃安肃道、安徽按察使、贵州巡抚等职。乾隆六十年至嘉庆三年，任新疆镇迪道。著有《胥园诗钞》《异域竹枝词》。

异域竹枝词(一百首选三)[1]

其一

嘉峪关为出塞门[2]，雪山起伏萃云根[3]。

群峰玉立九千里，山北山南界远藩。

【注释】

[1]此组诗选自《丛书集成初编》第3262册。作于嘉庆元年(1796)，共100首，这里选与甘肃有关的3首。异域:外国，外乡。这里指西域一带。

[2]自注:"雪山起自嘉峪关而西，山南为哈密、辟展、哈喇沙拉、库车、阿克苏、乌什、叶尔羌、和阗、喀仕噶尔，其馀小城无算，皆回民聚居，所谓南路也。山北为巴里坤、乌鲁木齐、伊犁、塔尔巴哈台，其馀爱曼亦无算，为准噶尔故地，所谓北路也。雪山之在中国者，嘉峪关外，东西绵亘九千里有奇，为南北两路之分界。自叶尔羌，山愈高峻，西南折入痕都斯坦，其高不可测量，复折而西，或曰直达西海矣。"嘉峪关:见宋弼《西行杂咏》其三九注[1]。

[3]雪山:这里指天山。见赵时春《河西歌》其一注[3]。

其六

苏勒河边故迹存[1]，安西今设重兵屯[2]。

沙州东去多沙碛[3]，人指阳关古塞门。

【注释】

[1]自注:"嘉峪关外，沙碛千里，乏水草，绝人烟，前汉有事于边陲，置安西、敦煌之郡，历代为塞垣要区。我朝于关之西二百九十里设玉门县，又西三百里，设安西府，附郭之县曰渊泉。乾隆三十九年，改为安西直隶州，裁渊泉县，镇将同城焉。州西即苏勒故国，迹虽无可验，呼其水曰苏勒河。州南六百里即沙州，并新设之敦煌县，其地沙碛尤甚，所产之瀚海石犹奇。沙州东四站即阳关，故址虽存，今非大路之所经。"苏勒河:即疏勒河。见宋弼《西行杂咏》其五注[1]。

[2]安西:见沈峻《东行途中即事》其四注[1]。

［3］沙州:见祁韵士《西陲竹枝词·阳关》注［2］。沙碛:沙漠。

其七

月泉清洌月牙形[1],沙井还依沙陇平。

一例水深三二尺,阿谁甲乙记茶铛[2]。

【注释】

［1］自注:"沙州有泉一区,深二三尺,偃月形,俗呼曰月牙泉,水甘清洌。四围流沙,广漠无垠,亦不知其深几何寻丈,而此泉不没。古称阳关西有不满沙井,得毋即此?"月泉:即月牙泉。古称沙井,俗名药泉。位于甘肃省敦煌市西南5千米鸣沙山北麓。月牙泉弯曲如新月,因而得名,有"沙漠第一泉"之称。月牙泉四周被流沙环抱,虽遇强风而泉不为沙所掩盖,"亘古沙不填泉,泉不涸竭",堪为奇观。自汉朝起即为"敦煌八景"之一。

［2］甲乙:次第,等级。茶铛(chēng):煎茶用的釜。

成　书

成书(1760—1821),字倬云,号误庵,穆尔查氏,满洲镶白旗人。乾隆四十九年(1784)进士,签分户部主事。后历任翰林院侍讲、侍读、詹事府詹事、户部侍郎、兵部侍郎等。嘉庆十年(1805)三月,改二等侍卫,充哈密帮办大臣,转办事大臣。工于诗,不多吟咏,亦不事声誉。著有《多岁堂诗集》。

伊吾绝句仿竹枝(三十首选一)[1]

其一

玉关遗址已模糊[2],谁识瓜沙旧版图[3]。

欲傍天山寻《地志》[4],不闻疏勒近伊吾[5]。

【注释】

［1］此诗选自《多岁堂诗集》卷三,作于嘉庆十年(1805)任哈密帮办大

臣期间。《伊吾绝句》共 30 首,详细描写了哈密的历史、地理、现状、出产、民俗、宗教信仰等,可以说是当时小型的哈密百科全书。这里选与甘肃有关的 1 首。伊吾:见宋弼《西行杂咏》其二注[1]。

[2]自注:"汉玉关在敦煌境,今县治非古玉门也。"玉关:玉门关。

[3]自注:"唐伊州属瓜沙节度使。"按:伊州:见宋弼《西行杂咏》其二注[1]。瓜沙:瓜州、沙州,地名。见王心敬《塞上曲》其三注[4]。

[4]天山:见赵时春《河西歌》其一注[3]。《地志》:即《括地志》。唐初魏王李泰主编的一部大型地理著作。全书正文 550 卷、序略 5 卷。

[5]自注:"嘉峪关外有疏勒河,相传即疏勒故地。《西域见闻录》载之。考《通鉴注》,疏勒去长安万里。今嘉峪关至西安,仅三千馀里耳,定知非是。"疏勒:见宋弼《西行杂咏》其五注[1]。

刘凤诰

刘凤诰(1761—1830),字丞牧,号金门,一号无庐,又号旧史氏。江西萍乡人。乾隆五十四年(1789)进士,历任侍读学士、实录馆副总裁、内阁学士兼礼部侍郎等职。嘉庆十四年(1809),在浙江乡试中获罪,被遣戍齐齐哈尔。十八年(1813)赦归。擅书法,工诗文,主张作诗要有寄托。著有《五代史补注》《存悔斋集》。

塞上杂诗(二十五首选一)[1]

淡巴菇叶绿成丛[2],也算收成叠满笼。

偏惜女儿名色好,燕支山下泪痕红[3]。

【注释】

[1]此诗选自《存悔斋集》卷十九,作于嘉庆十四年(1809)遣戍途中。此组诗共 25 首,这里选与甘肃有关的 1 首。塞上:见戴记《塞上杂咏》注[1]。

[2]淡巴菇:见祁韵士《陇右竹枝词》其三注[1]。

［3］燕支山：山名。见戴记《塞上杂咏》其四注［5］。

叶　澧

叶澧，生卒年不详。浙江仁和人。乾隆二十二年（1757），由吏捐任仙游知县，被劾去。道光二年（1822）左右曾漫游西北。有《甘肃竹枝词》一百首。

甘肃竹枝词[1]

其一

山势西来路不平，六盘车道更难行[2]。

九沟十八坡都尽[3]，转上东冈到省城[4]。

【注释】

［1］此组诗选自《西北文献丛书·清代西北竹枝词辑存》。作者自注："道光二年（1822）夏月作。"为作者漫游西北时所作。诗中对甘肃的地理形势、民族关系、商业贸易、民情风俗等都有详细描写。清代甘肃包括今甘肃、宁夏、青海等地，因此这组诗所写的内容也有今青海、新疆、宁夏的一些地方，此处不再调整，仍然保留。

［2］自注："六盘，山名。车道，岭名。"六盘：即六盘山。位于宁夏回族自治区西南部、甘肃省东部。南段称陇山，南延至陕西省西端宝鸡市以北。横贯陕甘宁三省区，既是关中平原的天然屏障，又是北方重要的分水岭，黄河水系的泾河、清水河、葫芦河均发源于此。车道：即车道岭。见祁韵士《陇右竹枝词》其二注［1］。

［3］自注："九沟十八坡，谚语。"按：从榆中县到兰州市东冈镇山路崎岖，沟壑纵横，故称"九沟十八坡"。

［4］自注："东冈，坡名。"按：东冈坡在兰州东二十五里，坡陡沟深，山路崎岖。

其二

背枕河流面对山[1]，金汤巩固翠微间[2]。

尚书台是前王府[3]，四面城墙三面关[4]。

【注释】

[1]"背枕"句：这里指兰州城的地理位置。兰州背靠黄河，面对皋兰山，形势极为险要。

[2]金汤："金城汤池"的省称，指金属造的城，沸水流淌的护城河。这里形容兰州城池险固。翠微：指青翠掩映的山腰幽深处。

[3]尚书台：一般指尚书省。由汉代皇帝的秘书机关尚书台发展而来，是魏晋至宋的中央最高政令机构，为中央政府最高权力机构之一。这里指陕甘总督署。前王府：指明代肃王府。清乾隆二十九年（1764），肃王府改为陕甘总督署。

[4]三面关：兰州城有西关、南关、东关三关。

其三

五泉佳胜最难求[1]，千里山川一局收。

冠盖登临游客兴[2]，万峰齐对望河楼[3]。

【注释】

[1]自注："五泉，山名。"

[2]冠盖：泛指官员的冠服和车乘。借指官吏。

[3]自注："望河楼，节署后楼名。"望河楼：又名源远楼、拂云楼。始建于明代，在肃王府花园西北。因位于黄河南岸，登高可以俯视黄河，故名。张维《兰州古今注》："节园城北有楼曰拂云，初名为'源远楼'，下临黄河，故俗谓之'望河楼'。"故址在今兰州市甘肃省政府后园北，今已不存。

其四

听鼓随班上早衙[1]，辕门拥挤更喧哗[2]。

堂堂县令同丞倅[3]，不坐高轩坐轿车[4]。

【注释】

[1]早衙:旧时官府早晚坐衙治事,早上卯时的一次称"早衙"。

[2]辕门:古代帝王巡狩田猎,止宿处以车环绕,作屏障。出入处仰两车使车辕相向以表示门,称辕门。后指军营营门。乾隆二十九年(1764),肃王府改为陕甘总督署,其正南中、东、西有三座辕门,各悬挂匾额,中为"宪纲文武",东为"节制三秦",西为"怀柔西域",并树高达14丈旗杆两根,顶置方斗,悬挂杏黄色旗,上书陕甘总督官衔。民国三十五年(1946),改辕门为广场。中华人民共和国成立以后,改为"中央广场"。

[3]丞倅(cuì):指副职。丞、倅皆佐贰之官。

[4]高轩:高车。贵显者所乘。轿车:旧时供人乘坐的车,车厢外面套着帷子,用骡、马等拉着走。

其五

遣戍新疆最可怜[1],宦游到此苦无钱[2]。

不愁塞外离乡远,梦里经营想调边。

【注释】

[1]遣戍:旧时指放逐罪人至边地、军台戍守。

[2]宦游:指为求做官而四方奔走,也指在外做官。

其六

押运分批远道勤,帑金交罢各欣欣[1]。

市廛都有居奇意[2],某省新来几饷员[3]。

【注释】

[1]帑金:钱币,多指国库所藏。

[2]市廛(chán):市中店铺,店铺集中的市区。居奇:看成是稀有的奇货,等待高价卖出。

[3]饷员:押解饷银的官员。饷,旧时多指军士的薪金。

其七

栽绒垫褥细绒毡[1]，驼线羊条毪毲全[2]。

更有哈喇回子锦[3]，堆花毛毯色新鲜。

【注释】

[1]栽绒：一种织物，把绒线织入以后割断，再剪平，绒都立着。

[2]毪毲：见李殿图《番行杂咏》其二九注[1]。

[3]哈喇：家里的油、点心等食物放时间久了，就会产生一股又苦又麻、刺鼻难闻的味道，就是"哈喇味"。回子锦：清代新疆回族妇女织的番锦，俗称回子锦。

其八

玉器挑竿一手持，带钩挥指佩环垂。

老山玉杂新山玉[1]，狄道石兼玛纳斯[2]。

【注释】

[1]"老山玉"句：古玩界习惯上把玉分为新山玉和老山玉两类。通常把那些用手掂起来较轻、表面易出现擦痕、可以用刀刻划的玉料称为新山玉。而对那些手头沉重、刀刻划不动、表面不见擦痕的玉料称为老山玉，通常也就是指正宗的和田玉。

[2]狄道石：指甘肃省临洮县马衔山一带产的玉石。临洮，旧称狄道。玛纳斯：指产于新疆玛纳斯一代的碧玉。又名"天山碧玉""新疆碧玉""准噶尔玉"，主要产于我国天山北麓、准噶尔盆地南缘的玛纳斯县及沙湾县一带。

其九

雨缨总说是胎毛[1]，值百铜钱左券操[2]。

堪笑担夫无讳忌，白篷空戴帽儿高。

【注释】

[1]雨缨：清代的一种便礼帽，官员祈雨时或暑月戴用。因帽后亦拖帽缨，故称。

[2]左券:古代称契约为券,用竹做成,分左右两片,立约的各拿一片,左券常用作索偿的凭证。

其一〇

伯克缠头并剌麻[1],冬来春往拜天家[2]。

牛羊米面都供给,细点皮包总怕差。

【注释】

[1]伯克:清代新疆回部(天山南路)维吾尔族特有的官名。以阿奇木伯克为长,伊什罕伯克为副,下设各级伯克,清政府分别加以任命,概称伯克。缠头:即缠头回。清代《皇朝藩部要略》中称维吾尔族"尝以白布蒙头,故称曰缠头回"。剌麻:即喇嘛。见王世锦《洮州即事》其八注[2]。

[2]"冬来"句:指新疆、青海、甘肃各地的宗教头领去北京觐见皇帝。参看李殿图《番行杂咏》其十六注[1]。天家,对天子的称谓。

其一一

口外争夸货物高[1],藏红花与藏葡萄[2]。

驼来喀什噶尔马[3],草上霜珠重骨羔[4]。

【注释】

[1]口外:指长城以北地区。这里指河西一带的长城以北地区。

[2]藏红花:中药材名。为鸢尾科植物番红花花柱的上部及柱头。有活血化瘀,散郁开结的功效。葡萄:见雷和《正宁竹枝词》其七注[2]。

[3]喀什噶尔:地名。在今新疆喀什地区,产良马。

[4]草上霜:一种名贵的羔裘。清徐珂《清稗类钞》载:"草上霜为羊皮之一种,质类乳羔,以其毛附皮处纯系灰黑色,而其毫末独白色,圆卷如珠,故名。以为裘,极贵重。"骨羔:骨重羊羔。一种产于西域的羊,皮可制衣帽。清舒其绍《伊江杂咏·骨重羊》注:"产布哈拉,其羊短小,肉薄而骨独重,初亦不甚牧养。自通中国后,大获其利。今西南诸国,填山塞谷,皆骨重群也。"

其一二

捆载回巢暑雨天,汗牛充栋费多钱[1]。

重重封固知何物,京米山茶锭子烟[2]。

【注释】

[1]汗牛充栋:原指用牛运书,牛要累得出汗;用屋子放书,要放满整个屋子。这里形容藏的货物很多。

[2]京米:即粳米。粳稻碾出的米,黏性强。锭子烟:清代北方烟制品的一种,也称叶子烟,其制法是不切成丝,而是揉成块状,用时拈碎成末纳入烟袋中。

其一三

元旦纷纷庆贺人[1],题名门上对联新[2]。

年糕供奉香烟袅,未祭先人祭磨神[3]。

【注释】

[1]元旦:见屠绍理《丁酉元旦竹枝词》注[1]。

[2]对联:又称春联、对子、楹联等,是写在纸、布上或刻在竹子、木头、柱子上的对偶语句。对联是中国传统文化瑰宝。中国春节有贴对联的习俗。

[3]先人:甘肃农村称祖先为先人。磨神:主管磨面的神。旧时大年三十晚上,很多地方民间有送灶爷、祭磨神的习俗。

其一四

满街社火上元灯[1],寺院官衙挂几层。

士女不嫌双屐滑,轻车徐碾一轮冰。

【注释】

[1]社火:旧时村社迎神所扮演的杂戏。宋范成大《上元纪吴中节物俳谐体三十二韵》自注:"民间鼓乐谓之社火,不可悉记,大抵以滑稽取笑。"

其一五

新关刚出义园过，山陕三江两浙多[1]。

寒食清明人上冢[2]，故乡风景问如何？

【注释】

[1]"新关"两句：邓明《良风美俗·城关区民俗散记》记载：清代时期，在兰州为官、游幕、经商的外地人，亡故之后，无力归葬原籍的，就由各省同乡出资，购地设义园，暂厝灵柩，就地安葬。兰州义园均设在兰州城东稍门外至东冈镇之间的东川。有浙江义园、陕西义园、山西义园、江南江西义园、全浙义园、福建义园、两湖义园、直隶山东义园等。义园，即义冢。

[2]寒食：节名，在清明前一天。古人从这一天起，三天不生火做饭，所以叫寒食。有的地区清明也叫寒食。清明：节名。见沈峻《东行途中即事》其五注[3]。

其一六

城南山上大开筵[1]，盛会龙华浴佛天[2]。

卧佛燃灯千佛阁[3]，清歌妙舞酒如船[4]。

【注释】

[1]城南山：指五泉山。

[2]龙华：即龙华会，也叫浴佛节，又称"佛诞日"。佛教重要节日之一。这一天佛教寺院内都要举行"浴佛"活动，该活动的主旨是提醒人们时时要保有一颗清净心。南朝梁宗懔《荆楚岁时记》："四月八日，诸寺各设香汤浴佛，共作龙华会，以为弥勒下生之征。"清褚人获《坚瓠集》："四月八日，俗传为释迦生辰。各建龙华会。以小盆坐铜佛，浸以香水，而复以花亭、铙鼓迎往富家，以小枸浇佛，提唱偈诵，布施钱财。有高峰和尚偈曰：'呱声未绝便称尊，搅得三千海岳昏。恶水一年浇一度，知他雪屈是酬恩。'"张集馨《道咸宦海见闻录》也记载了五泉山四月八日庙会的盛况："五泉山每年开庙数日，百货云集，游人如蚁，撞竿踩索，吹竹弹丝，极为喧闹。庙设酒肆多处，省城官员，颇有宴客者。"

[3]"卧佛"句:五泉山金刚殿由前后廊、殿堂、左右山墙、钟鼓楼等几部分组成,雄伟庄重。还有千佛阁、嘛呢寺、燃灯寺、地藏寺、文昌宫、酒仙祠、灵佑祠、卧佛殿、三教洞等建筑也各具风采。

[4]清歌妙舞:指清亮的歌声,美妙的舞蹈。唐宋之问《有所思》:"公子王孙芳树下,清歌妙舞落花前。"

其一七

竞渡龙舟会莫随[1],浴兰采艾又何时[2]。

榴花未放菖蒲嫩[3],只见人家插柳枝[4]。

【注释】

[1]龙舟会:即赛龙舟。中国古老的传统民俗文化,也是汉族传统节日端午节的主要习俗。起源于江浙地区,最初是中国人民祛病防疫的节日。春秋之前,吴越之地有农历五月初五以龙舟竞渡形式举行部落图腾祭祀的习俗,后因诗人屈原在这一天逝世,便成了中国汉族人民纪念屈原的传统节日习俗。

[2]浴兰:即浴兰汤。用香草水洗澡。南北朝时,端午又称为"浴兰节"。古人认为兰草避不祥,故以兰汤洁斋祭祀。采艾:民间习俗。端午节割取艾条悬户避邪。南朝梁宗懔《荆楚岁时记》:"五月五日,四民并蹋百草,又有斗百草之戏,采艾以为人悬门户上,以禳毒气。"唐李商隐《为安平公进贺端午马状》:"伏以浴兰令节,采艾嘉辰,百辟合祝于尧年,万方宜修于禹贡。"

[3]榴花:石榴花。菖蒲:也叫白菖蒲、藏菖蒲,多年生草本,叶剑形,根状茎粗壮。生于沼泽地、溪流或水田边。菖蒲有香气,是中国传统文化中可防疫驱邪的灵草。

[4]插柳枝:见祁韵士《河西竹枝词》其五注[4]。

其一八

苹果山梨哈密瓜[1],中秋玩月不思家[2]。

南方风味般般有,只少天香茉莉花[3]。

【注释】

[1]哈密瓜:新疆维吾尔自治区哈密地区特产。哈密瓜主产于吐哈盆地(即吐鲁番盆地和哈密盆地的统称),它形态各异,风味独特,瓜肉肥厚,清脆爽口。

[2]中秋:见王世锦《洮州即事》其二注[1]。

[3]天香:芳香的美称。茉莉花:木犀科、素馨属直立或攀援灌木,茉莉花极香,为著名的花茶原料及重要的香精原料。

其一九

赏菊疏篱兴自豪[1],好山随处快登高。

题糕韵事谁相约[2],挈榼家家送枣糕[3]。

【注释】

[1]赏菊:自汉魏以来,重阳(九月初九)有登山、佩茱萸、饮菊花酒之俗。晋代诗人陶潜尤爱菊花。至唐宋时,重阳赏菊成为风俗。

[2]题糕:据说刘禹锡一次作诗时,想选用“糕”字,但是觉得五经上没有这个字,于是放弃不用了。“题糕”既可看作谦逊的意思,也不排除毛遂自荐的胆识。

[3]挈榼(qiè kè):指提着酒器和酒壶。形容人酷爱饮酒。榼,有盖的酒器。晋刘伶《酒德颂》:“止则操卮执瓢,动则挈榼提壶,唯酒是务,焉知其馀。”枣糕:用红枣、鸡蛋、蜂蜜、白糖、白兰地等秘制而成的糕点,其味香远,入口丝甜,含有多种营养成分。为“满汉全席”十大糕点之一。

其二〇

黄羊祭灶肃明禋[1],善恶分途上帝陈[2]。

岁事又除争索债[3],三更竹爆达清晨[4]。

【注释】

[1]黄羊祭灶:杀黄羊以祭祀灶神。《后汉书·樊宏阴识列传》:“宣宗时,阴子方者,至孝有仁恩,腊日晨炊而灶神形见,子方再拜受庆。家有黄羊,因以祀之。自是已后,暴至巨富。”后以“黄羊祭灶”用为祈福的典故。

祭灶,汉族民间传统习俗。晋周处《风土记》记载:"腊月二十四日夜,祀灶,谓灶神翌日上天,白一岁事,故先一日祀之。"清朝中后期,帝王家于腊月二十三举行祭天大典,为了节省开支,顺便把灶王爷也给拜了,因此北方地区多在腊月二十三过小年。明禋(yīn):洁敬。指明洁诚敬的献享。

[2]"善恶"句:灶王爷自上一年的除夕以来就一直留在家中,以保护和监察一家;到了腊月二十三日灶王爷便要升天,去向天上的玉皇大帝汇报这一家人的善行或恶行,送灶神的仪式称为"送灶"或"辞灶"。玉皇大帝根据灶王爷的汇报,再将这一家在新的一年中应该得到的吉凶祸福的命运交于灶王爷之手。上帝:中国古代指天上主宰万物的神。

[3]索债:索讨欠债。旧时放债期限到腊月三十日为最后一天,这天必须要还债,谓"年关",很多穷人还不上债就出门躲债。

[4]竹爆:爆竹。也叫炮仗、爆仗。

其二一

佳节芳辰客到家[1],新添炉火插瓶花。

黄烟送罢斟黄酒[2],细碗盛来奶子茶[3]。

【注释】

[1]"佳节"句:这里指过新年的时候亲友之间相互拜年的习俗。佳节,指新年元旦(即春节)。芳辰,美好的时光。多指春季。

[2]黄烟:旱烟。黄酒:见王煦《兰州竹枝词二十四首·黄酒》注[1]。

[3]奶子茶:一种饮品。将水烧开后,倒入茶叶,煮几分钟,再将新鲜的牛奶倒入茶水中,加入适量的盐,即可饮用。奶子茶既有牛奶的奶香味,又有淡淡的茶香,是老少皆宜的饮品。

其二二

烟袋还如过水筒[1],横斜一吸暗香通。

随时嘘出腾云气,葭管吹灰倩小童[2]。

【注释】

[1]烟袋:指水烟袋。又称水烟壶、水烟管。水烟袋多以白铜、青铜、黄

铜或锡制作,非常精巧,也有以竹制者。用水烟袋吸烟,烟从水过,烟味醇和。清陆耀《烟谱》记载吸水烟的情形:"或以锡盂盛水,另有管插盂中,旁出一管如鹤头,使烟气从水中过,犹闽人先含凉水意。"

[2]"葭管"句:指吸水烟的时候需要用芦管或细木条点烟,小童要随时准备芦管或细木条。倩:借助(别人)的意思。

其二三

回教西方本太多[1],都从礼拜寺中过[2]。

休将老教攻新教[3],各诵真经意若何?

【注释】

[1]回教:一般指伊斯兰教。与佛教、基督教并称为世界三大宗教。中国旧称大食法、大食教度、天方教、回教等。伊斯兰系阿拉伯语音译,原意为"顺从""和平"。信奉伊斯兰教的人统称为"穆斯林",意为"顺从者"。

[2]礼拜寺:即清真寺。清真寺是伊斯兰教建筑群体的型制之一。是穆斯林举行礼拜、举行宗教功课、举办宗教教育和宣教等活动的中心场所。

[3]"休将"句:意谓穆斯林老教和新教不要互相攻击。胡朴安《中华全国风俗志·兰州之回教》云:"甘肃回教,往往自己分门别类,有旧教焉,有新教焉,有新新教焉,有再再新教焉,新旧不同,遂起仇视。迨官兵往平,官既不辨其为新为旧,于是遂牵入官回之争。兵火所及,遂独及无教之民。皆甘肃所以多事也。"

其二四

天下黄河一道桥[1],排空船势扼中腰。

千寻铁练悬高岸,更系编茅缆几条。

【注释】

[1]自注:"天下黄河一道桥,谚语。"按:这里指兰州镇远浮桥。

其二五

水车旋转自轮回[1],倒雪翻银九曲隈[2]。

始信青莲诗句巧,黄河之水天上来[3]。

【注释】

[1]水车:见宋弼《西行杂咏》其三一注[1]。

[2]九曲隈(wēi):即黄河的弯曲处。九曲,指黄河。因其河道曲折,故称。隈,山、水等弯曲的地方。

[3]"始信"两句:意谓才相信李白的诗句有多么巧妙。唐李白《将进酒》:"君不见黄河之水天上来,奔流到海不复回。"青莲,李白号青莲居士。

其二六

石磨如何仗水冲[1],转旋上下势相从。

枢机一动无停息[2],霏雪霏霜玉屑重[3]。

【注释】

[1]石磨:指黄河上的船磨,系水磨与船相结合而制成,浮河沿边以磨面。《重修皋兰县志》卷十八:"拂云楼俯临黄河,楼下舣船二只,中置石磨,外设板轮,水激轮旋而磨自转,面罗亦拨以轮,不用人力,其制创自前明,同治初犹存,今废。"

[2]枢机:比喻事物运动的关键。

[3]霏雪霏霜:纷飞的雪花和霜花。玉屑:玉的碎末。这里指磨出来的白面粉。

其二七

不事蚕缫织锦功[1],牛毛羊毳捻能工[2]。

秦安褐胜加道褐[3],撒拉绒齐线算绒[4]。

【注释】

[1]蚕缫(sāo):养蚕缫丝。织锦:一种像刺绣的、有图案的丝织品。花纹艳丽,织造精细,是中国特产。

[2]"牛毛"句:指西北人用牛毛、羊毛捻线做衣服。毳(cuì),鸟兽的细

毛。捻,用手指将丝、麻、毛等搓成线。

　　[3]秦安褐:指天水秦安一带出产的一种粗布。明清时期,秦安盛产毛褐。秦安褐质地柔软,严密精细,颜色鲜艳,为当时官宦人家、商贾富户所喜爱。加道褐:指甘肃省甘南藏族自治州出产的粗布。加道,指甘肃省甘南藏族自治州合作市卡加道乡,有卡加道寺,藏语为格丹旦派林。

　　[4]撒拉绒:指青海境内撒拉族生产的一种绒布。《循化志》载:"货则黑褐、白褐、白毡、沙毡。撒拉绒虽有名,此地实不出,出于狄道。""撒拉绒幅狭不及尺,一袍一千五百(制钱)。"撒拉绒之得名可能与青海境内撒拉族人有关,该品种最初可能由撒拉人发明,后为趋近市场,工匠转移到狄道、兰州一带,原地反不出产。线算(gān)绒:即兰绒。见赵用光《兰州谣》其二注[1]。兰绒大多用线杆捻成的线织成。线算,即线杆。捻线的简易工具。

其二八

　　文武官衔旧制高,鹑衣小吏亦分曹[1]。

　　簿书刚罢浑无事[2],袖里轻挑捻褐毛[3]。

【注释】

　　[1]鹑衣:鹑鹑的羽毛又短又花,故用鹑衣来形容破烂不堪、补丁很多的衣服。分曹:分对,分班。

　　[2]簿书:官署中的文书簿册。

　　[3]捻褐毛:捻毛线。

其二九

　　男捻羊毛女种田,邀同姊妹手相牵。

　　高声各唱花儿曲[1],个个新花美少年。

【注释】

　　[1]花儿曲:见汪士铉《岷州竹枝词》其三注[4]。

其三〇

　　到处田畴一季收[1],春犁策马复鞭牛。

　　忽惊冰雹从天降,万斛珍珠遍地流[2]。

【注释】

[1]田畴(chóu):泛指田地。也指农业。一季收:指庄稼一年只收一季。

[2]万斛:见杨一清《白水江舟中十三绝句》其三注[2]。

其三一

边地阴寒忽放晴,满天云气动雷声。

黑霜白雨严攻击[1],高处喧呼大炮轰[2]。

【注释】

[1]黑霜:一种自然现象。指在春、秋季农作物生长的时期内,土壤表面和作物表面的温度下降到0℃及以下时,作物遭受冻害的现象。白雨:暴雨。雹的别名。

[2]"高处"句:指西北地区在防御冰雹时用火炮打雨云。参看宋弼《西行杂咏》其二六自注。

其三二

绝少渠塘堰水沟[1],禾苗多是望天收[2]。

经旬无雨频忧旱[3],扛出龙王共祷求[4]。

【注释】

[1]堰(yàn):挡水的堤坝。

[2]望天收:指依靠天上降雨来生长庄稼。没有农田水利设施灌溉。

[3]旬:十天为一旬。

[4]龙王:见吴之琳《陇西竹枝词》其五注[2]。祷求:指向神祈祷求福。

其三三

一隅中只一隅灾[1],惯沐皇恩便乞哀[2]。

籽种口粮都借去,几时催得几多回。

【注释】

[1]一隅:指一个地方。

[2]"惯沐"句:意谓甘肃经常受灾,皇帝经常下旨蠲免本地的税赋。

沐,蒙受。皇恩,皇帝的恩泽。

其三四

辛苦耕犁力已殚[1],短衣粗食历艰难。

昨宵忽到催科吏[2],磨课钱粮久未完[3]。

【注释】

[1]殚(dān):尽,竭尽。

[2]催科:催收租税。租税有科条法规,故称。

[3]磨课:拖延的赋税。课,旧指赋税。

其三五

春深雨后碾平房,石碌横拖似筑场[1]。

村犬往来成大道,非关情急始跳墙。

【注释】

[1]石碌(gǔn):即碌碡(liù zhóu)。一种农具。用石头做成,圆柱形,用来轧谷物,平场地。

其三六

匹马单骡车是圈[1],黄烟东去布西旋[2]。

高坡欲下先麻脚[3],加套扶轮曳岭巅[4]。

【注释】

[1]圈车:即凉州大车。见宋弼《西行杂咏》其一八注[1]。

[2]黄烟:旱烟。兰州盛产黄烟。旋:返回,归来。

[3]自注:"双轮直下,势必翻车,舆人绳缚一轮,不能转动,谓之麻脚。"

[4]"加套"句:指上山时,遇到陡而长的大坡,必须把其他车上的骡马解下来,加在这辆车上一起拉,这样才能将车拉到山顶。曳,拖拉,牵引。

其三七

良医不用用端公[1],秋后西邻又复东。

扮作女妆学彩舞[2],羊皮大鼓响蓬蓬[3]。

【注释】

[1]端工:又称神汉,指旧社会从事迷信活动、施行巫术的人,一般指男性,主司捉鬼。

[2]彩舞:指穿着戏曲表演的服装舞蹈。这里指神汉穿着彩衣舞蹈来为老人祛病消灾。

[3]羊皮鼓:亦称羌铃鼓。羌族打击乐器。羊皮鼓是由钢丝圈成直径约35厘米的单面鼓,鼓面用羊皮绷成,其形制为圆形或椭圆形。手柄下端缀以铁环或小铃。演奏时,左手握鼓柄,右手持槌敲击鼓心,声音浑厚。羊皮鼓舞是羌族祭祀活动中主要的舞蹈形式,具有鲜明的羌族文化特色,后来演变为民间舞蹈。这里指用羊皮鼓祭神的活动。蓬蓬:同砰砰,象声词。鼓声。

其三八

冰雪三春总不消[1],秋风未动木先凋。

羊裘几日能离体[2],冷炕终年护竟宵[3]。

【注释】

[1]三春:春季三个月。农历正月称孟春,二月称仲春,三月称季春。汉班固《终南山赋》:"三春之季,孟夏之初,天气肃清,周览八隅。"

[2]羊裘:见吴之琏《陇西竹枝词八首》其三注[3]。

[3]冷炕:没有烧热的炕。竟宵:犹通宵。指整夜。

其三九

厂车拥坐乱云鬟[1],手抱婴儿马上闲。

银锁项圈拖绿袖[2],青绡面幅罩红颜[3]。

【注释】

[1]厂车:犹敞车。没有车篷的车。云鬟(huán):指高耸的环形发髻。泛指乌黑秀美的头发,借指年轻貌美的女子。

[2]银锁:长命锁,也称"寄名锁",从"长命缕"演变而来,是中国育儿习俗,流行全国各地区。项圈:见王煦《兰州竹枝词二十四首·项索》

注[1]。

[3]青绡:青色的纱绸。红颜:指美女。

其四○

　　蓬头垢面妇人俦[1],披着衣襟向外游。

　　更有女郎十一二,身无尺布可遮羞。

【注释】

[1]蓬头垢面:头发蓬乱,脸上很脏。旧时形容贫苦人生活条件很坏的样子。俦(chóu):辈,伴侣。

其四一

　　驿路东西客店新,上房桌椅忽生尘[1]。

　　龙蛇飞舞纷题壁[2],半是诗人半俗人。

【注释】

[1]上房:传统合院建筑中的正房。

[2]龙蛇飞舞:形容书法笔势遒劲生动。这里暗讽墙上乱七八糟的题诗。题壁:在墙壁上题诗。

其四二

　　土炕纵横丈八长[1],几人颠倒睡如床。

　　懒残煨尽终宵火[2],怪是熏笼异样香[3]。

【注释】

[1]土炕:见金人望《竹枝词十六首》其三注[2]。

[2]"懒残"句:这里指烧炕的方法。烧炕不能用大火,火太大炕太热人不舒服,而且半夜火燃尽了就会转冷。北方烧炕一般用干牛粪、干马粪、干草等混在一起,上面盖上干土块,让火慢慢着,既不会太热,也不至于半夜火烧尽转冷。煨(wēi):火盆中的火。引申为用小火加热烘干烤熟等。

[3]熏笼:一种覆盖于火炉上供熏香、烘物和取暖用的器物。异样香:这里指烧炕散发出的味道。

其四三

平台锅灶炕前头[1],卖饭家家倩女流[2]。

梭里麻同浆水面[3],好攀过客小勾留[4]。

【注释】

[1]"平台"句:北方地区很多人家房屋不宽敞,没有专门的厨房,大多将锅灶台砌在炕前头,做饭剩下的馀烬可以用来烧炕。

[2]"卖饭"句:这里指小饭馆里面都是妇女来卖饭。倩:借助(别人)的意思。

[3]自注:"梭里麻,酒名。"浆水面:以浆水做汤汁的一种面条,其味酸、辣、清香,别具一格。广泛流传于甘肃、宁夏、山西、陕西一带。浆水,见雷和《正宁竹枝词》其六注[3]。

[4]勾留:指逗留,短时间停留。

其四四

物产人材重品评[1],教隆省会广栽成[2]。

贺兰山石洮河石[3],不让端溪砚著名[4]。

【注释】

[1]品评:评论高下。

[2]自注:"省城兰山书院,通省士子肄业,近添五泉书院,专课兰郡诸士,人文称盛。"按:兰山书院,清代甘肃最大的一所省立书院,书院所在地原为明代肃王府的红花园。清雍正二年(1724),甘肃巡抚卢询捐养廉银辟红花园为正业书院。雍正十三年(1735),甘肃巡抚许容奉旨改建为省立兰山书院。在今城关区秦安路兰州市三中校园里。五泉书院,清代兰州府官立书院。嘉庆二十四年(1819),甘肃布政使屠之申、兰州在籍翰林秦维岳利用庆祝宫后街官署建立五泉书院。旧址在城关区贤后街东口北端。栽成:犹栽培。谓教育而成就之。

[3]贺兰山石:即贺兰石,又称吉祥石、碧紫石,产于宁夏贺兰山一带。贺兰石质地均匀细密,清雅莹润,绿紫两色,可以雕琢为砚台、印章、镇纸、笔

架等工艺品。洮河石：产于甘肃省定西地区临洮县、岷县及甘南的卓尼、临潭等地洮河畔。石质较优良，有赤红、墨绿、淡青、鹅黄等色，色泽鲜艳，可以雕刻成砚台。洮砚是中国四大名砚之一。

[4]端溪砚：即端砚。中国四大名砚之一。产于唐初端州（今广东肇庆市），故名端砚。端砚以石质坚实、润滑、细腻而驰名于世。

其四五

金城佳气郁层岚[1]，迎送河桥远塞骖[2]。

谁向栖云觅仙侣[3]，松风水月理徐参[4]。

【注释】

[1]金城：兰州。层岚：指重山叠岭中的雾气。

[2]河桥：指兰州镇远浮桥。骖（cān）：古代驾在车前两侧的马。

[3]自注："栖云，山名，在金县。"按：栖云山，在兰州市榆中县兴隆山。兴隆山有东、西两大主峰，西曰栖云，东曰兴隆。二峰间为兴隆峡，有云龙桥横空飞架峡谷。仙侣：指宋代道士秦致通和李致亨。他们在南宋宁宗庆元年间相约来兴隆山修道。兴隆西山有两仙洞，相传为秦、李所居处。

[4]松风水月：松林中的风，水中的月。形容景色清幽。唐太宗李世民《大唐三藏圣教序》："松风水月，未足比其清华；仙露明珠，讵能方其朗润。"参：探究，领悟。

其四六

鸟鼠山西有古城[1]，首阳高节圣之清[2]。

墓前薇蕨犹生白[3]，何处偏同此地名[4]。

【注释】

[1]自注："鸟鼠山，在渭源县西。"鸟鼠山：见李殿图《番行杂咏》其一注[5]。

[2]首阳山：山名。位于甘肃省渭源县东南莲峰镇，因其列群山之首，阳光先照而得名，素以奇秀著称。传说商末周初孤竹国君二子伯夷、叔齐不食周粟，隐居于首阳山，采薇而食，最终饿死，这里还有夷齐墓。圣之清：圣

人里面清高的人。《孟子·万章下》:"孟子曰:'伯夷,圣之清者也。'"

[3]薇蕨:指薇菜和蕨菜,嫩叶皆可作蔬,为贫苦者所常食。

[4]"何处"句:指国内还有称首阳山的地方。除甘肃的首阳山之外,河南省洛阳市也有首阳山,陕西省周至县也有首阳山,河北省卢龙县也有首阳山。

其四七

浮桥羹事架临洮[1],木筏行来尽阻挠[2]。

水运不遵遵陆运[3],轮蹄铁尽不辞劳[4]。

【注释】

[1]浮桥:指临洮洮河浮桥永宁桥。《(万历)临洮府志》卷二:"永宁桥自嘉靖甲子增修至后,万历戊子,岁久舡□,秋水时至,百川贯河,两岸行人,对面千里,时渡以舟,水迅舟覆,沉溺者不知其几。甲辰岁,伟署府事捐俸五十金,增舟十有四只,两桥头俱砌石,仍竖桥,铁缆系之,洮人永赖焉。"

[2]木筏:用长木材捆扎成的木排,是一种简易的水上交通工具。

[3]自注:"木商因办浮桥,木筏到此,概令拆木锯成板片,运送省城。"

[4]轮蹄:车轮与马蹄。代指车马或拉车的牲口。

其四八

河州花石影模糊[1],鸟兽山川草木俱。

到手便成无价宝,裁量好作鼻烟壶[2]。

【注释】

[1]河州:地名。古称枹罕。秦置。明置河州卫。在今甘肃省临夏回族自治州。花石:有多种色彩和花纹的石头,可以雕刻加工为很多工艺品。河州花石质地润泽,石头表面满是黑色的石斑,就像层层的云雾一样盘绕。

[2]鼻烟壶:指盛鼻烟的容器。明末清初,鼻烟传入中国,鼻烟盒渐渐东方化,产生了鼻烟壶。鼻烟壶用瓷、铜、象牙、玉石、玛瑙、琥珀等材质做成,运用青花、五彩、雕瓷、套料、内画等技法,汲取了中外多种工艺的优点,被雅好者视为珍贵文玩,在海内外皆享有盛誉。

其四九

北湾深处水云居[1]，最少风波月夜渔。

网取一罾沙嘴白[2]，傲他河鲤并湟鱼[3]。

【注释】

[1]自注："北湾，靖远地名。"北湾：即甘肃省白银市靖远县北湾镇，地处靖远县境西部，黄河北岸。水云居：水云乡的住所。旧指隐者之居。

[2]自注："沙嘴白，鱼名。"沙嘴白：即黄河北方铜鱼，俗名鸽子鱼、沙嘴子、黄头鱼。体长粗壮，前端圆筒形，头后背部稍隆起，尾部稍侧扁。主要分布在黄河中上游的甘肃靖远和宁夏青铜峡一代。鸽子鱼肉质洁白细嫩，鳞稀刺少，味道鲜美，在清代是朝廷进贡的贡鱼。罾（zēng）：古代一种用木棍或竹竿做支架的方形鱼网。

[3]傲他：傲视他。河鲤：指黄河鲤鱼。黄河鲤鱼鳞片金黄闪光，各鳍尖部鲜红，脊有厚肉，肉质肥厚，细嫩鲜美，营养丰富，为我国四大名鱼之一。湟鱼：指青海湖裸鲤，为冷水性鱼类。鱼体长，稍侧扁，头锥形，吻钝圆，口裂大。肉味鲜美，富有营养。

其五〇

巩昌郡是古南安[1]，渭水漳河左右看[2]。

王李诗才仙骨峻[3]，嗣音空叹后人难[4]。

【注释】

[1]巩昌郡：郡名。在今甘肃省陇西县。秦汉时期，陇西为巩昌府，属陇西郡（治今甘肃省临洮县）。汉武帝时又另置天水郡。东汉明帝永平十六年，改天水郡为汉阳郡，治冀县（今甘谷县）。灵帝中平五年，又分汉阳置南安郡，治今陇西县东北渭水北。三国魏晋仍为陇西、南安二郡。唐代天宝年间改为陇西郡。明初为巩昌府，治所在今甘肃省陇西县。

[2]渭水：见李殿图《番行杂咏》其一注[5]。漳河：水名。发源于甘肃省漳县木寨岭，自西南向东，流经漳县境内大草滩、殪虎桥、三岔、盐井、武阳五个乡镇，于孙家峡流入天水市武山县，属渭河支流。

　　[3]王李:指王嘉和李白。王嘉(? —390),字子年,前秦陇西郡安阳县(今秦安县东)人。王嘉创作的神怪小说《拾遗记》,是魏晋南北朝时期一部重要的志怪小说集。叙述了许多荒诞离奇的历史传说、神话故事和奇闻异事。情节曲折夸张,想象奇特多彩。李白(701—762),字太白,号青莲居士,陇西成纪(今甘肃省秦安县西北)人。汉代"飞将军"李广的后裔,西凉国君李暠九世孙。出生在碎叶(今吉尔吉斯共和国托克马克附近),至其父始迁绵州昌隆县(今四川江油)之青莲乡。李白从小天资过人,学问广博,诗名最著,人称"诗仙"。其诗清新俊逸,豪宕不羁,极富浪漫色彩,可谓盛唐诗人的代表。仙骨:道教语。谓成仙的资质。比喻超凡拔俗的气质。唐杜甫《送孔巢父谢病归游江东兼呈李白》:"自是君身有仙骨,世人那得知其故。"

　　[4]嗣音:谓继承前人的事业,如响应声。清陈鳣《对策·文选》:"唐宋元明,各有沿袭;班扬张左,孰可嗣音?"

其五一

陇右山川气象雄[1],伏羌通渭尚淳风[2]。

只愁宁远迤南去[3],苦到西和更不同[4]。

【注释】

　　[1]陇右:见吴之珽《陇西竹枝词》其二注[2]。气象:气派,气势。

　　[2]伏羌:见李殿图《番行杂咏》其一注[1]。通渭:今甘肃省定西市通渭县。先秦为襄戎地,秦属陇西郡。汉元鼎三年(前114),置平襄县(即今通渭县)。宋熙宁元年(1068),筑通渭堡,后改为通渭寨。崇宁五年(1106),改为通渭县,属巩州。淳风:敦厚古朴的风俗。

　　[3]宁远:古县名。在今甘肃省武山县。北宋真宗天禧三年(1019)建宁远寨。崇宁三年(1104),升宁远寨为宁远县,属巩昌路巩州。民国二年(1913),更名武山县。

　　[4]"苦到"句:明清时期,陇右地区地瘠民贫,苦甲天下,而西和县更为艰苦。西和,县名。今甘肃省陇南市西和县。西汉时属武都郡,两晋时为仇池国。南宋时改岷州为西和州,明洪武年间降西和州为县。

其五二

谚云还有巩昌漳[1]，壤接岷洮各一方[2]。

谩说岷洮容易治，汉回杂处又西羌[3]。

【注释】

[1]自注："谚云：'合水只喝水，两当不可当。莫言崇信苦，还有巩昌漳。'言四县之苦也。"按：合水县，在今甘肃省庆阳市。两当县，在今甘肃省陇南市。崇信县，在今甘肃省平凉市。巩昌漳：即今甘肃省定西市漳县。因战略地位重要，被认为是汉王朝的"西陲屏障"而名障县，唐天授二年更名武阳县，明洪武年间因"漳水潆洄润地，宝井便民裕国"而改名漳县，属巩昌路。

[2]岷洮：见李殿图《番行杂咏》其八注[3]。

[3]"汉回"句：意谓岷州、洮州民族众多，有汉族、回族、藏族、羌族等，民族矛盾比较突出，不好治理。

其五三

战场自古在岷洮[1]，夜守哥舒尚带刀[2]。

此日安番休用武，惟须抚字尽心劳[3]。

【注释】

[1]"战场"句：意谓岷州、洮州自古就是兵家必争之地，战事繁多。岷洮，见李殿图《番行杂咏》其八注[3]。

[2]哥舒：即哥舒翰（704—757），安西龟兹（今新疆库车）人，突骑施族。唐朝名将。历任右武卫将军、陇右节度使、御史大夫、河西节度使，封为西平郡王。屡次打败吐蕃。西鄙人作歌云："北斗七星高，哥舒夜带刀。至今窥牧马，不敢过临洮。"

[3]抚字：抚养。对百姓安抚体恤。

其五四

定山东去别溪湾[1]，苦水烹茶味一般。

佳客忽开冰雪窖[2]，琼浆玉液到人间[3]。

【注释】

[1]自注:"定山,安定县。"按:安定县,即今甘肃省定西市安定区。明洪武十年(1377)改安定州置安定县,属巩昌府。1913年改为定西县,后改为安定区。

[2]冰雪窖:定西地区干旱缺水,有水也苦涩难喝。很多地方用窖水,就是把雪和冰藏于窖中,融化以后可以饮用。

[3]琼浆玉液:用美玉制成的浆液。古代神话传说中饮了它可以成仙。比喻美酒或甘美的浆汁。这里指甘美的窖水。

其五五

何处人忧跋涉难,会宁城下水声寒[1]。

一条河路行终日,七十二道脚不干[2]。

【注释】

[1]会宁城:在甘肃省白银市会宁县。汉武帝元鼎三年(前114)设祖厉县。西魏废帝二年(553),置会州会宁县。宋哲宗元符二年(1099),筑起会州新城(即今郭虾蟆古城)。明洪武二年(1369)始置会宁县,隶陕西布政司巩昌路。会宁城边有祖厉河流过。

[2]自注:"七十二道脚不干,谚语。"按:许承尧《入陇琐记》:"民国三年二十七日,晴,五钟行。……入洞底,俗名会宁河滩,即汉祖厉河之上流,源出太平店山中。自翟家所来,河阔处,十数丈,窄处丈馀。两岸土壁高峙,迂回盘曲,束河于中。冬春河流浅涸,水宽仅二三尺,作之字形,纵横于平滩中。车行乃于水争道,遇即涉之,洞长二十里,涉水至二十馀次,冰雪滑轮,泞淖没蹄,马力甚疲。谚称'七十二道脚不干'。"

其五六

阶州地接古阴平[1],断岭欹崖路不成。

石壁悬桥撑一木[2],危于栈道蜀中行。

【注释】

[1]阶州:今甘肃省陇南市武都区。见胡季堂《丁亥夏六月于役岷阶道

中杂咏》其一注[1]。阴平:古地名,在今甘肃省文县境内。

[2]"石壁"句:指武都险崖栈道。位于武都城东20里,西起笼幢沟,东至固水村,为蜀道三大栈道(邓桥、险崖、阴平)中最险的一段。三国时姜维为打通秦蜀,在此地的悬崖峭壁上凌空凿洞,架木为路,始建栈道,为古代武都通往四川的必经之路。

其五七

向南天气暖烘晴[1],蔬果先期早熟成。

赤李黄梅白玉笋,青瓜碧瓠又朱樱[1]。

【注释】

[1]暖烘:暖气熏蒸。

[2]瓠(hù):瓠子。别名甘瓠、甜瓠、瓠瓜、长瓠等。为植物葫芦的变种,一年生攀援草本。夏天开白花,果实长圆形,嫩时可食。朱樱:红樱桃。天水、武都盛产樱桃。

其五八

工部何年返故园[1],飞龙峡口草堂存[2]。

一生心事长安计,《秋兴》诗篇不尽言[3]。

【注释】

[1]工部:即杜甫(712—770),字子美,自号少陵野老,唐代著名诗人,与李白合称"李杜"。原籍湖北襄阳,出生于河南巩县。曾任检校工部员外郎,史称"杜工部"。唐肃宗乾元二年(759)七月,杜甫应友人之邀,携眷西行到秦州(今天水市),后应友人严武之邀赴成都,经过同谷(今甘肃成县)、徽县、两当等地。著有《杜工部集》。

[2]自注:"飞龙峡口,在成县。"草堂:即成县杜甫草堂,又称"成州同谷县杜工部祠堂""同谷草堂",俗称"杜公祠",在甘肃省陇南市成县城东南凤凰山下的飞龙峡口。乾元二年(759)冬,杜甫曾携家至成县。成县杜甫草堂始建于宋宣和三年(1122),晁说之《濯凤轩记》曾云:"杜工部昔日所居之地,新祠奉之者也。"后世屡有翻修。

[3]秋兴:指唐代诗人杜甫在夔州(今重庆市奉节县)时所作《秋兴八首》。本组诗以遥望长安、忧念国家的爱国思想为主题,以夔府的秋日萧瑟、诗人的贫病飘零,特别是关切祖国安危的沉重心情为基调,全诗悲壮苍凉,意境深闳,格律精工,为杜诗七律的代表作。

其五九

秦州自古属南安[1],祠奉三公李杜韩[2]。

文物声名前代盛[3],佳山秀水画图看。

【注释】

[1]秦州、南安:见李楷《秦州》注[1]。

[2]"祠奉"句:指天水李杜祠,祠中供奉李白、杜甫、韩愈三位唐代著名文学家。《(乾隆)直隶秦州新志》卷三:"李杜祠在天靖山,始立未详。旧题曰'大雅堂'。乾隆四年,知州李鋐重修。"

[3]文物:见叶映榴《过皋兰八绝句》其四注[2]。

其六〇

属邑分疆陇阪西[1],秦川上下古风齐[2]。

笔筒制就盘根样[3],架比珊瑚品不低[4]。

【注释】

[1]属邑分疆:指地理区划和行政归属。陇阪:即陇山。见李复《竹枝歌十首》注[2]。

[2]秦川:见李复《竹枝词十首》其九注[3]。

[3]笔筒:用陶瓷、竹木制成的筒形插笔器具。盘根:谓树木根株盘曲纠结。这里指用树根雕刻的笔筒。天水根雕历史悠久,主要以香柏木为原材料,色泽红润,香气清远,虬枝盘旋屈曲,纹理气韵贯通,形貌高古怪奇,因此根雕工艺品超凡脱俗,品格高雅,驰名天下。

[4]架:笔架。珊瑚:见李殿图《番行杂咏》其一五注[2]。

其六一

龙卧深山骨换枯[1]，埋藏冰雪出岩区。

磨砻百八累累贯[2]，较胜张公记事珠[3]。

【注释】

[1]龙卧：喻高士隐居。骨换：即换骨。道家谓服食仙酒、金丹等使之化骨升仙。

[2]磨砻：磨石。百八：这里指佛珠，又名念珠、诵珠。佛珠有108颗，表示除去108个烦恼。佛教徒为除去烦恼，安定心念，或称颂西方阿弥陀佛，而用念珠。累累：连接不断，连接成串。贯：本义为古代穿钱的绳索（把方孔钱穿在绳子上，每一千个为一贯）。引申为穿、通、连。

[3]张公记事珠：五代王仁裕《开元天宝遗事·记事珠》："开元中，张说为宰相。有人惠说一珠，绀色有光，名曰'记事珠'。或有阙忘之事，则以手持弄此珠，便觉心神开悟，事无巨细，涣然明晓，一无所忘。"记事珠，传说能帮助记忆的珠子。

其六二

古郡高平万壑趋[1]，广成问道列仙俱[2]。

崆峒山下泾河水[3]，书院临流是柳湖[4]。

【注释】

[1]自注："高平，今平凉府。"按：高平县，汉代属安定郡，治所即今宁夏固原县。有第一城之称。《（乾隆）甘肃通志》卷四《固原州》载："州本汉高平县安定郡治也。州东有高平第一城，以险固名。"平凉，见王士禛《秦中凯歌十二首》其八注[4]。

[2]广成：即广成子。相传是上古黄帝时候的道家人物，修行于崆峒山和神仙洞，黄帝听说后专程去拜访他，并拜广成子为师，问治国之术。《庄子·在宥篇》记载有"黄帝问道广成子"之事。

[3]崆峒：山名。见王士禛《秦中凯歌十二首》其九注[4]。泾河：即泾水。黄河支流渭河的第一大支流。发源于宁夏六盘山东麓，东流经平凉、泾

川于杨家坪进入陕西长武县,再经彬县、泾阳等,于西安市高陵区陈家滩注入渭河。

[4]书院:指柳湖书院。位于甘肃省平凉市崆峒区。柳湖始建于北宋神宗熙宁元年(1068),时任渭州太守的蔡挺引泉成湖,遍植柳树,故名“柳湖”。明嘉靖年间,韩藩昭王占为苑囿,建书院,明武宗敕赐“崇文书院”。乾隆五年(1740)改名“百泉书院”,后改为“高山书院”。同治初年,柳湖毁于战火。同治十二年,陕甘总督左宗棠驻兵平凉,再次修复,更名为“柳湖书院”,并亲书“柳湖”匾额。

其六三

秦陇诸山向北腾[1],静宁隆德势崚嶒[2]。

庙儿坪上重修庙[3],万里馨香一个僧[4]。

【注释】

[1]秦陇:秦岭和陇山的并称。指今陕西、甘肃之地。

[2]静宁:指甘肃省平凉市静宁县,位于甘肃中部,六盘山以西,与宁夏隆德接壤。隆德:指宁夏回族自治区固原市隆德县。位于六盘山西麓、宁南边陲。崚嶒(léng céng):形容山势高峻。

[3]自注:“庙祀关圣,口外往来者多拜祭。”庙儿坪:地名。位于静宁县李店乡王家沟村西300米。有一处马家窑文化马家窑类型与齐家文化共存的遗址。

[4]馨香:用作祭品的黍稷。也指祭品散发的香气。《左传·僖公五年》:“若晋取虞,而明德以荐馨香,神其吐之乎?”

其六四

五原重地扼西东[1],大将文臣控制雄[2]。

更有盐茶崇学校[3],泮林万仞创新宫[4]。

【注释】

[1]五原:指宁夏回族自治区固原市,古称大原、高平、萧关、原州,简称“固”,位于宁夏回族自治区南部六盘山地区,是古丝绸之路的交通要道。

[2]自注:"陕西提督衙门建在固原。"

[3]自注:"盐茶,厅名。"盐茶:即盐茶厅。清乾隆十四年(1749)于海喇都堡置,属固原州,治所即今宁夏海原县。同治十二年(1873)改置海城县。

[4]自注:"新宫,新建文庙。"泮(pàn)林:泮池边的林木。泮池为古代学宫前的水池。万仞:即万仞宫墙。为文庙特有建制,本为学生崇仰孔子之词。《论语·子张》:"夫子之墙数仞,不得其门而入,不见宗庙之美,百官之富,得其门者或寡矣。"后人因筑"万仞宫墙"于孔庙之前,以象征孔子学问精深,德行高迈,思想深邃,非常人所能仰及。

其六五

瓦亭峡里水澄清[1],流出敲金戛玉声[2]。

过客每虞冲浪险,下车敢听夜弹筝。

【注释】

[1]瓦亭峡:地名。在今宁夏固原县东南蒿店乡三关口,六盘山东麓,为丝绸之路东段北道必经之路。此地风吹流水,常闻弹筝之声,又名弹筝峡。清陶保廉《辛卯侍行记》卷三:"二十三日,出平凉西门,就驿路北泾水滩行……五里蒿店,民居五六十,下坡为瓦亭峡,即古弹筝峡,唐德宗时与吐蕃分界处。"

[2]敲金戛玉:指演奏钟磬等乐器,也形容声音铿锵。这里指水流动听的声音。

其六六

环庆城东不窋碑[1],成周稽事重开基[2]。

范韩勋业崇祠在[3],仰止高山百世师[4]。

【注释】

[1]环庆城:即甘肃省庆阳市庆城县。汉为郁郅县,属北地郡。隋唐改为庆州,宋又改为庆阳府。明清因之。不窋(zhù):周王朝始祖后稷之子。不窋故城在今甘肃省庆阳县。《史记·周本纪》:"后稷卒,子不窋立……不窋以失其官而奔戎狄之间。"《正义》引《括地志》云:"不窋故城,在庆州弘

化县南三里。即不窋在戎狄所居之城也。"《(嘉靖)庆阳府志》卷九:"不窋庙,在府治南,有塑像,两壁画文王以下三十七像。"

[2]稼事:农事。开基:犹开国,谓开创基业。

[3]范韩:指宋代著名政治家范仲淹和韩琦。见王士禛《秦中凯歌十二首》其一二注[3]。

[4]仰止高山:即高山仰止。《诗·小雅·车辖》:"高山仰止,景行行止。"比喻对高尚品德的仰慕。高山,喻高尚的德行。景行,大路,比喻行为正大光明。司马迁《史记·孔子世家》引以赞美孔子:"《诗》有之:'高山仰止,景行行止。'虽不能至,然心向往之。"百世师:《孟子·尽心下》:"圣人,百世之师也。"意思是品德学问可以作为百代的表率。

其六七

灵武高台白豹城[1],玉梅红柳几回经[2]。

琴山马岭宁江外[3],指点一川风月亭[4]。

【注释】

[1]自注:"灵武高台在环县。白豹城,庆阳府东。"灵武高台:即灵武台。在甘肃省庆阳市环县。《(嘉靖)庆阳府志》卷四"环县":"灵武台,在城东北三里,旧属灵武郡。相传唐肃宗即位于此。有杨炎撰受命诏。备载艺文。"白豹城:即白豹寨。在今甘肃省庆阳县东北。《(嘉靖)庆阳府志》卷八:"白豹寨,在府城东北二百里,宋白豹城也。范仲淹筑。明初改为寨。"

[2]自注:"玉梅,川名,合水东。红柳,地名,在府。"玉梅:玉梅川。在今甘肃合水县西华池镇东北。《读史方舆纪要》卷五十七"合水县":"玉梅川在县东,与延鸠川俱出子午山,东流入华池水"。红柳:红柳池。在庆阳府北五百里,周二十六里一百四十步,其池多生红柳,故名。《(嘉靖)庆阳府志》卷二:"红柳池,在府北五百里,周围二十六里,石沟池在其西,莲花池在其东。"

[3]自注:"琴山,正宁南。马岭,府北。宁江,宁州南。"琴山:即抚琴山。在甘肃省庆阳市正宁县。《(嘉靖)庆阳府志》卷二"真宁县":"抚琴

山,在县南一里。即唐玄宗梦群仙处。山畔有洞,风来仿若琴音。故名。"
马岭:地名。在甘肃省庆阳市环县。《(嘉靖)庆阳府志》卷二"环县":"马
岭,一名箭括。在县南一百三十里。相传汉之牧地。唐之马岭县西北傍有
川,上有岩洞幽邃,莫穷所上。"宁江:水名。在甘肃省庆阳市宁县。《(嘉
靖)庆阳府志》卷二"宁州":"宁江,在州东一百里,源清而流长,东流入真宁
县界,亦名宁河。"

[4]自注:"风月亭,宁州治后圃。"风月亭:即一川风月亭。在甘肃省庆
阳市宁县。《(嘉靖)庆阳府志》卷四:"一川风月亭,在州治北。宋建亭台楼
阁数处,莲池、柳港、花屿、兰皋,郡人春月游赏于此。"

其六八

泾州山上问严家[1],是否分宜姓氏差[2]。

大蜡会时挂遗像[3],红袍紫绶戴乌纱。

【注释】

[1]泾州:见王煦《兰州竹枝词二十四首·赛苏》注[1]。

[2]自注:"按严分宜无遣戍西土事。"分宜:即严嵩(1480—1567),字惟
中,号介溪,袁州府分宜介桥村(今江西省分宜县)人。明孝宗弘治十八年
进士,累迁礼部尚书、翰林院学士。嘉靖二十一年(1542),六十三岁时入
阁,加少傅兼太子太师、谨身殿大学士,后改少师、华盖殿大学士,任内阁首
辅,专擅国政近十五年之久。嘉靖四十一年勒令致仕,削籍为民,家产被抄,
奸党与家人一一治罪。

[3]大蜡(zhà):祭名。古代年终合祭农田诸神,以祈来年不降灾害。

其六九

城西名胜是回山[1],王母当年响佩环[2]。

古柏犹存汉时树[3],蟠桃未许种人间[4]。

【注释】

[1]回山:山名。在甘肃省平凉市泾川县城西。又名回中山。上有王
母宫,乃西王母祖庙,传说是西王母降生地和发祥地。《甘肃通志》卷十二

"祠祀"载:"王母西真宫,在泾州回中山。"

[2]王母:指西王母。古代传说中的神仙,居住在昆仑山上。《山海经》载:"其状如人,豹尾虎齿而善啸,蓬发戴胜,是司天之厉及五残。"《穆天子传》记载了周穆王西巡,与西王母会于瑶池的故事。六朝志怪小说《汉武故事》《十洲记》《汉武内传》等也记载了汉武帝和西王母欢聚的故事。西王母先派青鸟传信,然后乘着紫色的车,引领着神女们降临。汉武帝向西王母求不死之药,西王母给了五个仙桃,汉武帝想留下桃核来种,西王母说这种桃子三千年一结果,种了也无济于事。佩环:玉制的环形佩饰物。

[3]自注:"按:山上有古柏树一株,传为王母所植。"

[4]蟠桃:仙桃。传说吃了可以长生不老。

其七〇

理学潜夫论最真[1],文风昌盛俗敦醇[2]。

北山上有仙鱼洞[3],洞口游鳞跃暖春。

【注释】

[1]自注:"潜夫,镇原县人。"按:王符(80?—165?),字节信,号潜夫,安定郡临泾县(今甘肃省镇原县)人,东汉哲学家、文学家。学问渊博,不慕荣利,隐居家乡,潜心学问,声名远著,备受人们的尊敬。著《潜夫论》36篇。

[2]敦醇:敦厚纯朴。

[3]北山:在镇原县城北,古称七松亭。山上古柏参天,又称为柏山。又因山上建有玉皇庙,俗称玉皇山。后因王符隐居著述,得名"潜夫山"。《(乾隆)甘肃通志·镇原县》卷五:"潜夫山,在县内北。东汉王符高隐于此,著《潜夫论》,上有读书台。"仙鱼洞:疑即潜夫山之神翁洞。《(康熙)镇原县志》卷一:"潜夫山,即县内北山。汉王符高尚于此,故名。山在汉名七松亭,宋建天庆观,有羽士徐神翁修真仙去,因名其洞曰神翁。上又有思潜亭。"

其七一

崇侯旧地岂荒芜[1],钟鼓灵台化泽俱[2]。

为问周文偕乐后[3],庶民尚有子来无[4]?

【注释】

[1]自注："古崇国即今崇信。"按：崇国，殷商时的一个诸侯国。《史记·周本记》正义引皇甫谧云："崇国盖在丰、镐之间"。唐杜佑《通典》云："崇国在京兆府鄠县。"即今陕西省户县。可见古崇国在陕西。叶澧的说法也可备一说。《读史方舆纪要》卷五十八："崇信县，府东南八十里，东北至泾州七十里。本平凉县地。唐贞元间，陇右节度使李元谅始筑城屯军，名曰崇信，亦为神策军分屯之所。宋初始置县，属凤翔府。"崇侯：即崇侯虎，殷纣王的大臣。曾谗毁周文王姬昌，使之被囚。见《史记·殷本纪》及《史记·周本纪》。

[2]"钟鼓"句：《诗·大雅·灵台》："经始灵台，经之营之……虡业维枞，贲鼓维镛。于论鼓钟，于乐辟雍。"表现了文王迁丰之后，修筑台池苑囿与民同乐之事。意谓这里有周文化的遗泽。灵台，即甘肃省平凉市灵台县，位于陇东黄土高原南缘，泾河与渭河之间。不是周文王所筑灵台，文王所筑灵台在陕西户县。化泽，教化的恩泽。

[3]"为问"句：这里指周文王讨伐崇国。《元和郡县志》卷二："崇侯无道，文王伐之，命无杀人，无坏宫室。崇人闻之，如归父母，遂虏崇侯，作丰邑。崇国在秦晋之间。"

[4]庶民：泛指无官爵的平民；百姓。子来：谓民心归附，如子女趋事父母，不召自来，竭诚效忠。《诗·大雅·灵台》："经始灵台，经之营之。庶民攻之，不日成之。经始勿亟，庶民子来。"朱熹《诗集传》："文王之台，方其经度营表之际，而庶民已来作之，所以不终日而成也。虽文王心恐烦民，戒令勿亟，而民心乐之，如子趣父事，不召自来也。"

其七二

地本羌戎沃壤宽[1]，朔方文武集千官[2]。

飞腾骏马青山色，林木森森是贺兰[3]。

【注释】

[1]自注："宁夏即古羌戎。"羌戎：见胡季堂《丁亥夏六月于役岷阶道中

杂咏》其九注[1]。

[2]"朔方"句:这里指唐肃宗在灵武即位,带领文武大臣平定安史叛军。朔方,见赵时春《河西歌》其九注[1]。

[3]贺兰:山名。见铁保《塞上曲四首》其二注[2]。

其七三

水流大曲广平畴[1],唐来渠开灌溉周[2]。

真是黄河富宁夏[3],满场香稻庆秋收。

【注释】

[1]水流大曲:黄河自西而东流经甘肃,到宁夏的中卫县以后,沿贺兰山转而向北,至内蒙古的临河县受阴山阻挡折而向东,到托克托县突然掉头,沿吕梁山南下,绕了一个马蹄形的大湾。这个特有的大弯曲,好比套在宁蒙平原上的一个大布套,所以人们就称这一带为"河套"。平畴:平坦的田野。

[2]唐来渠:西夏时期修的水渠。《(嘉靖)宁夏新志》卷一:"汉延渠,唐来渠。拓跋氏据西夏,已有此二渠,资其富强。……唐渠自汉渠口之西凿引河流,绕城西逶迤而北,馀波亦入于河,延袤四百里,其支流陡口大小八百八处。"

[3]自注:"'黄河富宁夏',谚语。"按:黄河在宁夏段水流稳定,很少暴涨,因此宁夏人不用修堤坝防止黄河发洪水泛滥成灾。又因为宁夏平原是干旱区,降水稀少,黄河在这里可以自流灌溉,因此宁夏是旱涝不忧,洪水不侵的天府之地。俗云"黄河自古富宁夏"。

其七四

宁安堡接会安墟[1],醎卤持筹转运储[2]。

万户熬盐烟定后,冷风吹雨卖冰鱼[3]。

【注释】

[1]宁安堡:地名。在今宁夏回族自治区中宁县,现称宁安镇,为县政府驻地。《(乾隆)甘肃通志》卷十一"中卫县":"宁安堡。在县东南一百

里。有新旧二堡。旧堡筑于成化二十二年,新堡筑于嘉靖九年。"会安墟:
在今甘肃省白银市靖远县。《(道光)兰州府志》卷一"靖远县":"会宁关在
县西南一百二十里乌兰山上。宋元符元年建,初名通会,后改会宁,金大定
八年改名会安。今称乌兰关。"

[2]醝(cuó):盐。卤:本义为制盐时剩下的黑色汁液,味苦有毒,亦称
"盐卤""苦汁"。持筹:手持算筹。多指理财或经商。

[3]冰鱼:即黄河北方铜鱼,俗名鸽子鱼、沙嘴白。见叶澧《甘肃竹枝
词》其四九注[2]。

其七五

盐鱼鬻饭小生涯[1],百亩耕耘便养家。

恨煞贫儿多卖女,学成歌曲抱琵琶[2]。

【注释】

[1]盐鱼鬻(yù)饭:指依靠卖盐打鱼来养家糊口。鬻,卖。

[2]"学成"句:指女孩子被迫学习琵琶来卖唱。

其七六

西宁旅途绕通途[1],奶饼还兼把辣苏[2]。

镇海一过丹噶尔[3],新晴无限白蘑菰[4]。

【注释】

[1]西宁:地名。即今青海省西宁市。

[2]自注:"把辣苏,酸奶子名。"奶饼:用牛奶等制作的面包。

[3]自注:"镇海,地名。"镇海:即镇海堡。《(乾隆)甘肃通志》卷十一
"碾伯县":"镇海堡,在县西五十里,明嘉靖年筑,城周二里,设官兵防守。"
丹噶尔:地名。藏语"东科尔"的蒙语音译,意为"白海螺"。始建于明洪武
年间,地处黄河北岸,西海之滨,湟水源头,距青海省西宁市40千米。

[4]白蘑菰:即白蘑菇。《(乾隆)甘肃通志》卷二十"物产":"白蘑菰,
一名银盘。色洁肉厚味美。出河西境外者佳。"

其七七

半日飞沙半日红,水流峡口锁湟中[1]。

道旁碑碣如人立[2],青海年年远祭风[3]。

【注释】

[1]湟中:见金人望《竹枝词十六首》其一注[3]。

[2]碑碣:见杨廷理《道中杂诗》其六注[2]。

[3]祭风:一种民俗,本是祭祀者通过祭祀、祈祷而得风力之助,现已演变为一些地区的民俗活动。《(道光)重修镇番县志》卷二:"风塔,在东边外,今遇祭风,多在红沙堡。"

其七八

山色遥连巴燕戎[1],河湟环绕接申中[2]。

东来碾伯分三岔[3],左至平番右大通[4]。

【注释】

[1]巴燕戎:地名,即巴燕戎格厅。清乾隆九年(1744)置,属西宁府。治所在摆羊戎(今青海化隆回族自治县)。《清一统志·西宁府二》:巴燕戎格厅"其地番回杂居,水草丰美,可垦荒地四十馀里。九年增设通判分驻"。1913年改为巴戎县。

[2]自注:"申中,地名。"申中:即今青海省西宁市湟源县申中乡,地处湟源县北部。

[3]碾伯:今青海省乐都县。

[4]平番:今甘肃省兰州市永登县。大通:今青海省大通回族土族自治县。

其七九

西过贵德腊鸡山[1],乱石丛丛着步艰。

晴日半天烟雾罩,顿教驴背把诗删[2]。

【注释】

[1]贵德:今青海省海南州贵德县。位于青海省东部,海南藏族自治州

东南部。腊鸡山:山名。今称拉鸡山。位于青海省海南州贵德县境内,属日月山支脉,藏语称"贡毛拉",意为嘎拉鸡(石鸡)栖息的地方。

[2]"顿教"句:古人经常骑驴行走,在驴背上吟诗。明张岱《夜航船》载:"孟浩然情怀旷达,常冒雪骑驴寻梅,曰:'吾诗思在灞桥风雪中驴背上。'"

其八〇

河流涨发水无边,几个牛皮架作船[1]。

渡过行人还渡马,升沉由命命由天。

【注释】

[1]"几个"句:指用牛皮囊充气做成的牛皮筏子,可以作渡船用。

其八一

西番不自惜娇羞[1],男女披裘没噶娄[2]。

本部来时斟辣盖[3],藏香卡达又酥油[4]。

【注释】

[1]西番:见赵时春《河西歌》其五注[2]。

[2]自注:"西番谓裤为噶娄。"

[3]自注:"西番谓官为本部,酒为辣盖。"

[4]自注:"西番谓绢帕为卡达。"按:卡达,即哈达。是蒙古族、藏族人民作为礼仪用的丝织品,是社交活动中的必备品。表示敬意和祝贺用的长条丝巾或纱巾,多为白色、蓝色,也有黄色等。

其八二

暗门草地绿翻波[1],毳帐羊牛并马骡[2]。

极目天边无所有,方知人少畜牲多。

【注释】

[1]暗门:见李殿图《番行杂咏》其一二注[3]。

[2]毳(cuì)帐:指游牧民族所居毡帐。《新唐书·吐蕃传上》:"有城郭庐舍不肯处,联毳帐以居,号大拂庐,容数百人。"毳,鸟兽的细毛。

其八三

蒙古王公贝勒多[1]，团龙补服股皮靴[2]。

满山牛马成群牧，不怕西番北渡河[3]。

【注释】

[1]"蒙古"句：这里指青海的蒙古贵族统治者。青海蒙古族一般为和硕特蒙古，也有来自喀尔喀、土默特与鄂尔多斯的部落。元初青海为窝阔台次子阔端领地。明代中期，蒙古和硕特部首领固始汗统一了青海。清朝镇压了罗卜藏丹津叛乱以后，编入青海蒙古旗。王公贝勒：指清朝封的皇子皇孙。王公，指被封为王爵和公爵者。亦泛指达官贵人。贝勒，满语，原为满族贵族的称号，全称"多罗贝勒"，相当于王或诸侯，地位次于亲王、郡王，是清代贵族的世袭封爵。皇室爵位有时候也会授予蒙古人。

[2]团龙补服：清代亲王、郡王的常用朝服。官服上有绣着团龙的补子。补服始于明代，分为方补和圆补两种，圆补用于皇族，方补用于百官。

[3]西番：见赵时春《河西歌》其五注[2]。

其八四

活佛轩昂气不同[1]，诵经曾侍雍和宫[2]。

自称超转凡三世[3]，二品苏拉顶子红[4]。

【注释】

[1]活佛：对藏传佛教修行人的尊称之一。藏文原意指幻化之身，有虚假变幻、空有相容的含义。这里指夏河拉卜楞寺嘉木样三世活佛嘉木样·洛桑图旦·久美嘉措（1792—1855），青海同仁县人。嘉庆三年（1798）被迎入拉卜楞寺。道光二十九年（1849）封为"扶法禅师"。著有《散论总集》等。拉卜楞寺始建于康熙四十八年（1709），雍正年间，雍正帝敕赐嘉木样一世嘉木样·阿旺宗哲圆寂后可以活佛转世。轩昂：精神饱满，气度不凡。

[2]雍和宫：位于北京市区东北角，建于清康熙三十三年（1694），为雍亲王胤禛的府第。雍正三年（1725），改王府为行宫，称雍和宫。乾隆九年（1744），雍和宫改为喇嘛庙，特派总理事务王大臣管理其事务，并成为清政

府掌管全国藏传佛教事务的中心。雍和宫是清朝中后期全国规格最高的一座佛教寺院。

[3]"自称"句:意谓嘉木样活佛自称已经转世三次。超转,即藏传佛教的活佛转世制度。最早出现于藏传佛教后弘期。元世祖至元二十五年(1288),噶玛噶举派首创活佛转世制。后来该派教主噶玛拔希之转世让迥多杰曾先后两次应诏赴元朝,受到器重,受封"灌顶国师"称号,赐玉印等。活佛转世便得到中央王朝的承认和保护。活佛转世制度有效解决了寺庙、土地和牲畜等财产的继承和管理、信众的信仰归属、教派间的财权争夺等问题,因此得到各派的认可和使用。宁玛派、格鲁派等教派也通过活佛转世来解决各自的法统传承问题,其中最著名的格鲁派(黄教)的达赖和班禅两大转世系统创立于16世纪中叶。

[4]自注:"苏拉系喇嘛职衔。"苏拉:清雍和宫等处有苏拉喇嘛,即为执役的喇嘛。《清续文献通考》卷八十九:"《会典》:'理藩院载驻京者掌印札蕯克大喇嘛一人……苏拉喇嘛十九人,教习苏拉喇嘛六人,额外教习四人。'"顶子红:指红色的帽顶子。清代官服,礼帽上用不同质料和颜色的顶子以区别官阶,一、二品官员戴红色珊瑚珠的顶子。

其八五

　　勺挂纯良铁布蛮[1],番刀长短插腰间[2]。

　　卖完麝子牛黄后[3],上马飞腾各进山。

【注释】

[1]自注:"勺挂、铁布,西番族名。"按:《(道光)循化厅志》卷二:"哈麻沟水,源出于厅属铁布番寨之什达隆山,经保安城西至脱屯,西入保安大河。"可见勺挂、铁布皆在今甘肃省临夏回族自治州积石山保安族东乡族撒拉族自治县。

[2]番刀:即保安腰刀,是甘肃省临夏回族自治州积石山保安族东乡族撒拉族自治县的特产。保安腰刀造型优美,线条明快,装潢考究,工艺精湛。它不仅是生活用具,也是别致的装饰品和馈亲赠友的上乘礼品。

[3]麝子:见李殿图《番行杂咏》其三五注[3]。牛黄:一种中药。牛胆囊的胆结石。牛黄完整者多呈卵形,质轻,表面金黄至黄褐色,细腻而有光泽。中医学认为牛黄气清香,味微苦而后甜,性凉,可用于解热、解毒、定惊。

其八六

平番又自号庄浪[1],佳丽山川说响塘[2]。

闻道子卿牧羝处[3],满天飞雪接姑藏[4]。

【注释】

[1]平番:见赵时春《河西歌》其五注[1]。

[2]自注:"响塘,地名。"响塘:今名享堂,位于兰州市红古区海石湾与青海民和县交界的地方,是一条峡谷,险峻异常,大通河流经此谷,出与湟水汇合。海石湾和享堂峡,被称为青海门户,也是甘青两省的军事要道和关口。

[3]"闻道"句:传说苏武牧羊在今甘肃省武威市民勤县。《(乾隆)甘肃通志》卷六"镇番县":"苏武山,在县东南三十里。俗传苏武牧羊之处。旧有苏武庙址并碑,有汉中郎将苏武牧羝处字迹。城内有苏公祠。"子卿,即苏武(前140—前60),字子卿,杜陵(今陕西西安)人。武帝时为郎。天汉元年(前100)奉命以中郎将持节出使匈奴,被扣留。匈奴贵族多次威胁利诱,坚决不降。后将他迁到北海(今贝加尔湖)边牧羊,扬言要公羊生子方可释放他回国。苏武历尽艰辛,留居匈奴十九年,持节不屈,后被放还。

[4]自注:"姑藏,地名。"姑藏:即姑臧,为霍去病夺取匈奴河西地区建武威郡以前匈奴人对这座城市的称呼,武威郡的治所是姑臧县,即今武威市凉州区。

其八七

一片山城万壑奔,白云非旧大河存[1]。

何人争唱凉州曲[2],杨柳春风度玉门[3]。

【注释】

[1]"一片"两句:化用唐王之涣《凉州词》"黄河远上白云间,一片孤城万仞山"之诗意。

[2]凉州曲:见李銮宣《塞上曲》其七注[1]。

[3]"杨柳"句:化用王之涣《凉州词》"羌笛何须怨杨柳,春风不度玉门关"之诗意。指清政府统治下西北地区比较安定,人民能安居乐业。

其八八

孔雀楼前起虎台[1],居延城下自徘徊[2]。

将军平虏歼三万[3],汉武雄风去不回[4]。

【注释】

[1]孔雀楼、虎台:西宁的两个古迹。《(乾隆)甘肃通志》卷二十三"西宁府":"孔雀楼在府南三里南禅院中。旧传构楼初成,有孔雀来。夏瓒有诗。虎台在府城西五里,有台九层,高九丈八尺,相传南凉王所筑。一名土台。"

[2]居延城:见沈峻《东行途中即事》其七注[2]。

[3]"将军"句:指汉代伏波将军路博德(生卒年不详),西河平州(今山西离石)人。屡随大将军卫青、霍去病征匈奴,因功封伏波将军、符离侯。后任强弩都尉,屯田于居延。天汉四年(前97),汉军再次大规模北击匈奴,李广利率骑兵6万人、步兵7万人出朔方,路博德率万馀步兵出居延塞策应李广利,击匈奴至馀吾水(今蒙古国土拉河)。后路博德去世于屯守居延任上。

[4]汉武雄风:指汉武帝击败匈奴、开疆拓土的伟大功业。

其八九

焉支山势接祁连[1],草木冬温夏不炎。

弱水汇通张掖水[2],删丹自古产红盐[3]。

【注释】

[1]焉支:山名。见戴记《塞上杂咏》其四注[5]。祁连:山名。见马祖常《河湟书事二首》其一注[2]。

[2]弱水:见无名氏《俄博岭界碑竹枝词》注[4]。

[3]删丹:汉县名。见戴记《塞上杂咏》其四注[5]。红盐:指山丹县产

红色的盐。见宋弼《西行杂咏》其八注[2]。

其九〇

郡涌金泉味若何[1]，酿成天酒不生波。

行人莫抱移封恨[2]，遥指春城问骆驼[3]。

【注释】

[1]"郡涌"句：这里指酒泉郡（今酒泉市）。见查嗣瑮《同喀中丞自皋兰渡河至凉州途中作》其五注[3]。

[2]移封：见宋弼《西行杂咏》其四五注[2]。

[3]春城：疑指今新疆哈密。《（嘉庆）三州辑略》卷九载：李銮宣《哈密四首》其二："东接敦煌郡，南连吐鲁番。咽喉通月窟，衣带俯河源。日影春城暗，风声戍角喧。太平无绝徼，中外一屏藩。"

其九一

嘉峪雄关万户稠[1]，地通西极锁咽喉。

晨昏验票稽行李[2]，来去人无片刻留。

【注释】

[1]嘉峪关：见宋弼《西行杂咏》其三九注[1]。

[2]验票：检验单据、凭证。嘉峪关设游击、巡检等官驻守，检查过往行人，启闭甚严。

其九二

安西本是旧沙州[1]，晋代都城四望收[2]。

见说三危有青鸟[3]，渥洼天马至今留[4]。

【注释】

[1]安西：见沈峻《东行途中即事》其四注[1]。沙州：见祁韵士《西陲竹枝词·阳关》注[2]。

[2]晋代都城：东晋十六国时期，李广后裔李暠在敦煌建立西凉政权，疆域在今中国甘肃西部、内蒙古西南部及新疆部分地区。

[3]三危：指三危山。见王芑孙《西陬牧唱词》其四注[9]。青鸟：传说

中的五色的神鸟。《山海经·大荒西经》:"有玄丹之山。有五色之鸟,人面有发。爰有青鸑、黄鹜、青鸟、黄鸟,其所集者其国亡。"又《山海经·西山经》:"又西二百二十里,曰三危之山,三青鸟居之。"郭璞注:"三青鸟主为西王母取食者,别自栖息于此山也。"至汉代班固《汉武故事》记载,青鸟又成为西王母的使者。

[4]渥洼天马:见宋弼《西行杂咏》其四三注[1]。

其九三

瓜州沙漠达西维[1],尚有敦煌太守碑[2]。

朱墨拓来推汉篆[3],永和年月纪功词[4]。

【注释】

[1]瓜州:见王心敬《塞上曲》其三注[4]。西维:西域。

[2]自注:"在巴里坤。"敦煌太守碑:即《汉敦煌太守裴岑纪功碑》。建于东汉永和二年(137)八月,乃为裴岑率郡兵诛杀匈奴呼衍王大获全胜而刻石纪功。清雍正七年(1729),岳钟琪得于西塞巴尔库尔(今新疆巴里坤哈萨克自治县)城西石人子,后移至将军府。现存新疆维吾尔自治区博物馆。萧雄《西疆杂述诗·敦煌碑》自注:"西汉河西四郡,极西为炖煌,有《太守纪功碑》,在今巴里坤城西关帝庙中。青玉为之,高八九尺,宽三尺许,厚尺馀,璞质未经磨琢者。相传蒲类海之水,古常潮至城边,自迁碑于此,海水始静,遂名镇海碑。上镌汉隶,苍老遒劲,惜玉未琢平,迹欠清朗。谈者皆谓揭本能辟水火风波,果文字有灵欤。其文曰:'惟汉永和二年八月,敦煌太守云中裴岑将郡兵三千人诛呼衍王等,斩馘部众,克敌全师,除西域之灾,蠲四郡之害。边竟艾安,振威到此,立德祠以表万世。'"

[3]汉篆:汉代的篆书。

[4]永和:东汉顺帝刘保年号(136—141)。《汉敦煌太守裴岑纪功碑》立于东汉永和二年(137)。

其九四

镇迪分邦大邑封[1],物华气象早从容。

人情不畏雪山远[2],西去雪山又几重。

【注释】

[1]镇迪:镇迪道,全称为分巡镇迪屯田粮务兵备道,是清代甘肃省下设的一道。乾隆四十一年(1776)由巴里坤道改置,道员驻迪化州巩宁城(今乌鲁木齐市区)。光绪九年(1883)改隶新疆省。

[2]雪山:天山。见赵时春《河西歌》其一注[3]。

其九五

监司守令别头衔[1],丞尉从边也不凡[2]。

多得金钱皮币马[3],何妨数载著征衫[4]。

【注释】

[1]监司:负有监察之责的官吏。汉以后的司隶校尉和督察州县的刺史、转运使、按察使、布政使等通称为监司。守令:官名合称,指郡守及县令。郡守掌治其郡,县令掌治其县。《汉书·陈胜传》:"攻陈,陈守令皆不在。"注:"师古曰:守,郡守也。令,县令也。"这里指地方官员。

[2]丞尉:县丞、县尉的合称。丞指郡丞和县丞,为郡、县的副长官,助郡守、县令掌理政务;尉指郡尉和县尉,其位次于丞,掌兵事及治安。

[3]"多得"句:指守巴里坤的官员借助权力收取贿赂。巴里坤处于东西交通要道,商贸一度较为繁盛。乾隆晚期,遣戍伊犁的赵钧彤路过巴里坤时记载此地"商贩夥,车马络绎,亦新疆之利薮而客路所经由",汉城"内外数千家,衢肆华整",堪称"塞上雄都"(《西行日记》)。皮币:以兽皮制成的货币。汉武帝于元狩四年(前119)发行皮币,用宫苑中的白鹿皮制成。皮币每张一方尺,饰以彩画,值四十万钱。这里指金钱。

[4]征衫:旅人之衣。借指远行之人。

其九六

讲武敷文政教兼[1],泮池芹藻渥恩沾[2]。

三年也与宾兴典[3],驰驿飞来坐号添[4]。

【注释】

[1]讲武敷文:这里指巴里坤学校教育里面有文武之事。讲武,讲习武

事。敷文,铺叙文辞。指作文。政教:指政治与教化。《新疆镇西厅乡土志》记载:清代统一新疆以来,巴里坤的教育逐渐兴盛,"兴仁讲让,而诵读日盛,每逢科岁考试,分迪(化)镇(西)两棚"。镇西县的诸生要到陕西西安参加举人考试。自清朝中期以来,镇西考中了不少文举、武举,"由是边疆用武之地,而投戈息马者兼晓读书,弦诵之声,不亚中土"。

[2]泮池:古代学宫前的水池。芹藻:比喻贡士或才学之士。《诗·鲁颂·泮水》:"思乐泮水,薄采其芹……思乐泮水,薄采其藻。"渥恩:深厚的恩惠。

[3]宾兴典:指宾兴礼。清代宾兴典指府州县送别科举生员的一种科举典礼。

[4]驰驿:驾乘驿马疾行。坐号添:指临时给考生添加座位,给予考试机会。

其九七

乌鲁木齐叶尔羌[1],伊犁各路重提防。

将军都统同参赞[2],办事多由档子房[3]。

【注释】

[1]叶尔羌:在今新疆维吾尔自治区莎车县。清乾隆二十六年(1761)于此设办事大臣、协办大臣。

[2]"将军"句:乾隆二十七年(1762)十月,设"总统伊犁等处将军",驻惠远城,随后又设参赞大臣、领队大臣,调各路官兵组建满、锡伯、索伦、察哈尔、厄鲁特八旗兵营。随后又设抚民同知、理事同知、巡检等民政官职。都统,清朝武官,官阶从一品,有八旗都统与驻防都统之分。参赞,清代官名,置于外蒙古乌里雅苏台、外蒙古科布多、新疆伊犁、新疆塔尔巴哈台、新疆乌什等地。清代新疆伊犁将军下设参赞,又在塔尔巴哈台、乌什等处各设参赞大臣,等级略次于将军,皆由皇帝特旨简派。

[3]档子房:官署名。清代国子监所属办事机构。顺治元年(1644)置。掌理满文奏折及往来文书。无专官,由堂官选派满洲、蒙古助教及笔帖式数

员管理。新疆统一以后,在伊犁将军、参赞大臣处也设档子房。

其九八

天下车书一统同[1],怀柔西域远从风[2]。

番蒙回部通川藏[3],尽在三秦节制中[4]。

【注释】

[1]"天下"句:指清王朝平定西域,统一了西北,实现了文物制度的统一。车书,《中庸》:"今天下车同轨,书同文。"车乘的轨辙相同,书牒的字体相同,表示文物制度的划一,天下一统。后因以指国家的文物制度。

[2]怀柔:指统治者用温和的政治手段笼络别的国家或本国的非主体民族,使归附自己。西域:自汉代以来,狭义的西域指玉门关、阳关以西,葱岭以东,巴尔喀什湖东、南及新疆广大地区。广义的西域则是指凡是通过狭义西域所能到达的地区,包有今之中亚、西亚及印度。这里指新疆地区。

[3]番蒙:这里指青海地区,青海生活着羌族、蒙古族等少数民族,因称番蒙。番,羌族。蒙,蒙古族。回部:指新疆。见王苣孙《西陲牧唱词》其四注[5]。川藏:四川和西藏。甘肃是西北地区的交通要道,是进入新疆、青海、西藏、四川的必经之路。

[4]"尽在"句:指甘肃等地由陕甘总督统一管辖。陕甘总督正式官衔为总督陕甘等处地方提督军务、粮饷、管理茶马兼巡抚事,其职责是"掌治军民,总制文武,察举官吏,修饬封疆"。清朝九位最高级的封疆大臣之一,总管陕西、甘肃和伊犁三省的军民政务,正二品衔。原驻西安,乾隆二十九年(1764),移驻兰州。三秦,见王士禛《秦中凯歌十二首》其一○注[4]。

其九九

临民莫自恃官尊[1],保赤心同子若孙[2]。

况是贫家娇养惯,漫言知法不知恩[3]。

【注释】

[1]临民:指治民。

［2］赤心：忠心，诚心。这里指对百姓的同情心。

［3］自注："谚语：'甘省百姓知法不知恩。'非通论也。"

其一○○

省名甘肃谩疑猜[1]，谏果尝来意味该[2]。

从此官民纲纪肃[3]，自然苦尽见甘回。

【注释】

［1］甘肃：是取甘州（今张掖）、肃州（今酒泉）二地的首字而成。由于西夏曾置甘肃军司，元代设甘肃行中书省，明代属陕西布政司，清代独立设甘肃布政司，简称甘；又因省境大部分在陇山（六盘山）以西，而唐代曾在此设置过陇右道，故又简称为陇。

［2］谏果：橄榄的别名。橄榄果可生食或渍制，药用治喉头炎、咳血、烦渴、肠炎腹泻。初食橄榄时有涩口之感，但放在嘴里久了，就会感到有清甜的回味，苦尽甘来，就好像"良药苦口""忠言逆耳"一样。该：同"赅"。兼，包括。

［3］纲纪：社会的秩序和国家的法纪。《诗·大雅·棫朴》："勉勉我王，纲纪四方。"

张　澍

张澍（1776—1847），字百渔，又字寿谷、时霖、伯瀹，号介侯，又号鸠民、介白，甘肃省武威市人。嘉庆四年（1799）进士，改翰林院庶吉士。散馆授知县，历任贵州玉屏、遵义、四川屏山、南溪、江西永新、泸溪等县知县。好游历，遍游晋、鲁、豫、江、浙等10馀省。先后在汉南书院、兰州兰山书院任教。著有《续敦煌实录》《续黔书》《蜀典》《大足县志》《天文管窥》《诗小序翼》《读诗抄说》《姓氏五书》《五凉旧闻》《凉州府志备考》《养素堂诗文集》等。

凉州蒲桃酒[1]

其一

凉州美酒说蒲桃,过客倾囊质宝刀[2]。

不愿封侯悬斗印[3],聊拚一醉卧亭皋[4]。

【注释】

[1]此组诗选自《养素堂诗集》卷一。作于嘉庆四年(1799),张澍考中进士以后乞假还乡时所作。凉州:见李楷《秦州》注[2]。蒲桃酒:即葡萄酒。

[2]倾囊:倒出口袋里所有的钱,比喻尽出所有。质:抵押。

[3]斗印:大印。指官印。

[4]拚(pàn):舍弃,豁出去。亭皋:水边的平地。

其二

百战沙场白鬓毛[1],于今才得脱征袍[2]。

故人邀我饮家酿[3],手洗疮瘢日几遭[4]。

【注释】

[1]沙场:见沈峻《东行途中即事》其五注[2]。

[2]征袍:出征将士穿的战袍。也指旅人穿的长衣。

[3]家酿:家中自酿的酒。

[4]疮瘢:创伤或疮疡的疤痕。遭:回,次。

其三

大好红醪喷鼻香[1],瀸瀸入口洗愁肠[2]。

琵琶且拢弹新曲[3],高调依然在五凉[4]。

【注释】

[1]红醪:红酒。指红色的葡萄酒。醪,浊酒,醇酒。

[2]瀸瀸:酒色混浊貌。宋朱弁《秋泉次韵》:"新醅瀸瀸溢瓶盆,漱石秋泉带雨浑。"愁肠:愁苦的心情;郁结愁闷的心绪。宋范仲淹《苏幕遮》:"酒

入愁肠,化作相思泪。"

[3]拢:唐白居易《琵琶行》:"轻拢慢捻抹复挑。"拢、捻、抹、挑,都是琵琶指法。

[4]高调:指激扬的声调。汉马融《长笛赋》:"若絙瑟促柱,号锺高调。"五凉:指五胡十六国时的前凉、后凉、南凉、北凉、西凉等五个割据政权,其活动中心在今甘肃武威、张掖、酒泉、兰州及青海乐都一带。

其四

藏自何季此尽觞[1],满盘乌翅又频尝[2]。

礈山玉馈美于肉[3],风味可能如我乡。

【注释】

[1]尽觞:谓饮尽杯中之酒。

[2]乌翅:肉脯。《周礼·天官·腊人》:"腊人掌干肉。"汉郑玄注:"大物解肆干之,谓之干肉,若今凉州乌翅矣。"清方以智《通雅·饮食》:"乌翅,干脯也。"

[3]礈山:高貌。《尔雅》:"山多小石,曰礈孙,曰礈山,高貌。"玉馈:传说中的仙酒名。《神异经·西北荒经》:"西北荒中,有玉馈之酒,酒泉注焉⋯⋯酒美如肉,澄清如镜。"

橐驼曲[1]

偶出东郭[2],见橐驼成群,昂首长鸣,有乘凉远征之概,归而思之,古人无专赋此物者,因作《橐驼曲》十五首,不觉辞费[3],多用俗语为之,以存《竹枝词》遗意云尔。

【注释】

[1]此组诗选自《养素堂诗集》卷五。作于嘉庆九年(1804),诗人辞去汉南书院讲席回乡时所作。橐(tuó)驼:骆驼。

[2]东郭:东边的外城。

[3]辞费:说废话,啰唆。

其一

西番异畜说橐驼[1],不读班书费揣摹[2]。

怪状奇形君莫笑,麒麟那肯把人驮[3]。

【注释】

[1]西番:见赵时春《河西歌》其五注[2]。异畜:习性、形体奇异的牲畜。《史记·匈奴传》:"其奇畜则橐驼。"

[2]班书:班固的《汉书》。《汉书·西域传》:"(鄯善国)多橐驼。"揣摹:揣度,估量,研究。

[3]麒麟:中国古代传说中的瑞兽。《礼记·礼运第九》:"麟、凤、龟、龙,谓之四灵。"麒麟集狮头、鹿角、虎眼、麋身、龙鳞、牛尾于一体,尾巴毛状像龙尾,有一角带肉。古人认为,麒麟出没处,必有祥瑞。有时用来比喻才能杰出、德才兼备的人。

其二

白草黄云道路长[1],何人不雇负衣装。

行经戈壁愁喉渴[2],卧处偏知水脉凉[3]。

【注释】

[1]白草:见查嗣瑮《同喀中丞自皋兰渡河至凉州途中作》其六注[1]。黄云:黄色的尘埃。

[2]"行经"句:在戈壁荒漠上旅行,饮水极缺,一般牲畜无法长途跋涉,而骆驼能耐干渴,喝足一次水后,可数日不饮,是沙漠上最好的交通工具。戈壁,见杨廷理《道中杂诗》其二注[2]。

[3]"卧处"句:骆驼不但善于在沙漠中行走,而且还能择阴凉潮湿的地方休息,其卧处可能有水脉相通。因此乘骆驼行经沙漠,就可不愁干渴了。

其三

百里流沙起热风[1],先将口鼻拥沙中[2]。

行人依样为防备,免得委身荆棘丛[3]。

【注释】

　　[1]流沙:见马祖常《河湟书事二首》其二注[1]。

　　[2]"先将"句:骆驼在沙漠起风的时候,先把口鼻埋在沙里面,避免风沙刮进口鼻。

　　[3]委身:置身,寄身。荆棘:泛指山野丛生多刺的灌木。

其四

　　炎天酷日放青山[1],才到秋凉便搭班[2]。

　　生个驼儿仍自负,河南湖北走循环[3]。

【注释】

　　[1]放青山:放牧青山。青山,在武威县东二百五十里。《(乾隆)甘肃通志·武威县》卷六:"青山,在县东二百五十里,上多松柏,冬夏常青。"

　　[2]自注:"土人相约赴程谓之'搭班'。"搭班:指临时合伙。

　　[3]"河南"句:指河西的商人远赴河南、湖北等地经商。

其五

　　朝暾未上走如麻[1],载去巴菰却换茶[2]。

　　可笑燕都煤黑子[3],倒骑驼背唱莲花[4]。

【注释】

　　[1]朝暾:初升的太阳。暾,形容日光明亮温暖。

　　[2]巴菰(gū):见祁韵士《陇右竹枝词》其三注[1]。

　　[3]燕都:燕国都城,在今北京市一带。煤黑子:旧时对煤炭工人的蔑称。

　　[4]莲花:即莲花落。见雷和《正宁竹枝词》其二注[3]。

其六

　　草豆为刍又食盐[1],镇番人走惯趱趱[2],

　　载来纸布茶棉货,卸到泾阳又肃甘[3]。

【注释】

　　[1]刍:喂牲畜的草。食盐:骆驼不但吃草,而且还要吃一定量的盐,

故云。

[2]镇番:县名。今甘肃省民勤县。趱趯(zàn tán):驱走,相随的样子。

[3]泾阳:古县名。秦置,治今甘肃平凉西北,因在泾水之阳得名,属安定郡。西晋废。十六国后赵复置。又,陕西有泾阳县。肃甘:指肃州(今酒泉市)和甘州(今张掖市)。

其七

牵来江左卖疮膏[1],入夏枵然尽脱毛[2]。

妇孺相惊马肿背,不知原是自然高[3]。

【注释】

[1]江左:长江下游南岸和长江部分中游东南岸,古称江左,或称江东(古以东为左)。疮膏:治疗疮(皮肤病)的膏药。

[2]枵(xiāo)然:意思是虚大、空虚。《庄子》:"魏王贻我大瓠之种,我树之成,而实五石,以盛水浆,其坚不能自举,剖之以为瓢,则瓠落无所容,非不枵然大也,吾为其无用,掊之。"

[3]"妇孺"两句:意谓江南妇女儿童没有见过骆驼,看到骆驼的驼峰,以为是马背肿了。

其八

齃鸣应是怅离群[1],远近铎声先后闻[2]。

雨过泥深防滑跌,可怜鼻断血纷纷。

【注释】

[1]齃(è)鸣:骆驼的鸣叫声。齃,鼻梁。怅离群:指骆驼离开群体以后非常悲苦。宋张炎《解连环·孤雁》:"怅离群万里,恍然惊散。"

[2]铎:古代宣布政教法令时或有战事时用的大铃。这里指骆驼脖子上挂的铃铛。

其九

果然负重远行么,送我良人返旧窝[1]。

妾梦也随千里月,鸡鸣时已到交河[2]。

【注释】

[1]良人:古代妻子对丈夫的称呼。旧窝:鸟兽原来居住的地方。比喻故居。

[2]交河:地名。即今河北交河。在高河与滹沱河交汇处,故名。又,交河位于新疆吐鲁番市的雅尔乃孜沟中。最早是西域三十六国之一"车师前国"的都城。《汉书·西域传》称:"车师前国,王治交河城,河水分流绕城下,故号交河城。"

其一〇

拉倒才骑怨友朋[1],烧刀吃了便呼兄[2]。

曲将军没客挥泪[3],叹息未尝一碗羹。

【注释】

[1]自注:"俗以朋友欲绝交,则曰骑骆驼,盖言拉倒也。"按:骑骆驼的时候因为骆驼高大,不易骑上,要拉倒才能骑上。甘肃方言朋友绝交也叫拉倒,含蓄的说法就是"骑骆驼"。

[2]"烧刀"句:这里指西北人性格豪爽,一起喝酒以后便称兄道弟。烧刀,即烧酒。

[3]曲将军:这里指酒。曲,酒曲。

其一一

良者相传卧漏明[1],四蹄风入想长征[2]。

唐家置驿缘何事[3],塞外军书达上京[4]。

【注释】

[1]漏:漏壶的简称,中国古代汉族的计时器,也称漏刻。漏是指带孔的壶,刻是指附有刻度的浮箭。

[2]长征:长途跋涉。

[3]唐家:唐朝。驿:驿站。旧时供来往送公文的人或出差官员中途换马或暂住的地方。

[4]"塞外"句:据《资治通鉴》卷第二百一十六记载:哥舒翰为陇右节

度使,"每遣使入奏,常乘白橐驼,日驰五百里"。上京:这里指长安。

其一二

驼峰紫肉美嘉珍[1],近代烹调竟乏人。

我是常餐苜蓿客[2],牛心果否比猩唇[3]。

【注释】

[1]驼峰:指骆驼背上长着两个高耸的"肉鞍"。驼峰是骆驼的营养贮存库,与背肌相连,驼峰肉质细腻,丰腴肥美。

[2]苜蓿客:古代教官生活艰苦,常吃苜蓿等野菜,后以"苜蓿盘""苜蓿客"指教官艰苦的生活。苜蓿,见马祖常《庆阳》注[2]。

[3]牛心:即牛心炙。《世说新语·汰侈》记载:晋代王恺有一头能快走的牛,叫"八百里驳",极为珍视。一次,王恺和王济比射,王济赢了这头牛,"叱左右速探牛心来,须臾炙至,一脔便去"。后用为豪侈的典故。猩唇:古代著名的食材,是麋鹿脸部的干制品,为古代中国烹饪原料的八珍(驼峰、熊掌、猴脑、猩唇、象拔、豹胎、犀尾、鹿筋)之首。

其一三

落毛工织号驼绒[1],马褐牛衣哪复同[2]。

忆我少时装小裹[3],温温恰是被春风。

【注释】

[1]驼绒:一般指骆驼毛,可用来织衣料或毯子,也可以用来絮衣被。

[2]马褐牛衣:用麻或草织的给马牛保暖的护被。唐王起《被褐怀玉赋》:"马褐同色,牛衣齐类。"

[3]小裹:这里指用驼毛做的夹袄。

其一四

切莫矜张善属文[1],骍驼佳谑定知闻[2]。

生龙活虎诚难捉,一绺毛绳便困君[3]。

【注释】

[1]矜张:夸耀张扬。属文:撰写文章。《汉书·刘歆传》:"歆字子骏,

少以通《诗》《书》能属文召见成帝,待诏宦者署,为黄门郎。"

[2]疥驼:疥骆驼,生疥疮的骆驼。喻不为人所喜爱的事物。《北史·刘昼传》:"子才曰:'君此赋,正似疥骆驼,伏而无妩媚。'"清王士禛《池北偶谈·谈艺三·双行》:"今投贽诗文,以多多为善者,乃疥骆驼。"

[3]"一绺"句:人们牵骆驼的时候,在骆驼鼻子上穿一根绳子,这样可以控制骆驼的行动。

其一五

踏云大马古凉州[1],我策疲驴返旧丘[2]。

歌罢竹枝自倾瓮[3],驼蹄鸟卵竟相侔[4]。

【注释】

[1]踏云大马:也作"踏云天马",指神马。《山海经》:"马成之山有兽焉,状如白犬而黑头,见人则飞,名曰天马。"《晋书·张轨传》:"俄而王弥寇洛阳,轨遣北官屯等率州军击破之。又败刘聪于河东,京师歌之曰:'凉州大马,横行天下。凉州鸲鹆寇贼消,鸲鹆翩翩怖杀人。'"凉州:见李楷《秦州》注[2]。

[2]旧丘:故乡,故居。《后汉书·蔡邕传论》:"但愿北首旧丘,归骸先垄。"这里指张澍的家乡武威。

[3]倾瓮:从瓮中倒酒。即喝酒。

[4]驼蹄:骆驼之蹄足。加工后可为珍馐。鸟卵:指鸵鸟蛋。《汉书·西域传上·安息国》:"以大鸟卵及犁靬眩人献于汉,天子大说。"相侔:相等,同样。

凉州词[1]

其一

席其风紧起边愁[2],一曲琵琶醉瓮头[3]。

失却焉支少颜色[4],汉家那肯弃凉州[5]。

【注释】

[1]此组诗选自《养素堂诗集》卷十。作于嘉庆十五年(1810),当时诗人闲居武威老家。凉州词:见李銮宣《塞上曲》其七注[1]。

[2]席其:见宋弼《西行杂咏》其二二注[1]。

[3]瓮头:瓮头春,初熟酒。泛指好酒。

[4]"失却"句:指霍去病击败匈奴后,《匈奴歌》云:"亡我祁连山,使我六畜不蕃息;失我焉支山,使我妇女无颜色。"焉支,即焉支山。见戴记《塞上杂咏》其四注[5]。

[5]"汉家"句:东汉时期,西北羌族频繁起义,对包括河西在内的西北地区构成了严重威胁。因此东汉王朝内部便先后出现了三次放弃凉州的声音。第一次发生在建武十一年(35),"是时,朝臣以金城破羌之西,垦远多寇,议欲弃之"(《后汉书·马援传》),时任陇西太守的马援坚决反对,皇帝支持了马援平定西羌的意见。第二次发生在永初四年(110),当时羌胡反乱,残破并、凉,大将军邓骘以军役方费,事不相赡,欲弃凉州,并力北边,乃会公卿集议。郎中虞诩向太尉李脩进言,认为凉州乃三辅屏障,断不可弃。第三次发生在中平二年(185),当时西羌反,边章、韩遂作乱陇右,征发天下,赋役无已。司徒崔烈以为宜弃凉州。议郎傅燮认为凉州绝不可弃,他向皇帝指出:"今凉州天下要冲,国家藩卫。高祖初兴,使郦商别定陇右;世宗拓境,列置四郡,议者以为断匈奴右臂……若使左衽之虏得居此地,士劲甲坚,因以为乱,此天下之至虑,天下之深忧也。"(《后汉书·傅燮传》)皇帝采纳了傅燮的建议。汉家,即汉朝。

其二

凉州地势控河西[1],竞说休屠金日磾[2]。

太尉后来枭勇甚[3],山空谷尽鸟悲啼[4]。

【注释】

[1]"凉州"句:指凉州地处河西走廊的东端,为丝绸之路的要道,是中原进入西域的必经之地,因此为历代兵家必争之地。《读史方舆纪要·陕

西》:"(凉州)卫山川险阨,土田沃饶,自汉开河西,姑臧尝为都会。魏、晋建置州镇,张轨以后,恒以一隅之地,争逐于群雄间……然则凉州不特河西之根本,实秦、陇之襟要矣。"

[2]休屠:凉州、雍州的古称。为匈奴休屠王城所在地。金日磾(mì dī):字翁叔,本是匈奴休屠王太子。后降汉,输黄门养马,为武帝赏识,擢为马监,历任侍中、驸马都尉、光禄大夫,以功封秺侯。武帝临终,金日磾与霍光等同受遗诏,辅佐汉昭帝。昭帝初病卒。谥号为敬,陪葬茂陵。

[3]太尉:指段颎(?—179),字纪明,武威姑臧(今甘肃省武威市)人。东汉名将,西域都护段会宗从曾孙,与皇甫规(字威明)、张奂(字然明)并称"凉州三明"。他在东汉末年对待羌族起义的问题上,主张武力镇压,屡立功勋,曾被授予太尉之职。

[4]"山空"句:指段颎镇压羌族起义的惨烈状况。据《后汉书·段颎传》记载:建宁二年(169),时任破羌将军的段颎在瓦亭山(今宁夏固原境内)大破羌族之后,又将溃散奔入射虎谷(今甘肃天水西南)据守的羌族四面围困,予以击破,"颎追至上下门穷山深谷之中,处处破之,斩其渠帅以下万九千级,获牛马驴骡毡裘庐帐什物,不可胜数"。

其三

秋闺夜夜唱刀环[1],万里征人梦早还。

明月似知人意绪[2],故将眉样作弓弯[3]。

【注释】

[1]秋闺:秋日的闺房。指易引秋思之所。刀环:见铁保《塞上曲四首》其三注[4]。

[2]意绪:心意,思绪。

[3]"故将"句:这里指天空的弯月好像思妇的弯弯的眉毛,引起了战士们思家的情绪。

其四

落日萧萧候马亭[1],蒲梢昨已过前庭[2]。

渥洼波暖馀吾涨[3],却绊龙驹海浪青[4]。

【注释】

[1]萧萧:形容凄清、寒冷。晋陶潜《祭程氏妹文》:"黯黯高云,萧萧冬月。"候马亭:《河西旧事》云:"汉武遣贰师将军伐大宛,得天马三,感西风思归,遂顿裂羁绊,骧首而驰,晨发京城,食时至燉煌北塞山下,嘶鸣而去,此处为候马亭。"

[2]蒲梢:天马名。见宋弼《西行杂咏》其四三注[2]。

[3]渥洼:即渥洼池。见宋弼《西行杂咏》其四三注[1]。馀吾:《汉书·武帝纪》:"(元狩二年)夏,马生馀吾水中。应劭注:'在朔方北也。'"《汉书·礼乐志》:"訾黄其何不来下,馀吾、渥洼水中出神马。"《史记志疑》卷十五:"考马生渥洼水作歌在元鼎四年之秋,《武纪》可证,《礼乐志》误以为元狩三年,其所以误者,因元狩二年曾得马馀吾水中,遂移属于渥洼耳。"馀吾,匈奴水名。即今蒙古人民共和国境内的鄂尔浑河。《史记·匈奴列传》:"匈奴闻,悉远其累重于馀吾水北,而单于以十万骑待水南,与贰师将军接战。"

[4]"却绊"句:指暴利长捕获龙马事。见宋弼《西行杂咏》其四三注[1]。龙驹,指骏马。南朝陈徐陵《骢马驱》诗:"白马号龙驹,雕鞍名镂衢。"

闲居杂咏[1]

其一

第五林深响碧泉[2],至今床灶尚依然。

此中逃世真高隐,底事刘宏晓镜悬[3]。

【注释】

[1]此组诗选自《养素堂诗集》卷十。作于嘉庆十五年(1810),当时诗人闲居武威老家。

[2]第五:即第五山。《大清一统志》卷二百零六:"第五山,在武威县西一百三十里炭山堡西南。《隋书·地理志》:'姑臧县有第五山。'《寰宇记》:'第五山,夏函霜雪,有清泉茂林,悬崖修竹,自古为隐士所居,尤多窟

室,尚有石床石几遗迹。'"《甘肃通志》卷六"武威县":"第五山,在县西一百二十里,上有清泉,茂林修竹,悬崖石室,昔为隐士所居,今名石佛崖。"

[3]自注:"刘宏事,见十六国春秋。"按:刘宏,也作刘弘,东晋京兆(今陕西西安市)人。曾在凉州一带传道,蛊惑人心,与前凉王张实的部下密谋杀实自立,事泄被杀。《十六国春秋》卷七十一《前凉录·张实传》:"(晋太兴三年)夏六月,京兆人刘弘挟左道客居凉州天梯、第五山,燃灯悬镜于山穴中,为光明以惑百姓。从受道者千有馀人,(张)实左右皆事之。帐下阎涉(一作沙)、牙门赵印等皆弘乡人。弘谓之曰:'天与我神玺,应王凉州。'涉、印信之,密与实左右十馀人谋杀实,奉弘为主。实弟茂潜知其谋,请诛弘等。实令牙门将史初收之。未至,涉等不知,以其夜怀刃而入,斩实于外寝。弘见史初至,谓曰:'使君已死,杀我何为?'初怒,截其舌而囚之,辕于姑臧市,诛其党与数百人。"

其二

崔嵬峻岭汇洪池[1],战垒荒凉草蔓滋[2]。

闻说寒冬冰结后,土人时去拾伊尼[3]。

【注释】

[1]自注:"城南三十里冰沟脑有大小潆洋池,即前凉牛旋拒王擢之洪池岭也。"洪池:洪池岭。今称乌鞘岭。位于甘肃省武威市天祝藏族自治县中部,属祁连山脉北支冷龙岭的东南端。为陇中高原和河西走廊的天然分界,也是半干旱区向干旱区过渡的分界线。《甘肃通志》卷六:"洪池岭,在(武威)县东南,凉州之大山也。《唐志》:'凉州有洪池府。'又姑臧有二岭,南曰洪池岭,西曰删丹岭。后凉杨颖谏其主吕纂曰:'疆域未辟,崎岖二岭之内。'谓洪池及删丹岭也。"

[2]"战垒"句:这里指后赵与前凉交战于洪池岭之事。《十六国春秋》卷七十三《前凉录四》:"(永和三年)夏五月,(麻)秋与石宁复率众十二万据枹罕,进屯河南,遣刘宁、王擢略地晋兴、广武、武街,越洪池岭,至于曲柳,(张)重华使将军牛旋拒之,退守枹罕,姑臧大振。"

[3]自注:"父老谓冬日鹿饮池水,辄足陷冰凌中,左右番民往取之,名曰'拾鹿'。"伊尼:梵文的鹿名。

其三

文梓良材昔作车[1],前凉张氏驾𬶍鱼[2]。

而今不见梗柟树[3],满谷油松蔽卧闾[4]。

【注释】

[1]自注:"城西九十里有车轮山,前凉文梓谷也。近无梓,多油松,大可蔽闾。"文梓:有斑文的梓木,一种珍贵的树木,可以作车。按:车轮山,在武威市。《大清一统志》卷二百零六:"车轮山在武威县西南九十里,山巅高峻,有路盘折而登。"《五凉全志》卷一《武威县志》:车轮山在"县西九十里,西把截堡南"。

[2]前凉张氏:前凉为东晋十六国时期政权之一,由凉州刺史张轨割据一方,汉赵封其子张茂为凉王,后来张祚称帝,给前任诸王追加庙号、谥号。𬶍鱼:有花纹的鱼。这里指装饰华丽的车子。

[3]梗柟:指黄梗木与楠木,皆大木,可作栋梁。

[4]自注:"闾,形似驴,西方多有之。见《王会解》孔晁注张镒《三礼图》。"《逸周书》卷七《王会解》载:"北唐戎之在西北者,射礼以闾、象为射器。"《新定三礼图·三礼弓矢图卷》第八:"诸侯立太学于郊,若行大射,于此。太学则闾中。《乡射记注》云:'闾,兽名。如驴,一角。或曰如驴,歧蹄。"

其四

延州四载厉锋铤[1],总管泾原武又扬[2]。

此地高台何日筑[3],传讹不异寡妇杨[4]。

【注释】

[1]自注:"城东三里许,有狄台,相传宋招讨使狄青所筑。考青本传,并未至凉,其子咨咏亦未官斯土。又城内东北隅有狄青厰,或指为青罪被囚处。时凉州为西夏所据,宋既不得以青羁禁于此,青亦未尝罪,何得被囚此?

亦如杨寡妇征西,本无其事,而邑侯杨君业万妄以其梦为之题诗刻碑于古浪峡中,也可为噱嚎。"按:狄青(1008—1057),字汉臣,汾州西河县(今山西省吕梁市文水县)人。宋仁宗时,累迁延州指挥使、枢密副使、护国军节度使、河中尹、枢密使。延州:地名。在今陕西省延安市。西魏废帝三年(554)改东夏州置,治广武县(今陕西延安市东北)。北宋庆历七年(1047),移治今延安市,元祐四年(1089)升延安府。锋铓:即锋芒。刀剑的锐利部分。形容人的奋发进取。

[2]"总管"句:庆历二年(1042)十月,狄青晋升为秦州刺史、泾原路副都总管、经略招讨副使,多次打退了西夏的进攻,保卫了西北的安全。

[3]高台:指狄台,又名狄青台、招讨台、双阳台。相传为宋代狄青所筑。在今甘肃省武威市东凉州区金羊镇窑沟村。《(乾隆)甘肃通志》卷二十三:"狄台,在(武威)城东五里,相传宋狄青为招讨时所筑。"

[4]"传讹"句:诗人认为武威的狄台不可能是狄青所建,是人们以讹传讹,就像民间传说的宋代杨家将故事十二寡妇西征一样。而知县杨业万竟然为她们题诗刻碑于古浪峡中,作者认为很可笑。杨业万,字庆庵,湖南宁乡人。清代书法家。乾隆六十年(1795)进士。曾为古浪、武威、平凉知县,颇有政绩。

其五

南宫旧井最甘香[1],安国寺前今冽凉[2]。

可惜瀓华碑已失[3],未探修绠一秤量[4]。

【注释】

[1]自注:"前凉张骏南宫内井水清洌,异于他井。今安国寺井水,视他井较重,且在城南隅,疑南宫旧井也。"

[2]安国寺:在今武威市凉州区。《甘肃通志》卷十二:"安国寺,在(武威)城东南隅,相传为晋张轨之宫。寺前有古井。"

[3]自注:"又道署内有井,康熙初,井中掘出石碣,镌'瀓华井'三字,系张芝隶书,并有铭,某观察迁任,载之去。"按:张芝(?—192),字伯英,敦煌

郡渊泉县(今甘肃省瓜州县)人。大司农张奂的儿子。东汉书法家、"草书之祖"。武威郡署内"澂华井"的石碣为其书写。

[4]修绠:汲水用的长绳。

其六

紫草黄花被远陂[1],兀儿争逐本周儿[2]。

幼时曾忆翻笺注[3],鵌鼵还寻野老知[4]。

【注释】

[1]紫草:中药名。又称大紫草、硬紫草、紫丹等。多年生草本植物。根直立圆柱形,皮紫红色。花冠白色略带淡紫色。有凉血活血,解毒透疹的功效。可以预防麻疹、热病斑疹、黄疸、紫癜、血痢、痈肿疮毒等。黄花:菊花。

[2]自注:"吴任臣《山海经广注》引甘肃志:凉州之地,有兀儿鼠,形状似鼠,尾若赘疣,有鸟曰本周儿,形似雀而色灰白,两物同穴而处。余意兀儿即鼵,本周儿即鵌也。"

[3]笺注:古籍的注解。

[4]鵌鼵(tú tū):见李殿图《番行杂咏》其一注[2]。野老:村野老人。

其七

浚鸡山上草粘天[1],赭尔飞翔五色鲜[2]。

答鲁苏河波涣涣[3],于今可否有椒仙?

【注释】

[1]浚鸡山:此处疑指鸡山,在甘肃省张掖市。见祁韵士《西陲竹枝词·黑水》注[2]。

[2]自注:"《敦煌新录》:'答鲁苏河在凉州,西有天仙椒,上有赭尔鸟,五色如凤。'明周王《元宫词》:'君王笑向齐妃问,可是凉州答刺苏。'刺苏、鲁苏,番语,无定音也。"按:陈耀文《天中记》引《敦煌新录》:"虏苏割刺在答鲁之右大泽中,高百寻,然无草木,石皆赭色。山产椒,椒大如弹丸,然之,香彻数十里。每然椒,则有鸟自云际翩跹,五色,名赭尔鸟,盖凤凰种也。昔

汉武帝遣将军赵破奴逐匈奴,得其椒,不能解,以问东方朔,朔曰:'此天仙椒也,塞外千里,有之,能致凤。武帝植之太液池。至元帝时,椒生果,有异鸟翔集。'"

[3]答鲁苏河:疑指黑河,也称弱水。见无名氏《俄博岭界碑竹枝词》注[4]。答剌苏,蒙语,酒的意思。但张澍认为是乳皮。《凉州府志备考·物产卷》:"按:答剌苏,即今乳皮也。"

<h3 style="text-align:center">其八</h3>

肃爽霜毛练影飘[1],大于秋雁厉层霄[2]。

神乌鸾鸟都翔集[3],信是西方惯射妖[4]。

【注释】

[1]自注:"段氏《酉阳杂俎》:肃爽,状如雁,稍大,出凉州。晋太康中,昌松郡神乌降,张氏因置神乌县。唐路仁恭为神乌县令,夏侯湛为神乌主薄。近人以神乌即鸾鸟,其说盖诬。《汉书·地理志》:'武威有鸾鸟县。'颜师古注为鹔鹴。明杨升庵慎《丹铅录》谓边人不识鸾鸟,遂呼鹔鹴为鸾鸟。按此二说皆非。《周书·王会解》:'成王时,羌人以鸾鸟献。'孔晁注不以为鹔鹴。晁,晋人,在师古前百季,宜可信。是西方故多鸾鸟,岂我凉人如伯乐之孙以虾蟆为骐骥乎?必不然矣。"按:《汉书·地理志补注》卷五十六:"《后汉书·桓帝纪》注:'鸾,音蘁。'又《段颎传》注:'鸟,音爵。鸾鸟故城在今凉州昌松县北。'《元和志》:'今凉州神乌县,本汉鸾鸟县地。'《旧唐书·地理志》:'鸾鸟,读曰观雀。'唐置嘉麟县,此鸾鸟故城。其神乌县,则鸾鸟县地也。《读史方舆纪要》:'鸾鸟城,在永昌卫西南,县有鸾鸟山,因以名县。'《大清一统志》:'鸾鸟故城,在今凉州府武威县南。'"肃爽:古代神话传说中的西方神鸟。也称"鹔鸘""鹔鹴"。《说文·鸟部》:"鹔,鹔鸘也。五方神鸟也。东方发明,南方焦明,西方鹔鸘,北方幽昌,中央凤皇。"《酉阳杂俎》卷十六:"鹔鹴,状如燕,稍大,足短,趾似鼠,未尝见下地,常止林中,偶失势,控地不能自振,及举,上凌青霄。出凉州也。"练影:指日、月、水波等的白色光影。

[2]层霄:高空。

[3]翔集:众鸟飞翔而后群集于一处。《论语·乡党》:"色斯举矣,翔而后集。"

[4]射妖:指传说中蜮能含沙射人的妖异现象。

其九

祁连仙树即如何[1],异果垂垂结满柯[2]。

不得携归贻妇子[3],谁教虎豹为遮罗[4]。

【注释】

[1]自注:"《西河旧事》:'祁连山有仙树,人行山中,以疗饥渴者,辄得之,可饱,不得持去。'又《酉阳杂俎》:'祁连山上有仙树,一名四味木。'按:四味木,即如何。"按:《酉阳杂俎》卷十八:"祁连山上有仙树实,行旅得之,止饥渴。一名四味木,其实如枣,以竹刀剖则甘,铁刀剖则苦,木刀剖则酸,芦刀剖则辛。"如何:传说中的仙树。《神异经·南方经》:"南方大荒有树焉,名曰如何,三百岁作华,九百岁作实。华色朱,其实正黄。高五十丈,敷张如盖,叶长一丈,广二尺馀,似菅芒,色青,厚五分,可以絮,如厚朴。材理如支,九子,味如饴。实有核,形如枣子。长五尺,围如长。金刀剖之则酸,芦刀剖之则辛。食之者地仙。不畏水火,不畏白刃。"《太平御览》卷九六一引晋顾恺之《启蒙记》:"如何随刀而改味。"

[2]柯:草木的枝茎。

[3]贻:赠送。妇子:妻子儿女。

[4]遮罗:拦截捕捉。唐韩愈《石鼓歌》:"搜于岐阳骋雄俊,万里禽兽皆遮罗。"

其一〇

鹿麂蟹胥礼注详[1],凉州乌翅味尤香[2]。

黄云满陇秋成日[3],到处乡人快饱尝。

【注释】

[1]鹿麂(wēi):古代一种鹿。《集韵》卷一:"麂,麂鹿。郑康成曰:'今

益州有鹿䴥,一曰鹿之美者。'"《蜀中广记》卷五十九:"《韵会》云:'益州有鹿䴥,乃鹿之美者。'"蟹胥:一种螃蟹酱。《周礼注疏》卷四:"共祭祀之好羞。谓四时所为膳食,若荆州之鲐鱼,青州之蟹胥,虽非常物,进之孝也。蟹胥,蟹酱也。"

[2]自注:"《周官》'庖人注''士虞礼注'皆云凉州乌翅。按:即今之半翅,秋稼成时多有之。"乌翅:见张澍《凉州蒲桃酒》其四注[2]。

[3]秋成:指秋季成熟的庄稼。

其一一

有木根蟠沙石中[1],掘来烧炭焰无红。

薪传累月犹难烬[2],又说回民织帽工。

【注释】

[1]自注:"陶宗仪《辍耕录》:'野马川有木曰琐琐,烧之,其火经季不灭,彼处妇女取根制帽,入火不焚,如火鼠布状。'余少时用之煨炉火,色蓝而不红,拥入灰中,可半月,近已罕得矣。未见有作帽者。野马川,在镇番县。"按:琐琐:即梭梭。见宋弼《西行杂咏》其二三注[1]。

[2]薪传:柴虽烧尽,火种仍可留传。比喻道术学术相传不绝。

其一二

四乡开遍马兰花[1],似有清香散凸洼[2]。

可惜美人簪不绾[3],秋来刈取当疏麻[4]。

【注释】

[1]自注:"唐秦韬玉《塞上曲》:'席其风紧马燹豪。'燹,音延。延、莲音近,疑即今之马莲也。但其花叶似兰,秋时刈取其叶,可作绳,亦可作纸。贫者收其子,饥岁食之。"马兰花:俗称马莲,多年生草本植物,叶互生,披针形,花色蓝紫。叶富韧性,可做绳。

[2]凸洼:犹凸凹。高低不平的意思。

[3]绾(wǎn):盘绕,系结。

[4]疏麻:指大麻,桑科大麻属植物,一年生直立草本。子可以食用。

皮可以做绳,造纸。

瑞　元

瑞元(1794—1852),字容堂,号少梅,满州正黄旗人。总督铁保子。道光元年(1821)举人,先后官嘉兴知府,福建粮储道,山西按察使、布政使,乌什办事大臣,驻藏大臣,科布多参赞,湖北按察使,署布政使等。咸丰二年(1852),太平军围攻武昌时自杀。著有《少梅诗钞》六卷。

塞上曲[1]

其一

玉门关外冒风沙,五月奔驰未驻车。

绝域天寒客不寐[2],夜深孤驿听吹笳[3]。

【注释】

[1]此组诗选自《少梅诗钞》卷四。作于道光二十一年(1841),诗人赴新疆经过河西时所作。塞上曲:见王心敬《塞上曲》其一注[1]。

[2]绝域:极其遥远的地方。

[3]笳:见戴记《塞上杂咏》其四注[3]。

其二

走遍塞山不见树,空空戈壁动人愁[1]。

无泉可决难生活,冰岭原来雪水流[2]。

【注释】

[1]戈壁:见杨廷理《道中杂诗》其二注[2]。

[2]冰岭:结冰的山岭。这里指祁连山。见马祖常《河湟书事二首》其一注[2]。

其三

双轮转动疾如雷,二百途程一夜摧[1]。

行到晓风残月后[2],铃声缓缓骆驼来。

【注释】

[1]自注:"七克腾木河色尔,每站计有二百里。"

[2]晓风残月:见沈峻《东行途中即事》其五注[3]。

庞 云

庞云,清代诗人。生平不详。

西域杂咏[1]

嫖姚一箭定天山[2],卫烈王庭奏凯还[3]。

更自星槎凿空后[4],蒲桃天马入阳关[5]。

【注释】

[1]此诗辑自史良昭撰《百世一断　历史的第二种读法》。西域:见叶澧《甘肃竹枝词》其九八注[2]。

[2]嫖姚:霍去病。见赵时春《河西歌》其三注[4]。一箭定天山:指唐代大将薛仁贵平定突厥事。见祁韵士《西陲竹枝词·天山》注[2]。

[3]卫烈:汉末魏晋之际人物,卫臻之子,与刘熙、孙密二人同以父势居高官,时称为"三豫",乃一时俊士,明帝以其互相攀比之风徒长浮华,免三人之官。魏元帝咸熙中复为光禄勋。王庭:指我国西北少数民族君长设幕立朝的地方。

[4]星槎凿空:指汉代张骞通西域事。见叶映榴《过皋兰八绝句》其八注[2]。星槎,往来于天河的木筏。传说张骞寻找河源,乘槎到天河,遇见牛郎织女。

[5]蒲桃:即葡萄。见雷和《正宁竹枝词》其七注[2]。天马:见宋弼

《西行杂咏》其四三注[1]。

陈裕民

陈裕民,清代诗人,广东南海人,生平不详。

阴平竹枝词[1]

其一

元宵三日庆芳辰[2],姐妹频呼去走亲[3]。

强饮顿教侬烂醉,归来犹自带馀醺。

【注释】

[1]此组诗选自《(光绪)文县志》卷八。阴平:见叶澧《甘肃竹枝词》其五六注[1]。

[2]芳辰:美好的时光。多指春季。

[3]走亲:走亲戚,拜访亲戚。

其二

玉虚山上最高峰[1],夜半春灯似火龙。

一路行行行不到,回来又憩梵王宫[2]。

【注释】

[1]玉虚山:山名。位于甘肃省文县境内,为文县县城背靠的一座山,也被当地称作"北山",面朝白水江。

[2]梵王宫:本指大梵天王的宫殿。泛指佛寺。梵王,婆罗门教最尊之神,称大梵天王。这里指佛祖。

其三

北山山下路迂回[1],来往人多挤不开。

阿妹在前侬在后[2],回头只道走家来。

【注释】

　　[1]迂回:回旋,环绕。

　　[2]侬:见郝璧《皋兰竹枝词三十首》其一〇注[1]。

其四

北关水巷斗繁华[1],六角方灯尽绛纱[2]。

两面人家相对坐,半街明月桂花茶。

【注释】

　　[1]北关水巷:文县靠近白水江,北关也有水巷。

　　[2]绛纱灯:用深红色细纱制成的灯笼。唐于邺《扬州梦记》:"每重城向夕,倡楼之上,常有绛纱灯万数。"

其五

松棚最好是西街,一字檐齐雁字排[1]。

门里火盆门外桌,大家围坐打金牌[2]。

【注释】

　　[1]雁字排:雁群飞行的时候有"人"字形与"一"字形。

　　[2]打金牌:这里指打麻将。麻将,也叫骨牌、麻雀、马吊,明清以来流行的一种四人骨牌博戏。一般用竹子、骨头或塑料制成小长方块,上面刻有花纹或字样。麻将的牌式主要有"饼""条""万""中""发""白""东""南""西""北"等,共136张。不同地区的游戏规则稍有不同。

其六

两城锣鼓响冬冬,社火今年总不同[1]。

添只采莲船更好,有人齐唱满江红[2]。

【注释】

　　[1]社火:见叶澧《甘肃竹枝词》其一四注[1]。

　　[2]满江红:词牌名。又名"上江虹""满江红慢""伤春曲"等。岳飞《满江红》最为著名,充满爱国激情。

其七

狮子今年胜去年[1]，更从台上打秋千[2]。

王娃老李非长技[3]，不及西街赵四川[4]。

【注释】

[1]狮子:指新年舞狮子的活动。也是我国一项传统的民间体育活动,起源于南北朝时期。春节时期,中国农村各地有舞狮的传统,为新春佳节增添了欢乐气氛。

[2]秋千:见吴之琰《陇西竹枝词八首》其四注[2]。

[3]王娃老李:这里指文县当地的戏曲演员。

[4]赵四川:当为四川的赵姓演员。

其八

县城灯火胜军城[1]，书画般般总擅名[2]。

偌干蜡油高一着[3]，五更犹自火通明[4]。

【注释】

[1]军城:疑为郡城。文县古属武都郡管辖。

[2]擅名:独占名望,享有名望。

[3]偌干:即若干。多少(问数量或指不定量)。

[4]五更:见沈峻《东行途中即事》其二注[1]。

近　代

林则徐

　　林则徐(1785—1850),字少穆,又字元抚,晚号俟村老人。福建侯官(今福州市)人。嘉庆十六年(1811)进士,授翰林院庶吉士。历任翰林院编修、江西乡试副考官、会试同考官、浙江盐运使、江苏按察使、布政使,两淮盐政,陕西按察使、布政使,江宁布政使。道光十九年(1839),以钦差大臣赴广东查禁鸦片,勒令英人缴烟土二万馀箱,于虎门销毁。次年被革职,充军新疆。后署陕甘总督、云贵总督。著有《林则徐日记》《林文忠公政书》《云左山房诗钞》等。

塞外杂咏[1]

其一

　　裨海环成大九州[2],平生欲策六鳌游[3]。
　　短衣携得西凉笛[4],吹彻龙沙万里秋[5]。

【注释】

　　[1]此组诗选自《云左山房诗钞》卷七,共8首,题为《塞外杂咏》,刘存仁《笃旧集》卷一录此组诗,题为《戏为塞外绝句》,共10首,今据《笃旧集》补入2首。为道光二十二年(1842)秋冬间林则徐赴戍新疆伊犁,行经河西时所作。

　　[2]裨海:小海。《史记·孟子荀卿列传》:"中国外如赤县神州者九,乃

所谓九州岛也。于是有裨海环之。"唐司马贞《索隐》:"裨,音脾。裨海,小海也。九州岛之外,更有大瀛海,故知此裨是小海也。且将有裨将,裨是小义也。"

[3]六鳌:神话中负载五仙山的六只大龟。相传渤海之东,有一深壑,中有岱舆、员峤、方壶、瀛洲、蓬莱五山,乃仙圣所居之地。然五山皆浮于海,常随潮波上下往还,天帝恐流于西极,乃命禺强使巨鳌十五,举首而戴之,五山始峙而不动。不料龙伯氏一钩连钓六鳌而去,以致岱舆、员峤二山漂走,竟沉入海底,只剩下三座仙山。见《列子·汤问》。

[4]西凉笛:即羌笛。见祁韵士《河西竹枝词》其一注[4]。西凉,凉州。见李楷《秦州》注[2]。

[5]吹彻:吹遍。龙沙:泛指塞外沙漠之地。

其二

雄关楼堞倚云开[1],驻马边墙首重回[2]。

风雨满城人出塞[3],黄花真笑逐臣来[4]。

【注释】

[1]雄关:指嘉峪关。见宋弼《西行杂咏》其三九注[1]。楼堞(dié):城楼与城堞。泛指城墙。

[2]边墙:指长城。

[3]自注:"重阳前一日出关。"

[4]自注:"'黄花笑逐臣',太白流夜郎句也。"逐臣:指被朝廷放逐的官吏。

其三

路出邮亭驿铎鸣[1],健儿三五道旁迎。

谁知不是高轩过[2],阮籍如今亦步兵[3]。

【注释】

[1]邮亭:见叶映榴《过皋兰八绝句》其三注[4]。驿铎:驿馆的铃铛。铎,古代宣布政教法令时或有战事时用的大铃。

[2]高轩:高车。贵显者所乘。亦借指贵显者。

[3]阮籍:字嗣宗,陈留尉氏(今河南省开封市)人,三国时期魏国诗人,"竹林七贤"之一。累迁步兵校尉,世称"阮步兵"。这里作者借喻自己流放塞外,真的成了"步兵"。

其四

携将两个阿孩儿[1],走马穿林似衮师[2]。

不及青莲夜郎去[3],拙妻龙剑许相随[4]。

【注释】

[1]"携将"句:林则徐流放新疆的时候,儿子林聪彝和林拱枢随他到新疆。

[2]自注:"彝、枢两儿俱好驰马。"衮师:唐李商隐幼子名衮师,其《骄儿诗》云:"衮师我骄儿,美秀乃无匹……绕堂复穿林,沸若金鼎溢。"后遂用为对娇儿的美称。

[3]青莲夜郎:唐肃宗至德二年(757),李白参加永王李璘幕府,后来肃宗征讨永王,李白被牵连入狱,被判流放夜郎(今贵州桐梓)。乾元二年(759),朝廷因关中大旱,宣布大赦,李白行至白帝城遇赦,写下著名的《早发白帝城》。夜郎,中国古族名和古国名。战国至汉时主要分布在今贵州西部、北部及云南东北部、四川南部。

[4]"拙妻"句:唐李白《窜夜郎于乌江留别宗十六璟》:"适遭云罗解,翻谪夜郎悲。拙妻莫邪剑,及比二龙随。"李白流放夜郎时曾经携带妻子和宝剑,比林则徐境遇要好。龙剑,古宝剑名。传说晋人张华、雷焕得到埋藏于丰城地下的一对宝剑,一为"龙泉",一为"太阿",这对宝剑一度失散,后又于延平津化龙会合。郭璞《蚍蜉赋》:"虎贲比而不慑,龙剑挥而不恐。"

其五

沙砾当途太不平,劳薪顽铁日交争[1]。

车箱簸似箕中粟[2],愁听隆隆乱石声。

【注释】

[1]劳薪:南朝宋刘义庆《世说新语·术解》:"荀勖尝在晋武帝坐上食

笋进饭,谓在坐人曰:'此是劳薪炊也。'坐者未之信,密遣问之,实用故车脚。"按,旧时木轮车的车脚吃力最大,使用数年后,析以为烧柴,故云劳薪。顽铁:坚硬的铁。

[2]"车厢"句:意谓道路崎岖不平,人在车厢中颠簸,就像粟米在簸箕中筛簸一样。

其六

天山万笏耸琼瑶[1],导我西行伴寂寥[2]。

我与山灵相对笑[3],满头晴雪共难消[4]。

【注释】

[1]天山:这里指祁连山。见马祖常《河湟书事二首》其一注[2]。万笏:比喻丛立的群山。笏,封建时代大臣朝见天子时所执的狭长的手板。琼瑶:美玉。这里指天山顶上的冰雪。

[2]寂寥:冷落萧条。

[3]山灵:山神。

[4]晴雪:天晴后的积雪。借指头上的白发。

其七

古戍空屯不见人[1],停车但与马牛亲。

早旁一饭甘藜藿[2],半咽西风滚滚尘。

【注释】

[1]古戍:边疆古老的城堡、营垒。空屯:空虚的村庄。

[2]藜藿(lí huò):指粗劣的饭菜。《墨子·鲁问》:"短褐之衣,藜藿之羹。"藜,藜芦。一年生草本植物,茎直立,嫩叶可食。藿,藿香。多年生草本植物,茎叶香气很浓,可入药。

其八

经丈圆轮引轴长[1],车如高屋太昂藏[2]。

晚晴风定寨帷坐[3],似倚楼头看夕阳。

【注释】

[1]"经丈"句:这里指塞外的大车。参看宋弼《西行杂咏》其二四注
[1]。

[2]昂藏:形容人精神饱满有气概的样子。这里指车辆高大。

[3]搴(qiān)帷:撩起帷幕。

其九[1]

仆御摇鞭正指挥[2],忽闻狂吼慑风威。

前山松径低迷处,无翅牛羊欲乱飞[3]。

【注释】

[1]以下两首辑自刘存仁《笃旧集》卷一。

[2]仆御:驾车马者,或泛指仆役。

[3]"无翅"句:意谓塞外风大,牛羊都要被风刮起来。

其一〇

百里荒程仅一家[1],颓垣半没乱坡斜[2]。

无端万斛黄尘里[3],偏著一枝含笑花[4]。

【注释】

[1]荒程:荒凉的旅程。

[2]颓垣:倾塌的墙。

[3]万斛:见杨一清《白水江舟中十三绝句》其三注[2]。

[4]自注:"塞外土妓,近年始多。"含笑花:常绿灌木,芳香花木,苞润如
玉,香幽若兰。这里代指妓女。

薛传源

薛传源,字河明,号资堂,亦作芝塘,江苏江阴人。嘉庆十三年(1808)
岁贡。著有《芝塘诗文稿》。

李莪村观察枝昌自新疆回,备聆新疆风土, 因作竹枝词十六首(选二)[1]

其一

八道沟西疏勒河[2],月牙泉水清无波[3]。

苹婆杏李古繁实[4],只看春来风信多。

【注释】

[1]此组诗选自《芝塘诗稿》卷十三。共16首,这里选与甘肃有关的2首。李莪村:李枝昌,字笤璠,号莪村,浙江桐乡人,乾隆十四年戊辰(1749)进士。历任山东单县知县、东平知州、江西饶州、赣州知府,权吉南赣宁兵备道。

[2]八道沟:地名。在甘肃省酒泉市瓜州县。《(乾隆)皇舆西域图志》卷二十四:"八道沟,西距(安西)州城二百里。"疏勒河:见宋弼《西行杂咏》其五注[1]。

[3]月牙泉:见福庆《异域竹枝词》其七注[1]。

[4]苹婆:苹果。

其一二

大麦充牲小麦粮,春融引水入池塘。

田中恶草休芟尽[1],留与新苗好纳凉。

【注释】

[1]芟(shān):除草。

陈勤胜

陈勤胜,字拙圃。广东顺德人。清道光辛卯(1831)恩科举人。工书善画。著有《寸茳斋散体文》。

甘肃竹枝词[1]

其一

陇头节候到偏迟[2]，花不春生到夏时。

漫笑女红蚕织懒[3]，只因地不产蚕丝[4]。

【注释】

[1]此组诗选自梁九图《纪风七绝》卷十五。

[2]陇头：陇山。见李复《竹枝歌十首》注[2]。

[3]女红（gōng）：也称为女事，旧时指女子所做的针线、纺织、刺绣、缝纫等工作和这些工作的成品。

[4]自注："平凉府属地接陇山，节气常晚，仲夏花木始开，不产蚕丝。"按：平凉，见王士禛《秦中凯歌十二首》其八注[4]。

其二

耕织人家农事先，芳畦如罫近村边[1]。

不须抱瓮桔槔具[2]，雪水消来好灌田。

【注释】

[1]芳畦：园地。畦，有土埂围着的一块块排列整齐的田地，一般是长方形的。罫（guǎi）：围棋盘上的方格子。

[2]抱瓮：见叶澧《甘肃竹枝词》其二三注[2]。桔槔（jié gāo）：俗称"吊杆""称杆"，古代一种原始的汲水工具。商代在农业灌溉方面，开始采用桔槔。

其三

三月三日春云多[1]，踏青人上碧山坡[2]。

试听岷州念佛鸟[3]，声声似诵阿弥陀[4]。

【注释】

[1]三月三：亦称"上巳节"，中华民族的传统节日。上巳节有踏青的习俗。

　　[2]踏青:见吴之琏《陇西竹枝词八首》其三注[3]。

　　[3]岷州:今甘肃省岷县。念佛鸟:鸟名。色青黑。产武定狮子山正续寺丛林,鸣声似念"阿弥陀佛"四字,又有声作"释迦"者,故名。

　　[4]阿弥陀:即阿弥陀佛。西方极乐世界的教主,是汉传佛教中的信仰主流之一。

其四

　　寒气侵人夏亦秋,居然五月要披裘[1]。

　　任是灵州多暖木[2],几曾暖得到衣褠[3]。

【注释】

　　[1]裘:皮衣。

　　[2]灵州:州名。西汉惠帝四年(前191)置灵州县,属北地郡,故址在今宁夏吴忠市。暖木:清风藤科、泡花树属乔木。树干挺拔,花如白色珍珠,香气扑鼻,是珍贵的园林绿化观赏树种。

　　[3]褠(gōu):直袖的单衣。

苏履吉

　　苏履吉(1779—1846),乳名发祥,字其旋,号九斋,福建省德化县人。嘉庆十七年(1812)拔贡,十九年朝考钦点知县,分发甘肃。历任安化、漳县、崇信、灵台知县。道光二年(1822)署洮州厅抚番同知,调贵德厅(今属青海)抚番同知,四年署敦煌知县,转安西州知州。十一年十月,代理哈密通判。十三年(1833)署宁州,十四年(1834)回闽丁祖母忧。服满,调广州海防同知,署广州府佛山分府升用州正堂。著有《友竹山房诗草》。

武阳竹枝词八首[1]

其一

　　山城斗大寂无哗,宦舍民居数十家。

　　敢道门开容驷马[2],西来独得驾高车[3]。

【注释】

[1]此组诗选自《友竹山房诗草》卷三。作于嘉庆二十三年(1818),作者为漳县知县时。武阳:县名。即今甘肃省定西市漳县。见叶澧《甘肃竹枝词》其五二注[1]。

[2]驷马:四匹马套的车。指显贵者所乘的驾四匹马的高车。

[3]自注:"城内居民不及百家,城门东西南三处,惟西门可以进车。"

其二

新修奎阁镇城东[1],紫气凌霄一望中[2]。

漫说登科未来事[3],文章早已冠南宫[4]。

【注释】

[1]奎阁:收藏珍贵典籍文物的楼阁。

[2]紫气:紫色云气。古代以为祥瑞之气。《史记·老子韩非列传》司马贞索隐引汉刘向《列仙传》:"老子西游,关令尹喜望见有紫气浮关,而老子果乘青牛而过也。"凌霄:迫近云霄。比喻志向高远。

[3]自注:"国朝武阳未登乡榜。"登科:科举时代应考人被录取。

[4]南宫:宫殿名。相传天帝的宫殿太微亦名南宫。此处指学宫。

其三

城西门外读书堂,为问先生世姓杨[1]。

不重束脩教弟子[2],年年甘作嫁衣忙[3]。

【注释】

[1]自注:"城西惟廪生杨生其馨设教,科岁两试,出其门者十馀。"按:杨其馨,清代漳县人,拔贡生。

[2]束脩(xiū):扎成一捆(十条)的干肉。是古时学生送给教师的酬礼。后用作教师报酬的代称。脩,干肉。

[3]"年年"句:唐秦韬玉《贫女》诗:"苦恨年年压金线,为他人作嫁衣裳。"又宋石曼卿《下第偶成》:"年去年来来去忙,为他人作嫁衣裳。仰天大笑出门去,独对东风舞一场。"这里指为他人的成功而无私奉献。

其四

南望盐川五里途[1],煮来双井水成珠。

朝朝集上薪如桂,六十馀家买尽无?

【注释】

[1]自注:"城南五里有盐井,六十五家煮盐,岁输课银千两,故柴薪甚贵。"盐川:即漳县盐井。《(乾隆)甘肃通志》卷五:"盐井,在(漳)县西南五里,水澄清,熬之成盐。"

其五

四乡三里二屯民[1],邑小添来接壤人。

第一错居新寺镇[2],村氓强半属宁岷[4]。

【注释】

[1]自注:"邑本狭小,国朝拨宁、岷附近之地益之,计四乡三里二屯。"

[2]新寺镇:地名。在今甘肃省定西市漳县。地处漳县东部,东接武山县马力镇,南邻东泉乡,西连草滩、马泉乡,北靠武当乡。

[3]村氓(méng):乡野之民。氓,古代称百姓(多指外来的)。强半:大半,过半。宁岷:宁远县和岷州。宁远县,即今甘肃省武山县。岷州,即今甘肃省岷县。

其六

驿名三岔接岷洮[1],四望云山势渐高。

道左往来重迎送,一官时亦戴星劳[2]。

【注释】

[1]自注:"邑三岔驿通岷洮,岷州为巩秦阶属观察驻札之处。"三岔镇:在今甘肃省定西市漳县,地处漳县西部,东南邻盐井镇,西连殪虎桥镇,北靠渭源县、陇西县。岷洮:见李殿图《番行杂咏》其八注[3]。

[2]戴星:顶着星星。喻早出或晚归。

其七

数亩山庄岁一收,全家衣食此中谋。

终年辛苦谁为力,始信哥哥合唤牛[1]。

【注释】

[1]自注:"民俗自耕种以及碾运,皆资牛力,牛后行歌,呼为牛哥哥。"

其八

习俗移人到处皆,俭勤质朴属吾侪[1]。

莫言风土民情异,终是能安本分佳[2]。

【注释】

[1]吾侪:我辈,我们这类人。

[2]自注:"邑地瘠民贫,俗崇质朴,家尚俭勤,人少健讼刁悍之习。"

兰州元宵灯市竹枝词[1]

其一

姊妹相呼似友朋,今宵约看上元灯。

碧油车子容同坐[2],暗问家人雇未曾?

【注释】

[1]此组诗选自《友竹山房诗草》卷三。作于嘉庆二十五年(1820)。

[2]碧油车:用青蓝色油布作车帷的车辆。

其二

称身妆束互相看,自拣新花髻上安[1]。

分付钗钿宜插稳[2],坠时容易拾时难。

【注释】

[1]髻:在头顶或脑后盘成各种形状的头发。

[2]钗钿:旧时妇女别在发髻上的一种镶嵌金属、宝石的首饰,由两股簪子合成。

其三

忽听门前笑语哗,满街争美好灯花[1]。

无端小婢心尤急,报道邻家已上车。

【注释】

[1]灯花:花灯。

其四

月华初上喜交辉,步出兰房自掩扉[1]。

最好车中三面看,却教先卸两边帏。

【注释】

[1]兰房:高雅的居室。犹香闺,旧时妇女所居之室。

其五

妹坐中央姊坐前,不须乌帕罩垂肩。

分明弛禁金吾夜[1],天上姮娥许斗妍[2]。

【注释】

[1]金吾:古官名。负责皇帝大臣警卫、仪仗以及徼循京师、掌管治安的武职官员。其名称、体制、权限历代多有不同。汉有执金吾,唐宋以后有金吾卫、金吾将军、金吾校尉等。唐韦述《两京新记》:"正月十五日夜,敕金吾弛禁,前后各一日看灯。"

[2]姮娥:嫦娥。

其六

艳夸隍庙结鳌山[1],多少来游士女班。

妾自看灯人看妾,回头无数怨红颜。

【注释】

[1]隍庙:即兰州城隍庙。见陈中骐《兰州元夕竹枝词》其八注[3]。鳌山:堆成巨鳌形状的灯山。

其七

一出西关马渐骄,河桥曾否是星桥[1]?

银灯遥望光无际,疑驾长虹接九霄[2]。

【注释】

[1]河桥:指兰州镇远浮桥。星桥:神话中的鹊桥。

[2]九霄:即九天。天之极高处,高空。明杨慎《绛河》:"《道书》:'天有九霄,赤霄、碧霄、青霄、玄霄、绛霄、黅霄、紫霄、练霄、缙霄也。'"

其八

铜壶玉漏尚停催[1],会向灯前看罢回。

谁赛紫姑问心事[2],夜筵温酿乐衔杯[3]。

【注释】

[1]铜壶玉漏:也叫玉漏银壶。古代计时的器具。见张澍《橐驼曲》其一一注[1]。

[2]紫姑:神话中厕神名。南朝宋刘敬叔《异苑》卷五载:"世有紫姑神,古来相传云是人家妾,为大妇所嫉,每以秽事相次役,正月十五日感激而死。故世人以其日作其形,夜于厕间或猪栏边迎之。"一说姓何名楣,字丽卿,为唐寿阳刺史李景之妾,为大妇曹氏所嫉,正月十五日夜,被杀于厕中,上帝怜悯,命为厕神。旧俗每于元宵在厕中祀之,并迎以扶乩。事见《显异录》以及宋苏轼《子姑神记》。

[3]衔杯:谓饮酒。

灵台竹枝词十首有序[1]

灵台界甘陕之交,风土人情,大略相等。余曾作八景诗以纪胜[2],复于问俗之馀,作竹枝词数首,悉出口占,过而辄忘,偶尔记忆,因补录之。

【注释】

[1]此组诗选自《友竹山房诗草》卷四。作于道光二年(1822),当时诗

人任灵台知县,曾重修学宫与书院。灵台:即甘肃省平凉市灵台县,位于陇东黄土高原南缘,泾河与渭河之间。

[2]八景诗:指诗人所作《灵台八景诗》。

其一

十处人家九住窑[1],半居崖畔与山腰。

土垣数堵门楼起[2],便是村中小富饶。

【注释】

[1]窑:这里指灵台一带的窑洞民居。窑洞,见雷和《正宁竹枝词》其五注[1]。

[2]门楼:大门上边牌楼式的顶。

其二

宗祠几辈不相该[1],但向荒坟烧纸来[2]。

为问孙支今衍盛[3],本源何处溯初开[4]?

【注释】

[1]宗祠:即祠堂、宗庙、祖庙、祖祠,是供奉与祭祀祖先或先贤的场所,是我国儒家传统文化的象征。该:同核。仔细地对照、考察。

[2]烧纸:迷信的人烧纸钱等,认为可供死者在阴间使用。一般清明节的时候有在祖先坟上烧纸的风俗。

[3]孙支:即孙枝。喻儿孙。宋陆游《三三孙十月九日生日翁翁为赋诗为寿》:"正过重阳一月时,龟堂欢喜抱孙枝。"这里指子孙支脉。衍盛:繁衍兴盛。

[4]"本源"句:甘肃一带比较贫穷落后,很多家族没有家谱,所以很多人不清楚自己家族的起源发展。本源,事物的根源,起源。这里指家族的始祖。

其三

不戴缨冠戴素冠[1],无冬无夏白衣单。

相逢一揖犹知礼,忘作人家喜事看[2]。

【注释】

[1]缨冠:用线或绳等做的装饰品的帽子。仕宦的代称。素冠:白色的帽子。古代遭凶丧事时所戴。《礼记·曲礼下》:"大夫、士去国,踰竟,为坛位,乡国而哭,素衣、素裳、素冠。"孔颖达疏:"素衣、素裳、素冠者,今既离君,故其衣、裳、冠皆素,为凶饰也。"这里指西北人戴的白头巾。

[2]"忘作"句:西北地区百姓有戴白头巾的习惯,即使在亲戚邻居有喜事的时候也是这样,南方人多以为怪,因为南方人在丧事的时候才穿白衣,戴白帽。

其四

一方罗帕盖蓬头[1],不辨娇姝老妪侇[2]。

何事浑身皆缟素[3],依然红袖并红钩[4]。

【注释】

[1]"一方"句:以前西北妇女有用头巾包头发的习惯。平时包住头发系在脑后,刮风沙或者劳动的时候系在下巴下,包住了头脸。

[2]娇姝:美人。老妪:老夫人。

[3]缟素:白色的衣服。指丧服。

[4]红袖:指古代女子襦裙长袖。红钩:红色的弓鞋。这里指西北风俗跟南方不同,女子在守丧穿丧服的时候,底下却穿红色的衣服和鞋子,看起来不伦不类。

其五

但惯骑驴不坐车,每逢佳节返娘家[1]。

馒头数颗提筐里[2],礼物何曾别样加。

【注释】

[1]"每逢"句:西北民间习俗,出嫁的女儿在逢年过节的时候要回娘家看望父母。

[2]"馒头"句:以前西北地方比较贫困,没有其他的礼物,走亲戚的时候都是蒸些馒头提在竹筐里作为礼物。

其六

初生便许订姻亲[1]，媳妇年多奈不均。

女已及笄男未冠[2]，闺中虚负度青春[3]。

【注释】

[1]"初生"句：以前西北比较贫困落后，民间盛行定"娃娃亲"，在孩子很小的时候父母就选定一门婚事。

[2]及笄：古代女子满十五岁结发，用笄贯之，因称女子满十五岁为及笄。也指已到了结婚的年龄。冠：即冠礼。古代男子二十岁（天子、诸侯可提前至十二岁）举行的加冠之礼，表示其成人。

[3]"闺中"句：古代规定男女未到成年不能结婚。具体年龄各个朝代略有不同。《韩非子》："男子二十而室，女子十五而嫁。"由此可见，如果男女同岁，女子到十五岁可以出嫁了，但是男子没到二十岁，还是不能娶亲，女方只能在闺中等待。

其七

嫁女从无重聘资[1]，淳良犹见古风时[2]。

那堪一死忘姻谊[3]，忍报官来验朽尸。

【注释】

[1]聘资：即聘礼，民间称为"彩礼"。中国旧时婚礼程序之一，又称订亲财礼、聘财等。中国旧时婚姻的缔结，有在婚姻约定初步达成时互相赠送聘金、聘礼的习俗。古时汉族婚礼过程分为六个阶段，古称"六礼"，即纳采、问名、纳吉、纳征、请期、亲迎。其中"纳征"，即男家将财物送往女家，又称纳币、大聘、过大礼等。中华人民共和国成立后，彩礼和与彩礼相关的订婚和婚约都受到了批判，曾一度被废止，但在民间始终顽强存在，现在还有愈演愈烈的态势。

[2]淳良：敦厚善良。

[3]"那堪"句：指定亲的男方如果死了，女方也要遵守承诺，或者为男方守寡，或者自杀殉节，官府会有旌奖，明清时期的地方志多有《节妇志》。

《(民国)重修灵台县志》卷四"节妇"云:"妇德以贤淑为美,不幸而以节见称,悲矣。虽然,心同金石,操凛冰霜,妇人之尽节,与男子之尽忠尽孝,皆秉天地至大至刚之气者,安得谓巾帼中无须眉也? 志节妇。"

其八

跳崖投井枉轻生[1],小忿无端辄斗争[2]。

若起九原再相问[3],此时曾否恨难平?

【注释】

[1]"跳崖"句:指当地老百姓尤其是妇女比较容易因小事自杀。

[2]小忿:极小的怨恨。斗争:争斗,打架斗殴。

[3]九原:指九州大地。这里指九泉、黄泉。

其九

半是耕田半读书,勤修不必待三馀[1]。

一衿争奈心先足[2],抛却残编付蠹鱼[3]。

【注释】

[1]三馀:指董遇"三馀"勤读,又名"董遇劝学"。鱼豢《魏略·儒宗传·董遇》记载:董遇,字季直。性格质朴,不善言辞但又好学。董遇去打柴总是带着书籍,一有空闲就学习诵读。有人说没时间读书,他就说要抓紧"三馀"的时间:"冬者岁之馀,夜者日之馀,阴雨者时之馀也。"后来用"三馀"指抓紧一切闲馀时间来读书。

[2]衿:即子衿。《诗·郑风·子衿》:"青青子衿,悠悠我心。"毛传:"青衿,青领也。学子之所服。"后因称学子、生员为"子衿"。

[3]残编:残缺不全的书。蠹鱼:又称蠹、衣鱼、白鱼、壁鱼、书虫或衣虫。一种灵巧、怕光、无翅的昆虫,它的身体呈银灰色,因此也有白鱼的称号。这里指蛀书的蠹虫。

其一〇

乡绅重望是明经[1],伫有年高树典型[2]。

两载子来堂上坐,不闻无事入公庭[3]。

【注释】

[1]乡绅:中国封建社会一种特有的阶层,主要由科举及第未仕或落第士子、当地较有文化的中小地主、退休回乡或长期赋闲居乡养病的中小官吏、宗族元老等一批在乡村社会有影响的人物构成。明经:通晓经术。汉代以明经射策取士。隋炀帝置明经、进士二科,以经义取者为明经,以诗赋取者为进士。明清时期对贡生也尊称明经。

[2]俀:同"尽"。力求达到最大限度。典型:模范。具有代表性的人物或事件。

[3]"不闻"句:意谓官员的父母严格要求自己,不干涉儿子的公事。公庭:古代国君宗庙的厅堂或朝堂。这里指官府的公堂。

洮州即事叠韵四首[1]

其一

六月炎威尚着绵,终年多半是寒天。

山城不愧官司马[2],十日才收税马钱[3]。

【注释】

[1]此组诗选自《友竹山房诗草》卷四。作于道光二年(1822),作者时任洮州同知。洮州:见王世锦《洮州即事》其一注[1]。

[2]司马:这里指洮州茶马司。《(光绪)洮州厅志》卷十六:"明洪武五年二月置茶马司,户部言陕西、四川茶宜十取其一,以易番马。从之。于是诸产茶地设茶课司,定税额,设茶马司于洮、河、雅诸州。凡行茶之地五千馀里,西方诸部落无不以马售者。"

[3]自注:"城外十日一集,始有马税。"

其二

民情莫道软如绵,满纸虚词辄叩天[1]。

堪笑问来无别事,相争数百是鳌钱[2]。

【注释】

[1]虚词:虚假之词。叩天:指申诉冤屈。

[2]自注:"俗呼京钱为鳌钱。"鳌钱:即京钱。京都所铸的钱。

其三

惯捻羊毛不纺绵[1],褐衫堪护雨淋天[2]。

一番冰雹随云过[3],便望官租免纳钱。

【注释】

[1]捻羊毛:用手指将羊毛搓成线。

[2]褐衫:用毛、线织成的粗布衣服。

[3]自注:"地多高山,时有冰雹。"

其四

柳花随处散成绵,讵料洮城别有天[1]。

二麦不生民鲜食[2],买时先自计囊钱。

【注释】

[1]讵料:岂料。

[2]自注:"城无树柳,地不产麦。"二麦:大麦、小麦。《宋书·孝武帝纪》:"今二麦未晚,甘泽频降,可下东境郡,勤课垦殖。"宋范成大《夏日田园杂兴》之三:"二麦俱秋斗百钱,田家唤作小丰年。"

续兰州元宵灯市竹枝词八首有序[1]

三春如梦[2],悔作嫁于当年;五夜观灯,快寻欢于此日。莫谓胜游难再,漫赋八阕;又欲期好事成双,重吟七绝。句惭巴俚[3],染脂粉于笔端;语涉闺情,俨须眉而巾帼。兴怀匪偶,寄托匪遥。敢续旧章,复联新咏。

【注释】

[1]此组诗选自《友竹山房诗草》卷四。作于道光三年(1823)。

[2]三春:见叶澧《甘肃竹枝词》其三八注[1]。

[3]巴俚:巴地民间歌谣。用以对自作诗文的谦称。

其一

侬家姊妹旧相知[1],元夕初逢感别离。

三载不来城里看,关心犹记放灯时。

【注释】

[1]侬:见郝璧《皋兰竹枝词三十首》其一〇注[1]。

其二

到处看灯簇女郎,争夸脂粉斗红妆[1]。

惭奴丑陋憎颜色,只解蛾眉淡扫方[2]。

【注释】

[1]红妆:泛指妇女的艳丽装束。借指青年妇女。

[2]蛾眉淡扫:轻淡地画眉。指妇女淡雅的化妆风格。

其三

飘飘瑞雪及芳辰[1],马去车来净暗尘。

道是今年丰岁兆,灯前欢喜满城人。

【注释】

[1]芳辰:美好的时光。多指春季。

其四

五夜灯花取次排,年来景色较前佳。

剶逢四海升平日[1],一曲笙歌播九街[2]。

【注释】

[1]剶:况,况且。

[2]笙歌:见杨一清《白水江舟中十三绝句》其九注[2]。九街:犹九逵,都城的大道。

其五

许多年少喜相参[1],灯市随人逐处探。

见说明宵游不病,大家重约会城南。

【注释】

[1]参:相间,夹杂。

其六

夹道辉煌步障通[1],红灯笼间碧灯笼。

就中看到琉璃盏[2],除是苏杭制未工。

【注释】

[1]步障:古代的一种用来遮挡风尘、视线的屏幕。

[2]琉璃盏:琉璃作成的盛东西的器皿。这里指玻璃灯。

其七

千金一刻奈难留[1],怕到三更烛尽收。

不及天边好明月,照人长夜姿清游[2]。

【注释】

[1]千金一刻:形容时间非常宝贵。宋苏轼《春夜》:"春宵一刻值千金,花有清香月有阴。"

[2]清游:指清雅游赏。

其八

阿母怜儿许出门,来时刚趁日初昏。

好教游遍元宵景,归去春晖看晓暾[1]。

【注释】

[1]晓暾(tūn):朝阳。暾,刚出来的太阳。

次王青崖沙州竹枝词原韵八首[1]

其一

边氓鸠聚少闲游[2],终岁耕田望有秋。

不道敦煌原古郡,行人惯说是沙州[3]。

【注释】

[1]此组诗选自《友竹山房诗草》卷五。作于道光五年(1825),为和王

宪的《沙州竹枝词》而作,王宪《沙州竹枝词》今无存。王宪,字青崖,甘肃省漳县人。道光五年乙酉科拔贡,道光十四年任河南鹿邑知县,历任郑州知州、开封府知府、陈许兵备道,升河南按察司、布政司、护理巡抚。次韵:依照别人作诗所用的韵来和诗。沙州:见祁韵士《西陲竹枝词·阳关》注[2]。

[2]边氓:边民。鸠聚:聚集。

[3]自注:"敦煌居民惟耕田为事。邑名敦煌,而武营仍名沙州,故往来行人,多说沙州。查城南皆沙山。"

其二

改邑当年设色新[1],分田授土绘鱼鳞[2]。

太平中外真如一,都是迁来内地民。

【注释】

[1]自注:"邑原为沙州卫,迁内地五十六州县之民来此屯田,分为二千四百户,每一户给地一分。"

[2]鱼鳞:指鱼鳞图册。又称鱼鳞册、鱼鳞图、鱼鳞簿。中国古代的一种土地登记簿册,将房屋、山林、池塘、田地按照次序排列连接地绘制,标明相应的名称,是民间田地之总册。由于田图状似鱼鳞,因以为名。

其三

冬浇春种喜安苗,无雨全凭积雪消。

立夏十渠量水日,一分争道岁丰饶[1]。

【注释】

[1]自注:"邑分十渠,引党河之水浇地,自冬至春浇水,谓之安苗。立夏日始分排水。每户一分,即望丰收。"

其四

西望三危笋入云[1],沙山遥接势平分。

风来高下随舒卷,半似春潮漾水纹。

【注释】

[1]自注:"邑西二十里许为三危山,迤南接连沙山,有千佛洞诸胜。每

大风过后,沙山积如水纹。"按:千佛洞,即莫高窟。见王芑孙《西陬牧唱词》其三一注[1]。三危:指三危山。见王芑孙《西陬牧唱词》其四注[9]。

其五

清泉一勺月为牙[1],四面堆沙映日斜。

为问渥洼何处是[2]？龙媒除此别无家[3]。

【注释】

[1]自注:"邑南五里许有月牙泉,旧传即渥洼泉。四面沙堆不能侵入水中,而志书仍分两处,无可考。"

[2]渥洼:见宋弻《西行杂咏》其四三注[1]。

[3]龙媒:《汉书·礼乐志》:"天马徕,龙之媒。"颜师古注引应劭曰:"言天马者乃神龙之类,今天马已来,此龙必至之效也。"后因称骏马为"龙媒"。

其六

生计挖金孰与筹,辘轳三转亦难求[1]。

春来开厂秋来闭,无复馀钱上酒楼。

【注释】

[1]自注:"南山金厂盛时,金夫获利,多醉酒楼。近来挖金,须用辘轳三转到底,始有金砂,较前良难。"按:《(道光)敦煌县志》卷二:"查金厂,乾隆五十一年详请试采……计收课金三百九十六两……现在南山金厂尚按年收课金一百九十八两,北山自嘉庆五年封闭。"

其七

前途沙漠达新疆,万里征夫是我郎。

妇女相随甘受苦[1],不贪翠羽与明珰[2]。

【注释】

[1]自注:"邑居民近已殷繁,地无加增。间有挈家赴新疆者,请给路票,摽其由赴于某处受苦,殊堪悯恻。"

[2]翠羽:翠鸟的羽毛。古代多用作饰物。明珰:用珠玉串成的装

饰品。

其八

民俗无端逞气雄,争论半是醉颜红。

比如一夜狂飙起,莫道终年少好风[1]。

【注释】

[1]自注:"邑居民颇淳朴,惟饮酒后多滋事端,亦如此地大风,陡然而起,静息后仍属清明。"

迎春词三首

其一

满城箫鼓闹迎春[1],人自妆人复看人[2]。

不道如云游女队,亦来争看宰官身[3]。

【注释】

[1]此组诗选自《友竹山房诗草补遗》。箫鼓:见屠绍理《丁酉元旦竹枝词》其二注[1]。闹迎春:指春节的时候闹社火。

[2]"人自"句:指闹社火的时候演员装扮成各种历史和神话人物形象,演员和观众互相观看。

[3]宰官身:佛经云,观世音菩萨以种种化形游诸国土,度脱众生,对于应以宰官身得度者,便现宰官身为他说法。宋词中常借此典称颂宰臣或县宰。

其二

春到今年春较迟,好花仍发旧花枝。

逢人犹喜谈年少,霜雪无端上鬓丝[1]。

【注释】

[1]"霜雪"句:这里指作者年龄大了,已经两鬓斑白。

其三

安排灯彩过元宵，今夜先燃烛几条。

不独刚逢佳节近，迎来春色是明朝。

兰州武闱校试纪事八首[1]

其一

司马三升重选才[2]，相看此日试场开。

皋兰山上台星耀[3]，多士如云取次来[4]。

【注释】

[1]此组诗选自《友竹山房诗草续钞》卷五。作于道光十二年（1832）。武闱：考武举人的考场。中国历史上的武举制度创始于唐代武则天长安二年（702）。明清时期武举考察内容是"先之以谋略，次之以武艺"。考试分三场：第一场考箭法，第二场考论判，第三场考策论。嘉庆年间，废除策论，改为按要求默写《武经七书》中一段，通常只一百字左右。武举乡试三年一次，在九月份举行。乡试的考官为巡按御史与三司官，还可以调各县的县令充任考官。闱，科举时代称考场。校试：考选，考试。

[2]司马三升：周代的选举之法。清代朱一新《无邪堂答问》卷三曾说："圣门之教诗书执礼，又曰兴诗、立礼、成乐，即三代时学校通行之制。古者天子臣诸侯，诸侯臣大夫，大夫臣士，有诸侯贡士之制，有司马三升之法，大夫多以世，及士则卿大夫之众子，及凡民之秀者为之。"

[3]皋兰山：见郝璧《皋兰竹枝词三十首》注[1]。台星：三台星。《晋书·天文志上》："三台六星，两两而居，起文昌，列抵太微。一曰天柱，三公之位也。在人曰三公，在天曰三台，主开德宣符也。"因以喻指宰辅。

[4]多士：古指众多的贤士。取次：次第，一个挨一个地。

其二

堂开演武集同官[1]，拔取相期慎且难。

正是三年登选事[2]，公明可任万人看。

【注释】

[1]演武:演武场,也叫"教场"。一般是普通士兵操练和检阅军队的场地。

[2]登选:登科选举,即科场考试。

其三

台上旌旗手一挥,扬鞭驰骋马如飞。

须教有矢无虚发[1],骑射先觇勇士威[2]。

【注释】

[1]矢无虚发:形容射箭本领极高,同"矢不虚发"。

[2]觇(chān):看。

其四

曾闻百步技穿杨[1],持满尤宜发不忙。

六矢射侯齐中的[2],报名应自气轩昂。

【注释】

[1]百步穿杨:在一百步远以外射中杨柳的叶子。形容箭法十分高明。《史记·周本纪》:"楚有养由基者,善射者也,去柳叶百步而射之,百发而百中之。"

[2]射侯:用箭射靶。中的:指箭射中靶心。

其五

力可弯弓验素操,更看提石舞长刀[1]。

会须三试皆如式[2],勇冠千军兴倍豪。

【注释】

[1]提石舞长刀:武举考试的两项内容。提起考试的石头,考察力量。舞长刀,考察武艺。

[2]会须:应当。三试:武举的三场考试。如式:也称"入式"。合乎程式。符合要求。

其六

内闱扄试士无哗[1]，默写休教一字差[2]。

自是胸中韬略富[3]，数行横扫笔生花[4]。

【注释】

[1]"内闱"句：这里指在考场内考笔试。扄（jiōng）试，科举时代考生各闭一室应答试题。

[2]"默写"句：指默写出《武经七书》中的考试内容。

[3]韬略：即"文韬武略"。又指《六韬》《三略》，为古代兵书。引申为战斗用兵的计谋。

[4]笔生花：也作"妙笔生花"。相传李白少时，梦见所用之笔头上生花，后来文才横逸，名闻天下。见五代王仁裕《开元天宝遗事·梦笔头生花》。后因以"笔生花"谓才思俊逸，文笔优美。

其七

姓字争看榜上题[1]，元魁次第判高低[2]。

由来得士惟如额[3]，多少遗珠福不齐[3]。

【注释】

[1]"姓字"句：指考试结束以后张榜公示考中的人名。

[2]元魁：殿试第一名，即状元。这里指乡试第一名，也叫解元。次第：指依次，按照顺序或以一定顺序，一个接一个地。

[3]"由来"句：指每次乡试录取人数由朝廷确定，只能按名额录取。清代甘肃武举人乡试的录取名额是 50 名。

[4]遗珠：指遗失的珍珠。比喻弃置未用的美好事物或贤德之才。福不齐：指运气不好，应考落榜了。

其八

鹰扬宴启萃群英[1]，赐饮堂前拜宠荣[2]。

归去岂徒光里闬[3]，他年尽望作干城[4]。

【注释】

[1]鹰扬宴:科举制度中,武科乡试放榜后,考官和考中武举者共同参加的宴会。

[2]宠荣:犹尊荣。《史记·礼书》:"德厚者位尊,禄重者宠荣。"

[3]里闬(hàn):里门,乡里,故里。

[4]干城:盾牌和城墙。比喻捍卫者。《诗·周南·兔罝》:"赳赳武夫,公侯干城。"

泥阳即景四首[1]

其一

山城犹是古泥阳,横岭东看接凤凰[2]。

独向梁公称旧治,遗碑堕泪世流芳。

【注释】

[1]此组诗选自《友竹山房诗草续钞》卷六。作于道光十三年(1833),诗人主讲泥阳书院时。泥阳:泥阳县。中国古代地名,秦置,故址在今甘肃省宁县米桥乡。

[2]自注:"州东有横岭,凤凰山,署额曰狄梁公旧治,旧有梁公堕泪碑,今无存。"《(嘉靖)庆阳府志》卷二"宁州":"横岭,在州东一百里,山势高耸,树木茂盛。凤凰山,即横岭之别阜,在州六十里,山形如凤雄峙,故名。"梁公:即狄仁杰(630—700),字怀英,并州晋阳(今山西省太原市)人。唐代政治家、武周时期的宰相。曾任宁州刺史。《(嘉靖)庆阳府志》卷十一:"狄仁杰,宁州刺史,抚和戎落,得其欢心,郡人勒碑以颂。后迁豫州,时越王支党馀二千坐死,仁杰释其械,密表其诖误,且累有钦恤意,有诏从之,谪戍于边,道出宁州,父老迎劳曰:'狄使君活汝耶!'因相与哭碑下,斋三日乃去。"

其二

安定岩如泼黛看[1],城西画石亦奇观。

珊瑚川上春花发,可许游人步晓峦。

【注释】

[1]自注:"州西有安定岩、画石山、珊瑚川。"《(嘉靖)庆阳府志》卷二"宁州":"画石山,在州南一里,山上有石,其文粲然若战马状,无异绘画。安定岩,在州西一十五里,岩如泼黛,石宜镌砚。宋张舜民有诗。……珊瑚川,在州西二十里,源出安化县,流入马莲河,旁有湫池,祷旱有应,其川有紫阿石,可作砚。"

其三

马莲河水汇西流[1],山列如屏拱护州。

道是思齐驻军处[2],故城犹自枕荒丘。

【注释】

[1]自注:"州南马莲河会城北河九龙川合流,山上有元将军李思齐屯兵故城。"《(嘉靖)庆阳府志》卷二"宁州":"九龙川,在州东一百二十里。故老相传唐时有九龙顺流而下,狄公御之,今州侧有四龙庙。……马莲河,在州西二里,自安化县来,与九龙川合。"《(嘉靖)庆阳府志》卷十七:"(宁州)李思齐城,在州南一里。元将李思齐屯兵之处。"

[2]思齐:李思齐(1323—1376),字世贤。罗山县人,元末大将。元至正十二年(1352),李思齐与汝宁府察罕帖木儿曾组织地主武装,镇压罗山红巾军。后李思齐与张良弼结盟,同伐元将扩廓帖木儿。至正二十五年(1365)任陕西平章兼四川行枢密院事。明洪武元年,朱元璋派兵入陕,李思齐与明军对抗,屡战屡败,后走临洮。洪武二年(1369),李思齐降明,任江西省左丞。次年跟随明将徐达攻打扩廓帖木儿,后升平章政事。

其四

水引天池近北河[1],一川风月景尤多[2]。

亭台今尚存遗址,好听儿童起啸歌[3]。

【注释】

[1]自注:"城北河水引入天池,又有一川风月亭,基址尚存。"按:《(嘉靖)庆阳府志》卷二"环县":"天池,在县南九十里,池形如盘,水溢外出。"

［2］一川风月亭:见叶澧《甘肃竹枝词首》其六七注［4］。

［3］啸歌:吟咏,歌唱。《世说新语·简傲》:"(阮籍)箕踞啸歌,酣放自若。"

蒲耀新

蒲耀新(1786—?),字燃青,甘肃天水人。清嘉庆二十一年(1816)举人。曾主讲定西市通渭县凤山书院。著有《晚香轩存稿》。

麦场竹枝词[1]

其一

面面矬垣地掌平[2],杏红柳绿石磴横。

小麦匀铺圆似镜,牛歌莫辨哪家声[3]。

【注释】

［1］此诗选自《晚香轩存稿》。麦场:即打麦场。

［2］地掌平:打麦场被碾压得像手掌一样平。

［3］牛歌:放牛歌,山歌。

其二

学成新样髻云工[1],一朵山丹飐野红[2]。

耞板声高挥汗雨[3],要分阿婿半来功[4]。

【注释】

［1］髻云:形容发髻浓黑如云。

［2］山丹:山丹花。百合科植物,花单生或数朵排成总状花序,鲜红色。

［3］耞板:即连枷,也称梿枷。一种农具,在一个长木柄上装上一排木条或竹条,可用来打谷脱粒。宋范成大《秋日田园杂兴》其八:"笑歌声里轻雷动,一夜连枷响到明。"

［4］"要分"句:指农忙时节女婿经常到岳父家帮忙干活。阿婿,女婿。

其三

丫叉小女忒娇痴[1],几度娘呼步总迟。

或簸或揉无限苦[2],怜伊炎暑不知疲[3]。

【注释】

[1]丫叉:即玉丫叉,亦作"玉鸦叉""玉鸦钗"。首饰名。这里指小女孩的发辫。忒(tuī):太,特别,非常。娇痴:天真可爱而不解事,亦指撒娇。

[2]或簸或揉:《诗·大雅·生民》:"或舂或揄,或簸或蹂。"簸,用簸箕盛粮食等上下颠动,扬去糠秕尘土等物。蹂,通"揉",用手来回擦或搓。都是打麦的方法。

[3]伊:他,她。

其四

三岁婴孩并股齐[1],离怀犹自倩娘携[2]。

虎狼唤出儿难晓[3],说有生人不敢啼。

【注释】

[1]并股齐:跟大腿一样高。

[2]倩:请(别人代替自己做事)。

[3]"虎狼"句:指父母用虎狼等动物吓唬孩子,不要打扰父母做事,但是孩子不懂。

程德润

程德润(1787—?),原名鸿绪,字玉樵,号少磐,湖北天门人。嘉庆十九年(1814)进士。签分吏部,补考功司主事,升文选司员外郎、江南道御史,转兵科给事中、刑科掌印给事中。补授甘肃巩秦阶道。历升山东盐运使、甘肃按察使、甘肃布政使代办陕甘总督事。有《白螺山馆诗钞》《程玉樵诗稿》。

若己有园十六景[1]

圆桥

海上三山我有缘[2]，蓬莱只合驻神仙。

天风缥缈登临处，恰对西峰塔影圆[3]。

【注释】

[1]此组诗辑自《天门进士诗文·程德润卷》。若己有园：即甘肃布政使衙门的后园。最早为清康熙年间著名造园家李渔为靖逆侯张勇建造的花园"艺香圃"，乾隆时改为"鸣鹤园"，又改"望园"。清道光时，甘肃布政使程德润改名"若己有园"。光绪时，陕甘总督杨昌濬改为"憩园"。园中有湖，溪上建砖拱桥，名"襟带桥"。园东临湖建水榭，名"夕佳楼"。园北开辟为菜畦，有"蔬香馆"。馆南建"天香亭"，馆东建四照厅。亭西结石为小山，建有"小昆仑墟"。园西建有花神庙、鸣鹤亭。园内古树隐天蔽日，各个建筑四周都有花木、景石，花木中犹以牡丹为盛。在今兰州市张掖路原兰州警备区驻地附近。

[2]海上三山：见郝璧《皋兰竹枝词三十首》其一四注[1]。

[3]西峰塔影：指白塔山上的白塔。白塔山在兰州市黄河北岸，因上有白塔得名。白塔寺初建于元代。是为了纪念一位前往蒙古谒见成吉思汗的西藏萨迦派喇嘛，他途经兰州时病故。元代的白塔早已荡然无存，现在看到的白塔是明景泰年间镇守甘肃内监刘永成重建。清康熙五十四年，巡抚绰奇补旧增新，扩大寺址，起名"慈恩寺"。寺内原有"镇山三宝"象皮鼓、青铜钟、紫荆树。白塔山也是古代军事要冲，山下有气势雄伟的金城关、玉迭关、王保保城。"白塔层峦"，旧为"兰州八景"之一。

方塘

方塘半亩水盈盈[1]，爱听鸣蛙两部声[2]。

人在天光云影下，湛然心迹觉双清[3]。

【注释】

[1]方塘半亩:朱熹《观书有感》:"半亩方塘一鉴开,天光云影共徘徊。问渠那得清如许? 为有源头活水来。"方塘,池塘。盈盈:水清澈的样子。《古诗十九首》:"盈盈一水间,脉脉不得语。"

[2]两部声:即"两部鼓吹"。《南史·孔稚珪传》载:鼓吹乐用鼓、钲、箫、笳合奏,蛙声如鼓,以比鼓吹。孔稚珪的庭院里面,杂草丛生,中有蛙鸣,有人问他,是不是要学东汉时的名人陈蕃那样,不关心修整庭院,只关心修整天下? 他说他没有这样的大志,只是让庭院这样,好听两部鼓吹。这里指蛙鸣。

[3]湛然:淡泊。双清:谓思想及行事皆无尘俗气。

四照厅

南飞燕子北飞鸿,爽气西来紫气东[1]。

莲叶田田花四壁[2],却疑身在图画中。

【注释】

[1]爽气:清爽的空气。紫气:见苏履吉《武阳竹枝词八首》其二注[2]。

[2]田田:形容荷叶鲜碧相连的样子。汉无名氏《江南》:"江南可采莲,莲叶何田田。"

蔬香馆

文人大半爱蔬香[1],只有菜根滋味长[2]。

秋来晚菘春早韭[3],好将佳句入诗囊[4]。

【注释】

[1]蔬香:蔬菜的香味。

[2]菜根:朱熹《小学·善行实敬身》:"人常咬得菜根,则百事可做。""心安茅屋稳,性定菜根香。"意思是人只要能过得了清苦生活,就什么事情都能做成。

[3]"秋来"句:出自"早韭晚菘"的典故。形容生活清淡简朴。《南史·周颙传》:"文惠太子问颙菜食何味最胜,颙曰:'春初早韭,秋末晚

菘。'"菘,白菜。

[4]诗囊:见叶映榴《过皋兰八绝句》其五注[1]。

天香亭

太白风流今已邈[1],天香何必异沉香[2]。

倚阑默默人何处[3],为续清平调一章[4]。

【注释】

[1]太白:即唐代著名诗人李白。见叶澧《甘肃竹枝词》其五〇注[3]。邈:遥远。

[2]沉香:即沉香亭。唐代兴庆宫里的一组园林式建筑,是供唐玄宗和杨贵妃夏天纳凉避暑之地。相传它全部是由一种名贵的木材沉香木建成的,因此称为沉香亭。沉香,木名。指瑞香科白木香,是一种木材、香料和中药。

[3]"倚阑"句:李白《清平调》其三:"名花倾国两相欢,长得君王带笑看。解释春风无限恨,沉香亭北倚阑干。"这里叹息李白、杨贵妃已经成为历史,他们的美貌和诗才再也不能复睹。

[4]清平调:唐大曲名,后用为词牌。相传唐开元中,李白供翰林,时宫中木芍药盛开,玄宗于月夜赏花,召杨贵妃侍酒,以金花笺赐李白,命进新辞《清平调》,李白醉中乃成三章。

芍药坡

此花最好是丰台[1],万紫千红次第开[2]。

却喜殿春无俗艳[3],何妨婪尾尽馀杯[4]。

【注释】

[1]丰台:地名。一般指北京市丰台区,位于北京市南部。

[2]次第:见苏履吉《兰州武闱校试纪事八首》其七注[2]。

[3]殿春:春季的末尾。

[4]婪(lán)尾:即婪尾酒。唐代称宴饮时巡酒至末座为"婪尾"。苏鹗《苏氏演义》卷下:"今人以酒巡匝为婪尾。"也叫"蓝尾酒"。白居易《岁日

家宴》诗:"岁盏后推蓝尾酒,春盘先劝胶牙饧。"胡震亨《唐音癸签·诂笺五》认为"蓝"是"阑"的借用字。"阑"是"末"的意思。

夕佳楼

参差楼阁小园东,山气遥分夕照红。

一道清泉流石上,千重远岫列窗中[1]。

【注释】

[1]远岫(xiù):远处的峰峦。

小昆仑墟[1]

张骞西去访河源[2],万顷波涛入禹门[3]。

我有灵符能调水[4],归墟即是小昆仑[5]。

【注释】

[1]小昆仑墟:若已有园一景。昆仑墟,指昆仑山。见杨一清《白水江舟中十三绝句》其一一注[3]。

[2]张骞:见叶映榴《过皋兰八绝句》其八注[2]。

[3]禹门:即龙门。在山西省河津县西北和陕西省韩城市东北。黄河至此,两岸峭壁对峙,形如门阙,故名。《书·禹贡》:"导河积石,至于龙门。"

[4]灵符:灵验的符箓(迷信)。

[5]归墟:亦作"归虚"。传说为海中无底之谷,谓众水汇聚之处。《列子·汤问》曰:"渤海之东有大壑焉,实惟无底之谷,名曰归墟。"

花神庙[1]

焚香叠鼓正迎神[2],多少游人泗水滨[3]。

二十四番风信遍[4],散花天女为留春[5]。

【注释】

[1]花神庙:祭祀花神的庙宇。花神是中国民间信仰的百花之神。

[2]叠鼓:击鼓;击鼓声。

[3]泗水滨:泗水边。泗水,古河名,在山东省西南部。宋朱熹《春日》:

"胜日寻芳泗水滨,无边光景一时新。等闲识得东风面,万紫千红总是春。"

[4]二十四番风信:即花信风。应花期而来的风。自小寒至谷雨,凡四月,共八个节气,一百二十日,每五日一候,计二十四候,每候应以一种花的信风。

[5]散花天女:佛经故事里的人物。《维摩经·观众生品》:"时维摩诘室,有一天女,见诸天人闻所说法,便现其身,即以天花散诸菩萨大弟子上,花至诸菩萨,即皆堕落,至大弟子,便着不堕。"这里指花神。

襟带桥

小桥流水不生波,两岸孤蒲一苇过[1]。

欸乃声中山水绿[2],垂杨阴里听鱼歌[3]。

【注释】

[1]孤蒲:即菰蒲。菰和蒲;借指湖泽。一苇:《诗·卫风·河广》:"谁谓河广,一苇杭之。"孔颖达疏:"言一苇者,谓一束也,可以浮之水上而渡,若桴栰然,非一根苇也。"后以"一苇"为小船的代称。

[2]欸乃:拟声词。行船摇桨或摇橹的声音。唐柳宗元《渔翁》:"烟销日出不见人,欸乃一声山水绿。"

[3]阴:同"荫",树荫。鱼歌:即渔歌。打鱼人唱的歌。宋范仲淹《岳阳楼记》:"渔歌互答,此乐何极!"

月波亭

园中佳景似新秋,山色湖光一鉴收[1]。

十二阑干闲倚遍[2],月随波影荡轻舟。

【注释】

[1]鉴:古代的镜子。古人以铜为镜,包以镜袱,用时打开。这里指清澈平静的水面。

[2]十二阑干:曲曲折折的栏杆。十二,言其曲折之多。汉乐府《西洲曲》:"阑干十二曲,垂手明如玉。"

鹿寨

鸣鹿呦呦不计年[1]，梦中蕉叶亦茫然[2]。

水心亭外蓼花畔[3]，风景依稀似辋川[4]。

【注释】

[1]呦呦：象声词。鹿鸣声。《诗·小雅·鹿鸣》：“呦呦鹿鸣，食野之苹。”

[2]梦中蕉叶：即蕉叶覆鹿。春秋时，郑国樵夫打死一只鹿，怕被别人看见，就把它藏在坑中，盖上蕉叶，后来他去取鹿时，忘了所藏的地方，于是就以为是一场梦。后以“蕉叶覆鹿”比喻得失荣辱如梦幻。

[3]蓼花：一年生或多年生草本植物，节常膨大。托叶鞘状，抱茎。花小，白色或浅红色，穗状花序或头状花序。

[4]辋川：位于陕西省蓝田县中部偏南。这里青山逶迤，峰峦叠嶂，奇花野藤遍布幽谷，瀑布溪流随处可见。因辋河水流潺湲，波纹旋转如辋，故名辋川。唐代大诗人王维曾隐居于此，有《辋川集》二十首，其中有《鹿柴》等诗。

蓼畔

渡口斜阳衬晚霞，西风黄叶正栖鸦。

休嫌水国秋容淡，红蓼何如白蓼花[1]。

【注释】

[1]红蓼：为蓼科植物。一年生草本，茎直立，具节，中空。初秋开淡红色或玫瑰红色小花。生于沟边、河川两岸的草地、沼泽潮湿处。白蓼：白花蓼。蓼科蓼属植物，多年生草本。通常无毛。生长在山坡、山谷。

芥坳[1]

谁将一勺灌坳堂，芥子须弥亦渺茫[2]。

云梦胸中吞八九[3]，南华秋水笑蒙庄[4]。

【注释】

[1]芥坳（ào）：《庄子·逍遥游》：“且夫水之积也不厚，则其负大舟也

无力;覆杯水于坳堂之上,则芥为之舟,置杯焉则胶,水浅而舟大也。"芥子,芥菜子。坳堂,指堂上的低洼处。

[2]芥子须弥:芥子,芥菜子。须弥,古代印度传说中的大山。佛家认为微小的芥子中能容纳巨大的须弥山,比喻小中也有大。《维摩诘经·不思议品》:"若菩萨住是解脱者,以须弥之高广,内芥子中,无所增减。"

[3]"云梦"句:气势大到能吞食云梦泽。极言气魄之大。云梦泽,据《左传》《国语》等记载,先秦时期楚国有一湖泊名为云梦泽,位于今湖北省江汉平原。唐孟浩然《望洞庭湖赠张丞相》:"气蒸云梦泽,波撼岳阳城。"

[4]南华:即《南华经》。《庄子》又名《南华经》,是战国中后期庄子及其后学所著道家学说汇总。到了汉代以后,尊庄子为南华真人,因此《庄子》亦称《南华经》。其书与《老子》《周易》合称"三玄"。《庄子》中有《秋水篇》。蒙庄:也称"蒙庄子",即庄周。庄周为战国楚国蒙人,故称。唐赵彦昭《奉和圣制幸韦嗣立山庄应制》:"逍遥自在蒙庄子,汉主徒言河上公。"

水心亭

方亭恰在水中央,四面荷风送晚凉。

一叶扁舟呼不应,小童扶我过渔梁[1]。

【注释】

[1]渔梁:即鱼梁。筑堰拦水捕鱼的一种设施。以土石筑堤横截水中,如桥,留水门,置竹笱或竹架于水门处,拦捕游鱼。

旷怡台

雉堞排云亦壮哉[1],紫云深处旷怡台[2]。

楼中仙子今何在?但有笙歌天上来[3]。

【注释】

[1]雉堞:城上短墙。鲍照《芜城赋》:"板筑雉堞之殷,井干烽橹之勤。"李善注:"郑玄《周礼》注曰:'雉,长三丈,高一丈。'杜预《左氏传》注曰:'堞,女墙也。'"

[2]紫云:紫色云。古以为祥瑞之兆。

［3］笙歌：见杨一清《白水江舟中十三绝句》其九注［2］。

朱紫贵

朱紫贵（1795—?），字立斋，号曼翁。浙江长兴人。廪贡生，官杭州府训导、嘉兴府学教授。著《枫江草堂诗文集》《枫江渔唱》。

天山牧唱（三十首选二）[1]

读《西域琐谭》[2]，率成上、下、平韵绝句三十首，名之曰《天山牧唱》。

【注释】

［1］此组诗选自《枫江草堂诗文集》卷四。朱紫贵未至西域，其《天山牧唱三十首》虽非亲临其境，亦得耳目之助。此处选择与甘肃有关的2首。天山：见赵时春《河西歌》其一注［3］。

［2］《西域琐谭》：又名《西域闻见录》，共八卷，七十一椿园编。分新疆纪闻、外藩列传、西陲纪事本末、回疆风土记与军台道里表等，是研究新疆历史、民俗、宗教的重要史籍。

其一

路出敦煌更几千，北辰北望转西偏[1]。

柳梢未是初三夜，月子弯弯已上弦[2]。

【注释】

［1］北辰：北极星。

［2］自注：“西域望北辰，少北而西，一日则见月，一钩如线。”

其四

前朝曾设沙州卫[1]，战垒烽台沙碛间[2]。

偃月泉中呜咽水[3]，行人饮马古阳关。

【注释】

[1]沙州卫:明代关西八卫之一。永乐二年(1404),以困即来、买住为首的一部分蒙古部落归附明朝,被安置在沙州(今甘肃省敦煌市),设沙州卫,授困即来、买住为指挥使。宣德十年(1435),困即来惧哈密、瓦剌袭扰,东逃入关,明廷在苦峪(今甘肃省瓜州县东南)修城以处之,使遥领其众。正统十一年(1446),统治集团内讧,甘肃镇将任礼收其部落二百馀户,安置于甘州(今甘肃省张掖市),卫废。

[2]战垒:战争中用以防守的堡垒。烽台:烽火台。沙碛(qì):沙漠。

[3]自注:"安西州有泉一区,形如偃月。州西为前明沙州卫,尚有营垒遗迹,东南即古阳关故址也。"偃月泉:即月牙泉。见福庆《异域竹枝词》其七注[1]。

牛树梅

牛树梅(1799—1882),字雪樵,又字玉堂,号省斋,甘肃省通渭县人。道光辛丑(1841)进士,历任彰明知县,资州、茂州知州、宁远府知府、四川按察使。著有《省斋全集》。

正月思乡竹枝词[1]

其一

对纸门神挨户鲜[2],都从除日说新年。

火光缭绕初更候,村外家家接祖先[3]。

【注释】

[1]此组诗选自《省斋全集》卷十一。作于道光十五年(1835),当时诗人在蔚州知州、陕西城固人康锡新家坐馆。这年正月,诗人思念家乡,写下了《正月思乡竹枝词》九首怀念家乡正月过年的热闹情景和各种民情风俗。

[2]对纸:对联,春联。门神:即司门守卫之神,是农历新年贴于门上的

一种画类。最早的门神是传说中的神荼和郁垒。后来有各种门神取代了神荼、郁垒等先秦门神,著名的有秦琼与尉迟恭等。

［3］接祖先:一种民俗活动,源于祖先崇拜。农历腊月三十的时候,家家晚上要放鞭炮,烧纸钱,迎接祖先,家里正房的供桌上要供纸和香烛等物,供奉祖先牌位。

其二

爆竹遗风自古行,于今拌桓却成名[1]。

逐家十拌连村响,争取鸡鸣第一声。

【注释】

［1］自注:"或水担,或扁担,只待鸡鸣,而连掷之,以十为度。"拌(bàn)桓:一种民俗,摔扁担发出声响。

其三

敬天敬祖敬诸神[1],醮马焚香献饭陈[2]。

各把灯笼门外挂,好来交互拜家亲[3]。

【注释】

［1］"敬天"句:意谓祭拜天地、祖宗和各种神灵。

［2］醮马:在大门外焚香楮,奠酒迎拜,此即所谓"迎先灵"。献饭:向神灵、祖先敬献饭食,也是"迎先灵"的一个仪式。

［3］自注:"称祖宗为家亲,数家神主合座一处,门首挂灯为号。"

其四

礼神毕后黎明天,尊长跟前再拜年[1]。

最喜小儿学礼数,向人胡乱把头颠[2]。

【注释】

［1］拜年:见金人望《竹枝词十六首》其六注[2]。

［2］"向人"句:指小孩子也跟着大人拜年,学习磕头,可是只会跪着点头,不会磕头,或者不愿意磕头。

其五

七八十家互往来,忽闻锣钹已相催。

逐辈分行官节见[1],人人各带笑容回。

【注释】

[1]自注:"私节拜毕,即于公所号召,合庄老少毕至,分行辈层层礼拜,谓之见官节。此惟吾庄有之。"

其六

初三送纸免烧香[1],直到元宵闹若狂。

最爱远听锣鼓响[2],太平景象一庄庄。

【注释】

[1]自注:"除夕迎祖曰接纸,安纸钱于主后曰座纸,初三之夕焚化村外,曰送纸。"

[2]"最爱"句:指农村正月闹社火的锣鼓声不断。

其七

小儿饭罢便昏眠,心事偏教故事牵[1]。

再四叮咛须叫我,兀然一觉到明天[2]。

【注释】

[1]自注:"社火谓之故事。"按:社火,见叶澧《甘肃竹枝词》其一四注[1]。

[2]兀然:昏然无知的样子。这里指睡着的样子。

其八

甥婿年年走一回[1],每逢犬吠便相猜。

床头检点壶空否,今日准当亲戚来。

【注释】

[1]"甥婿"句:指外甥和女婿等亲戚新年也要来给舅舅、岳父拜年。

其九

蒸将面盏几盘笼[1]，缠捻浸油入罐中[2]。

不是银花和火树[3]，夜来处处满堂红。

【注释】

[1]自注："十五夜俗也。"面盏：即面灯。正月十五前，用荞麦粉掺以豆粉、白面粉制成面灯。盘笼：蒸笼。用竹篾、木片等制成的蒸食物用的器具。

[2]"缠捻"句：面灯里面注入清油，用小木签缠上新棉花作为灯芯，点燃后成为一盏盏的小灯，捧在每一个孩子手中，使得元宵夜灯光点点。

[3]火树银花：形容张灯结彩或大放焰火的灿烂夜景。唐苏味道《正月十五夜》："火树银花合，星桥铁锁开。"

陈钟秀

陈钟秀（1800？—1876？），字辉山，号沧一老人，甘肃省甘南藏族自治州临潭县西街人。曾任岷州学正。工诗善书，精识强记，通《三礼》《春秋左氏传》。著有《味雪诗存》四卷，今存三卷。今人辑有《味雪诗存·味雪诗逸草》。

洮阳八景[1]

洮阳八景，相沿已久，而题目每多不一。且更有荒废无可考稽者，如"鹤城晓日"，不过城东之一空堡耳，"黑岭乔松"，今亦砍伐无存。是二景均无足取。况洮之北八十里有莲花山[2]，气吞陇渭，势压河湟，是洮邑一大观也。其次则旧洮之石窑山，亦复景致清奇，乃当时作八景者竟不编入，而使平平无奇之荒丘废垒得以滥厕乎其间，是亦山林之有幸有不幸。因妄拟"莲峰金顶""石洞悬乳"二题以易之。至如"西平墓碑"，原不可没，而"碑铭旭邑"四字亦复欠雅，拟改为"西平丰碑"，馀俱仍旧。爰各题一绝，以俟知者之采录焉。

【注释】

[1]此组诗选自《味雪诗存》卷三。洮阳:这里指甘南藏族自治州临潭县。见赵时春《河西歌》其五注[4]。《(光绪)洮州厅志》载"洮阳八景"有"石门金锁""洮水流珠""雪横叠山""朵山玉笋""九条设险""黑岭乔松""冶海冰图""莲峰耸秀"。

[2]莲花山:位于临潭县冶力关东 15 千米处,主峰海拔 3578 米,集险、奇、幽、秀于一体,因远眺望去,形似一朵盛开的莲花而得名。又称"西崆峒",是甘南、临夏两地佛道两教的圣地。山上有玉皇阁、水帘洞、舍身崖、金顶等景观,显示出大自然造化之神奇。

洮水流珠[1]

万斛明珠涌浪头[2],晶莹争赴水东流。

珍奇难入俗人眼,抛向洪波不肯收。

【注释】

[1]洮水流珠:隆冬季节,洮河有满河冰珠漂浮,如无数排筏联翩顺流而下,蔚为奇观,为洮河独有景观。《(光绪)洮州厅志》卷二:"洮河地高流急,冬不及冻,激为冰珠,故俗呼为珠子凌,今八景所称洮水流珠者此也。"洮水流珠俗呼"麻浮"。洮河流经临潭、岷县、临洮等地,因此三地都有"洮水流珠"的景观。

[2]万斛:见杨一清《白水江舟中十三绝句》其三注[2]。

朵山玉笋[1]

亭亭玉笋上撑天,砥柱穷荒不计年[2]。

想是娲皇来补漏[3],一根忘插乱峰巅。

【注释】

[1]朵山玉笋:《(光绪)洮州厅志》卷二:"朵山玉笋,在城外西北,以形似笋,故名。俗谓之大石山。"按:大石山,又名朵山,高约 3000 多米,山顶石峰旁,兀立一巨大石柱,突兀耸立,如春笋出土,故称"朵山玉笋"。

[2]砥柱:山名,位于河南省三门峡东,屹立于黄河急流之中。这里指

大石山上的大石柱。穷荒:见王心敬《塞上曲》其一注[4]。

[3]娲皇:女娲。中国上古神话中的创世女神。相传女娲以黄泥仿照自己抟土造人,创造人类社会并建立婚姻制度。因世间天塌地陷,于是熔五色石以补苍天,斩鳌足以立四极,留下了女娲补天的神话传说。见《淮南子·览冥训》。

石门金锁[1]

谁劈石门踞上游,边陲万古作襟喉[2]。

任他纵有千金锁,难禁洮河日夜流[3]。

【注释】

[1]石门金锁:见李殿图《番行杂咏》其二一注[1]。

[2]边陲(chuí):边疆,靠近国界的地区。襟喉:衣领和咽喉,比喻要害之地。

[3]洮河:见吕柟《岷州曲》注[2]。

冶海冰图[1]

茫茫冶海水平堤,万状冰图望眼迷。

知是龙宫多妙手,故教呈出待人题。

【注释】

[1]冶海冰图:冶海,在临潭冶力关,系高峡平湖,为今旅游胜地。奇在冬日结冰之后,湖水冰层之中,呈现世间万物图像,千奇百怪,惟妙惟肖。

雪横叠山[1]

叠山南望白无边,雪积遥峰远接天。

尽可为霖能济旱,春风吹化是何年?

【注释】

[1]雪横叠山:叠山,也叫迭山。在今卓尼县与迭部县之间,海拔4500米以上,群峰峥嵘天际,终年积雪皑皑,于百里之外的今临潭一带亦能远眺其横亘天际之雄姿。

西平丰碑[1]

吊古荒原落照晴,丰碑高耸署西平。

孤坟千古忠魂香,剩有春风野鸟鸣。

【注释】

[1]西平丰碑:即唐西平郡王李晟碑,碑全名"唐故大将军李公之碑"。原立于临潭旧城南3千米之石窟洞附近(今属卓尼县),现置甘南州博物馆院内,碑文记述唐李将军的功勋。

莲峰金顶[1]

万朵莲花万古秋,辉煌金顶乱云头。

高峰信与诸天近[2],定有霞光射斗牛[3]。

【注释】

[1]莲峰金顶:指莲花山上的佛寺。见《洮阳八景》注[2]。

[2]诸天:佛教语。指护法众天神。后泛指天界;天空。

[3]射斗牛:晋初,牛、斗之间常有紫气照射。雷焕告诉张华说:宝剑之精,上彻于天。张华命雷焕寻觅,结果在丰城(今江西丰城)牢狱的地下,发掘到宝剑一双,一名龙泉,一名太阿。后来,这一对宝剑没入水中,化为双龙。事见《晋书·张华传》。斗牛,二十八宿中的斗宿和牛宿。

石洞悬乳[1]

敲金戛玉响玲珑[2],滴出芬芳味不同。

此是先天真玉液[3],烹茶我欲坐松风。

【注释】

[1]石洞悬乳:指临潭县境内之观音洞。《(乾隆)洮州卫志》之《山川·观音洞》:"在卫东北五十里,洞之中顶滴水如磬声,其下一圆石右承之,水滴土浮,而旁无溢泛。每冬结为冰柱,岁旱祈祷多验。"

[2]敲金戛玉:指演奏钟磬等乐器,也形容声音铿锵。这里指水流动听的声音。

[3]先天:指自出生即存在的,自身本有的。它指人或动物诞生前的胚

胎及孕育时期,也可指宇宙本体,万物本源。玉液:用美玉制成的浆液。古代神话传说中饮了它可以成仙。比喻美酒或甘美的浆汁。这里指甘美的泉水。

洮州竹枝词[1]

其一

禾稼终年只一收[2],但逢秋旱始无忧。

夕阳明灭腰镰影[3],半是男儿半女流。

【注释】

[1]此组诗选自《味雪诗存》卷三。洮州:见王世锦《洮州即事》其一注[3]。

[2]"禾稼"句:临潭气候寒冷,一年只种一季庄稼。

[3]腰镰:腰里所佩的镰刀。镰刀,收割庄稼和割草的农具,由刀片和木把构成。

其二

不出蚕丝不种棉,褐皮遮体自年年[1]。

冬寒夏暖何曾易,真个洮州是极边[2]。

【注释】

[1]褐皮:当地以麻捻线织布缝衣,称褐褂子。也有直接以羊皮制衣者,称羊皮褂子。临潭旧时经济以农业、畜牧业为主,故如此。

[2]"真个"句:此处化用明解缙《登镇边楼》诗句"真个河州天尽头"之意。极边,非常遥远的边境。

其三

白日加餐夜得眠,骄阳六月亦萧然[1]。

丝毫不受蚊虫苦[2],最极便宜是夏天。

【注释】

[1]萧然:萧洒,悠闲。

[2]"丝毫"句:临潭气候本属寒凉,夏日亦无蚊虫叮咬。近年随全球气候变暖,夏天始有蚊子烦扰。

其四

牛马喧腾百货饶[1],每旬交易不须招[2]。

斜阳市散人归去,流水荒烟剩板桥。

【注释】

[1]"牛马"句:临潭自宋代设立茶马市场以来,成为西北地区重要的贸易集散地。饶,丰富,多。

[2]"每旬":临潭县新城镇(旧洮州卫、厅治所)集市自明初起,每十日一次。当地不称"赶集",而称"跟营",以交易之所在军队营地之故。

其五

荒城僻在乱山隈[1],孤陋难教眼界开[2]。

秋早春迟长夏冷,最难防是风雨来。

【注释】

[1]隈:山、水等弯曲的地方。

[2]孤陋:见闻少,学识浅薄。

元宵竹枝词[1]

其一

临街槅子敞重楼[2],少妇观灯不解愁。

妾处最高郎最下,叫郎一步一抬头。

【注释】

[1]此组诗选自《味雪诗存》卷三。当作于同治五年(1866)之前,当时临潭还没有经过战乱,百姓安居乐业,元宵节非常热闹。

[2]槅子:上半部装有格眼的落地长窗、门扇或类似的屏障物。重楼:高楼。

其二

笑语风前兰射香[1]，家家门外坐新娘。

偶然行过一回首，个是浓妆个淡妆[2]。

【注释】

[1]兰射:即"兰麝"，兰与麝香。指名贵的香料。麝香,见李殿图《番行杂咏》其三五注[3]。

[2]个是:俗语。这是。

其三

月色高高挂玉轮，六街烟火闹新春[1]。

怪他年少无愁妇，不看花灯只看人。

【注释】

[1]六街:唐京都长安的六条中心大街。这里指大街和闹市。烟火:烟花爆竹。指以烟火药为主要原料制成,引燃后通过燃烧或爆炸,产生光、声、色、型、烟雾等效果,用于观赏。

其四

元宵三夜闹芳辰[1]，处处观灯约比邻[2]。

郎自喜明侬喜暗[3]，无灯容易散闲人。

【注释】

[1]元宵三夜:农历元宵节一般指正月十四、十五、十六三个晚上。芳辰:美好的时光。多指春季。

[2]比邻:乡邻,邻居。

[3]侬:见郝璧《皋兰竹枝词三十首》其一○注[1]。

新年词[1]

其一

声声爆竹焰冲天，惊起幽人坐不眠[2]。

曙色穿窗天渐晓，满城听响霸王鞭[3]。

【注释】

［1］此组诗选自《味雪诗存》卷三。作于同治五年（1866）之前，当时临潭还没有经过战乱，百姓安居乐业，新年也是热闹非凡。

［2］幽人：隐士。

［3］霸王鞭：河湟社火舞蹈，又名"金钱棍舞""钱棍子舞""敲金杠"等。霸王鞭融舞蹈、武术为一体，因粗犷豪放、铿锵有力、欢乐祥和、节奏明快的独特风格而受到当地民众的喜爱。

其二

衣冠簇簇过新年[1]，丰乐家家贺晓天。

真个升平多韵事[2]，春联贴满大门前。

【注释】

［1］衣冠簇簇：指衣服和帽子鲜明整洁。旧时因为农村比较贫困，很多人家在过年的时候才给家人裁制新衣服。

［2］韵事：风雅之事。

其三

一年春到一年新，岁稔边城乐意真[1]。

才出东郊西舍去，街头忙煞拜年人。

【注释】

［1］岁稔(rěn)：指年成丰熟。稔，庄稼成熟。

其四

曈曈晓日满春晖[1]，吩咐儿童早启扉[2]。

门外忽闻多笑语，邻家扶得醉人归。

【注释】

［1］曈曈(tóng)：日出时光亮的样子。

［2］启扉：打开大门。扉，门扇。

元夕[1]

其一

元宵无处不张灯,笙鼓年年响沸腾[2]。

何似凄凉今夜里,闭门寒饿恨难胜。

【注释】

[1]此组诗选自《味雪诗存》卷三。作于同治七年(1868)元宵节,当时作者携家避难于岷县。

[2]笙鼓:乐器。笙是一种吹奏乐器,属于簧片乐器族内的吹孔簧鸣乐器类。发音清越、高雅,音质柔和,歌唱性强,具有中国民间色彩。鼓是一种打击乐器,在坚固的且一般为圆桶形的鼓身的一面或双面蒙上一块拉紧的膜。鼓可以用手或鼓杵敲击出声。《诗·小雅·宾之初筵》:"籥舞笙鼓,乐既和奏。"

其二

乱离何处不心伤,况是今宵更断肠[1]。

箫鼓寂寥星斗淡[2],空馀月明照沧桑[3]。

【注释】

[1]断肠:断魂,销魂。多用以形容悲伤到极点。

[2]箫鼓:见屠绍理《丁酉元旦竹枝词》其二注[1]。

[3]沧桑:沧海桑田的简称。大海变成了种桑树的田地,种桑树的田变成了大海。比喻世事变化很大。晋葛洪《神仙传·麻姑》:"麻姑自说云:'接待以来,已见东海三为桑田。'"

岷阳八景[1]

岷山积翠[2]

翠滴层峦夕照横,浅深浓淡看分明。

千秋纵有荆关笔[3],未必能教画得成。

【注释】

[1]此组诗选自《味雪诗存》卷三。作于同治七年(1868),当时作者携家避难于岷县。陈钟秀曾做过岷州学正,这组诗当在岷县时所作,写了岷县的秀美景色。岷阳,即岷县。因岷县县城在岷山南面,故称岷阳。古代将山之南水之北称为阳。

[2]岷山积翠:岷州城北一里有玉女神祠。玉女祠边草色青青,一派秀色。"积翠"是指每逢初春,远看岷山之上斑斑点点翠绿色的植被像积着一群群翠鸟十分好看。岷山,岷县县城北面洮河边的山峰,是甘川交接的岷山山脉的最北端。

[3]荆关:五代画家荆浩、关全师徒以擅画山水齐名,故并称"荆关"。

洮水流珠[1]

河声日夜响平川,水面明珠颗颗圆。

此宝看来人世少,得逢青鉴是何年[2]?

【注释】

[1]洮水流珠:见陈钟秀《洮阳八景·洮水流珠》注[2]。

[2]青鉴:指青铜镜,明镜。南唐李中《赠夏秀才》:"明时倘有丹枝分,青鉴从他素发新。"

城南古刹[1]

琳宫梵宇构何年[2],古树森森上接天。

曲院无僧花落尽,长留金碧锁寒烟[3]。

【注释】

[1]城南古刹:据《岷州卫志·寺观》载,岷县城南原有报恩寺、广福寺、般若寺、会福寺、真如寺等。古刹,古老的寺庙。

[2]琳宫梵宇:雕饰华美的佛殿道院。琳宫,仙宫。亦为道观、殿堂之美称。梵宇,佛寺。

[3]金碧:中国绘画颜料中的泥金、石青和石绿。泥金一般用于勾染山廓、石纹、坡脚、沙嘴、彩霞,以及宫室、楼阁等建筑物。故以此绘出的山水楼

阁,色泽呈金绿色,笔调细致华丽。

叠涨长桥[1]

长桥百尺等飞虹,垂向绿阴春树中。

来往不叫民病涉,任他波浪吼长风。

【注释】

[1]叠涨长桥:《岷州卫志》作"叠藏长桥"。岷县城东有迭藏河,河床宽浅,每至夏秋雨季,常洪水泛滥。清康熙二十二年(1683),岷州守备叶天植在河上修建大桥一座,宛如雨后彩虹,美丽壮观。康熙三十年,同知汪元綖又在桥北修了一座园林,取名"濯缨堂",在此观望大桥,桥上游人如织,桥下跳珠喷雪,气势磅礴,壮丽非凡。

东坡晚照[1]

朝阳不及夕阳红,多少峰峦晚照中。

樵唱一声飞鸟尽,山钟摇出暮烟笼。

【注释】

[1]东坡晚照:岷州群山环抱。离城二里之遥的东山,挺拔矗立,高出诸峰。每当夕阳西倾,在落日的馀晖里,展现出一片琉璃世界。远处天上横挂着缕缕霞光,烟岚含日色,摇荡入山村,夕阳明灭于叠藏河流水之中,构成一幅朦胧的彩色水墨画。

北岸温泉[1]

未许寒泉一例论,春波流出水常温。

澄清自是源头活,濯尽浮尘不少浑。

【注释】

[1]北岸温泉:原名"布和天泉"。相传岷县城北门外普渡寺下侧有灵泉,早起雾霭紫绕。城外洮河岸边,多有优质泉水,莹光照人,不竭不盈,激之不浊,尝之味甘,能治百病。

西岭晴云[1]

彩云西向岭头横,天宇高空万里晴。

依山不是为霖懒,五色祥扶日月明[2]。

【注释】

[1]西岭晴云:岷州城西大沟寨的五台山,古称崆峒山。山下铁关门,是秦长城的起首处。山上观音漱池,是道教胜地。山上松柏参天,翠染岗峦。雨后天晴,四围山色如洗,白云悠悠。放眼望去,使人心旷神怡,大有羽化登仙之感。

[2]五色:五色云彩。古人以为祥瑞。

南峰积雪[1]

积雪峰头几处残,送来霁色满地寒[2]。

东风会待吹成雨,润遍春郊万顷田。

【注释】

[1]南峰积雪:岷州城南麻子川分水岭,是古雍州与梁州的分界线,古时曾建有江源寺。站在岭峰村的高峰,远望达拉梁一带的积雪,白雪皑皑,银妆素裹,犹如玉龙翻滚,蜿蜒曲折不断。

[2]霁色:晴朗的天色。

元宵[1]

其一

记别清辉已隔年,春来初见一回圆。

离情只有君相照,肯为无灯便早眠。

【注释】

[1]此组诗选自《味雪诗存》卷三。作于同治八年(1869)元宵节,从"记别清辉已隔年"诗句来看,这时诗人从岷县回到临潭。临潭经过战乱以后,一片荒凉破败景象,让诗人备感凄惨。

其二

满城灯火乐融融,曾记今宵兴不穷。

一炬只留焦土在[1],劫灰冷落月明中[2]。

【注释】

[1]"一炬"句:指临潭经过战乱以后,很多地方变成了焦土。唐杜牧《阿房宫赋》:"戍卒叫,函谷举,楚人一炬,可怜焦土。"一炬,一把火。焦土,烈火烧焦的土地。多形容战争或火灾所造成的严重破坏的景象。

[2]劫灰:劫火的馀灰。南朝梁慧皎《高僧传·译经上·竺法兰》:"昔汉武穿昆明池底,得黑灰,问东方朔。朔云:'不知,可问西域胡人。'后法兰既至,众人追以问之,兰云:'世界终尽,劫火洞烧,此灰是也。'"后因谓战乱或大火毁坏后的残迹或灰烬。

其三

万灶烟痕郁不开,中天月上几徘徊。

将军莫恋今宵宴,好夺昆仑唱凯回[1]。

【注释】

[1]"将军"两句:指宋狄青元宵夜夺昆仑关事。宋皇祐五年(1035),广源州侬智高据州反叛,宋仁宗授狄青宣抚使,统兵讨之。《续资治通鉴》卷五十三:"狄青既戮陈曙,乃按军不动,更令调十日粮,众莫测,贼觇者还以为军未即进。翼日,遂进军。青将前阵,孙沔将次阵,余靖将后阵,以一昼夜绝昆仑关。时值上元节,令大张灯烛,首夜宴将佐,次夜宴从军官,三夜享军校。首夜乐饮彻晓,次夜二鼓,青忽称疾,暂起入内,久之,又谕沔主席行酒,少服药乃出,数劝劳坐客。至晓,各未敢退。忽有驰报者云:'三鼓已夺昆仑关矣。'"后因以"三鼓夺昆仑"为用兵出奇制胜之典。昆仑,昆仑关。位于广西南宁市宾阳县与邕宁县昆仑镇交界处,距广西首府南宁市50千米。昆仑关是南宁市门户和屏障,地势险要,易守难攻,是兵家必争之地。唱凯,唱凯歌,唱胜利的歌。

其四

辉煌灯月映银河[1]，流寓他乡客思多。

安得吟情如往日，樽前重唱竹枝歌。

【注释】

[1]银河:见王心敬《塞上曲》其五注[4]。

董平章

董平章(1803—1870)，字琴虞，一字眉轩，福建闽县(今福州)人。道光十二年(1832)进士，任户部浙江司主事。调云南。会修《漕政全书》。后任甘肃环县知县。道光二十六年，任乡试同考官，以公正受到好评。调任皋兰知县，升泰州知州。著有《亦舫随笔》《秦川焚馀草》。

山村元夕纪事[1]

其一

荒坟影遍灯球闪，空谷声遥爆竹传[2]。

城里正当多事日[3]，山中犹似太平年。

【注释】

[1]此组诗选自《秦川焚馀草》卷五。作于同治二年(1863)。

[2]自注:"除夕元宵，各家在祖茔林中挂灯放炮。"

[3]"城里"句:指当时陕甘发生的回民起义。其《闻警》诗自注云:"正月廿二晚，自上元西和、盐关回变起后，顷复传石家关聚匪千馀，贾客弃赀逃走，庄民皆连夜上堡。"

其二

渊铿伐鼓闲摐金[1]，鱼贯灯光绕远林[2]。

为向峰头龙伯庙[3]，齐祈百谷祷甘霖。

【注释】

[1]伐鼓:击鼓。古时作战以击鼓为进攻的信号。《诗·小雅·采芑》:"显允方叔,伐鼓渊渊,振旅阗阗。"摐(chuāng)金:打击金属乐器。

[2]自注:"村人夜以鼓吹迎龙神,环行四山,谓之转灯。"

[3]龙伯:龙王。见吴之琎《陇西竹枝词》其五注[2]。

其三

神弦旧制送迎词[1],新样秧歌唱竹枝[2]。

似听蔡中郎故事[3],登场也学演传奇[4]。

【注释】

[1]神弦:中唐以降,尚巫之风日盛。唐李贺作有《神弦曲》《神弦》《神弦别曲》三首诗,揭露了女巫装神弄鬼的欺骗行为。这里指民间祭祀神鬼的民俗活动。送迎词:指迎神送神的歌词。

[2]秧歌:见王煦《兰州竹枝词二十四首·儒耕》注[2]。

[3]蔡中郎故事:指宋代南戏故事《赵贞女蔡二郎》,写蔡伯喈上京应举,贪恋富贵功名,长期不归,妻子赵五娘独立支持门户,在蔡家父母死后到京师寻访伯喈,伯喈不认,最后以马踩赵五娘,雷轰蔡伯喈结束。批判了封建文人一旦飞黄腾达就要弃妻再娶的现实,从而深刻揭露了封建统治阶级的罪恶。后来元末高明改编为南戏《琵琶记》,故事也变成了"全忠全孝",有封建教化作用。清代陕甘秦腔剧本《铡美案》与《赵贞女蔡二郎》故事比较接近,各地经常上演,估计作者将其误认为《赵贞女蔡二郎》。

[4]传奇:传统戏曲形式之一。"传奇"一词的本义是"传写新奇的故事"。其所指数变,唐宋文言小说有称"传奇"者,宋元时期也称杂剧为"传奇"。明代以后则指以南方音乐(南曲)为基础的戏曲形式。作为南曲别名的传奇,是由宋元时代流行于东南沿海地区的南戏发展演变而来。

其四

圣朝不禁虎猫迎[1],饮蜡驱傩礼意精[2]。

老去观乡通古制[3],信知王道本人情[4]。

【注释】

[1]虎猫:周代有八蜡的祭祀活动,其中祭祀猫虎。《诗·大雅·韩奕》:"有熊有罴,有猫有虎。"《礼记·郊特牲》:"八蜡以记四方。四方不顺成,八蜡不通,以谨民财也。"郑玄注:"四方,四方有祭也。其方谷不熟,则不通于蜡焉,使民谨于用财。蜡有八者:先啬一也,司啬二也,农三也,邮表畷四也,猫虎五也,坊六也,水庸七也,昆虫八也。"这里指民间信仰猫虎等动物神。

[2]饮蜡(zhà):指岁末蜡祭后会饮。驱傩(nuó):旧时年终或立春时节驱鬼迎神赛会迷信活动。

[3]古制:古时的法式制度。

[4]王道本人情:指王道无非就是讲求人性人情。王道,我国古代政治哲学中指君主以仁义治天下的政策。

巫 揆

巫揆,生卒年不详,兰州人。嘉庆二十二年(1812)进士。任凤翔府教授。性穆静,不善外务。其父景咸,乾隆五十七年(1793)进士。其弟停,道光十二年(1833)举人,均任过县教谕。

金城十咏[1]

梨苑花光[2]

佳人梦醒淡凝妆,数里栏杆春昼长。

何处洗妆飞醉盏,紫骝金络系垂杨[3]。

【注释】

[1]此组诗辑自《(道光)皋兰县续志》卷十一。明清以来,各地咏当地美景的组诗比较多,多以"八景"为题,兰州的美景也比较多,《(万历)临洮府志》有《金城十二景》,载有明初丁晋、文志贞的诗,分咏"皋兰山色""梨

苑花光"莲池夜月"榆谷晴云"东川耕牧"北岸渔樵"等,只有六景。后来逐渐增多,至巫揆《金城十咏》分咏十景,与《金城十二景》略有不同。

[2]梨苑花光:古代"兰州八景"之一。自明朝前期开凿溥惠渠,引来阿干河水以来,兰州城南龙尾山一带广泛种植梨树。龙尾山麓建有北斗宫、上帝庙、酒仙殿、白雪楼等著名楼阁,称之为"梨花馆"。暮春三四月间,梨花竞相开放,形成一片香雪海,在春日映照之下,花海晶莹耀眼,形成著名的"梨苑花光"景观。

[3]紫骝:古骏马名。

河楼远眺[1]

偶系游骔醉上楼[2],栏边人影坠中流。

夕阳明灭摇晴树,满浦归帆何处舟。

【注释】

[1]河楼远眺:河楼指望河楼,据《兰州府志》记载,河楼计有两处。一处在镇远浮桥南端(现中山铁桥),规模较小,早已无存;一处在现甘肃省政府中山东园内的旧城北垣上面。"河楼远眺"景观的河楼是明肃王府北城墙上建的望河楼,登此楼,如履黄河而乘天风,伸手可采云彩,故名拂云楼。

[2]游骔:出游时乘的马。

白塔层峦[1]

万叠层峦万叠青,晓风送响到檐铃。

邀僧直上灵山顶,佛满香龛月满棂。

【注释】

[1]白塔层峦:见程德润《若己有园十六景·圆桥》注[3]。

莲池夜月[1]

奁开宫镜斗新妆,月有精神花有香。

倒影下垂鱼蟹静,胜燃犀角照龙堂[2]。

【注释】

[1]莲池:古名莲塘池,又名莲荡池,俗称荷花池,因池中有莲,故名。

明初肃藩蓄神泉水为之。毁于明季。清初,旋修旋废。光绪六年(1880),陕甘总督杨昌濬重修,改名小西湖,旧址在今小西湖公园之西部。"莲池夜月"为兰州八景之一。

[2]燃犀角:传说晋温峤至牛渚矶,水底有音乐之声,水深不可测,人云下多怪物。峤乃燃犀角而照之,须臾见水族覆火,奇形异状。见南朝宋刘敬叔《异苑》卷七。龙堂:寺观。

兰山烟雨[1]

寒烟漠漠雨霏霏,大半楼台入翠微[2]。

满谷兰花香馥郁,来朝啼鸟弄晴晖[3]。

【注释】

[1]兰山烟雨:兰山位于兰州城南,为皋兰山之简称。每当朝阳夕晖照耀,辄有岚烟如带,横集于山腰;每遇秋霖夏雨,则淡雨散于天空,浓云锁于山巅,整个山水城郭,尽在烟雾中。

[2]翠微:指青翠掩映的山腰幽深处。

[3]晴晖:指晴天的阳光,形容很美好的样子。

五泉瀑布[1]

滚滚银涛半壁冲,遥瞻霁雪挂晴峰。

冰绡倒卷三千丈[2],恰似飞虹斗玉龙。

【注释】

[1]五泉瀑布:五泉山在皋兰山北麓,有东、西龙口,清流泻地,瀑布垂空,景色天成。

[2]冰绡:薄而洁白的丝绸。

龙尾秋容[1]

何年谪坠老龙蟠,鳞爪深藏不得看。

为吸秋河泥百斗,掉来翠尾白云端。

【注释】

[1]龙尾秋容:龙尾,指龙尾山,在皋兰山的西端。山下广植梨树。龙

尾山麓建有北斗宫、上帝庙、酒仙殿、白雪楼等著名楼阁,称之为"梨花馆"。秋天的时候,龙尾山的梨树树叶变红,也是兰州赏红叶的佳处。

虹桥春涨[1]

水涨桃花淡淡红,源流曾说上天通。

泛槎客到应误认,牛女星河驾彩虹[2]。

【注释】

[1]虹桥春涨:虹桥,指古代兰州雷坛河卧桥,又称握桥,旧址在今七里河区西津桥处。卧桥横跨在雷坛河上,是伸臂木梁桥的代表作品。《皋兰县志·桥津》记载:"握桥又名三公桥,在袖川门西二百步,当阿干河口。架木横空,东西十馀丈,其下无柱,高五丈。其上覆盖如屋,楹栏齐整,亦匠心之巧者。"昔日每逢冬季,雷坛河水便凝固成冰,皑皑如同石蜡,及至春和日暖,冰融水涨,又若银鳞拥涌桥下,向桥上过客报告春讯。

[2]"泛槎"两句:传说张骞奉命寻找河源,乘槎经月亮至天河。这里指张骞会误认虹桥为天上的河桥。

古刹晨钟[1]

梵宇沉沉绣古苔[2],钟声每向枕边来。

鲸鸣碧落千门晓[3],锁辟金蟾万户开[4]。

【注释】

[1]古刹晨钟:兰州的寺庙很多,约有 20 馀座,尤其是五泉山的崇庆寺、白塔山的白塔寺、华林山的华林寺,居高临下,鼎足相望,每到清晨和黄昏,三寺金钟齐鸣,声浪覆盖全城。

[2]梵宇:佛寺。

[3]鲸鸣:这里指钟声。古代神话传说中的龙九子之一蒲牢,平生好音好吼。传说蒲牢居住在海边,害怕庞然大物的鲸。当鲸一发起攻击,它就吓得大声吼叫。后来人们把蒲牢铸为钟纽,而把敲钟的木杵做成鲸的形状,希望敲钟时钟声宏大广远。碧落:天空。道家认为东方最高的天有碧霞遍布,故称为"碧落"。唐白居易《长恨歌》:"上穷碧落下黄泉,两处茫茫皆

不见。"

[4]金蟾:见郝璧《皋兰竹枝词》其二九注[2]。

马衔积雪[1]

何来天马过前山[2]，白鬐腾云万壑间。

冻折层冰涧底落，迎风似撼玉连环[3]。

【注释】

[1]马衔积雪:马衔，山名。为甘肃省榆中县与临洮县交界之分水岭，地处兴隆山南侧，呈西北、东南走向。马衔山海拔最高 3670 米，山顶终年积雪，为兰州著名风景区。

[2]天马:见宋弼《西行杂咏》其四三注[1]。

[3]玉连环:套连在一起的玉环。古代一种玉器玩具。

马世焘

马世焘(1809—1875)，字鲁平，回族，兰州府皋兰县(今兰州市)人。咸丰五年举人，曾任皋兰书院、五泉书院山长。著有《四书集注解释切要》《日新堂诗文集》《枳香山房诗草》。

兰州竹枝词[1]

其一

金钱再买乐如何，路转星桥灯火多[2]。

的是人间春不夜[3]，满城都唱太平歌[4]。

【注释】

[1]此组诗选自《陇右近代诗钞》。

[2]灯火:这里指元宵节的花灯和烟火。《(道光)皋兰县续志》载:"元宵前后四日……夜烟灯箫管，彩帐锦屏，秧歌社火，伥童番鼓，侈丽甲于陇右。"

［3］的是:方言。确实是。

［4］太平歌:一种从属于相声的曲艺形式,约形成于清代初叶,从北京的民间小曲演变而来,在京、津、冀广为流传。这里指太平鼓手唱的庆贺太平的民歌。太平鼓,鼓曲名。北宋徽宗时期,京城内外街市,有鼓笛拍板演唱,称为打断。政和初年,官令禁止,民间乃改称太平鼓。明清时期,民间新春及元宵节经常演出太平鼓。甘肃省太平鼓主要流传于甘肃兰州、张掖、酒泉等地。太平鼓是一种具有浓郁西北风情的汉族鼓舞,因其含有庆贺太平的美好寓意,是当地人民最喜爱的表演形式之一。太平鼓既是乐器,也是一种道具,多配合舞蹈动作进行敲击,边敲边舞,形式多样,刚健有力。

其二

长堤铁锁压虹腰[1],天下黄河第一桥。

二十四船连最稳,任他春水浪迢迢。

【注释】

［1］"长堤"句:这里指镇远浮桥。

其三

夭桃秾李满城栽[1],梨苑花光入眼来[2]。

别有动人春色好,碧桃开罢海棠开。

【注释】

［1］夭桃秾李:桃树和李树。《诗·周南·桃夭》:"桃之夭夭,灼灼其华。"《诗·召南·何彼秾矣》:"何彼秾矣,华如桃李。"也比喻年少美貌。多用为对人婚娶的颂辞。

［2］梨苑花光:见巫揆《金城十咏·梨苑花光》注［2］。

其四

名山最爱五泉游[1],炎夏登临似早秋。

烟水茫茫看不尽,一层楼外一层楼。

【注释】

［1］五泉:五泉山。

其五

南山惯种夏时禾[1],北山秋成大有歌[2]。

东西柳沟三十里[3],家家门外绿杨多。

【注释】

[1]南山:指皋兰山。见郝璧《皋兰竹枝词三十首》注[1]。

[2]北山:在兰州市黄河北岸,有白塔山、九州台等名胜。大有:大丰收。

[3]东西柳沟:东柳沟在兰州市榆中县,西柳沟在兰州市西固区,东西相距三十多里。

其六

凤林山下路弯弯[1],杂沓征人自往还[2]。

多少东来西去者,阿谁不度玉门关[3]?

【注释】

[1]凤林山:即白塔山。山下有凤林关,明代建。旧址在今兰州白塔山下东侧烧盐沟口。跟唐以前的凤林关地址不同。

[2]杂沓:指纷杂繁多貌。

[3]阿谁:口语。即"谁"。

其七

淳化原来内府藏[1],笔痕墨渖重琳琅[2]。

自从石刻装成帖,谁不临池仰肃王[3]。

【注释】

[1]淳化:指《淳化阁帖》。中国最早的一部汇集各家书法墨迹的法帖。明初朱元璋将宫中所藏《淳化阁帖》赐予肃王朱楧。明朝末年,肃宪王朱绅尧将肃府藏《淳化阁帖》翻刻印行,因工程浩大,至其子朱识鋐才完成。此帖因深得宋帖的神韵,影响较大,被称为肃府本《淳化阁帖》,现珍藏于甘肃省博物馆。

[2]墨渖:墨汁。渖,汁。琳琅:精美的玉石。比喻美好珍贵的东西。

[3]临池:练习书法。肃王:这里指末代肃王朱识鋐(？—1643),肃宪
王朱绅尧的嫡长子,别号太华道人,天启元年(1621)被册立为肃王。朱识
鋐好诗文,精书画,继承父亲遗愿,完成了翻刻《淳化阁帖》的巨大工程。崇
祯十六年(1643)十一月,李自成部将贺锦攻破兰州,朱识鋐被杀。

其八

西瓜名种比青门[1],半出金城关外村[2]。

送客长亭十里店[3],春来人似住桃源[4]。

【注释】

[1]青门:汉长安城东南门。本名霸城门,因其门色青,故俗呼为“青
门”或“青城门”。《三辅黄图·都城十二门》:“长安城东,出南头第一门曰
霸城门。民见门色青,名曰青城门,或曰青门。门外旧出佳瓜,广陵人召平
为秦东陵侯,秦破,为布衣,种瓜青门外。”

[2]金城关:在今兰州市黄河北岸的白塔山下。汉代已经在兰州黄河
边筑有金城关来据守。《甘肃通志》:“金城关,在州北二里,黄河西北山要
隘处,倚山临河,乃通甘肃要路。周武帝置金城津,隋开皇十八年改津为关,
明设巡司于河南岸,万历二十五年易土以砖。”《重修皋兰县志》:“金城关,
汉置,隋有关官,唐因之,宋绍圣四年(1097)重筑,明屡加修葺。”1942年建
筑甘新公路时将关城拆除,但名称至今保存。

[3]十里店:地名。在今甘肃省兰州市安宁区。

[4]桃源:桃花源,也叫武陵源。晋陶潜有《桃花源记》,描写了一个风
景秀丽、人民安居乐业的理想住所,后世也称“世外桃源”,泛指隐居之处。
安宁区十里店一带地势平坦,良田颇多,有很多桃树和瓜田,夏秋之际,到处
瓜果飘香。

其九

瘦驴小小驾圈车[1],载得邻妻去母家。

最是妇人多古道[2],至今障面用乌纱[3]。

【注释】

[1]圈车:即大车。参看宋弼《西行杂咏》其二四注[1]。

[2]古道:传统的正道。今通称不趋附流俗,守正不阿为古道。

[3]障面:遮面。西北地区妇女出门有青纱遮面的习俗。

其一〇

秋日凄凄景倍闲[1],重阳前日订高攀[2]。

明朝共载黄花酒[3],不上南山上北山[4]。

【注释】

[1]凄凄:形容寒凉或悲伤凄凉。

[2]重阳:重阳节。中国传统节日,节期为每年农历九月初九。"九"数在《易经》中为阳数,"九九"两阳数相重,故曰"重阳";因日与月皆逢九,故又称为"重九"。古时民间在重阳节有登高祈福、秋游赏菊、佩插茱萸、拜神祭祖及饮宴祈寿等习俗。

[3]黄花酒:指菊花酒。

[4]"不上"句:指兰州人重阳节登高,就在兰州市的南北两山。

宝 鋆

宝鋆(1809—1891),字锐乡,号佩蘅,索绰络氏,满洲镶白旗人,世居吉林。清道光十八年(1838)进士。三迁侍读学士。咸丰时曾任内阁学士、礼部右侍郎、总管内务府大臣。同治时任军机大臣上行走,并充总理各国事务大臣、体仁阁大学士。光绪时晋为武英殿大学士。卒谥文靖。著有《文靖公诗钞》。

竹枝词三十韵(选四)[1]

竹枝以唐刘随州为最[2],纪风土,述人情,妙绝一时。余偶来塞外,见闻无几,因赴噶鲁砥[3],山峻路远,车中口占二十四首,次日续得六首。或庄言之,或谐言之,以示采风问俗之意,而究未审其当焉否也?佩衡自识。

【注释】

[1]此组诗选自《文靖公诗钞·塞上吟》卷二。作于咸丰四年(1854),宝鋆奉命出使蒙古,经宣大蒙古四十九台,至三音诺彦,有《竹枝词》30首,记人民衣食物产,颇有可采。三音诺彦,亦称喀尔喀中路,在外蒙古中部,传说北瀚海汉苏武牧羊地。这里选与甘肃有关的4首。

[2]刘随州:即唐代诗人刘长卿,官终随州刺史,世称刘随州。这里应指刘禹锡。

[3]噶鲁砥:地名。在外蒙古中部,传说北瀚海汉苏武牧羊地。

其一六

乘轺恰值暮秋天[1],衰草离离拂野烟[2]。

左右不知兴废事[3],教人何处问祁连[4]?

【注释】

[1]乘轺(yáo):"乘轺建节"的意思。坐着轻便的马车,竖起竹节。轺,轻便的马车。节,缀有牦牛尾的竹棍,古代使者持作凭证。

[2]离离:盛多貌,浓密貌。

[3]左右:有帮助、辅佐、保护等意思。这里指随从的人。兴废事:指历史上王朝的兴衰存亡。

[4]祁连:山名。见马祖常《河湟书事二首》其一注[2]。

其一九

北地雄风振古豪[1],小儿衣上亦容刀。

虎头燕颔封侯相[2],食肉原来尽老饕[3]。

【注释】

[1]北地雄风:指西北地区的尚武风气。《汉书·赵充国、辛庆忌传赞》曾说:"秦、汉已来,山东出相,山西出将。……故《秦诗》曰:'王于兴师,修我甲兵,与子皆行。'其风声气俗自古而然,今之歌谣慷慨,风流犹存耳。"北

地,即北地郡。见王士禛《秦中凯歌十二首》其七注[3]。

[2]虎头燕颔:旧时形容王侯的贵相或武将相貌的威武。《后汉书·班超传》:"燕颔虎颈,飞而食肉。"

[3]老饕(tāo):指贪吃的人。饕餮(tiè),古代中国神话传说中的一种神秘怪物,名叫狍鸮。《山海经》说其羊身人面,眼在腋下,虎齿人手。后比喻贪婪之徒,人们一般称这种人为"老饕"。

其二〇

胭脂山下美人多[1],狐帽披风珠练拖。

怪底容光殊虢国[2],不施铅粉抹烟螺[3]。

【注释】

[1]胭脂山:山名。见戴记《塞上杂咏》其四注[5]。

[2]怪底:惊怪,惊疑。虢国:指虢国夫人杨氏(? —756),蒲州永乐(今山西芮城县)人,唐玄宗李隆基宠妃杨玉环的三姐。杨贵妃得宠于唐玄宗以后,虢国夫人和杨贵妃的另两个姐姐一起迎入京师。唐玄宗称杨贵妃的三个姐姐为姨,并赐以住宅。虢国夫人经常素面朝天,唐玄宗对她宠爱有加。

[3]铅粉:一种矿物,白色,有毒,溶于酸类,不溶于水。也称铅白。古代妇女用来搽脸。《乐府诗集·木兰诗》:"易却纨绮裳,洗却铅粉妆。"烟螺:即螺子黛。旧时妇女画眉用的青黑色颜料。

陈炳奎

陈炳奎(1811—?),字莲樵,甘肃省武威市人。咸丰元年举孝廉方正。工书,善琴,尤喜为诗。著有《古柏山房诗草》。

上元竹枝词[1]

驱疫年年各样妆[2],元宵依旧共登场。

一声社鼓人喧闹[3],赚得佳人尽上房。

【注释】

[1]陈炳奎诗均选自《陇右近代诗钞》。

[2]驱疫:驱除瘟疫厉鬼。

[3]社鼓:见汪士铉《岷州竹枝词》其三注[1]。

金城竹枝词[1]

其一

闻说五泉浴佛开[2],纷纷士女到山隈[3]。

见人伴作含羞态,却向行人多处来。

【注释】

[1]金城:兰州。

[2]浴佛:见叶澧《甘肃竹枝词》其一六注[2]。

[3]山隈:山沟,山弯曲处。

其二

锦簇花团巧样妆[1],香车过处望辉煌[2]。

数声锣鼓人喧扰,妖艳争看压轿娘。

【注释】

[1]锦簇花团:形容五彩缤纷,十分鲜艳多彩的景象。

[2]香车:见王煦《兰州竹枝词二十四首·闺孝》注[3]。

其三

烧香白塔到云崖[1],回望浮桥水面排[2]。

侬自上来人自下[3],罗裙开处露弓鞋[4]。

【注释】

[1]白塔:指白塔寺,在兰州城黄河北岸白塔山上。

[2]浮桥:指兰州镇远浮桥。

[3]侬:见郝璧《皋兰竹枝词三十首》其一〇注[1]。

[4]弓鞋:古代缠足妇女所穿的鞋子。妇女因缠足脚呈弓形,故其鞋有

此名。

其四

枯木生涯担一肩[1],纷纷鱼贯唤街前[2]。

挑来同是黄流水,不要老翁要少年。

【注释】

[1]生涯:生计,生活。中华人民共和国成立以前,兰州无自来水,水夫挑水沿街叫卖,依次而行,互不值先。叫卖之声,只喊一个"水"字。

[2]鱼贯:依次。

萧 雄

萧雄(1824?—1894),字皋谟,号"听园山人",湖南益阳人。平生豁达豪放,胸怀爱国大志。同治三年(1864),随左宗棠西征军进疆,效力都统金顺、提督张曜幕下,因功赏直隶州知州。后旅居长沙,专意著述《西疆杂述诗》并自为注释。

西疆杂述诗(一百五十首选二)[1]

从古骚人墨客,往往寄托吟咏,陶写性情,余于是篇,岂其然也? 慨自壮岁困于毛锥[2],会塞上多事,奋袖而起,请缨于贺兰山下[3],即从战而西焉。关内荡平,将出净塞氛,遂乃前驱是效。其时碛路久闭,初印一踪,人绝水乏,望风信指[4],兼旬而至伊吾,天山南北,贼焰沸腾[5],干戈异域,不堪回首。然一感知遇,皆所弗顾。自此旁午于十馀年之中,驰骤于二万里之内,足迹所至,穷于乌孙[6],亦惫矣哉! 而其成功,卒无所表著。噫! 可谓半老数奇矣[7]。

囊者入关,抵兰州,友人竞问边陲,曾略以诗告。寥寥短楮[8],叙述不详,屡被催续,而车尘鲜暇。及还乡,缘无力入都,山居数载,究因猬累[9],败兴久之。顷以道出长沙,旅馆篷窗,兀坐无聊,回思往迹,神游目想,搜索而成篇,共得百四十馀首。句虽粗疏,颇及全图,聊覆催诗旧雨[10],而鸿爪雪泥[11],藉自志矣。嗟乎!班超投笔[12],定远封侯;窦宪出关[13],燕然勒石,经历之处,千载流传。仆虽不才,其草檄矢石之中,枕戈冰雪之窟,自怜艰辛,数倍于人,殊叹足之所经,当时鲜有知者,安望千百世后,尚有传说其人其地者哉?矧南中之人,击钵声同,以为殊方远域,卧游可历,故是篇为未虚此行,可即谓替人游览亦可。倘论推敲,应为之一笑焉!

　　光绪十有八年壬辰岁花朝后一日,听园山人自序于星沙客舍。

【注释】

[1]此组诗作于1885年到1892年,前后经过七年时间,收录诗作110题150首,详细记述了新疆和甘肃部分地区的历史文化、地理物产和民情风俗,作者曾作了详细注释,对我们了解西北历史文化有非常重要的参考价值。这里选择了与甘肃有关的2首。

[2]毛锥:原指毛笔。这里代指科举考试。

[3]请缨:见李殿图《番行杂咏》其三八注[1]。贺兰山:见铁保《塞上曲四首》其二注[2]。

[4]望风:人之影响及于远方,有类于因风传送,因谓自远处瞻望其人为"望风"。

[5]贼焰:指阿古柏入侵,并勾结白彦虎等人作乱。

[6]乌孙:指乌孙国。西汉时由游牧民族乌孙在西域建立的国家,位于巴尔喀什湖东南、伊犁河流域。

[7]数奇:指命运不好,遇事多不利。《汉书·李广传》:"大将军阴受上指,以为李广数奇,毋令当单于,恐不得所欲。"颜师古注:"言广命只不耦合也。"

[8]短楮(chǔ):比较短的诗文。楮,落叶乔木,树皮是制造桑皮纸和宣纸的原料。纸的代称。

[9]猬累:繁事所累。猬,借猬毛齐竖形容其多。

[10]旧雨:旧朋友,老朋友。唐杜甫《秋述》:"卧病长安旅次,多雨……

常时车马之客,旧,雨来,今,雨不来。"后人就把"旧"和"雨"联用,比喻老朋友。

[11]鸿爪雪泥:比喻往事遗留的痕迹。宋苏轼《和子由渑池怀旧》:"人生到处知何似,应似飞鸿踏雪泥。泥上偶然留指爪,鸿飞那复计东西。"

[12]投笔:见王煦《兰州竹枝词二十四首·入塞》注[5]。

[13]窦宪:东汉扶风平陵(今陕西咸阳西北)人。永元元年(89)率兵击败匈奴,追至燕然山,勒石纪功而返。

出塞

其一

乍过酒郡出雄关[1],路入平沙马便烦[2]。

万里城高横紫塞[3],三危山峻阻黄番[4]。

【注释】

[1]自注:"甘肃肃州直隶州,汉之酒泉郡也。东距省城一千四百二十里,城西二十里,即嘉峪关,为西塞长城门户。凡过此者,多以城为秦迹。按:《史记·蒙恬传》:'秦使蒙恬将三十万众筑长城,西起临洮,东至辽东,袤延万馀里。'临洮,今兰州府属之狄道也。其长城形势,自辽东山海关起,围绕直隶、山西、陕西等省暨甘肃之宁夏各边界,八千馀里,绵亘东西。再自宁夏西行,直抵凉州府城东郊一百二十里土门地方,遂左折而南,经古浪、平番、西宁各府县,跨过黄河,绕至狄道,是为秦始皇长城。若嘉峪关一带边墙,系明世宗嘉靖间所添筑,东接土门顺直,而西围于甘、凉、肃三州府之北边。复自肃城西北,经嘉峪关,横至西南,与南山连接,计长一千二百馀里。此前明所划边界也。我朝中外一统,不恃长城为限,惟就关门稽出入焉。嘉峪正据横坡,侧拱南山,地雄势壮,崇墉巩固,楼阁参差,门洞重障深邃,附筑小城一区,设游击、巡检等官驻守,启闭甚严,额题'天下第一雄关'。"按:秦长城西起临洮,为今之岷县。

[2]自注:"关门以外即是荒沙,举目一观,无木草柴薪、人民庐舍,判然

有内外之别。关常闭,除大差经过,守者迎候,重门洞开,其馀大小员弁暨军民人等出入,皆俟验明文票,然后启扃,人将跨门,随踵复阖。征人至此,动生去国之思,土语云:'出了嘉峪关,眼泪不能干。前看戈壁滩,后似鬼门关。'戈壁,夷言沙滩也。沙滩之地,凡车马驼运往来,多乘暮夜行走,一则日间四望无边,牲畜急欲奔站,易于疲困;一则途中无水,夜凉不至大渴。若当夏月,日中尤不敢行,且白日停歇,牲畜尚可散动,夜则恐其走失。故出关行旅,每以向晚起程,天明到站为便。至若路遇流沙,马行辄退,沙拥轮胶,其俯而喷、仰而鸣者,更难目睹也。"

[3]自注:"《一统志》:'紫塞在今肃州北一百八十里,屹立沙漠中,一名黑山。自关外回望长城,离山数十里,蜿蜒东下,凄凉之中,亦雄壮矣哉。'"紫塞:北方边塞。又指长城。晋崔豹《古今注》云:"秦筑长城,土色皆紫,汉塞亦然,故称紫塞焉。"

[4]自注:"安西城南数十里,有大山,附于东西绵亘之南天山,人多指为三危。据元时张立道使交趾,指云龙州东江上一山为《禹贡》之三危,论者多从其说,以苗疆在彼,三危当不在此。但《志》载三苗在安西之西,三危在吐鲁番之东南。今按地形,当在其处。故欲以土人所指为然。山后直达青海、星宿海等处,与西藏接壤。沿山皆番部,土人有黄番、黑番之称,又分生熟番。近三危者,黄番也。黄番状貌与汉民相近,黑番则面目狰狞,性情悍黠,安西一带,恃有此山隔阻。惟敦煌城南四十里有千佛洞,古胜迹也。近洞有峡可通,往年烧香游览者,时被出山掠于途,后皆结伴始去。至于附内地,隶籍连城土司者,多错处于肃州、高台一带之南山边,迥与诸番有别。记余同治间从征肃州,途次高台之清水境,有乡绅妥得磷,番部也,举止言谈,居然儒士,且甚朴实,是皆圣朝声教遐敷,默化于无形也。因附述焉。"三危山:见王芑孙《西陬牧唱词》其四注[9]。

其二

苏赖河流一线清[1],迢遥南岸有三城[2]。

井疆仍属河西郡[3],天马当年此地生[4]。

【注释】

[1]自注:"《一统志》:'苏赖河,亦名布隆吉河,发源靖逆卫。南山曰昌马。河北流转而西,经柳沟卫,北会十道沟水,为苏赖河。'按:靖逆卫,即今玉门县之靖逆营。苏赖河发源于玉门东南之南山中。其始北流,由玉门城东二十里经过,复东北绕至玉门北境五十里之三道沟,历会各沟支水,直进而西流,至敦煌西北入于巨浸,共长千馀里。其水平时清浅,三道沟以上,广数十丈不等,过此则广狭无常。西行大路,必由安西城北济渡。夏月水涨时,泛滥沙滩,泓深数丈,行人车马,多阻于此。向无舟,因水小无须,水大奔流难渡耳。《志》载沟水有十道。余记玉门东北,迤至布隆吉尔东北十五里之九道沟,沿河百五十里之间,称为'九沟十八坡',未知孰是。柳沟卫,今名四家滩,在三道沟西二十五里,一带皆长林,堡傍河,都司守之。布隆吉尔适当广野,中多草湖卤地。有荒废土城一座,甚廓大,闻旧为提督驻处,今仅补葺一隅,驻有都司。城中多古木,大者围丈馀。"苏赖河:即疏勒河。见宋弼《西行杂咏》其五注[1]。

[2]自注:"苏赖河自三道沟以下,沿河北岸,即哈密东境之大戈壁,一片荒沙,纵横千里;南岸东西长九百馀里,横抵南山,广皆数十里不等。安、敦、玉三城列峙焉。节节有产粮腴地,间于卤地沙滩,每段方圆百数十里之中,皆土润人稠,树木荫翳。玉门佳处甚多,而敦煌倍之,沃野一隅,辟南不通道,望之蔚然深秀,物产蕃茂。境内大堡七十二所,皆陕甘各州县迁出之民,分邑聚居,各以原籍邑名呼其堡,守望联络。南山产金,盛称七十二金沟。内有名'日出斗金'者,言每日能得金盈斗。金穴深远,横行、直下不定,皆循其矿苗所往而隧阱之,常穿至数十丈及一里半里者。往年招商开采,每厂二三百人,动需巨赀,后因兵燹,停止久矣。惟安西州城适当沙碛,地多怪风,三五日一发,昼夜不能止,城垣辄为流沙所掩,驰马可逾,岁经数掘,城郭人民,凄凉寒苦,莫此为甚,实为西陲最瘠之区。四郊一望皆沙,产粮全赖东境之小宛、双塔堡、布隆吉尔等处。近亦七十里外,则又不及玉门远矣。自嘉峪关至玉门县,二百九十里;玉门至安西州,三百里;安西至敦煌县,二百八十里。自敦以往,截然无路。古之玉门关,在今敦煌西北。阳关

在其西南。两关久废，不通道矣。"迢遥:远貌。

[3]自注:"汉于秦之长城外，开设武威、张掖、酒泉、敦煌，为河西四郡，西以玉门、阳关为塞陬。武威、张掖、酒泉，今之凉州、甘州、肃州三州府，惟敦煌极西，自明划嘉峪，截为关外。我朝以敦煌、玉门为两县，设安西直隶州领之，与肃州同道。今虽开新疆为行省，而安西各属，仍归甘肃，不隶新疆三属，文武考试，原例调入肃州就棚，以资节省。"

[4]自注:"《汉书》:'元鼎四年，西域贡天马，产于渥洼水中。'按:渥洼泉，在今敦煌城南二十里南山下之沙碛中。其地四围，团沙为山，高约十数丈，势若仰盂，中有泉一池，池如太极半图。南岸稍宽，沙中有土壤一方，形与池同，与水相连，颠倒环抱，合成太极，水阴而土阳，望之分明呈象。土人因似月牙，又呼月牙泉。北岸山脚，离池不过二丈，而流沙壁立，竟不下雍，且反上腾。凡游览者，强至山腰，坐而推之，沙坠有声，恍听鼓乐。余曾亲聆矣。推下之沙，少顷复上，平地不遗颗粒。遇朔望节气，则不推自鸣，因名鸣沙山。池长约六七十丈，头广如其半，尾不盈尺，头西尾东，水无来源，无去路，势将齐岸，晴雨无消涨，味甘美，洁无纤尘，或鹅、鸭、水鸟堕毛，与草屑飞落，夜皆掀置池上。有溺毙于中者，骸无可捞，但次日于池上收之。池水深不可底，向有好事者，曾雇泅人下视，缒绳百四十馀丈，了无止处，且渐下渐宽。其它灵异甚多。敦煌乔岳嵘茂才，为余详言之，兹难备述。池南土壤间，建有龙王、药王等祠，并游观台榭。乔云:'咸丰间与友人燕集亭中，系马于树，至夜深，忽一牝马摄入池底，卒未浮出。'又云:'池中曩曾置一小舟，供游赏。一日，县署女眷游此，将及登舟，突然波翻水立，有物轰击闪灼，露出数尺，隐隐神龙见尾，舟几覆，速下始定。以后妇女不敢作兰桡之游。'想见异境，澄潭下必有龙也。天马之产，理亦宜焉。按:《隋书》:'吐谷浑有青海，周千馀里，海中有山。其俗至冬，辄放牝马于其上，言得龙种，尝得波斯草马，放入海峤，因生骢驹，时称为"瀚海骢驹"。'然则渥洼天马，或亦池上所产，不必定出于池中也。池有异草，状若藤蔓，茎甚细，空脆似木贼，深长不计丈，色碧绿而少叶，尺馀一节，每节有小盘，周环红点七痕，色鲜明如朱砂，土人呼为七星草。生深坑陡岸间，必结长竿数丈，

始能掇取。向有异人传为药物,阴干煎服,能愈百病,屡神效,治气分尤宜,咸以仙草目之。"按:七星草,月牙泉里有异草,状若藤蔓,茎甚细长,色碧绿而少叶,尺馀一节,每节有小盘,周环红点七痕,色鲜明如朱砂,土人呼为七星草。

王源瀚

王源瀚(1829—1899),字奋涛,号海门,甘肃省静宁县人。咸丰二年(1852)优贡,就训导职。光绪十二年(1886)进士及第。光绪十四年(1888),官江西南康(今赣州市南康区)知县。晚岁历主阿阳、柳湖、五原诸书院讲席。有《六戊诗草》六卷流传。

平凉竹枝词[1]

其一

落落疏疏屋宇斜[2],城中人似野人家。

窗前但有三弓地[3],不种修篁便种花[4]。

【注释】

[1]此组诗选自《甘宁青史略副编》卷五。作于同治元年(1862),诗题下有小序云"代四弟子清应田太尊观风作"。田太尊,即平凉知府田增寿。太尊,对知府的尊称。观风,即"观风试"。清朝学政及地方官到任后,拟出经解、策论、诗赋等题目,令生员和童生选作,或直接到书院考试生童,以考察当地的文化风俗。此组诗写平凉的民俗风情,洋溢着爱恋之情。

[2]落落疏疏:形容稀疏零落的样子。

[3]三弓地:即长宽各一丈五尺的地方,比喻院子宽敞。弓,丈量地亩的器具,用木头制成,形状略像弓,两端的距离是五尺。

[4]修篁:修竹,长竹。

其二

东观浮屠起七层[1]，禅房罗列夜传灯[2]。

韩藩好佛人都化[3]，处处经声处处僧。

【注释】

[1]东观：《甘宁青史略》注："东观，即紫极观。"浮屠：也作浮图。梵语音译词。意为佛陀。原指佛教的创始人释迦牟尼。古时曾把佛塔误译为浮屠，故又称佛塔为浮屠。

[2]禅房：犹禅室。佛徒习静之所。传灯：见李殿图《番行杂咏》其一三注[2]。

[3]韩藩：明初，朱元璋封第二十子朱松为韩王，封地本来在辽宁开原。永乐二十二年（1424），韩王朱松嫡长子朱冲�改封到甘肃平凉，宣德五年（1430）就藩平凉。平凉前几代韩王都好佛，平凉城内外的崇福寺、南庄寺、韩二府寺、韩六府寺、褒四府寺等，均为前代韩王所建。

其三

北城门外柳湖开[1]，端午人看报赛来[2]。

吩咐女儿须早起，明朝莫等鼓声催。

【注释】

[1]柳湖：见叶澧《甘肃竹枝词》其六二注[4]。

[2]报赛：农忙后的谢神祭祀。

其四

成婚时必过黄昏[1]，花烛辉煌迎入门。

娶礼至今都异昔，郡城犹有古风存[2]。

【注释】

[1]"成婚"句：古时于黄昏举行婚娶之礼，后已多改为午间进行。平凉犹存古代风俗。

[2]郡城：平凉城。

景　廉

景廉(1832—1885),姓颜札氏,字俭卿,一字秋坪,号季泉。满洲正黄旗人。咸丰二年(1852)进士,改翰林院庶吉士,由编修迁至内阁学士,典福建乡试,擢工部侍郎。咸丰八年授伊犁参赞大臣,同治元年(1862)调叶尔羌参赞大臣。同治十年(1871)授乌鲁木齐都统,十三年七月以钦差大臣督办新疆军务,抗击阿古柏入侵。光绪元年(1875)还京授正白旗汉军都统,命入军机,兼总理各国事务衙门大臣。授工部尚书,调户部,补内阁学士,再迁兵部尚书。光绪十一年卒于任。著有《冰岭纪程》《度岭吟》。

若己有园诗[1]

蔬香馆

树阴蓊郁护长廊,绕砌新蔬绿几行。

簿领馀闲时一到[2],莫教辜负菜根香[3]。

【注释】

[1]此诗辑自《(光绪)重修皋兰县志》卷十八。若己有园:见程德润《若己有园十六景》注[1]。

[2]簿领:谓官府记事的簿册或文书。

[3]菜根香:见程德润《若己有园十六景·蔬香馆》注[2]。

夕佳楼

池塘东畔起层楼,楼影参差沁碧流。

斜日一窗帘半卷,衔杯人对万山秋[1]。

【注释】

[1]衔杯:口含酒杯。指饮酒。

天香亭

冉冉香云四壁遮,春风拂槛月轮斜[1]。

神仙至境饶清福,饱看天涯富贵花。

【注释】

[1]春风拂槛:李白《清平调》其一:"云想衣裳花想容,春风拂槛露华浓。"

四照厅

曲槛回阑宛转通,万松深处敞帘栊。

等闲一枕华胥梦[1],消受虚窗四面风。

【注释】

[1]华胥:传说是伏羲氏的母亲。《列子·黄帝》:"(黄帝)昼寝,而梦游于华胥氏之国。华胥氏之国在弇州之西,台州之北,不知斯齐国几千万里。盖非舟车足力之所及,神游而已。其国无帅长,自然而已;其民无嗜欲,自然而已……黄帝既寤,怡然自得。"后用以指理想的安乐和平之境,或作梦境的代称。

月波亭

水光潋淹月光寒,凭眺何人夜倚阑[1]。

多少楼台供眼底,回头偏向镜中看。

【注释】

[1]倚阑:即倚栏。

王澍霖

王澍霖(1830? —?),字继廷,号石樵,皋兰(今兰州市)人。咸丰二年(1852)副贡,曾任榆林、神木、韩城知县。工诗善书。著有《宜春草堂诗》二卷。

小西湖竹枝词[1]

其一

半亩莲池半亩塘,一经兵燹更荒凉[2]。

年年摇落无人管,可爱三湘魏午庄[3]。

【注释】

[1]此组诗选自《宜春草堂诗》卷一。作于光绪十四年(1888)。小西湖:见巫揆《金城十咏·莲池夜月》注[1]。

[2]兵燹(xiǎn):因战争、兵乱而造成的焚烧破坏等灾害。

[3]三湘:湖南别称。"三湘"是潇湘、蒸湘、沅湘的合称。魏午庄:魏光焘(1837—1915),字午庄,湖南邵阳人。魏源族孙。光绪七年(1881)任甘肃按察使。十年任新疆布政使。二十年,参加中日甲午战争,在牛庄重创日军。后历任江西布政使、陕西巡抚、陕甘总督、云贵总督和两江总督等要职。魏光焘曾经在小西湖修建楼台。

其二

绿杨阴下绉微波,红菡萏中映绮罗[1]。

盛会近来多仕女,惜无人唱采莲歌[2]。

【注释】

[1]菡萏:荷花的别称。绮罗:华贵的丝织品或丝绸衣服。

[2]采莲歌:流行于江南等地的民歌,是与龙舟竞渡有关的风俗歌。

其三

六月会开日正长[1],炎蒸天气觉难当[2]。

多情最是堤边绿,招得游人暂歇凉。

【注释】

[1]六月会:即天贶(kuàng)节。农历的六月六日。传说唐代高僧玄奘从西天取经回国,过海时,经文被海水浸湿,于六月初六将经文取出晒干,后此日变成吉利的日子。

[2]炎蒸:暑热熏蒸。

其四

一别此池廿馀载[1],近来风景最开予。

谁家公子能驰马? 何处小儿学钓鱼?

【注释】

[1]廿馀载:二十多年。

其五

嘉雨轩中卖酒家[1],惠风亭上正烹茶[2]。

我来纵有相如渴[3],不见文君不肯赊[4]。

【注释】

[1]嘉雨轩:在小西湖上。

[2]惠风亭:在小西湖上。

[3]相如渴:见郝璧《皋兰竹枝词三十首》其一〇注[2]。

[4]文君:见郝璧《皋兰竹枝词三十首》其一〇注[4]。

其六

芦苇声来风习习,芰荷叶动雨霏霏[1]。

游子不知天色变,试问同人归不归?

【注释】

[1]芰荷:指菱叶与荷叶。霏霏:雨雪盛貌。《诗·小雅·采薇》:"今我来思,雨雪霏霏。"

其七

美人携手上高台,风荡罗裙两扇开。

小小金莲走无力[1],短墙斜倚望人来。

【注释】

[1]金莲:指妇女的缠脚。最早出现于宋代,是古代妇女传统习俗的极端发展。人们把裹过的脚称为"莲",而不同大小的脚是不同等级的"莲",

大于四寸的为"铁莲",四寸的为"银莲",而三寸的便为"金莲"。

其八

竹布衫儿赛葛纱[1],满头斜插石榴花。

逢人似作风流态,手把红巾半面遮。

【注释】

[1]葛纱:以葛的纤维织成的纱布。

其九

北山风雨隔河来,急电惊雷动地开。

男女纷纷无处避,一齐拥上魏公台[1]。

【注释】

[1]魏公台:指魏光焘在小西湖修建的楼台。

其一〇

杨柳亭台似画图。人人都唤小西湖。

一年四季常游宴,反罢龙君作酒徒[1]。

【注释】

[1]"反罢"句:小西湖南岸有龙王庙,建在神泉之南,古人认为龙王就是泉神,遇旱常祭祀、唱戏娱神求雨。官宦士人踏青、泛舟乘凉、赏红叶荻花、观雪景,四季玩赏宴饮,潜隐在神泉中的龙王似乎也成为高阳酒徒了。罢,通"把"。

其一一

黄河曲曲绕池来,北有螺亭南有台[1]。

我到西湖看不足,教人怀抱及时开。

【注释】

[1]螺亭:小西湖北螺亭建高台之上,踏步螺旋而上,如螺狮貌,故名。

其一二

力把荒池作小湖,芦花两岸路平铺。

亭台历落二三座[1],杨柳依稀数百株。

【注释】

　　[1]历落:疏疏落落,参差不齐。

其一三

白马青鞍美少年,头旋草帽手扬鞭。

偶然来到禅房里,斜倚寒床口吸烟[1]。

【注释】

　　[1]寒床:寒凉的床铺。

其一四

手摇羽扇坐雕轮,身著罗裳踏绿茵。

来往小西湖上望,也游风景是何人[1]?

【注释】

　　[1]也游:即"冶游",野游。男女出外游乐。

其一五

兰山樵者好传奇[1],绝似当年杜牧之[2]。

闲坐草堂无个事[3],开笺手写竹枝词。

【注释】

　　[1]兰山樵者:作者自指。兰山,皋兰山。见郝璧《皋兰竹枝词三十首》注[1]。樵者,打柴的人,借指隐士。

　　[2]杜牧之:见叶映榴《过皋兰八绝句》其六注[2]。

　　[3]无个事:没有一点儿事。

方希孟

　　方希孟(1836—1914),字小泉,号峄民,晚号天山逸民,安徽寿县人。同治五年(1866),补廪膳生。以教职试用,历任太湖、霍山两县。光绪二年(1876),随"卓胜军"将领金顺率军入新疆,平定阿古柏叛乱。八年,回乡。后又入湖北提督程文炳幕。三十二年,应伊犁将军长庚召,再入新疆。宣统元年(1909),长庚迁为陕甘总督,希孟亦东归。民国三年(1914),病卒于芜湖旅舍。有《息园诗存》《西征续录》行世。

安西铙曲四首[1]

其一

一片飞沙白日昏,红旗亲探出辕门[2]。

胡卢河上无烽火[3],昨夜全军渡白墩[4]。

【注释】

[1]此组诗选自《息园诗存》卷二。作于清光绪三年(1877),为诗人从军出塞路过安西时所作。安西:见沈峻《东行途中即事》其四注[1]。铙曲:即铙歌。军中乐歌。传说黄帝、岐伯所作。汉乐府中属鼓吹曲。马上奏之,用以激励士气。也用于大驾出行和宴享功臣以及奏凯班师。

[2]辕门:见叶澧《甘肃竹枝词》其四注[2]。

[3]胡卢河:即清水河,在宁夏固原城东北,源出六盘山,东北流,与镇原县之胡卢河汇合,又北流入宁夏卫界,又西北入于黄河大黑水。

[4]白墩:即白墩子。见杨廷理《道中杂诗》其三注[1]。

其二

角声吹彻万峰鸣,三月风狂草不生。

试向黑山墩上望[1],高高双塔镇边城[2]。

【注释】

[1]黑山墩:即黑山悬壁长城。在嘉峪关西北20千米处。

[2]双塔:见杨廷理《道中杂诗》其六注[1]。

其三

伊吾西上更龙堆[1],多少征人立马回。

见说飞泉会涌地[2],纯皇亲写纪功碑[3]。

【注释】

[1]伊吾:见宋弼《西行杂咏》其二注[1]。龙堆:即白龙堆。见祁韵士

《西陲竹枝词·戈壁》注[2]。

[2]飞泉:传说贰师将军李广利行军到敦煌,军士无水可饮,李广利用剑刺山,泉水涌出,故称贰师泉,又名悬泉。《(乾隆)敦煌县志》:"悬泉水,在敦煌县东一百二十里,出悬泉山。汉将李广利伐大宛还,士众渴乏,引佩刀刺山,飞泉涌出,即此水也。其水有灵,车马大至即出多,少至即出少。"

[3]纯皇:指乾隆皇帝。庙号高宗,谥号"法天隆运至诚先觉体元立极敷文奋武钦明孝慈神圣纯皇帝",故称"纯皇"。纪功碑:这里指乾隆皇帝御撰《平定准葛尔勒铭格登山之碑》。

其四

旌旗春暖画鵻闲[1],上相临边出至关[2]。

三道军声齐破虏[3],更催飞将过天山[4]。

【注释】

[1]画鵻:旗上绣的鵻。

[2]上相:宰相的尊称。至关:重要的关隘。

[3]三道:指古代军事理论上的正道、奇道、伏道。

[4]飞将:指汉代飞将军李广。这里指清军将领。天山:见赵时春《河西歌》其一注[3]。

平凉曲八首[1]

其一

女儿村店市挑帘,梅子初青杏子甜[2]。

看到日斜风澹处[3],杨花五月扑车帘。

【注释】

[1]此组诗选自《息园诗存》卷三。作于清光绪八年(1882),为诗人回乡路过平凉时所作。平凉:见王士禛《秦中凯歌十二首》其八注[4]。

[2]梅子:见郝璧《皋兰竹枝词》其二八注[1]。

[3]风澹:微风在水面吹拂泛起波浪。

其二

泾水东流青复青[1],送郎西去见郎情。

劝郎莫渡三关口[2],水恶山深不可行。

【注释】

[1]泾水:即泾河。见叶澧《甘肃竹枝词》其六二注[3]。

[2]三关口:地名。在今宁夏固原县东南蒿店乡,六盘山东麓,为丝绸之路东段北道必经之路。

其三

陇坻如砥陇山长[1],陇水奔流日夜忙[2]。

一路鸠声啼到岭[3],行人何处不沾裳[4]。

【注释】

[1]陇坻:陇山。见李复《竹枝歌十首》注[2]。砥:指磨刀石。也指平直、平坦。

[2]陇水:即陇头水,发源于陇山的水。

[3]鸠:鹈鸠,杜鹃鸟,布谷鸟。见毕沅《山行杂诗十二首》其八注[3]。

[4]沾裳:流泪。

其四

确荦山田上坂斜[1],林深窑黑几人家[2]。

黄牛老拙禾麻贱,罂粟花开烂似霞[3]。

【注释】

[1]确荦(luò):凹凸不平的石头,亦形容土地、路径多石不平的样子。

[2]窑:窑洞。见雷和《正宁竹枝词》其一〇注[1]。

[3]罂粟:见宋弼《西行杂咏》其三四注[1]。

其五

把锄日午爱禾长,蚕豆青青小麦黄。

绿树风凉人送饁[1],高鬟长髻好梳妆[2]。

【注释】

　[1]送饁(yè):往田野送饭。

　[2]高寰长髻:女子高高的发髻。

其六

野店生涯惯小车,门前笠子挂风斜[1]。

敢郎看取团圞样[2],莫到焉支不忆家[3]。

【注释】

　[1]笠子:斗笠。用竹篾夹油纸、竹叶等制成的宽边帽子,用以遮太阳或雨。

　[2]团圞(luán):形容圆。比喻团聚、团圆。

　[3]焉支:山名。见戴记《塞上杂咏》其四注[5]。

其七

白水人家水上居[1],红栏干外小通渠。

山童不辨垂钩饵,清涧泠泠尚有鱼[2]。

【注释】

　[1]白水:这里指泾河。见叶澧《甘肃竹枝词》其六二注[3]。

　[2]泠泠:形容清凉凄清的样子,也形容水流的声音。

其八

絮似缠绵叶似金[1],条条惹袖复沾襟。

可怜无限堤边柳,只绾郎腰不绾心[2]。

【注释】

　[1]絮:指柳絮。

　[2]绾(wǎn):盘绕,系结。

陆廷黻

陆廷黻(1837—1922),字渔笙,又字己云,浙江鄞县(宁波)人。同治十年(1871)进士,选翰林院庶吉士,散馆授编修。光绪八年(1882),督学甘肃,建求古书院。归里后主崇实、月湖书院,其藏书楼名"镇亭山房"。博学擅书。著有《思旧录》《镇亭山房诗文集》等。

阶州道中杂咏三十首[1]

其一

春归何处不凄迷,行尽秦州西复西[2]。

几日牡丹原上路[3],绿阴如雨鹈鸪啼[4]。

【注释】

[1]此组诗选自《镇亭山房诗集》卷十。作于光绪十年(1884),为诗人督学武都时所作。阶州:见胡季堂《丁亥夏六月于役岷阶道中杂咏》其一注[1]。

[2]秦州:见李楷《秦州》注[1]。

[3]牡丹原:在今天水市。《(乾隆)甘肃通志》卷六"秦州":"牡丹原,在州西南六十里蟠冢山西,广沃宜稼,岩岫间多产牡丹,花时满山如画。"

[4]鹈鸪:鸟名。天将雨时其鸣甚急,俗称水鹈鸪。

其二

陇南风景足清游[1],按部新停入谷驺[2]。

横岭侧峰环叠叠[3],乱山深处是阶州。

【注释】

[1]陇南:今甘肃省陇南市。地处甘肃省东南部,扼陕、甘、川三省要冲,素称"秦陇锁钥,巴蜀咽喉"。秦代置武都道,汉置武都郡。东晋、南北朝时期,陇南境内先后建立仇池、宕昌、武都、武兴、阴平5个胡人政权,称为"陇南五国"。清雍正七年(1729),升阶州为直隶州,领文、成二县,辖今武都区、文县、康县、成县、舟曲县和宕昌县南部境。2004年1月11日,正式设立地级陇南市。

[2]按部:带领部属,巡视部属。入谷驺(zōu):即鸣驺入谷。指显贵出

行,侍从骑卒吆喝开道。驺,指官宦出行的侍从人员。南朝齐孔稚珪《北山移文》:"及其鸣驺入谷,鹤书赴陇,形驰魄散,志变神动。"后世多用"鸣驺入谷"形容朝廷征召隐士。

[3]横岭:横岭山。位于西和县中部,为西和县南北自然地理景观的分界线,山北为黄土梁峁沟型,山南为土石中低山型。

其三

棟子风前尚浅寒[1],一春花事未阑珊[2]。

更从魏紫姚黄外[3],开遍岩间野牡丹。

【注释】

[1]棟子:即苦棟子,一种落叶乔木,果实可以入药。

[2]阑珊:衰落,凋零,将尽。

[3]魏紫姚黄:见宋弼《西行杂咏》其三四注[2]。

其四

泰石岩岩不可登[1],行人扪葛复攀藤。

似闻鸡犬声相应,知在云山第几层。

【注释】

[1]泰石:高大的石头。岩岩:指高峻的样子。

其五

天梯石栈数跻攀[1],遥望峰峦缥缈间。

近日雨丝风片里[2],肩舆已过米仓山[3]。

【注释】

[1]天梯石栈:指入蜀经过石崖上的险峻栈道。唐李白《蜀道难》:"地崩山摧壮士死,然后天梯石栈相钩连。"跻攀:攀登。唐杜甫《白水县崔少府十九翁高斋三十韵》:"清晨陪跻攀,傲睨俯峭壁。"

[2]雨丝风片:形容春天的微风细雨。明汤显祖《牡丹亭》第十出:"朝飞暮卷,云霞翠轩;雨丝风片,烟波画船。"清王士禛《秦淮杂诗》其一:"十日雨丝风片里,浓春烟景似残秋。"

[3]肩舆:轿子。米仓山:在甘肃省陇南市武都区城东北。为秦岭山脉向西伸延的支脉,白龙江水系与西汉水水系分水岭。为武都通往天水、陕南、关中一带必经要道。山形似米尖,故称米尖山。据《阶州直隶州续志》载,米仓山有吴璘军所筑米仓城,为保蜀抗金、屯兵、囤粮之处。后人改称今名。

其六

草色青青麦盖坡,人家终日住山阿[1]。

疏林曲榭遥相映[2],影落寒流夕照多。

【注释】

[1]山阿:山的曲折处。《楚辞·九歌·山鬼》:"若有人兮山之阿,被薜荔兮带女萝。"

[2]曲榭:曲折的回廊或亭子。

其七

刀枪剑戟万峰攒[1],行路真同蜀道难[2]!

山势千寻悬峭壁[3],泉声百道咽危滩。

【注释】

[1]"刀枪"句:这里指山峰的形态多种多样。攒(cuán):积聚,聚集。

[2]蜀道难:唐李白有《蜀道难》诗,极力描写了蜀道的险峻和艰难。

[3]千寻:形容极高或极长。古代以八尺为一寻。

其八

怪石嶙峋佛入崖[1],凭谁雕绘费安排?

倒垂藤蔓缠缨络[2],弥勒同龛一食斋[3]。

【注释】

[1]佛入崖:在陇南市武都区佛崖乡佛崖村。传说佛在寺崖山脚下入崖而去,后人遂在佛爷入崖之处,雕琢石佛像,并将其崖命名"佛入崖",简称佛崖。

[2]缨络:同"璎珞"。见李殿图《番行杂咏》其一五注[2]。

[3]弥勒:即弥勒佛,也叫弥勒菩萨摩诃萨。为世尊释迦牟尼佛的继任者,未来将在娑婆世界降生修道,成为娑婆世界的下一尊佛(也叫未来佛)。一食斋:佛教中一派的戒律。教徒每天只吃午前一餐。

其九

晓霞初霁卧长虹[1],阁道萦回断岸中[2]。

疑在庐山看瀑布,浪花如雪溅晴空。

【注释】

[1]长虹:彩虹,这里指桥。

[2]阁道:指武都险崖栈道。见叶澧《甘肃竹枝词》其五六注[2]。

其一〇

桑叶如云覆女墙[1],榴花似火吐朝阳。

鳞鳞碧瓦参差出[2],几处村庄罩绿杨。

【注释】

[1]女墙:城墙上的矮墙。

[2]鳞鳞:形容多得像鱼鳞。

其一一

策马来登最上头,秦中风景望中收[1]。

水南路更通巴蜀,形胜应夸第一州[2]。

【注释】

[1]秦中:见王士禛《秦中凯歌十二首》注[1]。这里指天水、陇南一带。

[2]形胜:谓地理位置优越,地势险要。或谓山川壮美。

其一二

太极山高势左旋[1],一峰矗立入云边[2]。

石包城畔牛眠地[3],谁读杨公点穴篇[4]?

【注释】

[1]太极山:疑即甘肃省文县的天牢山,在文县西北二里。《(乾隆)甘

肃通志》卷六："天牢山,在(文)县西北二里,山势平衍,上有古城。""文台,在旧文州治后天牢山麓,宋刘锐登此死节。"传说周文王被囚禁的羑里就是文县。文王曾在此演《周易》,故称太极山。

[2]一峰:这里指文县境内的雄黄山,海拔 4187 米,为陇南最高的山峰。

[3]石包城:这里指文县县城。文县处于西秦岭地带秦巴山地,山大沟深,到处是悬崖峭壁,县城在天牢山下,故称石包城。牛眠地:指卜葬的吉地。《晋书·周访传》:"初,陶侃微时,丁艰,将葬,家中忽失牛而不知所在。遇一老父,谓曰:'前岗见一牛眠山汙中,其地若葬,位极人臣矣。'又指一山云:'此亦其次,当世出二千石。'言讫不见。侃寻牛得之,因葬其处,以所指别山与访。访父死,葬焉,果为刺史,著称宁益,自访以下,三世为益州四十一年,如其所言云。"

[4]杨公点穴篇:清代地理风水书,即《地理点穴秘本》(附录《杨公点穴法》),为风水形峦派寻龙点穴秘法。

其一三

桓水西来走急泷[1],一齐俱赴白龙江[2]。

石堤欲载中流断,云碓无人水自舂[3]。

【注释】

[1]桓水:见李殿图《番行杂咏》其七注[3]。急泷(lóng):形容水流湍急。泷,急流的水。元马祖常《拟古》:"解航下急泷,百夫不能留。"

[2]白龙江:见胡季堂《丁亥夏六月于役岷阶道中杂咏》其五注[2]。

[3]云碓(duì):指石碓。指木石做成的捣米器具。

其一四

霓幢鹤盖拥行台[1],小队银刀夹道开。

村妇浓花堆满髻,抱儿齐说过关来[2]。

【注释】

[1]霓幢鹤盖:这里指官员的仪仗。霓幢,神仙以云为幡幢。借指神仙

的仪仗。鹤盖,形如飞鹤的车盖。行台:台省在外者称行台。魏晋始有之,为出征时随其所驻之地设立的代表中央的政务机构,北朝后期,称尚书大行台,设置官属无异于中央,自成行政系统。这里指地方大吏。

[2]自注:"俗以小儿从贵官轿底过,名曰过关。"

其一五

峨峨高髻古时装[1],左衽为衣裤作裳[2]。

自把犁锄理禾亩,不随少妇织流黄[3]。

【注释】

[1]高髻:峨髻。高高的发髻。

[2]左衽:指古代部分少数民族的服装,前襟向左掩。衽,指衣襟。这里指陇南一带羌族人的服装。

[3]流黄:褐黄色的绢类织品。《乐府诗集·相逢行》:"大妇织绮罗,中妇织流黄。小妇无所为,挟瑟上高堂。"

其一六

阶州试院构珑玲[1],飞阁流丹入杳冥[2]。

愿祝朱衣头暗点[3],入门下马拜魁星[4]。

【注释】

[1]阶州:见胡季堂《丁亥夏六月于役岷阶道中杂咏》其一注[1]。试院:旧时科举考试的考场。

[2]杳冥:指天空,高远之处。

[3]朱衣点头:旧时称被考试官看中。宋赵令畤《侯鲭录》:"欧阳修知贡举日,每遇考试卷,坐后常觉一朱衣人时复点头,然后其文入格。"

[4]魁星:星名。即奎星。中国古代神话中主文运、文章的奎星。

其一七

山田苦瘠水田稀,劚尽黄精不疗饥[1]。

好是残年风雪里,一家闲坐饱蹲鸱[2]。

【注释】

[1]劚(zhú):用大锄挖。黄精:百合科植物,根茎可食。唐杜甫《同谷县七歌》之一:"黄独无苗山雪盛,短衣数挽不掩胫。"很多人误认为黄独是黄精。

[2]蹲鸱:芋头的别名,因为芋头的形状很像蹲在地上的鸱鸟,所以得名。这里指洋芋,也叫马铃薯、土豆。甘肃特产。甘肃百姓荒年多以此充饥。

其一八

事鬼何尝不事人[1],偶因小恙亦跳神。

羊皮鼓里冬冬响[2],迎致村巫走一巡。

【注释】

[1]"事鬼"句:《论语·先进》:"季路问事鬼神,子曰:'未能事人,焉能事鬼。'"这里指迷信鬼神。

[2]羊皮鼓:见叶澧《甘肃竹枝词》其三七注[3]。

其一九

雨淋日炙藓苔滋,石刻犹应记汉时。

郙阁颂兼西峡颂[1],摩崖更勒耿勋碑[2]。

【注释】

[1]郙阁颂:刊刻于东汉建宁五年(172)的一方摩崖石刻,由仇靖撰文、仇绋书丹,隶书书法作品,原在陕西略阳县嘉陵江西岸,现存于略阳县灵岩寺。记述了东汉武都太守李翕重修郙阁栈道之事。西峡颂:全名为《汉武都太守汉阳河阳李翕西峡颂》,俗称"黄龙碑",东汉建宁四年(171)六月,仇靖撰刻并书丹的摩崖石刻,隶书书法作品。记载武都太守李翕生平,歌颂其修复西狭栈道为民造福的政绩。位于甘肃省成县天井山鱼窍峡。此两颂均为仇靖书法,用笔圆转中又增方折,结体内敛,章法茂密,俊逸古朴,大气磅礴,风格属于雄壮、朴茂一类,与《石门颂》并称"汉三颂"。

[2]耿勋碑:刊刻于东汉熹平三年(174)的一方摩崖石刻,全称《汉武都

太守耿君表》,又称"天井山摩崖""耿勋表""武都太守耿勋碑"等,无撰书人姓名,属隶书书法作品,位于甘肃省成县天成山栈道中。

其二〇

崦嵫山外剩斜晖[1],布袜芒鞋度翠微[2]。

小吏恰娴风雅事,黄龙潭上拓碑归[3]。

【注释】

[1]崦嵫(yān zī):山名。在今甘肃省天水市西五十里。《山海经·西山经》:"鸟鼠同穴山西南三百六十里,曰崦嵫之山。其上多丹木。"郭璞注:"日没所入之山也。"屈原《离骚》:"吾令羲和弭节兮,望崦嵫而勿迫。"

[2]翠微:指青翠掩映的山腰幽深处。

[3]黄龙潭:也称西峡。位于成县西13千米处的天井山麓鱼窍峡中。传说古代有黄龙自潭内飞出,人称"黄龙潭"。景区内青山对峙,奇峰峻秀,风景绮丽,悬崖绝壁上,古西狭栈道足迹犹存。这里有著名的《西狭颂》碑,俗称《黄龙碑》。

其二一

闻道祁山祀武侯[1],谁将兰菊荐春秋[2]。

残碑犹勒先朝字,十五年经两度修[3]。

【注释】

[1]祁山:在甘肃省礼县东,西汉水北侧。三国时诸葛亮曾出祁山伐魏,后世为了纪念他建武侯祠。《(乾隆)礼县志》卷七:"祁山堡,在县东四十五里,与祁山不粘不连,平地起一峰,高数十丈,周围里许,四面巉削,上平如席,其下为长道河,即诸葛武侯六出祁山时驻师之(所),上有武侯祠,春秋致祭焉。"武侯,武乡侯。蜀汉建兴元年,后主刘禅封诸葛亮为武乡侯,领益州牧。

[2]荐:祭祀。

[3]自注:"顺治癸巳,温陵包御史初修。康熙丙午,仁和许直刺再修。"

其二二

万丈潭边杜草堂[1]，龙湫亦自在其旁。

如何笺注纷挐甚[2]，强把潜龙比上皇[3]。

【注释】

[1]万丈潭：在甘肃省成县东南。唐杜甫有《万丈潭》诗。《方舆胜览》："万丈潭，在同谷县东南七里，俗传有龙自潭飞出。"又名飞龙潭。杜草堂：即杜甫草堂。见叶澧《甘肃竹枝词》其五八注[2]。

[2]笺注：给古书作的注解。这里指注解杜诗的书。纷挐：亦作"纷拏"。混乱貌，错杂貌。

[3]"强把"句：杜甫《乾元中寓居同谷县作歌七首》其六："南有龙兮在山湫，古木巃嵸枝相樛。木叶黄落龙正蛰，蝮蛇东来水上游。我行怪此安敢出？拔剑欲斩且复休。呜呼六歌兮歌思迟，溪壑为我回春姿。"以前注杜诗的人认为潜龙是指唐玄宗。清杨伦《杜诗镜铨》："浦二田云：'此章慨世乱，乃作客之由也，不敢斥言在位，故借南湫之龙为比。盖龙蛰山湫，主威不振也。蝮蛇东来，史孽寇偪也。我安敢出，所以远避也。欲斩且休，力不能殄也。'旧注牵扯元、肃父子，固为不伦，即泛咏龙湫，亦属无谓。"

其二三

马融昔守武都时[1]，绛帐台高有废基[2]。

不为权门牵挽去[3]，今人何敢薄经师[4]。

【注释】

[1]马融：见叶映榴《过皋兰八绝句》其四注[1]。武都：见胡季堂《丁亥夏六月于役岷阶道中杂咏》其一注[1]。

[2]绛帐台：《（乾隆）成县新志》卷三："广化寺，县西二十里，即汉马融绛帐台址。"绛帐，见叶映榴《过皋兰八绝句》其四注[1]。

[3]权门：权贵。牵挽：牵拉。引申为援引，用人。

[4]经师：研究或传授儒家经典的学者。

其二四

杨家难敌与难当[1]，三百年来割据强[2]。

太息仇池山下路[3]，居民犹自说杨王。

【注释】

[1]杨难敌：白马氏族人，前仇池国君杨茂搜的长子，前仇池国第二任君主，曾从前赵手上收复仇池国的失地。杨难当：白马氏族人，后仇池国君杨盛之子，后仇池国第五任王。429年，杨难当废黜杨保宗自立，称都督雍、凉、秦三州诸军事、征西大将军、开府仪同三司、秦州刺史、武都王。

[2]"三百年"句：东汉建安年间，氏人杨腾率领部众迁至仇池（今甘肃陇南一带）定居下来，逐渐发展壮大。晋惠帝元康六年（296），杨茂搜自号辅国将军，右贤王，氏族部众拥戴称王，始建前仇池国。东晋太和十一年（371），前秦杨安攻仇池，将氏族人迁徙到关中一带，前仇池国灭亡。前秦建元十九年（383），苻坚在淝水之战中战败，追随苻坚的杨定乘机回到陇右，收集旧部众，自称龙骧将军、仇池公，招纳氏、汉民自立，向东晋称藩。杨定恢复的仇池政权被称为后仇池国。宋元嘉十八年，刘宋发兵攻入仇池境内，杨难当投降北魏，后仇池国覆灭。后来杨氏后裔所建武都国、武兴国、阴平国也被史学家认为是仇池国的延续，所以完整意义上的仇池国应该指前仇池国、后仇池国、武都国、武兴国、阴平国五个政权。前后经历358年而亡。

[3]太息：叹息。仇池：山名。在甘肃省陇南市西和县。《三秦记》："山本名仇维，其上有池，故曰仇池。"《后汉书·西南夷传》："仇池，方百顷，四面斗绝。"《路史》："（伏羲）生于仇池，长于成纪。"郦道元《水经注》："仇池绝壁，峭崄孤险，登高望之，形若覆壶，其高二十馀里，羊肠盘道，三十六回。上有平田百顷，煮土成盐，因以百顷为号。"

其二五

万古仇池小有天，神鱼出穴是何年[1]？

而今只有沮洳水[2]，不见当时十九泉[3]。

【注释】

[1]"万古"两句:唐杜甫《秦州杂诗二十首》其十四:"万古仇池穴,潜通小有天。神鱼人不见,福地语真传。近接西南境,长怀十九泉。何时一茅屋,送老白云边。"神鱼,《草堂诗笺》引《世说》:"仇池有地穴,通小有天,洞中出神鱼,食之者仙。"据说仇池山有背黛腹白银鱼,每年清明节前后,随水跃出,人称"神鱼",当地群众捉住了也要放生,以积善祈福。杜甫当年游览仇池之时,在隆冬季节,因而有"神鱼人不见,福地语真传"的感慨。

[2]沮洳水:指常年阴湿之地,虽不见水,但行走时鞋却常湿。沮洳,低湿之地。

[3]十九泉:传说仇池山上有田百顷,泉九十九眼。杜甫云"十九泉",乃诗家省字之法。

其二六

周时地尚属戎羌[1],采邑何能畀远方[2]。

文武成康名郡县[3],后人附会太荒唐。

【注释】

[1]戎羌:泛指我国古代西北部的少数民族。

[2]采邑:中国古代国君封赐给卿大夫作为世禄的田邑,也叫"采地""封邑""食邑"。

[3]"文武"句:指陇南有文县、武都、成县、康县,很多人附会为郡县名来自于周文王、周武王、周成王、周康王。

其二七

天牢山势郁孤幽[1],西伯当年此见囚[2]。

风入松间琴动响,恰疑羑里写羁愁[3]。

【注释】

[1]天牢山:见陆廷黻《阶州道中杂咏三十首》其一二注[1]。

[2]"西伯"句:传说西伯侯姬昌曾被纣王囚禁在羑里,很多人认为在甘肃省文县天牢山。文县有文王庙。

[3]羑(yǒu)里:古地名,又称羑都,在今河南省安阳市汤阴县北羑里城遗址。羑水经城北东流。为商纣囚禁周文王的地方。羁愁:旅人的愁思。

其二八

范君遗我金线狨[1],闻说能医拘挛风[2]。

五十之年正需此,报诗所愧逊文同[3]。

【注释】

[1]金线狨:见毕沅《山行杂诗十二首》其一〇注[2]。

[2]拘挛风:一种疾病,筋骨拘急挛缩,肢节屈伸不利。

[3]文同:字与可,号笑笑居士、笑笑先生,人称石室先生。北宋梓州梓潼郡永泰县(今四川省绵阳市盐亭县)人。他是苏轼从表兄,以学名世,擅诗文书画,深为文彦博、司马光等人赞许,尤受其从表弟苏轼敬重。

其二九

白水江边出网鱼,细鳞巨口状如鲈[1]。

松江风味空相忆[2],剖腹难期尺素书[3]。

【注释】

[1]"细鳞"句:指白水江重口裂腹鱼。见雷和《正宁竹枝词》其五注[2]。

[2]"松江"句:这里指思乡之情。《晋书·张翰传》:"翰因见秋风起,乃思吴中菰菜、莼根、鲈鱼脍,曰:'人生贵得适志,何能羁宦数千里以要名爵乎?'遂命驾而归。"松江,指上海市西南部松江区。这里指江南故乡。

[3]尺素书:古代通常用长一尺的绢帛书写文章,故称这种短笺为尺素。指书信。汉乐府《饮马长城窟行》:"客从远方来,遗我双鲤鱼。呼儿烹鲤鱼,中有尺素书。"

其三〇

梅子黄时雨乍晴[1],春衫频换袷衣轻[2]。

陇南差觉风光早[3],五月先闻布谷声[4]。

【注释】

[1]梅子:见郝璧《皋兰竹枝词》其二八注[1]。

[2]袷(jiá)衣:有夹层的衣服。

[3]陇南:见陆廷黻《阶州道中杂咏三十首》其二注[1]。

[4]布谷:即杜鹃鸟。见毕沅《山行杂诗十二首》其八注[3]。

陇东纪行杂诗五首[1]

其一

三年三度六盘山[2],秋到黄花尚未还。

几点归鸦衰柳外,西风落叶过萧关[3]。

【注释】

[1]此组诗选自《镇亭山房诗集》卷十。作于光绪十年(1884),为诗人督学陇东时所作。陇东:指甘肃省庆阳市,因在陇山以东,故称。

[2]六盘山:见叶澧《甘肃竹枝词》其一注[2]。

[3]萧关:古关名。故址在今宁夏固原东南,为自关中通向塞北的交通要冲。

其二

弹筝峡里水泠泠[1],松际风来清可听。

绝似后庭花发处[2],有人解唱玉珑玲[3]。

【注释】

[1]弹筝峡:见叶澧《甘肃竹枝词》其六五注[1]。

[2]后庭花:马鞭草科大青属植物,指海州常山属马鞭草科植物,也叫臭梧桐。南朝陈后主有《玉树后庭花》,后为唐教坊曲名。因其词轻荡,歌声哀怨,为亡国之音。

[3]玉珑玲:形容清越的歌声。汉扬雄《甘泉赋》:"前殿崔巍兮和氏玲珑。"晋灼曰:"以黄金为璧带,合蓝田璧。珑玲,明见貌。"

其三

元戎小队雁翎刀[1]，夹道欢呼拥节旄[2]。

已愧前驱烦守令，将军何事复郊劳[3]。

【注释】

[1]元戎：主将。《诗·小雅·六月》："元戎十乘，以先启行。"雁翎刀：刀的一种。刀身挺直，刀尖处有弧度，有反刃，因形似雁翎而得名。盛行于明朝时期，无论是官丞还是士兵都会佩戴。

[2]节旄：旌节上所缀的牦牛尾饰物。指旌节。

[3]郊劳：到郊外迎接并慰劳。

其四

帕首靴刀帐下儿[1]，戟门豪燕快行卮[2]。

羊羔美酒销金帐[3]，飞坠琼花雪满枝[4]。

【注释】

[1]帕首：裹头之巾。靴刀：一种置于靴中的短刀。

[2]戟门：古代指军营中的军门。豪燕：豪华的宴会。燕，同"宴"。行卮：敬酒。卮，酒杯。

[3]羊羔：酒名，因酿制材料中有羊肉，故名。味儿醇厚的好酒。销金帐：嵌有金色线的精美的帷幔、床帐。

[4]琼花：一种珍贵的花。比喻雪花。

其五

三持使节朔方游[1]，渺渺黄河空际流。

最是斑骓行不得[2]，一天风雪固原州[3]。

【注释】

[1]朔方：见赵时春《河西歌》其九注[1]。

[2]斑骓：毛色青白相杂的骏马。

[3]固原：地名。古称大原、高平、萧关、原州，今宁夏回族自治区辖地级市，位于宁夏回族自治区南部六盘山区。

春日杂兴十六首[1]

其一

新岁朝元庆祝宫[2]，千官笼烛火城红[3]。

忆随鸳鹭排青锁[4]，回首觚棱似梦中[5]。

【注释】

[1]此组诗选自《镇亭山房诗集》卷十一。作于光绪十年（1884），诗人时任甘肃学政。

[2]庆祝宫：为甘肃巡抚公署。旧址位于兰州市城关区通渭路。《（道光）兰州府志》卷三："庆祝宫，在府城北……恭遇万寿圣节及冬至、元旦日为合省文武百官朝贺之所，逢月朔望，宣讲谕于大门外。"

[3]笼烛：犹笼灯，灯笼。火城：古代朝会时的火炬仪仗。

[4]鸳鹭：鸳鸯和鹭鸶。比喻朝臣。青锁：亦作"青琐""青璅"。装饰皇宫门窗的青色连环花纹。借指皇宫。

[5]觚（gū）棱：殿堂上最高的地方。借指京城。班固《西都赋》："设璧门之凤阙，上觚棱而栖金爵。"吕向注："觚棱，阙角也。"

其二

试灯时节好风光[1]，锦绣天街夜漏长[2]。

万树银花开烂漫[3]，却怜烽火尚吾乡[4]。

【注释】

[1]试灯：指未到元宵节而张灯预赏，谓之试灯。

[2]天街：京城中的街道。这里指兰州的街道。夜漏：指夜间的时刻。漏，古代滴水记时的器具。

[3]万树银花：指元宵节的花灯。

[4]烽火：见王心敬《塞下曲》其一注[3]。

其三

春到边城又一年,平原羁宦复依然[1]。

兴来频著游山屐[2],前五泉兼后五泉[3]。

【注释】

[1]平原:陆机,字士衡,晋吴郡人。太康末年与弟陆云入洛阳,以文才名重一时。曾官平原内史,世称"陆平原"。陆机诗文辞藻宏丽,讲求排偶,开六朝文风之先。羁宦:羁旅游宦。明皇甫汸《寄故园兄弟》:"康乐题诗劳梦寐,平原羁宦不归来。"

[2]游山屐:指谢公屐。南朝谢灵运登山时穿的一种木鞋。鞋底安有两个木齿,上山去其前齿,下山去其后齿,便于走山路。

[3]前五泉:即五泉山。后五泉:又称夜雨岩,兰州一处名胜,地处皋兰山西南麓,水磨沟阿干河东岸,与皋兰山东北麓的五泉山前后遥相呼应,称为后五泉。

其四

白塔山前积雪消[1],断冰如石聚春桥[2]。

芦牙短短将抽笋[3],河水溶溶欲涨潮。

【注释】

[1]白塔山:在兰州城黄河北岸。

[2]"断冰"句:指春天黄河解冻,冰块堆积在黄河浮桥附近。

[2]芦牙:即芦芽。芦苇的芽,即芦笋。宋苏轼《惠崇春江晚景》:"蒌蒿满地芦芽短,正是河豚欲上时。"

其五

兰州城南曹氏园[1],巾车时出小捎门[2]。

冷官却喜闲无事,又逐春风过刵村[3]。

【注释】

[1]曹氏园:兰州曹家花园。道光年间兰州翰林曹炯(字镜侯)所建,故称曹家花园。民国初年,会宁进士秦望澜购置,改为颐园。1950年改建为

甘肃省第一保育院(即今省保育院)。

[2]巾车:以帷幕装饰车子。因指整车出行。小捎门:旧时的兰州城门,在今庆阳路与静宁路十字西南。

[3]刖(yuè)村:贫困的乡村。刖,古代一种砍掉脚的酷刑。

其六

上水沟通下水沟,山泉百道泻春流。

青帘斜出梨花馆[1],一解雕鞍上酒楼[2]。

【注释】

[1]青帘:见汪士鋐《岷州竹枝词》其四注[1]。梨花馆:见巫揆《金城十咏·梨苑花光》注[2]。

[2]雕鞍:雕刻花纹的马鞍,借指坐骑。

其七

千丝杨柳绕春城,华屋香融燕垒晴[1]。

桃李阴阴疑欲雨,鹁鸪声里近清明[2]。

【注释】

[1]华屋:华美的屋宇。指朝会、议事的地方。燕垒:指燕子的窝。

[2]鹁鸪:见陆廷黻《阶州道中杂咏三十首》其一注[4]。清明:见沈峻《东行途中即事》其五注[3]。

其八

曹家公子擅风华[1],邺下园林景物嘉[2]。

绝似侯芭勤载酒[3],一春频送折枝花。

【注释】

[1]自注:"曹生兆坤。"

[2]邺下园林:指梁苑,也叫"梁园""兔园"。在今河南开封市东南。汉梁孝王刘武筑。为游赏与宴宾之所,当时名士司马相如、枚乘、邹阳皆为座上客。这里指兰州曹氏园。见陆廷黻《春日杂兴十六首》其五注[1]。

[3]侯芭:又名侯辅,西汉巨鹿人,著名文学家、哲学家扬雄的弟子。侯

芭常载酒肴至扬雄家,受其《太玄》《法言》。

其九

晓承花露试研朱[1],亲治文书下急符[2]。

为檄兰州贤太守[3],春来兼领小西湖。

【注释】

[1]"晓承"句:指"滴露研朱"。滴水研磨朱砂,指用朱笔评校书籍。

[2]急符:紧急的催征文书。

[3]檄:用文书征召、声讨或晓谕。这里指邀请。兰州贤太守:指王嶽,字觐山,大兴人,光绪举人,曾任兰州知府。

其一〇

夜来一雨润如酥[1],已觉春回草木苏。

阶下绿莎晴色嫩[2],半帘春日养鸡雏。

【注释】

[1]润如酥:这里形容初春的小雨细滑润泽。酥,奶油。唐韩愈《早春呈水部张十八员外二首》其一:"天街小雨润如酥,草色遥看近却无。"

[2]绿莎:绿色的莎草,又泛指绿草地。

其一一

春寒犹觉牡丹迟,腥色毡帘贴地垂[1]。

茗碗香炉闲供养,陇轺一集自编诗[2]。

【注释】

[1]毡帘:毡制的帘子。

[2]自注:"度陇后拟编一集。"诗人有《陇轺集》。

其一二

燕寝凝香清梦酣[1],更无听鼓报衙参[2]。

却安棋局招支遁[3],禅理何妨作手谈[4]。

【注释】

[1]燕寝:古代帝王居息的宫室。泛指闲居之处。这里指睡眠。

［2］衙参：旧时官吏到上司衙门，排班参见，禀白公事。

［3］自注："谓支藩北观察。"按：支藩北，即支昭辰，字藩北，历任兵部主事、庆阳府、巩昌府知府、兰州道台。支遁：字道林，世称支公，也称林公。本姓关。陈留（今河南省开封市）人。东晋高僧、佛学家、文学家。为王羲之、谢安等人赞赏，曾在灵嘉寺、栖光寺、东安寺等地修行。

［4］手谈：指对弈，下围棋。

其一三

采兰精舍集诸生[1]，桦烛三条角艺成[2]。

欲把鸳针度绣谱[3]，手携铅椠抹纵横[4]。

【注释】

［1］采兰精舍：兰州书院名，地址不详。陆廷黻曾重建。忻江明曾说："先生视学陇右，以培植人才、转移风俗为己任。省中旧有采兰精舍，月饩高材生而课之，亲加启迪。"（《四明清诗略续稿》卷三）

［2］桦烛：用桦木皮卷成的烛。唐沈佺期《和常州崔使君寒食夜》："无劳秉桦烛，晴月在南端。"三条：三条烛。唐代考进士科，试日可延长至夜间，许烧烛三条。角艺：较量才能或武艺。这里指考试。

［3］鸳针：即金针。金元好问《论诗绝句》："鸳鸯绣了从教看，莫把金针度与人。"后因以"鸳针"指技艺的诀窍。

［4］铅椠(qiàn)：古人书写文字的工具。这里指文章。

其一四

茶陵尚书敬梓桑[1]，五家遗集付丹黄[2]。

合刊一卷《精华录》[3]，不独西涯有瓣香[4]。

【注释】

［1］茶陵尚书：指谭钟麟（1822—1905），字文卿，湖南茶陵人。咸丰元年（1851）进士。历任江南道监察御史、杭州知府、河南按察使、陕西巡抚、浙江巡抚、陕甘总督、工部尚书、闽浙总督、两广总督。在兰州主持修建求古书院，在甘州主持修建河西精舍。著有《谭文勤公奏稿》。梓桑：梓木与桑

木。也称"桑梓",指故乡。

　　[2]五家遗集:不详。丹黄:赤黄色。旧时点校书籍用朱笔书写,遇误字,涂以雌黄,故称点校文字的丹砂和雌黄为丹黄。

　　[3]精华录:当为谭钟麟所作诗选。不详。

　　[4]西涯:指李东阳(1447—1516),字宾之,号西涯。湖南茶陵人。天顺八年进士第一,授庶吉士,官编修。历任礼部右侍郎、光禄大夫、左柱国、太子太师、吏部尚书、华盖殿大学士、内阁首辅。为明代茶陵诗派的领袖。著有《怀麓堂集》。瓣香:佛教语。犹言一瓣香。指师承或敬仰。

<h3 style="text-align:center">其一五</h3>

野蔬山肴自可夸,清斋宛似太常家[1]。

更从苜蓿堆盘外[2],又佐椿芽与蕨芽。

【注释】

　　[1]太常:官名。秦置奉常,汉景帝六年更名太常,掌宗庙礼仪,兼掌选试博士。历代因之,隋至清皆称太常寺卿。

　　[2]苜蓿盘:见张澍《橐驼曲》其二注[2]。

<h3 style="text-align:center">其一六</h3>

玉节金衣并集时[1],牡丹亭畔饯春归[2]。

一年几向花前醉,婪尾杯中酒不辞[3]。

【注释】

　　[1]玉节:玉制的符节。古代天子、王侯的使者持以为凭。指持节赴任的官员。金衣:指古时华美的缕金之衣。为贵官所服。

　　[2]牡丹亭:在肃王府内,清代成为陕甘总督署花园。在今兰州市甘肃省政府院内。

　　[3]婪(lán)尾:即婪尾酒。见程德润《若己有园十六景·芍药坡》注[4]。

孙　海

　　孙海(1840—1901),字吟帆,一字举卿,号配山。甘肃秦安人。咸丰十一年(1861)拔贡。历署阁中、成都、富顺、遂宁等县,所在称治。长诗文,善书法。著有《秦安续志》《陇干轶志》《欲未能斋诗文集》《吟帆诗草》等。

秦安竹枝词[1]

其一

半壁山河旧用兵[2],隗王才调最知名[3]。

霸图付与寒山石[4],至今哀怨满卤城[5]。

【注释】

[1]此组诗选自甘肃省图书馆藏《欲未能斋诗集》稿本。秦安:今甘肃省天水市秦安县。秦汉属陇西郡,曾名成纪县、略阳县、陇城县,金朝置秦安县。秦安县历史悠久,县内有大地湾、仰韶、马家窑、齐家文化等新石器时代文化遗址。

[2]半壁山河:指国土的一部或大部分。这里指陇右地区。

[3]隗王:指汉代割据陇右的隗嚣。见王士禛《秦中凯歌十二首》其九注[1]。才调:才气。

[4]霸图:霸者的事功。这里指隗嚣割据称王的野心。

[5]卤城:即今甘肃礼县盐官镇。以产盐闻名,故称。

其二

陇城道上雨霏霏[1],陇水东流雁南飞[2]。

丈八蛇矛光似雪[3],壮士欲归竟不归。

【注释】

[1]陇城:即秦安县。霏霏:雨雪盛貌。

[2]陇水:陇地之水,指渭水,流经甘肃陇西、陇城等地,经凤翔向东流入黄河。

[3]"丈八"两句:指西晋至十六国陇上名将陈安。见王士禛《秦中凯歌十二首》其七注[2]。丈八蛇矛,古代兵器名称,又名丈八点钢矛。全用镔铁点钢打造,矛杆长一丈,矛尖长八寸,刃开双锋,作游蛇形状,故而名之。

其三

鹤唳风声事可哀[1]，先几深愧景略才[2]。

土花微红草一碧，新自氐王墓上来[3]。

【注释】

[1]"鹤唳"句：指前秦和东晋的淝水之战。前秦士兵被东晋打败以后，"闻风声鹤唳，皆以为王师已至"（《晋书·谢玄传》），惊慌失措。

[2]"先几"句：意谓王猛早就建议苻坚不要攻打东晋，王猛死后，苻坚忘记王猛的忠告，结果导致大败。先几，预先洞知细微。景略，即王猛（325—375），字景略，十六国时北海剧县（今山东寿光南）人。出身寒门，博学好兵书。初隐居华阴山，东晋桓温进兵关中，乃往见，扪虱而谈天下大势。后辅佐前秦主苻坚，历任中书侍郎、京兆尹、吏部尚书、尚书左仆射、司隶校尉等职，升丞相。临终坚问以后事，劝勿攻东晋；坚不听，遂有淝水之败。

[3]氐王墓：即苻坚墓。位于陕西彬县水口乡九田村东。苻坚，字永固，略阳临渭（今甘肃秦安县）氐族人。公元357年杀前秦皇帝苻生，自立为大秦天王，重用汉族士人，用武力统一了黄河流域及长江上游。公元383年，在淝水之战中被东晋打败，逃亡中苻坚被姚苌俘获，押至新平（今彬县）被缢死。

其四

村女插花自满头，凉王墓上野花秋[1]。

三河霸业久黄土[2]，尚有人说吕婆楼[3]。

【注释】

[1]凉王墓：指吕光家族墓。吕光，字世明，略阳郡临渭县（今甘肃省秦安县）人，氐族，前秦著名将领。十六国时期军事家，后凉开国君主。建元六年（370），领军征伐前燕，受封都亭侯，为苻坚所器重。淝水之战后，吕光占据姑臧，统一河西。苻坚死后，尊苻坚为皇帝，随后据地称制，先后自封酒泉公、三河王。龙飞元年（396），自称天王，国号"大凉"。399年，吕光病死，时年六十三岁，庙号太祖，谥号懿武皇帝，葬于高陵。

[2]三河霸业:指吕光建立的后凉政权。《晋书·吕光载记》:"以孝武太元十四年僭即三河王位,置百官自丞郎已下;赦其境内,年号麟嘉。"

[3]吕婆楼:字广平,略阳郡临渭县(今甘肃省秦安县)人,氐族。前秦时期大臣,后凉太祖吕光之父。吕婆楼出身略阳世族,颇有王佐之才。起家散骑常侍,迁左大将军。寿光三年(357),参与云龙门之变,废除暴君苻生,拥戴东海王苻坚即位。大力推荐名臣王猛。历任司隶校尉、尚书令、太尉,卒于任上。吕光建立后凉,追尊其为天王,谥号景昭。

其五

权家坟上柳如丝[1],一代文坛竖鼓旗[2]。

最是村农不解事,犁锄击碎墓门碑[3]。

【注释】

[1]权家坟:指权德舆家族的坟。《(乾隆)甘肃通志》卷二十五:"文公权德舆墓,在秦安县权家衙。"《(嘉靖)秦安志》:"迤东为龙湫……有龙泉寺,为第七沟,十五里,其水注东川,有权文公宅遗址存,俗谓之权家衙,有权安兵公墓,有权参军墓。正德间,居人掘得一志石,有权德舆、权德奂字。"权德舆(751—818),字载之,天水略阳(今天水秦安)人,后迁居润州丹阳(今江苏镇江)。天资聪慧,博学善文。历任太常博士、中书舍人、礼部尚书、同中书门下平章事、刑部尚书、山南西道节度使等。一生著作颇丰,诗文俱佳,著有《权文公集》五十卷。

[2]"一代"句:意谓权德舆为当时的文坛领袖。鼓旗,指鼓和旗。古代军中用以指挥战斗的工具。

[3]自注:"唐相权德舆碑,系昌黎文,道光中出土,被野人击碎,惜哉!"

其六

战垒萧森夕照天[1],金人从此整归鞭[2]。

吴王一去千年后[3],腊家城外草如烟[4]。

【注释】

[1]战垒:战争中用以防守的堡垒。萧森:阴森。

[2]"金人"句:这里指宋金"腊家城之战"。绍兴十一年(1141)八月,金统军蒲察胡盏、完颜习不祝率五万大军进据秦州(今天水市),伺机南下入川。宋将吴璘率军二万八千人,自河池(今徽县)北上,抗击金军,收复秦州等地。吴璘攻克秦州后,直奔金兵驻守的剡家湾。剡家湾位于腊家城以东的山岭之上,易守难攻。吴璘亲自踏勘地形,采纳姚仲"战于山上则胜,山下则败"的建议。吴璘派遣姚仲、王彦率军爬上峻岭,占据山坡,发起攻势,金兵仓促应战,大败而归。

[3]吴王:指南宋抗金名将吴璘,字唐卿。德顺军陇干县(今甘肃省静宁县)人。早年随兄长吴玠抵御西夏,自建炎二年(1128)起领兵抗金,以勇略知名。吴玠死后,以行营右护军都统制加拜龙神卫四厢都指挥使,拜镇西节度使,累官至太尉、奉国节度使、御前诸军都统制等。绍兴三十一年(1161),金帝完颜亮分兵四路,大举侵宋。吴璘被授为四川宣抚使,带病抗敌。"隆兴和议"签订后,退守四川。乾道元年(1165),入朝进拜太傅、新安郡王,兼判兴元府。卒谥"武顺"。

[4]腊家城:位于秦安县城东5千米。据《金史·张中彦传》记载:"张中彦代彦琦为秦凤经略使。秦州当要冲而城不可守,中彦徙治北山,因险为垒,今秦州是也。筑腊家诸城,以扼蜀道。"明嘉靖年间,腊家城尚保存完好,俗称乾砲城。当地人称古城。

其七

天香拈取凤凰池[1],茶陵心事有谁知[2]。

生祠祭遍秦淮水[3],肠断南回七字诗[4]。

【注释】

[1]自注:"谓胡可泉中丞。"天香:芳香的美称。凤凰池:本为禁苑中池沼,魏晋南北朝时设中书省于禁苑,掌管机要,故称中书省为凤凰池。晋荀勗由中书监改守尚书令,有人祝贺他,他说:"夺我凤凰池,诸君何贺耶!"此处指翰林国史院。按:胡可泉,即胡缵宗(1480—1560),字孝思,又字世甫,号可泉,又别号鸟鼠山人。明巩昌府秦安县人。正德三年(1508)进士,任

翰林院检讨。历任嘉定州判官,安庆、苏州府知府,山东、河南巡抚等。胡缵宗博学善思,著作等身,在经学、史学、方志学、诗词歌赋等方面都有很高造诣,被尊称为"关西夫子"。著有《愿学编》《鸟鼠山人小集》《拟汉乐府》《拟涯翁拟古乐府》等,编有《秦汉文》《唐雅》《雍音》等诗文选,倡导"文必秦汉,诗必盛唐",崇尚慷慨悲壮的汉魏乐府和昂扬愤激的盛唐诗歌。

[2]"茶陵"句:意谓茶陵派李东阳因为政治上首鼠两端,文学上萎弱无骨,被复古派李梦阳、康海、王九思所抛弃。《明史·李梦阳传》:"梦阳才思雄鸷,卓然以复古自命。弘治时,宰相李东阳主文柄,天下翕然宗之。梦阳独讥其萎弱,倡言文必秦汉,诗必盛唐,非是者弗道。"胡缵宗虽然支持复古派,但他也对李东阳的《拟古乐府》比较重视,曾著有《拟涯翁拟古乐府》二卷。茶陵,指李东阳,见陆廷黻《春日杂兴十六首》其一四注[4]。

[3]"生祠"句:意谓胡缵宗在南京做官时政绩卓著,老百姓建生祠来纪念他。正德十年(1515),胡缵宗为南京户部度支司员外郎,次年改任吏部验封司清吏司郎中。宁王朱宸濠起兵作乱,胡缵宗帮助南京兵部尚书乔宇出谋划策,及时采取有效的截防措施,将南京城内的奸细一网打尽,立有大功,被任为安庆知府。秦淮水,即秦淮河。长江下游支流。在江苏省西南部。东源句容河,出句容县大茅山,南源溧水河,出溧水县东芦山,在秣陵关附近汇合北流,经南京市区西入长江。南京秦淮河为著名旅游胜地。

[4]"肠断"句:指嘉靖十八年(1539)世宗御驾幸承天府,胡缵宗作迎驾诗,有句云:"穆天八骏空飞电,湘竹皇英泪不磨。"嘉靖二十九年(1550)四月,被奸人告发谓讥刺嘉靖皇帝,胡缵宗被诬下狱事。

其八

声威远播塞门沙[1],落日边城噪晚鸦。

部阁台下重回首[2],无人知是侍郎家。

【注释】

[1]自注:"明张司寇锦。"张锦(1440—1501),字尚炯,号松塦。《明史·张锦传》载为岷州卫人,即今宕昌县阿坞乡麻界村人。曾为僧,后为道

士,中年始易儒冠为举子业,成化五年(1469)进士,为岷州第一位进士。历任刑部主事、员外郎、郎中、大理寺丞、都察院右副都御史、巡抚宣府,官至刑部左侍郎。张锦为官廉洁奉公,秉公执法,办事公道,深受人们称赞。后引病归乡,卒于家。葬于宕昌县阿坞乡麻界村,孝宗皇帝赐祭葬,李东阳为墓志。今其地仍有张侍郎坟。胡缵宗《秦安志·人物志》载:"张锦,字尚炯,太康人。其先戍岷州卫,分屯于陇城五世矣,故遂为陇城人……卜居秦州子沐,因占籍焉。锦徙居于华,而陇城故宅,每度陇时一至焉,今族人皆住宅傍,固梓里也。"认为他是秦安人。

[2]部阁台:不详。疑即张锦故宅。

其九

三辅空留战血痕[1],劫灰吹遍陇囟门[2]。

至今泪洒甘棠树[3],一抔寒土吊王孙[4]。

【注释】

[1]自注:"明季流寇陷城,县令朱呈瓘被执,贼不忍杀,令其赚伏羌城中人,乃大呼曰:'我忍辱至此者,欲诸君知我死所耳。'贼无能为也,遂见害,而伏羌城以是获全。"三辅:即三秦。见王士禛《秦中凯歌十二首》其一〇注[4]。按:朱呈瓘(?—1634),字心天,山西沈藩宗室。崇祯七年(1634),以贡生任秦安知县,兼署伏羌县(今甘谷县)事。崇祯七年,农民军进攻秦安县城,朱呈瓘被俘,令他招降伏羌,他坚决不肯,遂遇害。入秦安名宦祠。

[2]劫灰:见陈钟辉《元宵》其二注[2]。陇囟门:意谓陇右的要害之地。囟门,指婴儿头顶部一个柔软的、有时能看到跳动的地方。

[3]甘棠树:今称棠梨、杜梨,果实可食,也可酿酒、醋,根叶可入药。《诗·召南·甘棠》:"蔽芾甘棠,勿翦勿伐,召伯所憩。"传说召伯曾憩于甘棠树下,因召伯有德于人,人则思其人而敬其树。

[4]一抔(póu):一捧。一捧黄土。借指坟墓。

其一〇

仙凫飞向柳林池[1]，循吏文章久擅奇[2]。

多少才人齐下拜，空山堂上月明时。

【注释】

[1]自注："滋阳牛真谷（运震），由进士作宰六年，秦人爱如父母，去官今近百年，而人心景慕不衰，著有《空山堂集》行世，秦中俊彦都出门下。"按：牛运震（1706—1758），字阶平，号真谷，一号空山，室号空山堂，山东滋阳人。少有大志，喜读经史古文，不好章句时文。雍正十一年（1733）进士。乾隆元年（1736），召试博学鸿词。乾隆三年，任甘肃秦安知县。牛运震为官清廉，除去地方陋规，帮助百姓发展生产，又捐俸设陇川书院，培养士人，秦安吴镫、胡釴、胡鳌、路植亭、张绍谱等人皆出其门下。牛运震博通经史，精于考证，亦工诗文，著有《诗志》《空山易解》《空山堂春秋传》《史记评注》《读史纠谬》《金石图》《空山堂诗文集》等。仙凫：《后汉书·方术传·王乔》："王乔者，河东人也。显宗世，为叶令。乔有神术，每月朔望，常自县诣台朝。帝怪其来数，而不见车骑，密令太史伺望之。言其临至，辄有双凫从东南飞来。于是候凫至，举罗张之，但得一只舃焉。乃诏尚方祢视，则四年中所赐尚书官属履也。"后常以"仙凫"作为履的典实。这里指牛运震的仕宦足迹。柳林池：在清代秦安县衙前。《（乾隆）直隶秦州新志》卷三："（秦安）县署之前有大池，旁皆种柳，号柳林池。乾隆十六七年间，里绅士重修焉。相传康熙乙丑，有陕西富平人商于秦安，过陇州关山，遇一儒冠绿袍者，乘白骡，随二童子，商异其冠服，问何往？曰：'柳林池赴会也。'商亦不之省。及抵县月馀，偶游文昌祠，瞻神像及二童子，即关山所见，因忆其见之日，则二月二日，诘朝神诞，诸士享献之日也。"

[2]"循吏"句：意谓牛运震的文章清新出众。孙玉庭《牛真谷先生传》曾说："如先生者，于立德，则可列儒林；于立功，则可称循吏；与立言，则可入文苑。假使得高位以行其学，所就必有更大于此者，顾以一令终。"循吏，清正廉洁的地方官吏。

其一一

洒涕穷途阮步兵[1]，可怜才气郁峥嵘[2]。

文章小劫红羊谶[3]，寂寞丹山老凤声[4]。

【注释】

[1]自注："胡釴，字静庵，诗才沉郁，尤肆力于古文，没后，人无知者。"按：胡釴，见本书胡釴简介。洒涕穷途：《晋书·阮籍传》："（籍）时率意独驾，不由径路，车迹所穷，辄恸哭而返。"后以"穷途之哭"形容因身处困窘而悲伤。这里指胡釴才高命蹇，仕宦不达。阮步兵：即阮籍，见林则徐《塞外杂咏》其三注[3]。

[2]郁峥嵘：形容山势高峻。也指才华出众。

[3]红羊：即红羊劫年。古时认为，丁未年是容易发生灾祸的年份，丁属火，未属羊，故称红羊。谶：预示吉凶的隐语。迷信的人认为将来会应验。

[4]"寂寞"句：唐李商隐《韩冬郎》："桐花万里丹山路，雏凤清于老凤声。"这里指胡釴的诗歌超过了他的祖上胡缵宗，可惜无人知晓。

其一二

别墅春深月上初[1]，一庭花药影扶疏[2]。

惊人旧有《白雀赋》[3]，知是荆州仙令居。

【注释】

[1]自注："杨于果仕湖北二十年，清操惠政，天下以古循吏目之。著有《审岩集》行世。"按：杨于果（1745—1812），字硕亭，号审岩，甘肃省秦安县人。乾隆四十年（1775）进士。历任湖北长阳、汉川、枝江、枣阳、南漳、谷城知县，擢荆州通判。著有《审岩全集》。别墅：指杨于果在秦安家中的读书处，名曰"非能园"，原为胡缵宗的"可园"。

[2]扶疏：枝叶茂盛，高低疏密有致。

[3]白雀赋：指杨于果所作《白雀赋》，现集中不存。

其一三

一架春蚕一亩桑,裙钗也只布衣裳[1]。

最是万花深处水,朝来不浴野鸳鸯。

【注释】

[1]裙钗:裙子和头钗,皆为妇女的服饰。故用为妇女的代称。

其一四

沿堤垂柳不胜鸦,流水声中日未斜。

刈断黄云方灌稻[1],更无野水种荷花。

【注释】

[1]刈断黄云:指收割完麦子。刈,割。黄云,指麦浪。明张楷《从军北征·过凉州》:"绿水绕畦瓜未熟,黄云翻垄麦初成。"灌稻:给稻田浇水。

其一五

野塘水满鹭鸶飞[1],细雨秋风鱼正肥。

镇日白石矶畔立[2],晚来空取钓丝归。

【注释】

[1]鹭鸶:水鸟名,翼大尾短,颈和腿很长,常见的有白鹭、苍鹭、绿鹭等。白鹭羽毛纯白色,顶有细长的白羽,捕食小鱼。

[2]镇日:整日。

其一六

生儿不爱近官府,生女不爱嫁小星[1]。

文公家礼分明在[2],生憎一卷梵王经[3]。

【注释】

[1]小星:《诗·国风·召南》:"嘒彼小星,三五在东。肃肃宵征,夙夜在公……"此诗写一位下层小吏日夜当差,疲于奔命,而自伤劳苦,自叹命薄,体现了当时社会环境下的小吏之悲。这里指小吏。

[2]文公:指权德舆。见孙海《秦安竹枝词》其五注[1]。

[3]生憎:最恨,偏恨。梵王经:即《天元古佛救劫大梵王经》。泛指佛经。梵王,指释迦牟尼。

其一七

水大莫言要分派,山大莫言要分支[1]。

不见田家紫荆树[2],至今犹是连理枝[3]。

【注释】

[1]"水大"两句:水大了不要分支流,山大了不要分支脉。意思说家族大了不要分家,兄弟要和睦相处。

[2]紫荆树:别名裸枝树、紫珠等。一种高大的落叶灌木,叶近圆形或三角状圆形,花簇生于老枝和主干上。紫荆树先开花后长叶,盛开的时候,形成满枝都是紫色的美丽景观,故又称"满条红"。象征家庭和睦。

[3]连理枝:两树枝条相连。比喻恩爱的夫妇,也比喻关系亲密的人。

其一八

三家烟火事春耕,儿童也爱读书声。

识得玄黄天地字[1],村塾请去是先生。

【注释】

[1]玄黄天地:《千字文》:"天地玄黄,宇宙洪荒。"这里指只读了启蒙读物。

其一九

野棉开罢野莲红[1],午后天晴易起风。

十亩桑榆阴满地,打麦声在绿云中。

【注释】

[1]野棉:即野棉花。又称野种棉、混栽棉。一种自然生长的野生棉花品种。野莲:野生莲花。

其二〇

山衔遥趁晚风开,何处重寻避债台[1]。

一泓浅水一犁地[2],遮莫兴讼见官来[3]。

【注释】

[1]避债台:周景王建谂台,周赧王因负债而逃居此台,后人因称此台为逃债台,也叫避债台。故址在今河南洛阳境内。

[2]一泓(hóng):清水一片或一道。泓,水深而广。一犁地:一犁犁过去的地。形容很少的地方。

[3]遮莫:亦作"遮末"。尽管,任凭。唐孟浩然《寒夜》:"锦衾重自暖,遮莫晓霜飞。"兴讼:发生诉讼,打官司。

其二一

唐帽山前客未归[1],玉钟峡外几夕晖[2]。

十月严寒天雨雪,坟头各自送寒衣[3]。

【注释】

[1]唐帽山:位于甘肃省崇信县新窑镇西部,即崇信县与华亭县交界处。

[2]玉钟峡:在秦安县北,风景优美,有滴水岩。

[3]送寒衣:汉族民间祭祀风俗。夏历十月初一(十月朔日),祭扫祖墓,于坟前焚烧纸糊竹扎的衣服鞋帽,谓冬季来临,气候日冷,为阴间的鬼魂送衣取暖,故名。

其二二

麦天清晓净无尘,挑菜同来约比邻[1]。

戴朵山丹花似锦[2],隔墙防有看侬人[3]。

【注释】

[1]比邻:邻居。

[2]山丹花:见蒲耀新《麦场竹枝词》其二注[2]。

[3]侬:见郝璧《皋兰竹枝词三十首》其一〇注[1]。

其二三

一村流水野人家,士女兴歌无采茶。

寒食节后踏青节[1],春风开遍碧桃花。

【注释】

[1]寒食节:农历清明节前一两天,禁止生火做饭,只吃冷食,俗称寒食节。

其二四

劝郎莫逐西流水,玉门关外暮烟低。

梦魂欲度不敢度,不管黄莺啼不啼[1]。

【注释】

[1]"梦魂"两句:这里化用唐金昌绪《春怨》诗"打起黄莺儿,莫教枝上啼。啼时惊妾梦,不得到辽西"之诗意。

其二五

郎意薄如春冰薄,妾情深似秋水深。

拈香独上山神庙[1],好将瓦卦卜归音[2]。

【注释】

[1]山神庙:祭祀山神的庙。秦安县五营镇有山神庙。

[2]瓦卦:即瓦卜。民间流传占卜法的一种。将瓦击裂,观察瓦裂的纹路来判断吉凶。《周礼·大卜》曰:"大卜掌三兆之法,一曰玉兆,二曰瓦兆,三曰原兆。"郑注曰:"兆者,灼龟发于火,其形可占者,其象似玉、瓦、原之罍罅,是用名之焉。"归音:回家的音讯。

其二六

先祭新坟后故坟,落花如雨草如茵。

断魂最是棠梨树[1],纸钱吹满夕阳曛[2]。

【注释】

[1]棠梨树:见孙海《秦安竹枝词》其九注[3]。

[2]曛:落日的馀光。

其二七

沧桑劫里忍回头[1],小小边城一炬休[2]。

二百年来贤令尹[3],春风常在稻孙楼[4]。

【注释】

[1]沧桑:见陈钟秀《元夕》其二注[3]。

[2]一炬休:一把火烧了。

[3]自注:"严淡庐太守,名长宧,江西人,作宰四年,倡筑县城,甚固。今方伯林远村(之望),督兵来县,又令增南城,屹然成巨观云。"按:严长宧(1792—1867),字淡庐,江西省赣州府雩都县(今于都)人。道光二年(1822)进士,道光十五年(1835),任秦安知县。严长宧是林则徐的门生,与怀宁陈世镕、钱塘陈墉、长白桂懋同以文辞著名于陇上。历任山丹、皋兰知县、洮州厅同知,署平凉府、庆阳府知府。在秦安任上,曾修筑县城,整修水道,创建义学,修《秦安县志》,备受当地人敬重。著有《学庸释义》若干卷。林之望(1811—1884),字伯颖,又字远村,安徽怀远人。清道光二十五年(1845)进士。历任顺天乡试同考官、刑科、户科掌印给事中、江西道监察御史、京畿道监察御史、巩秦阶道,同治二年(1863)在礼县督军筹饷,参与平定盐官回军。后升任甘肃布政使、湖北布政使、署理陕甘总督等。著有《荆居书屋诗文集》《春明馆赋稿》《觉世经解》等。令尹:泛称县、府等地方行政长官。

[4]稻孙楼:宋代著名书画家米芾在安徽无为县做官时,值大丰收,稻生孙(出了二茬稻),因筑"稻孙楼"以为纪念。这里代指林之望的政绩。

其二八

秦中父老泪如丝[1],砥柱中流更有谁[2]?

千载褒忠祠下路[3],啼鹃血染白杨枝[4]。

【注释】

[1]秦中:见王士禛《秦中凯歌十二首》注[1]。

[2]自注:"谓托刚烈公克清阿事,详余所为公传内。"按:托克清阿:字凝如,满洲正蓝旗人。驻防太原,以举人大挑一等,历知甘肃环县、安化、皋兰县事,升署秦州。同治二年(1863)正月,躬率民勇赴援秦安,寡不敌众,中枪阵亡。赐谥"刚烈"。州人为立祠城北天靖山,岁时为会祀之。砥柱中

流:砥柱屹立在急流中央。比喻能在艰难环境中起支柱作用。砥柱,山名,位于河南省三门峡东,屹立于黄河急流之中。

[3]襄忠祠:即托公祠(托克清阿祭祠)。位于周祠南,座西朝东,有大殿、拜庭、南北厢房、山门庑房组成,为四合庭院式土木结构。清光绪元年(1875)秦州知州黄彝先奉旨修建。

[4]"啼鹃"句:指杜鹃在白杨树上凄惨地鸣叫,像在诉说托克清阿的忠义。鹃,杜鹃,见毕沅《山行杂诗十二首》其八注[3]。

其二九

烽烟惨淡故园春[1],谁降天魔十万身[2]?

满地风沙成底事,斜阳望断洗兵人[3]。

【注释】

[1]烽烟:烽火台报警之烟,指战争。

[2]天魔:道教指天上的魔怪。泛指魔鬼。这里指叛乱的敌军。

[3]洗兵:尽洗甲兵(军装武器),收而藏之的意思。传说周武王出师遇雨,认为是老天洗刷兵器,后擒纣灭商,战争停息。后遂以"洗甲"或"洗兵"表示胜利结束战争。唐杜甫《洗兵马》诗:"安得壮士挽天河,净洗甲兵常不用。"

其三〇

巴渝旧调听来真[1],笑煞东施爱效颦[2]。

他日陇云秦树外[3],展诗如见故乡人。

【注释】

[1]巴渝旧调:指竹枝词。

[2]东施效颦:《庄子·天运》中说,美女西施因病而皱着眉头,邻居丑女见了觉得很美,就学西施也皱起眉头,结果显得更丑。后人称这个丑女为东施。比喻胡乱模仿,效果极坏。效,仿效。颦,皱眉头。这里是作者谦称。

[3]陇云秦树:陇上的云,秦中的树,借指陕甘地区。唐杜牧《望故园赋》:"陇云秦树,风高霜早,周台汉园,斜阳暮草。"

魏 椿

魏椿(1840? —1899?),字寿卿,甘肃狄道州(今临洮县)人。咸丰岁贡生。历任平番县(今永登县)学训导、西宁府学训导、狄道州洮阳、超然两书院山长。魏椿不图仕进,淡泊自守,所到之处常事吟咏。著有《兰泉杂咏》。

四月八日游五泉山竹枝词[1]

其一

一春无雨四山晴[2],士女拈香尽出城。

行到石桥天色早,大家先扑卖花棚。

【注释】

[1]此组诗选自《兰泉杂咏》。四月八日:农历四月八日为浴佛节。见叶澧《甘肃竹枝词》其一六注[2]。

[2]自注:"天旱多日,人人祈雨。"

其二

浓妆淡抹翠花新[1],此日偏逢浴佛晨[2]。

妾自看山人看妾,低头不语发娇嗔[3]。

【注释】

[1]浓妆淡抹:指浓艳和淡雅两种不同的妆饰。宋苏轼《饮湖上初晴雨后》:"欲把西湖比西子,淡妆浓抹总相宜。"

[2]浴佛:见叶澧《甘肃竹枝词》其一六注[2]。

[3]娇嗔:(年轻女子)娇媚地嗔怪。

其三

龙华盛会五泉开[1],击毂摩肩亦快哉[2]。

听得前村鼗鼓响[3],儿童个个下山来。

【注释】

［1］龙华盛会:见叶澧《甘肃竹枝词》其一六注［2］。

［2］击毂:车毂相碰。

［3］鼗(táo)鼓:俗称"拨浪鼓"。长柄,鼓身两旁缀灵活小耳,执柄摇动时,两耳双面击鼓作响。旧时走街串巷的货郎经常摇拨浪鼓招徕生意。

其四

彩楼镇日奏笙簧[1],优孟衣冠最擅场[2]。

看罢人人都道好,携樽又上二郎冈[3]。

【注释】

［1］镇日:整日。笙簧:指笙。簧,笙中之簧片,指笙的乐音。

［2］优孟衣冠:优孟是春秋时楚国著名的杂戏演员,擅长滑稽讽谏。《史记·滑稽列传》记载,楚相孙叔敖死后,儿子很穷。优孟穿戴了孙叔敖的衣冠去见楚庄王。楚庄王受到感动,封了孙叔敖的儿子。这里指登场演戏。擅场:指压倒全场,技艺高超出众。

［3］携樽:带着酒壶。樽,古代的盛酒器具。二郎冈:位于兰州市皋兰县西岔镇。

其五

满地野花色最鲜,折来斜插鬓云边。

阿娘只为求儿女,挈伴同寻摩子泉[1]。

【注释】

［1］挈:带,领。摩子泉:即五泉山摸子泉。在旷观楼下的岩洞内,泉底杂有花石瓦砾,传说欲求子女者,进得洞去,摸到石子者得男,摸到瓦砾者得女,故名摸子泉。

其六

纷纷车马往来飞,一过今宵事便非。

笑煞前途饮酒汉[1],醉眠荒冢不知归。

【注释】

[1]笑煞:笑死人,很好笑的意思。煞,同"杀"。

张如镛

张如镛(1843—?),字序东,一字仲笙,清巩昌府陇西人。光绪二年(1876)举人。著有《秋香阁诗草》。

春闺竹枝词[1]

其一

杏黄衫子衬红纱,拟过横塘阿姊家[2]。

郎自看侬侬看镜[3],道侬娇胜海棠花。

【注释】

[1]此组诗选自《秋香阁诗草》。春闺:女子的闺房,也指闺中的女子。

[2]横塘:古堤名。三国吴大帝时于建业(今南京市)南淮水(今秦淮河)南岸修筑,亦为百姓聚居之地。

[3]侬:见郝璧《皋兰竹枝词三十首》其一○注[1]。

其二

晚来初卸翠花钿[1],懒对银釭思悄然[2]。

小姑不知春意味,隔窗频唤打秋千[3]。

【注释】

[1]翠花钿:镶嵌着珠宝翡翠的金花首饰。

[2]银釭:银白色的灯盏、烛台。

[3]秋千:见吴之琏《陇西竹枝词八首》其四注[2]。

史 翊

史翊,生平不详,道光二十一年(1841)左右曾任甘肃省合水知县,后调任安定知县。

太白镇途次作[1]

其一

案牍劳形放早衙[2]，驰驱郊野过田家。

沿途尽日随流水，两岸青山遍是花。

【注释】

[1]此组诗选自《合水县志·诗歌》。太白镇：在今甘肃省庆阳市合水县，位于陕、甘交界的子午岭林区，东接陕西省富县，北接华池县和陕西省志丹县。

[2]案牍劳形：形容因文书工作繁重而疲惫不堪。案牍，指公事文书。

其二

窅然流水与桃花[1]，犬吠鸡鸣云径斜。

莫道东山无胜境[2]，风光不减武陵霞[3]。

【注释】

[1]窅（yǎo）然：幽深、寂静的样子。唐李白《山中问答》："桃花流水窅然去，别有天地非人间。"

[2]胜境：风景优美的地方。

[3]武陵：即武陵源。见马世焘《兰州竹枝词》其八注[4]。

其三

山腰陡壁皆农家，涧有清泉树有花。

布种春田多望泽[1]，祈来河畔听鸣蛙[2]。

【注释】

[1]布种：撒籽栽种。

[2]祈来河：即葫芦河，古称华水，为黄河支流北洛河右岸的一大支流，发源于甘肃省庆阳市华池县子午岭紫坊畔，自西北流向东南，在合水县太白镇瓦岗川口进入陕西省富县，于洛川县、黄陵县交界的交口河附近汇入北

洛河。

其四

徐行揽辔夕阳斜[1]，遥望牛羊饮水涯。

隔岸青林传鸟语，山崖陶穴有人家[2]。

【注释】

[1]揽辔：挽住马缰。

[2]陶穴：见宋弻《西行杂咏》其四〇注[3]。

其五

沿村问柳复寻花，山畔农人戴笠斜。

惟待如膏春雨降，田畴似罫种桑麻[1]。

【注释】

[1]罫(guǎi)：见陈勤胜《甘肃竹枝词》其二注[1]。

其六

风尘作吏到天涯[1]，子午岭边观物华[2]。

里仅东西真蕞尔[3]，韶光却似河阳花[4]。

【注释】

[1]风尘作吏：指风尘仆仆地到外地做官。唐高适《封丘作》："乍可狂歌草泽中，宁堪作吏风尘下！"

[2]子午岭：唐代以前称桥山，即广义的子午岭。狭义的子午岭指斜梁，从甘肃省合水县五亭子至正宁县刘家店，山势呈南北走向。古人称北为"子"，南为"午"，故称这段山岭为子午岭。后扩大为整个桥山山脉名称。物华：美好的景物。

[3]蕞(zuì)尔：形容比较小的地区。

[4]韶光：指美丽的春光。河阳花：西晋潘岳做河阳县令时，满县栽花。后遂用"河阳一县花"用作咏花之词，或比喻地方之美，或指地方官善于治理。

陈子简

陈子简,字文甫,湖北钟祥县人,附贡,道光三十年(1850)四月,任嘉峪关巡检。有《碧山舍诗集》二十卷、《梅花书屋诗稿》二卷、《赋稿》一卷。

兰州上元竹枝词[1]

其一

金城灯市上元宵[2],乡里人来暮复朝。

最是替他愁冒险,黄河夜夜过冰桥[3]。

【注释】

[1]此组诗选自《碧山舍诗集》卷十三。

[2]金城:兰州。

[3]冰桥:见金人望《竹枝词十六首》其九注[1]。

其二

乡村妇女上街难,个个骑驴是一般。

只把青纱盖头面,齐肩背下任人看[1]。

【注释】

[1]齐肩:与肩相平。

其三

灯如印板两行奢[1],不是红绸便白纱。

只怕夜来风雨打,满街都用布篷遮。

【注释】

[1]印板:用以印刷的底板。

其四

奉行故事记年年,两日前头便委员[1]。

衙役兵丁算弹压,掌灯骑马闹喧阗[2]。

【注释】

[1]委员:旧指被指派担任特定工作的人。

[2]喧阗:喧闹杂乱。多指车马喧闹声。

其五

杂踏声中笑语频,沿街不住响车轮。

跟班顶马知官眷[1],烈烈轰轰让妇人。

【注释】

[1]顶马:旧时官员出行时仪仗中前导的骑马差役。

王笠夫

王笠夫,字贯三,号丹霞子,甘肃省定西市人。咸丰九年(1859)举人。著有《史学管窥》《冰鼎诗集》《锥处斋焚后草》等。

西固竹枝词[1]

其一

家家屋上麦禾登[2],削竹编墙露瓦棱。

浣菜村娘面溪坐,水中照见挂瓢僧[3]。

【注释】

[1]王笠夫诗均辑自《甘宁青史略副编》卷五。西固:县名。唐代时于境内置宕州及怀道郡、县。宋代归阶州福津县辖。元、明、清于西固置蕃汉军民德行千户所及西固分州。民国二年(1913)改西固分州为西固县,治所即今甘肃省甘南藏族自治州舟曲县。1954年西固县迁址宕昌,改宕昌县,另设舟曲县。

[2]自注:"屋上即场。"

[3]自注:"人多生瘿"。按:瘿(yǐng),一种颈前区喉结两侧肿大或有结块的常见疾病。俗称"大脖子病"。以西北高原地带及山区较为多见。

相当于西医所谓地方性甲状腺肿瘤。大多跟生活在山区饮用水缺碘有关。挂瓢:相传许由饮水无杯,有人赠以一瓢,由饮毕,悬于树上。后以"挂瓢"为隐居或隐者傲世的典故。瓢,葫芦。古代用为盛酒器。这里比喻有大脖子病的人像脖子上挂了葫芦的和尚一样。

其二

蓄有蹲鸱岁足凭[1],麻衣可著废罗绫[2]。

谁知西漆南油外[3],竹是家传暗室灯[4]。

【注释】

[1]自注:"蹲鸱,洋芋。"蹲鸱:见陆廷黻《阶州道中杂咏三十首》其一八注[2]。

[2]罗绫:疏细而有花纹的丝织品。

[3]西漆南油:产于西方的漆,产于南方的油,俱可以燃烧照明。漆指漆树,实可采蜡,燃以照明。南朝梁简文帝《灯赋》:"南油俱满,西漆争燃。苏征安息,蜡出龙川。"

[4]自注:"人家燃竹代灯。"

金县竹枝词[1]

秋苗干坏成旱灾,逼得官绅跑一回[2]。

太白神泉瓶取水[3],早些下山怕雨来。

【注释】

[1]金县:兰州市榆中县。

[2]自注:"官与绅皆步行。"

[3]太白泉:在兰州榆中县东山兴隆山上,明朝建有庙宇,庙宇前,有三眼泉,泉水清澈甘甜,四季不溢不竭,据传,不生育的妇女,在泉中摸一石子带回家,就会生育,非常灵验。传说此泉是经太白金星指点而发现,因此,太白泉是兴隆山最有名的景点之一。

刘元机

刘元机,字小蟾,皋兰(今兰州市)人。同治时任西安八仙庵主持。刘元机好读古诗,后虽出家修道,仍喜吟咏。著有《云水前集》《云水后集》各一卷。

兰山五泉[1]

甘露泉[2]

香飘玉液味何甘,冷露无声滴翠岚。

乍见枝头杨柳色,清清原是水光含。

【注释】

[1]刘元机诗均选自《云水前集》。五泉:即五泉山。

[2]甘露泉:五泉山海拔最高的一眼泉,源流较细,据说它"久雨不盈,大旱不干",味道甘甜,就像甘露。

掬月泉[1]

玉笋纤纤激碧湍,一轮素月影团圞[2]。

山人笑掬凌云手,勾引姮娥出广寒[3]。

【注释】

[1]掬月泉:在文昌宫东侧。每到仲秋前后,月出东北,倒映泉底,皎洁可鉴,伸手可掬,故名掬月泉。

[2]团圞(luán):形容圆。比喻团聚、团圆。

[2]姮娥:嫦娥。传说嫦娥居住在月亮上的广寒宫。

摸子泉[1]

奏罢盎斯欲弄璋[2],满山烟雨锁苍茫。

老僧注水真堪美,孕得蚌珠尽放光。

【注释】

[1]摸子泉:见魏椿《四月八日游五泉山竹枝词》其五注[1]。

[2]螽(zhōng)斯:蝗虫类,俗称蝈蝈。雄虫声音洪亮,繁衍能力很强,古人认为是多子的象征。《诗·周南·螽斯》:"螽斯羽,诜诜兮。宜尔子孙,振振兮。"弄璋:中国民间对生男的古称。《诗·小雅·斯干》:"乃生男子,载寝之床。载衣之裳,载弄之璋。"指古人生下男孩子把璋给男孩子玩。璋,一种玉器,希望儿子将来有玉一样的品德,后人因此称生男孩为"弄璋"。

蒙泉[1]

流水潺湲拂落花,白云堆里饮飞霞。

偶来倚杖听清响,恰煮蒙山顶上茶[2]。

【注释】

[1]蒙泉:蒙为卦名,是六十四卦之一,坎上艮下,坎为水,艮为山,用"蒙"字概括东谷面貌,含山下有险之意。

[2]蒙山茶:产于四川省雅安市。"蒙山茶"种植始于西汉,具有2000多年的种茶历史和丰富的文化底蕴,素有"扬子江中水,蒙山顶上茶"的美誉。

惠泉[1]

为避尘氛到惠泉,泉声遥挂碧云边。

登临不尽清凉意,活泼灵源也悟禅[2]。

【注释】

[1]惠泉:位于企桥旁边,因为此泉泉水比较旺盛,曾长期给附近农家带来饮用和灌溉之利,故名惠泉。

[2]灵源:对水源的美称,也指心灵。悟禅:参悟禅理。

金城十咏[1]

梨苑花光[2]

花光烂漫酿春光,引得佳人上玉堂。

昨夜东风翻白雪,纷纷蛱蝶暗偷香。

【注释】

［1］金城十咏:见巫揆《金城十咏》注［1］。

［2］梨苑花光:见巫揆《金城十咏·梨苑花光》注［2］。

河楼远眺[1]

临风纵目意悠悠,短笛横吹入小楼。

我欲乘桴从此去[2],河声咽破古今愁。

【注释】

［1］河楼远眺:见巫揆《金城十咏·河楼远眺》注［1］。

［2］乘桴:乘坐竹木小筏。《论语·公冶长》:"道不行,乘桴浮于海。"

白塔层峦[1]

万叠层峦万叠青,晓风送响到檐铃。

邀僧直上灵山顶[2],佛满香龛月满楱。

【注释】

［1］白塔层峦:见程德润《若己有园十六景·圆桥》注［3］。

［2］灵山:传说中的仙山。《山海经》:"又东北三百里,曰灵山,其上多金玉,其下多青䨼,其木多桃李梅杏。"又指《西游记》中佛祖居住的地方,在西牛贺洲,上面有大雷音寺。

莲池夜月[1]

为采新莲晚睡迟,凭栏恰好月明时。

凌波仙子无颜色[2],夜晕香奁洗玉脂。

【注释】

［1］莲池夜月:见巫揆《金城十咏·莲池夜月》注［1］。

［2］凌波仙子:荷花、水仙等水养花卉的别称。

兰山烟雨[1]

寒烟漠漠雨霏霏,大半楼台入翠微[2]。

满谷兰花香馥郁,来朝啼鸟弄晴晖。

【注释】

[1]兰山烟雨:见巫揆《金城十咏·兰山烟雨》注[1]。

[2]翠微:青绿的山色。泛指青山。

龙泉瀑布[1]

滚滚银涛半壁冲,遥瞻霁雪挂晴峰。

冰绡倒卷三千丈[2],恰似飞虹斗玉龙。

【注释】

[1]龙泉瀑布:见巫揆《金城十咏·五泉瀑布》注[1]。

[2]冰绡:薄而洁白的丝绸。这里指瀑布。

龙尾秋容[1]

西风吹雨涤龙颜,半隐云霄半隐山。

不是腾身天上去,如何巨尾露人间。

【注释】

[1]龙尾秋容:见巫揆《金城十咏·龙尾秋容》注[1]。

虹桥春涨[1]

欲掉轻桡破锦纹[2],源头水向鸭头分。

桃花两岸春潮霁,惊起长虹驾彩云。

【注释】

[1]虹桥春涨:见巫揆《金城十咏·虹桥春涨》注[1]。

[2]轻桡(náo):这里指小舟。桡,桨,楫。

古刹晨钟[1]

梵僧早起击洪鲸[2],曙气朝烟韵亦清。

不是蒲牢能报晓[3],何由梦梦一时惊。

【注释】

[1]古刹晨钟:见巫揆《金城十咏·古刹晨钟》注[1]。

[2]洪鲸:这里指大钟。

[3]蒲牢:见巫揆《金城十咏·古刹晨钟》注[3]。

马衔积雪[1]

银骢高卧白云隈[2]，啮月嘶风近似雷。

牧马村夫浑不识，聊将晴霰作琼瑰[3]。

【注释】

[1]马衔积雪:见巫揆《金城十咏·马衔积雪》注[1]。

[2]骢:指青白杂毛的马。

[3]霰:高空中的水蒸气遇到冷空气凝华成的小冰粒，多在下雪前或下雪时出现，霰又称雪丸或软雹。琼瑰:次于玉的美石。《诗·秦风·渭阳》:"何以赠之，琼瑰玉佩。"

巨国桂

巨国桂(1850—1924)，字子馥，一字南荣，号静亭，又号澹人，晚年自号馀生，甘肃秦安人。清光绪元年(1875)举人。历主秦安景权书院、河西传舍博达书院讲席，后任甘州府训导、张掖县教谕、新疆迪化府教授，升授新疆阜康县知县。巨国桂笃于伦理，精究学问。著有《慕研斋稿劫馀诗存》《遂初杂志》《救时截方》等。

秦安竹枝词[1]

其一

娲皇村里听新歌[2]，底事陇头花鸟多[3]。

说与个侬浑不信[4]，百灵巧学绿鹦哥[5]。

【注释】

[1]此组诗选自《甘宁青史略副编》卷五。

[2]娲皇村:在甘肃省天水市秦安县陇城镇。传说女娲是陇西成纪人。《(嘉靖)秦安志》:"女娲庙，庙建于汉以前。娲皇，成纪人也，故陇得而祀

焉,今庙存而祀废矣。"娲皇,见陈钟秀《洮阳八景·朵山玉笋》注[3]。

[3]底事:何事,什么事。陇头:陇山。见李复《竹枝歌十首》注[2]。

[4]个侬:这人,那人。侬,见郝璧《皋兰竹枝词三十首》其一〇注[1]。浑:全,完全。

[5]自注:"秦俗好畜反舌鸟,亦育鹦鹉。"按:反舌鸟,鸟名。上身灰褐,胸腹灰白色,嘴黑色,尾巴长。反舌鸟鸣声宛啭,高低抑扬,有自己多彩的曲调。鹦鹉,鸟名。因其羽毛艳丽、善学人语,备受人们欣赏和钟爱。古代陇山多鹦鹉。东汉祢衡《鹦鹉赋》:"惟西域之灵鸟兮。"李善注:"西域,谓陇坻出此鸟也。"《雍胜略》:"陇山山高而长,多产鹦鹉,亦名鹦鹉山。"

其二

垂帘深院蒜为钩[1],惯教黄莺学语柔[2]。

第一妆台君识否？青丝结子菜花油[3]。

【注释】

[1]"垂帘"句:古代富贵人家用来押帘或帷幕的用品称为"押帘",因其多以银铸成蒜形,一般也名为"银蒜"。一个帘钩附有一双银蒜,可防止帘被风卷起。北周庾信《梦入堂内》:"幔绳金麦穗,帘钩银蒜条。"

[2]黄莺:黄鹂,通体金黄色,两翅和尾黑色,其鸣声婉转。

[3]自注:"秦妇疏发,必须菜油,即芥油。"

其三

蚕事头眠复二眠[1],秦桑枝叶正含烟。

晓晴雾散墙阴路,姊妹提筐笑倚肩。

【注释】

[1]自注:"秦女亦喜育蚕。"二眠:蚕初生至成蛹,蜕皮三四次。蜕皮时不食不动,成睡眠状态。第二次蜕皮谓之二眠。

其四

龙华会里宝陀龛[1],合掌低眉取次参。

妾自爱男郎爱女,两般心事有谁谙[2]？

【注释】

[1]龙华会:也叫浴佛节。见叶澧《甘肃竹枝词》其一六注[2]。

[2]自注:"龙华之会,秦妇祈子女者,皆行香凤山之娘娘庙。"按:凤山,位于甘肃省天水市秦安县城东,山上有泰山庙、青莲念佛堂等。谙:熟悉,了解。

其五

归路竞簪龙柏花[1],流连沙石陂儿斜[2]。

双弓忍顿弱无力[3],笑指烟村是母家。

【注释】

[1]龙柏花:龙柏树开的花。龙柏,又名刺柏、红心柏、珍珠柏等。龙柏枝条螺旋盘曲向上生长,好像盘龙姿态,故名"龙柏"。

[2]自注:"凤山陂,俗名沙石陂。"

[3]双弓:旧时喻指缠足妇女的一双小脚。

其六

惠家村畔芹菜新[1],下上午声殊笑人[2]。

官讳茹荤民讳卖[3],一千祈雨真不真[4]。

【注释】

[1]惠家村:在甘肃省天水市秦安县千户镇。

[2]自注:"每天旱祈祷,官禁卖葱韭,则挑卖之人皆佯呼为下上午的芹菜。下,如'《汉书》下酒'之'下'。上午者,午后餐也。秦人呼晚(午)饭为上午饭。"

[3]茹荤:本指吃葱韭等辛辣的蔬菜。后指吃鱼、肉等。

[4]一千:整天。甘肃一些地方方言把"天"读为"千"。

其七

一树红开海石榴[1],大家门巷静而幽。

只有穿城忙底甚,湘帘乱下北街头[2]。

【注释】

[1]海石榴:指石榴花,又名安石榴。因石榴最早来自西域安国、石国,故名。《清一统志》:"塔什干,隋唐时为安国、石国地,东界布鲁特,为南路近边,故石榴种植尚宜。"石榴为落叶灌木或小乔木。夏季开花,可供观赏。果肉鲜食,果皮可入药。

[2]自注:"会四乡方神,每年七月初十日,由北而南,穿城而去,妇女皆盛装而出。"

其八

青驴背上试腰支[1],蒙面乌纱护艳姿。

却笑州城流溜马[2],金鞍玉勒未为奇。

【注释】

[1]自注:"秦妇出门必蒙面,善骑驴,无鞍鞯。"腰支:即腰肢。

[2]溜马:指牵着马慢慢地走。

其九

风流半属耍孩儿[1],草笠圆圆顶上宜。

满抱书香人下学,可泉乐府静庵诗[2]。

【注释】

[1]耍孩儿:民间曲调名。五十四字,平仄通协。又为曲牌名,南曲中吕宫、般涉调,北曲般涉调,都有同名曲牌,北曲又作《魔合罗》。单用作小令,或用在般涉调、正宫、中吕宫套曲内。

[2]自注:"秦人无老少,皆喜戴麦草帽。其诗集惟胡可泉、胡静庵最擅名。"可泉:胡缵宗。见孙海《秦安竹枝词》其七注[1]。静庵:即胡钺。见本书胡钺简介。

其一〇

开府归来称九逸,官沿韵事早留图[1]。

黄冠野服卿休笑[2],泽面白衫多老儒[3]。

【注释】

[1]自注:"胡可泉中丞晚年有九逸图。"开府:指古代高级官员接受皇帝的命令自行开设府署(建立衙门),来处理自己所理军政事务。九逸图:嘉靖十九年,胡缵宗罢官回到秦安,与当时先后罢官回里的八人在中秋节宴集于陇溪,称"九逸"集会,并将集会情景绘成影图,共九幅,各持一帧,名"陇溪九逸图",每逢佳节,集会吟诗,必悬挂此图,以敦凤好。

[2]黄冠野服:粗劣的衣着。借指平民百姓,也指草野高逸。黄冠,古代指用竹叶编成的箬帽,蜡祭时戴。野服,村野平民服装。

[3]自注:"秦长老皆喜著浆面白衫。"浆(jiàng):同"糨"。用米汁给洗净的衣服上浆。元睢景臣《般涉调·哨遍·高祖还乡》:"新刷来的头巾,恰糨来的绸衫。"

其一一

豚蹄拜扫权相坟[1],几个幽人香惯薰[2]。

风景江南宁未似,绿杨带雨飏残曛[3]。

【注释】

[1]自注:"权文公祖墓,在陇河西山半。"权相:权德舆。见孙海《秦安竹枝词》其五注[1]。豚蹄:猪蹄子。

[2]幽人:隐士。香薰:即烧木香薰。甘肃很多地方敬神、祭祖有烧柏木枝的习俗,柏木枝燃烧可散发出香味。宋王元《登祝融峰》:"烧尽蒲花烛,清馀柏木香。"

[3]飏:"扬"的古字。飞扬,飘扬。曛:落日的馀光。

其一二

染彩争传茜褐红[1],侬家织捻本来工[2]。

巴人艳说妆奁富,一段洋条敌汉橦[3]。

【注释】

[1]茜褐:红色的布衣。茜,本义是指一种草名,即茜草,为多年生草本植物,可作红色染料。

[2]佽:见郝璧《皋兰竹枝词三十首》其一○注[1]。

[3]自注:"秦安褐,蜀人呼为洋条,富家嫁女,妆奁必需此物。"按:秦安褐,见叶澧《甘肃竹枝词》其二七注[3]。巴人:四川人。妆奁:原指女子梳妆打扮时所用的镜匣。后泛指随出嫁女子带往男家的嫁妆。橦(tóng):古书上指木棉树。木棉为落叶高大乔木,花红色,蒴果卵圆形,内有白色纤维,质柔软,可用来装枕头、棉衣、垫褥等。也叫红棉、攀枝花。

其一三

细楷蝇头墨迹薰[1],能书风调媲右军[2]。

兰闺侣伴婵娟甚[3],多写张家《千字文》[4]。

【注释】

[1]薰:花草的香气。这里指墨汁的香气。

[2]风调:诗文的风格,格调。这里指书法的风格。右军:王羲之(303—361),字逸少,琅琊临沂(今山东省临沂市)人。东晋大臣、书法家,有"书圣"之称。曾任右军将军,后称羲之为"右军"。

[3]兰闺:女子居室的美称。婵娟:形容姿态美好。古诗文里多用来形容女子。

[4]自注:"张一斋庶常所书《千字文》,无论何人,开笔皆临此。"按:张思诚,字一斋,秦安县兴国镇丰乐村人,张位之子。嘉庆十年(1805)进士,选翰林院庶吉士,历任直隶沙河、广西永福知县,有政绩,协纂《(道光)秦安县志》,以书法闻名当时。《千字文》:南北朝时期梁朝散骑侍郎、给事中周兴嗣编纂一千个汉字组成的韵文。全文为四字句,对仗工整,条理清晰,文采斐然,是中国影响很大的儿童启蒙读物。

其一四

纤纤指爪小姑矜[1],十样蛮笺挖剪能[2]。

含取怜红看不厌,梳头油点上元灯。

【注释】

[1]纤纤:形容细长。指爪:指甲,爪子。这里指手指。

[2]自注:"秦女剪彩灯甚精巧,上元节以索观,人多者为荣。"蛮笺:谓蜀笺,唐时指四川地区所造彩色花纸。

其一五

鸳鸯坬上种甜瓜[1],咽狗声多笑语哗[2]。

怪煞一群火猪子[3],羊羔不住斗豮牙[4]。

【注释】

[1]坬(guà):土堆,山坡。

[2]自注:"秦人戏语,呼甜瓜为咽死狗□。"

[3]火猪子:俗语指贪吃的人。

[4]自注:"近秦州界人呼汝我曰羊羔。"豮(fén):公猪。泛指雄性牲畜。

其一六

雷鸣瓦缶出康窑[1],风雨和肩一担挑[2]。

莫笑陇干人好弄[3],河滨苦窳赖虞陶[4]。

【注释】

[1]雷鸣瓦釜:原指声音低沉的砂锅发出雷鸣般的响声。比喻无德无才的人占据高位,威风一时。《楚辞·卜居》:"黄钟毁弃,瓦釜雷鸣。谗人高张,贤士无名。"这里用本义。康窑:秦安古城镇康家坡村烧制瓦罐的窑,质量比较好。

[2]自注:"秦谚云:'康家坡下好瓦罐,十个钱儿担一担。'"

[3]陇干:县名。在今静宁县。后通称陇西为陇干,如陇上、陇右之类。弄:作弄。

[4]苦窳(yǔ):粗糙质劣。虞陶:即有虞陶唐。有虞是舜帝,姓姚,名重华,号有虞氏,故人们称他为虞舜。陶唐指尧帝,姓伊祁,号放勋,因为他的封地在陶和唐,故称陶唐。这里指烧制瓦罐。

其一七

滴水岩探老虎穴[1],寻幽人到小天台[2]。

枕流漱石人贪恋[3],仙女何嫌真个来。

【注释】

[1]自注:"滴水岩南谷胜境,每岁七月十二,游人以入谷最深为乐。"滴水岩:在秦安县玉钟峡,有石崖悬如屋檐,檐下有石穴洞,清水从中流出,故名"滴水岩",又名"石宕水"。

[2]天台:指天台山。见宋弼《西行杂诗》其一三注[1]。

[3]枕流漱石:也称漱流枕石。旧时指隐居生活。南朝宋刘义庆《世说新语·排调》:孙子荆年少时欲隐,语王武子当"枕石漱流",误曰"漱石枕流"。王曰:"流可枕,石可漱乎?"孙曰:"所以枕流,欲洗其耳;所以漱石,欲砺其齿。"

其一八

杨园寂寞遂园空[1],几辈风情数老翁。

垂后东柯频结构[2],桃花不似旧来红。

【注释】

[1]自注:"杨审岩分府非能园,张伯素检讨遂园,皆嘉道名园,李氏东柯草堂在后。"按:杨审岩:即杨于果。见孙海《秦安竹枝词》其一二注[1]。张位(1724—1810),字伯素,号南涧,乾隆四十三年(1778)进士,选翰林院庶吉士,历任国史馆纂修、武英殿协修等职,后为兰山书院山长,善书法。张氏在秦安有"遂园"。东柯草堂:即杜甫在天水东柯谷的住室,位于天水市麦积区甘泉镇柳河村。《清一统志·秦州》:"东柯草堂,在州东南。《元统志》:在东柯镇。少陵弃官之秦,寓侄佐之居,故有'东柯遂疏懒'之句。"东柯草堂始建于北宋绍圣年间(1094—1098),后毁于兵火。秦安李氏重修之东柯草堂,不详。

[2]垂后:造福后代。结构:构筑,建造。

其一九

青皮杏子香水桃,城北城南两鸾桥[1]。

尽许飞蚨多换去[2],原来花果比山高[3]。

【注释】

[1]窎(diào):深远,遥远。

[2]佽:同"尽"。力求达到最大限度。蚨:古书上说的一种虫。今俗名水知了,是半翅目的大型昆虫田鳖、桂花蝉。传说用青蚨血涂钱,可以引钱使归。因用以代称钱。《说文·虫部》:"青蚨,水虫,可还钱。从虫,夫声。"《广雅·释虫》:"蟱蜗,鱼伯,青蚨也。"清叶德辉《飞蚨来去色青青》:"飞蚨来去色青青,子母相权血更灵。我向钱神私稽首,愿持丰货作零星。"

[3]自注:"花果山距城不一里。"

其二〇

冷署忽传旷秀才[1],簇新花样问谁裁。

痴郎定抱郝隆腹[2],多少诗书晾出来。

【注释】

[1]自注:"有龃龉广文,缚生员而曝之,谓之旷秀才。"按:广文,唐天宝九年设广文馆。设博士、助教等职,主持国学。明清时因称教官为广文。

[2]郝隆:字佐治,山西省原平市人。为东晋名士,生性诙谐。年轻时无书不读,有博学之名。曾投奔桓温,官至南蛮府参军,后辞官回乡隐居。每年七月七日当地有晒衣服的风俗,家贫的郝隆解开衣扣袒胸露腹晒太阳,人们问他这是干什么? 他傲然地回答自己在晒书。见南朝宋刘义庆《世说新语·排调》。

王树枏

王树枏(1851—1936),字晋卿,号陶庐老人,河北新城县人。光绪十二年(1886)进士,授户部主事。历任四川资阳知县、眉州知州、甘肃平庆泾固道、兰州道、新疆布政使。后入清史馆任总纂,分纂《新疆图志》。著有《陶庐文集》《文莫室诗集》《陶庐诗续集》《新疆国界志》《新疆物候志》《新疆礼俗志》《新疆山脉志》《新疆访古录》等。

清凉山道中[1]

其一

盘空一径乱云屯[2]，万壑迷茫不辨村[3]。

蓦地西风莽吹散[4]，白杨深处见柴门。

【注释】

[1]此组诗选自《陶庐诗续集》卷一。作于光绪二十九年(1903)，为作者赴甘肃途中在定西所作。清凉山：见祁韵士《陇右竹枝词》其三注[1]。

[2]乱云屯：纷乱的云聚集盛多。

[3]万壑：形容峰峦、山谷极多。

[4]蓦地：出乎意料，让人感到意外。

其二

田亩纵横若画棋，湿烟浓护豆花篱。

山中岁月宽闲甚，到处桃源世不知[1]。

【注释】

[1]桃源：桃花源。见马世焘《兰州竹枝词》其八注[4]。

其三

巢由不用买山钱[1]，数亩泉林即是仙。

终岁催租人不到，田家鸡犬会升天[2]。

【注释】

[1]巢由：巢父和许由的并称。相传皆为尧时隐士，尧让位于二人，皆不受。因用以指隐居不仕者。

[2]鸡犬升天：传说淮河王刘安得道升天，鸡犬吃了他剩下的丹药，也随之升天，见王充《论衡·道虚》。这里指人们过着安居乐业、赛过神仙的日子。

其四

穰穰秋稼已登场[1]，男妇家家筑土墙。

小憩山庐烧楈柮[2]，近霜天气雨丝凉。

【注释】

[1]穰穰(ráng):形容五谷丰饶。秋稼:秋季的庄稼。

[2]榾柮(gǔ duò):木柴块,树根疙瘩。可代炭用。

凉州道中十一首[1]

其一

乱石肥田留宿雨,连城大族效华风[2]。

玉环向化年来久[3],胜国边墙在眼中[4]。

【注释】

[1]以下王树枏诗均选自《陶庐诗续集》卷三。此组诗作于光绪三十二年
(1906),为作者赴新疆途中在凉州(今武威市)所作。凉州:见李楷《秦州》注[2]。

[2]自注:"勇敷案:平番鲁土司近年饮食衣服颇染华习。"连城大族:指
甘肃省永登县连城鲁土司。连城鲁土司始祖脱欢,是元太祖成吉思汗后裔,
封为安定王兼平章政事。明洪武三年(1370),脱欢降明,赐姓鲁,被安置在
连城(今永登县),为连城土司,是西北地区权势较大的一个集军事、司法、
宗教于一体的地方特殊政权。按:勇敷,即王勇敷(1891—1922)。王树枏
第三子,小名资生,整理刻印其诗文集。

[3]玉环:玉制的环。古时用作佩饰。这里指连城鲁土司。向化:归
化,顺服。

[4]胜国:见李殿图《番行杂咏》其一六注[1]。边墙:指长城。永登境
内有明长城。

其二

祁连山色晚来苍[1],割据纷纷古盖藏[2]。

虎跳龙拏几人在[3]?骖骑番马过西凉[4]。

【注释】

[1]祁连:山名。见马祖常《河湟书事二首》其一注[2]。

[2]割据纷纷:指东晋十六国之时的前凉、后凉、南凉、北凉、西凉等五

个割据政权,其活动中心在今甘肃武威、张掖、酒泉、兰州及青海乐都一带。盖藏:储藏。《礼记·月令》:"天子曰:'某日立冬,盛德在水……命百官谨盖藏。"郑玄注:"谓府库囷仓有藏物。"

[3]虎跳龙拏(ná):像老虎那样跳跃,像龙那样伸爪抓取。旧时比喻身手矫健、武艺高超,也比喻英雄相互征战。拏,同"拿"。

[4]骣(chǎn)骑:谓不用鞍子骑马。唐令狐楚《少年行》之一:"少小边州惯放狂,骣骑蕃马射黄羊。"西凉:凉州。见李楷《秦州》注[2]。

其三

渠田万顷水纵横,簇簇炊烟夕照明。

我入休屠访遗迹[1],胡儿自古有亶行[2]。

【注释】

[1]休屠:凉州。见李楷《秦州》注[2]。

[2]胡儿:指胡人。古代对西北少数民族的蔑称。亶(shān)行:令人仰慕的德行。《庄子·徐无鬼》:"舜有膻行,百姓悦之。"

其四

苜蓿新秋马正肥[1],葡萄美酒梦初回[2]。

琵琶一阕西凉曲[3],夜雨荒榛冷狄台[4]。

【注释】

[1]苜蓿:见马祖常《庆阳》注[2]。

[2]葡萄美酒:武威产葡萄酒。唐王翰《凉州词》:"葡萄美酒夜光杯,欲饮琵琶马上催。醉卧沙场君莫笑,古来征战几人回。"葡萄,见雷和《正宁竹枝词》其七注[2]。

[3]西凉曲:见李銮宣《塞上曲》其七注[1]。

[4]狄台:见张澍《闲居杂咏》其四注[2]。

其五

乱石纵横碍马蹄,漫漫长夜走荒陂[1]。

莲花山上圆圆月[2],曾照当年小月氏[3]。

【注释】

[1]荒陂:荒凉的山坡。陂,山坡。

[2]莲花山:古称姑臧山、紫山,属祁连山冷龙岭山脉,海拔2700米,位于武威市凉州区松树乡,山势雄伟,奇峰环列,层峦叠嶂,四面险峰,宛如一朵盛开的莲花。

[3]小月氏(zhī):见赵时春《河西歌》其六注[3]。

其六

南山积雪北山沙[1],苍茫平芜落照斜[2]。

牛背何人弄羌笛[3],满山秋色入栖鸦。

【注释】

[1]南山:指祁连山。见马祖常《河湟书事二首》其一注[2]。北山:武威市北边的山,跟腾格里沙漠接壤。

[2]平芜:草木丛生的平旷原野。

[3]羌笛:见祁韵士《河西竹枝词》其一注[4]。

其七

呼鹰大漠条缠臂[1],立马长街剑拄颐[2]。

买得阿娇贮金屋[3],照人顾色失焉耆[4]。

【注释】

[1]"呼鹰"句:在大漠里面架鹰的时候要带上皮制臂套,束住衣袖,以便动作。

[2]拄颐:顶到面颊。形容剑长。《战国策·齐策六》:"齐婴儿谣曰:'大冠若箕,修剑拄颐,攻狄不能,下垒枯丘。'"

[3]"买得"句:意思是指以华丽的房屋让所爱的妻妾居住。也指娶妾。《汉武故事》:"(汉武)数岁,长公主嫖抱置膝上,问曰:'儿欲得妇否?'胶东王(即后来的汉武帝)曰:'欲得妇。'长公主指左右长御百余人,皆云不用。末指其女问曰:'阿娇好否?'于是乃笑对曰:'若得阿娇作妇,当作金屋贮之也。'"

[4]焉耆:古西域国名。又作乌耆、乌缠、阿耆尼。国都在员渠城(今新

疆焉耆西南四十里附近)。居民务农、捕鱼、畜牧。有文字,语言属印欧语系。初属匈奴,西汉神爵二年(前60)后属汉西域都护府。西汉末又属匈奴。东汉永元六年(94)班超破匈奴,又内属。唐初附西突厥。

其八

十年兵燹数流亡[1],蔓草颓垣满目荒。

神乌不来留废县[2],野羊随意上空墙。

【注释】

[1]十年兵燹:指同治年间西北发生的回民起义,从同治元年(1862)到同治十一年(1872)整整十年才平息。兵燹(xiǎn),指因战乱而遭受焚烧破坏的灾祸。

[2]"神乌"句:指张掖有神乌县。参看张澍《闲居杂咏》其八注[1]。

其九

晓月朦朦青海头,寒沙漠漠赤亭秋[1]。

群山逝避皆东向[2],万水回环尽北流[3]。

【注释】

[1]赤亭:地名。在西州蒲昌(今新疆维吾尔自治区鄯善县)东北,唐政府于此设戍,名赤亭守捉,为赴安西必经之路。

[2]逝避:指经过群山之时,山好像回避行人一样。逝,过去。避,回避。东向:亦作"东乡"。面向东。古代以东为上方、尊位。

[3]"万水"句:指河西走廊的水最后都汇入黑河,流入北边的额济纳河,流入蒙古境。黑河即弱水,发源于祁连山脉。见无名氏《俄博岭界碑竹枝词》注[4]。

其一〇

万里征衣急暮砧[1],长城迢递起秋阴。

蜀王奏罢《凉州曲》[2],一笛西风泪满襟。

【注释】

[1]暮砧:傍晚捣衣的砧声。唐杜甫《秋兴八首》其一:"寒衣处处催刀

尺,白帝城高急暮砧。"

[2]蜀王:指唐玄宗。安禄山反,玄宗奔蜀,人称蜀王,含讥刺意。凉州曲:见李銮宣《塞上曲》其七注[1]。

其一一

祁连一道玉山颓[1],屑作琼河响若雷[2]。

瑞雪千年兆丰岁,大鱼常入梦中来[3]。

【注释】

[1]"祁连"句:指祁连山上白雪皑皑,仿佛玉山倾倒。

[2]琼河:玉河。这里指流淌着冰雪的祁连雪水。

[3]"大鱼"句:《诗·小雅·无羊》:"牧人乃梦,众维鱼矣。旐维旟矣,大人占之。众维鱼矣,实维丰年。旐维旟矣,室家溱溱。"梦见大鱼是丰年的预兆。

甘州道中九首[1]

其一

一渠活水贯城流,绿柳成行护市楼[2]。

细雨方塘争放鸭,午阴深巷稳眠牛。

【注释】

[1]此组诗作于光绪三十二年(1906),为作者赴新疆途中在甘州(今张掖市)所作。

[2]原注:"勇敷案:山丹城内杨柳成行,渠水通流。"

其二

仙堤旧垒杳难寻[1],迤逦边城起暮阴。

回首大黄山上望[2],千年积雪到于今。

【注释】

[1]仙堤:县名。西晋及北朝时在今山丹县境内置仙堤县,故以仙堤代指山丹。《(乾隆)甘州府志》卷四:"仙堤废县。城东。《晋志》:'西郡领仙堤、万岁、兰池三县。'《旧唐志》:晋分删丹,置仙堤、万岁、临松三县,炀帝并

入删丹。《新志》有'仙堤铺,在县东十里,以故县为名。'"

[2]大黄山:即焉支山。见戴记《塞上杂咏》其四注[5]。

其三

弱水分流万陌开[1],龙头山色逼人来[2]。

寒沙莽莽居延泽[3],万里长风一雁回。

【注释】

[1]弱水:见无名氏《俄博岭界碑竹枝词》注[4]。

[2]龙头山:山名。在甘肃省张掖市西北。《(乾隆)甘州府志》卷四:"龙头山谷。城西北二十五里。"

[3]莽莽:形容原野辽阔,无边无际。居延泽:即弱水。见无名氏《俄博岭界碑竹枝词》注[4]。

其四

四塞山川张国掖[1],千年城堑扼羌喉[2]。

河西自古兵争地,士马雄强第一州。

【注释】

[1]四塞:指四境皆有天险,可作屏障。张国掖:汉武帝元狩二年(前121),骠骑将军霍去病进军河西,战败匈奴,浑邪、休屠二王率众归汉。汉武帝元鼎六年(前121)置张掖郡,取"张国臂掖,以通西域"之意。

[2]扼羌喉:卡住西羌族的咽喉。比喻控制要害地方。

其五

驻马甘泉日已西[1],炊烟万道与云齐。

半城芦苇深深绿,一夜西风响竹鸡[2]。

【注释】

[1]甘泉:泉名。在张掖市。《(乾隆)甘肃通志》卷六"张掖县":"甘泉,在县西南八十里甘浚山下,味甘。又城南门内东三十馀步亦有甘泉,北流出城,引以转砲。"

[2]竹鸡:鸟名。形似鹧鸪而小,上体橄榄褐色,胸部棕色多斑。多生

活在竹林里。唐章碣《寄友人》:"竹里竹鸡眠藓石,溪头鸂鶒踏金沙。"

其六

金人东徙胡儿泣[1],铁骑西来汉将强[2]。

祭罢撑犁无觅处[3],甘泉流水自汤汤[4]。

【注释】

[1]金人:即匈奴祭天金人。西汉元狩二年(前121),霍去病击破匈奴休屠王,得其"祭天金人",高约丈馀。武帝既得此像,祠诸甘泉宫。后世传说,或以此为佛像传人中国之始。

[2]铁骑:披挂铁甲的战马。借指精锐的骑兵。

[3]原注:"勇敷案:《史记》'匈奴呼天为撑犁',即'祁连'之转音。今蒙古人呼天为'腾格里',此古语之存于今者。"

[4]汤汤(shāng):水流大而急。

其七

黑河汹涌水声粗[1],疑是三丰过海图[2]。

憔悴年来忧国病,何人为取药葫芦。

【注释】

[1]黑河:见无名氏《俄博岭界碑竹枝词》注[4]。

[2]原注:"勇敷按:张三丰过海图及药葫芦,俱藏在张掖城中。"三丰过海图:《(乾隆)甘州府志》卷十一:"张三丰,名宗,辽东人。洪武中游甘州,寓张指挥家十年,去,莫知所之。素不修洁,人号张邋遢。初居甘,有老妪伺其出,窃葫芦药一丸,啖之后寿百馀岁。三丰之去也,室中遗中袖一,覆之能已疾疫。剪少许烧灰,服之能已疡。天顺中,总兵王敬患中满,服之良愈。又遗葫芦一,成化初,定西侯蒋琬于宴会取以演剧,即席自碎,俄遂灭迹。西门内有祠。康熙五十八年,右卫守备王三捷修立碑记,存回文诗,载《艺文》。"又,《(乾隆)甘州府志》卷十六:"《白醉璅言》:张三丰在甘州留三物于观中:一为蓑笠;一为药葫芦,人有疾者,或取一草投其中,明旦煎汤,饮之立愈;其三为《八仙过海图》,中有寿字,有都指挥得之,悬于堂。一夕亲故

假宿,闻海涛汹涌声,以为黑河坝倒,旦告,主人怪而物色之,始知声从图出也,后皆为中贵取去。与旧志大同小异,存之。"

其八

此地空传射虎将[1],西河犹唱打鱼郎[2]。

封侯夫婿归何日[3]？山上薧砧枉断肠[4]。

【注释】

[1]射虎将:指汉代名将李广。李广,汉陇西成纪人。善骑射,文帝时击匈奴有功,为武骑常侍。武帝时为右北平太守,匈奴不敢犯境,号为"飞将军"。李广曾出猎,遇草中石,疑为虎而射之,箭入石中。《(乾隆)甘肃通志》卷六"清水县":"车谷峪,在县北五十里,俗传李广射虎处。"

[2]西河:这里指黑河。见无名氏《俄博岭界碑竹枝词》注[4]。打鱼郎:这里指元代张掖诗人燕不花的《西湖竹枝词》(也称《西河竹枝词》),诗云:"湖头水满藕花香,夜深何处有鸣榔。郎来打鱼三更里,凌乱波光与月光。"

[3]封侯夫婿:指丈夫的功名事业。唐王昌龄《闺怨》有"悔教夫婿觅封侯"之句。

[4]薧(gǎo)砧:古代处死刑,罪人席薧伏于砧上,用鈇斩之。鈇、夫谐音,后因以"薧砧"为妇女称丈夫的隐语。

其九

三番雄长黄台部[1],九姓留贻铁勒人[2]。

羊骨夜吹青海月[3],马蹄朝踏黑河尘[4]。

【注释】

[1]"三番"句:指明末清初盘踞在青海、河西一带的蒙古部落,他们的部落首领叫黄台吉。《甘州府志》卷十六《杂纂》:"麦力干黄台吉,其祖卜儿孩,继亦不剌据青海,有众万人。麦力干与诸父兄三分其军,皆为黄台吉。麦力干分地在青海北,与西宁、庄浪、凉州接壤……强盛为青海、祁连诸部最。"

[2]九姓:即"昭武九姓"。昭武九姓本是月氏人,旧居祁连山北昭武城(今甘肃省临泽县),因被匈奴所破,西逾葱岭,支庶各分王,有康、安、曹、石、米、史、何、穆等九姓,皆氏昭武,故称昭武九姓。南北朝、隋、唐时期对从中亚粟特地区来到中原的粟特人或其后裔也泛称"昭武九姓",其王均以昭武为姓。铁勒:中国古代北方民族名。又称狄历、丁零、敕勒、高车,其分布东至大兴安岭西到额尔齐斯河上游一带。唐初,漠北铁勒诸部中以薛延陀与回纥最强,受唐册封,助唐灭东突厥。646 年,唐灭薛延陀汗国,于铁勒诸部分置羁縻都督府、州。《重修皋兰县志》卷二十九:"《旧唐书·地理志》:贞观二十年,铁勒归附,于州界置皋兰、高丽、祁连三州,并属灵州都督府。永徽三年,皆废。开元初,复置东皋兰等六州,东皋兰州寄鸣沙界。九姓所处。"

[3]羊骨夜吹:指吹骨笛。骨笛是笛子的一种,又称鹰笛或鹰骨笛。用鹫鹰翅骨制成,流行于西藏、青海、云南、四川、甘肃等地的藏族牧区。常用于独奏。作者可能误认为羊骨做成。

[4]黑河:见无名氏《俄博岭界碑竹枝词》注[4]。

肃州道中八首[1]

其一

绿树葱苍数万家,凉王台址没胡沙[2]。

长禾大穗连阡陌,烂漫新开荞麦花[3]。

【注释】

[1]此组诗作于光绪三十二年(1906),为作者赴新疆途中在肃州(今酒泉市)所作。

[2]凉王:指西凉王李暠(351—417),字玄盛,小字长生,陇西成纪人。汉飞将军李广后裔。公元 400 年,李暠建立了西凉王朝,在敦煌称"凉公"。405 年,迁都酒泉,逼近北凉。疆域在今甘肃西部、内蒙古西南部及新疆部分地区。胡沙:西方和北方的沙漠或风沙。喻入侵中原的胡兵的势焰。

［3］荞麦:见毕沅《山行杂诗十二首》其二注［4］。

其二

甘载西来忆蜀天^[1],此间风景似当年。

水天万顷明无际,白鹭双双镜底眠^[2]。

【注释】

［1］"甘载"句:诗人光绪十三年(1887)开始任四川青神县知县,到光绪三十二年(1906)刚好二十年,他一直在西南、西北担任地方官职。

［2］镜底:指湖水清澈如镜。

其三

榆木山前木叶零^[1],骆驼城外骆驼鸣^[2]。

千畦万陇如棋局^[3],到处泠泠放水声。

【注释】

［1］原注:"勇敷案:榆木山在高台县南四十里,产榆木,东起梨园,西尽暖泉,长百馀里。"

［2］自注:"勇敷案:骆驼城,高台县西南四十里,即晋北凉建康故城。"骆驼城:在今张掖市高台县。《(乾隆)甘肃通志》卷三下:"高台县,汉乐涫县地,属酒泉郡。晋因之,前凉分置建康郡,后周复置乐涫县。"

［3］陇:通"垄"。田地分界高起的埂子。

其四

盐池皎洁明如雪^[1],疑是当年孝子乡^[2]。

数十人家无别业,争将盐泪润饥肠。

【注释】

［1］自注:"高台盐池。"盐池:见宋弼《西行杂咏》其八注［2］。

［2］孝子乡:《(乾隆)甘州府志》卷十六:"王嘉子年《拾遗记》:'张掖郡有郅族之盛,因以名也。郅奇字君珍,居丧尽礼,所居去墓百里,每夜行,常有飞鸟衔火夹之,登山济水,号泣不息,未尝以险难为忧……至昭帝,嘉其孝异,表铭其地曰"孝子乡",四时祭祀,立庙焉。'查《汉史》未登,且系张掖郡

之何县,其乡与庙概无可考。旧志《孝义传》以元明时起,前俱略,今仍之。"

其五

瑶母当年国大荒[1],虎牙豹齿会周王[2]。

西方女主从来久[3],妄拟天仙媚武皇[4]。

【注释】

[1]瑶母:瑶池西王母的省称。见叶澧《甘肃竹枝词》其六九注[2]。大荒:指边远荒凉的地方。

[2]原注:"勇敷案:章怀太子注《后汉书》云:'酒泉西南山有昆仑,穆王见西王母于此。有石室王主母。'"《穆天子传》记载了周穆王西巡,与西王母会于瑶池的故事。虎牙豹齿:指西王母。《山海经》载西王母"其状如人,豹尾虎齿而善啸,蓬发戴胜,是司天之厉及五残"。

[3]"西方"句:意谓西域地方女性做国主的比较常见。唐玄奘《大唐西域记》第四卷曾记录了一个"大雪山中"的"东女国",这个王国"世以女为王,因以女称国"。《旧唐书·南蛮西南蛮传》还记载:"东女国,西羌之别种,以西海中复有女国,故称东女焉,俗以女为王。东与茂州、党项接,东南与雅州接,界隔罗女蛮及白狼夷。"

[4]天仙:天上的神仙,仙女。这里指章怀太子将武则天比作西王母,意谓她能做皇帝。武皇:指武则天。唐高宗李治的皇后,后来自己称帝,改国号为周,史称武周(690—705),著名的政治家,也是中国历史上唯一的正统女皇帝。

其六

黄沙吹动白城秋[1],红水遥兼黑浪流[2]。

西望伏波遮虏障[3],乾坤浩荡入边愁。

【注释】

[1]原注:"勇敷案:白城子在肃州城东北一百二十里。"

[2]原注:"勇敷案:红水在肃州城东南三十里,源出南山谷中,下流合黑水、白水。"

[3]原注："勇敷案：汉路博德为伏波将军，出塞，筑遮虏障。"伏波：指汉伏波将军路博德。见叶澧《甘肃竹枝词》其八八注[3]。遮虏障：《(乾隆)甘肃通志》卷六："浚稽山，在府边外……《括地志》：'居延县有遮虏障，路博德所筑。'长老传云遮虏障北百八十里，直居延西北，即(李)陵败处。"

其七

梦水河边野草荒[1]，健儿骑马猎山羊。

歌残水鼓凄凉曲，守捉城头落日黄[2]。

【注释】

[1]原注："勇敷案：唐张子云有《水鼓子曲》云：'梦水河边青草合，黑山峰外障云开。'"梦水河：在肃州卫(今酒泉市)。

[2]原注："勇敷案：《新唐志》：'肃州有酒泉、威远二守捉城，威远在肃州东北。'"守捉：唐朝在边地的驻军机构，其主要分布在陇右道与西域，大致于今天甘肃、内蒙古阿拉善右旗及新疆。唐代边兵守戍者，大者称军，小者称守捉，其下则有城有镇。

其八

三千健士尽腰弓，乱后朝廷识马隆[1]。

肉食无谋曹刿出[2]，大冠长剑几英雄[3]？

【注释】

[1]原注："勇敷案：晋武帝使马隆率三千勇士平凉州。"马隆：字孝兴，生卒年不详，西晋东平平陆(今山东汶上)人。自幼智勇双全，好立名节。西晋武帝时，受兖州推举，不久升任司马督。凉州刺史杨欣遭羌戎攻击而亡，西晋丧失河西之地。马隆上书望能予其3000人马，收复河西。晋武帝答应其要求，并任其为武威太守。马隆率部西渡温水(今甘肃省武威市东)，根据八阵图制作偏箱车，转战千里，杀伤鲜卑军数以千计，平定了凉州，升任宣威将军。

[2]肉食：以肉为食。指享厚禄的官员。曹刿：春秋时鲁国人。《左

传·庄公十年》：“公将战,曹刿请见。其乡人曰:‘肉食者谋之,又何间焉。’刿曰:‘肉食者鄙,未能远谋。’”后随鲁庄公迎战齐军于长勺(今山东莱芜东北),大胜齐军。

[3]大冠长剑:指戴武冠佩长剑的武将。《说苑·指武》：“田单为齐上将军,兴师十万,将以攻翟……齐婴儿谣之曰:‘大冠如箕,长剑拄颐,攻翟不能下,垒于梧丘。’”

安西道中十四首[1]

其一

白杨河畔白杨秋[2],驿马城边水自流[3]。

绿树葱茏山一角,夕阳如火照沙头[4]。

【注释】

[1]此组诗作于光绪三十二年(1906),为作者赴新疆途中在安西(今酒泉市瓜州县)所作。安西:见沈峻《东行途中即事》其四注[1]。

[2]原注:“勇敷案:白杨河在赤金峡东南。”白杨:见杨廷理《道中杂诗》其一一注[2]。

[3]原注:“勇敷案:晋驿马县在肃州西。”驿(xīng)马:县名。西晋置,属酒泉郡。治所在今甘肃省玉门市东北驿马城。

[4]原注:“勇敷案:汉池头县,后汉改曰沙头。”沙头:县名。西汉置池头县,属酒泉郡。治所在今甘肃省玉门市西北。东汉改为沙头县。

其二

高柱蹄通西北维[1],车书一统混华夷[2]。

辚辚大道平如掌,不复阳关怨柳枝[3]。

【注释】

[1]西北维:指西北地区。古代将地方的四角称四维,指东南、西南、东北、西北四个方向的角。《淮南子·天文训》：“日冬至,日出东南维,入西南维……夏至,出东北维,入西北维。”

[2]车书一统:见叶澧《甘肃竹枝词》其九八注[1]。华夷:指汉族与少数民族。

[3]"不复"句:化用王维《送元二使安西》"劝君更尽一杯酒,西出阳关无故人"和王之涣《凉州词》"羌笛何须怨杨柳,春风不度玉门关"之意,意谓现在国家太平,边疆老百姓也能安居乐业。

其三

大漠茫茫数十家,依山匝水种禾麻。

胡儿羌妇喧朝市[1],七月争餐哈密瓜[2]。

【注释】

[1]朝市:早市。

[2]哈密瓜:见叶澧《甘肃竹枝词》其一八注[1]。

其四

牵羊款塞记降番[1],不用丸泥塞玉门[2]。

十里青青见烟树,午鸡声出雨中村。

【注释】

[1]牵羊:即肉袒牵羊,以示降伏顺从。公元前597年,楚庄王率军占领了郑国的首都。郑襄公光着膀子牵着羊向楚庄王跪地求和,恳求给他一块不毛之地度过馀生。后来把肉袒牵羊变成投降的一个规矩。款塞:叩塞门。指异族诚意来到边界归顺。番:外族。这里指生活在甘肃、四川一带的少数民族藏族和羌族。

[2]丸泥:指守险拒敌。《后汉书·隗嚣传》记载王元(隗嚣将)劝隗嚣以兵守函谷关时说:"元请以一丸泥为大王东封函谷关。"玉门:玉门关。

其五

西极名驹出渥洼[1],簠云沾汗过流沙[2]。

共人生死真堪托[3],踏碎胡尘报汉家。

【注释】

[1]原注:"勇敷案:《肃州志》云:'渥洼水在沙州境内。'"西极名驹:指

渥洼池产的天马。渥洼:见宋弼《西行杂咏》其四三注[1]。

[2]籋(niè)云:踏云。籋,古通"蹑",踏。流沙:见马祖常《河湟书事二首》其二注[1]。

[3]"共人"句:意谓天马所向无阻,不怕路途遥远,真可将生死托付于它。唐杜甫《房兵曹胡马诗》:"胡马大宛名,锋棱瘦骨成。竹批双耳峻,风入四蹄轻。所向无空阔,真堪托死生。骁腾有如此,万里可横行。"

其六

千里萧条地不毛,将军空佩刺泉刀[1]。

西来天马悲无草[2],东望沙虫量若蕉[3]。

【注释】

[1]刺泉刀:指名贵锋利的宝刀。见方希孟《安西铙曲四首》其三注[3]。

[2]原注:"勇敷案:《汉书·天马歌》:'天马徕,历西极。'"天马:见宋弼《西行杂咏》其四三注[1]。

[3]沙虫:晋葛洪《抱朴子》:"周穆王南征,一军尽化,君子为猿为鹤,小人为沙为虫。"后喻因劫变而死者化为异物。蕉:草芥。《庄子·人间世》:"轻用其国而不见其过。轻用民死,死者以国量乎泽若蕉。"

其七

食瓜时节入瓜州[1],苏勒长河绕塞流[2]。

效谷至今无谷效[3],苇花如雪遍荒洲[4]。

【注释】

[1]瓜州:见王心敬《塞上曲》其三注[4]。

[2]原注:"勇敷案:苏勒大河发源南山,会昌马河,散为十道沟,汇入大河,为安西水利大宗。"苏勒河:即疏勒河。见宋弼《西行杂咏》其五注[1]。

[3]原注:"勇敷案:汉元封六年,崔不意为鱼泽尉,教民力田,以勤效得谷,因立为县,故名。"效谷:县名。本渔泽障,西汉元封六年(前105),渔泽尉崔不意教民力田,以勤效得谷,因立为县名。治今甘肃省敦煌市郭家

堡乡。

[4]原注:"勇敷案:布隆吉尔东西一百馀里,荒田弥望,芦苇丛生,若引苏勒河水,开渠灌田,可以成西方重镇。"

其八

边尘万里嘶天马[1],羌谷千年卧雪虫[2]。

晓起破奴亭畔望[3],白芦花外木芝红[4]。

【注释】

[1]天马:见宋弼《西行杂咏》其四三注[1]。

[2]原注:"勇敷案:南山雪中生雪虫,重数十斤。"羌谷:《(乾隆)甘州府志》卷四:"板答谷,城西南九十里,黑河所自入,即《汉书》所谓羌谷也,俗名板答口。盖甘左右羌戎,以设险为重,故诸谷率称口。"这里指敦煌附近的祁连山谷口。雪虫:雪蛆。《(乾隆)甘肃通志》卷二十:"雪虫,《肃志》:山中积雪千年,内有雪蛆,大小不一,色白,大者重三五斤。"

[3]破奴:指汉代将军赵破奴。《(乾隆)敦煌县志》:"赵破奴,太原人,时汉通西域,而楼兰、姑师,小国当孔道,攻劫汉使,匈奴又出奇兵邀之,于是遣从破奴将属国骑兵数万,击走之,遂破姑师,虏楼兰王,酒泉列亭障至玉门。"

[4]原注:"勇敷案:沙州一带,生有木灵芝,红黄二色,似鸡冠花,塞内所无。"木芝:即灵芝,中药名。为多孔菌科真菌赤芝或紫芝的干燥子实体。具有补气安神,止咳平喘的功效。

其九

十里鸣沙警夜雷[1],西风吹入白龙堆[2]。

关山万里思亲泪,大至城头首重回[3]。

【注释】

[1]原注:"勇敷案:《元和志》:'鸣沙山在沙州城南七里。'高居晦《记》云:'冬夏殷殷,有声如雷。'"鸣沙:山名。见王芑孙《西陬牧唱词》其三一注[1]。

[2]原注:"勇敷案:《郡国记》:'敦煌正西,关外有白龙堆,沙形如土龙。'"白龙堆:见祁韵士《西陲竹枝词·戈壁》注[2]。

[3]原注:"勇敷案:大至故城在肃州西,即广至县。"大至城:也叫广至故城。《(道光)敦煌县志》卷七:"广至故城,《卫志》:'在肃州西,今敦煌县地。汉置,属敦煌郡,晋因之,周并大至、冥安、渊泉为凉兴县。'《一统志》云:'大至,即广至,隋开皇初,并入常乐,唐改隋常乐为晋昌,而别置常乐县于此,属瓜州,在瓜州西北一百馀里。'杜氏《通典》:'广至故城,在常乐县东,随州陷,废。《卫志》有凉兴城,在废瓜州西一百七十里。'"

其一〇

零落荒城二百家,骆驼声里验风沙[1]。

达儿兔外看秋色[2],红柳无边起暮鸦[3]。

【注释】

[1]原注:"勇敷案:相传将有大风沙起,骆驼皆埋口鼻于沙内。"

[2]原注:"勇敷案:胡人谓口外为达儿兔。"

[3]红柳:见沈青崖《敦煌即事》其二注[3]。

其一一

大小咸泉不见人[1],乱山凹凸缭征轮。

娲皇抟罢人间土[2],撒作天西万里尘。

【注释】

[1]原注:"勇敷案:小泉子在安西西北二百一十里,大泉子在小泉子西北二十里。"

[2]娲皇:女娲。见陈钟秀《洮阳八景·朵山玉笋》注[3]。

其一二

披衣起问夜如何,漠漠征途响骆驼。

四面青天垂地尽,独支长剑看星河[1]。

【注释】

［1］星河:银河。

其一三

一夜新霜白上头,穷边风景使人愁。

坐思蛮触千年事[1],凄绝虫沙万里秋[2]。

【注释】

［1］蛮触:即蛮触相争。《庄子·则阳》:"有国于蜗之左角者,曰触氏;有国于蜗之右角者,曰蛮氏。时相与争地而战,伏尸数万,逐北,旬有五日而后反。"后指为卑小细微的事大动干戈,作无谓的争斗。

［2］虫沙:即沙虫。见王树枏《安西道中十四首》其六注[3]。

其一四

瓜沙自古属名州[1],四塞山河据上游[2]。

世上干戈两蜗角[3],人间功利一蝇头[4]。

【注释】

［1］瓜沙:瓜州、沙州。见王心敬《塞上曲》其三注[4]。

［2］四塞:见王树枏《甘州道中杂咏》其四注[1]。

［3］干戈:干戈为古代战争的常用兵器,后来代指战争。干,盾。戈,戟。蜗角:见王树枏《安西道中十四首》其一三注[1]。

［4］蝇头:苍蝇的头,比喻非常小的东西。宋苏轼《满庭芳》词:"蜗角虚名,蝇头微利。"

赵元普

赵元普,字施仲,甘肃省武威市人。同治庚午(1870)举人。官秦安县学训导,主讲凉州天梯书院。

洪水竹枝词[1]

其一

惊涛骇浪势汹汹,水向南来北复东。

底事禹王疏凿后[2],雍州流派尚名洪[3]。

【注释】

[1]此组诗选自民国《东乐县志》卷四。洪水:即洪水镇。在今甘肃省张掖市民乐县,境内有洪水河流过,故称。洪水河,古称氏水、元川、金山河、西水关等,后因上段山谷土石皆赤及汛期水色发红而称洪水河。自民乐双树寺出山,纳玉带河、山城河等支流,经民乐县城西至三堡、六坝,纳海潮坝河至石岗墩汇入九龙江,至甘州碱滩太平堡滩汇流山丹河注入黑河干流。

[2]禹王:指大禹。姒姓,夏后氏,名文命,鲧之子,颛顼之孙,轩辕黄帝玄孙。上古时期夏后氏首领、夏朝开国君王,历史治水名人,史称大禹、帝禹、神禹。《尚书·禹贡》:"导弱水至于合黎,馀波入于流沙。"疏凿:开凿。这里指大禹治水,开凿河道。

[3]雍州:见李殿图《番行杂咏》其三二注[2]。

其二

南走湟中数道通[1],太平无事息狼烽[2]。

羌戎帖服民安业[3],尽在元臣弹压中[4]。

【注释】

[1]湟中:见金人望《竹枝词十六首》其一注[3]。

[2]狼烽:古时边防燃狼粪以报警的烽火。

[3]羌戎:见胡季堂《丁亥夏六月于役岷阶道中杂咏》其九注[1]。

[4]元臣:重臣,老臣。这里指镇守边地的大臣。弹压:控制,制服。

其三

孤城隐隐势回旋,突兀一峰高耸天。

欲指崇墉何处是[1]?远从百里望云巅[2]。

【注释】

[1]崇墉:高墙,高城。

[2]云巅:云层的顶部。这里指祁连山高耸入云。

其四

鼠牙雀角小争端[1],郡县遥遥怕诉官。

列肆东西才里许,平分鬷得与删丹[2]。

【注释】

[1]鼠牙雀角:见《俄博岭界碑竹枝词》注[1]。

[2]鬷(lù)得:见李銮宣《塞上曲》其三注[2]。删丹:见叶澧《甘肃竹枝词》其八九注[3]。

其五

赛社年年举国狂[1],优伶演戏快登场[2]。

莫言妇女无颜色,山近焉支斗巧妆[3]。

【注释】

[1]赛社:旧俗。一年农事完毕后,陈酒食以祭田神,相与饮酒作乐。

[2]优伶:指古时以乐舞、戏谑为业的艺人,后指戏曲演员。

[3]焉支:山名。见戴记《塞上杂咏》其四注[5]。

其六

自是桃源好避秦[1],渔郎多事屡通津。

至今一闹成都会,可有羲皇以上民[2]?

【注释】

[1]桃源:桃花源。见马世焘《兰州竹枝词》其八注[4]。

[2]羲皇以上民:羲皇时代远古纯朴的人民,过着自由自在、和和美美的生活。宋辛弃疾《鹧鸪天·读渊明诗不能去手,戏作小词以送之》:"晚岁躬耕不怨贫,只鸡斗酒聚比邻。都无晋宋之间事,自是羲皇以上人。"羲皇,一般指伏羲。为华夏民族人文始,三皇之一,亦是与女娲同为福佑社稷之正神。

其七

天山积雪逼清寒[1],五月披裘抵夏单[2]。

秋夏棉衣才适体,那知世上有罗纨[3]。

【注释】

[1]天山:这里指祁连山。见马祖常《河湟书事二首》其一注[2]。

[2]裘:羊皮衣。

[3]罗纨:泛指精美的丝织品。

其八

夷风汉俗不同趋,地角天涯占一隅。

志乘他年搜采备[1],可能有意到荒芜。

【注释】

[1]志乘:志书。

徐绍烈

徐绍烈(1862—1940),字钦岳,甘肃省临夏回族自治州人。少时就读兰山书院,光绪十七年(1891)副贡生。光绪二十二年(1896),他积极推动和协助重兴义学,后又恢复凤林书院,讲学育人,使河州风气大开。民国时期曾参与创办导河县(即临夏县)第一女子国民小学、导河县立初级中学、图书馆等。后被聘为甘肃省政府顾问、议员。著有《养心斋杂吟》《静养轩词草》。

和质生行役竹枝词[1]

其一

河山千古一枰棋[2],劣败优胜理可知[3]。

汤武征诛成革命[4],群雄伏首太平时[5]。

【注释】

[1]徐绍烈诗均选自《河州古诗校评·养心斋杂吟》。此组诗作于1929年,为和张建(字质生)《行役竹枝词》之作。1928年,马仲英在河州(临夏回族自治州)发动回族群众起义,提出"反对国民军,赶走刘郁芬",进攻河州,刘郁芬派兵镇压。马仲英败走甘肃南部,继而转战临潭、岷县、巩昌、天水、青海、银川等地。1929年,马仲英出走北京求援,馀部分裂,部分被国民军改编,河州起义失败。河州战乱导致甘肃临夏一带民不聊生,饿殍遍野,张建与邓隆创办赈灾救急会,四处赈灾。张建《六十自述》:"戊辰变作,曾偕邑绅吁当道,痛陈事变本末及补救法,虽所言有用有不用,差不负恭敬桑梓之初心。又与邓德舆创办赈灾救急会,多方募款,分次放赈,全活甚众。"此组诗为诗人赴临夏赈灾时所作。

[2]"河山"句:指历史上的盛败变化就像下棋一样。《理学宗传》卷二十六《补遗》载:宋邵雍曾云:"唐虞揖让三杯酒,汤武征诛一局棋。"

[3]劣败优胜:指生物在生存竞争中适应力强的保存下来,适应力差的被淘汰。这是达尔文进化论的一个基本论点。

[4]"汤武"句:即汤武革命。汤,商汤。武,周武王。夏桀、商纣为夏、商两朝之暴君,商汤、周武王乃起兵讨伐之,而代有天下,史称为"汤武革命"。《易·革·彖辞》:"汤武革命,顺乎天而应乎人。"

[5]伏首:即俯首称臣。低头向对方自称臣子。泛指向对方屈服。

其二

风云变态斗蛇龙[1],谁似后凋不老松[2]。

富贵黄粱原是梦[3],醒人何待五更钟[4]。

【注释】

[1]"风云"句:指社会政治激烈变化,很多人在争权夺利。这里指军阀混战。蛇龙,龙蛇。比喻非常的人物。《左传·襄公二十一年》:"深山大泽,实生龙蛇。"杜预注:"言非常之地,各生非常之物。"这里指地方军阀。

[2]后凋不老松:《论语·子罕》:"岁寒,然后知松柏之后凋也。"比喻

修道的人有坚韧的力量,耐得住困苦,受得了折磨,不至于改变初心。

[3]黄粱:见铁保《车中口占》其三注[3]。

[4]醒人:唤醒人。比喻对时世认识清醒者。五更钟:天快亮时候的钟声,能够惊醒人。五更,见沈峻《东行途中即事》其二注[1]。

其三

宵蛾何事扑油灯[1],世事变迁看谷陵[2]。

多少英雄劳血战,挽回劫运几人能[3]。

【注释】

[1]"宵蛾"句:即飞蛾扑火。比喻自寻死路、自取灭亡。蛾,即蛾子。昆虫名。与蝴蝶相似,体肥大,触角细长如丝,翅面灰白,常在夜间活动,有趋光性。

[2]谷陵:《诗·小雅·十月之交》:"高岸为谷,深谷为陵。"喻世事变化非常大。

[3]劫运:灾难,厄运。劫,旧指命中注定的灾难。这里指战乱。

其四

挽回劫运到阳春[1],汉将威风有夙因[2]。

扫尽妖氛光日月[3],恩同再造乐吾民[4]。

【注释】

[1]阳春:温暖的春天。

[2]汉将:这里指平定"河州起义"的国民党将领。夙因:前世因缘,前世的根源。

[3]妖氛:不祥的云气。多喻指凶灾、祸乱。

[4]恩同再造:使人再生的恩惠。比喻恩情极大,像救了自己的性命一样。

其五

光华日月更何年[1],经岁兵戈祸又连[2]。

剩有残黎空望治[3],奈无人力可回天[4]。

【注释】

[1]光华日月:太阳、月亮的光辉与华彩。比喻光彩夺目。《尚书大传·虞夏传》:"卿云烂兮,糺缦缦兮;日月光华,旦复旦兮。"这里指光明的日子。

[2]兵戈:兵器。也指战争。

[3]残黎:指残留的民众,疲敝的民众。

[4]回天:比喻挽回极难挽回的形势。

其六

闻道又来护国军[1],馨香祷祝望霓云[2]。

扫清兵氛慰民愿,竹帛千秋永表勋[3]。

【注释】

[1]护国军:1915年12月,蔡锷、唐继尧、李烈钧等反对袁世凯称帝,在云南宣布讨袁,组织军队,称"护国军"。这里指国民党军队。

[2]馨香:见叶澧《甘肃竹枝词》其六三注[4]。望霓云:即望断云霓。比喻迫切地盼望。《孟子·梁惠王下》:"民望之,若大旱之望云霓也。"赵岐注:"霓,虹也。雨则虹见,故大旱而思见之。"

[3]竹帛千秋:指将功劳写在历史上可以千秋铭记。竹帛,竹简和绢,古时用来写字,因此也借指典籍。

和质生消夏竹枝词[1]

其一

夏日炎炎气势骄[2],不逢雷雨暑难消。

烽烟遍地何时息[3],抑郁无聊坐半宵。

【注释】

[1]此组诗作于1929年,为和张建(字质生)《消夏竹枝词》之作。详见本书张建《消夏竹枝词》注[1]。

[2]夏日炎炎:指夏天阳光的灼热。

[3]烽烟:烽火台报警之烟,指战争。

其二

连岁光阴愁里过,那堪苦境老偏多。

妖氛四起干戈满[1],何处得寻安乐窝[2]。

【注释】

[1]妖氛:见徐绍烈《和质生行役竹枝词》其四注[3]。干戈:见王树枏《安西道中杂咏》其一四注[3]。

[2]安乐窝:让人感觉舒适放松的居所。

其三

故人喜到故乡来[1],仁粟义浆利溥哉[2]。

共济时艰惭老拙[3],欲归无路且徘徊。

【注释】

[1]"故人"句:指张建来到家乡临夏赈灾之事。

[2]仁粟义浆:即仁浆义粟。指救助人的钱米。《搜神记·杨伯雍》:"公汲水,作义浆于坂头,行者皆饮之。"《后汉书·黄香传》:"是被水年饥……于是丰富之家,各出义谷,助官禀(廪)贷。"利溥:指益处很大。

[3]共济时艰:共同挽救艰难的时局。徐绍烈曾与张建、邓隆一起赈济灾民。

其四

急公好义真君子[1],非分求财误众生[2]。

笑彼孜孜为利者[3],辱身败节一无成[4]。

【注释】

[1]急公好义:热心公益,好行义举。汉刘向《新序·节士》:"楚昭王有士曰石奢,其为人也,公正而好义。"明毕自严《贺从弟渌池举乡饮宾介序》:"急公好义,自占修石城垂百尺,岁时财赋,率先输纳,用补族中之寒俭者。"

[2]众生:一切有生命的,也指人和动物。

[3]孜孜为利:指不停地忙碌着去追求利益。

[4]辱身败节:指自身受辱,名声败坏。清陈廷敬编《日讲易经解义》:"明知其不可而姑应之,鲜不至于辱身败节。"也作"辱身败名"。《说岳全传》第三一回:"一旦失手,辱身败名,是为不智。"

刘尔炘

刘尔炘(1865—1931),字又宽,号晓岚,又号果斋,晚号拙修子、五泉山人。甘肃皋兰(今兰州市)人。光绪十五年(1889)进士,官翰林院编修。后返里,主讲五泉书院。辛亥革命后,先后任甘肃文科高等学堂总教习、甘肃省临时参议会副议长等职。创办八社(陇右实业待兴社、丰黎义仓、全陇希社、陇右乐善书局、皋兰兴文社、皋兰修学社、五泉图书馆、皋兰同仁局),主持重修五泉山。著有《果斋全集》《拙修子太平书》等 10 馀种。

辛亥杂感三十首[1]

胸怀郁郁,恒不能自畅。其天,偕友人散步郊原,蕲以解闷[2],乃登高远眺,愁绪纷来。归而赋此,以写我忧,正不知忧者何事,写者何词,拉杂书之而已。

【注释】

[1]此组诗选自《果斋前集》。作于 1911 年,当时正是辛亥革命爆发前后,作者心情比较复杂,表现了他对时事的思考。

[2]蕲:通"祈",祈求,但愿。

其一

天公化作酒中仙[1],醉里乾坤梦里缘。

几万万人呼不醒,白云高处一茫然。

【注释】

[1]"天公"句:作者埋怨天帝仿佛醉酒,不问百姓疾苦。天公,天帝,暗指统治者。

其二

中原国手渺岐黄[1],何处能寻续命汤[2]。

还是庸医才调大,争言海上有奇方[3]。

【注释】

[1]中原国手:此处讽喻袁世凯。国手,技艺超群的人。渺岐黄:远离医学,不懂医术。这里指不懂治国之术。岐黄:指黄帝和岐伯,传说是中医的始祖。《黄帝内经》记载了黄帝和岐伯的对话,奠定了中医理论。

[2]续命汤:比喻救国救民的根本大法。宋邵雍《伊川击壤集·首尾吟》:"返魂丹向何人用,续命汤于何处施?"

[3]"还是"两句:作者讥讽袁世凯之流和欺世盗名之辈为庸医,乱发政令,不顾黎民生死。海上奇方,指海外灵验的药方。

其三

几回采药到蓬瀛[1],元气翻亏血不荣[2]。

说是单方嫌力弱[3],大丹成后便长生[4]。

【注释】

[1]蓬瀛:蓬莱和瀛洲。见郝璧《皋兰竹枝词三十首》其一四注[1]。

[2]元气翻亏:这里指国家的实力和民众的凝聚力严重削弱。元气,指人或国家、组织的生命力。

[3]单方:指流传于民间的药方。一般药味较简单,故名。

[4]"大丹"句:作者以寻医问药为喻,讽刺当时的政客不联系中国实际,一味照搬国外经验的现象。大丹,大药丸。这里指西方的政治思想。

其四

山头红叶水中波,千古樵渔事业多。

抛却斧柯闲却网,神巫队里捉妖魔[1]。

【注释】

[1]"抛却"两句:作者表面是说樵夫、渔夫舍弃本职,跟随神巫参与请神捉鬼,实则讽刺当时一些社会名流跟随军阀捞取利益。

其五

春秋社里戏榆枌[1]，里巷儿童鸟一群。

多少聪明丈夫子，也施粉黛着红裙[2]。

【注释】

[1]社里：里社，古代基层行政单位。古代称祭祀社神（土地神）之日为社日，每年有春秋两个社日。榆枌：汉高祖刘邦初起兵时祈祷于枌榆社，后以枌榆为故乡的代称。

[2]"多少"两句：作者表面描写农村民间祭祀，实际讽刺当时政坛像演戏。

其六

谁家儿女凤凰雏[1]，携手寻芳遍九衢[2]。

野草闲花都着眼，道旁遗却夜光珠[3]。

【注释】

[1]凤凰雏：幼凤。比喻俊杰。

[2]寻芳：游赏美景。九衢：纵横交叉的大道。繁华的街市。

[3]"野草"二句：以小孩结伴在林子里寻找野花香草，丢失携带宝物为喻，讽刺当时主政者抓了鸡毛蒜皮的小事，而丢了治国和弘扬儒家学说的大事。

其七

邻家少妇凤头鞋[1]，珠翠盈颠玉满怀[2]。

笑我厨娘头欲白[3]，也梳宝髻换荆钗[4]。

【注释】

[1]凤头鞋：中国传统手工艺品。鞋头以凤纹为饰，故名。亦称"凤翘"。相传秦时有"凤头履"，西晋时有"凤头鞋"。

[2]盈：满。颠：头顶。

[3]厨娘：这里指夫人。

[4]宝髻：古代妇女发髻的一种，通常发髻上装饰有各种精美华丽的头

饰,后泛指各种古代女子发式。荆钗:荆枝制作的髻钗。古代贫家妇女常用之。

其八

香罗细葛价虽高[1],其奈秋风万树号。

满眼石榴花似火,如何又着木棉袍[2]?

【注释】

[1]香罗:绫罗的美称。细葛:指用最细最好的葛丝做的布。

[2]"满眼"两句:作者以不论季节变换,乱穿衣的行为讽刺当官的掌权者不识时务、胡乱发号施令。木棉,见巨国桂《秦安竹枝词》其一二注[3]。

其九

茫茫大海正无涯,却唤轮人作宝车[1]。

百丈红尘来脚底,又呼舟子学浮楂[2]。

【注释】

[1]轮人:周代官名,掌管车轮及车辆零部件制造的人。《墨子·天志》:"譬如轮人之有规,匠人之有矩。"

[2]"百丈"两句:意谓明明要过大海,却叫工匠来造车;明明要在陆地前行,却叫舟子来制作木筏,岂不是胡来吗? 作者批判某些官员牛头不对马嘴的施政措施。浮楂,乘木筏过江海。楂,即槎,木筏。

其一〇

海云万里日升东,说是西来月正中。

入耳分明听不得,还须伴我作痴聋[1]。

【注释】

[1]痴聋:又痴又聋。谓呆笨无知。

其一一

丹鼎飞烟鹤绕林[1],开炉竟尔失黄金。

主人自恨无奇福,辜负神仙一片心。

【注释】

[1]丹鼎:炼丹用的鼎。

<h2 style="text-align:center">其一二</h2>

赛神婆子杏黄衫,换骨能教我不凡[1]。

作法连朝无左验,口中犹自咒喃喃[2]。

【注释】

[1]换骨:见叶澧《甘肃竹枝词》其六一注[1]。

[2]"作法"两句:以巫婆换骨之法毫不灵验讽刺政客给老百姓许下空愿。左验,证人,证据。

<h2 style="text-align:center">其一三</h2>

落花流水白云峰,佛殿僧房月影重。

输却黄金千万两,晓来赢得一声钟[1]。

【注释】

[1]一声钟:比喻好听的空话。统治者只知搜刮民脂民膏,却不为民计,正如百姓捐钱给寺院,只换来一声钟响。

<h2 style="text-align:center">其一四</h2>

疾雨斜风阵阵雷,教人都向梦中回[1]。

夜来费尽苍穹力,落叶阶前扫一堆。

【注释】

[1]"疾风"两句:以风雨雷电比喻政坛变换迅速和军阀争夺之激烈。掌权者发布各种文告、政令,连篇空话,给老百姓带不来任何好处。

<h2 style="text-align:center">其一五</h2>

蝴蝶纷纷入梦初[1],此时唤醒便嗔余。

不妨浓睡容魔扰,待尔朦胧一觉馀。

【注释】

[1]"蝴蝶"句:《庄子·齐物论》:"昔者庄周梦为胡蝶,栩栩然胡蝶也,

自喻适志与！不知周也。俄然觉，则蘧蘧然周也。不知周之梦为胡蝶与，胡蝶之梦为周与？周与胡蝶，则必有分矣。此之谓物化。"这里比喻虚幻的世界。

其一六

桑柘人家傍水南[1]，贸丝邻妇抑何贪。

苇帘收尽临风茧，一箔犹缫死后蚕[2]。

【注释】

[1]桑柘(zhè)：桑木与柘木。指农桑之事。

[2]"苇帘"两句：以晚秋劣质蚕丝为喻，讽刺弄虚作假、糊弄老百姓的贪官污吏。箔，竹制的养蚕工具。缫(sāo)，把蚕茧浸在沸水里抽出丝。

其一七

昨宵有梦到天西，猿狨哀鸣百鸟啼[1]。

说是山中书万卷，被人封锁一丸泥[2]。

【注释】

[1]猿狨(guǎng)：猿猴。

[2]一丸泥：指守险拒敌。见王树枏《安西道中十四首》其四注[2]。

其一八

凤凰思走马思飞[1]，又是人间一是非。

四顾苍茫何处说，只余低首立斜晖。

【注释】

[1]"凤凰"句：凤凰本来是飞的，现在却想走，马本来是走的却想飞。比喻社会动乱，是非颠倒。

其一九

阴山洞里人层层，一线阳光逗石棱。

何处尚能传宿火[1]，半窗风雨读书灯。

【注释】

[1]传宿火：即薪火相传。本指人体有尽而精神不灭，后来比喻学问技

艺世代相传。面对混乱时局,作者将传承传统文化的希望寄托于振兴教育、培养人才。宿火,隔夜之火。

其二〇

小桥流水绿柳村,犹是羲皇旧子孙[1]。

锄罢晓烟贪午睡,不知人世有黄昏。

【注释】

[1]羲皇旧子孙:见赵元普《洪水竹枝词》其六注[2]。

其二一

补天奇石大无双[1],哪个英雄一手扛。

忽被娲皇来上界[2],闲携襟袖渡长江。

【注释】

[1]补天:即女娲补天。见陈钟秀《洮阳八景·朵山玉笋》注[3]。

[2]娲皇:见陈钟秀《洮阳八景·朵山玉笋》注[3]。

其二二

狂歌怒骂响雷霆,拔剑风来草木腥。

天地动摇神鬼悸,鲸鲵俯首下沧溟[1]。

【注释】

[1]鲸鲵:即鲸。雄曰鲸,雌曰鲵。比喻凶恶的敌人。这里指西方侵略者。沧溟:指大海。

其二三

宇宙当中筑一坛[1],九重天上仰头看。

玉皇问我来何事,何日能教海水干[2]?

【注释】

[1]筑坛:谓选贤拜将。刘邦曾筑坛拜韩信为大将。

[2]海水干:海水枯竭,比喻发生天翻地覆的变化。

其二四

偶探只手摘星辰,风马云车电作轮[1]。

昂首试从天外望,浩无边际寂无人。

【注释】

[1]"偶探"两句:作者想象自己像神仙那样,乘着神车,飞翔到天空摘星,借此表达郁闷心情。风马,神马。云车,传说神仙以云为车。

其二五

上下乾坤忽自嘲,未曾鼓瑟柱先胶[1]。

世间岂必庖羲氏[2],方画开天第一爻[3]。

【注释】

[1]胶柱鼓瑟:比喻拘泥于旧规而不知变通。司马迁《史记·赵奢列传》:"赵王因以(赵)括为将代廉颇。蔺相如曰:'王以名使括。若胶柱而鼓瑟耳。括徒能读其父书传,不知合变也。'"

[2]庖羲:伏羲。伏羲,华夏民族人文先始,三皇之一,亦是与女娲同为福佑社稷之正神。传说伏羲画八卦,人类有了文字,进入了文明社会,史称"一画开天"。

[3]爻(yáo):组成《周易》卦的长短横道,即"—"和"--"。"—"是阳爻,"--"是阴爻。

其二六

鲲鹏天外大风吹[1],回首尘埃只自悲。

飞去飞来成底事,欲将雌伏问灵龟[2]。

【注释】

[1]鲲鹏:古代传说中的大鱼和大鸟。《庄子·逍遥游》:"北冥有鱼,其名为鲲;鲲之大,不知其几千里也。化而为鸟,其名为鹏;鹏之背,不知其几千里也。怒而飞,其翼若垂天之云。"

[2]雌伏:退隐、无为。南朝宋范晔《后汉书·赵典列传》:"大丈夫当雄飞,安能雌伏。"这首诗中作者面对混乱时局,内心痛苦不堪,究竟是"雄飞"

还是"雌伏"？真想去求神问卦了。

其二七

蛟龙思奋豹思潜[1]，斩断情魔只一镰[2]。

飞入广寒宫里去[3]，化身何似月中蟾[4]。

【注释】

[1]豹思潜:即豹隐。汉刘向《列女传·陶答子妻》:"妾闻南山有玄豹,雾雨七日而不下食者,何也? 欲以泽其毛而成文章也,故藏而远害。"后因以"豹隐"比喻洁身自好,隐居不仕。

[2]情魔:情绪集中于某事不能摆脱。这里可能指地方军阀让果斋先生出来任职之事。

[3]广寒宫:古代中国神话传说中位于月球的宫殿,月球的居民有太阴星君、月神、月光娘娘、吴刚、嫦娥、玉兔、蟾蜍,月宫也称蟾宫。

[4]月中蟾:见郝璧《皋兰竹枝词》其二九注[2]。

其二八

一轮红日暖云烧,惹得蛟鼍起怒潮[1]。

天地换成冰雪冷,自然步步是琼瑶[2]。

【注释】

[1]蛟鼍(tuó):指水中凶猛的鳄类动物。

[2]琼瑶:美玉。

其二九

释迦能悟水中沤[1],笑指尘寰说蜃楼[2]。

变幻虚空俄顷事[3],岂知俄顷已成愁。

【注释】

[1]释迦:释迦牟尼,佛教创始人。姓乔答摩,名悉达多。"释迦牟尼"是佛教徒对他的尊称。水中沤:水中的水泡。比喻很快就消亡的事物。形容人生短暂。

[2]蜃楼:古人谓蜃气变幻成的楼阁。

[3]俄顷:很短的时间。一会儿。

其三〇

新诗敲罢忽开颜,杂念游思一笔删。

好鸟唤人门外去,晨光嫩处看青山[1]。

【注释】

[1]晨光嫩处:天微微亮的时候。作者虽然对现实不满,但是对光明仍然非常渴望,坚信光明就在眼前。

刘士猷

刘士猷(1865—1913),字允升,武都人。清光绪二十七年(1901)举人,敕授文林郎,选知县用。未出仕,终生执教故里。工于诗文,善书法,尤长篆隶。有《刘士猷诗词手稿》《癸卯会试日记》存世。

西路竹枝词二十首[1]

其一

白縠单衫嚲玉肩[2],鸦雏双鬟贴花钿[3]。

郎君欲识侬年纪[4],豆蔻梢头二月天[5]。

【注释】

[1]此组诗选自《刘士猷诗词手稿》。作于光绪十八年(1892),主要描写了陇南、天水一带的人情风物。

[2]縠(hú):质地轻薄有皱纹的纱。嚲(duǒ):下垂。

[3]鸦雏:比喻女子黑发。南朝民歌《西洲曲》:"单衫杏子红,双鬟鸦雏色。"花钿:用金翠珠宝制成的花形首饰。

[4]侬:见郝璧《皋兰竹枝词三十首》其一〇注[1]。

[5]豆蔻梢头:少女。古人称女子十三四岁为豆蔻年华。唐杜牧《赠别》其一:"娉娉袅袅十三馀,豆蔻梢头二月初。"

其二　宕昌行[1]

携得筠篮野菜挑[2]，郎过小水我过桥。

相逢泥路休相问，妾是街西第二乔[3]。

【注释】

[1]宕昌:今甘肃省陇南市宕昌县。见李殿图《番行杂咏》其六注[1]。

[2]筠篮:竹篮。

[3]妾:谦辞,旧时用于女子自称。第二乔:小乔。三国时名将周瑜的夫人。此指美女。

其三　赛会[1]

今年赛会竟何如，早卖新丝二月初。

身托蚕娘蚕事好[2]，偿过蚕债尚多馀。

【注释】

[1]赛会:旧俗用仪仗、鼓乐、杂戏迎神像出庙,周游街巷或村庄的酬神活动。

[2]蚕娘:农家养蚕女。前蜀贯休《春晚书山家屋壁》:"蚕娘洗茧前溪渌,牧童吹笛和衣浴。"

其四　误认

亭亭玉立曲栏旁[1]，相识似曾辨莫详。

忽忆垂髫时未远[2]，南村陌上见攀桑[3]。

【注释】

[1]亭亭玉立:形容美女身材修长。

[2]垂髫(tiáo):古时童子头发下垂,不加扎束,所以称幼童或童年为垂髫。髫,小儿下垂的头发。

[3]陌上:古时指田间小路。

其五

多因情忘误安排，九十春光转眼回[1]。

前亩耕耘犹未了，嘱郎且勿唤侬来[2]。

【注释】

[1]九十春光:指春天的美好光景。南唐陈陶《春归去》:"九十春光在何处? 古人今人留不住。"九十,指春季三个月,共九十天。

[2]侬:见郝璧《皋兰竹枝词三十首》其一〇注[1]。

其六　草川[1]

日锄豌豆下麻池[2],小憩亭亭日午时。

且喜莲船盈尺好[3],泥途不患力难支。

【注释】

[1]草川:草川大草原处在武山县、甘谷县、礼县三县交界处,属西秦岭山地。这里气候凉爽宜人,是炎热夏季的避暑胜地。

[2]豌豆:一年生藤本作物,羽状复叶,小叶卵形,开白色或淡紫色的花,果实有荚。嫩荚和种子供食用。

[3]莲船:旧时比喻妇女的鞋子过大,用以讥讽妇女足未缠小。

其七

花开菜子几湾黄,挞菜丛中女伴忙[1]。

乍听山歌声起处[2],知郎初渡小山岗。

【注释】

[1]挞菜:即油菜花,别名芸薹(tái),十字花科的一年生草本植物。茎绿花黄,嫩茎叶可食用,籽可以榨油。

[2]山歌:这里指"花儿"。见汪士鋐《岷州竹枝词》其三注[4]。

其八

同心结子系双绦[1],私绣鸳鸯灯夜挑。

又恐小姑忽瞥见,暗藏襟带剩闲描[2]。

【注释】

[1]同心结子:状如两心相连,用以象征坚贞的爱情。

[2]描:依样绘画。

其九

野花多媚草多姿,又到端阳采药时。

斗尽芳华天未午,游人犹悔上山迟[1]。

【注释】

[1]自注:"后山土人风俗,每于五月五日,士女结伴登山,采酿曲药,时则与前山少年绊交为戏,日昃方归。"按:绊交,摔跤。

其一〇

君负钩镰妾负筐[1],相逢携手且同行。

木棉花下约私订[2],若肯来时月上墙。

【注释】

[1]钩镰:弯弯的镰刀。

[2]木棉:见巨国桂《秦安竹枝词》其一二注[3]。约私订:指私下订婚约。

其一一

几回相待北山阴,日暮凄风吹我襟。

可是负心多勾引,峰前峰后豆麻深[1]。

【注释】

[1]豆麻:豌豆和胡麻。豌豆,见刘士龢《西路竹枝词二十首》其六注[2]。胡麻,见宋弼《西行杂咏》其一三注[1]。

其一二

驾龙山下水长流[1],朝浣裙衫小石头。

瞥见郎君忙笑问,花山今否卖青油[1]?

【注释】

[1]驾龙山:山名。不详。应该在今甘肃省陇南市一带。

[2]青油:即清油。植物油。油菜籽榨的油西北人称清油,旧时妇女用来梳头。

其一三

问郎油价近如何,今岁争如去岁多。

不愿我郎营远利[1],愿郎织布我穿梭。

【注释】

[1]远利:长远的利益。指去远方经商。

其一四

朝随阿姊务农功[1],夜向灯前制女红[2]。

刺出鸳鸯教姊看,夜来针织太匆匆。

【注释】

[1]阿姊:姐姐。农功:农活。

[2]女红(gōng):见陈勤胜《甘肃竹枝词》其一注[3]。

其一五

相呼阿姊守妆楼[1],憨妹今年将上头[2]。

近日裁缝都已备,亲迎只听谷鸣驺[3]。

【注释】

[1]妆楼:旧时指妇女的居室。

[2]上头:旧时女子未出嫁时梳辫子,临出嫁才把头发拢上去结成发髻,叫作"上头"。

[3]鸣驺(zōu):见陆廷黻《阶州道中杂咏三十首》其二注[1]。

其一六

日暮牛羊下落霞,啸歌初返拾芋家[1]。

萧娘背子檀郎负[2],羞被人窥不与他。

【注释】

[1]啸歌:长啸歌吟。拾芋家:农家。芋,指洋芋,也叫马铃薯、土豆。

[2]萧娘:《南史·临川靖惠王宏》:"临川靖惠王宏,字宣达,文帝第六子也。长八尺,美须眉,容止可观。……诸将欲乘胜深入,宏闻魏援近,畏懦

不敢近,召诸将欲议旋师。……魏人知其不武,遗以巾帼。北军歌曰:'不畏萧娘与吕姥,但畏合肥有韦武。'武为韦叡也。"因萧宏貌美而柔懦,北魏将他看作女子,称作"萧娘"。后世泛指美丽多情的女子。檀郎:见刘曰萃《拟邑侯易林先生竹枝词》其二注[1]。

其一七　代赠

君作博山妾作香[1],由来情续一般长。

若教重入天台境[2],莫学刘郎带阮郎[3]。

【注释】

[1]博山:即博山炉。古香炉名,因炉盖上的造型似传闻中的海中名山博山而得名。后又被文人用为咏吟男女相爱,海誓山盟之信物。后遂用为男女痴心之典。

[2]天台:指天台山。见宋弼《西行杂诗》其一三注[1]。

[3]刘郎、阮郎:即刘晨、阮肇。见宋弼《西行杂诗》其一三注[1]。

其一八

翩翩年少斗轻盈,不解风流却有情。

几次晓妆楼下过[1],低声轻语唤卿卿[2]。

【注释】

[1]晓妆楼:女子居住的闺楼。

[2]卿卿:形容夫妻或相爱的男女十分亲昵。南朝宋刘义庆《世说新语·惑溺》:"亲卿爱卿,是以卿卿;我不卿卿,谁当卿卿?"

其一九

羊皮社鼓响西邻[1],十月之交迓喜神[2]。

丫角今年都解事[3],半缘玩会半看人。

【注释】

[1]羊皮社鼓:即羊皮鼓舞。见叶澧《甘肃竹枝词》其三七注[3]。

[2]迓喜神:迎拜喜神。旧时祈求吉祥的一种风俗。迓,迎接。

[3]丫角:丫髻,小孩的发式。此代指少女。

其二〇

云笺题遍竹枝词[1]，书只有生不解疵。

情知风流才子好，年来还强学微之[2]。

【注释】

[1]云笺：有云状花纹的纸。

[2]微之：元稹（779—831），字微之，别字威明，河南洛阳（今属河南）人。唐朝大臣、文学家。元稹与白居易同科及第，结为终生诗友，同倡新乐府运动，共创"元和体"，世称"元白"。其乐府诗创作受到张籍、王建的影响。有《元氏长庆集》。

周应沣

周应沣（1865—1944），字伯清，号棣园，甘肃省永登县人。清光绪举人，曾任阶州学正、秦安县训导。辛亥革命后，任兰州中山大学教授、第五中学教师。著有《棣园文集》《棣园诗集》等。

岷县道中[1]

其一

木寨峰峦千嶂回[2]，梅川村郭万家开[3]。

鸟声学语花含笑，首夏风光待客来。

【注释】

[1]此组诗选自《陇右近代诗钞》。作者于丙辰年（1916）赴武都途中经过岷县时所作。

[2]木寨：即木寨岭。在今甘肃省定西市漳县、岷县的交界处，以前叫做毡毧岭，海拔3754米。因"岭上旧有寨堡，故俗名木寨岭"。这里是漳河与洮河的分水岭，也是甘肃向南通行的必经关口。

[3]梅川：即梅川镇，在岷县县城东三十里。

其二

突兀双崖壁倒悬,远迤一线峡中天。

行行正觉无情绪,洮水岷山划目前[1]。

【注释】

[1]洮水:见赵时春《河西歌》注[2]。岷山:岷县县城北面洮河边的山峰,是甘川交接的岷山山脉的最北端。

其三

校场立马望岷山[1],山外古城落照间。

叠藏滔滔流不尽[2],鬼章遗迹宋时关[3]。

【注释】

[1]校场:古时候操练或比武的场地。岷县校场在今岷阳镇校场街。

[2]叠藏:见李殿图《番行杂咏》其一注[2]。

[3]鬼章:即青宜结鬼章,为北宋时期唃厮啰政权的将领。宋熙宁七年(1074),鬼章率军数万出河州,计杀宋开边名将景思立,重创宋军,终使宋朝不能插足河湟。熙宁十年(1077),被宋授为廓州刺史。后随董毡出征西夏,授甘州团练使。阿里骨执政后为其得力助手。宋元祐二年(1087),被宋军俘送京师,宋哲宗亲释,授陪戎校尉。

曹学禹

曹学禹,字昌言,张掖人。光绪二十三年(1897)副贡,曾任县学教谕、甘州甲种师范学校教员。著有《果庐诗抄》。

张掖新年竹枝词[1]

其一

通宵爆竹到清晨,又喜东风旧转新。

记得手携小儿女,鼓楼高处看迎春[2]。

【注释】

　　［1］此组诗选自《新修张掖县志》。

　　［2］自注："是年元日迎春。"

其二

　　　　今年人日日无光[1]，瘦骨怯寒懒下床。

　　　　觉得天寒愁闷甚，拥炉独酌九霞觞[2]。

【注释】

　　［1］自注："人日天寒。"人日：见金人望《竹枝词十六首》其一一注［1］。

　　［2］九霞觞（shāng）：酒杯名，常借指美酒。

其三

　　　　笙歌闹处月东升[1]，玉宇无云万里澄。

　　　　记得良宵三五夜[2]，大南街上放花灯[3]。

【注释】

　　［1］笙歌：见杨一清《白水江舟中十三绝句》其九注［2］。

　　［2］三五夜：农历十五日夜晚。这里指正月十五元宵节。

　　［3］自注："元日夜，商号放花。"

其四

　　　　鱼龙杂戏卸妆才[1]，取次连番胜社开[2]。

　　　　闻得沿街锣鼓响，陕人岁岁闹春抬[3]。

【注释】

　　［1］鱼龙杂戏：指古代百戏杂耍中能变化为鱼和龙的猞猁模型。亦为该项百戏杂耍名。

　　［2］胜社：社火。见叶澧《甘肃竹枝词》其一四注［1］。

　　［3］自注："每年二月二日，陕商闹春抬。"陕人：陕西人。清末、民国初年，陕西、山西等地都有人来甘州从商，并成立各种商会。春抬：见金人望《竹枝词十六首》其一四注［1］。

杨巨川

杨巨川(1873—1954),字辑舟,号松岩,甘肃省榆中县人。光绪三十年(1904)进士,官刑部主事。民国时先后任湖南新田、麻阳知县,甘肃省议会议员,敦煌、固原县长。晚年主持五泉图书馆工作,任甘肃省文史研究馆馆长。著有《梦游四吟》《五朝近体诗选》《天文汇志》《诗学萃言》《三通概论》《青城记》《游东瀛日记》等。

光复纪念会竹枝词[1]

其一

纪念初逢光复期,六街新饰柏松枝。

警官不管巡逻事,碌碌沿门卖国旗[2]。

【注释】

[1]杨巨川诗均选自《梦游四吟》。作于1912年。光复纪念会:这里指纪念辛亥革命推翻清朝统治的聚会。

[2]自注:"由督府制国旗,一面售钞八百文。"

其二

去岁取荆曾祝捷[1],今年起义又逢周。

兵商农学提灯会[2],手执旌旗逐队游。

【注释】

[1]取荆:取荆州。这里指武昌起义胜利。祝捷:庆祝或祝贺胜利。

[2]提灯会:起源于清代。每到元宵节举办灯会时,人们都提灯走街串户。后来在一些大型庆典日也有提灯会。提灯会的灯具制作人自出心裁,式样多种,多数是以花草虫鱼、飞禽走兽为本,形态千姿,彩绘逼真。

其三

万国旗悬百尺竿,居中军乐奏田田[1]。

电灯密布辕门口[2],的是光明不夜天。

【注释】

[1]田田:形容声音响亮。

[2]"电灯"句:据张维《兰州古今注》载:"电灯自光绪初织呢厂即自行摩电。"1914年,甘肃督军张广建筹款修建兰州电灯电话局,地址在兰州市东大街(即今东方红广场东北角),当时安装了一部6千瓦直流发电机,供督省两署及所属民政、教育、财政、建设四厅照明用电,兼供少数豪绅、官商及少量路灯用电。辕门,见叶澧《甘肃竹枝词》其四注[2]。

其四

彩台松盖顶巍峨[1],两面垂廊树帜多。

尽有俳优能演化[2],新声谱出太平歌[3]。

【注释】

[1]自注:"教育会门口有戏台两座,用松枝盖顶,缭以花灯。"

[2]俳优:古代以乐舞谐戏为业的艺人。

[3]太平歌:见马世焘《兰州竹枝词》其一注[4]。

其五

如云游女步春容,银铸徽章贴左胸[1]。

昔日梳妆今革命,高高鬟髻外蓬松[2]。

【注释】

[1]徽章:佩戴在身上用来表示身份、职业、荣誉的标志。

[2]鬟髻(huán jì):古代妇女的环形发髻。

其六

月蓝衫子皂罗裙[1],莲步排行不错群[2]。

可是吴宫新教战[3],居然娘子又成军。

【注释】

[1]皂罗裙:色黑质薄的丝织品制成的裙子。

[2]莲步:指美女的脚步。

[3]吴宫新教战:春秋时期孙武曾经在吴国训练吴王的后宫嫔妃。

其七

排头铜戟击闻喧[1],绕过南门复北门。

无数红灯明似昼,不知人世有黄昏。

【注释】

[1]铜戟:古代兵器。青铜制。将戈、矛合成一体,既能直刺,又能横击,兼有戈和矛的长处,威力较大。

其八

军官勋纪别红球[1],唱道当前汗漫游[2]。

冲过人山与人海,惊看蹴踏紫华骝[3]。

【注释】

[1]自注:“去岁有功者,身扎红彩球。”

[2]汗漫游:《淮南子·道应训》:“吾与汗漫期于九垓之外。”后指世外之游。也形容漫游之远。汗漫,广泛,不着边际。

[3]蹴踏:践踏。华骝:即骅骝。见王世锦《洮州即事》其五注[3]。

兰垣竹枝词[1]

其一

貂裘魑縰染缁尘[2],乐部茶园次第新[3]。

肇锡佳名须记取[4],皖江春与洞天春[5]。

【注释】

[1]此组诗作于1920年左右。兰垣,即兰州。

[2]貂裘:用貂的毛皮制做的衣服。魑縰(xǐ):新奇众多的样子。缁尘:黑色灰尘。常喻世俗污垢。

[3]乐部茶园:这里指兰州市里面的戏楼和茶馆。明清时期,兰州市的寺庙、各省会馆都建有戏楼,戏楼里面有茶馆。次第:见苏履吉《兰州武闱校试纪事八首》其七注[2]。

[4]肇锡:见李殿图《番行杂咏》其三四注[2]。

[5]皖江春:指兰州市皖江春会馆戏楼,位于兰州市城关区山字石中街皖江会馆内。创建于清光绪四年(1878),民国二十八年(1939)被日军飞机炸毁。洞天春:在兰州市城关区山字石,原为肃藩凝熙园,有小巷名曰兰岩洞天春。据说凝熙园有假山,山下面有两个石洞,故名。这里指建于洞天春的兰州新舞台剧社京剧戏班,该剧社由蔡老二等人创建,当时观众称为徽班,是兰州最早的京剧戏班。

其二

电炬煌煌争朗月[1],机车轧轧动轰雷[2]。

四门已放金吾禁[3],夜半行人任往来。

【注释】

[1]电炬:电灯。见杨巨川《光复纪念会竹枝词》其三注[2]。

[2]"机车"句:这里指兰州织呢局,清末最早的机器毛纺企业。光绪六年(1880)由左宗棠在兰州创建,订购德国机器,并聘请十三名德国人为技师,后因经营不善而停产。后来屡办屡停。轧轧,象声词。形容机器里的轴承、齿轮等运转挤压时发出的连续声响。

[3]金吾:见苏履吉《兰州元宵灯市竹枝词》其五注[1]。

其三

教坊新聘李龟年[1],半调京腔杂二弦[2]。

不用千金能买笑,茶园官价两番钱。

【注释】

[1]教坊:古代管理宫廷音乐的官署。唐始设置。专管雅乐以外的音乐、歌唱、舞蹈、百戏的教习、演出等事务。李龟年:邢州柏仁(今河北省邢台市隆尧县西部)人,唐朝音乐家,被后人誉为"唐代乐圣"。这里指兰州戏

院里面请来的乐师。

[2]半调:半调子。指做事不够正宗,没有达到精纯的程度。京腔:京剧。戏曲剧种。弋阳腔的一个支派高腔,明末清初传入北京后称京腔。二弦:坠胡。中国擦奏弦鸣乐器。又称曲胡、二弦。主要流传于河南、山东一带,是河南曲剧、山东琴书、吕剧的主要伴奏乐器。

其四

五泉新筑小蓬莱[1],烟雨楼台生面开。

可笑曲江风鉴远[2],山头又起阁三台[3]。

【注释】

[1]小蓬莱:从 1919 年至 1924 年,兰州学者刘尔炘用捐资和劝募的办法,相继筹集白银四万两,对五泉山进行了一次规模较大的扩建。在赛楼前面添建了牌楼,并亲自书写匾额,标出"五泉山"山名。将原甘肃贡院的明远楼拆迁到大雄殿后侧,改建为万源阁。又利用燃灯寺废址兴建了太昊官。此外,还在西侧山谷补旧增新,修建了绿阴湾、仙人岛、半月亭、企桥、清音阁等,统称"小蓬莱"。蓬莱,仙山名。见郝璧《皋兰竹枝词三十首》其一四注[1]。

[2]曲江:位于西安城区东南部,为唐代著名的曲江皇家园林所在地,境内有曲江池、大雁塔、大唐芙蓉园、寒窑、秦二世陵、唐城墙等风景名胜古迹及历史遗存。

[3]阁三台:指三台阁。位于兰州市皋兰山之巅,始建于明代,名魁星阁,后毁于战火。清乾隆三十四年(1769)重建。按照《史记》"魁下六星两两相比曰三台"的天象理念为建筑格局,即筑三个墩台,在中台上立重阁,由此始称为"三台阁"。后来屡毁屡建。

其五

小小机车四毂行[1],翩翩公子手分明。

一声汽笛呜呜去,马路飞来砥样平[2]。

【注释】

[1]"小小"句:这里指小汽车。1921 年,军阀陆洪涛的弟弟来兰带小轿车一部,兰州第一次有了小汽车。1924 年,陆部工兵修筑兰州东稍门至东岗镇一段汽车路供个人享乐,这是兰州修筑公路之始。毂(gǔ):本意是指车轮中心的圆木,周围与车辐的一端相接,中有圆孔,可以插轴,借指车轮或车。

[2]砥:指磨刀石。也指平直、平坦。

其六

九曲黄河新洗甲[1],千钱白米免呼庚[2]。

苍生可有更生望,北里官家号太平[3]。

【注释】

[1]洗甲:见孙海《秦安竹枝词》其二九注[3]。

[2]呼庚:军中乞粮的隐语。

[3]北里:指唐长安城北之平康里,因位于城北,故名。此处为妓院集中之处。官家:官府。

小蓬莱杂咏[1]

庚申夏四月,小蓬莱新落成。日长无事,时与友人游眺其中,凡一台一阁,一亭榭,莫不留连玩赏,徘徊望瞻不忍去,因缀小诗数则,以志景慕,并以记游踪云。

【注释】

[1]此组诗作于庚申年(1920)夏四月,诗人游五泉山时所作。小蓬莱:见杨巨川《兰垣竹枝词》其四注[1]。

三子祠[1]

孔子西行不到秦[2],杏坛讲席有传人[3]。

流风断续三千载,花样谁翻旧案新。

【注释】

[1]三子祠:刘尔炘为了纪念石作蜀、秦祖、壤驷赤三位甘肃籍的孔门

弟子,在五泉山建有三子祠来祭祀。石作蜀(前519—前479),字子明,号卓子,冀(今天水市甘谷县)人。曾不远万里投身孔门,得圣人教诲,身通六艺,为孔门"七十二贤人"之一。学成返乡以后,宣扬儒家学说,传播西周文化,为陇右的文教事业作出了重要贡献,后人尊称他"石夫子"。唐封石邑伯,宋封成纪侯。秦祖,字子南,唐赠少梁伯,宋为鄄城侯。壤驷赤,字子徒,唐赠北征伯,宋封上邽侯。

[2]"孔子"句:春秋时期,孔子在鲁国当官,但受到当权大夫的排斥,政治抱负无法施展。55岁时,孔子带着若干亲近弟子,周游列国,去过卫、曹、宋、郑、陈、蔡、楚等国。孔子没有到秦国。

[3]杏坛:相传为孔子聚徒授业讲学之处。泛指授徒讲学之处。

精忠阁[1]

北望燕云泪满襟[2],思陵韋负枕戈心[3]。

精忠更有何人继,如此英雄合范金[4]。

【注释】

[1]精忠阁:在五泉山上,祀岳飞,也叫岳庙。

[2]燕云:五代时,后晋石敬瑭以燕云十六州割让给契丹。这里指京都地区。

[3]思陵:宋高宗赵构死后葬于会稽之永思陵。宋人因以"思陵"为高宗的代称。枕戈心:这里指岳飞报效国家的忠心。见铁保《塞上曲四首歌》其二注[3]。

[4]范金:以模子浇铸金属。这里指给塑像贴金,镀金。

椒山祠[1]

椒山祠并精忠阁,忠孝为邻德不孤[2]。

千载巍峨瞻庙貌,两贤分占小蓬壶[2]。

【注释】

[1]椒山祠:五泉山清虚府建有祭祀杨继盛的椒山祠。杨继盛(1516—1555),字仲芳,号椒山。直隶容城(今河北容城县)人。明朝中期著名谏

臣。因上疏弹劾仇鸾开马市之议,被贬为狄道(今甘肃省临洮县)典史。其后被起用为诸城知县,迁南京户部主事、刑部员外郎,调兵部武选司员外郎。嘉靖三十二年(1553),上疏力劾严嵩"五奸十大罪",遭诬陷下狱,三十四年遇害。明穆宗即位后,追赠太常少卿,谥号"忠愍",世称"杨忠愍"。有《杨忠愍集》。

[2]德不孤:《论语·里仁》:"德不孤,必有邻。"意谓有道德的人不会孤单,一定有志同道合的人来和他相伴。

[3]小蓬壶:即五泉山小蓬莱。

高望斋[1]

紫气东来曾降真[2],茫茫银汉渺无垠[3]。

漫言巨眼空边徼[4],一画开天有圣人[5]。

【注释】

[1]高望斋:在五泉山太昊宫前院。

[2]紫气:见苏履吉《武阳竹枝词八首》其二注[2]。

[3]银汉:银河。

[4]边徼:边疆。

[5]一画开天:这里指伏羲氏作八卦,后世称"一画开天"。五泉山建有太昊宫祭祀伏羲。

俯仰楼[1]

武侯祠畔九间楼[2],曲折羊肠路转幽[3]。

试向鳌峰回首望[4],玉皇殿在这高头[5]。

【注释】

[1]俯仰楼:五泉山小蓬莱建有俯仰楼,取《周易·系辞》"仰观天文,俯察地理"之意。

[2]武侯祠:五泉山建有武侯祠,祭祀诸葛亮。

[3]羊肠:喻指狭窄曲折的小路。

[4]鳌峰:指江海中的岛屿。这里指五泉山最高处。

[5]玉皇殿:供奉玉皇大帝的宫殿,在五泉山最高处。

石补簃[1]

问柳轩边石补簃,搜罗五色叠成奇[2]。

当年曾寓娲皇目[3],谪向人天怨别离。

【注释】

[1]石补簃:在五泉山问柳轩北,是巨石上筑的一个亭子。

[2]五色:指五色石,传说女娲曾以五色石补天。这里指景观石。

[3]娲皇:见陈钟秀《洮阳八景·朵山玉笋》注[3]。

问柳轩[1]

问柳名轩事可疑,假山十丈对阶墀[2]。

门前到底无株柳,欲向先生一问之[3]。

【注释】

[1]问柳轩:在五泉山太昊宫前院。取名自陶潜《五柳先生传》,寓隐逸之意。

[2]阶墀(chí):台阶。

[3]先生:指刘尔炘先生。

洗心亭[1]

洗心亭子引流成,八面重栏水一泓[2]。

濯足濯缨人任取[3],出山不比在山清[4]。

【注释】

[1]洗心亭:在五泉山太昊宫前院。刘尔炘《五泉山修建记》:"洗心池引泉水其中,迂回环绕,依然流去。池上筑小亭。为八角形。亭外古树围之,亭下就山势高低叠奇石拥之。"

[2]一泓(hóng):清水一片或一道。泓,水深而广。

[3]濯足濯缨:《楚辞·渔父》:"沧浪之水清兮,可以濯我缨;沧浪之水浊兮,可以濯我足。"濯,洗涤。缨,系帽的丝带。古人重冠,故以清水洗之。

[4]"出山"句:唐杜甫《佳人》:"在山泉水清,出山泉水浊。"意谓在山

的泉水清澈又透明,出山的泉水就要浑浊。比喻刘尔炘隐居山林,洁身自好的高贵品质。

四宜山房[1]

行尽回廊到四宜,宜晴宜雨宜诗棋。

买山若遂还山愿[2],长揖山灵把酒卮[3]。

【注释】

[1]四宜山房:在五泉山小蓬莱。刘尔炘《五泉山修建记》:"从绿荫湾北下,则有四宜山房。山房之北曰半月亭。亭为半月形,共七楹,为觞咏极敞处。前列新旧树数十本,他日长成,炎暑当无计恼人也。"

[2]买山:古代喻贤士的归隐。还山:致仕,退隐。

[3]酒卮:盛酒的器皿。酒杯。

青城杂咏[1]

其一

青山依旧水东流,云树苍茫绘早秋。

我比仲宣诚有幸[2],此来乡国又登楼。

【注释】

[1]此组诗作于1924年左右,作者因不满甘肃开放烟禁而愤然辞官归里。青城:即今甘肃省兰州市榆中县青城镇。

[2]仲宣:即王粲(177—217),字仲宣,山阳高平(今山东邹县西南)人。"建安七子"之一。代表作《七哀》和《登楼赋》,反映战争给人民带来的苦难和抒发个人失意怀乡之情,真切动人。王粲《登楼赋》为其在荆州登当阳县城楼所作。

其二

黄云满地庆丰收,果腹光阴笑语稠。

试向崇兰山下望[1],这番稍释杞人忧[2]。

【注释】

[1]崇兰山:山名。位于兰州市榆中县北部。

[2]杞人忧:即杞人忧天。出自《列子·天瑞》。比喻缺乏根据和不必要的忧虑。

其三

误尽平生是一官,琼楼玉宇不胜寒[1]。

秋风忽忆鲈鱼味[2],仍向烟波理钓杆。

【注释】

[1]琼楼玉宇:形容瑰丽堂皇的建筑物。常用以指仙界楼台或月中宫殿。

[2]"秋风"句:这里指思乡之情。见陆廷黻《阶州道中杂咏三十首》其二九注[2]。

其四

陶令时还读我书[1],兴来拈笔效鸦涂[2]。

在家在国均无补,辜负昂藏一丈夫[3]。

【注释】

[1]"陶令"句:晋陶潜曾任彭泽县令,后辞官归隐。其《读山海经》其一:"既耕亦已种,时还读我书。"

[2]鸦涂:犹涂鸦。比喻胡乱写作,常用作谦词。

[3]昂藏:形容人精神饱满有气概的样子。

其五

龙沟地僻春常在[1],鹿谷秋高月倍明[2]。

莫向桃源寻大隐[3],我家原住在青城。

【注释】

[1]龙沟:指榆中县崇龙山的山沟。

[2]鹿谷:指麋鹿生活的地方,也指隐居的地方。南朝梁刘孝标《广绝交论》:"是以耿介之士,疾其若斯。裂裳裹足,弃之长骛。独立高山之顶,

欢与麋鹿同群。"李善注:"《论语》:子曰:'鸟兽不可与同群。'"孔安国曰:"隐居山林,是同群也。"后因以"麋鹿群"为避世隐居之典。麋鹿,偶蹄目、鹿科、麋鹿属的哺乳动物,是世界珍稀动物。又名"四不像",因为它头脸像马、角像鹿、蹄子像牛、尾像驴,因此得名四不像。

[3]桃源:指桃花源。见马世焘《兰州竹枝词》其八注[4]。

其六

欧风美雨叹交加[1],依旧田园气味差。

蜂蝶纷纷递消息,青门变尽故侯瓜[2]。

【注释】

[1]欧风美雨:比喻欧美的政治、经济和文化。也比喻欧美的侵略。

[2]"青门"句:意谓陇右地区也受到欧美的政治、经济和文化的影响而发生了巨大的改变。青门,见马世焘《兰州竹枝词》其八注[1]。

其七

堂堂去日恨难留[1],老学真同秉烛游[2]。

莫向中原问文献[3],漆书原自在西州[4]。

【注释】

[1]去日:指过去的日子。曹操《短歌行》:"譬如朝露,去日苦多。"

[2]秉烛游:秉烛夜游。旧时比喻及时行乐。《古诗十九首》:"生年不满百,常怀千岁忧。昼短苦夜长,何不秉烛游?"

[3]文献:原指典籍和贤人。《论语·八佾》:"子曰:'夏礼吾能言之,杞不足征也;殷礼吾能言之,宋不足征也。文献不足故也。'"宋朱熹集注:"文,典籍也;献,贤也。"后来指有历史意义或研究价值的图书、期刊、典章。

[4]漆书:用漆书写的竹木简。西州:古代泛指神州大地中原之西的区域。

其八

故人落落已晨星[1],无复先民旧典型[2]。

百折不挠桓太学[3],断断犹自守残经[4]。

【注释】

[1]晨星:清晨稀疏的星。

[2]典型:具有代表性的人物或事件。

[3]桓太学:桓荣,字春卿,生卒年不详,沛郡龙亢县(今安徽省怀远县龙亢镇)人。东汉初年名儒、大臣。桓荣少时赴长安求学,拜博士朱普为师。六十多岁时方为光武帝刘秀所赏识,被任命为议郎,入宫教授太子刘庄(汉明帝),历任太子少傅、太常、关内侯。

[4]訚訚(yín):争辩貌。《史记·鲁周公世家论》:"甚矣鲁道之衰也!洙泗之间訚訚如也。"南朝宋裴骃《集解》引徐广曰:"盖幼者患苦长者,长者忿愧自守,故訚訚争辞,所以为道衰也。"

其九

百年岁月尽消磨,大笔淋漓写放歌。

撷得家园鲜瓜果[1],依然种菜在东坡[2]。

【注释】

[1]撷(xié):摘下,取下。

[2]东坡:宋代著名文学家苏轼在贬官黄州时居住与躬耕的地方。这里指家乡。

其一〇

日月不饶秋树色,英雄淘尽大河声[1]。

鸡虫得失须臾事[2],寂寂谁留千载名?

【注释】

[1]"英雄"句:宋苏轼《念奴娇·赤壁怀古》:"大江东去,浪淘尽,千古风流人物。"这里指黄河滚滚流去,千百年来,那些才华横溢的英雄豪杰,都被历史的长河淘汰掉了。

[2]鸡虫得失:指比较小的得失,不值得计较。唐杜甫《缚鸡行》:"小奴缚鸡向市卖,鸡被缚急相喧争……鸡虫得失无了时,注目寒江倚山阁。"

其一一

司马还乡仍作客[1]，庞公上冢未携家[2]。

东人已是劳来侯[3]，屈指归期早及瓜[4]。

【注释】

[1]司马:指司马相如。见郝璧《皋兰竹枝词三十首》其四注[3]。

[2]庞公:即东汉庞德公。襄阳人,躬耕于襄阳岘山之南,曾拒绝刘表的礼请,隐居鹿门山而终。后成为隐士的典故。《后汉书·逸民列传·庞公》注引《襄阳记》:"诸葛孔明每至德公家,独拜床下,德公初不令止。司马德操尝诣德公,值其渡沔上先人墓,德操径入其堂,呼德公妻子使速作黍:'徐元直向云当来就我与德公谈。'其妻子皆罗拜于堂下,奔走共设。须臾,德公还,直入相就,不知何者是客也。"

[3]东人:《诗·小雅·大东》:"东人之子,职劳不来。"朱熹集传:"东人,诸侯之人也。"本指西周统治下的东方诸侯国之人,后泛指陕以东之人。劳来:以恩德招之使来。慰问、劝勉前来的人。《诗·小雅·鸿雁序》:"万民离散,不安其居,而能劳来还定,安集之。"

[4]及瓜:《左传·庄公八年》:"齐侯使连称管至父戍葵丘,瓜时而往,曰:'及瓜而代。'"言任期一年,今年瓜时往,来年瓜时代之。后因以"及瓜"指任职期满。

其一二

饲雀千秋著令名[1]，一门四世到公卿[2]。

我今不为衔环计[3]，爱尔朝朝暮暮鸣。

【注释】

[1]饲雀:南朝梁吴均《续齐谐记》载:东汉时期名臣、隐士杨宝九岁时,"见一黄雀为鸱枭所搏,坠于树下,为蝼蚁所困",遂取归,"置巾箱中,唯食黄花"。伤愈飞去。"其夜有黄衣童子向宝再拜"致谢,并赠白环四枚,云:"令君子孙洁白,位登三事,当如此环矣。"后因以为报恩之典。

[2]"一门"句:杨震一家四世为公卿。杨震(?—124),字伯起,弘农华

阴(今陕西省华阴市)人。杨宝之子。杨震少时师从太常桓郁,随其研习《欧阳尚书》。他通晓经籍、博览群书,有"关西夫子"之称。杨震历任荆州刺史、东莱太守、太常、司徒、太尉。杨震少子杨奉为太尉,孙杨敷曾任谏议大夫、黄门侍郎等职。曾孙杨众曾任御史中丞,封为蒳亭侯。

[3]衔环:指杨宝救黄雀的事。比喻受人恩惠,定当厚报,生死不渝。

其一三

芝草无根鄙语耳[1],鹰雏鷃鷇不相侔[2]。

盆花一样栽培力,结子秋来只石榴。

【注释】

[1]芝草无根:意思是指没有任何帮助,出于自己的努力。清李渔《巧团圆》第三出:"自古道:'芝草无根,醴水无源。'只要孩子肯学好,那些闲话听他怎的!"芝草,指菌属。

[2]鹰雏鷃鷇(gòu):《庄子·逍遥游》:"穷发之北有冥海者,天池也。有鱼焉,其广数千里,未有知其修者,其名为鲲。有鸟焉,其名为鹏,背若泰山,翼若垂天之云。搏扶摇羊角而上者九万里,绝云气,负青天,然后图南,且适南冥也。斥鷃笑之曰:'彼且奚适也? 我腾越而上,不过数仞而下,翱翔蓬蒿之间,此亦飞之至。而彼且奚适也!'"这里指那些目光短浅的人不明白别人的高远之志。鹰雏,小鹰。鷃,鷃雀,鹑的一种。侔:相等,齐等。

其一四

崇兰山麓拜犹龙[1],文字五千六教宗[2]。

时不逢兮牛不逝[3],是真道大莫能容[4]。

【注释】

[1]崇兰山:山名。在榆中县。犹龙:谓道之高深奇妙,如龙之变化不可测。《史记·老子韩非列传》:"孔子去,谓弟子曰:'……至于龙,吾不能知,其乘风云而上天。吾今日见老子,其犹龙邪!'"这里指老子。

[2]文字五千:指老子所著《道德经》。六教:指六经之教。《礼记·经解》:"孔子曰:入其国,其教可知也。其为人也,温柔敦厚,《诗》教也;疏通

知远,《书》教也;广博易良,《乐》教也;洁静精微,《易》教也;恭俭庄敬,《礼》教也;属辞比事,《春秋》教也。"孔颖达疏:"言人君以六经之道,各随其民教之。民从上教,各从六经之性。"

[3]牛:指老子所骑之青牛。传说老子骑青牛出函谷关西行,从此不知去向。

[4]道大莫容:这里指老子之道精深博大,所以天下容纳不了他。后用以正确的道理不为世间所接受。《史记·孔子世家》:"夫子之道,至大也,故天下莫能容夫子。"

其一五

收浆闻说大家忙[1],蠕动连畦见好蚄[2]。

啮尽莺花犹不去,捕蝉谁识有螳螂[3]。

【注释】

[1]收浆:收集罂粟烟的汁浆。近代时期,甘肃种植鸦片成风,屡禁不止。张集馨《道咸宦海见闻录》曾记载咸丰年间兰州:"罂粟花遍地栽植,五六月间,烂如锦绣,妇孺老稚,用铜罐竹刀,刮浆熬炼,江、浙各客贩,挟资云集。"

[2]好蚄:粘虫。幼虫头褐色,成虫习惯迁飞,是农作物害虫。北魏贾思勰《齐民要术·收种》:"《氾胜之术》曰:'牵马,令就谷堆食数口;以马践过为种,无好蚄,厌好蚄虫也。'"

[3]"捕蝉"句:意谓螳螂捕蝉,黄雀在后。《庄子·山木》:"睹一蝉,方得美荫而忘其身,螳螂执翳而搏之,见得而忘其形;异鹊从而利之,见利而忘其真。"指人目光短浅,没有远见,只顾追求眼前的利益。

其一六

溯洄我欲咏葭苍[1],绿柳垂垂小石梁。

一自北河人去后[2],只今宛在水中央。

【注释】

[1]"溯洄"句:《诗·秦风·蒹葭》:"蒹葭苍苍,白露为霜。所谓伊人,

在水一方。溯洄从之,道阻且长。溯游从之,宛在水中央。"这里指水边茂盛的芦苇丛。溯洄,逆着河水的流向往上游走。

[2]北河:清以前黄河自今内蒙古磴口县以下,分为南北二支,北支约当今乌加河,时为黄河正流,对南支而言,称北河。也指星官名,属井宿。《晋书·天文志上》:"南河、北河各三星,夹东井。"

其一七

殷殷祷雨是婆心[1],忽听桑林起八音[2]。

到底至诚终有感,事机当断莫沉吟。

【注释】

[1]婆心:慈悲善良的心地。

[2]桑林:商朝一种大型的、国家级的祭祀活动,性质与祭"社"(土地神)同。"桑林"之祭所用的乐舞,也称为《桑林》。《左传·襄公十年》:"宋公享晋侯于楚丘,请以《桑林》。"杜预注:"《桑林》,殷天子之乐名。"《庄子·养生主》:"庖丁为文惠君解牛,手之所触,肩之所倚,足之所履,膝之所踦,砉然向然,奏刀騞然,莫不中音,合于《桑林》之舞,乃中《经首》之会。"八音:古时对乐器的总称。按制造乐器的主要材料分金、石、土、革、丝、木、匏、竹八类。

其一八

大河滚滚贯中州,源出昆仑九曲流[1]。

四渎算来同入海[2],度长絜短此为优[3]。

【注释】

[1]昆仑:昆仑山。见杨一清《白水江舟中十三绝句》其一一注[3]。

[2]四渎:星官名,属井宿,共四星。古人认为它们与我国的四条大河对应,故名。《晋书·天文志》:"东井南垣之东四星曰四渎,江、河、淮、济之精也。"

[3]度长絜(xié)短:比量长短大小。

其一九

苍山霖雨负初心[1]，缅想东山孰嗣音[2]。

欲把衷忱通帝座[3]，为怜无病自呻吟。

【注释】

[1]初心：最初的心愿。

[2]东山：《诗·豳风·东山》："我徂东山，慆慆不归。我来自东，零雨其濛。我东曰归，我心西悲。制彼裳衣，勿士行枚。"东山，在今山东境内，周公伐奄驻军之地。嗣音：见叶澧《甘肃竹枝词》其五〇注[4]。

[3]帝座：亦作"帝坐"。古星名。属天市垣。战国甘德石申《星经》："帝座一星在市中，神农所贵，色明润。"清龚自珍《夜坐》："一山突起邱陵妒，万籁无言帝坐灵。"

其二〇

轮流不息法天行[1]，支木为鳌四足擎[2]。

数顷枯苗资灌溉，也当霖雨慰苍生。

【注释】

[1]"轮流"句：这里指兰州水车提水灌溉的情景。法天，效法自然和天道。《老子》："人法地，地法天，天法道，道法自然。"

[2]"支木"句：指中国神话传说女娲炼石补天之事。这里指用水车取水。

新五泉竹枝词[1]

其一

当年风雅了无痕[2]，到处茶寮接戏园[3]。

娱乐事多天气好，携男抱女入山门[4]。

【注释】

[1]自注："五泉山庙会。"

[2]了无痕：一点痕迹都没有。宋苏轼《正月二十日，与潘、郭二生出郊

寻春,忽记去年是日同至女王城作诗,乃和前韵》:"人似秋鸿来有信,事如春梦了无痕。"

[3]茶寮(liáo):指寺中品茶小斋。戏园:旧时称专供演出戏曲的场所,亦称"戏园子"。

[4]山门:佛教寺院的大门。因寺院多建在山间而得名。

其二

人间天上敞华筵[1],雀舌龙团河水煎[2]。

勾引春风来入座,一壶茶价六毛钱。

【注释】

[1]人间天上:自注:"山半牌坊上题字。"华筵:丰盛的筵席。

[2]自注:"山上以黄河水烹茶为贵。"雀舌:雀舌茶,即湄潭翠芽。因形状小巧似雀舌而得名。其香气极独特浓郁,是以嫩芽焙制的上等芽茶。主要产于贵州湄潭。龙团:宋代贡茶名。饼状,上有龙纹,故称。宋张舜民《画墁录》卷一:"先丁晋公为福建转运使,始制为凤团,后又为龙团,贡不过四十饼,专拟上供,虽近臣之家,徒闻之而未尝见也。"

其三

有女容颜赛舜华[1],双双雨后赋同车。

不拜娘娘不礼佛[2],绿阴行里吃闲茶[3]。

【注释】

[1]舜华:木槿花,比喻美人。《诗·郑风·有女同车》:"有女同车,颜如舜华。"

[2]娘娘:对女神的尊称。

[3]绿阴:亦称绿荫。树荫。

其四

路中节节站巡兵[1],手执白旗不驻声[2]。

指道游人休乱走,往来都向左边行[3]。

【注释】

[1]巡兵:担任巡查工作的兵士。

[2]不驻声:即不住声,说个不停。

[3]左边行:靠左边走。1930 年,蒋介石在全国发起了所谓"新生活运动",规定"行人车辆靠左行"。抗日战争期间,美国来华的汽车都习惯靠右行驶,因此导致了许多事故,后来民国政府改为靠右行驶。

其五

蓬头露肘号时髦[1],莲步珊珊兴趣豪[2]。

尽扫当年裙褶习[3],斩新身上着旗袍[4]。

【注释】

[1]蓬头露肘:这里指新式妇女的烫发和短袖衫。

[2]莲步:指美女的脚步。珊珊:指轻盈美好的样子。

[3]裙褶习:指旧式妇女穿衣的习俗。裙褶,裙子。

[4]斩新:崭新,全新。旗袍:原为满洲旗人妇女所穿的一种服装。下摆不开叉,衣袖八寸至一尺。辛亥革命后,汉族妇女也普遍采用。经过不断改进后,有各种样式。民国政府于 1929 年将旗袍确定为国家礼服之一。

其六

往岁游山随意走,今年官署有悬言[1]。

沙滩口子骡车转[2],只放洋车到庙根[3]。

【注释】

[1]悬言:告示,公告。

[2]沙滩口子:在兰州市五泉山下。

[3]洋车:小汽车。庙根:即五泉山寺下面。

其七

大张围幕慢亭同[1],孰乐台前日隐红[2]。

万众齐攒形似鲫[3],昂头天外只刘公[4]。

【注释】

[1]自注:"张幔隔铜像半身于幔外,似知先生不愿看戏者。"这里指用帐幔将刘尔炘先生铜像围住。幔亭:用帐幕围成的亭子。

[2]孰乐台:在兰州五泉山山门内赛楼后,有七级,上建一亭,名曰蝴蝶亭,因形似蝴蝶而得名。

[3]攒:聚集。鲫:鲫鱼。多成群活动。据说东晋时候,中原沦陷,北方很多知名人士纷纷南渡,来到江南,故有"过江名士多如鲫"的说法。后用"过江之鲫"形容赶时髦的人很多。

[4]昂头天外:抬起头望着天边。这里指不同流俗。刘公:指刘尔炘。见本书刘尔炘简介。

其八

人间花样起波澜[1],顷刻光阴态万千[2]。

惟有兰山独依旧,晚来佳气似当年[3]。

【注释】

[1]花样:指各种时尚、风气。波澜:波涛。比喻世事的起伏变化。

[2]顷刻:极短的时间。

[3]佳气:美好的云气。泛指美好的风光。

蒋步颖

蒋步颖(1873—1957),字再叔,号洮滨居士,甘肃省临夏回族自治州永靖县人。清末庠生。曾在莲花爱莲学校教学,并于河州显庆寺设馆。曾应宁海军右营统领马麟之邀,教其子马步荣、马步援读书。不久辞归。中华人民共和国成立后,由临夏专署副专员张建推荐,任甘肃省文史研究馆馆员。著有《洮滨居士诗草》。

天贶节韩园卖票放游戏吟[1]

其一

票记一张游一回[2],买他到手意徘徊。

园门大似侯门贵[3],不得金钱进不来。

【注释】

[1]蒋步颖诗均选自《河州古诗校评·洞滨居士诗草》。天贶(kuàng)节:见王澍霖《小西湖竹枝词》其三注[1]。韩园:即仰园。位于兰州市城关区广武门后街。1922年甘肃督军张广建的副官韩仰鲁购置清代先农坛,建仰园,当时俗称韩副官花园。后来著名爱国将领邓宝珊将军购为居所,俗称邓家花园。

[2]票记:即门票。

[3]侯门:诸侯之门。旧时指显贵人家,贵宦人家。

其二

先拜财神再扣关[1],花神不拜亦欢颜[2]。

果然利市近三倍[3],肯任游人自往还。

【注释】

[1]财神:迷信的人认为可使人发财致富的神仙。相传姓赵名公明,秦时得道,道教尊为正一玄坛元帅,也叫赵公元帅。后也指称有钱的人或主管钱财的人。扣关:同"叩关"。敲击关门或城关而有所求;敲门求见。

[2]花神:见程德润《若己有园十六景·花神庙》注[1]。

[3]利市:买卖所得的利润。

其三

倍蓰相加递百千[1],于今物价尽腾烟[2]。

名花讵让西施美[3],端合一看输一钱[4]。

【注释】

[1]倍蓰:谓数倍。倍,一倍;蓰,五倍。《孟子·滕文公上》:"夫物之不

齐,物之情也。或相倍蓰,或相什百,或相千万。"

　　[2]物价腾烟:即物价腾飞。

　　[3]讵让:岂让。西施:古代越国美女。

　　[4]端合:应当,应该。

收获杂兴

其一

壁观休笑老农忙[1],饼饵已闻风过香[2]。

心乐浑忘身体苦,只求禾麦早登场。

【注释】

　　[1]壁观:即壁上观。《史记·项羽本纪》:"诸侯军救巨鹿,下者十馀壁,莫敢纵兵。及楚击秦,诸将皆从壁上观。"比喻坐观成败,不帮助任何一方。这里指闲看。

　　[2]饼饵:饼类食物。用面或米制成。北齐颜之推《颜氏家训·名实》:"凡遣兵役,握手送离,或赍梨枣饼饵,人人赠别。"

其二

隔夜膏车夙驾牛[1],日中旋反蓼花沟[2]。

服田力穑谈何易[3],满面珠珠血汗流。

【注释】

　　[1]膏车:在车轴上涂油,使之润滑。常喻远行。夙:早晨。

　　[2]蓼花沟:长满蓼花的水沟。山沟。唐李郢《山行》:"自忆东吴榜舟日,蓼花沟水半篙强。"

　　[3]服田力穑:《尚书·盘庚上》:"若农服田力穑,乃亦有秋。"服,从事;穑,收获谷物。指努力从事农业生产。

其三

稚子伶俜力未优[1],亦知穑事赴西畴[2]。

归来近午趋庭过[3],滞岁盈筐汗一头[4]。

【注释】

［1］伶俜：孤单，孤独。

［2］稼事：农事。西畴：西边的田地。

［3］趋庭：走过庭院。《论语·季氏》："（孔子）尝独立，鲤趋而过庭。曰：'学诗乎？'对曰：'未也。''不学诗，无以言。'鲤退而学诗。"鲤，孔子之子伯鱼。后因以"趋庭"为承受父教的代称。

［4］滞岁：疑即"滞穗"。遗落的麦穗。《诗·小雅·大田》："彼有遗秉，此有滞穗，伊寡妇之利。"

其四

锄瓜野老尚依然，高枕坚辞树下眠[1]。

来日雨晴难意料，要乘时节取原田[2]。

【注释】

［1］高枕：垫高了枕头（睡觉），谓无忧无虑。犹高卧，谓弃官退隐家居。坚辞：坚决推辞，拒绝。

［2］原田：平原上的田地。

凡藏杂诗十首[1]

其一

欲醉东风启馆门，青蹊踏遍路旁村[2]。

杏花墙外分明出，难买胡姬酒一樽[3]。

【注释】

［1］此组诗作于 1925 年左右，诗人为宁海军右营统领马麟座宾，在凡藏设馆教其子马步荣、马步援读书。凡（qié）藏：即甘肃省临夏回族自治州积石山保安族东乡族撒拉族自治县凡藏镇。地处积石山保安族东乡族撒拉族自治县城东南部，东邻铺川乡，南与临夏县营滩乡接壤，西连小关乡，北接中咀岭乡。

［2］青蹊：长满青草的小路。

[3]胡姬:原指北方或西方的外族少女,后泛指酒店中卖酒的女子。

其二

最爱如年夏日长[1],炎炎暑气不愁伤。

清泉暗度深林出,坐此无风亦自凉。

【注释】

[1]夏日长:长夏。因其白昼较长,故称。

其三

霜树摇红景更幽,山南山北气横秋[1]。

昔时游宴煎茶地,疑是桃林野尽头。

【注释】

[1]横秋:充塞秋天的空中。

其四

孟冬十月剧清寒[1],何怪他乡客袖单。

微雪不时山际堕,野人头已戴皮冠[2]。

【注释】

[1]孟冬:指每年冬季的第一个月,即农历十月。

[2]野人:指乡民。皮冠:皮帽子。

其五

山雨频来不爽期[1],大田每岁黍离离[2]。

小民那有心忧处,旱魃总无为虐时[3]。

【注释】

[1]不爽期:不违背约定的时间。爽,差错,违背。

[2]黍离离:指黍子蓬勃茂盛。黍,黍子,一年生草本植物。碾成米叫黄米,性黏,可酿酒。《诗·王风·黍离》:"彼黍离离,彼稷之苗。"

[3]旱魃(bá):中国古代神话传说中引起旱灾的怪物。《诗·大雅·云汉》:"旱魃为虐,如惔如焚。"《山海经·大荒北经》:"有人衣青衣,名曰

黄帝女魃。蚩尤作兵伐黄帝,黄帝乃令应龙攻之冀州之野。"

其六

等闲游踪未曾停[1],曲径苍苔屦遍经[2]。

最好新晴高处望,远山雪白近山青。

【注释】

[1]游踪:旅游的踪迹,出游的行踪。

[2]屦(jù):古时用麻、葛等做成的鞋。

其七

云散雨馀天气清,每同野老话浮生[1]。

年来颇有会心处,多识山名与树名。

【注释】

[1]野老:为村野老人。浮生:指短暂虚幻的人生(对人生的消极看法)。

其八

朴樕小林依小山[1],河流激石水潺潺。

白云招我常临此,不信云闲胜我闲。

【注释】

[1]朴樕(sù):丛木、小树。《诗·召南·野有死麕》:"林有朴樕,野有死鹿。"

其九

长路迢迢接翠微[1],老樵旦往暮旋归[2]。

一肩红叶无人管,山月随来入竹扉。

【注释】

[1]翠微:指青翠掩映的山腰幽深处。

[2]老樵:打柴的樵夫。

其一〇

不进东门便是营,比邻丁壮慨从征[1]。

杜陵诗老今如在[2],《出塞》高吟又续成[3]。

【注释】

[1]比邻:邻居。丁壮:健壮的人。指到达兵役年龄的少壮男子。《管子·轻重戊》:"众鸟居其上,丁壮者胡丸操弹居其下,终日不归。"

[2]杜陵诗老:指杜甫。见叶澧《甘肃竹枝词》其五八注[1]。

[3]自注:"近来马司令练兵出征,故云。"出塞:唐杜甫有《前出塞》《后出塞》等诗写边塞战斗生活。

马 恕

马恕(1875—1957),字敬堂,甘肃省临夏回族自治州和政县人。光绪十年(1893)廪生。因家境贫寒,归乡设帐授课。民国初,赴宁夏马鸿宾部掌理文札,后力请归乡。1930年夏,马鸿宾代理甘肃省主席,招马恕任省府秘书。后辞归。抗日战争时期,被推任为和政县临时参议会议长。1954年,任甘肃文史馆馆员。曾编修《和政县志稿》。著有《祖东堂诗稿》《读馀类稿》。

游兴八首[1]

牙塘关[2]

乘兴闲游趣味长,山清水秀美牙塘。

三关附近多名胜[3],不但松岩独擅扬[4]。

【注释】

[1]此组诗选自《河州古诗校评·祖东堂诗稿》。

[2]牙塘关:旧址位于和政县买家集镇牙塘村柳梅滩南,为明清时期在河州设建的二十四关之一。明代称"宁河关",清代称"牙塘关"。因明代为

吐蕃族的一个分支牙塘族居住而得名。

[3]三关:指和政县境内的牙塘关、沙马关、斯巴思关。

[4]松岩:即松鸣岩。位于和政县南23千米之吊滩乡陡石关。明嘉靖时称松明岩,清康熙时称须弥岩。此地山势平缓,松林茂密,清泉溪水,漱石而流,景色优美,为河州名胜。每有清风掠过山间,松涛如雷轰鸣,人以松鸣岩称之。历来为乡民文士、诸色人等旅游绝佳去处。

两关集[1]

两关中隔水流长,创始新开小学堂[2]。

孩子成童都受范,何愁文化不宣扬。

【注释】

[1]两关集:地名。在临夏回族自治州和政县买家集镇。

[2]"创新"句:和政县两关集小学始建于1956年。

买谷山[1]

买谷高登目力长,南乡览尽又西乡。

千村万井将收获[2],尚幸年丰不虑荒[1]。

【注释】

[1]买谷山:在临夏回族自治州和政县买家集镇附近。

[2]井:古制八家为一井,后借指人口聚居的地方或乡里。

[3]荒:本义指荒芜,引申指年成不好、凶年、歉收等。

寺沟顶[1]

雨后天晴日正长,山间暖酒且烹羊。

觥筹交错人皆醉[2],那管三农穑事忙[3]。

【注释】

[1]寺沟:位于和政县城南20千米处葱花岭下,峡谷中建有佛寺,故称寺沟,又称小普陀山。

[2]觥筹交错:酒杯和酒筹交互错杂,形容许多人聚在一起饮酒的热闹情景。宋欧阳修《醉翁亭记》:"射者中,弈者胜,觥筹交错,起坐而喧哗者,

众宾欢也。"觥,古代的一种酒器。筹,行酒令的筹码。

[3]穑事:指农事。

黄松沟[1]

十六年前慧出长,沟深竟尔奠金汤[2]。

于今决策人犹在,寿比青松永不黄[3]。

【注释】

[1]黄松沟:在和政县买家集镇牙塘村。

[2]金汤:见叶澧《甘肃竹枝词》其二注[2]。

[3]"寿比"句:意谓德行高的人能益寿延年,其寿如青松不老,其德令人敬仰。

麻崖寺[1]

儒释相逢叙话长[2],深山古刹有馨香[3]。

迟延未跻旗杆岭[4],可待来年此愿偿。

【注释】

[1]麻崖寺:位于和政县南太子山脚下。这里建有麻崖寺,后被毁。

[2]儒释:儒家和佛家。叙话:说话,答话。

[3]馨香:见叶澧《甘肃竹枝词》其六三注[4]。

[4]跻:攀登。旗杆岭:位于和政县南,海拔3072米。

柳梅滩[1]

梅柳滩前道路长,师生策马并寻芳[2]。

野花时鸟无穷趣,游倦归来已夕阳。

【注释】

[1]柳梅滩:位于和政县南部的太子山下,为著名旅游风景区。

[2]寻芳:游赏美景。

杨东家[1]

清白传家世泽长[2],关西著姓首推杨[3]。

连宵剪烛酬宾客[4],厚谊隆情讵可忘[5]。

【注释】

[1]东家:指居所的主人,宴会主人。

[2]清白传家:把清廉洁白的风尚传给后人。《后汉书·杨震传》:"性公廉,不受私谒。子孙常蔬食步行,故旧长者或欲令为开产业,震不肯,曰:'使后世称为清白吏子孙,以此遗之,不亦厚乎?'"世泽:祖先的遗泽,祖先的恩惠。杨震子孙多为公卿。见杨巨川《青城杂咏》其一二注[2]。

[3]"关西"句:指杨震家族为关西望族。著姓,有显著名声的家族。

[4]连宵:连夜。剪烛:剪掉多馀的烛芯来维持明亮的照明。

[5]讵:岂。

张 建

张建(1878—1958),字质生,号梅林居士,晚号退叟。甘肃省临夏回族自治州人。少为诸生,游幕四川。辛亥革命后,佐宁夏、绥远军幕。任绥远烟酒事务局局长、临时参政院参政。不久归兰州家居。中华人民共和国成立后,任甘肃临夏专员公署副专员、临夏回族自治州副州长。著有《退思堂诗集》等书。

临洮杂事诗[1]

其一

日日街头死数人,枯骸暴露痛灾民。

一张芦席一锹土,破费无多造善因[2]。

【注释】

[1]此组诗选自《退思堂诗集》卷八。作于1929年。为诗人赴临夏赈灾时所作。临洮:今甘肃省定西市临洮县。

[2]造善因:佛教用语。佛教有因果报应思想,说今生种什么因,来生结什么果,善有善报,恶有恶报。《慈恩传》:"唯谈玄论道,问因果报应。"这

里指做善事。

其二

讹传寇至总成空，正本清源责在公。

太息民心犹未定[1]，虎兕出柙鸟惊弓[2]。

【注释】

[1]太息：叹息，叹气。屈原《离骚》："长太息以掩涕兮，哀民生之多艰。"

[2]虎兕(sì)出柙(xiá)：虎、兕从木笼中逃出。比喻恶人逃脱或做事不尽责，主管者应负责任。出自《论语·季氏》。兕，犀牛一类的野兽。鸟惊弓：即惊弓之鸟。出自《战国策·楚策四》。原义是指被弓箭吓怕了的鸟不容易安定，后比喻经过惊吓的人碰到一点动静就非常害怕。

其三

为靖闾阎大索枪[1]，索银更比索枪忙。

那知善政成苛政，翻以清乡转扰乡[2]。

【注释】

[1]闾阎：原指古代里巷内外的门，后泛指平民老百姓。

[2]自注："宁定驻军收枪，洮西假公济私，怨言纷起。"按：宁定，旧县名。1919年析导河县置，属甘肃兰山道。治所在太子寺（今甘肃广河县）。1957年改为广河县。清乡：旧时指政府清查乡村，肃清变乱。

其四

桑林六事责躬无[1]，望断云霓泪眼枯[2]。

祈雨转晴晴不雨，天心莫是与人殊。

【注释】

[1]桑林六事：相传商初天下大旱，汤曾祷于桑林，以六事自责。《荀子·大略》："汤旱而祷曰：'政不节与？使民疾与？何以不雨至斯极也！宫室荣与？妇谒盛与？何以不雨至斯极也！苞苴行与？谗夫兴与？何以不雨至斯极也！'"南朝梁刘勰《文心雕龙·祝盟》："素车祷旱，以六事责躬，则雩

祭之文也。"

　　[2]望断云霓:见徐绍烈《和质生行役竹枝词》其六注[2]。

行役竹枝词[1]

其一

　　世事悠悠一局棋,输赢无定问谁知。

　　打残急劫都成梦[2],争似当初未著时[3]。

【注释】

　　[1]此组诗选自《退思堂诗集》卷九。作于 1929 年。此组诗为诗人赴临夏赈灾时所作。行役:谓因兵役、劳役或公务奔走在外。

　　[2]急劫:迫在眼前的劫难。

　　[3]争似:怎似。未著:尚未显出。著,显出,开出。

其二

　　鳞甲纷飞斗玉龙[1],几多汉将戍长松[2]。

　　经纶真个屯雷雨[3],无怪铜山应洛钟[4]。

【注释】

　　[1]"鳞甲"句:指积雪。宋张元《雪》:"战罢玉龙三百万,败鳞残甲满天飞。"这里比喻民国年间的军阀混战,导致生灵涂炭。

　　[2]长松:古县名。在今陇南市文县。《甘肃通志》卷二十三:"长松废县,在(文)县西南百里,本阴平县地。西魏析置建昌县,为卢北郡治,兼置文州。隋开皇初,郡废改县,曰长松,以地多乔松为名。大业初,州废。唐属文州,贞元六年省入曲水。"

　　[3]经纶:整理蚕丝,比喻治理国家。屯雷雨:《易经·屯卦》的"象辞"曰:"屯:刚柔始交而难生,动乎险中,大亨贞。雷雨之动满盈,天造草昧,宜建侯而不宁。"指事物在矛盾对立中艰难地发展。这里指治理国家的艰难。《说文》:"屯,难也。"

　　[4]铜山应洛钟:《周易要义》云:"亦有异类相感者,若磁石引针,琥珀

拾芥,蚕吐丝而商弦绝,铜山崩而洛钟应,其类烦多,难一一言也。"原谓铜山崩塌,洛阳的铜钟就有感应。后比喻重大事件相互影响,彼此呼应。

其三

花样翻新走马灯[1],转轮摩荡任凭陵[2]。

南征北怨东西望,长日如年缩未能[3]。

【注释】

[1]走马灯:中国古代一种供玩赏的花灯,中置一轮,轮周围置纸人纸马等像。轮下燃烛,热气上腾,引起空气对流,使轮转动,那些纸人、纸马也随之转动。也形容政局的变幻无常。

[2]摩荡:谓相切摩而变化。《易·系辞上》:"是故刚柔相摩,八卦相荡。"也指摩擦振荡。凭陵:侵犯,欺侮。唐高适《燕歌行》:"山川萧条极边土,胡骑凭陵杂风雨。"

[3]长日如年:指白天非常长,比喻时间难熬。长日,指夏至,北半球这一天白天最长。

其四

饮马长城惨不春[1],天时人事两相因[2]。

茫茫浩劫凭谁挽[3],惟祝官军奠兆民[4]。

【注释】

[1]饮马长城:见《查嗣瑮同喀中丞自皋兰渡河至凉州途中作》其九注[1]。惨不春:指凄惨荒芜的样子。

[2]相因:相袭,相关。

[3]浩劫:大灾难。劫,灾难。

[4]奠兆民:安置老百姓。奠,本指置放祭品来祭祀死者,引申为放置、安放。兆民,古称天子之民,后泛指众民、百姓。

其五

满目兵戈过一年[1],郊原苦战阵云连[2]。

光阴转盼秋防急[3],洗甲银河挽九天[4]。

【注释】

[1]兵戈:兵器。也指战争。

[2]阵云:战云。唐高适《燕歌行》诗:"杀气三时作阵云,寒声一夜传刁斗。"

[3]秋防:即防秋。古代西北各游牧部落,往往趁秋高马肥时南侵,届时边军特加警卫,调兵防守。

[4]洗甲:见孙海《秦安竹枝词》其二九注[3]。九天:见苏履吉《兰州元宵灯市竹枝词》其七注[3]。

其六

箪食壶浆迓国军[1],共看塞上会风云[2]。

及时若得锄非种[3],壮士还家共策勋[4]。

【注释】

[1]箪食壶浆:《孟子·梁惠王上》:"箪食壶浆,以迎王师。"指百姓用箪盛饭,用壶盛汤来欢迎他们爱戴的军队,形容军队受到群众热烈拥护和欢迎的情况。迓:迎接。国军:国民党的中央军。1924年,刘郁芬出任国民军第二师师长,带兵进入甘肃,代理甘肃督办、甘肃国民军总司令、甘肃省主席。

[2]塞上:见戴记《塞上杂咏》注[1]。会风云:即际会风云,或作风云际会。意谓遭逢到好的际遇。会,际会,遇合。旧指贤臣与明主相遇。现比喻遇到得以施展才华的好机会。风云,比喻难得的好机会。《周易·乾·文言》:"云从龙,风从虎,圣人作而万物睹。"唐杜甫《夔府书怀四十韵》:"社稷经纶地,风云际会期。"

[3]锄非种:锄去杂草。比喻铲除异族。非种,杂草。比喻异族。

[4]策勋:把功勋记录在简策上,且定其次第。

消夏竹枝词[1]

其一

狂风猛雨狭天骄[2],镇日难将世虑消[3]。

著到残棋嫌局乱,忍教明月负良宵[4]。

【注释】

[1]此组诗选自《退思堂诗集》卷九。作于1929年。消夏:避暑。

[2]天骄:汉代人称北方匈奴单于为天之骄子,后来称某些北方强盛的民族或其君主。比喻其强盛,好似天所骄纵。

[3]镇日:整日。世虑:俗念。

[4]良宵:指景色美好的夜晚。

其二

连朝铁骑碛中过[1],杀气还如暑气多[2]。

报到清凉山寺里[3],故人暂恋白云窝[4]。

【注释】

[1]铁骑:披挂铁甲的战马。借指精锐的骑兵。碛:沙漠。

[2]暑气:指盛夏的热气。

[3]清凉山寺:指兰州市榆中县兴隆山的寺庙。

[4]自注:"闻德舆因匪警暂寓山寺。"按:德舆,即邓隆,字德舆。见本书邓隆简介。白云窝:在兰州市榆中县兴隆山。

其三

客星喜傍将星来[1],乐叙天伦亦快哉[2]。

造化弄人浑不解[3],忧深饥溺且徘徊[4]。

【注释】

[1]客星:我国古代对新星和彗星的称谓。将星:古人认为帝王将相与天上星宿相应,将星即象征大将的星宿。这里指国民党军队。

[2]乐叙天伦:指家庭骨肉团聚的欢乐。天伦,指父子、兄弟、夫妻等亲属关系。

[3]造化弄人:指命运捉弄人。浑不解:完全不明白。浑,全,整个。

[4]自注:"大儿思忠赴和政放赈,陡闻匪警,随大军回城。"饥溺:比喻生活痛苦。多表示关心人民疾苦。《孟子·离娄下》:"禹思天下有溺者,由己溺之也;稷思天下有饥者,由己饥之也,是以如是其急也。"

其四

自古理财推士类[1]，于今放赈误书生[2]。

还将此意询刘晏[3]，到底如何事竟成[4]？

【注释】

[1]理财：对财务（财产和债务）进行管理，以实现财务的保值、增值。士类：文人、士大夫的总称。

[2]放赈：指发放钱粮赈济难民。

[3]刘晏：字士安，曹州南华（今山东菏泽市东明县）人，唐代经济改革家、理财家。历任吏部尚书、同中书门下平章事、度支使、铸钱使、盐铁使、户部侍郎、京兆尹等官职，封彭城县开国伯。刘晏实施了改革榷盐法、改革漕运和改革常平法等一系列的财政改革措施，为安史之乱后的唐朝经济发展作出了重要的贡献。

[4]自注："悯士人也。"事竟成：事情终究会成功。

其五

福善祸淫天道迩[1]，秋收冬藏耕作忙[2]。

严风烈日都经过[3]，仁月停琴坐晚凉。

【注释】

[1]福善祸淫：谓赐福给为善的人，降祸给作恶的人。《尚书·汤诰》："天道福善祸淫，降灾于夏，以彰厥罪。"天道：指天的运动变化规律。犹天理，天意等。迩：近。《左传·昭公十八年》："天道远，人道迩，非所及也，何以知之？"

[2]秋收冬藏：秋天收割谷物，冬天贮藏粮食。后喻为一年的农事。

[3]严风烈日：比喻艰苦环境下的严峻考验或经受此考验的刚毅节操，也作"严霜烈日"。

其六

树高自昔知风劲[1]，水激于今订石交[2]。

人世波涛何必问，下为营窟上为巢[3]。

【注释】

[1]"书高"句:指高大的树木最能感受到大风的强劲。形容高处不胜寒的处境和心情。

[2]水激:秋瑾曾云:"水激石则鸣,人激志则宏。"指人在艰难困苦中才会激发高远的志向。订石交:结为金石之交。石交,比喻像金石一样牢不可破的交情。《汉书·淮阴侯传》:"今足下虽自以为与汉王为金石交,然终为汉王所擒矣。"

[3]"下为"句:指人们给自己经营藏身或存身之地。《礼记·礼运》:"昔者先王未有宫室,冬则居营窟,夏则居橧巢。"《孟子·滕文公》:"下者为巢,上者为营窟。"橧巢,聚柴薪造的巢形住处。营窟,营造洞穴。

其七

天气阴晴枉费猜[1],为谁欢乐为谁哀。

恋花犹草寻常见[2],却怪临风两面开。

【注释】

[1]枉费猜:徒然地反复猜度。

[2]犹(gē)草:指西北地区的野草。

其八

雷电随风过眼忙,天心连日费平章[1]。

深耕易耨锄非种[2],不测威生六月霜[3]。

【注释】

[1]平章:评处,商酌。汉蔡邕《上封事陈政要七事》:"宜追定八使,纠举非法,更选忠清,平章赏罚。"

[2]深耕易耨(nòu):深耕细做,及时除草。比喻精心耕种。《孟子·梁惠王上》:"王如施仁政于民,省刑罚,薄税敛,深耕易耨,壮者以暇日,修其孝悌忠信。"锄非种:见张建《行役竹枝词》其六注[3]。

[3]六月霜:六月霜雪飞舞,指天气反常。传说战国时邹衍被冤入狱,六月飞雪。后比喻有冤狱、冤情。南朝江淹《诣建平王上书》:"昔者贱臣叩

心,飞霜击于燕地。"

其九

四郊多垒野烟生[1],云自无心水自清[2]。

果是因缘因结果[3],谁云报应不分明[4]。

【注释】

[1]四郊多垒:四郊营垒很多。本指频繁地受到敌军侵犯。形容外敌侵迫,国家多难。《礼记·曲礼上》:"四郊多垒,此卿大夫之辱也。"

[2]无心:舒卷自如。

[3]因缘:佛教指产生结果的直接原因和辅助促成结果的条件或力量。因果:指原因与结果。佛教认为一切法皆是依因果之理而生成或灭坏。

[4]报应:佛教用语。原指做善事得善报,做恶事得恶报,现只用后一个意思。

小庙滩醮会竹枝词[1]

其一

社鼓冬冬正赛神[2],红男绿女踏黄尘[3]。

麦禾一碧浓于染,水泽何如雨泽匀。

【注释】

[1]此组诗选自《退思堂诗集》卷二十七。作于1947年。小庙滩:在今临夏市东郊。醮会:旧时举行的道场。

[2]社鼓:见汪士鋐《岷州竹枝词》其三注[1]。

[3]黄尘:比喻俗世、尘世。

其二

荷锸成云共掘渠[1],养苗不亚养池鱼。

社神应鉴农民苦,莫使狂风起太虚[2]。

【注释】

[1]锸:古代一种掘土用的工具。

[2]太虚:指天、天空。

其三

　　酒肆茶寮饭馆齐[1],游人醉饱夕阳西。

　　独怜灰穗难除尽[2],老妇沿塍审嫩稊[3]。

【注释】

　　[1]茶寮(liáo):寺中品茶小斋。

　　[2]灰穗:指小麦生病以后麦穗变黑,即小麦赤霉病。

　　[3]塍(chéng):田间的土埂子。嫩稊(tí):稗子一类的草,草木初生的嫩芽。

其四

　　困人长日直如年,生意虽多不赚钱。

　　岂但金融波动甚[1],北郊每每旱原田。

【注释】

　　[1]金融波动甚:指当时货币贬值,物价飞涨。

其五

　　四野农歌遍陌头[1],几多思妇惹闲愁。

　　金钱暗掷虔心卜[2],为问藁砧归也不[3]。

【注释】

　　[1]陌头:指田间小路。

　　[2]"金钱"句:指用铜钱占卜事情。虔心,虔诚。卜,占卜。

　　[3]藁(gǎo)砧:见王树枬《甘州道中九首》其八注[4]。

其六

　　多情更有女夭娇[1],相遇令人意也消[2]。

　　临去秋波曾一转[3],深情无限笔难描。

【注释】

　　[1]夭娇:屈曲貌。这里指女子姿态美好。

[2]令人意也消:让人的虚妄想法消失。《庄子·田子方》:"物无道,正容以悟之,使人之意也消。"清沈复《浮生六记》:"其形削肩长项,瘦不露骨,眉弯目秀,顾盼神飞,唯两齿微露;似非佳相,一种缠绵之态,令人之意也消。"

[3]秋波:秋天的水波。比喻美女的眼睛或眼神。

其七

好鸟枝头相对鸣,关关雅韵最关情[1]。

二南王化如今杳[2],莫漫怀春作目成[3]。

【注释】

[1]关关:鸟鸣声。《诗·周南·关雎》:"关关雎鸠,在河之洲。"毛传:"关关,和声也。"

[2]二南:指《诗经》中的《周南》《召南》。王化:天子的教化。《诗大序》:"《周南》《召南》,正始之道,王化之基。"

[3]怀春:指少女爱慕异性。《诗·召南·野有死麕》:"有女怀春,吉士诱之。"目成:通过眉目传情来结成亲好。《楚辞·九歌·少司命》:"满堂兮美人,忽独与余兮目成。"朱熹集注:"言美人并会,盈满于堂,而司命独与我睨而相视,以成亲好。"

其八

英雄老去不宜时[1],忍学青年唱竹枝[2]。

言外包含惩劝意[3],缠绵悱恻写新词[4]。

【注释】

[1]不宜时:不合时宜。

[2]忍学:岂忍学的意思。竹枝:竹枝词。

[3]惩劝:惩罚邪恶,劝勉向善。《左传·成公十四年》:"《春秋》之称微而显,志而晦……惩恶而劝善。非圣人谁能修之?"唐刘知几《史通·忤时》:"《春秋》之义也,以惩恶劝善为先。"

[4]缠绵悱恻:形容内心悲苦难以排遣。缠绵,情思纠缠不已。悱恻,

心情悲苦。晋潘岳《寡妇赋》:"思缠绵以瞀乱兮,心摧伤以怆恻。"

其九

懒逐歌场与酒场,舜琴一曲继陶唐[1]。

四郊无垒万民乐[2],我亦逍遥增健康。

【注释】

[1]舜琴:指五弦琴。相传为舜为创,故云。《礼记·乐记》:"昔者舜作五弦之琴,以歌《南风》。"陶唐:指尧帝。姓伊祁,号放勋,因为他的封地在陶和唐,故称陶唐。

[2]无垒:不设营垒。谓太平无事。南朝梁庾肩吾《为武陵王谢拜仪同章》:"今者四郊无垒,天下同文。"

其一〇

每怀游子辄牵心[1],写罢新诗得好音[2]。

料得听残番女唱[3],大家沉醉卧松林。

【注释】

[1]游子:离家在外或久居外乡的人。牵心:心中牵挂。

[2]好音:好消息。

[3]料得:预测到,估计到。听残:听罢。番女:指少数民族妇女。

王　烜

王烜(1878—1959),字著明,一字竹民。甘肃皋兰(今兰州市)人。光绪三十年(1904)进士,授户部主事。曾任甘肃省公署秘书长、政务厅长。中华人民共和国成立以后任甘肃省文史馆副馆长。著有《存庐诗文集》,辑有《皋兰明儒遗文集》《甘肃历代文献录》等。今人编有《王烜诗文集》。

杨柳词[1]

幽怨谁家弄玉箫,柳梢青曲唱魂销。

无情惟有章台柳[2],舞尽春风一搦腰[3]。

【注释】

[1]王烜诗均选自《王烜诗文校释》。此诗作于1910年。杨柳词:见杨鸾《凉州柳枝词》其一注[1]。

[2]章台柳:唐韩翃有姬柳氏,以艳丽称。韩获选上第归家省亲,柳居长安,安史乱起,出家为尼。后韩为平卢节度使侯希逸书记,使人寄柳诗曰:"章台柳,章台柳,昔日青青今在否? 纵使长条似旧垂,亦应攀折他人手。"柳氏后为蕃将沙吒利所劫,侯希逸部将许俊以计夺还归韩。见唐许尧佐《柳氏传》。后以"章台柳"形容窈窕美丽的女子。

[3]一搦(nuò):一把。形容纤细。搦,握,持,拿。唐李百药《少年行》:"千金笑里面,一搦掌中腰。"

兰州竹枝词[1]

好雨新开十日晴,家家换著布衫轻。

牡丹花朵萝葡把[2],四月兰州晓市声[3]。

【注释】

[1]此诗作于1913年。

[2]萝葡:即萝卜。属于十字花科萝卜属,块茎可食用。

[3]晓市:即早市,指专在清晨做买卖的市场。

阿阳即事[1]

其一

无端作宰到阿阳,父老相逢美故乡[2]。

国计民生丁创巨[3],戴星出入亦何妨[4]。

【注释】

[1]自注:"静宁古名阿阳,余时权邑篆。"此组诗作于1913年,诗人时任静宁县长。

[2]父老:老年人的尊称。《史记·冯唐列传》:"文帝辇过,问唐曰:

'父老何自为郎？家安在？'"唐司马贞《索隐》引颜师古曰："年老矣，乃自为郎，怪之也。"

[3]丁创：遭遇创伤。

[4]戴星：顶着星星。喻早出或晚归。

其二

前贤政绩百年来[1]，丁令重归化鹤猜[2]。

遐想胜朝全胜日[3]，民安物阜颂康哉。

【注释】

[1]自注："清乾隆时，知州王公有政绩，与余同名。"按：王烜，字兰坡，浙江钱塘（今杭州市）人。乾隆年间任静宁知州，颇有政声，主持纂修《静宁州志》。

[2]化鹤：谓成仙。后多用以代称死亡。晋陶潜《搜神后记》卷一："丁令威本辽东人，学道于灵虚山，后化鹤归辽。"

[3]胜朝：即胜国。见李殿图《番行杂咏》其一六注[1]。

其三

四围山色拥岩城[1]，绕郭新堤玉带横[2]。

但愿旁流均乐利[3]，晴川千亩课春耕。

【注释】

[1]岩城：即山城。

[2]自注："城外有兴隆渠，久废。前经修复，予莅任督成之。"

[3]乐利：快乐与利益。犹幸福。

其四

却因薪桂问山虞[1]，也似长安不易居[2]。

毕竟小民艰力食，十年树木盍兴诸[3]。

【注释】

[1]薪桂：薪贵于桂。形容柴火昂贵。泛指木柴。山虞：《周礼》地官的属官。掌管山林的政令。

[2]长安不易居:比喻居住在大城市,生活不容易维持。唐张固《幽闲鼓吹》载:"白尚书(白居易)应举,初至京,以诗谒顾著作(顾况),顾睹姓名,熟视白公,曰:'米价方贵,居亦弗易。'乃披卷,首篇曰:'咸阳原上草,一岁一枯荣。野火烧不尽,春风吹又生。'即嗟赏曰:'道得个语,居即易矣。'"

[3]自注:"静邑柴碳甚贵,非速造林,烟火为民累矣。"盍:何不。兴:起来,兴起。

四月八日五泉山浴佛会竹枝词[1]

其一

此日真皆大欢喜[2],红男绿女满南园[3]。

花花界有庄严地[4],个个人来拜世尊[5]。

【注释】

[1]此组诗作于1936年。浴佛会:见叶澧《甘肃竹枝词》其一六注[2]。

[2]皆大欢喜:大家都很满意、很高兴。《金刚经》:"皆大欢喜;信受奉行。"

[3]南园:又称靛园。据说这里曾种植过蓼蓝,正是荀子"青出于蓝而胜于蓝"之蓝。园内有一古刹叫靛园寺,民初改为靛园寺小学,其地址现为兰州四十二中。

[4]花花界:花花世界。指繁华的、吃喝玩乐的地方。也泛指人世间。庄严地:指佛寺。庄严,指端庄而有威严。形容人庄重、严肃、严正。《法苑珠林》卷十三引《菩萨本行经》:"庄严自身,令极殊绝。"

[5]世尊:佛陀十号之一。《四十二章经》:"尔时世尊既成道已,作是思维。"佛无论在世、出世间都尊贵,所以叫"世尊"。别号就叫"三界独尊号"。

其二

盛会开成众妙门[1],珍奇罗列若星繁。

时新萝葡花缨好[2],也向沟沿洗一番。

【注释】

[1]众妙门:《老子》第一章:"无,名天地之始。有,名万物之母。故常无,欲以观其妙;常有,欲以观其徼。此两者同出而异名,同谓之玄。玄之又玄,众妙之门。"玄是深藏一切微妙的门户,是万事万物的根本。这里指佛法。

[2]花缨萝葡:属于十字花科萝卜属。农家优良品种,兰州市普遍种植。萝葡,即萝卜。

其三

姊妹相呼早出城,菜花黄处路平平。

云屯车马沙滩口[1],要上山时且步行[2]。

【注释】

[1]云屯:云之聚集。形容盛多。沙滩口:在兰州市五泉山下。

[2]自注:"时禁车马上山。"

其四

酒馆如林茶社簇,年来新样似京华。

麻萝一五蒜薹肉[1],畴昔朴风犹在么[2]?

【注释】

[1]自注:"曩年山会,游人惯以麻酱拌萝葡一五寸碟、蒜薹肉一碗为食品。今则奢甚,此风杳矣。"蒜薹:大蒜中抽出的花茎,可以食用。

[2]畴昔:往昔,以前。《左传·宣公二年》:"畴昔之羊,子为政;今日之事,我为政。"

其五

一月千潭凉处坐,声声角黍对人哗[1]。

更饶野趣西龙口[2],掬水甜酢不肯赊[3]。

【注释】

[1]角黍:粽子。

[2]西龙口:五泉山中峰两侧为东、西龙口,龙口有瀑布,"五泉飞瀑"为

"兰州八景"之一。

[3]甜醅:西北地区的民间特色小吃之一,用燕麦或青稞发酵制成,具有醇香、清凉、甘甜的特点。

其六

拾级行前气若兰[1],嬉春时女任人看。

近来好是莲盈尺[2],不似弓鞋窄窄难[3]。

【注释】

[1]气若兰:即气若幽兰。形容女子有话将说未说,吐出的气息如同幽兰。三国魏曹植《洛神赋》:"含辞未吐,气若幽兰。华容婀娜,令我忘餐。"

[2]莲盈尺:指妇女的天足。辛亥革命以后,孙中山禁止妇女缠足。

[3]弓鞋:见陈炳奎《金城竹枝词》其三注[4]。

其七

野草如茵傍水源,大家团坐大家蹲。

酒池欲涸肉林倒[1],醉饱归来公领孙[2]。

【注释】

[1]酒池肉林:司马迁《史记·殷本纪》记载殷纣以酒为池,以肉为林,为长夜之饮。原指荒淫腐化、极端奢侈的生活,后也形容酒肉极多。

[2]公领孙:即老爷爷(公)带领小孙子。

其八

山光雨后尚氤氲[1],都说平添喜十分。

游女却妨泥路滑,小心莫污石榴裙。

【注释】

[1]氤氲:云烟弥漫貌。

其九

招摇处处挂星旗[1],百戏杂陈乱吼狮[2]。

更有闹欢欢会客[3],长吟添个鼓儿词[4]。

【注释】

[1]星旗:民国初年的陆军旗,由十八小星环绕中央一星。也形容旗帜如众星之多。

[2]百戏:见金人望《竹枝词十六首》其一五注[1]。

[3]闰欢:指刘尔炘、邓隆、王烜跟一些友人倡建的闰欢诗社。据王烜《存庐诗话》载:"民初乙卯丙辰间,刘果斋先生创闰欢雅集,即诗社也。"

[4]鼓儿词:见祁韵士《河西竹枝词》其五注[2]。

竹枝词[1]

其一

首若飞蓬乱象多[2],捉襟见肘夸穷何[3]?

年来都说防空惯,盈尺莲船好涉波[4]。

【注释】

[1]此组诗作于1946年。

[2]首若飞蓬:指头发未经梳理,像飞散的蓬草一样乱。《诗·卫风·伯兮》:"自伯之东,首如飞蓬。岂无膏沐,谁适为容。"这里指新式妇女不梳发髻,烫发的样子。

[3]捉襟见肘:拉一下衣襟,胳膊肘就露了出来。《庄子·让王》:"曾子居卫……十年不制衣,正冠而缨绝,捉衿而肘见。"形容衣服破烂,生活穷困。这里指新式妇女穿的衣服袖子比较短。

[4]莲船:见刘士猷《西路竹枝词二十首》其六注[3]。

其二

姊妹相携未算奇,相携好友是男儿。

飙车一发乘风去[1],君问归期未有期[2]。

【注释】

[1]飙车:开得飞快的车。这里指汽车。

[2]"君问"句:唐李商隐《夜雨寄北》:"君问归期未有期,巴山夜雨涨

秋池。"这里讽刺新式男女爱情的自由奔放。

其三

疑是人来响屟廊[1]，轻盈得意自扬扬。

高跟进步新花样，也似弓鞋羡窈娘[2]。

【注释】

[1]响屟廊：春秋时吴王宫中的廊名。相传以梓板铺地，让西施穿屟走过时发出声响，故名。故址在今江苏省苏州市西灵岩山。这里指新式妇女穿高跟鞋走路的声音。

[2]弓鞋：见陈炳奎《金城竹枝词》其三注[4]。窈娘：这里指宵娘。五代南唐李后主宫嫔，后主作六尺金莲，命宵娘以帛缠足，舞莲花中。

其四

文明婚礼不寻常，宾客两家聚一堂。

错怪卓君新寡后，求凰犹著素衣裳[1]。

【注释】

[1]"错怪"两句：这里讽刺新式婚礼穿的白色婚纱，好像守孝的寡妇所穿衣服一样。卓君，即卓文君，见郝璧《皋兰竹枝词三十首》其一〇注[4]。

其五

南朝金粉竟西来[1]，一点樱唇笑口开。

纵有鹅黄鬈鬈发，奈何碧眼费人猜[2]。

【注释】

[1]南朝：我国南北朝时期，据有江南地区的宋、齐、梁、陈四朝的总称。金粉：妇女妆饰用的铅粉，常用以形容豪奢柔靡的生活。

[2]"纵有"两句：这里讽刺很多新式妇女学外国人烫头发，把眼睛也描画绿了，不知道是外国人还是中国人。鬈鬈（quán），形容头发弯曲。这里指新式妇女的烫发。

其六

摩登毕竟谁摩登[1]？相诮相嬉意态矜[2]。

漫说髡头婆子少[3]，也须善女作高僧。

【注释】

[1]摩登：佛教用语，即摩登伽，为古印度首陀罗种姓（奴隶阶级）的年轻女子之名，在《楞严经》、巴利文经典和大正藏第十四卷的《佛说摩登女经》均有记载。19世纪20年代末期，因与英语 modern 读音相近，拥有"现代""时髦""时尚"之意。

[2]相诮：相互嘲讽。

[3]髡（kūn）头婆子：指尼姑。髡头，剃去头发。

其七

手之舞之足之蹈[1]，大家联臂齐欢笑[2]。

电灯光明华堂照[3]，鸾兮凤兮都颠倒[4]。

【注释】

[1]"手之"句：指手臂和双足皆在挥舞跳动的样子。形容情绪高涨到极点。《毛诗序》："情动于中而形于言。言之不足，故嗟叹之；嗟叹之不足，故永歌之；永歌之不足，不知手之舞之，足之蹈之也。"

[2]联臂：也作"连臂"。互相挽臂。比喻相偕。北魏胡太后与杨白花发生私情后，杨白花惧祸，逃奔南方梁朝，改名杨华。《梁书·王神会传》："胡太后追思之不能已，为作《杨白华》歌辞，使宫人昼夜连臂踏足歌之，辞其凄惋。"这里讽刺新式男女跳的西方交谊舞，互相搂抱在一起。

[3]电灯：见杨巨川《光复纪念会竹枝词》其三注[2]。

[4]"鸾兮"句：即颠鸾倒凤，出自元王实甫《西厢记》第二本第二折。比喻颠倒次序，世事失常，也比喻男女交欢。

杂诗十二首[1]

其一

河清罢颂几经秋[2]？又见降旗出石头[3]。

三十八年春已老[4]，偏安未得乱离愁。

【注释】

[1]此组诗作于1949年兰州解放之时。

[2]河清:古人认为圣人出则黄河水清,预示天下太平。《左传·襄公八年》:"子驷曰:《周诗》有之曰:'俟河之清,人寿几何?'"晋王嘉《拾遗记·高辛》:"又有丹丘千年一烧,黄河千年一清,至圣之君,以为大瑞。"后因以"黄河千年一清"指圣君在世的升平之瑞或喻时机难遇。这里指抗日战争胜利,天下太平了几年。

[3]降旗出石头:1949年4月23日,中国人民解放军解放南京,国民党政府失败。唐刘禹锡《西塞山怀古》:"千寻铁锁沉江底,一片降幡出石头。"石头,石头城,即南京。

[4]三十八年:指国民党在大陆统治了三十八年(1912—1949)。

其二

五羊城堕问神仙[1]，天道难知却好还[2]。

零落黄华飞赤羽[3]，珠江烟月总无边[4]。

【注释】

[1]五羊城:广州的别名。相传古代有五仙人乘五色羊执六穗秬而至此,故称。中国人民解放军攻占南京后,国民党代总统李宗仁先后退到桂林、广州,继续组织国民党军队进行顽抗,后被解放军打败。

[2]天道好还:旧指天可主持公道,善恶终有报应。《老子》:"以道佐人主者,不以兵强天下,其事好还。"这里指国民党倚仗军事实力倒行逆施,最后终于失败。

[3]黄华:即黄花,菊花。赤羽:赤色羽毛。赤色旗帜。这里指中国人

民解放军的红旗。

[4]珠江:又名粤江。珠江原指广州到入海口 96 千米长的一段水道,因为它流经著名的海珠岛(石)而得名,后来逐渐成为西江、东江、北江以及珠江三角洲上各条河流的总称。珠江发源于云贵高原乌蒙山系马雄山,流经中国中西部六省区及越南北部,在下游从八个入海口注入南海。

<h3 style="text-align:center">其三</h3>

嫖姚一去不知年[1],塞外勋名塞内传。
今日兰山竟鏖战[2],虫沙猿鹤万千千[3]。

【注释】

[1]嫖姚:霍去病。见赵时春《河西歌》其三注[4]。

[2]"今日"句:指中国人民解放军解放兰州的战役。1949 年 8 月 25 日,彭德怀指挥中国人民解放军第一野战军对马步芳盘踞的兰州城发动总攻,经过一昼夜的艰苦战斗,兰州解放。此次战役彻底摧毁了以马步芳军事集团为核心的国民党军西北战略防御体系,使西北其他反动军队完全陷入分散、孤立的境地,打通了进军青海、宁夏和河西走廊的门户,为新疆乃至整个西北地区的解放铺平了道路。

[3]"虫沙"句:这里指战争中死亡的士兵众多。虫沙、猿鹤,见王树枏《安西道中十四首》其六注[3]。

<h3 style="text-align:center">其四</h3>

晴天霹雳乍鸣弹[1],石破天惊七日间[2]。
神话金城无恙在[3],一朝巷战便相安[4]。

【注释】

[1]"晴天"句:指战斗中的炮火声。

[2]石破天惊:唐李贺《李凭箜篌引》:"女娲炼石补天处,石破天惊逗秋雨。"原指箜篌弹奏出来的声音高亢激越,惊天动地,后用以指使人震惊之意。七日间:兰州战役从 1949 年 8 月 21 日开始外围首攻,到 8 月 26 日胜利结束,共七天。

[3]"神话"句:指马步芳、马继援父子认为兰州城北临黄河,南靠群山,地势险要,易守难攻,并有多年修筑的防备工事,可以说是"金城汤池",幻想在兰州打败人民解放军,可是他们的希望很快化为泡影。

[4]"一朝"句:经过一天一夜的恶战,解放军打败了沈家岭、窦家山、营盘岭、狗娃山、古城岭等兰州外围国民党守军,8 月 26 日凌晨,解放军占领中山铁桥,向兰州城内的国民党残部发起进攻,马家军狼狈窜往西宁。

其五

灯残漏尽夜云低^[1],宝马香车到海西^[2]。

莫向玉关怨杨柳^[3],陇头月色晓烟迷^[4]。

【注释】

[1]灯残漏尽:指深夜。漏,古代滴水计时的工具。

[2]"宝马"句:指兰州解放以后,马步芳、马继援父子带着搜刮来的金银财宝逃到了青海。宝马香车,珍贵的宝马,华丽的车子。指考究的车骑。海西,指青海。

[3]"莫向"句:这里反用唐王之涣《凉州词》"羌笛何须怨杨柳,春风不度玉门关"之意。

[4]陇头:见李复《竹枝词十首》其七注[1]。

其六

从来地利让人和^[1],三峡猿啼士枕戈^[2]。

谁道将军天上下^[3]?输他艾艾绲幽何^[4]。

【注释】

[1]"从来"句:《孟子·公孙丑下》:"天时不如地利,地利不如人和。"原指有利于作战的地理形势,比不上作战中士兵的人心所向、上下团结。这里指国民党的腐败统治已经失去民心,即使有地势险要的兰州城也无济于事。

[2]三峡猿啼:《水经·江水注》:"巴东三峡巫峡长,猿鸣三声泪沾裳。"这里指兰州一带老百姓的悲苦生活。三峡,这里指黄河上游炳灵峡、

刘家峡、盐锅峡三大峡谷。枕戈:见铁保《塞上曲四首歌》其二注[3]。

[3]将军天上下:北周庾信《同卢记室从军》:"《河图》论阵气,《金匮》辨星文。地中鸣鼓角,天上下将军。"谓用兵神奇。将军,指彭德怀将军(1898—1974),原名彭得华,湖南湘潭人。1922年考入湖南陆军军官讲武堂。参加了北伐战争。1928年加入中国共产党,同年参加领导平江起义。历任中国工农红军第五军军长、第三军团总指挥、八路军副总指挥、第十八集团军副总司令、西北野战军司令员、中国人民解放军副总司令、中央人民政府革命军事委员会副主席、中国人民志愿军司令员兼政治委员、中华人民共和国国务院副总理兼国防部长。1955年被授予元帅军衔。

[4]艾艾:三国时魏国名将邓艾口吃,与人相言常常结巴。《世说新语》载:"邓艾口吃,语称'艾艾'。晋文王戏曰:'卿云艾艾,定是几艾?'对曰:'凤兮凤兮,故是一凤。'"縋幽:缘绳下坠于幽深之处。传说邓艾伐蜀之时,沿着阴平古道人迹罕至的小路绕过蜀军防守的剑门关,从摩天岭攀缘而下,奇袭涪县、绵竹等地,直逼成都,最终彻底瓦解了蜀军的防线,消灭了蜀汉集团。清魏源《天台纪游》之二:"縋幽阴平师,凿险吕梁斧。"

其七

笑他黑白淆残棋[1],天下为公只自欺[2]。

日暮途穷奈何唤[3],路旁差树党人碑[4]。

【注释】

[1]"笑他"句:指马家军统治时混淆黑白,经常钩心斗角,即使在解放军大兵压境之时,依然明争暗斗,最终一败涂地。

[2]天下为公:《礼记·礼运》:"大道之行也,天下为公。"原指不把君位当作一家的私有物。1924年,孙中山在《三民主义》中提出:"真正的三民主义,就是孔子所希望之大同世界。"他一直提倡"天下为公"。后来国民党也将"天下为公"作为欺骗世人的招牌。

[3]日暮途穷:原指太阳落山了,路也到头了。比喻计穷力尽,已到了没落灭亡的阶段。

[4]党人碑:宋徽宗崇宁元年间,蔡京拜相后,为打击政敌,将司马光以下共309人之所谓罪行刻碑为记,立于端礼门,称为"党人碑"。

其八

已是黄杨偏厄闰[1],剧怜大树易招风[2]。

劝君收拾残编起[3],莫惹人称问字雄[4]。

【注释】

[1]黄杨厄闰:旧说谓黄杨遇闰年不长,因以"厄闰"喻指境遇艰难。

[2]大树招风:树木太高大,容易招致大风的袭击。比喻人的名声大、地位高往往容易惹人注意或遭到反对,招致祸患。

[3]残编:残缺不全的书。

[4]问字雄:指扬雄,字子云,西汉蜀郡成都人。少好学,长于辞赋,多仿司马相如。成帝时以大司马王音荐,拜为郎。王莽时为大夫,校书天禄阁。以事被株连,投阁自杀,几死。雄博通群籍,多识古文奇字。著有《太玄》《法言》等。

其九

起陆龙蛇西蜀先[1],杀机谁发责归天[2]?

试寻四十春秋纪[3],毕竟何人义战宣[4]。

【注释】

[1]起陆龙蛇:《阴符经》:"天发杀机,移星易宿。地发杀机,龙蛇起陆。人发杀机,天地反覆。"意谓上天如果有杀伐之心,星宿就会移位;地如果有杀伐之心,便有龙蛇飞腾;世人如果有杀伐之心,便会导致天翻地覆。这里指战争。西蜀先:指中国古代的战争经常先从西蜀(四川)开始。古语有"天下未乱蜀先乱,天下已治蜀未治"。旧指四川地势险要,易守难攻,自古以来叛乱较多。

[2]杀机:杀害的念头、动机。这里指战争的动机。责归天:将责任归之上天。

[3]四十春秋纪:指国民党在大陆大约统治了四十年。

[4]义战:为正义而发动的战争。《孟子·尽心下》:"春秋无义战,彼善于此则有之矣,征者上伐下也,敌国不相征也。"

其一〇

素行患难莫须疑[1],未了人生儿女痴[2]。

但得三年婚嫁毕[3],天荒地老大归期[4]。

【注释】

[1]素行:平素之品行。《礼记·中庸》:"君子素其位而行。"后因谓按现在所处的地位行事。也指高尚纯洁的品行。

[2]儿女痴:儿女尚幼或者平庸。

[3]婚嫁毕:儿女都结婚成家。

[4]天荒地老:指历时久远。唐李贺《致酒行》:"吾闻马周昔作新丰客,天荒地老无人识。"归期:归来的日期。谓晚年。

其一一

憧憧来往朋从思[1],廿载谈禅落见知[2]。

养性存心儒者事[3],空言面壁是吾师[4]。

【注释】

[1]"憧憧"句:《易经·咸卦》:"憧憧往来,朋从尔思。"意谓频繁的交际和沟通,朋友就会认同你的想法。憧憧,形容往来不定或摇曳不定的样子。

[2]谈禅:谈说佛教教义。见知:见而知之。指同时代的事,以别于后代对前代事的"闻而知之"。宋释祖珍《偈三十五首》其二一:"若言相见交肩过,未免依前落见知。"

[3]养性存心:保存赤子之心,修养善良之性。旧时儒家宣扬的修养方法。

[4]面壁:佛教指脸对着墙静坐默念。相传达摩祖师在嵩山西麓五乳峰的一孔天然石洞中面壁九年,离开石洞的时候,坐禅对面的那块石头上,竟留下了他面壁姿态的形象。人们把这块石头称为"达摩面壁影石"。也

指对事情不介意或无所用心。

其一二

沧桑身世易蹉跎[1]，误我平生绮梦多[2]。

安得一朝尘网破[3]，天无云障水无波[4]。

【注释】

[1]沧桑：见陈钟秀《元夕》其二注[3]。蹉跎：指虚度光阴，任由时光流逝却毫无作为。

[2]绮梦：绮丽的梦，即美梦。

[3]尘网：旧谓人在世间受到种种束缚。晋陶潜《归园田居》："误落尘网中，一去三十年。"

[4]"天无"句：意谓生活安宁幸福。

陈嘉谟

陈嘉谟（1878—1960），字訏川，甘肃省临夏回族自治州永靖县人。光绪二十四年（1898）庠生。

刘家峡十景[1]

笔架秀峰[2]

三峰耸立伏乡村，显出俨然笔架形[3]。

真是天造地设景[4]，国内罕觏此形胜[5]。

【注释】

[1]此组诗选自《河州古诗校评·萃玉集》。此组诗名为十咏，实为11首。刘家峡：在甘肃省临夏回族自治州永靖县境内。位于黄河上游，为古代丝绸之路的要道，有著名的炳灵寺。1974年，刘家峡建成具有发电、防洪、灌溉、养殖、航运等功能的综合性水利枢纽工程。

[2]笔架山：在甘肃省临夏回族自治州永靖县。其山顶如一笔架，

故名。

[3]俨然:形容特别像。

[4]天造地设:意谓自然形成,合乎理想,不必再加工。

[5]罕觏(gòu):难以相见,不多见。觏,遇见。形胜:谓地理位置优越,地势险要。或谓山川壮美。

龟砚奇石[1]

石显龟像河水中,细看面积如砚平。

峡口塞坐三川屏,高出水面衒奇形[2]。

【注释】

[1]龟砚奇石:在刘家峡黄河中,石头像乌龟形,背平如砚台。

[2]衒:同炫。夸耀。

万家烟锁[1]

山下俨有万人家[2],上锁碧烟一色佳。

彼此不分均盖护,齐物好似庄南华[3]。

【注释】

[1]万家烟锁:指刘家峡一带雾气弥漫,笼罩万家。

[2]俨:整齐。

[3]齐物:春秋、战国时老庄学派的一种哲学思想。认为宇宙间一切事物,如生死寿夭,是非得失,物我有无,都应当同等看待。这一思想,集中反映在庄周的《齐物论》中。庄南华:见程德润《若己有园十六景·芥坳》注[4]。

仙人独坐[1]

此上独处一望中,特殊玄妙如坐形[2]。

仙人光色仙人像,添描一掌赛华峰[3]。

【注释】

[1]仙人独坐:刘家峡的一处景观,山石像仙人的坐姿,故称。

[2]玄妙:复杂深奥,难以捉摸。

[3]华峰:指西岳华山的仙人掌,又称仙掌,在陕西华阴县南华山之

东峰。

双峰夕照[1]

放宽眼界望双峰,下面还听水有声。

后来看到最高处,夕阳独照光显明。

【注释】

[1]双峰夕照:指刘家峡黄河边两座山峰。夕阳西下的时候,山峰倒映在黄河中,极为美丽。

灰台雪月[1]

展步升到高处来,望见对面一奇台。

雪花描写灰石美,绝胜夜景月点开。

【注释】

[1]灰台雪月:在刘家峡的山上,岩石呈灰白色。冬天有积雪时,月光照射其上,色彩斑斓。

空谷鸟语

谷无别物彻底空,惟有野鸟频发声。

清晨听时悦人性[1],这般佳曲助卫生[2]。

【注释】

[1]悦人性:让人心情愉悦。

[2]卫生:指能预防疾病。

岭亩农歌

岭上有农照耒耕[1],喜见亩中雨泽深。

丰年有兆才自信,乐歌声扬远惊人。

【注释】

[1]耒耕:指农业劳动。耒,古代一种翻土农具。泛指农具。

兴浪充峡[1]

充峡起来波浪翻,高低几叠势凛然[2]。

无情镇静水上客,轰轰如雷声动天。

【注释】

[1]兴浪充峡:刘家峡一带山高谷深,黄河水流湍急,浪花飞溅,形成"兴浪充峡"的奇景。

[2]凛然:严肃,形容令人敬畏的神态。

石口洮河[1]

洮水薄河忙奔流[2],滔滔形将充峡周。

再藉上游催浪急,向东朝海势难留[3]。

【注释】

[1]石口洮河:洮河在刘家峡上游附近注入黄河。洮河,见吕柟《岷州曲》注[2]。

[2]薄:迫近,靠近。

[3]向东朝海:黄河一直向东流,最后注入渤海。

黄流一曲[1]

河从积石直东流[2],经峡过半猛回头。

俨然端向东西走[2],转朝东海潮悠悠。

【注释】

[1]黄流一曲:黄河流经刘家峡时,形成一个自然的弯曲,为黄河九曲之一。

[2]积石:山名。见祁韵士《西陲竹枝词·黑水》注[4]。

[3]俨然:形容庄重严肃。

于右任

于右任(1879—1964),原名伯循,字骚心,号髯翁,晚号太平老人,曾用名刘学裕、原春雨等,陕西三原人。清光绪二十九年(1903)举人。早期同盟会成员,辛亥革命前在上海创办《民立报》等鼓吹革命。参与创办复旦公学、上海大学。1912年南京临时政府成立,任交通部次长。1924年孙中山改组国民党,于右任支持国共合作。后任陕西省政府主席、监察院院长等职。著有《标准草书》《右任诗存》《右任文存》等。今人辑有《于右任诗词曲全集》。

敦煌纪事诗八首[1]

其一

仆仆髯翁说此行[2],西陲重镇一名城。

更为文物千年计[3],草圣家山石窟经[4]。

【注释】

[1]此组诗选自《于右任诗词曲全集》。作于1941年。刘凤翰《于右任年谱》记载:"(1941)10月2日,先生去西北考察,抵西安,即转往敦煌参观千佛洞之壁画。5日,为中秋节,先生到莫高窟,遇到在那儿临摹千佛洞壁画的张大千。当晚,在窟前张氏寓中作中秋……席间,谈到敦煌文物历年来受到外人的劫夺,皆异常悲愤。先生有《敦煌纪事诗八首》,以纪此行经过与感触。"

[2]仆仆:犹风尘仆仆,形容旅途劳累的样子。髯翁:作者自称。

[3]文物:见叶映榴《过皋兰八绝句》其四注[2]。

[4]自注:"张芝、索靖皆敦煌人。"按:张芝,见张澍《闲居杂咏》其五注[3]。索靖(239—303),字幼安,敦煌龙勒人。西晋书法家。拜驸马都尉、酒泉郡太守。石窟经:指莫高窟藏经洞所出敦煌遗书。1900年农历五月二十五日夜间,莫高窟道士王圆箓无意间打开了暗藏的石室,即后来称为藏经洞者(今莫高窟第17窟),内藏古写本、印本文献三万多卷及画卷数百幅,时代跨度为西晋至北宋八百多年,内容涉及古代政治、经济、历史、地理、宗教、文学、语言、书法、绘画、天文、医学、农业、水利以及古代民族语言文字等,不少是传世文献所未见的,为诸多学科增加一大批新鲜资料,价值十分珍贵。这部分文献后来被称为敦煌遗书,同甲骨文、汉简、故宫满文旧档一起,并称为我国近代四大文化发现。

其二

立马沙山一泫然[1]，执戈能复似当年[2]？

月牙泉上今宵月[3]，独为愁人分外圆。

【注释】

[1]自注："鸣沙山在敦煌县城南，望之作灰白色，实则积五色细沙而成。高约五六丈，层叠绵延数十里。人自其中峰上滑下至山腰则鸣，昔人以八音谐奏比之。以余所闻，正如结队飞机临空之声。"泫然：伤感而流泪。

[2]执戈：拿着戈矛，此借指戎马生活。作者早年曾是讨袁靖国和北伐的将领，巡视西北时年已花甲，而正值抗日战争时期，故有此感触。

[3]自注："月牙泉在鸣沙山中，作新月形，传为汉时产天马之洼池，宽广约十馀，泉水澄碧，游鱼往返，而五六鸥鸟回翔其上，其自然奇设也。"

其三

敦煌文物散全球[1]，画塑精奇美并收。

同拂残龛同赞赏，莫高窟下作中秋[2]。

【注释】

[1]"敦煌"句：自藏经洞发现以后，敦煌文物、遗书相继被英国斯坦因、法国伯希和、日本吉川小一郎和桔瑞超、俄国鄂登堡、美国华尔纳等人盗走不少，故谓。

[2]自注："莫高窟所在地为唐时莫高乡，因以得名。是日在窟前张大千寓中作中秋，同到者高一涵、马云章、卫聚贤、曹汉章、孙宗慰、张庚由、张石轩、张公亮、任子宜、李祥麟、王会文、南景星、张星智等。"

其四

《月仪》墨迹瞻残字，西夏遗文见草书[1]。

踏破沙场君莫笑[2]，白头才到一踌躇。

【注释】

[1]自注："见《月仪》墨迹四五字及西夏草书数纸。"按：敦煌遗书有《十二月仪》，但作者所见四五字当索靖传世的《月仪帖》手迹残片。其文

曰:"山谷路限,不能翻飞,登彼崇邱,延伫莫及,不胜眷然之感!"西夏文:又名河西字、番文、唐古特文,是记录西夏党项族语言的文字。属表意体系,汉藏语系的羌语支。西夏人的语言已失传,跟现代的羌语和木雅语关系最密切。西夏景宗李元昊正式称帝前的大庆元年,命大臣野利仁荣创制。《宋史·夏国传》称:"元昊自制蕃书,命野利仁荣演绎之,成书十二卷。"西夏文字体方整,结构仿汉字,西夏广运三年(1036)颁行。西夏管辖敦煌时期,用于书写表奏、官私文书等。

[2]沙场:见沈峻《东行途中即事》其五注[2]。

其五

画壁三百八十洞[1],时代北朝唐宋元。

醰醰民族文艺海[2],我欲携汝还中原。

【注释】

[1]三百八十洞:莫高窟经陆续发掘和登录,现在有壁画和塑像的洞窟达492个。

[2]醰醰(tán tán):韵味醇厚。

其六

斯氏伯氏去多时[1],东窟西窟亦可悲[2]。

敦煌学已名天下[3],中国学人知不知?

【注释】

[1]自注:"斯氏,斯坦因。伯氏,伯希和。"按:斯坦因,即马尔克·奥莱尔·斯坦因,文献中亦见"司代诺""司坦囊"等称呼。匈牙利籍犹太人,1904年入英国籍。曾在1900—1931年期间四次进行中亚探险,重点是中国的新疆和甘肃。斯坦因曾用欺骗手段获得很多敦煌遗书。所获敦煌出土文物和文献主要入藏在伦敦的大英博物馆、英国图书馆、印度事务部图书馆及印度国立博物馆。伯希和,即保罗·伯希和,法国汉学家、探险家。伯希和曾于1906—1908年在中国甘肃、新疆一带考察,从敦煌莫高窟劫走六千馀种文书。

[2]自注:"东窟,榆林窟;西窟,西千佛洞。"按:榆林窟,在今瓜州县城东南75千米处,洞窟排列在榆林河谷两岸的砾岩上。隋、唐、五代、宋、西夏、元、清各代均有开凿及绘塑,是敦煌艺术体系的重要组成部分,也是全国重点文物保护单位。西千佛洞,位于敦煌市西南,因隔着鸣沙山在莫高窟以西,故称西千佛洞。始建于北朝晚期,隋、唐、五代、宋初和西夏续加兴修。原有洞窟30馀个,现仅存洞窟19个。窟内所存壁画、塑像与莫高窟同一系统,是敦煌石窟艺术系统的一个分支。

[3]敦煌学:随着1900年敦煌藏经洞的发现,世界各国学者从不同角度对敦煌发现的文物和文献资料进行了广泛的研究,逐渐形成了一门新兴的学科——敦煌学。敦煌学是以敦煌遗书和敦煌石窟建筑、壁画、雕塑艺术,以及与敦煌历史文化有关的其他问题为研究对象的综合性学科。其分支学科目前大体包括:敦煌史地,敦煌考古,敦煌艺术,敦煌宗教,敦煌文学,敦煌语言文字,敦煌文化,敦煌古代科学技术,敦煌文献(文书、简牍),敦煌文物保护等。在20世纪30年代至40年代初,敦煌学在我国尚处于初兴时期,所以诗人发出"中国学人知不知"的警示之语。

其七

丹青多存右相法[1],脉络争看战士拳[2]。

更有某朝某公主,殉国枯坐不知年[3]。

【注释】

[1]自注:"佛像甚似立本画法。阎立本,初唐大臣、杰出画家,工于写真,官拜右相。当时姜恪以战功左相,故有'左相宣威沙漠,右相驰誉丹青'之说。"

[2]自注:"张大千得唐人张君义断手一只,裹以墨迹告身,述其战功,均皆完好。"据说此手干枯如木乃伊,筋络历历可数。

[3]自注:"某亡国公主,据张鸿汀先生云:'系亡元公主坐化洞中。'其遗骸事略均为白俄毁去。"

其八

瓜美梨香十月天[1]，胜游能复续今年？

岩堂壁殿无成毁，手拨寒灰检断篇[2]。

【注释】

[1]自注："敦煌瓜果皆极甘美。《汉书·地理志》'敦煌郡'下师古注曰：'即《春秋左传》所云"允姓之戎居于瓜州"者也。'其地今犹出大瓜，长者狐入瓜中食之，首尾不出。"

[2]"手拨"句：意谓在洞中灰堆里往往可捡到汉简等文物残片。

万佛峡纪行诗四首[1]

其一

激水狂风互作声，高岩入夜倍分明。

三危山下榆林窟[2]，写我高车访画行[3]。

【注释】

[1]此组诗选自《于右任诗词曲全集》。作于1941年，为作者考察敦煌时所作。万佛峡：自注："峡在安西境三危山下，距县城一百四十华里。"万佛峡，即榆林窟的俗称。见于右任《敦煌纪事诗八首》其六注[2]。

[2]三危山：见王苞孙《西陬牧唱词》其四注[9]。

[3]自注："高车，当地牛车，轮大身高，乘之极安稳。"

其二

隋人墨迹唐人画[1]，宋抹元涂复几层[2]。

不解高僧何处去？独留道士守残灯[3]。

【注释】

[1]"隋人"句：指隋唐时期的敦煌壁画，是敦煌莫高窟里面艺术价值最高的壁画。

[2]"宋抹"句：指宋元时期的敦煌壁画，整体艺术水准不如隋唐时期。

[3]自注："万佛峡之榆林窟中千佛寺，现为道士观矣。"

其三

层层佛画多完好，种种遗闻不忍听。

五步内亡两道士，十年前毁一楼经[1]。

【注释】

[1]自注："钟道士，商州人，年八十馀，民国十九年为匪所害，并将藏经毁去。"

其四

红柳萧疏映夕阳[1]，梧桐秋老叶儿黄[2]。

水增丽色如图画，山比髯翁似老苍[3]。

【注释】

[1]红柳：见沈青崖《敦煌即事》其二注[3]。

[2]自注："梧桐似杨树，叶大小不同，土人呼为胡桐，近人称为杨桐。"

[3]"山比"句：祁连山白雪皑皑好像比自己更显苍老。髯翁，于右任有美髯，因号髯翁。

兰州竹枝词[1]

软儿梨[2]

冰天雪地软儿梨，瓜果城中第一奇[3]。

满树红颜人不取，清香偏待化为泥。

【注释】

[1]此组诗辑自《兰州文史资料选辑》第7辑《兰州风物集》。

[2]软儿梨：也叫冻梨、香水梨，为兰州特产。秋收后，色渐黄，质渐软。经冬藏，皮薄如纸，质化为浆，甜而微酸，饮之沁人心脾。有润肺、止咳、降火、清神作用。

[3]瓜果城：兰州俗称瓜果城。

热冬果[1]

北风吹雪花朵朵,一锅梨子一炉火。

如愁中风患伤寒[2],请君试尝热冬果。

【注释】

[1]冬果:指冬果梨,兰州特产。它色泽鲜艳,皮薄肉细,甜酸适度,能长期贮存,畅销国内外市场。热冬果是把冬果梨加热,蒸熟后文火慢熬,使梨肉入口即化,梨皮脱落。

[2]伤寒:分广义伤寒和狭义伤寒。广义伤寒包括中风、伤寒、湿温、热病、温病;狭义伤寒指感受寒邪引起的外感热病。

谢干年

谢干年(1881—?),字绥青,号蓬安,亦作蓬庵,又号石痴、瓯园居士,室名四印庐。江苏常州人。民国初年在甘肃巡按使署任职,后为甘肃高等检察厅书记官、甘肃省政府秘书。著有《四印庐诗集》《蓬庵文存》《瓯园笔记》。

五泉山庙会竹枝词[1]

其一

钟磬声兼嬉笑声[2],三台阁下石头横[3]。

弓鞋恐折扶阿母[4],弹著香肩不肯行。

【注释】

[1]谢干年诗均选自《陇右近代诗钞》。

[2]钟磬:钟和磬。古代礼乐器。

[3]三台阁:见杨巨川《兰垣竹枝词》其四注[3]。

[4]弓鞋:见陈炳奎《金城竹枝词》其三注[4]。

其二

炉烟袅袅扬春旗,柳媚花明日午时。

多少女郎相与戏,肯来莲座拜牟尼[1]。

【注释】

[1]莲座:莲花座,寺院里佛像以莲花为宝座的名称。牟尼:指释迦牟尼佛。见刘尔炘《辛亥杂感三十首》其二九注[1]。

其三

淡黄衫衬紫石榴,笑向傍人说旧游。

小妹初来欢喜地,齐纨障面总含羞[1]。

【注释】

[1]齐纨:齐地出产的白细绢。后亦泛指名贵的丝织品。

其四

龙口西边多丽人[1],湘裙绿映柳条新[2]。

相逢但见嫣然笑,语杂泉声听不真。

【注释】

[1]龙口:指五泉山东、西龙口,这里有瀑布。

[2]湘裙:湘地丝织品制成的女裙。

迎春纪事竹枝词

其一

筑牛祭赛古风存[1],彩斾云旗一色新[2]。

是日万人空巷出,联翩相约看迎春。

【注释】

[1]牛:春牛。旧时打春仪式上所用的土牛。祭赛:祭祀酬神。

[2]彩斾:彩旗。

其二

百戏喧阗竞巧妆[1],骖骆前导兴飞扬[2]。

途逢野老欣相告,今岁芒神不甚忙[3]。

【注释】

[1]百戏:见金人望《竹枝词十六首》其一五注[1]。喧阗:喧哗,热闹。多指车马喧闹声。

[2]骖:古代驾车的马若是三匹或四匹,中间驾辕的马叫服,两旁的马叫骖。一说服左边的马叫"骖",又泛指拉车的马或车马。骆:古代给贵族掌管车马的人。

[3]自注:"俗传芒神不忙,主年岁丰稔。"芒神:即句芒。传为司春之神。后世亦作耕牧之神祀之。

其三

马龙车水走如飞,粉黛轻盈笑语微[1]。

合邑军民齐鼓舞,鬓间插得野花归。

【注释】

[1]粉黛:指白粉和黑粉。后代指年轻貌美的女子。

其四

争迓春牛入县城[1],笙铙两部炮三鸣[2]。

官场故事浑如戏,令尹春官并驾行[3]。

【注释】

[1]争迓:争着迎接。迓,接,迎接。

[2]笙铙:两种乐器。笙,簧管乐器。铙,击乐器。铜制,圆形,中间隆起部分小,正中有孔,每副两片。泛指奏乐唱歌。

[3]令尹:泛称县、府等地方行政长官。春官:旧俗在迎春仪式中扮演导牛者的角色。

邓　隆

邓隆(1884—1938),字德舆,号玉堂,又号睫巢居士。甘肃河州(今临夏回族自治州)人。光绪二十九年(1903)解元,三十年成进士。曾任四川南充知县。辛亥革命后,居兰州,构"拙园"于城区正宁路。先后任夏河县长、省榷运局局长等职。著有《壶庐诗集》《续集》《拙园文存》等。

五泉竹枝词[1]

游车喜路隘,宜缓不宜快。来去人相看,借偿馋眼债[2]。

【注释】

[1]此诗选自《陇右近代诗钞》。五泉:即五泉山。

[2]馋眼:贪慕。

水　梓

水梓(1884—1973),字楚琴,甘肃榆中人。京师政法学堂毕业。历任甘肃省教育厅厅长、西北军政委员会委员、甘肃省政协常委。著有《煦园诗草》。

莫高窟[1]

其一

杨柳千条水一湾,我来胜境叩禅关[2]。

桃源世外知何处[3]?今在雷音古寺间[4]。

【注释】

[1]此组诗辑自魏锦萍、张仲编著《敦煌史事艺文编年》。作于1948年9月,水梓时任甘宁青考铨处处长,陪同国民党西北长官公署张治中来敦煌视察。莫高窟:见王芭孙《西陬牧唱词》其三一注[1]。

[2]禅关:禅门。比喻悟彻佛教教义必须越过的关口。

[3]桃源:桃花源。见马世焘《兰州竹枝词》其八注[4]。

[4]雷音古寺:指敦煌莫高窟的雷音寺。

其二

原来面目已多非,石室宝藏去不归[1]。

历尽沧桑佛法在[2],金光万道映朝晖。

【注释】

[1]"石室"句:指敦煌石室出土的文物流散世界各地。见于右任《敦煌纪事诗八首》其六注[2]。

[2]沧桑:见陈钟秀《元夕》其二注[3]。

其三

五百窟中万象罗[1],骚人墨客吟咏多。

于髯特书大手笔[2],爱读涵庐七古歌[3]。

【注释】

[1]万象:指自然界的一切事物、景象。

[2]于髯:指于右任。见本书于右任简介。

[3]涵庐:指高一涵。见本书高一涵简介。七古歌:指高一涵所作《敦煌石室歌》。

其四

两魏六朝历宋唐[1],灿然满目尽琳琅[2]。

精彩博大超今古,继往开来希发扬。

【注释】

[1]两魏:指南北朝时期的北魏和西魏。六朝:指孙吴、东晋、南朝宋、齐、梁、陈六朝。

[2]琳琅:精美的玉石。比喻美好珍贵的东西。

敦煌道中[1]

安西路转入斜阳[2]，地接三危更茫苍[3]。

行到鸣沙山尽处[4]，花明柳暗入敦煌。

【注释】

[1]此诗辑自《甘肃诗词》2000年第一期。

[2]安西：见沈峻《东行途中即事》其四注[1]。

[3]三危：山名。见王苣孙《西陬牧唱词》其四注[9]。

[4]鸣沙：山名。见王苣孙《西陬牧唱词》其三一注[1]。

渥洼池[1]

异境久闻渥洼泉，轻车快马互争先。

月牙千古一湾水[2]，妙造鸣沙出自然[3]。

【注释】

[1]此诗辑自李世成编《鸣沙山月牙泉古诗词赏析》。渥洼池：见宋弼《西行杂咏》其四三注[1]。

[2]月牙：即月牙泉。见福庆《异域竹枝词》其七注[1]。

[3]鸣沙：山名。见王苣孙《西陬牧唱词》其三一注[1]。

高一涵

高一涵(1885—1967)，字象山，安徽六安人。毕业于日本明治大学法政系。历任北京大学、武汉中山大学教授，革命军总政治部编集局长、甘宁青观察使。中华人民共和国成立后，任全国政协二、三、四届委员，民盟中央委员。著有《欧洲政治思想史》《政治学纲要》《中国御史制度的沿革》《金城集》等。

边行杂咏[1]

三十年六月,与甘肃省政府赵委员龙文、第一行政督察区胡专员公冕等参加藏盟黑错行政会议[2],自兰州取道洮沙、临沙、岷县、临潭、卓尼,至黑错寺,会毕,复由波喇、乔浩、拉卜楞、沙沟、寺桥沟、清水、晒经滩寺、土门关至临夏,由和政、宁定、洮沙返兰。初临边地,一花一草,皆觉新奇,因纪以小诗,用志鸿迹[3]。

【注释】

[1]此组诗选自《金城集》卷一。作于1941年,为作者赴甘南合作开会时经过临洮、岷县等地时所作,诗中记述了当时定西、甘南、临夏等地的山川气候和民俗风情。

[2]赵龙文:字风和,别号遁庵,浙江义乌人。1940年赴西北,任第八战区副司令长官胡宗南的秘书长。1942年起,随谷正伦先后任甘肃省民政厅长、粮食部常务次长。胡公冕:浙江永嘉人。1937年春任国民党政府甘肃省平凉专署专员。抗日战争前期任甘肃省临洮专署专员。中华人民共和国成立后,担任国务院参事等职。黑错:即黑错寺。又称"合作寺",藏语称"格丹曲林",意为"具善法洲",位于今甘南藏族自治州州府合作镇。合作寺属藏传佛教格鲁派寺院。该寺创建于清康熙十二年(1673),创建者为高僧贝谢热却丹。经历代赛赤活佛经营,合作寺成为甘南地区规模较大的寺院之一。

[3]鸿迹:即雪泥鸿爪。见萧雄《西疆杂述诗·出塞》其一注[11]。

七道岭阻车[1]

层峦叠嶂阻征轮[2],攀葛缘崖过一身。

溪涧河床供走马,草低沙软不沾尘。

【注释】

[1]七道岭:山名。即兰州南部七里河大山七道梁山脉,是兰州进入定西市临洮县的必经之路,也是甘川公路的重要隘口。

［2］层峦叠嶂:形容山岭重叠,峰多而险峻。嶂,像屏障一样的山峰。北魏郦道元《水经注·江水》:"层岩叠嶂,隐天蔽日。"

洮沙城远眺[1]

平畴一望渺无崖[2],十里清渠绕屋斜。

流水当门桥作路,绿杨城郭是洮沙。

【注释】

［1］洮沙:旧县名。在甘肃省东部。1913 年置沙县。1914 年改名洮沙县。1951 年撤销,并入临洮县。

［2］平畴:平坦的田野。

罗家磨夜宿[1]

人随水草定迁留,村落多依水磨沟[2]。

一道清溪几水磨,万家生聚水沟头。

【注释】

［1］罗家磨:村名。在甘肃省定西市渭源县会川镇,在分水岭的西南方。

［2］水磨:利用水力带动的磨。

岷县看芍药[1]

芍药翻阶散彩霞,千红万紫斗春华。

东皇有意怜羁客[2],六月能开二月花。

【注释】

［1］芍药:多年生草本植物。根粗壮,分枝黑褐色,花色鲜艳。

［2］东皇:指天神东皇太一。也指司春之神。羁客:旅客,旅人。

刘顺川老人闲话[1]

刘顺川前瓜果新,桃源洞里过秦人[2]。

倾谈洪武年间事[3],弹指光阴五百春。

【注释】

［1］刘顺川:指刘顺川堡,在甘南州临潭县城西南十五里。

[2]桃源洞:即桃花源。见马世焘《兰州竹枝词》其八注[4]。

[3]"倾谈"句:指诗人跟当地老百姓谈论起洪武年间江南百姓移民洮州的事。《(光绪)洮州厅志》卷十载:"金朝兴,南京纻丝巷人,忠勇多谋,有儒将风。洪武十二年,太祖以朝兴为都督奉国将军,从西平侯沐英讨洮州番……奉曹国忠、李文忠命,筑洮城,晋秩宣德侯。弟鼎兴、建兴俱授卫指挥使,因家于洮焉。"洪武,明太祖朱元璋的年号(1368—1398),共三十一年。

荒原暮宿

灿烂星光照眼来,幕天席地枕苍苔[1]。

老年空有从军愿,也算沙场卧一回[2]。

【注释】

[1]幕天席地:把天做幕,把地当席,指露天。原形容性情豁达,现形容在野外工作的艰苦生活。也用来形容行为放旷。晋刘伶《酒德颂》:"日月为扃牖,八荒为庭衢。行无辙迹,居无室庐。幕天席地,纵意所如。"

[2]"也算"句:化用唐王翰《凉州词》"醉卧沙场君莫笑,古来征战几人回"之诗意。沙场,见沈峻《东行途中即事》其五注[2]。

黑错演武[1]

丈八长矛马上挥[2],万山丛里出长围[3]。

黄裳紫绶迎风舞,逐电龙驹掠地飞[4]。

【注释】

[1]演武:练习武艺。这里指表演武艺。

[2]丈八长矛:见孙海《秦安竹枝词》其二注[3]。

[3]长围:环绕一城一地的较长工事,用于围攻或防守。

[4]龙驹:指骏马。南朝陈徐陵《骢马驱》诗:"白马号龙驹,雕鞍名镂衢。"

活佛转世[1]

修到如来人作佛[2],转生活佛佛为人。

信知人佛原无二,成佛成人一转身。

【注释】

[1]活佛转世:这里指黑错寺赛赤活佛转世。活佛转世,见叶澧《甘肃竹枝词》其八四注[3]。

[2]如来:佛的别名。梵语多陀阿伽陀。义为如实道来而成正觉。又为释迦牟尼十种法号的第一种。

波喇遇霜[1]

霏霏细雨湿毡墙,且借荒原作睡乡。

一夜西风吹幕冷,起看毡毯已凝霜。

【注释】

[1]波喇:即波喇寺。在今青海省循化撒拉族自治县,旧属河州(今临夏回族自治州)。据《循化志》记载:乾隆十三年循化厅案卷记南番二十一寨寺院名有:火里桥沟寺、珍珠寺……波喇寺等三十二寺。其与寨名同者,即各寨之寺。

盛夏披裘

一袭羊裘四季衣[1],长虹紫带称腰围。

随身不用蓑兼笠,冒雨冲寒自在归。

【注释】

[1]羊裘:见吴之斑《陇西竹枝词八首》其三注[3]。

藏女服装

辫垂璎珞饰花钿[1],一串珊瑚压两肩[2]。

似向人前夸富有,背拖银币杂铜钱。

【注释】

[1]璎珞:见李殿图《番行杂咏》其一五注[2]。花钿:镶嵌着珠宝翡翠的金花首饰。

[2]珊瑚:见李殿图《番行杂咏》其一五注[2]。

拉卜楞夜舞[1]

金环如月耳边垂,袒臂开胸露雪肌。

一曲清歌将进酒[2],乐人旁弄小横吹[3]。

【注释】

[1]拉卜楞:即拉卜楞寺。位于甘肃省甘南藏族自治州夏河县,藏语全称为"噶丹夏珠达尔吉扎西益苏奇具琅",意思为具喜讲修兴吉祥右旋寺。简称扎西奇寺,一般称为拉卜楞寺。拉卜楞寺是藏语"拉章"的变音,意思为活佛大师的府邸。藏传佛教格鲁派六大寺院之一,被誉为"世界藏学府"。

[2]将进酒:汉乐府《铙歌》十八曲之一。

[3]横吹:乐器名。即横笛。又名短箫。乐府曲有《横吹曲辞》,《乐府诗集》云:"横吹曲,其始亦谓之鼓吹,马上奏之,盖军中之乐也。北狄诸国,皆马上作乐,故自汉以来,北狄乐总归鼓吹署。其后分为二部,有箫笳者为鼓吹,用之朝会、道路,亦以给赐。汉武帝时,南越七郡,皆给鼓吹是也。有鼓角者为横吹,用之军中,马上所奏者是也。"又指演奏横吹乐的乐队。

午行苦日

高原气候总无常,一日须携四季装[1]。

山下百花山上雪,午愁赤日夜愁霜。

【注释】

[1]"一日"句:指天气变化无常,早晚温差大,要不断地增减衣服。

草原野花

塞上春光特地多[1],山间六月正清和。

嫣红姹紫纷纷是,一路看花到夏河[2]。

【注释】

[1]塞上:见戴记《塞上杂咏》注[1]。

[2]夏河:县名。为甘肃省甘南藏族自治州下辖县,因境内大夏河得名。

清水峡中[1]

林深菁密路盘纡[2]，冷暖阴晴众壑殊[3]。

山立四围人入瓮，溪流百折水成珠。

【注释】

[1]清水峡：即大墩峡。位于甘肃省临夏回族自治州积石山保安族东乡族撒拉族自治县大河家镇，东临黄河三峡。

[2]菁：菁茅。植物名。茅的一种，古时用来包裹东西。

[3]阴晴众壑殊：唐王维《终南山》："分野中峰变，阴晴众壑殊。"这里指高山连绵延伸，占地极广，中峰两侧的分野都变了，众山谷的天气也阴晴变化，各自不同。

土门关道上[1]

山上柯条一尺长，山根灌木已逾墙。

蔷薇处处都成树，错认红花作海棠。

【注释】

[1]土门关：位于临夏县马集乡关滩村，藏语名"霍尔藏香告"，曾是茶马古道的重要关口，海拔高度2170米。它位于黄土高原向青藏高原过渡地带，扼守大夏河峡谷，是甘南藏族自治州和临夏回族自治州的分界线。

衣藏服摄影

琼楼高处自清凉[1]，盛夏犹披草上霜[2]。

雨代蓑衣眠代被，临边聊效武灵王[3]。

【注释】

[1]琼楼：见杨巨川《青城杂咏》其三注[1]。

[2]草上霜：一种名贵的羔裘。见叶澧《甘肃竹枝词》其一一注[4]。

[3]武灵王：指赵武灵王（前340？—前295），嬴姓赵氏，名雍，赵国邯郸（今河北省邯郸市）人。战国时期赵国第六代君主，先秦时代著名的政治家、军事家、改革家。赵武灵王在位的时候，军事上推行"胡服骑射"，不断推动赵国军力日益强盛，成为战国中后期的强国，甚至可以和秦国相抗衡。

告慰知友

陇上千峰寄一身[1]，黄云白草总愁人。

岂知白水洮河外[2]，一岁欣逢两季春[3]。

【注释】

[1]陇上:见吴之琏《陇西竹枝词》其二注[2]。

[2]白水:指白龙江。见胡季堂《丁亥夏六月于役岷阶道中杂咏》其五注[2]。洮河:见吕枏《岷州曲》注[2]。

[3]"一岁"句:作者在六月的时候去甘南,感觉甘南还是像春天一样温暖,因此说一年遇到了两次春天。

陇游杂诗[1]

其一

断笳残角逐鞭梢[2]，茅店柴门月下敲。

输于双双闲燕子，一年一度共还巢。

【注释】

[1]此组诗选自《金城集》卷二。作于1943年。为诗人考察河西时所作。

[2]断笳残角:时断时续的胡笳声和号角声。

其二

衡山月似钩斜挂[1]，逆水船如鹢退飞[2]。

白首乘槎行万里[3]，河源未到不言归[4]。

【注释】

[1]衡山:又名南岳,是我国五岳之一,位于湖南省衡阳市南岳区,气候温暖湿润,自然景色十分秀丽。七十二群峰,层峦叠嶂,气势磅礴。素以"中华寿岳""五岳独秀"著称于世。

[2]鹢退飞:即"六鹢退飞"。《公羊传·僖公十六年》:"陨石于宋五。是月,六鹢退飞过宋都。"杜预注:"鹢,水鸟,高飞遇风而退。"这里指像鸟遇

风退飞那样行进艰难。

[3]乘槎:乘木筏。比喻使者。见叶映榴《过皋兰八绝句》其八注[2]。

[4]河源:见杨一清《白水江舟中十三绝句》其一一注[2]。

其三

明沙飘忽逐飞蓬[1],南北东西一任风。

堆起犹龙流似水[2],模山肖海具神工[3]。

【注释】

[1]飞蓬:菊科飞蓬属植物。枝叶散生,经强风一吹常随风飞舞,形成缠绕杂乱的形态。比喻漂流无定。宋陆游《拆号前一日作》:"飘零随处是生涯,断梗飞蓬但可嗟。"

[2]"堆起"句:指风把沙吹成龙的形状,或者风吹沙走像流水一样。

[3]"模山"句:指沙漠被风吹成山或海的形状,形态非常逼真。

其四

忽前忽后单人骑,同止同行列队兵。

一只一双残斥堠[1],半倾半圮古长城[2]。

【注释】

[1]斥堠:也作"斥候"。古代的侦察兵。分骑兵和步兵,一般由行动敏捷的军士担任,是一个相当重要的兵种。《尚书·禹贡传》:"斥候而服事。"斥,即侦察。堠,古代了望敌情的土堡。《玉篇》:"堠,牌堠,五里一堠。"

[2]倾圮:倒塌毁坏。

其五

大漠穷秋夕照斜,牛羊逐队自归家。

流沙堆出千山雪[1],霜叶红成万树花[2]。

【注释】

[1]流沙:见马祖常《河湟书事二首》其二注[1]。

[2]"霜叶"句:化用唐杜牧《山行》"霜叶红于二月花"之意。

其六

三季冰霜四季风,并无衣袴被儿童[1]。

家家财物吾能计,尽在羊裘一领中[2]。

【注释】

[1]衣袴:衣服和裤子。袴,裤子。

[2]羊裘:见吴之琉《陇西竹枝词八首》其三注[3]。

其七

水果城中夏亦秋[1],凉州以外此凉州[2]。

筐中空贮团栾扇[3],惹起佳人一段愁[4]。

【注释】

[1]自注:"俗谓兰州乃水果城。"

[2]凉州:见李楷《秦州》注[2]。

[3]团栾扇:团扇。圆形的扇子。又称宫扇、纨扇,是中国汉族传统工艺品及艺术品。一般用竹子或兽骨做柄,竹篾或铁丝做圈,蒙上绢、绫子或纸。这里指扇子。

[4]"惹起"句:西汉班婕妤《怨歌行》:"新裂齐纨素,皎洁如霜雪。裁为合欢扇,团团似明月。出入君怀袖,动摇微风发。常恐秋节至,凉飙夺炎热。弃捐箧笥中,恩情中道绝。"这里将秋天弃置的扇子比作失宠的佳人。

其八

五云飞处是京华[1],笑指城西打桨娃[2]。

双桨划开湖上月,残荷盖下自浮家。

【注释】

[1]五云:五色瑞云。多作吉祥的征兆。代指皇帝所在地。明王守仁《送胡廷尉》:"别去中宵瞻北极,五云飞处是长安。"

[2]打桨娃:划船的儿童。

兰州绝句题鸿汀《兰州古今注》卷后[1]

其一

中山园圃各西东,肃邸池台剩百弓[2]。

莫道节园天地小,已吞河岳在胸中。

【注释】

[1]此组诗选自《金城集》卷四。作于1935年。鸿汀:张维,字鸿汀。见本书张维简介。著有《兰州古今注》,记兰州地方掌故。

[2]肃邸池台:明肃王府花园,清代为陕甘总督署后园,又名节园。民国又称中山公园。故址在今甘肃省人民政府大院之后。弓:旧时丈量地亩之器具和计算单位。一弓,合1.6米。

其二

蔬香馆内菜畦荒[1],水榭空馀半亩塘。

寂寞笠翁园畔路[2],槎枒衰柳立斜阳[3]。

【注释】

[1]蔬香馆:为憩园(若己有园)内馆名。

[2]笠翁园:憩园传说为清代著名戏曲家李渔设计营造。李渔,字笠翁,故称笠翁园。见程德润《若己有园十六景》注[1]。

[3]槎枒:木枝权歧出貌。

其三

扩廓旌旗出塞行[1],凤林关外暂屯兵[2]。

凄凉末世奇男子[3],隔代犹传保保营[4]。

【注释】

[1]扩廓:即王保保(?—1375?),蒙古伯也台部人,生于光州固始县。顺帝赐名扩廓帖木儿,元末重要将领。曾镇压红巾军有功,封为河南王、中书左丞相。至正二十八年(1368),明朝攻占大都,扩廓帖木儿自山西退至甘肃,在沈儿峪被明军击败,北奔和林,宣光二年(1372),大破明军于漠北。

后病卒。

[2]凤林关:见马世焘《兰州竹枝词》其六注[1]。

[3]奇男子:指王保保。朱元璋曾夸奖王保保为"奇男子"。

[4]保保营:即王保保城。兰州白塔山下有王保保营故址。张国常《续修皋兰县志》:"王保保城有二,一在东冈坡上,一在镇远桥北偏东,并据山临河。明洪武二年,元将扩廓帖木儿围兰州时所筑。"

其四

莲花池上水源枯[1],五里方塘半野蒲。

画舫不来莺欲散[2],嘉名犹唤小西湖。

【注释】

[1]莲花池:见巫揆《金城十咏·莲池夜月》注[1]。

[2]画舫:指装饰漂亮、美丽的游船,专供游人乘坐的船。

其五

新年社火阵堂堂[1],锣队高跷杂剧妆[2]。

十八壮夫八面鼓[3],翻空腾去唱伊凉[4]。

【注释】

[1]社火:见叶澧《甘肃竹枝词》其一四注[1]。

[2]高跷:汉族民间舞蹈形式之一。流行于中国很多地区。有的地区也称"高跷秧歌"。舞者扮成各种人物,手持道具,双足踩着木跷(有踏脚装置的木棍,高者三、四尺,矮者尺馀)而舞。表演形式有集体对舞的"大场"和两三人表演的"小场"。高跷历史悠久,在《列子·说符》中已有记载。

[3]"十八"句:这里指兰州的太平鼓舞。见马世焘《兰州竹枝词》其一注[4]。

[4]伊凉:《伊州》《凉州》。唐大曲名。见李銮宣《塞上曲》其七注[1]。

其六

船自方方囊自圆[1],小于舴艋疾于弦[2]。

日斜风定人归后,拾起虚舟荷半肩[3]。

【注释】

[1]"船自"句:这里指兰州黄河上的羊皮筏子。见沈青崖《敦煌即事》其一注[5]。

[2]舴艋(zé měng):指两头尖尖的小船。

[3]"拾起"句:指筏子客用完筏子以后,将它扛在肩上带回去。荷,背,扛。

其七

海鲜十月下金城[1],玉尺银梭到眼明[2]。

山市亦如江市闹,满街冰雪卖鱼声。

【注释】

[1]金城:兰州。

[2]玉尺银梭:指冰冻湟鱼。冬日,青海湖湟鱼在兰州上市。

其八

嘉鱼鸽子胜河豚[1],脍斫银鳞雪满盆。

曾作邑侯珍贡品[2],每随腊酒献公门。

【注释】

[1]嘉鱼鸽子:指鸽子鱼。见叶澧《甘肃竹枝词》其四九注[2]。河豚:学名河鲀,古名肺鱼,俗称气鼓鱼、气泡鱼、刺豚鱼等。河豚鱼味道极为鲜美,与鲥鱼、刀鱼并称"长江三鲜"。

[2]邑侯:县令。

其九

水果城中特地凉[1],西瓜瓢子别红黄。

一经秋雨无人顾,切玉堆盘满市香。

【注释】

[1]水果城:兰州俗称水果城。

其一〇

频婆鲜果女儿腮[1]，频粉霑红笑靥开[2]。

甜比蜜筒松比雪[3]，月圆时节上场来。

【注释】

[1]频婆:苹果。

[2]靥(yè):酒窝。

[3]蜜筒:一种小柚子的俗称。《广群芳谱·果谱十二·柚》:"三月开花,奇大,香甚馥郁……实有大小二种:小者如柑如橙,俗呼为蜜筒;大者如升如瓜,俗呼为朱栾。"

其一一

倒吊垂珠颗颗圆[1]，黄金冬果四时鲜[2]。

软儿似畏冰肌冷[3]，半傍炉边半酒边。

【注释】

[1]倒吊垂珠:指吊蛋子。吊蛋子是兰州人对吊蛋梨的称呼,主要生产在七里河区的水磨沟、西果园及永登县的苦水镇。吊蛋梨味酸涩,秋末变软采摘,味道酸甜怡人。

[2]冬果:指冬果梨。见于右任《兰州竹枝词·热冬果》注[1]。

[3]软儿:即软儿梨。见于右任《兰州竹枝词·软儿梨》注[2]。

河西道中杂咏[1]

安宁堡见桃花满地[2]

行行如到细腰宫[3]，零落桃花满地红。

疑是息妫春梦醒[4]，无言默默向东风。

【注释】

[1]此组诗选自《金城集》卷五。作于1947年,为考察河西途中所作。

[2]安宁堡:在兰州市安宁区西北部、仁寿山南麓。明弘治十八年(1505)在此筑堡,取名安宁堡。自古盛产水蜜桃、白粉桃。农历三月有传

统"桃花会"。

[3]细腰宫:楚离宫名,即章华台,又称章华宫,是楚灵王六年(前535)修建的离宫。因楚灵王特别喜欢细腰女子在宫内轻歌曼舞,不少宫女为求媚于王,少食忍饿,以求细腰,故亦称"细腰宫"。唐杜牧《题桃花夫人庙》:"细腰宫里露桃新,脉脉无言度几春。"

[4]息妫(guī):即息夫人。见郝璧《皋兰竹枝词三十首》其二九注[4]。

河口[1]

千里奔雷到耳惊,急披袯襫欲兼程[2]。

岭头细听翻或笑,错把河声当雨声。

【注释】

[1]河口:地名。即今甘肃省兰州市西固区河口镇。为庄浪河汇入黄河之口岸,因濒临庄浪河与黄河交汇的地理位置而得名。宋代称喀罗川口,是兰州进入河西的交通要道和渡口。

[2]袯襫(bó shì):古指防雨的蓑衣。

红城子[1]

清和时节似清明,庄浪河边草渐生[2]。

如掌平原金布地,菜花香里过红城[3]。

【注释】

[1]红城子:见金人望《竹枝词十六首》其九注[1]。

[2]庄浪河:黄河上游支流。古称逆水,亦名涧水、丽水。"庄浪河"藏语意为"野牛河"。发源于祁连山冷龙岭东端的得尔山、抓卡尔山,流经甘肃省天祝县、永登县,在兰州市西固区的河口村,注入黄河。

[3]菜花:即油菜花。

古浪[1]

古浪河边雉堞环[2],风云犹护汉时关。

孤坡斗大无平地,一半人家一半山。

【注释】

[1]古浪:县名。见查嗣瑮《同喀中丞自皋兰渡河至凉州途中作》其八注[3]。

[2]雉堞:见程德润《若己有园十六景·旷怡台》注[1]。

祁连山[1]

六出轻花五月飞[2],边风料峭袭人衣。

披裘不上严陵濑[3],来看天山雪打围[4]。

【注释】

[1]祁连山:山名。见马祖常《河湟书事二首》其一注[2]。

[2]"六出"句:谓祁连山气候寒冷,五月依然飞雪。唐李白《塞下曲》:"五月天山雪,无花只有寒。"六出,雪花的别称。花分瓣叫出,雪花六角,因而称六出。

[3]严陵濑(lài):地名。在浙江桐庐县南。相传为东汉严光隐居垂钓处。《后汉书·严光传》:"严光,字子陵,一名遵,会稽馀姚人也。少有高名,与光武同游学。及光武即位,乃变名姓,隐身不见。帝思其贤,乃令以物色访之。后齐国上言:'有一男子,披羊裘钓泽中。'帝疑其光,乃备安车玄纁,遣使聘之。三反而后至。"

[4]天山雪打围:在天山上冒雪打猎。清纪昀《题番骑射猎图》:"白草黏天野兽肥,弯弧爱尔马如飞。何当快饮黄羊血,一上天山雪打围。"天山,见赵时春《河西歌》其一注[3]。

焉支山[1]

如花番女总心痴[2],骠骑无家似未知[3]。

杀尽风情浑不管,三军雪夜夺胭脂[4]。

【注释】

[1]焉支山:山名。见戴记《塞上杂咏》其四注[5]。

[2]番女:指西北少数民族妇女。

[3]骠骑无家:《史记》记载霍去病打败匈奴以后,"天子为治第,令骠骑

视之,对曰:'匈奴未灭,无以家为也。'由此上益重爱之。"霍去病为嫖姚校尉,前后六击匈奴,拜骠骑将军,封冠军侯。

[4]胭脂:指胭脂山。见戴记《塞上杂咏》其四注[5]。

山丹[1]

池涨桃花山映霞,绿杨城郭几人家。

星河一道穿城去[2],半灌园蔬半灌花。

【注释】

[1]山丹:县名。即今甘肃省张掖市山丹县。见叶澧《甘肃竹枝词》其八九注[3]。

[2]星河:银河。这里指山丹河。

甘州平原[1]

杨花如雪糁征途[2],人祖须眉淡欲无[3]。

大漠不遮千里目,悠悠白日下平芜[4]。

【注释】

[1]甘州:今张掖市。见赵时春《河西歌》其一注[3]。

[2]糁(sǎn):谷类磨成的碎粒。这里指杨花。

[3]人祖:人祖山。见万世德《塞下曲八首》其六注[4]。

[4]平芜:草木丛生的平旷原野。

河洮纪游[1]

其一

陇上黄云欲蔽天[2],车尘如浪复如烟。

此行深得风云护,吞吐尘沙日几钱[3]。

【注释】

[1]此组诗选自《金城集》卷五。作于1946年。河洮:指黄河和洮河流经的地区,即甘肃省甘南、临洮、岷县等地。

[2]陇上:见吴之斑《陇西竹枝词》其二注[2]。

[3]"吞吐"句:指一路上风沙很大,吸入了很多尘沙。

其二

城边恒水万珠圆[1],峰上桃花百朵鲜。

水走雷音花满寺[2],斯游真到小西天[3]。

【注释】

[1]自注:"洮水,一曰恒水,其声如雷。"洮水,见赵时春《河西歌》注[2]。

[2]雷音寺:指佛寺。取"佛音说法,声如雷震"的意思。《西游记》中,大雷音寺是佛祖修行的地方。

[3]自注:"俗称洮阳曰小西天。"洮阳,这里指定西市临洮县。洮河水流经县境,故称。

其三

凤去台空曾几时[1],碧梧斩绝子孙枝[2]。

锁林峡口煤如故[3],留作椒山去后思[4]。

【注释】

[1]凤去台空:比喻历史上的风流人物已成为过去,只有留下的遗迹令人慨叹。唐李白《登金陵凤凰台》:"凤凰台上凤凰游,凤去台空江自流。"凤台,即超然台,在临洮城东岳麓山上。《(乾隆)狄道州志》卷十一:"超然台,在州东一里,本名凤台,宋熙宁中蒋之奇改名超然。明嘉靖三十年,杨继盛建超然书院于其上。"

[2]碧梧:绿色的梧桐树。传说凤凰只落在梧桐树。唐杜甫《秋兴》之八:"香稻啄馀鹦鹉粒,碧梧栖老凤凰枝。"

[3]锁林峡:在今甘肃临洮县南锁林村一带。《读史方舆纪要》卷六十"临洮府":"锁林峡,在府南六十里。洮水所经,诸峰耸削,两崖悬绝,林木森郁,宛似封固,因名。"锁林峡一带出产煤炭。杨继盛贬到临洮的时候,煤矿二处皆为藏民所占,致使临洮民众要到二百馀里外去打柴。杨继盛多次派人前去调解,喻之以义,晓之以理,使蕃人咸服。杨继盛在《记开煤山》中

写道"予不喜煤利之开,而喜蕃民之服也"。

[4]椒山:指杨继盛。见杨巨川《小蓬莱杂咏·椒山祠》注[1]。

其四

矮屋朱门忠谏坊[1],兑溪恰似米癫狂[2]。

庐州解组无长物,书画船添石一方[3]。

【注释】

[1]忠谏坊:指明代临洮著名谏官张万纪的祠堂。《(万历)临洮府志》卷二十四载陕西巡按王旋《忠谏祠记》:"此忠谏张大夫祠也。大夫立肃皇帝朝,慷慨批鳞,与邹中丞公皆弹劾分宜而罹祸者。……不佞唯因有问于承第曰:'子之为大夫祠也,制若何?'曰:'堂五楹,翼以通廊,中构讲堂,及左右祭所,各五楹,门以外即台下所赐忠谏坊。'"张万纪,字舜卿,号兑溪,临洮府狄道县(今临洮县)人。明嘉靖二十六年(1547)进士,授户科给事中。万纪清正忠慤,直言敢谏,与同年杨继盛为莫逆之交。曾上疏救杨继盛,被贬为庐州知府,后被免官回乡。他逝世后,被尊为乡贤,与兰州邹应龙并称"双忠",在岳麓山杨椒山祠堂同享祭祀。著有《讲学语录》《超然山人集》等。

[2]米癫:米芾。见李殿图《番行杂咏》其二六注[2]。

[3]"庐州"两句:张万纪刚正不阿,廉明公正,离开庐州时,两袖清风。州署门口有一上马石,他颇喜爱,在他回到家乡后,庐州群众竟远涉数千里将此石送到临洮,上刻"庐州石"三字。解组,犹解绶,解下印绶,谓辞去官职。

其五

临川阁下水生珠[1],堤上垂杨插万株。

仕女莺花春社里[2],滩头指点话西湖[3]。

【注释】

[1]临川阁:在临洮县,初建于唐天宝年间。《(乾隆)狄道州志》卷十一:"临川阁,旧在州城中,唐天宝初建,下临清流,揽一郡之胜。久废,乾隆

二十年,州人重建于西岩之上,以洮水流其下也。"

[2]春社:最为古老的汉族传统民俗节日之一。在商、西周时期,是男女幽会的狂欢节日,而后来则主要用于祭祀土地神。春社的时间一般为立春之后的第五个戊日,约在春分前后,但在汉族民间也有二月初二、二月初八、二月十二、二月十五之说。

[3]自注:"昔日西湖,今只馀湖滩而已。"《(乾隆)狄道州志》卷十一:"西湖,在州西南二里。《通志》:'按湖有清泉数眼,今涸,但名湖滩。'"

其六

会川受爵此穷荒[1],铁券颁来桧柏庄[2]。

斗大印章悬肘后,建牙开府小洮阳[3]。

【注释】

[1]自注:"明正统五年,封赵安土司为会川伯。"按:赵安(? —1444),明陕西临洮府狄道县(今甘肃临洮)人。永乐元年(1403),赵安因向明廷进贡马匹有功,永乐帝授其为临洮卫中左所百户。历任临洮卫正千户、临洮卫指挥同知、凉州副总兵,因功封会川伯。会川:即甘肃省定西市渭源县会川镇。民国曾设会川县,中华人民共和国成立后并入临洮县,后划归渭源县。穷荒:见王心敬《塞上曲》其一注[4]。

[2]自注:"赵土司后裔今为会川县参议会议长,铁券官印犹在。"铁券,即"丹书铁券",帝王颁赐功臣使其世代享受免罪特权的契券。因其以丹书写于铁板之上,故名。《汉书·高祖纪下》:"又与功臣剖符作誓,丹书铁券,金匮石室,藏之宗庙。"《注》:"以金为匮,以石为室,重缄封之,保慎之义。"

[3]自注:"官堡昔称小洮阳,今为会川县治。"建牙开府:指古代高级官员接受皇帝的命令开设府署(建立衙门),树立旗帜,来处理自己所理军政事务。洮阳,即今甘肃省临洮县。

其七

莲花山下住蕃儿[1],兹白飞黄未是奇[2]。

行过虎牢三汊水[3],平川蹀躞走胭脂[4]。

【注释】

[1]莲花山:见陈钟秀《洮阳八景·莲峰金顶》注[1]。蕃儿:这里指羌族人。蕃,同"番",古代指西北的羌族。

[2]兹白飞黄:这里指骏马。唐张说《舞马千秋万岁乐府词》:"不因兹白人间有,定是飞黄天上来。"兹白,一种神兽。《逸周书·王会》:"正北方义渠以兹白,兹白者若白马。锯牙,食虎豹。"飞黄,又叫"乘黄",是中国神话传说中的一种神马。《山海经·海外西经》:"白民之国在龙鱼北,白身被发。有乘黄,其状如狐,其背上有角,乘之寿二千岁。"

[3]虎牢:虎牢关,又称汜水关、成皋关、古崤关,是古京都洛阳东边门户和重要的关隘,位于今河南省荥阳市西北部的汜水镇境内。虎牢关作为洛阳东边门户和重要的关隘,因周穆王在此牢虎而得名。三汊水:在今湖北沔阳县。《(嘉靖)沔阳志》卷六:"汉水,县河西,自南河口入,南自黑流渡入,北自石家河口入,故名三汊口,即古汉水也。又乾镇亦有三汊水。"这里形容莲花山地势险要,有虎牢关的气势。

[4]自注:"胭脂川产胭脂马。"按:胭脂川,在康乐县中部,洮河下游西侧。《(万历)临洮府志》卷三:"胭脂川,在郡西三十里。"《(嘉靖)河州志》也载:"胭脂川,位于州东南百六十里,赤兔胭脂马出此。"可见这里是出产良驹骏马的风水宝地。蹀躞(dié xiè):小步走路的样子。

其八

天方门宦久分疆[1],华寺红门又白庄[2]。

稍喜穆扶提忽醒[3],阿訇知上读书堂[4]。

【注释】

[1]天方:原指伊斯兰教发源地麦加,后泛指阿拉伯。门宦:伊斯兰教苏非派教团于明末清初传至中国甘宁青穆斯林地区后的称谓。据《甘宁青史略》载:"甘肃之回教门宦,隐然一封建制度也……其初创立人传之子孙,继继绳绳以至今日,教下概尊云老人家;对于老人家命令,服从唯谨,虽令之死,亦所甘心。"始传人和首领被尊为教主,多世袭。在宗教信仰方面除保

留伊斯兰教基本信条外,还崇拜教主及其拱北。在宗教制度方面,不同程度地重视各种修道功课(如坐静)、神秘主义的祈祷仪式和节日(包括教主及其家族重要成员的忌日等)。在组织形式方面,重视道统(谱系和传说)的传承。主要有哲赫林耶、虎非耶、戛底林耶、库不林耶四大门宦。

[2]华寺:即华寺门宦,是中国伊斯兰教的一个派别,是四大门宦之一虎非耶的分支门宦,又称为花寺门宦。该派是1734年后创立,由于与另一大门宦哲合林耶曾经发生教派斗争,所以也被称为"老教"。红门:即胡门门宦,东乡族伊斯兰教门宦之一。始传人马伏海,东乡族。开始创教时无定名,据传,马伏海在80岁那年,白胡子突然变黑,从此信教徒称他为"胡子太爷",该门宦始称胡门门宦。白庄:即白庄门宦,东乡族伊斯兰教门宦之一。因其创始人家居甘肃东乡春台的白庄而得名。始传人马葆真,东乡族,原华寺门宦的阿訇。

[3]穆夫提:伊斯兰教教职称谓。阿拉伯语音译,意为"教法解说人",即教法说明官。中国穆夫提门宦虎非耶穆扶提属于伊斯兰教苏菲派。穆夫提的职责为咨询与告诫,对各类新问题、新案件的诉讼提出正式的法律意见,作为判决的依据。

[4]阿訇(hōng):波斯语音译词。也译作阿衡、阿洪。意为教师。在中国是对伊斯兰教宗教职业者的通称。

其九

少年个个美髯髭[1],黑白平冠老教师。

渡过康家崖畔水[2],野田处处唱花儿[3]。

【注释】

[1]髯髭:胡须。

[2]康家崖:地名。在甘肃省临洮县西北部、洮河东岸的辛店镇。

[3]自注:"河州民歌曰花儿曲。"花儿:见汪士鋐《岷州竹枝词》其三注[4]。

其一〇

铁门坎是铁门关[1],多少男儿去不还。

十里陂陀红似染[2],忠魂犹护董家山[3]。

【注释】

[1]铁门关:位于新疆库尔勒市北郊 8 千米处,扼孔雀河上游陡峭峡谷的出口,曾是南北疆交通的天险要冲,古代"丝绸之路"中道咽喉。晋代在这里设关,因其险固,故称"铁门关",列为中国古代二十六名关之一。

[2]陂陀:倾斜不平貌。这里指倾斜不平的山路。

[3]"忠魂"句:指近代爱国将军董福祥(1840—1908),字星五,甘肃环县(当时属宁夏固原)人。清末著名将领,官至太子少保、甘肃提督、随扈大臣,赐号阿尔杭阿巴图鲁。董家山,在今甘肃省临夏回族自治州和政县。

其一一

自严壁垒自为营[1],处处村墟处处城。

襁褓随娘乘马惯[2],尕娃生小即骑兵[3]。

【注释】

[1]自严壁垒:指军事戒备严密。壁垒,古时军营的围墙,泛指防御工事。

[2]襁褓(qiǎng bǎo):包裹婴儿的被子和带子。

[3]尕娃:小孩子,娃娃。西北的方言中,称三岁到十几岁的男孩叫尕娃,显得很亲切。

其一二

好是鸿荒太古初[1],不知不识把犁锄。

扫除文字归真朴[2],自备脩金雇读书[3]。

【注释】

[1]鸿荒太古:混沌初开之世,也指边远荒僻之地。引申意指纯然放任、彻底自由、绝无规范的境界。

[2]真朴:纯真朴实。

［3］脩(xiū)金:送给教师的束脩、薪金。

咏武诗三首[1]

其一

五月榴花照眼鲜,秧针绣遍道旁田。

唤晴唤雨鸠声喜[2],恰似江南刈麦天[3]。

【注释】

［1］此组诗未收入《金城集》,选自曾礼主编《武都县志·艺文》。作于
1947 年初夏,高一涵时任国民党甘宁青监察使,来武都考察,由当时武都县
长黄治安陪同游览万象洞等地。

［2］鸠:斑鸠。俗谓斑鸠呼啼能降雨,故名“鸠声唤雨”。宋苏轼《和子
由闻子瞻将如终南太平宫溪堂读书》:“中间罹旱暵,欲学唤雨鸠。”

［3］刈麦:割麦。

其二

白龙江水白龙滨[1],村女家家冠白巾[2]。

水依江明江见底,柴窑山色伴人行[3]。

【注释】

［1］白龙江:见胡季堂《丁亥夏六月于役岷阶道中杂咏》其五注[2]。

［2］冠白巾:戴白头巾。

［3］柴窑:五代十国皇帝周世宗柴荣的御窑。柴窑出产的瓷器“青如
天,明如镜,薄如纸,声如磬,滋润细媚有细纹”。这里指青色。

其三

高下梯田接树林[1],山凹深处自成村。

鸡声人语来天上,时把炊烟当白云。

【注释】

［1］梯田:指在高山或丘陵坡地上沿等高线方向修筑的条状阶台式或
波浪式断面的田地。

王永清

　　王永清(1888—1943),字海帆,号半船,一署瓣船。甘肃陇西人。幼慧敏,喜读书。22岁考取优贡。辛亥革命后,历任化平(今宁夏泾源)县长、甘肃省通志局分纂、甘肃省政府秘书主任等职。著有《桐梧百尺楼诗集》《双鲤堂文稿》等。今人辑有《王海帆诗集》。

甘州杂咏[1]

其一

　　合黎山下黑河奔[2],此水汪汪有古魂。

　　试向居延障头望[3],嫖姚战垒已无存[4]。

【注释】

　　[1]此组诗选自《王海帆诗集·弱水集》卷一。作于1937年。甘州:今张掖市。

　　[2]合黎山:见万世德《塞下曲八首》其六注[4]。黑河:见无名氏《俄博岭界碑竹枝词》注[4]。

　　[3]居延障:即居延城。见沈峻《东行途中即事》其七注[2]。

　　[4]嫖姚:霍去病。见赵时春《河西歌》其三注[4]。战垒:战争中用以防守的堡垒。

其二

　　入云三塔郁嵯峨,地接西方古寺多[1]。

　　一自鸠摩罗什后[2],六朝文化启头陀[3]。

【注释】

　　[1]"入云"两句:张掖地处河西走廊的中段,丝绸之路的要道,是佛教传入中国的必经之路,因此佛教文化极为发达。清代张掖的寺院就有近80座,寺院中有各式各样的佛塔矗立,著名的有以金木水火土五行塔为代表的

佛塔群。近代由于战乱,很多寺塔被毁,只能看到木塔、火塔和水塔三塔。嵯峨,形容山势高峻。

[2]鸠摩罗什:东晋十六国时期后秦高僧,中国汉传佛教四大佛经翻译家之一。又译鸠摩罗什婆、鸠摩罗耆婆,略作罗什。罗什生于西域,博读大小乘经论,名闻西域诸国。前秦建元十八年(382),苻坚遣吕光攻伐焉耆,继灭龟兹,将罗什劫至凉州。后秦弘始三年(401),姚兴攻伐后凉,亲迎罗什入长安,以国师礼待,请罗什主持译经事业。罗什译有《大品般若经》《妙法莲华经》《维摩诘经》《金刚经》等,在中国译经史上有划时代的意义。

[3]"六朝"句:陇右文化,以六朝后佛学为盛,自鸠摩罗什译经启之。六朝,指孙吴、东晋、南朝宋、齐、梁、陈六朝。头陀,梵语,原意为抖擞浣洗烦恼,佛教僧侣所修的苦行。后世也用以指行脚乞食的僧人。又作"驮都"、"杜多"、"杜荼"。

其三

八声新曲谱甘州[1],乐府原从西域邮[2]。
斗拔谷中如冻雀[3],斫头天子尚风流[4]。

【注释】

[1]八声甘州:简称《甘州》。唐边塞曲。王灼《碧鸡漫志》卷三:"《甘州》世不见,今'仙吕调'有曲破,有八声慢,有令,而'中吕调'有《象八声甘州》,他宫调不见也。凡大曲就本宫调制引、序、慢、近、令,盖度曲者常态。若《象八声甘州》,即是用其法于'中吕调'。"

[2]乐府:见李复《竹枝词十首》注[6]。

[3]斗拔谷:即大斗拔谷或大斗谷。即今甘肃民乐县东南甘、青两省交界处的扁都口隘路。自古为甘肃河西走廊通青海湟中的捷径。《隋书·炀帝纪》记载:大业五年(609),炀帝自张掖东还,"经大斗拔谷,山路隘险,鱼贯而出。风霰晦冥……士卒冻死者太半"。

[4]斫头天子:指隋炀帝杨广(569—618),本名杨英,弘农华阴(今陕西

省华阴市)人。初封雁门郡公。开皇元年(581),册立为晋王,参与灭陈朝。开皇二十年(600),册立为皇太子。仁寿四年(604)七月,正式即位。在位期间,修大运河,营建东都洛阳,频繁发动战争,西征吐谷浑,三征高句丽,滥用民力,穷奢极欲,引发全国范围农民起义,天下大乱,导致隋朝崩溃覆亡。大业十四年(618),江都兵变之后,为宇文化及叛军所弑。传说隋炀帝在江都的时候,有一次照镜子,说:"如此好头颅,有谁斩去?"终被宇文化及所杀。斫(zhuó),大锄。引申为用刀、斧等砍。

其四

马蹄寺畔野花新[1],薤谷高风迥绝尘[2]。

此是六朝真处士[3],丹山黑水更何人[4]。

【注释】

[1]马蹄寺:位于甘肃省张掖市肃南裕固族自治县马蹄藏族乡境内,北距张掖市市区65千米。传说天马在此饮水落有马蹄印而得名。马蹄寺由胜果寺、普光寺、千佛洞、金塔寺、上、中、下观音洞七处组成,共有70馀处窟龛,始建于北凉。

[2]薤(xiè)谷高风:指十六国时期隐居在临松薤谷的著名学者郭瑀。见查嗣瑮《同喀中丞自皋兰渡河至凉州途中作》其四注[3]。薤谷,即临松薤谷,在张掖马蹄山下,此地重峦叠嶂,松涛起伏,山顶常年白雪皑皑,山下四季流水潺潺,是著书讲学的绝佳之地。绝尘:超绝尘路,即与人世隔绝。

[3]处士:古时候称有德才而隐居不愿做官的人,后亦泛指未做过官的士人。

[4]丹山:即山丹山。见戴记《塞上杂咏》其四注[5]。黑水:见无名氏《俄博岭界碑竹枝词》注[4]。

其五

大好河山合号删[1],艰难累世始归还[2]。

试听羌笛吹杨柳,今日春风满玉关[3]。

【注释】

[1]"大好"句:意谓这样大好的河山却称"删丹",不幸的是被异族统治,就像从中原王朝版图删掉一样。删,指张掖市山丹县,也叫删丹县。见叶澧《甘肃竹枝词》其八九注[3]。

[2]"艰难"句:唐代安史之乱以后,唐王朝将河西陇右的军队调往中原镇压叛军,吐蕃乘机占领了河西地区。唐宣宗大中四年(850),张掖人张议潮率众起兵,赶走了吐蕃守将,先后收复河西陇右地区许多被吐蕃控制的州县。张议潮派使者入朝,向朝廷进献瓜、沙、伊、肃、鄯、甘、河、西、兰、岷、廓等十一州的地图和户籍。至此,被吐蕃占领的河、湟故地又全部重新归唐朝所有。朝廷任命张议潮为归义军节度使。

[3]"试听"两句:意谓现在听笛子曲《折杨柳》,没有了"羌笛何须怨杨柳,春风不度玉门关"的哀愁,因为现在天下一统,边地无事,人民安居乐业。

其六

凄凉两字记宣和[1],见说遗民涕泪多[2]。

百战空劳韩范力[3],宋兵终未渡黄河[4]。

【注释】

[1]宣和:北宋时期宋徽宗的第六个年号(1119—1125),也是最后一个年号。宣和年间,甘州回鹘尚入贡。

[2]"见说"句:北宋时期,河西地区被西夏统治。老百姓希望宋朝政权能够收复河西,可是一直没能实现,老百姓只有伤心落泪。遗民,指改朝换代后仍然留恋前一朝代的人。也指大灾大乱后遗留下来的人民。南宋陆游《秋夜将晓出篱门迎凉有感二首》其二:"遗民泪尽胡尘里,南望王师又一年。"

[3]"百战"句:北宋时期,韩琦、范仲淹曾经经略西北,屡次跟西夏交战,但最终还是没有收复河西等地。韩范,指宋代著名政治家韩琦和范仲淹。见王士禛《秦中凯歌十二首》其一二注[3]。

[4]"宋兵"句:北宋神宗年间,王安石为解除西夏的威胁,宋朝决定占领熙、河地区。熙宁五年(1072),王韶一举收复熙州(今临洮),第二年,攻取了河州,岷州投降,遂置熙河路及通远军(今陇西)。元丰四年(1081),宋朝乘西夏内乱,派李宪收复兰州,但仍然没有收复河西地区。

其七

宋明故迹没尘沙,荒草离离岁发芽[1]。

一样落花悲帝子,一分翠盖一袈裟[2]。

【注释】

[1]离离:指草木茂盛浓密。

[2]"一样"两句:这里指明代建文帝朱允炆的遭遇。建文帝即位以后,着手削藩,引起了藩王们的不满,燕王朱棣发动靖难之役,攻进了南京,宫中被太监放火,朱允炆失踪。传说建文帝逃出南京以后,削发为僧,避难各地。

其八

伤心自署木波师[1],天水凋零剩一支[2]。

度牒莫言非幸事[3],庚申帝即赵家儿[4]。

【注释】

[1]木波师:宋恭帝赵㬎降元后被封为瀛国公,后出家为僧,学佛法于吐蕃,号木波讲师。初赴白塔寺为僧,后奉诏居甘州山寺。赵㬎通晓藏文,贯通佛学,是把汉文佛典译成藏文的翻译家,担任过萨迦大寺主持,成为当时西藏的佛学大师,为佛学界作出了突出贡献。

[2]"天水"句:意谓赵宋王朝的子孙凋零,就甘州赵㬎这一支脉绵延不绝。天水,赵氏的地望。秦始皇灭赵国后,把代王嘉派往西戎,赵姓随之迁往甘肃,赵嘉之子赵公辅裔孙世代居住在天水,由此形成一个望族,至汉代赵充国封侯入相,功成名就,由此天水成为赵氏郡望。

[3]度牒:度僧牒的省称,也叫戒牒、黄牒,古时官府发给和尚、尼姑的证明身份的文件,是僧尼受戒的文字凭证,有度牒的僧尼,可以免除赋税和劳役。

[4]"庚申帝"句:庚申帝,即元顺帝,名妥欢帖睦尔,又称庚申君。因生于庚申年(延祐七年),故称。元朝作为全国统一政权的最后一位皇帝。传说元顺帝即赵显的儿子。宋汪元量《湖山类稿》载:瀛国公为僧,自署木波讲师。有赵王者怜之,送一回回女子,后生子为明宗,乞去。余应诗所谓"合尊之妻老生子,乞归行宫养为嗣"也。后展转即位,篡元统,即顺帝也。失国北走,犹世雄漠北。余应诗有"至今儿孙去沙碛,吁嗟赵氏何其隆"也。

其九

几多名流此谪居[1],乞食侯门笑李渔[2]。

襄鄂至今樵唱好[3],一钱不值上都驴[4]。

【注释】

[1]"几多"句:明朝时期,将犯罪的官员大多流放今河西一带。据《甘州府志》记载,明代流放甘州的著名人物有杨志善、刘硕、陈质、陈敏、游坚、牟伦、刘庆、岳正、艾穆、张慎言等人。

[2]李渔:李渔(1611—1680),原名仙侣,后改名渔,字谪凡,一字笠鸿,号笠翁,浙江兰溪人。明末秀才,几次乡试均未能中举。入清后未再应试,而致力于创作,并曾率戏班游荡江湖。著有传奇《笠翁十种曲》,小说集《连城璧》《十二楼》以及论著《闲情偶寄》等。康熙五年(1666),李渔应甘肃提督、靖逆侯张勇的邀请,来到张掖,漫游了陇右、河西等地。据《甘州府志》记载,李渔不仅为张勇演剧,还为张勇提督府"修署,堆假山石"。

[3]襄鄂:唐襄国公、鄂国公的并称。唐初功臣段志玄封号襄国公,尉迟恭封号鄂国公。这里指张勇。

[4]上都驴:人名。元末将领,任甘肃行省平章政事,镇守山丹。明洪武五年(1372)二月初二日,冯胜督李思齐等率明朝大军进逼山丹州,上都驴迎降。

其一〇

七万生灵血化丹[1],合黎山下夕阳残[2]。

凄凉一曲《天山雪》[3],唱到无声六月寒。

【注释】

[1]"七万"句:指明末李自成农民起义军将领贺锦屠杀河西百姓的事,估计是谣传。崇祯十六年(1643),李自成派贺锦随刘宗敏、袁宗第等西向追击白广恩部官军,攻取宁夏、甘肃、西宁等地。十一月二十一日,贺锦所部义军到达兰州,兰州人开城迎接。贺锦带兵西进,凉州、庄浪二卫先后投降,义军进迫甘州。十二月二十七日,义军夺取了甘州城。林日瑞、马爌等都被处死。占领甘州之后,肃州等地也不战而下。《(乾隆)甘州府志》卷十五载:郭人麟《跋天山雪传奇八首》其八注:"《明史》:'贼屠四万七千人。'或云七万,尸与城平。"《明史》卷四百八《盗贼传》:"贼遂长驱渡河,破平阳,杀西河王等三百馀人。攻兰州,总兵马爌、副将郭天吉、中军哈维新、姚世儒等皆死,杀居民四万七千人。下西宁、肃州、山丹、永昌、镇番、庄浪诸卫,进兵略青海,所向无敌。乃建元永昌,国号顺,复五等爵,设官分职。"

[2]合黎山:见万世德《塞下曲八首》其六注[4]。

[3]天山雪:即马羲瑞所撰《天山雪》传奇。《天山雪》传奇是以明末李自成军攻占甘州(今张掖)的史实为题材的作品,是清代戏曲传奇中罕见的近乎史事实录性质的现实主义作品。马羲瑞为明末甘肃总兵马爌之子。

其一一

祁连山雪合黎云[1],落日牛羊散马群。

古木寒鸦定羌庙,行人犹说故将军[2]。

【注释】

[1]祁连山:见马祖常《河湟书事二首》其一注[2]。合黎:山名。见高一涵《河西道中杂咏·甘州平原》注[3]。

[2]"古木"两句:指清初王进宝将军大破起义军之事。清世祖顺治四年(1647)八月,陕甘总督孟乔芳率师攻回民义军米喇印、丁国栋于甘州。王进宝被派往河西永固营,驻军大草滩,与起义军战于定羌庙,大破起义军。《(道光)山丹县志》卷十载谢历《登定羌庙城楼有感》诗中有注云:"定羌庙,奋威将军王进宝破敌处。"定羌庙,即定羌墩堡、定羌堡,又称定羌庙堡。

位于今张掖市山丹县城东约 55 千米的 312 国道边。故将军,即王进宝。见王士禛《秦中凯歌》其一一注[1]。

其一二

> 百尺高楼云往还,古钟何代色斓斑[1]。
>
> 倦游踏遍中原路,独倚危栏看雪山[2]。

【注释】

[1]“百尺”两句:指张掖镇远楼古钟。镇远楼于明正德二年(1523)由都御史才宽负责兴建,清康熙、乾隆、光绪年间曾数次维修。仿西安钟楼建造,平面方形,建在一座砖砌的坛上,楼为三层木构塔形,飞檐翘角,雕梁画栋。楼东南角悬有唐代铜钟一口,铸造工艺精湛,形体浑厚雄伟,钟的外壁略呈黄色,又带铁青色。这口大钟铸造用合金,六分其金,而锡居一,它既能承受重击,又能产生洪亮的声音,钟声可传至甘州城的各个角落。

[2]雪山:即祁连山。见马祖常《河湟书事二首》其一注[2]。

张　维

张维(1890—1950),字维之,别号鸿汀,甘肃临洮人。毕业于甘肃优级师范学堂,又考取拔贡,授学部书记官。辛亥革命时,任甘肃省临时议会文书。倡办《甘肃民报》《大河日报》《政闻报》,并为主笔,历任国会众议院议员、甘肃省署秘书长、甘肃省政务、财政、建设厅厅长、省政府委员、国史馆顾问、兰州大学、西北师范学院特约教授。著有《陇右金石录》《甘肃人物志》《陇右著作录》《陇右方志录》《仇池国志》《还读我书楼文存》。

山后竹枝词[1]

其一

> 板屋仰天多压石[2],经堂安佛半连房[3]。
>
> 便宜最是通床灶[4],灶底新烟热入床。

【注释】

[1]此组诗选自《还读我书楼文存》。1925 年,张维游故乡麻山关,往访白石山、蜂窝寺、松鸣岩等地,此组诗即写于途中。山后:即白石山后,白石山位于甘肃省甘南州卓尼县与临夏回族自治州康乐县交界处,为太子山脉东端最高峰,背临临潭冶海天池,又隔冶木峡与莲花山对望,白石山后为卓尼县藏族聚居区。

[2]板屋:见汪士鋐《岷州竹枝词》其一注[2]。

[3]经堂:佛教称藏经之堂和诵经、做佛事之堂。

[4]通床灶:指灶头在炕的旁边,做饭后的馀火可以直接放到炕洞里,烧炕取暖。

其二

右袒毡裘骑马新[1],山歌呕哳唱长征[2]。

蛮刀腰系悬镰火[3],拖得鸟枪试出兵[4]。

【注释】

[1]右袒:脱右袖,露出右臂、右肩。这是藏民穿藏袍的习惯。毡裘:古代北方民族用毛制的衣服。这里指藏袍。

[2]山歌:这里指"花儿"。见汪士鋐《岷州竹枝词》其三注[4]。呕哳:即"呕哑嘲哳"的缩语。唐白居易《琵琶行》:"岂无山歌与村笛,呕哑嘲哳难为听。"呕呀,象声词。管弦声。嘲哳,形容声音嘈杂。形容歌声不堪入耳。

[3]蛮刀:少数民族带的腰刀。这里指藏刀。镰火:即火镰。一种比较久远的取火器物。用钢制镰刀形用具来击打火石,使产生火花以点火。

[4]鸟枪:一般指鸟铳。又称鸟嘴铳。明清时期对火绳枪的称呼。明嘉靖时传入中国,与原有的管身火器相比具有照门、照星、铳托、铳机,开始可以双手同时持握而发射。

其三

红袖峨冠㲪毺襦[1],满头编发垂珊瑚[2]。

相逢番女如相识[3],笑问客人饮酒无[4]。

【注释】

[1]峨冠:高冠。氆氇:见李殿图《番行杂咏》其二九注[1]。襦:短衣,短袄。

[2]满头编发:藏族妇女将头发扎成很多小辫子。珊瑚:见李殿图《番行杂咏》其一五注[2]。

[3]番女:指少数民族妇女。

[4]无:不。

其四

佛殿高开野寺秋[1],纷纷儿女知何求。

愿心绕寺三千遍[2],都向佛前来叩头。

【注释】

[1]"佛殿"句:这里指卓尼禅定寺。藏语全称为"噶丹谢周当增达吉琅",意为"兜率论修禅定兴隆洲",亦称卓尼大寺,坐落在卓尼县城西北的台地上。初建于元代,萨迦派僧奉大宝法王八思巴之命建立,命杨土司始祖协地为寺主。明天顺三年(1459),法主仁钦伦波改为格鲁派寺院。清康熙五十三年(1714),卓尼札巴协珠在寺中首创显乘院。清雍正七年(1729),又创密乘院修学密教,渐成大寺。佛殿,寺院供奉佛像的大殿。

[2]愿心:信教的人对神佛有所祈求时许下的酬谢。

竹枝词二首[1]

有歌番曲者婉转可听[2],而不解所谓。译人为绎其意[3],乃悱恻怀人之思,因述为诗二首。

【注释】

[1]此组诗选自《还读我书楼文存》。也作于1925年张维游白石山、蜂窝寺、松鸣岩时。

[2]番曲:这里指藏族歌曲。

[3]绎:理出头绪。这里指翻译。

其一

送君山下泪盈巾,犹见山头下顾频。

残照一鞭山后去[1],山前记取送君人。

【注释】

[1]"残照"句:指行人在夕阳下骑马远去。元王实甫《西厢记·长亭送别》:"四围山色中,一鞭残照里。"

其二

山前山后柳条长,系马送君柳树旁。

今日又从山下过,柳条依旧君何乡?

李荫桂

李荫桂,清代甘州(今张掖市)人。约生于同治初年。光绪十一年(1885)中举,陕甘总督谭钟麟奏授泾州学正。任满后主讲泾州书院。晚年回乡,在甘州各书院任教,弟子多有良才。近代张掖学者袁定邦在《甘州行赠毕业诸君》中称颂:"近代最仰李夫子,流风久香学人齿。"

张掖竹枝词[1]

其一

姑臧以西酒泉东[2],当年冲道博望通[3]。

天生人物元顺帝[4],古有将军窦安丰[5]。

【注释】

[1]李荫桂诗均选自张玉林、黄杰编《甘州概览》。

[2]姑臧:今武威市。酒泉:今酒泉市。

[3]冲道:交通要道。博望:指博望侯张骞。见叶映榴《过皋兰八绝句》其八注[2]。

[4]元顺帝:见王永清《甘州杂咏》其八注[4]。

[5]窦安丰:见王士禛《秦中凯歌十二首》其一一注[3]。

其二

东界武威西酒泉,唐时张掖汉居延[1]。

当年设郡非无意,只恐匈奴犯北边。

【注释】

[1]"唐时"句:汉张掖郡辖十县,其一为居延县。

泾州竹枝词[1]

其一

阮陵形胜古俨疆[2],贤牧初来守是方[3]。

士庶群瞻新治化[4],颂声定不负渔阳[5]。

【注释】

[1]此组诗作于诗人任泾州学正之时。泾州:见王煦《兰州竹枝词二十四首·赛苏》注[1]。

[2]阮陵:为古阮国遗存的古迹,是阮国国王和其子孙的安葬地,大概位置在甘肃省泾川县水泉寺附近。阮国是商朝时期由皋陶(封地在偃)裔孙阮髡建立的诸侯国。形胜:谓地理位置优越,地势险要。或谓山川壮美。俨疆:即严疆。指关系紧要,必须严密防守的边界地方。

[3]贤牧:贤明的州郡长官。

[4]士庶:士人和普通百姓。治化:谓治理国家、教化人民。

[5]"颂声"句:指泾州太守能够像东汉贤吏张堪一样获得百姓的爱戴和歌颂。张堪,字君游,东汉南阳宛(今河南南阳)人。光武帝时召拜郎中,曾任蜀郡太守,安抚吏民,收检库藏,蜀人悦服。拜渔阳太守,匈奴不敢犯边,开垦稻田八千馀顷,鼓励农耕,郡内殷富,史学家称为"渔阳惠政"。百姓歌曰:"桑无附枝,麦穗两岐。张君为政,乐不可支。"渔阳,古郡名。燕昭王二十九年(前283),置渔阳郡,治所在北京市密云区十里堡镇统军庄村东。秦统一后,复置渔阳县,郡县同治,治所与燕相同。

其二

宫山之下有瑶池[1]，为忆当年设宴时[2]。

果许仙凡能一会，事虽荒渺不须疑[3]。

【注释】

[1]宫山：指回山。见叶澧《甘肃竹枝词》其六九注[1]。瑶池：见金人望《竹枝词十六首》其一○注[3]。

[2]"为忆"句：指《穆天子传》所载周穆王与西王母相会瑶池之事。

[3]荒渺：即荒渺不经之意，形容虚妄离奇，不合情理。

其三

尘心涤尽百泉清[1]，漱玉如闻天籁鸣[2]。

游到共池看涌碧[3]，玻璃镜里有鱼行[4]。

【注释】

[1]尘心：指凡俗之心。

[2]漱玉：谓泉流漱石，声若击玉。晋陆机《招隐诗》："山溜何泠泠，飞泉漱鸣玉。"天籁：见李殿图《番行杂咏》其一九注[3]。

[3]共池：位于甘肃省泾川县城关镇水泉寺村城关中学院内，为古阮国所在地。《(乾隆)甘肃通志·泾州》卷五："共池，在州北五里华岩海印禅寺内，水泉从地涌出，流溢成池，两池相连，故名。密人侵阮徂共，即此。"又，《(乾隆)甘肃通志·泾州》卷二十二："共邑，在州北五里。《诗大雅》：'密人不恭，侵阮徂共。'郑氏曰：'共，阮国地名，今共池是也。武王时为畿内诸侯，居泾之阳。'"

[4]玻璃镜：指湖水清澈平静如镜。

其四

古柏垂青老干横[1]，无冬无夏气峥嵘[2]。

春来更有高风雨，洒遍泾原百谷生[3]。

【注释】

[1]古柏：指回山上有古柏树一株，传说为王母所植。

[2]峥嵘:形容高峻,也比喻突出、不平凡。

[3]泾原:唐方镇名。长期辖有泾、原二州,相当于今甘肃、宁夏的六盘山以东,渭河以西地区。

其五

描摹八景愧词穷[1],挂漏还多句未工[2]。

录之骚坛蒙雅正[3],令人日日坐春风[4]。

【注释】

[1]八景:明清以来,各地咏当地美景的组诗比较多,多以"八景"为题,泾州八景为宫山晓钟、瑶池夜月、泾水秋风、古柏垂青、汭干晚渡、高峰春雨、共池涌碧、百泉漱玉。词穷:指无法找到合适的词语、语句把意思表达出来。南朝梁慧皎《高僧传·义解·竺道生》:"吐纳问辩,辞清珠玉,虽宿望学僧,当世名士,皆虑挫词穷,莫敢酬抗。"

[2]挂漏:"挂一漏万"的略语。指事多而疏忽遗漏,形容说得不全,遗漏很多。

[3]骚坛:诗坛。引申为文坛。雅正:请人指正的客气话。

[4]坐春风:比喻承良师的教诲,犹如沐于春风。宋朱熹《伊洛渊源录》卷四:"朱公掞见明道于汝州,逾月而归。语人曰:'光庭在春风中坐了一月。'"

李鼎卿

李鼎卿,生卒年不详,张掖洪水(今民乐县洪水镇)人。清末庠生。

洪水竹枝词[1]

其一

一邑生灵两县氓[2],田庐划界最分明。

东西市井人来往,南北池塘水浊清。

【注释】

[1]此组诗选自《民乐县志·艺文》。洪水:地名。见赵元普《洪水竹枝词》注[1]。

[2]氓:古代称百姓(多指外来的)。

其二

四时天气尽春秋,到此人夸清福陬[1]。

暑日悠悠常不扇,冬多炉火更皮裘。

【注释】

[1]清福:清闲安逸的生活。陬(zōu):山城。

其三

西园种菜味偏长,东郭耕田饼饵香[1]。

莫怪妇人都懒织,本来此地不宜桑。

【注释】

[1]东郭:东边的外城。饼饵:见蒋步颖《收获杂兴》其一注[2]。

其四

煌煌祀事快人谈[1],五月馨香重十三[2]。

漫说神灵无感格[3],孤城巩固护甘南[4]。

【注释】

[1]煌煌:明亮辉耀貌。快人谈:让人痛快的言谈。

[2]"五月"句:农历五月十三,民间有祭祀关圣的风俗。《甘州府志》卷十三《关帝庙碑记》:"五月十三,王诞日也。时岁城中为王设像会赛,先一月,金鼓之声彻蚤暮。至日,骏奔陈飨,骈肩累足,衢为之隘,盖视往为盛。"馨香,见叶澧《甘肃竹枝词》其六三注[4]。

[3]感格:谓感于此而达于彼,也可理解为感动、感化的意思。

[4]甘南:甘州(今张掖市)南部。

其五

远隔文臣敦牧民[1],武官无事太清神。

若非两约乡评立[2],闾间含冤何处申[3]。

【注释】

[1]牧民:治理人民,管理民事。

[2]两约:指乡约。指在乡里中订立的共同遵守的规约。乡评:乡里公众的评论。

[3]闾间:乡村,乡里。

其六

论到事情镜上花[1],山花风俗亦繁华。

妇人簪珥宾朋馔[2],足赡贫民数口家[3]。

【注释】

[1]镜上花:镜里的花,原指诗中灵活而不可捉摸的空灵的意境,后比喻虚幻的景象。

[2]簪珥:发簪和耳饰。古代多为高贵妇女的首饰。馔:饭食。

[3]赡:供给人财物。

其七

到处逢场作戏观[1],何须优孟演衣冠[2]。

年年报赛神安在[3],不过徒供妇孺欢[4]。

【注释】

[1]逢场作戏:原指旧时走江湖的艺人遇到适合的场合就表演。后指遇到机会,偶尔凑凑热闹。这里指为了敬神而演戏。

[2]优孟衣冠:见魏椿《四月八日游五泉山竹枝词》其四注[2]。

[3]报赛:古时农事完毕后举行谢神的祭祀。安在:何在。

[4]妇孺:妇女和儿童。

其八

胭脂山下寺峨峨[1]，会启红颜薄命多[2]。

堂上翁姑生佛在[3]，何劳拜跪念弥陀[4]。

【注释】

[1]胭脂山：山名。见戴记《塞上杂咏》其四注[5]。峨峨：山体高大陡峭，或态度庄重严肃。

[2]红颜薄命：旧时指女子容貌美丽但遭遇不好。

[3]翁姑：丈夫的父亲和母亲，公公和婆婆。生佛：活佛。

[4]弥陀：阿弥陀佛的略称。佛教指西方极乐世界中最大的佛。

其九

雪积天山流自长[1]，一河洪水势汪洋。

每当波涨人多溺[2]，孰是慈悲渡苦航[3]。

【注释】

[1]天山：祁连山。见马祖常《河湟书事二首》其一注[2]。

[2]溺：被水淹没。这里指淹死。

[3]慈悲渡苦航：意谓佛以慈悲之心，使人脱离苦海，犹如航船之济众。故称"慈航普渡"。

丁 俊

丁俊，字秀卿，河州（今临夏回族自治州）北原人。清光绪辛卯（1891）举人，曾与杨清主讲凤林、龙泉二书院，晚授巩昌府漳县训导，未赴而卒。

宁河八景[1]

须弥翠色[2]

共推陇上壮巍观[3]，东有崆峒北贺兰[4]。

何若松鸣奇且小，四时翠色耐盘桓[5]。

【注释】

[1]此组诗选自《河州古诗校评·萃玉集》。宁河八景为和政县八个著名的风景。宁河,即甘肃省临夏回族自治州和政县。宋熙宁六年(1073),王韶收取河州,置宁河寨,属河州管辖。崇宁四年(1105),升宁河寨为宁河县,属河州。明洪武三十一年(1398)撤宁河县,设和政驿。1929年,置和政县,县治宁河堡(今和政县城关镇)。

[2]须弥翠色:和政县松鸣岩国家森林公园有五座山峰,由南至北依次为西方顶、玉皇峰、南无台、鸡冠山、独岗岭。景区内云杉、冷杉、马尾松遍布山野,古树参天,四季苍翠,故有"须弥翠色"之名,列"宁河八景"之首。

[3]陇上:见吴之斑《陇西竹枝词》其二注[2]。

[4]崆峒:山名。见叶澧《甘肃竹枝词》其六二注[3]。贺兰:山名。见铁保《塞上曲四首》其二注[2]。

[5]盘桓:徘徊,逗留。晋陶潜《归去来辞》:"景翳翳以将入,抚孤松而盘桓。"

安远晴岚[1]

适交秋会喜天晴,只为探亲向北征。

策马登高安远上,岚光无限照前程[2]。

【注释】

[1]安远:山名。即和政县南阳山,旧称安远山。因山间时有淡淡的雾气,似烟似纱,故有"安远晴岚"之名,为"宁河八景"之一。据民国《和政县志》记载:"安远坡,县北二十里,驿站所经过。"这里是西部茶马互市的重要驿道,经常有商队经南阳山往来临夏与四川、吐蕃之间。

[2]岚光:山间雾气经日光照射而发出的光彩。

灵山映月[1]

地近南番天气寒[2],满山积雪立门前。

欲登高处玩秋月,四宇澄清夜色寒[3]。

【注释】

[1]灵山映月:也称"雪山映月"。和政县南的太子山,其主峰突兀高耸

入云,与四周层峦遥相对应,主峰海拔 4368 米,终年积雪皑皑,"雪山映月"是古"河州八景"之一。灵山,即太子山。又称太峙山,位于和政、临夏县境内,属昆仑山—巴颜喀拉山东北边缘馀脉西倾山北支,是临夏县南部、大夏河以东高大山岭的统称。相传秦始皇长子扶苏,曾带兵征战于此,太子山由此得名。

[2]南番:指甘南一带,这里处于青藏高原末端,海拔高,天气寒冷。

[3]四宇:指天下,四方。

瀑布滴珠[1]

古刹由来美滴珠[2],珠玑挥洒水晶图[3]。

飞觞点漏悬壶处[4],此乐人间有也无。

【注释】

[1]瀑布滴珠:滴珠,即滴珠山,位于和政县城东门外,是一座石灰岩形成的小山。山巅一脉清泉从 10 馀米高的悬崖泻下,潺潺有声。如滴珠落玉,故得山名。又有"瀑布滴珠"之景名。

[2]古刹:古寺。这里指和政县滴珠寺。

[3]珠玑:珠宝,珠玉。比喻美好的诗文绘画等。诗文中常以比喻晶莹似珠玉之物。形容声音婉转、清脆。

[4]飞觞:举杯或行觞。指传杯行酒令。点漏悬壶:即"悬壶点漏"摩崖石刻,是和政县滴珠山公园的一处石刻,经省文史馆张思温考证,系明代著名学者解缙手书。

赤壁晚照[1]

赤壁名同地不同,偕游安得大苏公[2]。

山城独立看秋色,隔岸夕阳乱点红。

【注释】

[1]赤壁晚照:赤壁,即金剑山,现名红崖洼,位于和政县三合镇。经过雨水长年的冲刷,使金剑山露出数十丈高的红崖峭壁,在夕阳馀晖照耀下,一排赤壁,甚为壮观,"赤壁晚照"由此得名。

[2]大苏公:即苏轼(1037—1101),字子瞻,号东坡居士,眉州眉山(今四川省眉山市)人。北宋著名文学家、书法家、画家。嘉祐二年(1057)进士。历任翰林学士、侍读学士、礼部尚书等职,出任凤翔、杭州、密州、徐州、湖州等地,晚年因新党执政被贬惠州、儋州。宋徽宗时获大赦北还,途中于常州病逝。苏轼在任清正廉明,关心民生,受民爱戴。苏轼曾因"乌台诗案"被贬黄州团练副使,游览过黄州赤壁矶,写下了《赤壁赋》《后赤壁赋》《念奴娇·赤壁怀古》等名作。

清虚晨钟[1]

百八蒲牢惯送春[2],山河依旧岁华新。

清晨每有钟声彻,唤起黄粱梦里人[3]。

【注释】

[1]清虚晨钟:和政县有清虚观等寺庙,清虚观院内有巨钟悬于亭间,铸造精美绝伦。清晨观中击钟,洪音传之遐迩,久久绕于耳际,称"清虚晨钟"。

[2]蒲牢:见巫揆《金城十咏·古刹晨钟》注[3]。

[3]黄粱梦:见铁保《车中口占》其三注[3]。

三河春浪[1]

腊去春回已数旬[2],闲来散步在河滨。

层波叠浪风方壮,恍似鱼舟跃孟津[3]。

【注释】

[1]三河春浪:和政县城东南牙塘河、大南岔河、小南岔河交汇之处,在春光明媚时,河中碧浪与岸上麦浪共涌,别有一番风韵,故称"三河春浪"。

[2]旬:十日为一旬。

[3]孟津:即孟津河,在河南省洛阳市。传说周武王驾入洛阳,犒劳诸将,出榜安民,大兵遂渡孟津河。先锋创建大舟,接武王之驾。王驾行至中流,忽有白鱼,身长八尺,跃入武王舟中。姜子牙曰:"此吉兆也!"即令取之。

五夜泉声[1]

一夜灯光彻五更,欣闻满院读书声。

门前又有流泉绕,如借盈科训后生[2]。

【注释】

[1]五夜泉声:和政县后山泉位于清虚观东百米处,在夜深人静时,这里泉水发出的声音给人以"每误泉声作雨声"的感觉,故称"五夜泉声"。五夜,即五更。见沈峻《东行途中即事》其二注[1]。

[2]盈科:原指水充满坑坎,比喻打下坚实基础。《孟子·离娄下》:"原泉混混,不舍昼夜,盈科而后进,放乎四海。"赵岐注:"盈,满;科,坎。"明王守仁《传习录》卷上:"为学须有本原,须从本原上用力,渐渐盈科而进。"

何映甫

何映甫(1869—1946),字海楼,甘肃省临夏回族自治州人。清末民初著名画家。能临摹古书画,设馆于兰州庄严寺,鬻画数十年。画竹初学板桥、杏园,后得蒋最峰法。晚画《兰州八景图》,征题甚多,影印为册。现藏于甘肃省博物馆。

兰州八景[1]

五泉飞瀑[2]

苍崖百丈泻飞泉,可是骊龙乍吐涎。

误认光明一段锦,回波漩伏瀑珠穿。

【注释】

[1]此组诗选自《兰州八景图册》。

[2]五泉飞瀑:五泉山有东西两涧,两涧瀑布悬空,清流交错辉映,很是壮观。古景观在五泉山东西龙口,故又作"龙泉飞瀑"。

兰山烟雨[1]

山色空蒙雨亦奇[2]，浓烟漠漠更相宜。

峰峦遮处楼台隐，多少芳胜透沃时。

【注释】

[1]兰山烟雨：见巫揆《金城十咏·兰山烟雨》注[1]。

[2]"山色"句：宋苏轼《饮湖上初晴后雨二首》其一："水光潋滟晴方好，山色空蒙雨亦奇。"指细雨笼罩下的山色分外美丽。空蒙，雾气弥漫的样子。

白塔层峦[1]

七级浮图出层巅[2]，风摇铃语个个圆。

慈恩寺里炊烟动[3]，惊起寒鸦拍暮天。

【注释】

[1]白塔层峦：见程德润《若己有园十六景·圆桥》注[3]。

[2]浮图：亦作浮屠。佛塔。见王源瀚《平凉竹枝词》其二注[1]。层巅：高耸而重叠的山峰。

[3]慈恩寺：清康熙四十四年（1705）在白塔山复凿山岩建金山寺。康熙五十四年（1715）甘肃巡抚绰奇在塔院西增建佛殿一区，题额"慈恩寺"，亦称白塔寺。

梨园风光[1]

晴雪团花万多攒，香生不断曙光寒。

满川玉误瀛州雨[2]，犹带华林日影看。

【注释】

[1]梨园风光：又称"梨苑花光"，见巫揆《金城十咏·梨苑花光》注[2]。

[2]瀛州：即瀛洲。见郝璧《皋兰竹枝词三十首》其一四注[1]。

河楼远眺[1]

晚来散步望河楼,两岸风光一览收。

言念贺兰山下客[2],忍将斗志付东流。

【注释】

[1]河楼远眺:见巫揆《金城十咏·河楼远眺》注[1]。

[2]贺兰山:见铁保《塞上曲四首》其二注[2]。

古刹晨钟[1]

岩城依旧枕边关,万里黄河九曲湾。

白浪涛顷拖正练,谁留玉带控金山?

【注释】

[1]古刹晨钟:见巫揆《金城十咏·古刹晨钟》注[1]。

虹桥春涨[1]

卧虹一道压西津,聚里成桥画里真。

三月风光桃浪暖,泛舟谁是武陵人?

【注释】

[1]虹桥春涨:见巫揆《金城十咏·虹桥春涨》注[1]。

莲池夜月[1]

西湖十里好烟波,散作兰波荡一窝。

莲叶田田人对月,分明清影今宵多。

【注释】

[1]莲池夜月:见巫揆《金城十咏·莲池夜月》注[1]。

李伯森

李伯森(1869—?),字长林,河南沁阳人。清光绪二十年(1894)中秀才。曾从军入幕,后长期寓居兰州,以教书为生,其读书处为问梅轩、蕉雨书屋。与刘尔炘、谢威凤等人交往密切。著有《问梅轩诗钞》。

五泉山庙会竹枝词

其一

新雨南园著绿茵[1]，香车宝马走轻尘[2]。

人尽看山我不看，我来偏看看山人。

【注释】

[1]此组诗选自《问梅轩诗钞》。南园：见王烜《五泉山浴佛会竹枝词》其一注[3]。

[2]香车宝马：华丽的车子，珍贵的宝马。指考究的车骑。

其二

谁家红女晓妆新，扶下香车转笑颦[1]。

遮掩多方凭慧婢，恐叫罗袜惹轻尘[2]。

【注释】

[1]香车：见王烜《兰州竹枝词二十四首·闺孝》注[3]。笑颦：也作"笑嚬"。谓欢笑或皱眉。颦，皱眉。

[2]罗袜：丝罗制的袜。

其三

龙华会里说繁华[1]，官样眉儿入鬓斜[2]。

赚得玉郎秋水转[3]，妄言山下女如花。

【注释】

[1]龙华会：见叶澧《甘肃竹枝词》其一六注[2]。

[2]官样：官家的式样。指富丽典雅、精致时新的式样。

[3]玉郎：道家所称的仙官名。这里指年轻俊俏的男子。秋水：比喻人清澈明亮的眼睛。

其四

万树奔涛曙亦阴，更无烦恼恼人心。

梨园子弟新歌舞[1]，知是山音是曲音。

【注释】

[1]梨园子弟:原为唐玄宗时梨园宫廷歌舞艺人的统称,后泛指戏曲演员。

慕寿祺

慕寿祺(1874—1947),字子介,号少堂,甘肃镇原县人。清光绪二十九年(1903)举人。宣统元年(1909)举孝廉方正。辛亥革命后,历任甘肃省通志局副总纂,甘肃省参议会副议长、参政院参政、省立第一中学校长、甘肃学院文史学系教授。擅长诗文,著述甚富。著有《求是斋诗钞》《甘宁青史略》《经学概论》《小说考证》《十三经要略》等。

花儿[1]

其一

世情大抵爱新奇,谱续霓裳更有谁[2]？

作戏逢场顽叶子[3],听人隔院唱花儿。

【注释】

[1]此组诗选自《甘宁青史略续编》卷五。慕寿祺《甘宁青史略续编》卷五《评花儿之价值》云:"右近二十年之花儿搜罗几尽,其涉于淫乱者概不录,亦放郑声之义也,及门诸子请加论断。时有不速之客在寓顽小牌,正在算胡。邻家做土工者又在房上漫花儿,一倡一和,音调酸楚动听,有时用比体以发端。余闻之,喜曰:'此好资料也。'凑成四韵,聊以代评。"题目为编者所加。花儿,见汪士鋐《岷州竹枝词》其三注[4]。

[2]谱续霓裳:指清代乾隆年间王廷绍编民间俗曲集《霓裳续谱》,共八卷。为民间文学之重要资料。慕寿祺先生也极为重视西北民间文学,其《甘宁青史略续编》卷五有《歌谣汇选》一卷,收录了先秦以来甘宁青地区的讲唱变文、民歌小调、鼓词、弹词、民间说唱和民间小戏等,为后世研究提供

了重要的资料。

[3]作戏逢场:见李鼎卿《洪水竹枝词》其七注[1]。叶子:见吴之珽《陇西竹枝词八首》其八注[2]。

其二

来源远矣伊凉调[1],淫曲居然郑卫诗[2]。

毕竟其中多比兴,松崖评语正相宜[3]。

【注释】

[1]伊凉调:即伊凉曲。见李銮宣《塞上曲》其七注[1]。

[2]郑卫:春秋战国时郑国与卫国的并称。古称郑卫之俗轻靡淫逸,《诗经》中郑风、卫风多写男女爱情,孔子认为"郑声淫"。《论语·卫灵公》:"颜渊问为邦。子曰:'行夏之时,乘殷之辂,服周之冕。乐则韶舞,放郑声,远佞人。郑声淫,佞人殆。'"

[3]"毕竟"两句:清代临洮诗人吴镇《我忆临洮好》其九曾云:"花儿饶比兴,番女亦风流。"松崖,指清代临洮诗人吴镇(1721—1797),字信辰,一字士安,号松崖,别号松花道人。甘肃省临洮县人。乾隆辛酉拔贡,后随牛运震学习于兰山书院,学问大进。乾隆庚午中举,历任耀州学正、韩城教谕、山东陵县知县、湖北兴国州知州、湖南沅州府知府,因得罪权贵而罢官。回乡后应陕甘总督福康安之聘主讲兰山书院,造士颇多。著有《松花庵集》《松崖诗录》等。

杨文汉

杨文汉(1887—1952),字书宪、叔献,甘肃省甘谷县大像山镇人。清末秀才,甘肃文科高等学堂毕业,曾执教于甘谷县立初级中学、宁夏贺兰中学,后任职宁夏教育厅科长,继任伏羌县立第一高等小学校长、伏羌劝学所所长,与安书芝、李蔚起、任榕、何鸿吉、宋兴周、刘炎甲交情甚厚。一生喜好文史研究和书法,擅长诗词,注重收藏古典文玩,留心搜集地方文献。著有

《味经堂诗集》稿本十四卷。

竹枝词咏洮州番娘[1]

其一

天寒五月尚披裘,不解离情不解愁。

背着小囊来市口,行人说是卖酥油[2]。

【注释】

[1]此组诗选自《味经堂诗集》卷十二。洮州:见王世锦《洮州即事》其一注[3]。番娘:藏族妇女。

[2]酥油:藏族食品。酥油是似黄油的一种乳制品,是从牛奶、羊奶中提炼出的脂肪。藏区人民最喜食牦牛产的酥油。

其二

拳大铜环贯耳边,不衫不履殊悠然[1]。

笑他别具风流样,辫发蓬蓬披满肩。

【注释】

[1]不衫不履:指不穿长衫,不穿鞋子。形容性情洒脱,不拘小节。

其三

三弦弹向酒家垆[1],一曲新声一串喉。

醉到黄昏犹酩酊[2],阿郎扶去上青牛。

【注释】

[1]三弦:三弦琴。中国传统弹拨乐器。据传源自秦汉时期的弦鼗,而"三弦"之名最早见于唐代崔令钦的《教坊记》。三弦兴盛于元代,是元曲的主要伴奏乐器之一。

[2]酩酊:大醉的样子。唐杜牧《九日齐山登高》:"尘世难逢开口笑,菊花须插满头归。但将酩酊酬佳节,不用登临叹落晖。"

其四

阿郎爱折青松枝[1],阿侬爱穿翠柳帔[2]。

傍晚饭馀无个事[3],满街携手唱花儿[4]。

【注释】

[1]阿郎:女子称丈夫或情人。这里指男子。

[2]阿侬:古代吴人的自称。这里指妇女。侬,见郝璧《皋兰竹枝词三十首》其一〇注[1]。帔(pèi):古代披在肩背上的服饰,妇女用的帔绣着各种花纹。

[3]无个事:没有一点儿事。

[4]花儿:见汪士鋐《岷州竹枝词》其三注[4]。

其五

骑着牦牛到野庵[1],焚香烧烛礼优昙[2]。

黄昏人散踏归路,一妇身边拥数男。

【注释】

[1]牦牛:见赵时春《河西歌》其一一注[2]。

[2]优昙:优昙婆罗花。传说中的仙界极品之花,因其花"青白无俗艳"被尊为佛家花。这里借指佛祖。

其六

翠玉明珰绣线穿[1],蹒跚步履可人怜。

无嫌无忌无遮碍,不索春风卖笑钱[2]。

【注释】

[1]明珰:用珠玉串成的装饰品。

[2]卖笑:以声色娱人来获取钱财。

其七

不买胭脂不画眉[1],天然面目也风姿。

从今学得入时样[2],脱尽毡裘饰艳姬[3]。

【注释】

[1]胭脂:一种红色的化妆品,涂在两颊或嘴唇上。也用作国画的颜料。

[2]入时:合乎时尚(多指装束)。唐朱庆馀《近试上张水部》:"妆罢低声问夫婿,画眉深浅入时无?"

[3]艳姬:美女。

其八

铜环片鼓赛河神[1],舞姿婆娑亦可亲[2]。

逢着旁人惟憨笑,浑浑噩噩太初民[3]。

【注释】

[1]"铜环"句:写洮州(今临潭县)祭祀龙神的民俗活动。铜环片鼓,指羊皮鼓。见叶澧《甘肃竹枝词》其三七注[3]。河神,又称河伯,常指黄河水神,是中国民间最有影响力的河流神。这里指洮州龙神。洮州有18位龙神,大多为明初武将。

[2]婆娑:盘旋舞动的样子。

[3]浑浑噩噩:原意是浑厚而严正。现形容糊里糊涂,愚昧无知。太初民:太古时期的老百姓,纯真朴实。

山歌八首有序[1]

山歌,一名花儿[2],伊凉曲之遗也[3],大抵皆女子怀人之词。边地之人,男逸而女苦,如耕田凿井,采药取薪,概以女子为之。出作入息,联袂踏歌[4],其词则沉郁哀艳,其音则婉转嘹唳。此唱彼和,自成腔调,兼具赋、兴、比三体。余掇拾其词,缀以韵语,采风君子或者有所取焉。

【注释】

[1]此组诗选自《味经堂诗集》卷十二。

[2]花儿:见汪士鋐《岷州竹枝词》其三注[4]。

[3]伊凉曲:唐大曲名。见李銮宣《塞上曲》其七注[1]。

[4]踏歌:见汪士鋐《岷州竹枝词》其三注[3]。

其一

河边担水形连影,陌上踏青叶对花[1]。

花谢花开春去早,清清冷冷度年华。

【注释】

[1]陌上:古时田间小路。踏青:见吴之琏《陇西竹枝词八首》其三注[3]。

其二

背负药笼手把锄,远人不寄一封书。

鹁鸠镇日相厮守[1],鸟自成双我不如。

【注释】

[1]鹁鸠:见陆廷黻《阶州道中杂咏三十首》其一注[4]。镇日:整日。

其三

空床独卧已年馀,㐱发如云懒上梳[1]。

不愿我郎作官去,愿郎赶脚我摇车[2]。

【注释】

[1]㐱(zhěn)发如云:形容头发非常稠密。《说文》卷九上:"㐱,稠发也。从彡从人。《诗》曰:'㐱发如云。'"㐱,也作鬒。

[2]赶脚:赶着驴或骡子供人雇用。

其四

塘里莲花朵朵红,莲花开尽见莲蓬。

秋来结子人争采,若个能知苦在中[1]?

【注释】

[1]若个:哪个。

其五

手停针线自思量,春日迟迟景太长。

不卷湘帘慵欲卧[1],阿婆强我绣鸳鸯。

【注释】

[1]湘帘:即用湘妃竹做的帘子。

其六

肘后香囊系所思[1],望君不见泪涟漪[2]。

西风吹我衣裳透,不惜容华惜少时。

【注释】

[1]香囊:装着香料的袋子。香囊以锦制作,又称锦囊或锦香袋、香包、荷包等。一般系于腰间或肘后之下的腰带上,也有的系于床帐或车辇上。

[2]涟漪:形容被风吹起的水面波纹。这里指流泪的样子。

其七

九曲黄河深复深,河边萍草自浮沉[1]。

浮萍易采人难见,欲寄征衣懒上砧[2]。

【注释】

[1]萍草:即浮萍,又称"青萍"。单子叶植物,浮萍科。一年生草本。植物体叶状,浮在水面,叶扁平。广布于世界各地。全草入药。

[2]征衣:远行的人穿的衣服。砧(zhēn):捣衣石。

其八

手把药锄到远林,锄头入地几分深。

私心欲卜檀郎信[1],不见当归见苦参[2]。

【注释】

[1]檀郎:见刘曰萃《拟邑侯易林先生竹枝词》其二注[1]。

[2]当归:中药名,多年生草本。为伞形科植物当归的干燥根。主产甘肃东南部,以岷县产量多,质量好。具有补血活血,调经止痛,润肠通便之功

效。苦参:中药名。为豆科植物苦参的干燥根。味苦寒。有清热燥湿,杀虫,利尿之功。这里的"当归""苦参"为双关语,借指妇女思念丈夫的悲苦之情。

甘谷十二月(附闰月)十三首[1]

其一

社鼓村村响鼟鞳[2],阳春烟景浑无涯[3]。

履端刚届融和日[4],爆竹一声绽早葩[5]。

【注释】

[1]此组诗选自《味经堂诗集》卷十二。甘谷:即甘肃省天水市甘谷县。

[2]社鼓:见汪士鋐《岷州竹枝词》其三注[1]。鼟鞳(tāng tà),敲钟击鼓的声音。

[3]阳春:温暖的春天。

[4]履端:年历的推算始于正月朔日,谓之"履端"。届:到。

[5]葩(pā):花。

其二

自在娇莺穿柳港[1],双飞掠过小桥西。

声声清脆声声怨,能使游人缓马蹄。

【注释】

[1]娇莺:美丽可爱的黄莺。唐杜甫《江畔独步寻花七绝句》其六:"留连戏蝶时时舞,自在娇莺恰恰啼。"柳港:植有柳树的港湾。

其三

计时今已过花朝[1],烂漫天香百媚妖[2]。

南国徐熙写生手[3],也愁难画复难描。

【注释】

[1]花朝:即花朝节。汉族的民间传统节日。也叫花神节,俗称百花生日。一般于农历二月初二、二月十二或二月十五举行。

[2]天香:芳香的美称。百媚:形容极其妩媚。

[3]徐熙:五代南唐画家。金陵(今江苏南京)人,一作钟陵(今江西进贤西北)人。擅画花木、禽鱼、蔬果,作画多取材于田野自然物象,传达了一种"野逸"之趣,历来受到人们重视。写生:以实物为观察对象直接加以描绘的作画方式。

其四

麦陇风来饼饵香[1],子规声里夏初长[2]。

山川烟雨南宫画[3],欲觅伊人水一方[4]。

【注释】

[1]饼饵:见蒋步颖《收获杂兴》其一注[2]。

[2]子规:鸟名。见毕沅《山行杂诗十二首》其八注[3]。

[3]南宫:指宋代著名画家米芾,曾官礼部员外郎,故称米南宫。

[4]"欲觅"句:《诗·秦风·蒹葭》:"蒹葭苍苍,白露为霜。所谓伊人,在水一方。溯洄从之,道阻且长。溯游从之,宛在水中央。"

其五

柳花如火复如荼[1],山外斜村叫鹧鸪[2]。

一阵薰风一阵雨[3],柳荫深处钓银鲈[4]。

【注释】

[1]如火如荼(tú):像火那样红,像荼(茅草的白花)一样白。原比喻军容之盛,现在形容气势旺盛、气氛热烈或激烈。

[2]鹧鸪:见郝璧《皋兰竹枝词三十首》其一五注[3]。

[3]薰风:和暖的南风。

[4]银鲈:鲈鱼之色白如银者,功用最良。

其六

水腻山明别有天,至今开辟不知年[1]。

纳凉野叟闲无事[2],独倚高槐听暮蝉。

【注释】

[1]开辟:指宇宙的开始。传说盘古开天辟地。

[2]野叟:指村野老人。

其七

火云未敛日西驰[1],沉李食瓜正及时[2]。

如此江山谁管领? 李将军画少陵诗[3]。

【注释】

[1]火云:即红云。多指炎夏。

[2]沉李:即浮瓜沉李。指吃在冷水里浸过的瓜果。形容暑天消夏的生活。

[3]李将军:指唐代著名画家李思训与其子李昭道,并称为"大小李将军",他们是中国青绿、金碧山水真正的奠基人。少陵:唐杜甫自号少陵野老,人称杜少陵。

其八

蒹葭几日变苍苍[1],砧杵因风送晚凉[2]。

燕去鸿来时物易[3],金飚作意奏清商[4]。

【注释】

[1]"蒹葭"句:《诗·秦风·蒹葭》:"蒹葭苍苍,白露为霜。"蒹葭是一种植物,指芦荻,芦苇。蒹,没有长穗的芦苇。葭,初生的芦苇。苍苍,茂盛的样子。

[2]砧杵:指捣衣石和棒槌,亦指捣衣。

[3]燕去鸿来:燕子和大雁飞去飞来。指季节变换。时物:指一定时间内的事物。

[4]金飚:秋季的急风。清商:古代五音中的商音音调凄清悲切,称为"清商"。借指肃杀凄清的秋风。

其九

溥溥白露欲为霜[1],蟋蟀悲吟秋夜长[2]。

紫蟹银莼正肥美[3],东篱携酒嗅幽香[4]。

【注释】

[1]溥溥(pǔ):散布貌。

[2]蟋蟀:昆虫名。黑褐色,触角很长,后腿粗大,善于跳跃。雄的善鸣,好斗。也叫促织。《诗·豳风·七月》:"十月蟋蟀入我床下。"

[3]紫蟹:螃蟹。元马致远《双调·夜行船·秋思》:"和露摘黄花,带霜烹紫蟹,煮酒烧红叶。"银莼:莼菜。这里指鲈鱼和莼菜羹。见陆廷黻《阶州道中杂咏三十首》其二九注[2]。

[4]东篱:晋陶潜《饮酒》其五:"采菊东篱下,悠然见南山。"指种菊花的地方,后人多用以代指菊圃。

其一〇

岭上梅花阆苑仙[1],江天雪意变瑶田[2]。

不愁清冷策驴去,输与襄阳孟浩然[3]。

【注释】

[1]阆苑:传说中昆仑山之巅西王母居住的地方。泛指神仙居住的地方。

[2]瑶田:传说中仙人的园圃。形容白雪覆盖的田野。

[3]"不愁"二句:明张岱《夜航船》载:"孟浩然情怀旷达,常冒雪骑驴寻梅,曰:'吾诗思在灞桥风雪中驴背上。'"孟浩然,名浩,字浩然,号孟山人,襄州襄阳(现湖北襄阳)人,世称孟襄阳。因他未曾人仕,又被称为孟山人,唐代著名山水田园派诗人。

其一一

二之日凿冰冲冲[1],炽炭围炉味晚菘[2]。

葭管飞灰阳气动[3],循环天道数无穷[4]。

【注释】

[1]"二之日"句:《诗·幽风·七月》:"二之日凿冰冲冲,三之日纳于凌阴。"指腊月凿冰储存于冰室,以待来年消夏之用。二之日,指农历十二月。冲冲,凿冰的声音。

[2]晚菘:秋末冬初的大白菜。《南史·周颙传》载:文惠太子问颙,菜食何味最胜,周答:"春初早韭,秋末晚菘。"

[3]葭管飞灰:见叶澧《甘肃竹枝词》其二二注[2]。

[4]循环天道:指一切事物的运行是可以循环的,世事轮回,生生不息的意思。数:天命,命运。

<h3 style="text-align:center">其一二</h3>

秦人素重腊嘉平[1],檐际已闻鹎鶷声[2]。

着意寻春春不见,柳丝花蕾最分明。

【注释】

[1]秦人:指陕西、甘肃人。陕西、甘肃本春秋、战国秦地。

[2]鹎鶷(bēi jiá):鸟名。似鸠,身黑尾长而有冠。春分始见,凌晨先鸡而鸣,农家以为下田之候,俗称催明鸟。

<h3 style="text-align:center">其一三</h3>

今年何事景偏长,只恐羲和分外忙[1]。

管漏铜龙失晓箭[2],擎天若木过中央[3]。

【注释】

[1]羲和:古代神话传说中的人物。驾御日车的神。

[2]"管漏"句:指用漏壶计时。见张澍《驼橐曲》其一一注[1]。

[3]若木:古代神话中的树名。传说为天柱。《山海经·大荒北经》:"大荒之中,有衡石山、九阴山、洞野之山,上有赤树,青叶,赤华,名曰若木。"郭璞注:"生昆仑西附西极,其华光赤下照地。"

李在泗

李在泗,生平不详,张掖市高台县人。

竹枝词[1]

其一

稻花风里稻花香,妾去采花郎插秧。

多著一枝蝉鬓好[2],为侬添补晓来妆[3]。

【注释】

[1]此组诗选自《新纂高台县志》卷八。

[2]蝉鬓:古代汉族妇女的发饰之一,其鬓发薄如蝉翼,黑如蝉身,故称。

[3]侬:见郝璧《皋兰竹枝词三十首》其一〇注[1]。

其二

春深儿女喜新晴,闲坐门前唱道情[1]。

欲买鲜花斜插发,大家商议过清明。

【注释】

[1]道情:见祁韵士《河西竹枝词》其五注[2]。

盛应琪

盛应琪,生平不详。张掖市高台县人。

高台竹枝词[1]

乡村东作率丁男[2],男尚耕田女不蚕。

只说棉花种一块,织成大布染双蓝[3]。

【注释】

[1]此诗选自《新纂高台县志》卷八。高台：即甘肃省张掖市高台县。地处甘肃河西走廊中部，黑河中游下段，自古被称为"河西锁钥、五郡咽喉"。

[2]丁男：指已及服役年龄的成年男子。

[3]双蓝：一种染布技术。其染料取于一种名叫茶蓝的草本植物，将茶蓝投入池中加水、生石灰浸泡数日后，沉淀于池底，取出加稻草灰投入大木缸中搅拌均匀，之后即可进行染布。

贾生琏

贾生琏，张掖市高台县人。著有《梦草山房集》。

天城竹枝词[1]

其一

山环水抱旧天城，毓秀钟英岁月深[2]。

将相挺生文献足[3]，至今唯有数青襟[4]。

【注释】

[1]此组诗选自《新纂高台县志》卷八。天城：地名。在今张掖市高台县城西北60千米之处。位于张掖、酒泉和内蒙古额济纳旗交界的地带，村庄三面衔山，一水环绕，地形险要，为兵家必争之地。

[2]毓秀钟英：又作钟灵毓秀。意思是凝聚了天地间的灵气，孕育着优秀的人物。指山川秀美，人才辈出。

[3]将相：将帅和丞相，亦泛指文武大臣。文献：见杨巨川《青城杂咏》其七注[3]。

[4]青襟：青色衣服的交领。借指学子之服。也借指学子。

其二

合黎山下百顷田[1]，弱水渡头十里川[2]。

眼看浓烟新雨后，分明画出米家船[3]。

【注释】

［1］合黎山：见万世德《塞下曲八首》其六注［4］。

［2］弱水：见无名氏《俄博岭界碑竹枝词》注［4］。

［3］米家船：北宋书画家米芾，常乘舟载书画游览江湖。后常以"米家船"借指米芾的书画。宋黄庭坚《戏赠米元章》之一："沧江尽夜虹贯月，定是米家书画舡。"

其三

野戍荒城古战场[1]，黄沙滚滚逐斜阳。

东南一片桃花影，云是胭脂晚照光[2]。

【注释】

［1］野戍：指野外驻防之处。

［2］胭脂：山名。见戴记《塞上杂咏》其四注［5］。

其四

祁连山势压戎羌[1]，积雪千年静暑风。

莫说功勋矜卫霍[2]，城闉犹祀赵将军[3]。

【注释】

［1］祁连山：见马祖常《河湟书事二首》其一注［2］。戎羌：泛指我国古代西北部的少数民族。

［2］卫霍：西汉汉武帝时期名将卫青、霍去病皆以武功著称，后世并称"卫霍"。

［3］城闉(yīn)：城内重门，亦泛指城郭。赵将军：指汉代将军赵破奴。见王树枬《安西道中十四首》其八注［3］。

其五

波平石海虏尘空[1],尽变桑田垦塞中。

五百年来兵革息,居民已是古豳风[2]。

【注释】

[1]虏尘:指敌寇或叛乱者的侵扰。

[2]豳风:见宋弼《西行杂咏》其四〇注[4]。

其六

豆麦登场馌妇忙[1],朝来馈饷暮筛糠[2]。

汗流粉面花经雨,尘染娥眉柳拖霜。

【注释】

[1]馌(yè)妇:往田野送饭的妇女。

[2]馈饷:运送粮饷。这里指送饭。

其七

官符一下满城忙,说道将军过五凉[1]。

轮派农夫三十个,驱车齐候驿亭旁[2]。

【注释】

[1]五凉:见张澍《凉州蒲桃酒》其三注[4]。

[2]驿亭:驿站所设的供行旅止息的处所。古时驿传有亭,故称。

其八

角鼓今年偏又催[1],儿夫差戍古轮台[2]。

天城此去五千里,忆夫遥向梦中来。

【注释】

[1]角鼓:即鼓角,战鼓和号角的总称。古代军队中为了发号施令而制作的吹擂之物。《后汉书·公孙瓒传》:"袁氏之攻,状若鬼神,梯冲舞吾楼上,鼓角鸣于地中,日穷月急,不遑启处。"

[2]轮台:见王心敬《玉门曲》其二注[3]。

陈　情

陈情,字群度,湖南岳阳人。

南古竹枝词[1]

其一

卓午骄阳势逼人[2],山巅积雪化甘霖。

开渠引灌田千顷,偶不均匀即讼争[3]。

【注释】

[1]此组诗选自民国《东乐县志》卷四《诗歌》。南古:即今民乐县南古乡。这里有祁连山脉之临松山下大柳河谷。古代有著名的"柳谷神符"。

[2]卓午:正午。

[3]讼争:争辩,争吵。或指打官司。

其二

农夫入夏竞耕耘,南望晴来北望阴。

同县人心犹不一,天公也要费思寻[1]。

【注释】

[1]天公:天帝,暗指统治者。

其三

雪山伊迩俗随胡[1],五月披裘信不诬。

惟有儿童真铁汉,一丝不挂舞泥涂[2]。

【注释】

[1]雪山:这里指祁连山。见马祖常《河湟书事二首》其一注[2]。伊迩:指近,不远。胡:中国古代称北边的或西域的民族。

[2]泥涂:污泥,淤泥。《庄子·田子方》:"弃隶者,若弃泥涂,知身贵于隶也。"

其四

少妇深闺半事无,惟缠双足媚儿夫[1]。

官家诰赐频频下[2],一捻凌波尚昔如[3]。

【注释】

[1]缠足:中国古代一种陋习。用布将女性双脚紧紧缠裹,使之畸形变小。一般女性从四五岁起便开始缠足,直到成年骨骼定型后方将布带解开,也有终身缠裹者。近代以后,很多有识之士提出禁止妇女缠足,辛亥革命后,孙中山正式下令禁止缠足。

[2]诰赐:这里指朝廷颁布的文书。

[3]凌波:形容女子脚步轻盈,飘移如履水波。三国魏曹植《洛神赋》:"凌波微步,罗袜生尘。"

何星垣

何星垣,字六符,一字竹溪,广东顺德人。著有《读画亭吟稿》。

甘肃竹枝词[1]

桃花鱼上锦鸡肥[2],蚕豆花开花乱飞。

解道相思原有种[3],不如拔去种当归[4]。

【注释】

[1]此诗选自梁九图辑《纪风七绝》卷十五。

[2]桃花鱼:鲤鱼科,体形侧扁,银灰带红色,具蓝条纹,是溪流中的小型鱼类。锦鸡:亦称金鸡、红腹锦鸡,雉科。

[3]相思:相思草,烟草。见祁韵士《陇右竹枝词》其三注[1]。

[4]当归:见杨文汉《山歌八首》其八注[2]。诗中的"相思"与"当归"都是谐音双关语,暗寓既然两地相思,不如归去团聚。

文成蔚

文成蔚,民乐县永固人,清末岁贡,生卒年不详。

永固竹枝词[1]

其一

春同太平戍兵雄,牧马滩边野草丰。

约设乡耆评月旦[2],官安副将镇番戎[3]。

【注释】

[1]此组诗选自《民乐县志·艺文》。永固:地名。即今甘肃省民乐县永固镇。春秋战国到秦朝,为乌孙、月氏人住地,一度称月氏城。后匈奴击走月氏,又成为浑邪王的驻牧地,史称单于城。十六国时,前凉升平五年(361)置祁连郡于此城。据《(乾隆)甘肃通志》卷三十载:清顺治年间,王进宝随提督张勇率师征讨青海,将单于城改为永固城。《(乾隆)甘肃通志》卷十"张掖县":"永固城堡,在县东南一百八十里,近大草滩,有番人游牧。顺治八年,筑堡城,周四里,官兵戍守。"

[2]乡耆:指乡里中年高德劭的人。评月旦:即月旦评。东汉末年由汝南郡人许劭兄弟主持对当代人物或诗文字画等品评、褒贬的一项活动,常在每月初一发表,故称"月旦评"或者"月旦品"。

[3]番戎:我国古代对西北边境各族的统称。

其二

高高雪峰插青天,路上行人冷着棉。

惟有长春回柏树,炭窑恒给万家烟[1]。

【注释】

[1]炭窑:用来烧炭的窑洞,也叫土窑,类似砖窑。

其三

参参画角撼边楼[1]，杨柳三春不绽头[2]。

未解蚕桑谁衣帛，人皆五月尚披裘[1]。

【注释】

[1]参参(sān sān)：长貌。画角：见李銮宣《塞上曲》其五注[2]。

[2]三春：见叶澧《甘肃竹枝词》其三八注[1]。

[3]裘：皮衣。

其四

浸田号水问源头[1]，本自南来向北流。

问到成渠归何处，无虞童子两分流。

【注释】

[1]浸田：指早稻收割后，要立刻犁地放水浸沤。这里指灌溉。

其五

古堞残堆旧月支[1]，湖山左右护城池。

牧童日夕归牛背，犹作胡笳信口吹[2]。

【注释】

[1]堞：城墙上凹凸状的矮墙，也称女墙。月支：见赵时春《河西歌》其六注[3]。

[2]笳：见戴记《塞上杂咏》其四注[3]。

其六

湖列东西人数家，推油磨上作生涯[1]。

地寒不习桑麻事，无数童孙学种瓜。

【注释】

[1]推油磨：指旧时民间榨油的石磨。一般由水力或者人力、畜力推动磨盘榨油。生涯：指从事某种活动或职业的生活。

其七

地接祁连黑土坟[1],苍松翠柏耐冬氛。

风化敦庞昭勤俭[2],乡村待客始茹荤[3]。

【注释】

[1]祁连:山名。见马祖常《河湟书事二首》其一注[2]。

[2]敦庞:敦厚朴实。

[3]茹荤:本指吃葱韭等辛辣的蔬菜。后指吃肉。

其八

东西两湖水滟潋[1],中有荷花开万点。

莫道妇人无粉红,日日焉支山下染[1]。

【注释】

[1]滟潋(yàn liàn):水波荡漾的样子。

[2]焉支山:山名。见戴记《塞上杂咏》其四注[5]。

其九

万里山下势凌层,四时寒冱不薰蒸[1]。

三春草野常铺雪[2],六月石门犹冻冰。

【注释】

[1]寒冱(hù):严寒冻结,极寒。

[2]三春:见叶澧《甘肃竹枝词》其三八注[1]。

其一〇

牧马披风大草滩[1],狐皮制帽效胡冠。

漫道妇女寒鸦色[2],朝晖日日近删丹[3]。

【注释】

[1]大草滩:在今张掖市民乐县永固镇附近。

[2]寒鸦色:指乌鸦羽毛的乌黑。唐王昌龄《长信秋词》:"玉颜不及寒鸦色,犹带昭阳日影来。"

[3]删丹:山名。见戴记《塞上杂咏》其四注[5]。

其一一

驱狼罟兔走山巅[1],猎火通烧野马川[2]。

莫道居民营捷利,香茸贵重最关钱[2]。

【注释】

[1]罟(gǔ):渔网。这里指用网捕兔。

[2]野马川:地名。在今张掖市民乐县。《(乾隆)甘州府志》卷十六:"扁豆(都)口南五十里有野马川,出野马,古所称駒騟者也。俗呼野骡子。唐贡其革曰野马之皮。"

[3]香茸:麝香、鹿茸。都是名贵的中药材。

其一二

寒侵虎口大风摧[1],首夏花光尚未开。

莫道羊裘披四季[2],祁连山下雪常堆。

【注释】

[1]虎口:大拇指和食指相连的部分,也叫合谷穴。

[2]羊裘:见吴之珽《陇西竹枝词八首》其三注[3]。

其一三

洋嘎尔峡山寒沍[1],上堆古木封云雾。

更多泥碗抹辛红[2],相传高望压风具[3]。

【注释】

[1]洋嘎尔峡:地名。在今张掖市民乐县。

[2]辛红:朱砂的一种,有清心镇惊,安神解毒的功效。

[3]高望:高门望族。压风:即预防中风。中风是一个中医的名词,指由神经系统病变引起的猝然昏仆、不省人事、半身不遂、口眼歪斜、语言不利等病证。

其一四

谁将王事同戮力[1],灭尽单于无消息[2]。

尚有长宁盘石村,月支当日西南翼[3]。

【注释】

[1]戮力:通力合作,合力,尽力。

[2]单于:匈奴最高首领的称号。

[3]月支:见赵时春《河西歌》其六注[3]。

其一五

月支郭外西南次,台号番城旧地利[1]。

其东下有一洞开,直通薤谷马蹄寺[2]。

【注释】

[1]番城台:地名。在今张掖市民乐县。

[2]薤(xiè)谷:见王永清《甘州杂咏》其四注[2]。马蹄寺:见王永清《甘州杂咏》其四注[1]。

其一六

城东居民不受暑,凿得井深三尺许。

修绠用汲爱渫焉[1],广种青稞能酿醑[2]。

【注释】

[1]渫(xiè):除去、淘去污泥。也有疏通之意。

[2]青稞:见汪士鋐《岷州竹枝词》其二注[1]。醑(xǔ):指经多次沉淀过滤的酒、清酒。

其一七

月支城南春草碧[1],牧马滩边猖番递。

传说宋皇命驾征[2],营屯八卦留古迹[3]。

【注释】

[1]月支城:即永固城。在张掖市民乐县。

[2]"传说"句:指宋朝皇帝御驾亲征。宋朝没有皇帝曾经御驾亲征张掖,因此说传说。

[3]八卦营:汉代城址。位于张掖市民乐县永固乡八卦村北侧。由外城、内城和宫城三部分组成。传说西汉骠骑大将军霍去病在此布八卦阵击退匈奴而得名。

其一八

月支城郭近祁连,山色纵横销翠烟。

日夕牛羊饮北泉,行人一路唱少年[1]。

【注释】

[1]少年:即花儿。见汪士鋐《岷州竹枝词》其三注[4]。

其一九

圣武功成扬露布[1],杂戎灭尽城永固。

问到单于王子何,头颅今镇神机库[2]。

【注释】

[1]圣武:指汉武帝刘彻(前156—前87),自元朔二年(前127)起,派卫青、霍去病多次出击匈奴,迫其远徙漠北。命张骞出使西域,沟通汉与西域各族联系。露布:见王士禛《秦中凯歌十二首》其六注[3]。

[2]"问到"两句:清许乃谷《单于王头歌》序云:"山丹永固协军器库,内藏单于头,由来旧矣,而志乘不载。按《前汉书》:单于姓挛鞮氏,其国称之曰撑犁孤屠。盖匈奴谓天为撑犁,谓子为孤屠也。建昭三年,甘延寿、陈汤同出西域,禽灭郅支单于,斩其首及名王以下千五百馀级,悬头槀街,万里振旅,或即当时物也。"神机库,《(乾隆)甘州府志》卷五:"神机库,城东南隅火神庙内,明宏治年建。我朝乾隆五年,提督瞻岱重修。"

阎　雄

阎雄,字季飞,号丽戎山人。湖南长沙人。民初担任西固县审判长。著有《鉴尘斋吟稿》。

西固新年竹枝词就本地风光缀成[1]

其一

爆竹喧传第一声[2]，万家香火趁春晴。

老农未晓兵戈事[3]，金鼓声中说太平[4]。

【注释】

[1]此组诗选自《鉴尘斋吟稿续集》。西固:县名。见王笠夫《西固竹枝词二首》其一注[1]。

[2]自注:"家家均于天明燃爆竹、烧香、迎神,时值国难。"

[3]兵戈:兵器。也指战争。

[4]金鼓:见赵时春《河西歌》其七注[3]。

其二

椒花美酒酬新年[1]，吉语纷纷有万千。

最喜村姑都解事，做成饼饵亦薪传[2]。

【注释】

[1]椒花酒:一种用花椒籽实及用柏叶浸制的酒。古代汉族节日饮料。元旦日,子孙进椒(柏)酒于其家长,以祝长寿。汉崔定《四民月令》:"元旦进椒酒柏酒。"

[2]自注:"家家妇女均知制作点心,其形状内容大致一律,如得师传。"饼饵:见蒋步颖《收获杂兴》其一注[2]。薪传:见张澍《闲居杂咏》其一一注[2]。

其三

箫鼓家家庆合欢[1]，祖先拜罢拜天官。

客来先向神前叩，托出新鲜糕点盘[2]。

【注释】

[1]箫鼓:见屠绍理《丁酉元旦竹枝词》其二注[1]。

[2]自注:"家家敬有天地爷,凡贺年亲友,须先至神堂拈香行礼,然后

托出点心敬客。"

其四

羞向人前学拜年,儿童生性自天然^[1]。

流星花爆须重买,新得高堂压岁钱^[2]。

【注释】

[1]"羞向"两句:指儿童害羞,不情愿磕头拜年。磕头的习俗源远流长,民国时期提倡新文化,倡议取消磕头的礼节,但是民间至今依然还有。

[2]高堂:指房屋的正室厅堂。对父母的敬称。压岁钱:又名"压祟钱"。汉族的传统年俗,新年时由长辈将钱装在红包内给晚辈。压岁钱有很好的寓意,通常认为可以辟邪驱鬼,保佑平安。

其五

换得鲜衣各自夸,大年新禧贺家家。

鞠躬礼节新规定^[1],旧套还须盖碗茶^[2]。

【注释】

[1]自注:"政学界多行鞠躬礼,旧家户仍有用盖碗敬茶者。"

[2]盖碗茶:甘肃等地人民的传统饮茶风俗。是一种上有盖、中有碗、下有托的茶具。又称"三才碗",盖为天、托为地、碗为人。

其六

绝早抽身梳洗忙,龙山寺里去烧香^[1]。

心香一柱成如意^[2],惟愿今年得弄璋^[3]。

【注释】

[1]自注:"东门外有龙山寺,香火最盛。"龙山寺:在舟曲县东门外。

[2]心香一柱:比喻十分真诚的心意(用在祝愿)。

[3]弄璋:见刘元机《兰山五泉·摸子泉》注[3]。

其七

侣伴相随次第寻^[1],求神底事最诚心^[2]。

分明才向鳌神拜^[3],又拜慈航观世音。

【注释】

　　[1]次第:见苏履吉《兰州武闱校试纪事八首》其七注[2]。

　　[2]底事:何事。

　　[3]自注:"鳌神庙与龙山寺后院观音阁相对,香火最盛。"鳌神:即鳌山真人,舟曲县城东北隅鳌山寺里所供奉的神仙。当地人也称为"鳌王爷"。鳌神庙一直是舟曲县香火最旺的寺庙。

其八

　　十九家家共接神[1],相携姊妹步芳尘。

　　人丛散去无消息,唤煞哥哥总不应。

【注释】

　　[1]自注:"正月十九日,娘娘出行,经由各大街,家户迎接,夜间热闹非凡,行人拥挤。"按:舟曲县有"正月十九迎婆婆"的民俗文化活动。"婆婆"是舟曲民间对"九天圣母子孙娘娘"的俗称。

其九

　　箫鼓家家善送迎[1],新年游戏太纷争。

　　闲来消遣无他法,一片呼卢喝雉声[2]。

【注释】

　　[1]箫鼓:见屠绍理《丁酉元旦竹枝词》其二注[1]。

　　[2]呼卢喝雉:见郝璧《皋兰竹枝词三十首》其一九注[2]。

其一〇

　　银烛光摇万户春,安排鸡肉接财神[1]。

　　近来世道离陂甚[2],只重黄金不重人。

【注释】

　　[1]财神:见蒋步颖《天贶节韩园卖票放游戏吟》其二注[1]。

　　[2]离陂:即"离披"。零落分散的样子。

参 考 文 献

[1]阮元:《十三经注疏》,上海古籍出版社 1997 年版。

[2]朱熹:《诗集传》,上海古籍出版社 1980 年版。

[3]方玉润:《诗经原始》,中华书局 1986 年版。

[4]杨伯峻:《春秋左传注》,中华书局 1990 年版。

[5]司马迁:《史记》,中华书局 1959 年版。

[6]班固:《汉书》,中华书局 1962 年版。

[7]范晔:《后汉书》,中华书局 1965 年版。

[8]房玄龄等:《晋书》,中华书局 1974 年版。

[9]李延寿:《北史》,中华书局 1974 年版。

[10]脱脱等编:《宋史》,中华书局 1985 年版。

[11]宋濂、赵埙、王祎:《元史》,中华书局 1976 年版。

[12]张廷玉等:《明史》,中华书局 1974 年版。

[13]赵尔巽等:《清史稿》,中华书局 1977 年版。

[14]顾祖禹:《读史方舆纪要》,中华书局 2005 年版。

[15]许容等:《甘肃通志》,《文渊阁四库全书》本,台湾商务印书馆 1983 年版。

[16]汪元絅、田而穟纂修:《岷州志》,康熙四十一年刻本。

[17]钟赓起纂修:《甘州府志》,乾隆四十四年刻本。

[18]赵本植纂修:《庆阳府志》,乾隆二十六年刊本。

[19]毕光尧纂修:《会宁县志》,道光十二年刊本。

[20]鲁廷琰修,田昌叶纂:《陇西县志》,乾隆三年刊本。

［21］长赟修,刘健纂:《文县志》,光绪二年刊本。

［22］秦维岳、陆芝田纂:《皋兰县续志》,道光二十七年刊本。

［23］和瑛:《三州辑略》,清嘉庆十年刊本。

［24］徐家瑞纂:《新纂高台县志》,民国十四年刊本。

［25］徐传钧、张著常纂修:《东乐县志》,民国十二年刊本。

［26］白册侯、余炳元纂修:《新修张掖县志》,中国书店1959年版。

［27］民乐县志编纂委员会编:《民乐县志》,甘肃人民出版社1996年版。

［28］合水县志编纂委员会编:《合水县志》,甘肃文化出版社2007年版。

［29］曾礼主编:《武都县志》,生活·读书·新知三联书店1998年版。

［30］慕寿祺:《甘宁青史略》,《西北文献丛书》,兰州古籍书店1990年版。

［31］李白:《李太白全集》,中华书局1998年版。

［32］杜甫著,清仇兆鳌注:《杜诗详注》,中华书局1997年版。

［33］李复:《潏水集》,《文渊阁四库全书》,台湾商务印书馆1983年影印版。

［34］马祖常著,李叔毅点校:《石田先生文集》,中州古籍出版社1991年版。

［35］杨一清著,冯良方点校:《石淙诗稿》,云南教育出版社2018年版。

［36］赵时春著,杜志强校注:《赵时春诗词校注》,巴蜀书社2012年版。

［37］赵用光:《苍雪轩全集》,明崇祯间胡腾蛟等刊本。

［38］郝璧:《郝兰石集》,《故宫珍本丛刊》第586册,海南出版社2000年版。

［39］李楷:《河滨诗选》,《清代诗文集汇编》第34册,上海古籍出版社2010年版。

［40］王士禛:《王士禛全集》,齐鲁书社2007年版。

［41］叶映榴:《叶忠节公遗稿》,《清代诗文集汇编》第149册,上海古籍

出版社 2010 年版。

[42]金人望:《浪淘集诗钞》,《清代诗文集汇编》第 179 册,上海古籍出版社 2010 年版。

[43]沈青崖:《寓舟诗集》,乾隆十三年刊本。

[44]查嗣瑮:《查浦诗钞》,《清代诗文集汇编》第 186 册,上海古籍出版社 2010 年版。

[45]王心敬:《丰川全集》,《清代诗文集汇编》第 199—200 册,上海古籍出版社 2010 年版。

[46]汪士鋐:《秋泉居士集》,《清代诗文集汇编》第 201 册,上海古籍出版社 2010 年版。

[47]储大文:《存砚楼文集二集》,《清代诗文集汇编》第 216 册,上海古籍出版社 2010 年版。

[48]张映辰:《露香书屋遗集》,清嘉庆十年刻本。

[49]胡季堂:《培荫轩诗集》,《清代诗文集汇编》第 365 册,上海古籍出版社 2010 年版。

[50]王世锦:《艺芸馆诗钞》,《清代诗文集汇编》第 386 册,上海古籍出版社 2010 年版。

[51]杨焄点校:《毕沅诗集》,人民文学出版社 2015 年版。

[52]宋弼:《蒙泉学诗草》,国家图书馆藏清乾隆刻本。

[53]杨鸾:《邈云楼集》,《四库未收书辑刊》第十辑,北京出版社 2000 年版。

[54]胡釴:《续东游草》,甘肃省图书馆藏乾隆间稿本。

[55]沈峻:《欣遇斋诗集》,《清代诗文集汇编》第 409 册,上海古籍出版社 2010 年版。

[56]吴镇著,冉耀斌辑校:《吴镇集汇校集评》,人民文学出版社 2023 年版。

[57]杨廷理:《知还书屋诗钞》,《清代诗文集汇编》第 418 册,上海古籍出版社 2010 年版。

[58]李殿图:《番行杂咏》,甘肃省图书馆藏乾隆间刻本。

[59]祁韵士著,刘长海点校:《祁韵士集》,三晋出版社2014年版。

[60]屠绍理:《有泉堂诗文一览编》,清嘉庆十二年刻本。

[61]刘曰萃、刘子安、刘浚:《静宁三刘诗文集》,甘肃人民美术出版社2013年版。

[62]王煦:《空桐子诗草》,《清代诗文集汇编》第443册,上海古籍出版社2010年版。

[63]成书:《多岁堂诗集》,《清代诗文集汇编》第463册,上海古籍出版社2010年版。

[64]铁保:《惟清斋全集》,《续修四库全书》本,上海古籍出版社2002年版。

[65]王芑孙著,王义胜整理:《渊雅堂全集》,广陵书社2017年版。

[66]李銮宣著,刘泽等点校:《坚白石斋诗集》,山西人民出版社1991年版。

[67]刘凤诰:《存悔斋集》,《续修四库全书》本,上海古籍出版社2002年版。

[68]漆子扬:《张澍诗集校释》,读者出版社2020年版。

[69]瑞元:《少梅诗钞》,《清代诗文集汇编》第585册,上海古籍出版社2010年版。

[70]林则徐全集编辑委员会编:《林则徐全集》,海峡文艺出版社2002年版。

[71]薛传源:《芝塘诗稿》,《清代诗文集汇编》第436册,上海古籍出版社2010年版。

[72]苏履吉:《友竹山房诗草》,清道光十年刊本。

[73]蒲耀新:《晚香轩存稿》,甘肃省图书馆藏清道光刻本。

[74]朱紫贵:《枫江草堂诗文集》,《清代诗文集汇编》第590册,上海古籍出版社2010年版。

[75]牛树梅:《省斋全集》,《清代诗文集汇编》第604册,上海古籍出版

社 2010 年版。

[76]陈钟秀著,张俊立校注:《味雪诗存·味雪诗逸草》,甘肃文化出版社 2012 年版。

[77]董平章:《秦川焚馀草》,《清代诗文集汇编》第 640 册,上海古籍出版社 2010 年版。

[78]宝鋆:《文靖公诗钞》,《清代诗文集汇编》第 623 册,上海古籍出版社 2010 年版。

[79]萧雄:《西疆杂述诗》,新疆大学出版社 2017 年版。

[80]王澍霖:《宜春草堂诗》,甘肃省图书馆藏光绪间刻本。

[81]方希孟:《息园诗存》,《清代诗文集汇编》第 739 册,上海古籍出版社 2010 年版。

[82]陆廷黻:《镇亭山房诗文集》,《清代诗文集汇编》第 730 册,上海古籍出版社 2010 年版。

[83]孙海:《欲未能斋诗文集》,甘肃省图书馆藏光绪间稿本。

[84]魏椿:《兰泉杂咏》,甘肃省图书馆藏光绪间刻本。

[85]陈子简:《碧山舍诗集》,清道光二十七年刊本。

[86]刘元机:《云水前集》,国家图书馆藏光绪三年刊本。

[87]王树枏:《陶庐诗续集》,《西北文献丛书·西北文学文献》,兰州古籍书店 1990 年版。

[88]漆子扬:《刘尔炘集校释》,甘肃人民出版社 2018 年版。

[89]刘尔炘撰,戴恩来整理:《果斋全集》,上海古籍出版社 2020 年版。

[90]刘士猷:《刘士猷诗词手稿》,武都刘可通藏本。

[91]杨巨川:《梦游四吟》,中共甘肃省委印刷厂 2006 年印行。

[92]张质生著,张思温编:《退思堂诗文选》,甘肃民族出版社 2002 年版。

[93]王炬著,王旭敏、邓明校释:《王炬诗文校释》,甘肃文化出版社 2023 年版。

[94]于媛编:《于右任诗词曲全集》,世界图书出版公司 2014 年版。

［94］高一涵:《金城集》,《西北文献丛书·西北文学文献》,兰州古籍书店 1990 年版。

［96］王海帆著,袁第锐评:《王海帆诗集》,甘肃人民出版社 2000 年版。

［97］杨文汉:《味经堂诗集》,甘肃省图书馆藏民国抄本。

［98］李伯森:《问梅轩诗钞》,甘肃省图书馆藏民国抄本。

［99］阎雄:《鉴尘斋吟稿》,甘肃省图书馆藏民国二十四年刻本。

［100］郭茂倩:《乐府诗集》,中华书局 1979 年版。

［101］彭定求编:《全唐诗》,中华书局 1960 年版。

［102］李苞:《洮阳诗集》,嘉庆三年刊本。

［103］梁九图辑:《纪风七绝》,光绪十九年刊本。

［104］陈昌广等辑:《渌江诗存》,光绪二十年刊本。

［105］徐世昌:《晚晴簃诗汇》,中华书局 1990 年版。

［106］钱仲联:《清诗纪事》,江苏古籍出版社 1987 年版。

［107］钱仲联:《近代诗钞》,凤凰出版社 2001 年版。

［108］路志霄、王干一选编:《陇右近代诗钞》,兰州大学出版社 1988 年版。

［109］中山大学中国古文献研究所编:《全粤诗》,岭南美术出版社 2013 年版。

［110］李国仿:《天门进士诗文》,新华出版社 2019 年版。

［111］马玉海、赵忠主编:《河州古诗校评》,甘肃民族出版社 1997 年版。

［112］施中旦等:《乐清当代诗词集成》,线装书局 2014 年版。

［113］李世成编著:《鸣沙山月牙泉古诗词赏析》,甘肃文化出版社 2015 年版。

［114］魏锦萍、张仲编著:《敦煌史事艺文编年》,甘肃文化出版社 2012 年版。

［115］张玉林、黄杰编:《甘州概览》,甘肃文化出版社 2013 年版。

［116］白应东主编:《丝绸之路诗词选集》,新疆青少年出版社 1987

年版。

[117]王尚寿、王向晖:《丝绸之路诗选注》,甘肃文化出版社 2010 年版。

[118]赵宗福编:《西北竹枝词辑存》,《西北文献丛书》第一辑,兰州古籍书店 1990 年版。

[119]雷梦水、潘超、孙忠铨、钟山编:《中华竹枝词》,北京古籍出版社 1997 年版。

[120]王利器、王慎之、王子今编:《历代竹枝词》,陕西人民出版社 2003 年版。

[121]丘良任、潘超、孙忠铨、丘进编:《中华竹枝词全编》,北京出版社 2007 年版。

[122]任半塘:《唐声诗》,上海古籍出版社 1982 年版。

[123]杨晓蔼:《宋代声诗研究》,中华书局 2008 年版。

[124]严迪昌:《清诗史》,江苏古籍出版社 1998 年版。

[125]朱则杰:《清诗史》,江苏古籍出版社 2000 年版。

[126]王慎之、王子今:《竹枝词研究》,泰山出版社 2009 年版。

[127]孙杰:《竹枝词发展史》,上海人民出版社 2014 年版。

[128]朱易安:《竹枝词及其近代转型研究》,上海古籍出版社 2020 年版。

[129]胡大浚:《陇右文化丛谈》,甘肃教育出版社 1998 年版。

[130]张兵、李子伟:《陇右文化》,辽宁教育出版社 1998 年版。

[131]聂大受、霍志军:《陇右文学概论》,兰州大学出版社 2007 年版。

[132]伏俊琏、周奉真主编:《甘肃文化史》,中华书局 2022 年版。

[133]张寅彭主编,吴忱、杨焄点校:《清诗话三编》,上海古籍出版社 2014 年版。

[134]《(兰州市)城关文史资料选辑》第 6 辑,政协兰州市城关区委文史资料委员会 1997 年编印。

[135]《奎屯市文史资料》第 4 辑,政协奎屯市文史资料委员会 1993 年

编印。

[136]《武都县文史资料选辑》第 3 辑,政协武都县委员会文史资料委员会 1990 年编印。

[137]李肖锐:《清代竹枝词类组诗研究》,2017 年苏州大学硕士学位论文。

责任编辑：吴继平

封面设计：胡欣欣

图书在版编目(CIP)数据

甘肃竹枝词辑注 / 冉耀斌，张兵著. -- 北京 ：人民出版社，
2025. 6. -- ISBN 978－7－01－026982－5

Ⅰ. I222.8

中国国家版本馆 CIP 数据核字第 2025X58U00 号

甘肃竹枝词辑注

GANSU ZHUZHICI JIZHU

冉耀斌　张兵　著

人 民 出 版 社 出版发行

(100706　北京市东城区隆福寺街 99 号)

中煤(北京)印务有限公司印刷　新华书店经销

2025 年 6 月第 1 版　2025 年 6 月北京第 1 次印刷

开本：710 毫米×1000 毫米 1/16　印张：44

字数：608 千字

ISBN 978－7－01－026982－5　定价：198.00 元

邮购地址 100706　北京市东城区隆福寺街 99 号

人民东方图书销售中心　电话 (010)65250042　65289539